U0107403

宋代佛教与儒者士大夫

杨曾文 著

复旦大学出版社

陈显成居士资助本书出版

　　杨曾文，汉族，男，1939年12月7日生于山东即墨。1964年毕业于北京大学历史系中国古代史专业，现为中国社会科学院荣誉学部委员，世界宗教研究所研究员、博士生导师。

　　著有《中国佛教史》第1—3卷（共著）、《日本佛教史》、《唐五代禅宗史》、《宋元禅宗史》、《隋唐佛教史》、《中国佛教东传日本史》；主编《当代佛教》《日本近现代佛教史》；校编《敦煌新本六祖坛经》《神会和尚禅话录》《临济录》；翻译日本村上专精《日本佛教史纲》、佐佐木教悟等《印度佛教史概说》（合译）。另有学术论文281篇，译文36篇。

　　1999年获日本东洋哲学研究所"东洋哲学学术奖"，2002年所著《唐五代禅宗史》获第四届中国社会科学院优秀成果二等奖，2017年获汤用彤学术奖。

内容提要

继隋唐之后，宋代时儒释道三教的交流与会通发展为深刻影响社会的时代潮流，思想文化得到高度发展。中国传统文化最高理论形态的理学（道学）形成于这个时期，文学、史学和艺术等文化领域亦取得前所未有的成绩。在宋代儒佛二教交流之中有哪些代表性人物扮演过重要角色，在思想文化方面进行过怎样的交流，有什么相关结果和著作，两宋理学的创立与佛教有什么关系，理学思想如何，等等，就是本书阐述的主要内容。

依据经过梳理的文史资料和佛教文献，本书按照"宋朝社会和佛教""亲近佛教的儒者及其著作""儒者士大夫和佛教禅宗""排佛的儒者及其著作""理学和佛教"五大框架，对两宋社会政治和文化背景、佛教和儒家的概况、代表人物和事件、著作和学术思想、社会影响等，设章分节，作深入系统的考察和论述。

作为国内第一部专题探讨宋代儒佛二教交流情况及其影响的学术专著，本书是杨曾文教授多年来于此一领域深耕不辍的最终成果，在阐述历史背景、佛教传播和佛儒交流互鉴、代表人物、佛教对理学和其他文化形态的影响等方面，均具有特色，对推动该领域的研究具有重要作用。

国际禅学研究丛书

《国际禅学研究丛书》总序

中国社会科学院荣誉学部委员、世界宗教研究所教授　杨曾文

公元前 6、5 世纪佛教发源于古印度，公元前后的两汉之际经丝绸之路传入中国。佛教在中国传播和发展的漫长过程中，经历了适应中国社会环境、传统文化和民众信仰的中国化过程，在 6 至 10 世纪初"大一统"的隋唐，逐渐形成带有鲜明民族特色的天台宗、三论宗、法相宗、律宗、华严宗、净土宗、禅宗、密宗八大佛教宗派，同时在佛菩萨信奉体系、僧团教团组织等方面也发生了相应的演变发展，标志佛教中国化早期阶段的完成。

此后，佛教作为中华民族宗教之一，进入了持续中国化发展和随应时代不断完善的时期。佛教的各个宗派适应社会变迁和传法需要，互相交流、会通和深入融合。

在八大佛教宗派中，天台宗、华严宗和禅宗最富有民族特色，而尤以禅宗最富有现实主义和开放包容、兼收并蓄的风格，善于吸收佛教各宗思想和其他文化成分丰富自己，引导信众自信自修，在现实生活中修行，在现实人间觉悟，在现实社会中奉献，传法方式既简易又活泼，语言简练而生动，最接近社会现实生活，受到广大民众和儒者士大夫的欢迎。在 10 世纪初至 14 世纪的五代和宋元二代，禅宗逐渐占据中国佛教主流地位，而在进入 14 世纪以后的明代，形成以禅宗为主体和诸宗整合协同传播的融合型佛教。

中国近现代提倡人间佛教的太虚大师（1890—1947）在综合考察佛教诸宗之后明确表示："中华佛化之特质在乎禅宗"；"晚唐来禅、讲、律、净中华佛法，实以禅宗为骨子"；"中国自晚唐、五代以来之佛教，可谓完全是禅宗之佛教；禅风之所播，不惟遍及佛教之各宗，且儒家宋明理学，道家之性命双修，亦无不受禅宗之酝酿而成者。故禅宗者，中国唐宋以来道德文化之根源也"①②。大体反映了中国佛教的真实情况。

中国佛教在向朝鲜、日本以及近现代欧美各国的传播过程中，禅宗也传到这些国家。在各国的人文社科研究中，中国佛教禅宗也是一个重要领域、重要课题，相继有不少研究著作传世。

中国在适应时代和世界潮流中不断向前发展，经济、政治和文化、科技在迅猛发展。宗教作为文化形态之一，自然也在随应变化。佛教也要变，也要发展。当代中国坚持走中国特色社会主义道路，佛教须适应新的时代走与社会主义相适应的中国化新历程。怎样适应，怎样进一步完善中国化？习近平总书记2016年4月在全国宗教工作会议上明确指出：

> 要用社会主义核心价值观来引领和教育宗教界人士和信教群众，弘扬中华民族优良传统，用团结进步、和平宽容等观念引导广大信教群众，支持各宗教在保持基本信仰、核心教义、礼仪制度的同时，深入挖掘教义教规中有利于社会和谐、时代

---

① 分别据《告徒众书》，载《太虚大师全书》第九编《制议·救治》；《评宝明君中国佛教之现势》，载《太虚大师全书》第十六编《书评·佛学》；《黄梅在佛史史上之地位及此后地方人士之责任》，载《太虚大师全书》第十八编《讲演》。《太虚大师全书》，本书编委会编，宗教文化出版社，2005年。

② 本书注释所涉及图书的版本情况请见本书"主要参考书目"，注释中不再详细注明。"主要参考书目"中未著录版本情况的，则在注释中予以注明。

进步、健康文明的内容，对教规教义作出符合当代中国发展进步要求、符合中华优秀传统文化的阐释。

这里实际也向相关各界提出了进一步学习社会主义核心价值观、中华优秀传统文化，认清当代社会发展的形势和改进宗教研究的任务。很清楚，只有对佛教历史、教义教规和佛教传统伦理等进行深入考察和研究，才能有助于"挖掘教义教规中有利于社会和谐、时代进步、健康文明的内容，对教规教义作出符合当代中国发展进步要求、符合中华优秀传统文化的阐释"，从而为全面建设社会主义现代化国家新征程做出成绩，为营造和谐社会环境，推进道德建设，为文化大发展大繁荣作出积极贡献。

福建省福清市黄檗山万福禅寺，简称黄檗禅寺或黄檗寺，既是历史悠久的中国佛教禅宗的寺院，也是日本禅宗黄檗宗的祖庭，在中日佛教文化交流史上占有重要地位。明末清初，黄檗禅寺住持隐元隆琦禅师（1592—1673）应请东渡日本传法，得到在日本京都的朝廷和江户（今东京）的德川幕府的支持以及佛教信众的信任，在宇治创建黄檗山万福寺，从而在日本禅宗临济宗、曹洞宗之外创立了日本黄檗宗，不仅对日本的佛教，而且对日本社会和文化产生了多方面的影响。2015年，习近平总书记在中日友好交流大会的讲话中曾说：

我在福建省工作时，就知道17世纪中国名僧隐元大师东渡日本的故事。在日本期间，隐元大师不仅传播了佛学经义，还带去了先进文化和科学技术，对日本江户时期经济社会发展产生了重要影响。

的确如此。隐元东渡日本弘法建寺立宗，在中日两国文化交流史上留下浓墨重彩的篇章。

然而黄檗山万福禅寺此后历经沧桑兴废，直至 20 世纪 80 年代之后，在党和政府的领导、社会各界民众热情支持下才逐渐得以修复和扩建，并且随着国家日益繁荣昌盛，再次成为中国东南的名刹。2019 年 11 月 22 日，在庆祝黄檗山万福禅寺开山 1230 周年和大规模重建开光之际，迎来黄檗山万福禅寺新任方丈定明法师。在这样一所国内外闻名的古刹担任方丈，可谓任重道远，政府领导和广大信众对他是寄予厚望的。

定明法师不负众望，就任方丈后明确表示，要继承寺院悠久的优良传统，在佛法上致力佛教大小乘会通和诸宗融合，践行与社会主义社会相适应的人间佛教，在弘法利生的同时，要以黄檗山万福禅寺为平台，联合学术界学者开展形式多样的佛教禅宗学术活动，不仅要举办学术会议，还要结集黄檗禅文化研究论文和国内外研究黄檗禅文化的专著出版《国际黄檗禅文化研究丛书》，策划编选国内外佛教禅宗研究专著出版《国际禅学研究丛书》，此外计划将黄檗希运禅师下临济宗历代祖师、黄檗山万福禅寺历代祖师以及东渡黄檗禅师的文献资料陆续加以搜集和整理，编辑出版《黄檗禅法汇》。可以想象，做出这一决定是需要坚定的信念和可以依赖的学术资源（承担课题的学者群，有学术价值的课题、翔实资料）以及充足的资金来保障的。

拟订的《国际禅学研究丛书》将选编以下内容的学术专著：

一、以考察和研究中国禅宗历史、"五家七宗"历代的代表人物、史书和其他著作、禅法思想等为内容的专著；

二、以考察和研究当代佛教坚持中国化方向的历史使命、现状和发展趋势，禅宗对当代社会的适应和创新发展，人间佛教的展望为内容的专著；

三、以考察和研究日本、韩国等国的佛教禅宗的历史、代表人物、禅法以及中日韩三国佛教禅宗文化交流为内容的专著；

四、翻译日本、韩国和欧美各国学者以考察和研究中国佛教禅宗为内容的优秀专著，以及禅学与现代文化、禅学与现代科学对话的著作。

在此，笔者衷心祝愿《国际禅学研究丛书》成功出版，能为推进中国佛教禅宗文化的研究、佛教文教建设和人文社科研究及中外文化交流发挥积极的作用，为当代文化大发展大繁荣作出积极的贡献。

2021 年 10 月 5 日于北京

《宋代佛教与儒者士大夫》序

本书是笔者于2012年通过申请得到立项的"中国社会科学院哲学社会科学创新工程学部委员创新岗位项目"的最终成果。

按照原来的计划，本书应在2014年年底完成结项。然而在收集资料和撰写过程中，深感两年内是难以写出作为专著的《宋代佛教与儒者士大夫》所应涉及的基本内容，因为不仅涉及的人物多、领域广，而且需要参考和运用的资料可谓浩如烟海，再加上笔者因患病医治花费了不少时间，到2014年年底便不得不以专题论文集的形式上报结项。

然而此后笔者从未放弃原定撰写专著的计划，而是继续对这一课题进行研究，陆续撰写各个章节。现在，总算到了统稿成书的时刻。

笔者申请这一项目时，已经年过古稀，八年走过来竟成了气血不足的老人了，每当回想起搜集梳理资料和逐章逐节写书的经历时，真是感慨万分！生老病死，人人难免。笔者经常自勉：人老，心可不能老，要挺直腰杆，在学海中继续拼搏下去。对学术研究，对撰写专著这样严肃的事，是绝不能放松和降低要求的，应如同面临一场重要的"大考"一样，要专心致志、兢兢业业，才有可能交出合格的答卷，在世代相承的人文社科学术成果的大海中留下自己微小的一滴。

为什么选择"宋代佛教与儒者士大夫"这一课题呢？笔者是经过长期的酝酿和思考的。

众所周知，中华民族共同体是经过悠久的岁月在各个兄弟民族的共同积极参与下建成的。中华民族丰富多元而统为一体的传统文化，是在先秦的以阴阳、儒、墨、名、法、道六家为代表的思想文化基础上，经过秦汉及以后历代汇总各民族的优秀文化，并有选择地吸收外来文化而充实发展起来的。在这个承前启后的历史过程中，肇始于魏晋南北朝，中经大一统的隋唐王朝，直至明清，儒释道三教相互之间的交流、互鉴和会通发挥了重大作用。

宋代上承隋唐，下启元明清，是中国文化思想发展史上的重要时期，思想文化得到高度发展繁荣，影响极为深远。宋代朝廷在奉儒家思想为正统的同时，对佛、道二教采取保护和扶持的政策。宋初承袭隋唐设置译场翻译佛经的做法，以国家的力量创设译经院（后改称传法院）组织中外高僧翻译佛经，并且创设任命朝廷重臣参与译经的制度，支持儒者参与编纂佛教史书，大力提倡三教一致和会通，致使在儒者士大夫中形成了亲近和研习佛教的风气，如杨亿、晁迥、李遵勖、王安石、苏轼、苏辙、黄庭坚、张商英、张九成、张浚等著名儒者朝臣，都与佛教有密切关系。

在这种情况下，继自前代以来的儒释道三教交流和会通的思潮，汇成了深刻影响宋代社会和思想文化的时代潮流。中国古代传统文化最高理论形态的理学（道学）形成于这个时期，在文学、史学和艺术等文化领域皆取得了前所未有的成绩。理学家程颢、程颐和朱熹虽对佛教采取排斥态度，然而他们皆曾长期出入佛道，在构建理学体系过程中皆参考和借鉴过佛教的思想。佛教在两宋也得到新的发展，富有现实主义风格的禅宗占据了中国佛教的主流地位，在民众和儒者士大夫中很受欢迎。

毋庸赘述，儒释道三教之间的交流和会通是通过拥有鲜明个性和思想感情的具体人物来实现的。那么，在宋代的儒、佛二教之中，有哪些具有代表性的儒者士大夫和佛教高僧在二教交流中扮演过重要角色，在思想文化方面有过怎样的交流，有什么相关结果和著作，两宋理学的创立到底与佛教有什么关系，理学思想如何，等等，就是本书阐述的主要内容。

笔者从事佛教研究已近六十年，在撰写此书之前对书中涉及的不少问题已有过接触或进行过研究，对中国哲学史也有相当的积累。本书依据经过梳理的文史资料和佛教文献，按照设定的"宋代社会和佛教""亲近佛教的儒者及其著作""儒者士大夫和佛教禅宗""排佛的儒者及其著作""理学和佛教"五大框架，对两宋社会政治和文化背景、佛教和儒家的概况、代表人物和事件、著作和学术思想、社会影响等，设章分节，作深入系统的考察和论述。

在宋代儒者士大夫与佛教高僧的友好交往中有很多富有趣味的故事情节。例如，北宋吕蒙正三次拜相，然而在年轻时竟有过衣食无着的贫困经历，一位寺僧将他及其全家请到寺院居住，供给衣食和生活日用，并备以读书场所，在他进京参加科举考试之时，赠以盘缠。吕蒙正考中状元，步入仕途日益腾达，以至官拜宰相，誓报佛教之恩，训示和带动全家族成员世代奉佛。其侄吕夷简、侄孙吕公著，皆官拜宰相，都与佛教高僧保持联系。一代文豪、诗人杨亿，与临济宗元琏、汾阳善昭的弟子慈明楚圆等著名禅师有密切交往，亲自参加参禅、谈禅活动，奉诏参与修订中国第一部"灯史"《景德传灯录》。在徽宗时一度担任宰相的张商英，从原来反佛到虔信佛教，为中国佛教"四大名山"之一的被看作是"文殊菩萨道场"的五台山撰写《续清凉传》，宣传文殊信仰，还撰写了会通儒释道三教的《护法论》。南宋两度出任宰相的抗金派领袖张浚，是两宋之际著名的临济宗圆悟克勤禅师嗣法弟子大慧宗杲的得力外护，在遭遇秦桧毁谤排斥而被贬官流徙南北的困苦日子里，宗杲给他写信表示亲切慰问，并应请派弟子上门陪同其母计氏奉佛禅修，传授"看话禅"。在张浚部下任"军事参议"的刘子羽与其弟刘子翚，亦皆亲近宗杲，从受法语。朱熹幼年，遵照父亲临终前的遗训，携母远到崇安五夫里依止于刘子羽、刘子翚兄弟之家，并师从他们受教。朱熹在刘氏兄弟教诲和熏陶之下，励志崇德修身，苦读儒家经典，积累文史知识，在思想上既服膺崇尚仁义和刚正忠烈的张浚，也对大慧宗杲怀有崇敬之情。朱熹为求得"悟道"之教，曾经师事宗杲的嗣法弟子道谦，从他那里了解到很多佛教特别是禅宗的思想和修行方法。在朱熹建构理学体系的过程中，得到知友张栻、吕祖谦二位的理解和协助。张栻是张浚之子，吕祖谦属于吕蒙正的七世孙……。对于这些，本书有详略不同的介绍。

在本书最后的统稿阶段，因为笔者年老气力不足，眼睛视力下降，特请明杰法师对书稿做二校，然后笔者做最后一校。明杰于2003 年从中国佛学院毕业，曾在笔者指导的研究生班专攻中国禅宗历史和禅宗文献，此后在香港大学和中国人民大学分别取得佛学、哲学硕士学位，现在中国佛教协会任综合研究室主任，在中国人民大学攻读博士。他在繁忙工作之余，认真细致地校核书稿，提出不少修订的建议。笔者已向他预定，在书的清样下来之后请他代校全书。

笔者从 20 世纪末开始，应请为中国佛学院和其他地方的佛学院指导硕士研究生，先后有多位法师通过论文答辩取得硕士学位，在各地寺院或佛教协会任职。

定明法师原在北京广化禅寺任监院、北京佛教文化研究所任办公室主任，在我指导下从北京佛教文化研究所硕士班毕业，2019 年荣任福建省福清市黄檗禅寺的方丈，有意以黄檗禅寺为平台开展佛教禅宗文化的学术活动，不仅联合学界举办学术会议，结集论文出版《国际黄檗禅文化研究丛书》，还计划组织教内外学者撰写由笔者和他共同主编的《国际禅学研究丛书》。本书完成，即拟作为《国际禅学研究丛书》的第一部书，拟请复旦大学出版社出版。

以往笔者的专著《唐五代禅宗史》《宋元禅宗史》《隋唐佛教史》皆是由中国社会科学出版社出版的，而将此书请复旦大学出版社出版是有缘由的。笔者与姚长寿博士在三十年前将日本高等院校参考教材《印度佛教史概说》译为中文，经在上海的朋友陈士强先生关照由复旦大学出版社出版，得到读者的欢迎，然而在多年前已经脱销。2020 年通过电话请陈士强向出版社反映此事，希望能重印以满足读者需要。经他介绍，笔者与复旦大学出版社陈军同志取得联系，很快得到回音，说是出版社决定以新版出版。在此后与陈军多次就书稿问题交换意见，感到他思路敏捷，办事认真。因此想到能否将我即将完成的《宋代佛教与儒者士大夫》书稿交复旦大学出版社以较快速度出版呢？此后经过协商和提交图书选题，终于将此事落实了。

这也许是笔者最后一部专著了。虽然心中尚盘算着有很多值得考察研究的学术问题，但限于身体的状况，到底今后还能做些什么，心中是没底的。

此书写得如何？笔者不敢自是，现敬奉在诸位读者面前，请予以评定，不吝赐教吧。

杨曾文

2021 年 10 月 3 日于北京华威西里自宅

第三章　北宋著名亲近佛教的儒者及其著作　　49

第一章　宋代社会和佛教

一、宋代社会

宋朝鉴于唐代藩镇割据招致国家衰弱和分裂的教训，建立之初便一举解除藩镇兵权，致力加强以皇帝为首的中央集权，恢复和发展经济生产，振兴文教事业，成为继唐之后又一个经济繁荣、文化发达的王朝。

宋朝边境长期不宁，先后受到来自北方的辽朝（契丹）、西北的西夏朝和东北的金朝三个少数民族政权的威胁和侵犯，连年疲于应对。朝廷为保住政权和维持社会安定，不惜妥协签约岁奉巨额银绢，以换取边境的平静。北宋后期，由于政治腐败，内争不断，国力陷于衰败，社会危机四伏。金朝趁机连年发兵南下进犯，在宋钦宗靖康元年（1126）攻陷京城东京，次年俘徽、钦二宗北去。北宋从此灭亡。

值此之际，徽宗之子康王赵构即位于南京（今河南商丘），建立南宋，是为高宗，在将兵簇拥之下与进犯的金兵转战各地，绍兴八年（1130）建都于临安（今杭州）。南宋此后仍接连受到金的侵扰，后来又受到新兴蒙元政权的威胁和侵扰，1279 年终于为元所灭。

宋朝在中国文化思想发展史上是划时期的时代，哲学、史学、文学、艺术等都取得前所未有的成绩。在儒释道三教交流会通成为时代潮流的形势下，中国古代哲学最高形态道学得以创建。道学也称理学，以继承孔孟"道统"自任，探讨"天道""性命"之理，借助哲学思辨来论证儒家纲常伦理和名教的合理性与永恒性，代表人物有北宋的周敦颐、张载、程颢、程颐和南宋的朱熹等人。道学的形成和发展虽深受佛教的影响，同时又反过来对佛教思想和价值趣向等产生重大影响。

二、宋朝扶助佛教传播和发展

宋代继隋唐时期佛教民族化的格局形成之后，进入中国佛教的持续发展时期。总的来说，宋代继五代后周严加限制佛教之后，在维持儒家正统地位的同时对佛教采取保护和支持的态度。

宋朝效仿唐朝，将佛经翻译作为国家的事业，在朝廷直接管理和资助下进行。宋太宗诏设译经院（后称传法院），组织高僧翻译佛经，中经真宗朝至仁宗朝的景祐四年（1037），译出大小乘佛典243部574卷，还据唐代智升的《开元释教录·入藏录》等经录和新译佛经编刊大藏经，流通于全国。

宋代皇帝中有的还撰文或写诗赞颂佛教、从事佛经注释。宋太宗撰《妙觉集》，宋真宗撰《崇释论》《御制释典法音集》《御注四十二章经》《御注遗教经》，南宋孝宗撰《原道》，并注《圆觉经》等，提倡儒释道三教一致，对朝野儒者士大夫的影响是很大的。

宋代在支持佛教的同时加以管理和限制。在中央朝廷和地方州府的管辖下设立僧官管理僧尼，京都有左右街僧录司，设僧录、副僧录、讲经论首座、鉴义等僧职；地方的州府设有僧正、都僧正等职。规定出家者必须先拥有祠部下发的度牒、空白戒牒，在通过考试（诵读一定数量的佛经）合格后才能剃度为僧①。

据《宋会要辑稿·道释一》，宋真宗天禧五年（1021）全国有僧397 615人、尼61 239人，僧尼总数约占当时全国总人口的2.3%②。

三、宋代佛教概况

宋代佛教大体分为禅、教、律三教，宋人也称之为"三宗"。"禅"是禅宗，最为流行，有云门、临济、曹洞三宗；"教"指禅宗以外诸宗，主要有天台宗、华严宗和净土宗（作为净土信仰寓于诸宗之中）；律是律宗，实为律学。寺院也大致分禅寺、教寺和律寺。然而由于佛教各宗互相会通融合，彼此之间实际上并非壁垒森严。

天台宗在唐末以来虽然日渐衰落，然而在五代时期的江南吴越统治地区，因为得到皇室的支持，也有新的发展。北宋时期，在江浙一带仍相当盛行。宋仁宗时，诏许天台宗典籍入大藏经，对保存和流通天台宗有很大帮助。

宋代天台宗由于先后从日本、高丽传入国内已经逸失的教典，对天台宗的中兴有一定影响。由于发生所谓山家、山外之争，对天台宗的教理发展也有很大促进。天台宗第十四祖高论清竦的门下有两大弟子，一是螺溪义寂，一是慈光志因。在义寂的法系出了四明知礼（960—1028）和慈云遵式（964—1032）。知礼是山家派的代表人物，著有《十不二门指要钞》等，有《四明尊者教行录》传

① 参考元代脱脱等撰《宋史·职官志》、清代徐松辑《宋会要辑稿》第二百册《道释》。
② 《文献通考》卷十一载，天禧五年（1021）全国主客户人口为19 930 320人。

世。此外，他的法系的著名人物有尚贤、本如、梵臻、继忠、从义、如湛、宗晓等人。在志因法系出了慈光晤恩、奉先源清、灵光洪敏、梵天庆昭、孤山智圆等人，是山外派的代表人物。

华严宗在唐代宗密之后长期传承不明。宋代，在北方出现著述《金师子章注》的五台承迁，南方有长水子璇，著《起信论笔削记》，其弟子晋水净源著《仁王经疏》《华严疏注》等。宋末出现道亭、观复、师会、希迪四家，撰述《义苑疏》《折薪记》《复古记》《集成记》等，使华严宗一时出现振兴的景象。

律宗自唐道宣创立的"南山律宗"成为中国律学正统之后，在宋代以江浙地区的律僧元照、允堪最为有名。元照运用天台宗旨注释道宣《四分律删繁补阙行事钞》，撰《四分律行事钞资持记》；允堪注释并发挥道宣律学著作，撰《会正记》《发挥记》《正源记》等。

天台宗、禅宗与净土宗（净土信仰）之间的关系十分密切。天台宗高僧在江南发起念佛结社，受到僧俗信众的欢迎。诸宗之间交流会通，特别是禅、净二宗的融合在不断进行着。有的禅僧在"唯心净土，本性弥陀"的口号下将净土念佛法门吸收到禅宗修行方法中。

在宋初，禅宗在北方尚未盛行。宋仁宗时，由于皇帝和儒者士大夫的理解和支持，禅宗在京城和北方迅速兴盛起来。宋神宗下诏将开封相国寺六十四院改建为八院：慧林禅院、智海禅院两所禅院，还有六所律院。随着禅宗的传播和兴盛，逐渐发展成为中国佛教中的主流派。在禅门五宗中，沩仰宗在宋代以前已经衰微不传，在宋代相继传播的禅宗派别有法眼宗、云门宗、临济宗，最后是曹洞宗。

临济宗在诸宗中成立最早，进入北宋以后曾与云门宗相并盛行，而且一直流传至今，对中国历史文化的影响也较大。

临济宗的创始人是义玄（？—866），长期在镇州（治今河北正定）

临济院聚徒传法。临济宗主要是通过弟子魏府兴化寺存奖（830—888）的法系而流传繁衍后世的。存奖之后，经慧颙、汝州风穴寺延昭、汝州首山省念三代，至汾阳善昭（947—1024）时得到迅速发展。善昭在传法中重视语言文字的运用，不仅经常引述以往禅师的语录，而且有时以所谓代语、别语、诘语等禅语表达形式加以评论和发挥，还从流传于丛林之间的禅语公案中选择出一百则以偈颂的形式加以评述，编撰成《颂古百则》，对宋代文字禅的发展影响极大。他培养出十几位才智出众的弟子相继传法于大江南北。进入北宋后期以后，传布于各地的临济宗几乎皆属于善昭的法系。

在善昭弟子石霜楚圆（986—1039）以后，临济宗分为黄龙派和杨岐派。从此，佛教史书往往将禅宗派别统称为"五家七宗"，即临济宗、沩仰宗、曹洞宗、云门宗、法眼宗和临济宗的黄龙派、杨岐派。

临济宗黄龙派在黄龙慧南下的二、三世是最繁盛的时期。慧南弟子中以晦堂祖心、东林常总、真净克文最有名。祖心的弟子有灵源惟清、死心悟新及草堂善清；克文的弟子有兜率从悦、泐潭文准及惠洪等人，都成为丛林乃至社会上十分活跃的著名禅师，极大地推进了临济宗在江南的传播。与这些禅师有密切交往的儒者王安石、谢景温、苏轼、黄庭坚、张商英等士大夫，或是在政治上，或是在文学上，都是有较大影响的人物。由此也可以说，北宋后期临济宗黄龙派在中国佛教史、文化史上写下了色彩斑斓、内容丰富的一章。

临济宗黄龙派的兴盛虽比杨岐派略早，然而到杨岐方会下二世五祖法演以后，杨岐派迅速兴起，后来居上。法演的嗣法弟子圆悟克勤（1063—1135）、佛眼清远、佛鉴慧勤、开福道宁、大随元静等禅师生活在北宋末期至南宋初期，在相当于现在的河南、安徽、江苏、湖南、四川等地传法，将临济宗杨岐派推向各地。他们在禅法上主张佛性本有，见性成佛，提倡修行不离生活日用，传法方式生动活泼。

继黄龙派衰微之后，杨岐派成为临济宗的主流。南宋后期，临济宗几乎全属杨岐派，其中最有影响的是属于圆悟克勤弟子大慧宗杲（1089—1163）和虎丘绍隆的两大法系。

曹洞宗是仅次于临济宗的一个流传范围广和影响大的宗派，然而曾长期不振，宋初洞山下五世大阳警玄（后避讳改警延，943—1027）至年老甚至找不到满意的继承人，在死前不得已托临济宗省念下三世浮山法远的弟子投子义青代传曹洞禅法。

宋代曹洞宗以随州大洪山（在今湖北随州市）为基地得到很大发展。义青的嗣法弟子大洪报恩为大洪山第一世，嗣后是义青另一弟子芙蓉道楷，对曹洞禅法有较大发展。道楷的弟子中以丹霞子淳最有名，门下出了宏智正觉（1091—1157），生活在北宋末南宋初，提倡休歇身心、绝言绝虑的"默照禅"，有《宏智广录》传世；另一弟子是真歇清了，三传至长翁如净，在天童寺传默照禅，有《如净和尚语录》传世。

四、禅院、教院的"五山十刹"

随着佛教特别是禅宗的日益兴盛，信众和亲近者增多，寺院数量也不断增加，规模日渐宏阔。在京城和各地城镇建有不少由朝廷、官府直接统辖的宏伟壮丽的十方寺（十方刹、十方僧伽或十方丛林），住持须由朝廷勅命或经地方官府考察举荐而以疏书委任。

五代时期，吴越国王钱镠（907—932在位）因崇信禅宗，将管辖下原来的教寺一律改为禅寺①。自然，那些属于教门的天台宗、华严宗和律宗虽没有禅宗那样兴盛，但仍存在。

南宋宁宗嘉定十七年（1224）②，经丞相史弥远（1164—1233）奏请并主持，仿照官员任命"拾级而升"的制度，将南方官府管辖的寺院评定出禅院、教院的"五山十刹"的等第序列，规定住持寺院须由低级寺升至高级之寺③。据明代田汝成所撰《西湖游览志余》卷十四《方外玄踪》载录：

> 嘉定间（按：应指嘉定十七年，1224 年），品第江南诸寺，以余杭径山寺，钱塘灵隐寺、净慈寺，宁波天童寺、育王寺为禅院五山。钱唐中天竺寺，湖州道场寺，温州江心寺，金华双林寺，宁波雪窦寺，台州国清寺，福州雪峰寺，建康灵谷寺，苏州万寿寺、虎丘寺，为禅院十刹。
>
> 以钱唐上天竺寺、下天竺寺，温州能仁寺，宁波白莲寺，为教院五山。钱唐集庆寺、演福寺、普福寺，湖州慈感寺，宁波宝陀寺，绍兴湖心寺，苏州大善寺、北寺，松江延庆寺，建康瓦棺寺，为教院十刹。

---

① 参蓝吉富主编的《中华佛教百科全书》。

② 见明代田汝成撰、今人陈志明编校的《西湖游览志》卷三《南山胜迹·净慈禅寺》。

③ 明代宋濂《天界善世禅寺第四代觉原禅师遗衣塔铭》："浮图之为禅学者，自隋唐以来初无定止，惟借律院以居（百丈大智禅师方建丛林规矩）。至宋而楼观方盛，然犹不分等第，惟推在京巨刹为之首。南渡后，始定江南为五山十刹，俾其拾级而升，黄梅、曹溪诸道场反不与其间，则其去古也益远矣。"《住持净慈禅寺孤峰德公塔铭》："古者住持各据席说法以利益有情，未尝有崇卑之位焉。逮乎宋季史卫王（按：史弥远死后理宗追封卫王）奏立五山十刹，如世之所谓官署，其服劳于其间者，必出世小院，俟其声华彰著，然后使之拾级而升，其得至于五名山，殆犹仕宦而至将相，为人情之至荣，几复有所增加。"载《宋人八家佛道集》卷﹍﹍﹍﹍明﹍宋濂撰﹍﹍﹍相﹍﹍钱谦益订，民国八年（1919）孙氏刻本。

杭州律院，则昭庆寺、六通寺、法相寺、菩提寺、内外灵芝寺，不在五山十刹之列。[1]

据此，禅院五山的次第和地址、寺名是：杭州临安府兴圣万寿禅寺（或称径山寺、径凤坞寺、双径寺）、杭州临安府北山景德灵隐禅寺、明州庆元府太白山天童景德禅寺、杭州临安府南山净慈报恩光孝禅寺、明州庆元府阿育王山广利禅寺。

至于禅院十刹，有杭州中天竺寺、湖州道场寺、建康（今南京）蒋山寺（灵谷寺）、苏州万寿寺、明州（治今浙江宁波）雪窦寺、温州江心寺、福州雪峰寺、婺州金华双林寺、苏州虎丘寺、台州国清寺。

教院五山是：杭州天竺寺、下天竺寺，温州能仁寺，宁波白莲寺；

教院十刹是：杭州集庆寺、演福寺、普福寺，湖州慈感寺，宁波宝陀寺，绍兴湖心寺，苏州大善寺、北寺，松江延庆寺，建康瓦棺寺。

禅宗尚有分布各地的三十五所甲刹。

朝廷"五山十刹"的制定，既有利于加强对佛教界的笼络和控制，也可以借此彰显受任之僧的荣誉感，以获得僧俗信众的好感。

五山十刹制延续到元朝，直至明代和清初虽也仍然存在，但并非严格实行。

五、儒释道三教会通和儒者士大夫

宋代儒释道三教之间广泛而深入的交流和会通，影响到社会政

---

① 亦载明代朗瑛撰《七修类稿》卷五，但未记时间。

治和文化思想的各个领域。由于朝廷扶持佛教，重视译经并任命高官参与译经事业，在朝野儒者士大夫中形成了尊重佛教、探究佛教和接近乃至信奉佛教的风气。

在著名的儒者士大夫中，曾经拜相和出任执政（枢密使、参知政事）的高官如吕蒙正、富弼、赵抃、范仲淹、王随、张方平、王安石、吕惠卿、张商英、李纲、张浚，及朝廷大臣杨亿、李维、王曙、李遵勖、杨杰、苏轼、苏辙、黄庭坚、徐俯、张九成等人，都曾与佛教保持密切关系，有的甚至成为护法居士，其中有不少人与禅僧交谊很深。

儒者与佛教接近、与各地僧众的密切交往和在佛教义理、传统文化领域的互相切磋交流，对正在形成发展中的理学以及文学、史学、艺术等文化形态的繁荣发展产生很大影响，同时也对佛教适应时代传播与发展有很大推动作用。

第二章　宋代佛经翻译与士大夫

在佛教传入中国并逐步实现民族化的过程中，佛经翻译是一项重要事业。从两汉至魏晋，来自印度或西域的僧人在汉族信奉佛教的知识分子的协助下于民间翻译佛典，4 世纪后期道安在前秦国都长安已开始利用国家保护和资助组织翻译佛经，直到大力支持鸠摩罗什译经的后秦才把佛经翻译正式纳入国家的事业，此后经南北朝，直至隋唐，历代朝廷都把翻译佛经当做国家的重要事业，将大量佛典译为汉文。

宋代上承国家处于分裂局面的五代十国。宋太祖已基本平定江南几个地方割据政权，至太宗时平定割据于河东的北汉，建立了南北大部分地区的一统格局。此后虽长期受到来自北方的时刻伺机内侵的辽、西夏的威胁，然而继唐朝之后，宋朝在中国封建社会文化史上属于承前启后的时代，伴随生产技术和经济的进步，社会文明达到新的高峰，作为传统文化三支的儒、释、道三教都得到新的发展。

宋代继隋唐基本形成民族化的佛教格局之后，进入作为中国佛教的进一步充实完善的时期。宋代历朝皇帝在维持儒家正统地位的同时，都对佛教采取信奉、保护和支持的态度，使佛教得以持续发展。宋朝效仿唐朝也将佛经翻译作为国家事业，直接予以组织和管理。自唐代元和六年（811）译经中断一百七十多年之后，宋朝再次以皇帝的名义设置国家译场。从宋太宗太平兴国七年（982），中经真宗朝，至仁宗朝的景祐四年（1037）的半个世纪是宋代译经最辉煌的时期，译出大小乘佛典 243 部 574 卷，此后直到徽宗政和三年（1113），其间仍陆续有少量佛典译出。虽然宋代所译佛典的数量仅接近唐代译经的四分之一，所译佛典在佛教界实际流通的范围不太广，然而它却是构成宋代佛教和社会文化的一个重要方面，对当时的社会和后世的佛教有重要的影响。

在宋代佛经翻译过程中，有不少身为朝廷重臣的儒者士大夫奉诏直接参与，既促进了儒、佛二教学术的交流，也无形中提高了佛教的社会地位，扩大了佛教对社会文化思想的影响。

下面的考察以宋太宗至仁宗三朝的译经为重点，对宋代佛经翻译和儒者士大夫的参与贡献进行介绍。

一、宋太宗、真宗、仁宗与佛教、佛经翻译

在古代以皇帝为首的封建专制主义中央集权的社会，任何宗教如果得不到皇帝、朝廷的允许和支持都是很难立足并且得到顺利发展的。东晋道安说："不依国主，则法事难立。"[1] 唐代道宣说："自教流东夏，代涉帝朝，必假时君弘传声略，然后玄、素（按：僧、居士）依缙，方开基构。"[2] 他们都说出了实情。

宋太祖赵匡胤（960—976 年在位）在后周世宗手下为将时，曾目睹世宗发起的禁毁佛教之举（955 年），但他并未改变对佛教的热

---

[1] 南朝梁慧皎撰《高僧传》卷五"道安传"。
[2] 唐代道宣撰《大唐内典录·序》。

诚信仰，而是"益信佛法"①。他在即位之初立即着手恢复佛教，在他的生日度童行8 000人为僧，建隆二年（961）诏南征的李重进在扬州（在今江苏）行营建立建隆寺，为战死将士追荐冥福。这是仿照当年唐太宗在战场旧地建立寺院为死亡将士祈祷的做法。他优遇来自印度、西域的僧人以及从印度求法取经归来的僧人，建隆四年（963）特派行勤等157人前往印度求法。进士李蔼因"坐毁释氏，辞不逊"，太祖甚至下诏给以"黥杖，配沙门岛"的惩罚②。他还派太监到益州（治今四川成都）雕造大藏经版，是宋代雕印大藏经事业的开创者③。宋太祖信奉、扶持佛教的态度和做法，基本为后世历朝皇帝继承。

宋太宗赵光义（976—997年在位），在太平兴国元年（976）即位不久便下诏全国普度童子17万人，此后施行限制度僧人数，须经试经及格才允许剃度的制度。他将京城开封的龙兴寺改名为太平兴国寺，于太平兴国七年（982）在此置译经院（后改称传法院），召请印度僧天息灾等入住此院译经，以国家的力量组织翻译佛经并继续雕印大藏经。每逢皇帝生日由译经院进献新经，成为北宋历朝的惯例。他曾表示："朕方隆教法，用福邦家"；他以新译经典示宰臣说："浮屠氏之教有裨政治……朕于此道，微究宗旨。凡为君治人，即是修行之地，行一好事，天下获利，即释氏所谓利他者也……虽方外之说，亦有可观者，卿等试读之。盖存其教，非溺于释氏也。"④他认为翻译佛经，兴隆佛教，是有利于治国安民的。他在雍熙三年（986）为天息灾等僧的译经所写《新译三藏圣教序》中说：

---

① 元代熙仲集《历朝释氏资鉴》卷八引《欧阳公外传》。
② 《宋史·太祖纪》。
③ 以上除注明出处外，皆见宋代志磐撰《佛祖统纪》卷四十三。
④ 宋代李焘撰《续资治通鉴长编》卷二四太平兴国八年（983）记事。

"大矣哉，我佛之教也。化导群迷，阐扬宗性……"，对佛教的善恶因果报应教义和大乘的性空解脱的教理表示赞赏①。他还派使者到传为文殊菩萨道场的五台山、普贤菩萨道场的峨嵋山兴建寺院，对这些地方佛教的发展产生很大影响。

宋真宗赵恒（997—1022 年在位）对儒、释、道三教都很尊崇，在位期间曾到泰山封禅，到汾阴（今山西宝鼎县）祀后土，到曲阜拜谒孔子庙，封孔子为"玄圣文宣王""至圣文宣王"。又至亳县（在今安徽）太清宫祭祠老子，加封老子为"太上老君混元上德皇帝"。真宗仿效唐皇室以老子为祖先的做法，以道教的元始天尊为"圣祖"，在京城和各地建景灵宫、圣祖殿祭祠。真宗撰《崇儒术论》以示宰臣，并刻石于国学。他也撰有《崇释论》，认为佛教可以"劝人之善，禁人之恶"，佛教"五戒"的不杀、不盗、不惑（原是不邪淫）、不妄（不妄语）、不醉（不饮酒）与儒家"五常"的仁、义、礼、智、信是"异迹而道同"的②。他大力支持译经，在咸平二年（999）继太宗之后作《继圣教序》。他命译经使赵安仁等人编录自太宗以来的译经目录为《大中祥符法宝录》（简称《大中祥符录》），在他撰的序中认为佛教为"含灵之所依，历世之所尚，盖以辅五常之治，为众善之基"③，认为佛教可以辅助儒家纲常名教，引人向善。自太宗以来至真宗晚年，虽也命大臣担任译经的润文

---

① 宋太宗《圣教序》，载宋代祖琇《隆兴编年通论》卷二十九《〈大明三藏圣教北藏目录〉序》。但《续藏经》本《隆兴编年通论》所载《圣教序》年代有误，作太平兴国三年（978）。清代徐松辑《宋会要辑稿》作雍熙一年（984），从上下文看有误，据《佛祖统纪》卷四十三应为雍熙三年（986）。

② 《佛祖统纪》卷四十四，《大正藏》卷四十九第 402 页上。

③ 《大中祥符法宝录》（以下简称《大中祥符录》）卷一、二已不存，此序现存《天圣释教总录》下册。《天圣释教总录》见《中华大藏经》（汉文部分）第七十二册（以下不再注明）。

之职，但未必是宰相。在真宗去世的前一年，即天禧五年（1021），他听从译经僧法护、惟净的奏言，正式任命位至宰相的官员出任"译经使兼润文"官[1]。他还自注《四十二章经》《遗教经》，编入大藏经。据《宋会要辑稿·道释一》，天禧五年（1021）有僧397615人、尼61239人，僧尼总数约占当时全国总人口的2.3%[2]。

宋仁宗赵祯（1022—1063年在位）时，所存梵文经夹中未译的新经已经不多，但他继承先帝遗训仍继续大力支持翻译佛经。他在景祐三年（1036）为《景祐新修法宝录》写的序中，解释为什么应译经僧和臣僚之请写序时说：

> 欲使率土之内，含生之流，发归依之诚，究因报之本，易贪痴为平等，革暴戾为慈爱，愚者畏罪以远恶，上士希福而增善，化民厚俗，不可得而让也。

这种认为佛教能够教化民众止恶向善的思想与前几位皇帝是一致的。他在一首赞颂佛牙的偈中说，三皇、五帝、孔子、老子虽生前为圣人，但死后皆化为尘土，"唯有吾师（按：指佛）金骨在，曾经百炼色常新"[3]。意为佛与孔老等圣贤不一样，生命是永存的。他著《三宝赞》赐给宰辅和传法院，后被收入大藏经。在他直接支持下，天台宗、禅宗迅速盛行于社会，并诏将这两宗和法相宗的重要典籍收入大藏经[4]。他继承真宗晚年任命宰相担任译经使的做法，

---

① 《景祐新修法宝录》卷十六。《景祐新修法宝录》见《中华大藏经》（汉文部分）第七十三册（以下不再注明）。

② 《文献通考》卷十一载，天禧五年（1021）全国主客户人口为19930320人。

③ 《佛祖统纪》卷四十五，载《大正藏》卷四十九第409页中。

④ 见《佛祖统纪》卷四十五的天圣二年（1024）、皇祐元年（1049）等各条，并《景祐新修法宝录》卷十七天圣四年（1026）条。

先后任命王钦若、吕夷简、章得象、陈执中、庞籍、文彦博、富弼等宰相出任译经使兼润文官①。这一做法一直延续到宋神宗元丰五年（1082）七月。《宋会要辑稿·道释一》载，景祐元年（1034）全国有僧 385 520 人、尼 48 742 人，僧尼总数约占当时全国总人口的 1.67%②。

自宋仁宗以后，佛教译经基本上处于名存实亡的状态。

二、宋朝的译场——译经院（传法院）

自佛教传入以来，中国与印度、中亚一带的佛教文化交流一直未断。北宋建国之后，来自印度和中亚诸国的僧人前后相继，也有先后前往这些地方求法的中国僧人归来，他们将带来的贝叶经（梵夹）、佛骨舍利、菩提树叶、金刚座（当年释迦牟尼在菩提伽耶坐禅成佛之座）印、念珠等进献朝廷，往往受赐紫衣、束帛等。据《大中祥符录》《景祐新修法宝录》所载译记来看，他们进献的贝叶经多是"中天竺梵本"，也有的是"西天竺梵本""西天竺书""中天竺语，龟兹国书"。这些贝叶经开始被放在宫中，宋太宗设立译经院之后，降诏"尽以禁中所有梵夹付院"，命译经僧依之翻译③。

印度佛教在 7 世纪以后进入大乘佛教的后期阶段，在原有的大小乘教派之外，新兴起的密教逐渐盛行。密教吸收了大乘般若中观和唯识学派的思想，又吸收印度教以及民间宗教的信仰成分，以重视繁杂的祭祠、仪规、咒术和拥有浓厚的神秘主义色彩的教义为特

---

① 参见清代徐松辑《宋会要辑稿》第二百册第 7893 页上。
②《文献通考》卷十一载，天圣七年（1029）全国主客户人口为 26 054 238 人。
③《大中祥符录》卷三。《大中祥符法宝录》（简称《大中祥符录》）见《中华大藏经》（汉文部分）第七十三册（以下不再注明）。

色。后期密教还吸收了印度教性力派的做法，将男女性行为引入教义和修行方法之中，形成"左道密教"，日趋堕落。从 8 世纪以来，印度先后遭到来自信奉伊斯兰教的阿拉伯国、属于突厥族系的阿富汗伽色尼、古尔王朝的侵袭，13 世纪初被原为古尔王朝部将出身于奴隶的库特布丁·艾伊拜克（1206—1210 年在位）所灭，以德里为都正式建立伊斯兰教的"奴隶王朝"（1206—1290）。在这个过程中由于强行推行伊斯兰教，佛教连续遭受严重摧残，最后终于在印度本土消亡。

这种情况不能不对宋代的佛教翻译产生直接影响。宋代所译经典虽有不少传统的大小乘佛典（包括重译者），但数量最多的是密教经典，而到 11 世纪 20 年代库藏可供翻译的新经已经无多，译经事业难以为继了。由于中国社会以儒家纲常名教和礼仪为正统，不仅有的密教经典未能被翻译，即使翻译出来的密教经典也未必能在社会上广泛流行。

宋代译经始于宋太祖之时。中天竺僧法天与其兄达理摩莘多携带梵夹先到鄜州（治今陕西富县），结识河中府（治今山西永济县蒲州镇）梵学僧（通晓梵语的学僧）法进，二人合作，译出《圣无量寿经》《尊胜陀罗尼经》《七佛赞》（这三部经在译经院成立后，诏"重加详证"）。开宝七年（974）鄜州知州王龟从上表进献这些新译佛经，太祖诏命法天等人进京陛见，赐以紫衣。

宋太宗太平兴国五年（980），北天竺僧天息灾、施护到达京城，诏赐紫衣，并令他们与法天查阅已有的梵夹。"太宗崇尚释教，又以梵僧晓二方言，遂有意于翻译焉。"[1] 遂命太监郑守约主持，在太平兴国寺大殿西边兴建译经院。太平兴国七年（982）译经院建

---

[1]《宋会要辑稿·道释二》。

成，召请天息灾等人入内居住并译经。

中国译经在由朝廷主持成为国家事业之后，译场的规模越来越大，译经仪规和制度也自简至繁。宋在继承唐朝译经做法的基础上，制定了更加详备而且带有程式化的仪式和制度。译经院刚一成立，天息灾等人通过润文官光禄卿汤悦向宋太宗上奏提出了所谓"自古译经仪式"和译场制度。

据《宋会要辑稿·道释二》和《佛祖统纪》卷四三的记载：译经院内应设立道场，在东堂面西置"圣坛"，开四门，各由一位"梵僧"（此指来自印度或西域的僧人）主持，称念"秘密咒"七昼夜；又设供奉佛、菩萨、天神名位的木坛，称之为"大法曼拏罗"（按：当即大法曼荼罗），众僧早晚两次举行法事，迎请佛菩萨，用净水鲜花供养，烧香礼拜，"请祈民佑，以珍魔障"。

在译场参与译经的人员有：（1）主持译经的最高僧称"第一译主"，简称"译主"，正坐面向外边，宣讲梵文；（2）证梵义僧，坐在译主的左边，与译主评量梵文经典的意思；（3）证梵文僧，坐在译主右边，在听译主朗读梵本经典时，审核是否有误；（4）书字梵学僧，对照梵本，用汉字将译主宣读的梵语加以音译；（5）笔受梵学僧，将梵语译为汉语；（6）缀文梵学僧，将译出的文字按汉文语法整理成文；（7）证义僧，审核所译出的文字，不使有误；（8）刊定梵学僧，将译文的重复、缺漏之处加以修定；（9）润文官，由皇帝任命朝臣担任，在僧众的南边另设座位，对译经文字加以修饰润色。参照《大中祥符录》《景祐新修法宝录》可知，此外还有负责日常对译经活动进行监督，并与皇帝、朝廷保持联络的"监护"，在宋代皆由身为太监的内官担任。译经僧每日必须沐浴，穿戴整洁，保持译场庄严肃静，译经的一切所需由朝廷供给。对于经文如果出现与皇帝的名字相同的字，如何办？原来汤悦的奏文提到"前

代不避"，建议"依国学九经，书御名回避，讳但缺点画"。宋太宗
下诏"御名不避"，对于其他皆依所奏①。

从此，宋朝的译场宣告成立。太平兴国八年（983）八月，诏
改译经院为传法院，又在显圣寺设印经院，以放置经板和印刷佛
经。宋真宗咸平二年（999）时，曾有礼部侍郎陈恕奏请废除译经
院，说译经"久费供亿"，但真宗认为此为"先朝盛典"，不准其
奏②。宋仁宗时因为库藏已缺少新经，译经进入勉强维持局面。宋
神宗熙宁三年（1070）废印经院，而在元丰元年（1078）译经僧日
称死后，后继无人，译经濒于停止。

在金朝占据北方，南宋迁都临安（今杭州）之后，传法院也随
之迁移，设在新建的寺宇，南宋孝宗淳熙二年（1175）赐名"太平
兴国传法寺"③。然而，此时已是徒有其名。

三、主要译经僧

宋代担当译经的主要是来自印度的僧人，也有少量汉僧、西夏
僧。译经僧需由皇帝钦定，一般授以"三藏""译经三藏"的头衔。
宋代有此头衔的译经僧，按来华时间先后顺序有印度僧法天、法
护、天息灾、施护、法护，较晚的有慈贤，汉僧有惟净、绍德，此
外还有西夏僧日称、智吉祥、金总持等人。印度译经僧中有两个法
护，为便于区别，不妨按他们的籍贯将先来华又回印度的那位称之
为"中印度法护"，后一位不妨称为"北印度法护"。现存记载他们
生平的资料太少，下面仅能作简单介绍。

---

① 《宋会要辑稿·道释二》。
② 《佛祖统纪》卷四十四，载《大正藏》卷四十九第 402 页上。
③ 《宋会要辑稿·道释二》。

天息灾（？—1000），宋太宗赐名法贤，北天竺迦湿弥罗国（今克什米尔）人，年十二在本地密林寺学习声明学，后来对其从父兄施护说："古圣贤皆译梵从华而做佛事。"于是，相约来华，先至敦煌。在宋太宗太平兴国五年（980）与施护同时到达京城开封，受赐紫衣。宋太宗"崇尚释教"①，有意翻译佛经，命天息灾与早到开封的法天查阅收藏在宫廷等地的梵文贝叶经（梵夹），以作准备。太平兴国七年（982）六月译经院完工，诏命天息灾、法天、施护三人入院着手翻译佛经，赐天息灾"明教大师"号、法天"传教大师"号、施护"显教大师"号。在译经院刚刚建成之际，天息灾通过光禄卿汤悦向宋太宗提出"自古译经仪式"，立即被采纳实行。

宋太宗先命天息灾等三人先各自选择一部贝叶经翻译进上，诏梵学僧法进、常谨、清沼等担任笔受兼缀文，汤悦、兵部员外郎张泊为润文官，太监殿直刘素为监译②。天息灾所译的第一部佛经是《圣佛母小字般若波罗蜜多经》一卷。

太平兴国八年（983）在法天译出《大方广总持宝光明经》上进皇帝之际，天息灾上奏：

> 窃见教法东流，历朝翻译宣传佛语，首在梵僧。其如天竺、中华，方域悬阻，或遇梵僧有阙，则虑翻译复停。臣等欲乞下两街僧司，选诸寺院童子五十人，就译经院，先令攻习梵字，后令精穷梵义。所贵成就梵学，继续翻宣。③

---

① 《宋会要辑稿·道释二》。
② 以上据《宋会要辑稿·道释二》、《佛祖统纪》卷四十三有关记载，并参考《大中祥符录》卷三。"汤悦"，前一字作"杨悦"，据《宋高僧传》卷三"论曰"、《大中祥符录》卷三改。
③ 《大中祥符录》卷三。

"两街僧司"即"左右街僧录司",是全国僧官机构,最高的僧官是僧录,下面有副僧录、鉴义等。天息灾建议由僧官出面在各个寺院选择尚未受具足戒的童子50人,到译经院跟随译经僧学习梵文和佛典义理,学成之后参与译经,使译经事业得以继续。太宗皇帝准其奏。殿头高品(宫内太监官名)王文寿奉诏请左右街僧录从"京城出家童子"500人中,选出惟净等50人,先引他们入宫晋见皇帝,然后送他们入住译经院学习梵文。由此诏改译经院为传法院。从佛教传入中国直到隋唐,汉僧要懂得梵语,都是师事来自印度或西域的僧人学习,或是亲自到印度求法学习。宋代由朝廷负责组织培养通晓梵文并能从事够译经的人才,可以说是中国译经史上的创举。

雍熙元年(984),宋太宗得知天息灾想游历山水,便下诏准许他游访南岳,临行赐以束帛,并诏派官员、仆役随从,命沿途各县供给食物。天息灾在翌年回京,继续译经。此年十月,宋太宗看到天息灾等人的译经十分高兴,对宰相说"译经辞义圆好","得翻译之体",特授天息灾、法天、施护三人以"朝散大夫、试鸿胪少卿"的官衔,按月给俸禄①。雍熙四年(987),诏天息灾改名法贤。天息灾在译经僧中实际处于"第一译主"地位,重要表奏皆以他为首署名。端拱元年(988)天息灾与法天在得到宋太宗诏许之后,到传为文殊菩萨道场的五台山、普贤菩萨道场的峨眉山巡游瞻礼。第二年四月,宋太宗特授天息灾为"试光禄卿",法天、施护为"试鸿胪卿"。至道三年(997)宋真宗即位,十一月在接见上进新译经的天息灾等人之后,诏加他们三人以"朝奉大夫"之位。天息灾死于咸平三年(1000)八月四日,宋真宗赐谥"慧辩"之号。

---

① 《宋会要辑稿·道释二》、《大中祥符录》卷四。

据《天圣释教总录》的"总排新经入藏录"并参照 1934 年支那内学院补编《祥符录略出》，天息灾（法贤）一生共译经 88 部 143 卷，其中大乘经 60 部 97 卷①，以密教经典最多；小乘经 17 部 31 卷，小乘律 1 部 1 卷，西方圣贤集传（译自来自印度、西域的传记偈赞等）78 部 139 卷。

法天（？—1001），中印度摩揭陀国（在今印度恒河以南一带）人，梵名达理摩莘又多，刹帝利（四种姓中第二种姓，国王或军政贵族后裔）种姓。宋初，与其兄达理摩莘多携带佛经同至中国，在鄜州结识河中府的通晓梵文的汉僧法进，在法进协助下译出《圣无量寿经》等三经，后由鄜州知州王龟从奏荐入京，受到宋太祖的召见并赐紫衣。在译经院成立后，与天息灾、施护为主要"译经三藏"。奉宋太宗之命译出的第一部经是《大乘圣吉祥持世陀罗尼经》。他前后受传教大师之号，并叙位朝散大夫、试鸿胪少卿、试鸿胪卿、朝奉大夫，又试光禄卿。死于宋真宗咸平四年（1001）五月十八日，赐谥"玄觉"之号。

据《天圣释教总录·入藏录》统计，法天译出经典 42 部 68 卷，其中大乘经（以密教经典最多）26 部 51 卷，大乘论 1 部 1 卷，小乘经 7 部 8 卷，小乘律 3 部 3 卷，西方圣贤集传 5 部 5 卷。

中印度"三藏沙门"法护，在宋太宗太平兴国八年（983）十月译出密教经典《大力明王经》一部二卷，便上表请得太宗诏许归国。现存资料对此人情况记载甚少。《大中祥符录》卷三在太平兴国八年十月译经录之后载：

---

① 依据《天圣释教总录·入藏录》统计，大乘经有 59 部 93 卷，总数是 87 部 139 卷。据支那内学院编《祥符录略出》，天息灾在淳化五年（994）译有密教经典《金刚萨埵说频那夜迦天成就仪轨经》一部四卷，因宋真宗在天禧四年（1020）诏令票付此经入藏，故《天圣释教总录》未将此经著录，致使天息灾译经数少 1 部 4 卷。

> 竺法护，中天竺人也。戒行精勤，慧性明敏，太平兴国中与法天同届京阙，寓止译筵，以助释演。至是上表请还。太宗特从其志。

又据《宋会要辑稿·道释二》载：

> 法天……与其兄达理摩荜多、西印度僧尼罗、南印度僧尼没驮计哩帝等四人，同游中国。惟法天与其兄得达，余皆没于路。

前面已经介绍，法天是中天竺人。既然与法天结伴来华者只有其兄达理摩荜多到达，其他皆死在路上，可见这位达理摩荜多就是法护。

施护（？—1018），北印度乌填国（应为乌填曩国，即乌苌国，在今印度河上游）僧，是天息灾的"从父兄"。从十五岁在当地帝释宫寺跟僧悲贤学梵文及师子国（今斯里兰卡）、于阗（今中国新疆和田一带）、三佛齐（今印度尼西亚的苏门答腊）、阇婆（今印度尼西亚的爪哇或苏门答腊，或兼指两地）文字。与天息灾同时到达开封，入译经院译经，奉宋太宗之诏译出的第一部经是密教经典《无能胜幡王如来庄严陀罗尼经》。从宋太宗受传法大师之号，并先后受朝散大夫、试鸿胪少卿、试鸿胪卿、朝奉大夫的官衔。在天息灾、法天相继去世之后，实际成为第一译主。宋真宗咸平五年（1002）下诏，为嘉勉表彰他译经的功绩，"特授试光禄卿，依前传法大师充西天译经三藏、散官如故"[1]。施护死于天禧元年十二月十六日（已

_____

[1]《大中祥符录》卷十二。

进入 1018 年），宋真宗赐谥"明悟"之号①。

　　施护的译经数目与前述译经僧相比是最多的。《天圣释教总录·总排新经入藏录》实是编于大中祥符五年（1012）的《大中祥符录》的"入藏录"，据此录统计，施护此时已译经 106 部 192 卷，其中大乘经（包括密教经典）68 部 134 卷，大乘律 1 部 1 卷，大乘论 10 部 18 卷，小乘经 18 部 28 卷，小乘律 1 部 1 卷，西方圣贤集传 8 部 10 卷。此后到他去世，又译出多部经。署名是施护译的不少经实际是与北印度法护、汉僧惟净二人共译的，如《大中祥符录》中的所谓"施护译，法护、惟净同译"，大概就是这种情况。他一生到底译出多少佛经，因为现存《景祐新修法宝录》已经残缺，据此难以统计，但笔者据元代庆吉祥《至元法宝勘同总录》统计，施护总共译经 110 部 243 卷，其中大乘经（内含密教经）70 部 175 卷，大乘论 10 部 18 卷，大乘律 1 部 1 卷，小乘经 20 部 32 卷，小乘律 1 部 1 卷，小乘论 1 部 7 卷，西方圣贤集传 7 部 9 卷（这部分有缺）。

　　北印度法护（980—1058），姓怓尸迦，名字音译达里摩波罗，北天竺迦湿弥罗国人，出身婆罗门种姓。出家之前学习婆罗门教"四围陀"（四吠陀）经典及其他"记论"，后至中天竺摩揭陀国坚固铠宫寺从沙门苏哦多室利波罗（善逝吉祥）出家，受具足戒后先后跟沙门希有乘、妙意尊、布施铠受学律、声明文字学、佛教三乘，后来拜投名师从受大乘经论，"笔札偈句，尤所精炼"。景德元年（1004）二十五岁，与法兄觉吉祥智结伴至宋，向朝廷进献梵文佛经。宋真宗特地召见，赐紫衣束帛，安置住于译经院，景德三

---

① 此据《景祐新修法宝录》卷十六"嗣续兴崇译场诏令三之一"，而《宋会要辑稿·道释二》谓施护卒于天禧二年（1018），恐不可信。

年（1006）诏令担任译场"参证梵文"之职，先后受赐普明惠觉、传梵大师之号，大中祥符二年（1009）诏令他与惟净"同译经文"。"由是译经沙门自法贤而降至法护为第五人焉"，这是从他继法贤（天息灾）、法天、中印度法护、施护之后而言的。天禧元年（1017）在施护去世之后，诏法护与惟净"并充译经三藏，加俸给夏"①。从真宗朝至仁宗朝，授官历经朝散大夫、试鸿胪少卿、试鸿胪卿，位于"左右街副僧录"以上，终至试光禄卿②。法护死于宋仁宗嘉祐三年（1058），寿七十九岁③。

惟净（973—1051），俗姓李，生于金陵（今南京），是五代南唐后主李煜（降宋死后追封吴王）之弟李从谦之子。李从谦在宋太祖开宝九年（976）春随李煜降宋至开封，受封右领军卫大将军、神武将军，迁右龙武大将，历知随州、复州、成州，后以本官充武胜军行军司马④。惟净随父到开封时，年仅四岁，七岁时入开封大相国寺跟释自崇出家。太平兴国八年（983），天息灾上奏朝廷为培养译经人才建议在京城选择50位出家童子入译经院学习梵文，太宗命内官王文寿会同左右街僧录经办此事。年仅十一岁的惟净应选入译经院跟天息灾学"声明（按：关于语言、文字、音韵、文法的学问的总称）、悉昙章（按：介绍梵文字母及拼写语法的初级课程）、梵经义理"，第二年因成绩优异得以落发受具足戒。雍熙三年（986）亲写梵经进献皇帝，诏补译场"梵学"辅助译经。此后又学

---

① 《景祐新修法宝录》卷十六。
② 此主要据《大中祥符录》卷十五大中祥符二年（1009）十一月译经后附文，另可见《宋会要辑稿·道释二》有关文字。
③ 《宋会要辑稿·道释二》载法护死于嘉祐三年（1058），谓年"九十余"，前面载他景德元年（1004）入京献梵经，《大中祥符录》卷十五说他二十五岁"来诣京师"，可见他生于980年，死时年七十九。
④ 〔清〕吴任臣：《十国春秋》卷十九，中华书局，2010年。

瑜伽密教及《维摩经》《般若心经》《因明论》等。他是古来第一位未出国门而达到精通梵文，并能理解和翻译梵文经典的学僧。《大中祥符录》卷十五说他：

> 梵字本母，悉洞达之；每一睹梵章，历然如诵。至于天竺音义，无不通究，复对注真言，诠解秘印，多所允协。常以华竺之文，对参奥义，自得古师翻译之旨。

宋太宗在端拱二年（989）亲自召见，诏充译经"笔受"之职，赐紫衣。淳化三年（992）赐光梵大师之号。宋真宗咸平四年（1001）诏充"证梵文"，景德三年（1006）"证梵义"。在大中祥符二年（1009）宋太宗"以惟净不游天竺，自晓梵章，求之古人，斯为难矣"，于是诏令他与法护"同译经文"（当时第一译主是施护），并给他增加俸禄。《大中祥符录》卷十五说他是"由法贤至惟净为第六人"，是说他排在法贤（天息灾）、法天、中天竺法护、施护、北天竺法护之后为宋代第六位译经者。天禧元年（1017）与法护同时受任"译经三藏"。惟净历次从朝廷得到的官衔与法护一样，最后至试光禄卿。据宋代文莹《湘山野录》（中华书局"历代史料笔记丛刊"本）卷上"光梵大师通敏有先识"记载，惟净死于皇祐三年（1051）。

法护与惟净是继施护之后的主要译经者。二人经常合作译经，如译一部多卷经典，他们常各自翻译其中一部分。即使有些经典是他们各自译的，后世也往往署二人之名（经录也有个别例外）。这种情况可能与他们"并充译经藏"，并且在每次新经译出之际皆联名上表进献皇帝有关。为了方便，本文将"法护、惟净译""法护等译""惟净等译"一律作二人合译。据《天圣释教总录·入藏录》

后附的从大中祥符五年（1012）五月至天圣五年（1027）三月新译经中，有他们译出的佛典 7 部 56 卷（既有合译，也有自译）；此后据《景祐新修法宝录》卷九至卷十二，并参考《至元法宝勘同总录》、今存赵城《金藏》《碛砂藏》《高丽藏》等，他们又译经 9 部（实为 8.5 部）119 卷，共译经典 16 部 175 卷。其中大乘经 8 部 114 卷，大乘律 1 部 1 卷，大乘论 4 部 38 卷，内有瑜伽唯识学派著名论师安慧所著《大乘中观释论》十八卷；小乘经 1 部 3 卷，小乘论 1 部 7 卷（即阿毗昙论书《施设论》）；西方圣贤集传 1 部 12 卷，为《金色童子因缘经》①。

宋代设立译场，皇帝要求只翻译新经，然而当时佛教在印度已经日益衰微消亡，来自印度的新经自然不多。宋仁宗天圣五年（1027），法护和惟净两度上奏已无新经可译，请停止译经，但仁宗以佛教有益于教化而诏不准。然而，此后的翻译时断时续，勉强持续到宋徽宗政和（1111—1117）初年。在此期间先后有译经僧日称、慧询、绍德、智吉祥、金总持及慈贤等人。日本天台宗僧成寻（1011—1081）在宋神宗熙宁五年（1072）三月渡海入宋，在参访天台山之后于当年十月到达开封，被安置住在传法院，十一月参拜五台山，回来以后直到翌年四月一直住传法院，不仅与日称、慧询和其他参加译经人员有较多交往，而且阅读不少新译佛经，也曾列席译场参观译经场面。他的游记《参天台五台山记》的卷四至卷八对日称等译经僧和新经翻译有不少介绍。至于其他译经僧，从《至元法宝勘同总录》，现存《金藏》、《辽藏》（北京房山石经刻有一部分）、《碛砂藏》、《高

---

① 《闽南佛学院学报》1996 年第 2 期所载何梅《宋代译经目录考》对《至元法宝勘同总录》等目录的错误、遗漏进行修正，后面附有《景祐新修法宝录》所载译经目录、《景祐新修法宝录》后译经目录，又在《闽南佛学院学报》1997 年第 1 期对此文缺误之处作了更正。笔者参考了此文，法护、惟净译经数即据此文附录统计。

丽藏》等大藏经所载宋代译经的署名可以看到他们的国籍、名号、官衔等。关于他们的生平，在明代明河《补续高僧传》、现代人喻谦《新续高僧传四集》中仅有极为简单零碎的介绍。

日称（1017—1078），中印度人，约在宋仁宗庆历八年（1048）来到中国，先在译场协助法护译经，从嘉祐三年或四年（1058 或1059）开始担当译主主持译经。成寻到达传法院，有人向他介绍日称，在日称名字前所加的荣誉名号和官衔是"西天译经三藏、朝散大夫、试鸿胪卿、宣梵大师、赐紫"，院内一般称之为"大卿"。另有朝散大夫、试鸿胪少卿、同译经、宣秘大师、赐紫慧贤，被称为"少卿"。日称于元丰元年（1078）去世，诏谥阐教大师。据《至元法宝勘同总录》，日称译经（包括西方圣贤集传）8 部 71 卷，然而其中二十五卷的《大乘集菩萨学论》前 8 卷是法护主译的。因此准确地说应是译经 7 部 46 卷，另与法护合译 1 部 25 卷①。

慧询、绍德，皆为汉僧，生平不详。《宋会要辑稿·道释二》有这样一段话：元丰元年（1078）十月三日，"参知政事元绛参定传法院《新编法宝录》。先是译经僧日称死，同译经僧慧询等不能继，乞罢译场。乃诏令在院习学，续修宝元（按：1038—1039）以后《法宝录》，候有通达义理梵僧，依旧翻译，而绛因有是命"。说明慧询虽诏命为"同译经"，但不能独立翻译，一度有罢设译场之议，

---

① 日本成寻《参天台五台山记》（见《新校参天台五台山记》，王丽萍校点，上海古籍出版社，2009 年）记载，成寻在宋神宗熙宁五年（1072）十月到达开封，被安置住在传法院，见到日称，说他"年五十六"，据此日称当生于 1017 年。《宋会要辑稿·道释二》载："元丰元年七月九日诏：故西天译经三藏试鸿胪卿日称，赐谥曰阐教……"。可见他是死于元丰元年（1078）。《参天台五台山记》卷七记载成寻读到日称参与和主持翻译的几部佛经：法护译，日称、梵才等"诏同译"的《大乘集菩萨学论》一至八卷，宋仁宗至和三年（1056）—嘉祐三年（1058）进；法护于嘉祐三年死，此后九至二五卷由日称译；日称译《十不善业道经》《六趣轮回经》《事师法五十颂》，嘉祐八年（1063）进；《诸法集要经》十卷，宋英宗治平元年（1064）进。

然而宋神宗不允许，命慧询等译经僧在传法院学习，并且命编纂宋仁宗宝元年间以后的译经目录，由元绛负责定稿，一旦有了通达梵语的印度僧再继续译经。据成寻《参天台五台山记》，慧询号"梵才大师"，也曾受赐紫衣，与成寻往来最密切，成寻常称为"三藏"者就是他。他与僧绍德译经 1 部 9 卷（或 16 卷），即《菩萨本生鬘论》。绍德，诏赐明教辩才法师，译有《随转宣说诸法经》三卷①。

智吉祥，中印度人，先至西夏，宋仁宗天圣五年（1027）结伴五人到京城开封，进献梵经，仁宗赐紫衣，命入译场翻译佛经。据《至元法宝勘同总录》，他共译经 2 部 6 卷。成寻《参天台五台山记》卷五记载，他曾与另一位印度僧天吉祥到过苏州，应知州苗振之请补译《楞严经白伞盖真言》②。

金总持，西夏僧，与智吉祥结伴到开封，入译场译经，后为译经三藏，受赐明因妙善普济法师之号。据《至元法宝勘同总录》，译有佛经 4 部 17 卷。喻谦《新续高僧传四集》卷一"释吉祥传"附传说他于宋徽宗政和三年（1113）与译语仁义、笔受宗正游历江浙一带。大概直到此时译经尚未完全终止。

北宋西北有西夏王朝，北有辽王朝，曾长期与北宋朝廷对峙。辽也有译经，著名译经僧有慈贤。慈贤，生平不详，从他翻译的佛经前的署名来看，是中印度摩揭陀国人，受封号"契丹国师"。他译的佛经在《碛砂藏》、北京房山石经中有收录，有 10 部 14 卷，几乎全是大乘密教经典③。

① 童玮编：《二十二种大藏经通检》，中华书局，1997 年。
② 除引证者外，请参考喻谦《新续高僧传四集》卷一"释吉祥传"。
③ 何梅：《宋代译经目录考》，《闽南佛学院学报》1996 年第 2 期。中华书局出版的《中华大藏经》收录的佛经最全，从宋代所译佛经前的署名可看到译经者的国籍、名号与官衔，可以参考。

四、儒者重臣奉诏担任译经使、润文官

译经成为由朝廷组织进行的重要国家事业之后，有时帝王、将相、达官贵人也参与翻译佛经。东晋十六国时期，后秦鸠摩罗什译经，国王姚兴和安成侯姚嵩曾直接参与；北魏菩提留支、勒那摩提译经，宣武帝及侍中崔光曾做"笔受"。到唐朝时这种情况有所发展，唐初波罗颇迦罗蜜多罗译经，唐太宗敕上柱国尚书左仆射邢国公房玄龄、散骑常侍太子詹事杜正伦、礼部尚书赵郡王李孝恭等"参助诠定"；玄奘译经，敕左仆射于志宁、中书令来济、礼部尚书许敬宗等人参加过"润色"；武周时义净译经，修文馆大学士特进赵国公李峤、兵部尚书韦嗣立、中书侍郎赵彦昭、吏部侍郎卢藏用、兵部侍郎张说等人"次文润色"；唐中宗、唐睿宗也曾参与过"笔受"，译经时担任"监译""监护"的也是官员①。然而唐朝由朝廷高官担任润文之职并未成为制度，润文等也并非官衔，当某位皇帝特别尊崇佛教并重视译经时，就可能任命高官参加译经润色或润文，而且并非所有的译经皆有高官参与润文。

然而宋朝从译经开始到译经终止逐渐形成一种润文官制度，早期只是任命朝廷官员担任润文，在宋真宗晚年开始任命身居"宰辅"的高官担任"译经使兼润文"（或称"译经润文使"）的官职，以此显示译经的崇高神圣的地位。这一做法客观上增强了佛教在朝野和社会上下阶层的影响。

现主要依据《大中祥符录》《景祐新修法宝录》和《宋史》有关传记、"宰辅表"等有关资料，将润文、译经使兼润文的官职及

---

① 参见南朝梁僧祐《出三藏记集》、唐智升《开元释教录》等经录的有关部分。

先后担任此职的人作概要介绍。

（一）润文官

润文，在唐代也称润色，是对所译经典的文字进行修饰加工，以便于中国人阅读。唐太宗敕房玄龄、杜正伦等对印度僧颇罗翻译佛经"参助诠定"，敕于志宁、来济等对玄奘译经，"时为看阅，有不稳便处，即随事润色"①，从中可以领会润文的含义。宋赞宁《宋高僧传》卷三"译经篇·论曰"说："润文一位，员数不恒，令通内外学者充之。良以笔受在其油素，文言岂无俚俗。倘不失于佛意，何妨刊而正之？"②润文人数看情况而定，是选择对佛教和儒、道等所谓"外学"皆精通的人担任，他们在不改变佛经原意的前提下将经文加以修正润色，以便使经文更加典雅可读。

宋代最早参与译经润文的是鄜州知州王龟从，他在宋太祖开宝七年（974）表奏印度僧法天与汉僧法进所译《大乘圣无量寿陀罗尼经》《最胜佛顶陀罗尼经》《七佛赞呗伽陀》，就是他润文的③。然而这些经译于译经院成立之前，王龟从只是做了润文的工作，未曾被皇帝任命为润文官。

在译经院（传法院）成立之后，皇帝不仅任命译经三藏、笔受、证义等译经僧职，并且从朝廷官员中任命担任润文者。润文实际成为一种官职，从有关记载看，不仅参与对经文润文，还要沟通协调译经院与朝廷的关系，有时向译经僧传达皇帝旨意。担任润文官者的官衔越往后越高，即从光禄卿、兵部侍郎、翰林学士、知制诰……直到相当副宰相的参知政事、枢密副使乃至与宰相分掌军政

---

① 《开元释教录》卷八，《大正藏》卷五十五第 553 页下、560 页上。
② 《大正藏》卷五十第 724 页下。
③ 《宋会要辑稿·道释二》。

大权的枢密使等。宋初官位品级大致因袭唐制，润文官由正四品、从三品提高到从二品以上。从开设译经院到译经终止，前后担任润文官者（先为润文官后为译经使兼润文官者及译经使兼润文者详后）有汤悦、张洎、杨砺、朱昂、梁周翰、赵安仁、晁迥、杨亿、李维、王曙、宋绶、高若讷以及冯京等人。现将他们的简历介绍如下。

　　汤悦，原名殷崇义，在南唐后主时曾任右仆射、同平章事（宰相），宋灭南唐被俘入宋京城，为避宋太祖之父赵弘殷之讳，改名汤悦，官至光禄卿。有文才，在南唐曾受诏撰《扬州孝先寺碑》，后周世宗攻取扬州驻跸此寺时，读此碑文表示赞赏。汤悦撰有《江南录》十卷，并参加修撰《太平御览》①。太平兴国七年至八年（982—983）在光禄卿之位与张洎共同为 7 部 17 卷新译佛经润文②。

　　张洎（934—997），南唐时为后主李煜崇信，任礼部员外郎、知制诰，迁中书舍人，南唐灭后归宋。太宗时直舍人院，出使高丽，归来改户部员外郎。知相州时，州内不治，被代还。译经院建成，受令以本官知译经院，迁兵部员外郎、礼户二部郎中，后历任右谏议大夫、史馆修撰、翰林学士，同修国史等。至道元年（995）为参知政事，至道三年（997）罢。博通文史，善清谈，"文采清丽，博览道释书，兼通禅寂虚无之理"，太宗誉之为"江东士人之冠"③，有文集五十卷，著有《贾氏谈录》。担任润文官达十五年之久，开始与汤悦同任润文官，后独自为润文官，为 74 部 149 卷新经润文④。

---

① 清代吴任臣《十国春秋》卷十四"殷崇义传"及宋代江少虞辑《宋朝事实类苑》卷四十"汤悦"（上海古籍出版社，1981 年）。
②《大中祥符录》卷三。
③《宋史》卷二六七"张洎传"。
④ 此据现存《大中祥符录》。因为此录现缺卷五大部、卷九，故实际数目肯定比此要多。

杨砺（931—999），在真宗为藩王时，在其门下任记室参军、推官。真宗即位后，拜给事中、判吏部铨，授翰林学士。咸平元年（998）拜工部侍郎、枢密副使。有文集二十卷。杨砺在至道三年（997）真宗即位后任润文官，至咸平元年十一月共为 19 部 20 卷新经润文①。

朱昂（925—1007），后周世宗时为扬子县（南唐名永真县）令，仕宋历知蓬州、广安军及泗、鄂、复州，太宗时直秘书阁，兼越王记室参军。太宗曾谓，"儒人多薄佛典……词臣中独不见朱昂有讥佛之迹"，开封开宝塔建成，诏朱昂撰记，深加叹奖。真宗即位，任司封郎中、知制诰，判史馆，任吏部郎中。咸平二年（999）召为翰林学士，逾年以工部侍郎致仕。著有《资理论》。有文集三十卷。朱昂从咸平二年至四年（999—1001）任润文官，为新译 9 部 20 卷佛经润文②。

梁周翰（929—1009），后周时举为进士，入宋历任直史馆、右拾遗、知苏州、右补阙、史馆修撰等。有史才，兼任起居郎时首创起居注，每月先进皇帝，后送史馆。真宗即位，擢为驾部郎中、知制诰，咸平三年（1000）召入翰林为学士，景德二年（1005）授给事中，后迁工部侍郎。与高锡、柳开、范杲友善，鉴于五代文体卑弱，提倡为文"习尚淳古"，发宋代古文运动之先声。有文集五十卷，撰有《续因话录》。在咸平四年（1001）任润文官，至景德二年（1005）十一月为新译 26 部 62 卷佛经润文③。

赵安仁（958—1018），太宗雍熙二年（985）登进士第，历任大理评事、光禄寺丞，以著作佐郎直集贤院、太常丞。好读书，与

---

① 《宋史》卷二八七"杨砺传"、《大中祥符录》卷十。
② 南宋文莹《玉壶清话》卷二、《宋史》卷四三九"朱昂传"及《大中祥符录》卷十一。
③ 《宋史》卷四三九"梁周翰传"及《大中祥符录》卷十二、十三。

杨亿以"辞雅"著称。真宗即位，拜右正言，参与重修《太祖实录》，咸平三年（1000）同知贡举、知制诰。景德三年（1006）以右谏议大夫参知政事，修国史。大中祥符元年（1008）真宗到泰山封禅，赵安仁与王钦若并为泰山经度制置使，后历吏部、刑部和兵部侍郎，知贡举，兼宗正卿，后改御史中丞。有文集五十卷。从景德三年以参知政事担任润文官，在任十二年，至天禧元年（1017）五月为新译 36 部 107 卷佛经润文①。

　　杨亿（974—1021），字大年，自幼善诗文，被视为神童，年十一受到太宗召见，试诗赋五篇，下笔立成。淳化（990—994）年间献《二京赋》，命试翰林，赐进士第，迁光禄寺丞、直集贤院，后迁著作佐郎。真宗即位，拜左正言，参与修《太宗实录》，此后历任左司谏、知制诰、判史馆，与王钦若主持修《册府元龟》，官至翰林学士、工部侍郎。在朝廷以善文史、娴习典章制度著称，并"留心释典禅观之学"。著有《杨文公谈苑》《武夷新集》《西昆酬唱集》等。法眼宗僧道原撰禅宗记言体史书《景德传灯录》三十卷，景德（1004—1008）年间，真宗诏杨亿与李维、王曙重加刊削修定。年四十七卒，谥曰文②。据《景祐新修法宝录·总录》，杨亿在天禧四年（1020）与丁谓先后被任为润文官，二人承赵安仁润文之后，所润文的新经目录应载于《景祐新修法宝录》卷五，而此卷现已不存，据《天圣释教总录》后面所附经录推断，当为《大乘宝要义论》一部十卷。杨亿于天禧四年十二月（已是 1021 年）去世。

---

① 《宋史》卷二八七"赵安仁传"及《大中祥符录》卷十四至卷十六，《景祐新修法宝录》卷二、卷四，并参考《天圣释教总录》后附经录；《景祐新修法宝录》缺卷三，只可计出 34 部 100 卷，然而参照《天圣释教总录》后附自大中祥符五年（1012）五月至天圣五年（1027）译经目录，可知赵安仁尚为《福力太子因缘经》五卷、《无畏授所问大乘经》三卷润文，可知实际为 36 部 107 卷新经润文。
② 《宋史》卷三百五"杨亿传"、《景德传灯录》"序"。

晁迥（951—1034），太宗时举进士，历任大理评事、知岳州录事参军、殿中丞、太常丞。真宗即位，为右正言、直史馆，献《咸平新书》《理枢》，召试，除右司谏、知制诰，进右谏议大夫、翰林学士，迁尚书工部侍郎，为史馆修撰。史成，擢刑部侍郎，又迁兵部侍郎、工部尚书、集贤院学士。仁宗即位，迁礼部尚书，后以太子少保致仕。善诗文，并且"善吐纳养生之术，通释老书，以经传傅致，为一家之说"，对禅宗、天台宗尤抱有浓厚兴趣，对记述禅宗六祖慧能事迹和语录的《六祖坛经》、系统论述天台止观学说的《摩诃止观》等认真阅读思考，晚年参照禅宗和天台宗的禅修思想，潜心修习止观（坐禅观想），著有《翰林集》《道院集》《法藏碎金录》《昭德新编》以及《耆智余书》《随因纪述》等，死后谥文元。真宗天禧五年（1021），身居宰相之位的丁谓奉诏首任译经使兼润文官，晁迥与翰林学士李维在其下任润文官，据《景祐新修法宝录》卷六，到仁宗天圣元年（1023）一起为 2 部 21 卷新经润文。

李维，太宗雍熙二年（985）举进士，真宗时宰相李沆之弟，历任户部员外郎、中书舍人、兵部员外郎、知制诰、翰林学士承旨、史馆修撰，仁宗时迁工部尚书。曾出使契丹，并多次受诏接待契丹使者。以文章知名，参与编修《真宗实录》《续通典》《册府元龟》和修订《七经正义》[①]。天禧三年（1019）宰相丁谓任译经使兼润文官时，李维与晁迥同为润文官；在乾兴元年（1022）再任润文官；天圣二年（1024）王钦若任译经使时仍任润文官。据《景祐新修法宝录》卷六（卷七缺）、卷八并参考《天圣释教总录》后面所附经录推断，在天圣五年（1027）四月之前，李维参与（包括个人）润文的新经，当有 7 部 46 卷。

---

① 《宋史》卷二八二"李维传"。

　　夏竦（985—1051），景德四年（1007）举贤良方正科，擢光禄寺丞，通判台州，召直集贤院，为国史编修官。仁宗即位，迁户部郎中，知洪州时强制巫觋为农，毁淫祠，后历任知制诰、以左司郎中为翰林学士兼侍读、谏议大夫、枢密副使，迁刑部尚书。曾为陕西经略使，怯于对西夏用兵，自请解兵权，改判河中府，官至枢密使，封英国公、郑国公。为人"奸邪倾险"，好用权术。"自经史、百家、阴阳、律历，外至佛老之书，无不通晓"，曾知名一时。死谥文庄。有文集百卷①。仅据现存《景祐新修法宝录》卷八、卷九、卷十（残）、卷十二，夏竦自天圣四年（1026）任润文官，至明道元年（1032）与译经使兼润文官王钦若、润文官李维一起为 89 卷新经润文，如加上佚失经录所载，实际数字应比此稍多。

　　王曙，真宗咸平（998—1003）年间经举贤良方正科策试入仕，历任尚书工部员外郎、龙图阁待制、以右谏议大夫为河北转运使、权知开封府。其妻是寇准之女，景德三年（1006）寇准遭贬罢相，他也受牵连一再遭贬。仁宗时召为御史中丞兼理检使，在玉清宫遭火灾后奏请不再修复，并请罢诸祷祠，以尚书工部侍郎参知政事，因疾请罢，改户部侍郎、资政殿学士，知陕州、河南府，再经吏部侍郎至枢密使，拜同中书门下平章事。"喜浮屠法，斋居蔬食，泊如也。"有文集四十卷，撰《周书音训》《唐书备问》《庄子旨归》《列子旨归》及编《两汉诏议》等②。据《景祐新修法宝录·总录》，景祐元年（1034）诏吕夷简任译经使兼润文官，王曙同润文。因为《景祐新修法宝录》卷十残缺、卷十一不存，王曙参与润文的经典不得而知。

---

① 《宋史》，卷二八三"夏竦传"。
② 同上书，卷二八六"王曙传"。

此外，仁宗时翰林侍读学士、参知政事宋绶（991—1040），枢密使高若讷（997—1055），神宗时右谏议大夫、参知政事冯京（1021—1094），也都曾受任译经润文官。然而他们到底为多少新译经典润文，因缺资料不得其详①。

（二）以宰相为译经使兼润文官

宰相，是辅佐皇帝总揽政务的最高长官，也称宰辅。宋代以同中书门下平章事、同平章事、尚书左右仆射、左右丞相、侍中为宰相，其下设参知政事，相当副宰相。还有掌军国机务、兵马的枢密院，长官是枢密使或知枢密院事，地位与宰相不相上下，其副职是枢密副使或同知枢密院事（"执政"）。宰相府也称中书，或以其议事场所称政事堂，与枢密院合称宰执、二府。

宋代以宰辅为译经使兼润文官，始于宋真宗天禧五年（1021）十一月。《景祐新修法宝录》卷十六记载，译经三藏法护等曾在奏文中援引唐义净译经时宰相左仆射韦巨源、苏瓌等人担当监译、笔受、润文等事。真宗受此启发，当年五月任命当时的宰相丁谓担任译经使兼润文之职，全面负责译经之事，用以向朝野表示对译经的重视和支持。诏曰：

> 朕言念翻译之馆，尝崇置使之名，纲总攸归，典故斯在。眷吾上宰，夙达真乘，方润色于贝文，实助扬于像教，宜更美

---

① 据《景祐新修法宝录·总录》，宋绶在景祐三年（1036）任润文官，据《景祐新修法宝录略出》［支那内学院辑逸补编，支那内学院刻本，民国二十三年（1934）］，他大概参加从景祐元年至四年（1034—1037）由惟净、法护翻译的《如来不思议大乘经》二十卷的部分润文工作；《宋会要辑稿·道释二》载："皇祐四年（按：1052）正月八日参知政事高若讷进枢密使，诏仍兼同译经润文。"据日本成寻《参天台五台山记》卷七，熙宁六年（1070）三月冯京为日称等译《父子合集经》润文。

称，用协彝章，允资外护之能，克副绍隆之意。司空兼门下侍
郎、太子少师、平章事丁谓，宜差充译经使兼润文……。

丁谓在天禧四年（1020）七月进升为宰相（《宋史·宰辅表
一》），在十二月奉诏任润文官（《景祐新修法宝录》卷十六），此
时又任译经使，标志职权有所提高：负责总摄译经事业的全局（"纲
总攸归"），遵循皇帝绍隆佛教的旨意，发挥译经"外护"的职能。

关于译经使，《宋会要辑稿·道释二》记载：

> 是年（按：原为天禧四年，应为天禧五年）以宰臣丁谓兼
> 充译经使，润文官常一员。……丁谓罢使后，亦不常置。天圣
> 三年，又以宰相王钦若为之。自后首相继领，然降麻不入衔。
> 又以参政、枢密为润文，其事浸重。生辰必进新经。前两日，
> 二府皆集以观翻译，谓之开堂。庆历三年，吕夷简罢相，以司
> 徒为使致仕，即章得象代之。自是降麻入衔。

据《宋史·宰辅表一》，丁谓在乾兴元年（1022）六月罢相，
王钦若在仁宗天圣元年（1023）九月任宰相，天圣三年（1025）十
一月死在宰相任内。据《景祐新修法宝录》卷十七，仁宗于天圣三
年十月诏王钦若任译经使兼润文，可见他任译经使只有一个月的时
间。在丁谓之后有三年时间没有设置译经使，然而在王钦若以后的
译经使虽皆由宰相充任，也并非每年皆有。

从宋太宗开始，每逢皇帝生日的时候必进新经祝寿。由宰辅重
臣担任译经使和润文官，使译经在朝廷的地位更加提高。在皇帝生
日的前两日，有司先将新经陈列于堂中，宰相、枢密院二府的官员
前来观经，谓之"开堂"。

在王钦若之后历任译经使兼润文的姓名及其任宰相、任译经使兼润文的时间是：

吕夷简，天圣七年（1029）为相，景祐元年（1034）为译经使兼润文，庆历三年（1043）罢相，以司徒、太尉致仕。

章得象，宝元元年（1038）三月为相，庆历三年（1043）接替吕夷简为译经使兼润文，庆历五年（1045）四月罢相。在他之前，宰相虽任译经使兼润文，然而在皇帝下达的制书（用麻纸制作）中对其所署的官衔不加此衔（"降麻不入衔"），自他之后才加此衔（"降麻入衔"）。

陈执中，庆历五年（1045）四月任宰相及译经使兼润文，皇祐元年（1049）八月罢相；五年（1053）再次拜相并接替庞籍任译经使兼润文。

庞籍，皇祐三年（1051）十月任宰相及译经使兼润文，五年（1053）七月罢相。

文彦博，自庆历八年（1048）闰正月至皇祐三年（1051）十一月第一次为相，至和二年（1055）二次为相时任译经使兼润文，嘉祐三年（1058）六月罢相。

富弼，嘉祐三年（1058）六月为宰相并任译经使兼润文，六年（1061）三月以丁母忧罢相。

曾公亮，嘉祐六年（1061）八月为相，神宗熙宁二年（1069）任译经使兼润文①。

北宋官员除授制度十分复杂，官员的名称多与实际职务不符。宋神宗元丰三年至五年（1080—1082）对官制进行改革，称之为"元丰改制"。在这个过程中也涉及译经官的设置。元丰三

---

① 《景祐新修法宝录·总录》《宋史·宰辅表一》及《宋会要辑稿·道释二》。

年（1080）十月，有司奏言，停止授予译经僧试光禄卿、试光禄少卿的官衔，分别改授"译经三藏大法师"与"译经三藏法师"。神宗诏："试卿者改赐六字法师，试少卿者四字，并冠译经三藏。"意为前者在"译经三藏"与"法师"之间授以六个字的法号，如译经僧金总持法号为"明因妙善普济"；后者授以四字法号，如智吉祥曾受"西天法宝"的法号。元丰五年（1062）七月，诏罢译经使兼润文官与译经润文官，废除译经使司印，译经事务改由礼部掌管①。这样，前后断续达80年之久的译经润文官及译经使兼润文官从此便结束了。然而宋代的译经也已经接近尾声。

五、宋朝译经概况

宋朝的佛教译经在朝廷的直接统辖下进行。新经译出后，在皇帝生日和其他时间由担当监译（也称"监院""监使""监译中使"）的内官（如"殿直""殿头高品"之类）引导译经三藏到崇政殿向皇帝奉表进献新经，表中要介绍新经题目、内容提要，并以华丽文句赞颂皇帝的英武盛德，甚至将皇帝比之为佛、三皇五帝，称颂他们在以仁政治理国家的同时，又扶持佛教，教化民众，如"尊齐释梵，道迈羲农，多能彰天纵之才，十善运神明之化"；"德治三灵，道同诸佛，克广唐虞之化，载崇释梵之宗"；"茂德隆于百王，绪业光于列圣，克勤克俭，允武允文，诞敷淳懿之皇猷，旁眷真空之妙道，恢崇象译，增足琅编"②。皇帝接受新经后，对译经僧"赐茶，亲加抚慰"，并赐以缣帛及物品，有时授以官位称号等，诏

---

① 《宋会要辑稿·道释二》。

② 所摘引的文句依次见《大中祥符录》卷三、卷十三及《景祐新修法宝录》卷十，是分别赞颂宋太宗、真宗、仁宗的，类似语句甚多。

以新经"入藏颁行"。宋太宗淳化五年（994）诏：新译经须写二本，一本编入大藏，一本藏于传法院①。

然而并非新经皆可入藏。据现存资料，至少被认为是"伪经"和有害于名教风化者不能藏。淳化五年（994），于阗僧吉祥进献所谓《大乘秘藏经》二卷，太宗诏法贤（天息灾）等译经僧"定其真伪"。法贤等人经过辨别，指出此经原题是《大乘方便门三摩题经》，既非"大乘秘藏经"，也非"梵文正本"，所举理由中有：文字是于阗书体，经中违犯佛经固有的规则程式，既无向佛"请问"者，又无"听法徒众"，其中有"二十五处文义不正，互相乖戾"。这意味着是将此经断为伪经。太宗听信此言，召见法贤及于阗僧吉祥说："使邪伪得行，非所以崇正法也。"遂命最高僧官"两街僧录"召集义学沙门，将吉祥所献的经，以及从原来收藏的梵文经典中搜检出来的类似经本，当众焚毁②。

北宋虽然对儒、释、道三教并加崇信，但与其他王朝一样是实行以儒家作为正统的政教原则的。很自然，如果新译经典中有违背儒家纲常名教和仁义道德规范的内容，一旦发现也不许入藏流行；如果尚未翻译，便不得翻译。宋太宗淳化五年（994），法贤译出密教经典《金刚萨埵说频那夜迦天成就仪轨经》（简称《频那夜迦经》）一部四卷，当时并没有引起人们的注意，也被收入大藏经，在大中祥符四年至八年（1011—1015）编修的《大中祥符录》中也收有此经目录③。然而到了宋真宗天禧元年（1020）四月，不知被谁发现此经内容违背佛教宗旨和教理，告到真宗那里。真宗立即降

———————————

① 《宋会要辑稿·道释二》。
② 同上。
③ 此经目录应在《大中祥符录》卷九，但此卷现缺，据支那内学院编《祥符录略出》予以补正。

诏禁止入编大藏经流行，说：

> 金仙（按：指佛）垂教，实利于含生；贝叶誊文（按：佛
> 经），是资于传译。苟师承之或异，必邪正以相参；既失精详，
> 浸成讹谬。而况荤血之祀，颇渎于真乘；厌诅之词，尤乖于妙
> 理。方增崇尚，特示发明。其新译《频那夜迦经》四卷，不得
> 编入藏目。令传法院似此经文，无得翻译。①

但是，此经今仍存，经文确实充斥着低俗、愚昧、迷信、贪婪
乃至血腥恐怖气味的东西。"频那夜迦天"是经中所说的一个天神，
据称它神通无边，对它祭祠供养和念诵密咒（"明""大明"）便可
以满足供养和念咒者的一切愿望，能够免灾并得到种种利益，还声
称能给自己的仇敌（"彼冤""没咄噜"）造成各种灾难。宋真宗所
说的"荤血之祀"的内容，在经文中十分突出，例如所列举的祭祠
供养频那夜迦天神的种种方法中，除用檀木作天神像外，还用动物
之肉乃至人肉、尸骨作天神像，用水牛、猫等动物的血，"人脂血"
涂天神像，用象、马、牛、驴、骆驼、狗、蛇乃至人肉作香、药和
供品……。真宗所讲经中的"厌诅之词"，就是指以祭祠、咒语的
方法驱使频那夜迦天神降祸于自己的仇敌、冤家，使对方患病、残
废，家庭遭灾，所有牲畜生病，乃至死亡。可见，前者有违于佛教
"不杀生"的戒条和"慈悲"的教理，后者不仅违背佛教的十善、
"忍"、"慈悲"的教理，也违背儒家的"仁恕之道"，乃至起码的做
人之道。真宗不仅不许此经入藏颁行，而且明令今后传法院不许再

---

① 《宋会要辑稿·道释二》。《佛祖统纪》卷四十四所载文字稍异（《大正藏》卷四十九第
　　405 页下至 406 页上）。

翻译具有类似内容的经典。8 世纪以后在印度密教中形成的"左道密教"将印度教性力派的东西、巫术等内容吸收到教义和修行方法之中。可想而知，含有这种内容的密教经典是不应当允许翻译的。然而不知什么原因（也许是诏禁之前已刊印流通），《频那夜迦经》仍被后世大藏经收编①，继续流行。

北宋所译佛经的原本是来自印度、西域的僧人进献的和中国僧人到印度求法带回来的梵文贝叶经（梵夹）。然而随着印度佛教的衰微，梵文经典的来源日渐涸竭，到宋仁宗时可供翻译的梵经所剩无多，译经已经难以为继了。宋仁宗天圣五年（1027）二月，法护、惟净上奏，在回顾宋朝自恢复译经时提到"迄于天圣，凡四十六载，所出教文五百一十六卷"，然后说"近者五天竺所贡经叶，多是已备之文，鲜得新经翻译"，建议按照前朝先例停罢译经；同时提出：法护愿回印度探亲，惟净想到龙门山寺。润文官夏竦亦奏其事。仁宗不作回复。五月，法护、惟净又奏，再次提出没有梵本可译，停罢译经。对此，仁宗敕书不准，其中说："像教（按：指佛教）之布，有助于化源；译馆之兴，式宣于梵典……方隆法宝，无徇谦虚。"② 此后法护、惟净翻译《中观释论》十八卷，天圣八年（1030）译完，又向仁宗上奏停止译经，理由是"复无经论宣演"。仁宗派内官传旨："俟有梵文至，即当翻传，无得请罢。"③ 可想而知，此后译经是时断时续的。

宋仁宗庆历二年、三年（1042、1043）间，参政知事范仲淹、枢密副使富弼等人在宰相杜衍支持下推行"新政"，主要围绕改善

---

① 据童玮编《二十二种大藏经通检》（中华书局，1997 年，第 363 页），中国古代竟有 15 种大藏经（包括房山石经）收入此经。
②《景祐新修法宝录》卷十七。
③ 同上书，卷十八。

吏治进行改革，并提出"厚农桑""减徭役"等主张。在这种形势下，惟净预料有人会提出"废译经"之议，便主动上书请求停止译经，说："臣闻在国之初，大建译园，逐年圣节，西域进经，合今新旧，何啻万轴？盈函溢屋，佛语多矣。又况鸿胪之设（按：传法院归属鸿胪寺），虚费禄廪，恩锡用给，率养尸素，欲乞罢废。"仁宗不许，说："三圣（按：此指太祖、太宗、真宗）崇奉，朕乌敢废！"不久，御史中丞孔道辅果然奏乞罢译经，仁宗便把惟净的奏文让他看，将此议平息下来①。

北宋到底翻译了多少佛经？据《宋会要辑稿·道释二》记载，仁宗景祐三年（1036）宰相兼译经使吕夷简与润文官宋绶奉诏编定《景祐新修法宝录》，仁宗撰写序文。序曰：

> 自兴国壬午［按：太平兴国七年（982）］距今乙亥［按：景祐二年（1035）］五十四载，其贡献并内出梵经无虑一千四百二十八夹，译成经论凡五百六十四卷……②

然而据现存《景祐新修法宝录》卷一，这期间实际译出大小乘经律论和集、赞共为 243 部 574 卷。笔者仅据元庆吉祥《至元法宝勘同总录》统计，宋代共译大小乘经律论及西方圣贤集传 285 部 741 卷。据此可以推算出在编定《景祐新修法宝录》之后，直到译经终止，译出的佛经有 42 部 167 卷。当然，宋代译经的确切数字还有待进一步加以查证。

宋代所译佛经以密教经典最多，其次是小乘经典。依据支那

---

① 南宋晓莹《湘山野录》卷上"光梵大师通敏有先识"。
② 这段文字不见于现存《景祐新修法宝录》前载仁宗之序。

内学院辑逸补编的《大中祥符录略出》《景祐新修法宝录略出》进行统计，在所译243部574卷的新译经典中，密教经有123部241卷，小乘经有47部74卷。按部计算，密教经约占总数的50.6%，小乘经约占19.3%；如按卷计算，密教约占42%，小乘经约占12.9%。

在宋代的新译经典中虽有不少是过去没有译过的，但也有相当大一部分是已有经典的异译重译本。比较而言，密教经典中新译的较多，有的即使是异译经，内容也有较大扩展。例如密教的两大重要经典之一的《金刚顶经》（全称《金刚顶一切如来真实摄大乘现证大教王经》），唐朝不空所译是三卷，据说是此经原来广本十万颂十八会（按佛说法场所设定，相当十八编）之中的第一会之中，初会的"六曼荼罗"中第一"大曼荼罗"分（部分，相当章节）的别译，共三品。而宋代施护译的《一切如来真实摄大乘现证三昧大教王经》虽属前经的异译，但篇幅增大，有三十卷，据说是原本十八会之中第一会的全部译文①，共二十六分（每分长短不一）。从译文看，除密咒音译部分外，意译经文比唐译本好读。

至于小乘佛经，多是汉译四部《阿含经》单品经的异译，有些篇幅较长，对理解原始佛教教义有参考价值。在小乘论书中，作为发挥引申《阿毗达磨发智论》的"六足论"，唐玄奘只译出五论②，而没有翻译《施设足论》。由宋法护、惟净译出的《施设论》七卷，是对原论"因施设"部分的翻译，参照藏译本还应有"世间施设""业施设"两部分③。此论对了解小乘说一切有部、犊子部等的理论

---

① 参考日本望月信亨等编《望月佛教大辞典》第2册"金刚顶一切如来真实摄大乘现证大教王经"条。
② 即《集异门足论》《法蕴足论》《识身足论》《品类足论》《界身足论》。
③ 参考日本望月信亨等编《望月佛教大辞典》第3册"施设论"条。

很有参考价值。

在大乘论书中，《大乘中观释论》十八卷是译自印度唯识学派"十大论师"之一安慧的著作，虽是对龙树《中论》之颂的解释，然而所释之颂与后秦鸠摩罗什所译的《中论》及唐颇罗蜜多罗译的《般若灯论》的本颂不完全一样，是互有存缺的①。在释文中多处引用所谓"毗婆沙师""五顶子人""僧佉人""胜论师""犊子部""经部师"等的观点，对了解5、6世纪印度佛教内外教派的观点是有参考价值的。奇怪的是，此书作者虽是瑜伽唯识学派的论师，但在解释中发挥唯识观点的部分极少。

然而应当指出，宋代译出的佛经在中国佛教史上的直接影响并不大，到底是为什么？这也是个值得认真探讨的问题。从历史来看，对中国佛教的形成与发展影响最大的佛经主要是隋唐以前的译经，其次才是隋唐的译经。从南北朝开始，以大乘为中国佛教主体已经成为定局，直到隋唐，最流行的经典只是历代译出佛典的极少部分：大乘经论不过是十多部，流行的小乘经典为数更少。唐中期虽曾兴盛过密教，但到唐后期已经衰微。在宋朝组织译经的10至11世纪中叶，印度佛教已经日趋没落，在教义思想上没有新的发展。因此所传入中国的梵文经典中具有新义的经典很少。其中虽有大量过去没有传译的密教经典，但因经文缺乏理论色彩，掺杂大量音译密咒和极端神秘主义的成分，并且崇尚繁杂的祭祠仪轨等，在社会上没有多大市场。宋朝皇帝、朝廷重视支持译经的主要目的，从宋太宗、真宗、仁宗为译经写的序，多种诏书言论和译经僧的进经表奏来看，是借助佛教来提高和神化自己的统治权威，以利于

①上海《频伽精舍大藏经》流通处铅印的《中论会译》收有此三经本颂的对刊印本，可以参考。新校勘本载宗仰上人编纂：《频伽精舍校刊大藏经》，吉林出版集团，2007年。

"教化"民众，维护社会的稳定。

可以认为，宋朝译经与佛教实际流行状况是脱节的。北宋前期主要流行天台宗、法相宗和阿弥陀佛西方净土信仰等，不久禅宗迅速兴起，盛极一时，它们与新译经典几乎没有发生关系。

尽管如此，宋朝皇帝重视佛教译经和任命译经使、润文官等做法，对提高佛教的社会地位，扩大在社会各阶层间的传播，增强朝野儒者对佛教的关心与兴趣，促进儒释道三教的会通融合等所发生的深远影响是不可低估的。

六、佛经目录和雕印大藏经

北宋继承东晋以来为佛经编撰目录的传统，也编修了几种佛经目录。这些经录除继承以往经录的体制外，还有所创新。

北宋先后编修的经录有：

（一）《大中祥符法宝录》，连目录二十二卷，由惟净等人编于宋真宗大中祥符四年至八年（1011—1015），署名"奉敕编修"的是兵部侍郎、译经润文官赵安仁，翰林学士杨亿，记载北宋太宗、真宗（大中祥符五年之前）两朝翻译的大小乘经律论和西方圣贤集传222部413卷的目录、译者、内容提要和翻译缘起等，还载录包括宋太宗、真宗等人著作在内的"东土圣贤著撰"的目录①。现存本缺少五卷和总录，另有四卷也有程度不同的残缺。

---

① 关于此录，《宋会要辑稿·道释二》记载："六年（按：大中祥符六年）八月，译经润文兵部侍郎赵安仁言：准诏编修藏经，表乞赐名，题制序。诏以《大中祥符法宝录》为名，御序给之。录凡二十一卷，惟净写译，证义启冲、修净……同编次，内侍李知和勾当。安仁又请以太宗及皇帝圣制，编次《东土圣贤录》。既成，赐诏褒饰，加金帛。秘书监杨亿常预编修，亦加赉焉。"

（二）《天圣释教总录》三册，惟净汇总唐朝智升《开元释教录·入藏录》、圆照《贞元续开元录》和《贞元录》中宋代以前的佛典目录，然后载录宋代新译经律论及圣贤集传共 6 197 卷的经籍目录。现仅有上下二残卷。

（三）《景祐新修法宝录》二十一卷，由惟净等人编纂，署名"奉敕编修"的是译经使兼润文官、宰相吕夷简等人。记载宋真宗大中祥符四年至仁宗景祐四年（1011—1037）[①] 新译大小乘经律论和西方圣贤集传 21 部 161 卷的目录、译者、内容提要和翻译缘起等，另有包括宋太宗、真宗和仁宗等人著作在内的"东土圣贤著撰"的目录。现存本缺七卷，其他卷也有残缺。

北宋太祖开宝四年至太宗太平兴国八年（971—983）雕印的《开宝藏》是以唐《开元释教录·入藏录》为依据，所收大小乘经律论和西方东土撰述共 1 076 部 5 048 卷。此后延请译经僧，设立译经院翻译佛经，陆续上进皇帝，奉敕编入大藏经。上述经录真实地记录了这一过程，其中的"入藏录"就是接续《开宝藏》之后雕印大藏经的依据。此后，据《宋会要辑稿·道释二》，宋神宗元丰元年至二年（1078—1079）由传法院众僧编撰，先后由参知政事元绛、蔡确参加修定《传法院法宝录》（《新编法宝录》）。然而此录早已不存。此时的译经已近结束。

如前所述，宋代继隋唐以后设立译场翻译佛经，创立任命朝廷重臣担任润文官和译经使参与译经的制度，既表明朝廷对佛教和译经的重视，也反映佛教在宋朝社会地位的提高。这不仅促使朝野儒

---

① 关于编撰时间，《宋会要辑稿·道释二》谓"自大中祥符四年至景祐三年"，但此录总录载有景祐四年（1037）的记事，故将其结束断在此年妥当。

者士大夫主动接近佛教，了解和研究佛教，促进儒佛二教思想之间的会通与融合，也必然增大佛教对社会文化思想的影响，在整体上对中华民族文化的丰富与发展产生推进和充实的作用。

第三章　北宋著名亲近佛教的儒者及其著作

第一节　晁迥及其《法藏碎金录》《道院集》

在儒、释、道三教会通和融合汇为时代潮流的形势下，宋代儒者是如何看待和理解儒、释、道三教思想的呢？可以说有不同类型的儒者，有的是站在儒家立场对佛、道二教持简单排斥的态度，有的是出入佛、道而吸收它们的思想用来构建新儒学道学的思想体系，也有的像下面将要介绍的晁迥这样的潜心钻研三教，进行比较、会通，主张三教一致和融合，并综合地接受和运用它们的思想来修心养性、健身延寿的儒者。

一、晁迥的生平

晁迥（951—1034），字明远，祖籍澶州清丰县（在今河南），自其父晁佺始徙居于彭门（在今江苏徐州）。晁迥早年从学于著名儒者王禹偁①，后进京应试举进士，历任大理评事等职，迁太常丞。

---

① 王禹偁（954—1001），《宋史》卷二九三有传，字元之，历任右拾遗、左司谏、知制诰、大理评事、翰林学士。致力诗文革新，文学宗唐韩愈、柳宗元，诗崇唐杜甫、白居易，主张诗文反映现实，风格淡雅平易，有诗文集《小畜集》三十卷传世。

真宗即位，经宰相吕端、参知政事李沆举荐，任右正言、直史馆。晁迥善著诗文，曾撰《咸平新书》《理枢》进献皇帝。经召试除右司谏、知制诰，判尚书刑部。

真宗景德元年（1004），接受宰相寇准力排众议的进谏，北上亲征御辽。雍王元份奉旨留守京师，加晁迥为右谏议大夫、判官，进为翰林学士，知审官院。大中祥符元年（1008）十月在真宗封泰山、祀汾阴过程中，晁迥与太常详定仪注，累迁尚书工部侍郎。此后，晁迥曾奉诏出使辽国，归奏《北庭记》，加史馆修撰、知通进银台司。他撰献《玉清昭应宫颂》，受到真宗赞赏，受任刑部侍郎，进承旨。晁迥富有文才，朝廷很多文书诏令由他执笔。迁兵部侍郎，因年老请求任职于散地，于是受命分司西京洛阳，拜工部尚书、集贤院学士、判西京留司御史台。

仁宗即位，晁迥迁礼部尚书。六年后，晁迥屡次上书请老退居，得以太子少保致仕，受到朝廷给全俸的优遇，后进太子少傅。仁宗召对延和殿，访以《洪范》"雨旸"（雨或晴）之应，他对曰："比年变灾荐臻，此天所以警陛下。愿陛下修饬王事，以当天心，庶几转乱而为祥也。"[1] 劝谏仁宗改善朝政回应上天，以免灾迎祥。此后撰文《斧扆》《慎刑箴》《大顺》《审刑》《无尽灯颂》五篇献上。

据晁迥的门人李淑所写《澶渊晁公别录五事》记载，晁迥在二十岁时遇到高士刘惟一，向他请教人的生死问题。刘惟一告诉他"人常不死"。他听后感到惊讶，刘解释说："形死性不灭"，意为人的身躯虽有死亡，但人的灵魂（性）却是不灭的。他领会了这个说法，从此逐渐对佛教发生兴趣，"留意禅观，老而愈笃"。晁迥在朝

---

[1] 〔清〕稽璜、刘墉等编撰、纪昀等校订：《续通志》卷六四〇，浙江古籍出版社，2010年。

为官时，请画家王端为他画了两幅像，一幅穿着朝服，请钱思公（吴懿王钱俶第十四子钱惟演）为赞；一幅穿着"道服"（僧服或居士服），请尊崇佛教的南阳杨文公（杨亿）为赞。世人认为他画这两幅像是寓有深义的（文附《道院集要》之后）。

晁迥在朝为官时，直接参与了朝廷组织的佛经翻译事业。原来宋太宗在太平兴国七年（982）于汴京太平兴国寺设置译经院（后改称传法院），召请印度天息灾等高僧在此译经，以国家力量译经和雕印大藏经。宋真宗即位后对儒、释、道三教皆尊崇，所撰《崇释论》认为佛教可"劝人之善，禁人之恶"，其不杀、不盗、不惑（原是不邪淫）、不妄（不妄语）、不醉（不饮酒）之"五戒"与儒家仁义礼智信的"五常"是"异迹而道同"的。他命赵安仁等人编录自太宗以来的译经目录《大中祥符法宝录》。自太宗以来至真宗晚年，虽也命大臣担任译经的润文之职，但未必是宰相。在真宗去世的前一年，即天禧五年（1021），听从译经僧法护、惟净的奏言，正式任命位至宰相的官员出任"译经使兼润文"官。真宗天禧五年（1021），身居宰相之位的丁谓奉诏首任译经使兼润文官。晁迥与翰林学士李维在其下任润文官，到仁宗天圣元年（1023）他们为2部21卷新经润文[1]。

晁迥与亲近佛教的李维是朋友。李维是真宗时宰相李沆之弟，历任兵部员外郎、知制诰、翰林学士承旨、史馆修撰，曾奉命与翰林学士左司谏知制诰杨亿、太常丞王曙同加刊削裁定道原编撰的《景德传灯录》。与晁迥同在宰相丁谓之下任润文官后，在乾兴元年（1022）再任润文官，天圣二年（1024）宰相王钦若任译经使时仍任润文官。他曾劝杨亿留心佛教，"勉令参问"。杨亿在知汝州时曾

---

[1]《景祐新修法宝录》卷六。

致书给他述其师承广慧元琏禅师的始末①。晁迥在《法藏碎金录》卷
五记述："翰林承旨李尚书维有书垂问云：神气相主，为道家之妙门；
物我皆如，乃禅宗之极致。道兄所得，其在兹乎？"他对李维此问十
分重视，谦虚地回答："神气相主，其殆庶几乎。物我皆如，仆病未
能也。"意为他对道家所说神与气交互为主的说法是大体理解的，然
而对禅宗讲的物与我一体，皆为真如体现的道理，还未能体悟。

晁迥与李遵勖也有往来。李遵勖（？—1038）娶真宗之妹为
妻，授左龙武将军、驸马都尉，仁宗时官至宁国军、镇国军节度
使，信奉佛教，礼临济宗石门蕴聪禅师为师，热衷参禅问法，与翰
林学士杨亿和刘筠等倾心禅宗的名士"为方外之交"，继禅宗灯史
《景德传灯录》之后编撰《天圣广灯录》②。晁迥撰《昭德新编》之
后请李遵勖写序。李遵勖在序中称晁迥"能和长者之论，蹈高世之
行者"。

晁迥与当时在传法院的"译经三藏"惟净（973—1051）也有
交往。惟净与印度僧法护是继施护之后的主要译经高僧。《法藏碎
金录》卷九记述："译经院僧首惟净惠访款谈，及于三施，谓财施、
法施、无畏施也。仍言无畏之施，善利最深，谓人有忧危恐怖而其
心未决，仁者姑务慰悦，令得安稳是也。予思仁人之言惠而不费
力，行其法夫何难哉？因而书之，永为吾事。"由此可以想象，晁
迥在朝为官特别在担任译经润文官期间，通过为新译佛经润文和与
译经高僧接触，增进和加深了对佛教的了解，积累了不少佛法知识。

20世纪30年代日本学者在京都兴圣寺发现唐代惠昕改编本

---

① 宋代李遵勖编撰《天圣广灯录》卷十八、宋代普济编《五灯会元》卷十二。杨亿致李
  维的信，被元延祐本《景德传灯录》附于书后。
② 详见杨曾文：《宋元禅宗史》，中国社会科学出版社，2006年，第七章第二节。

《六祖坛经》的五山版，前有晁子健的刊记，谓此书是其"七世祖文元公所观写本《六祖坛经》"。"文元公"是晁迥的谥号。书后有晁迥亲笔题字："时年八十一第十六次看过。"时间应是天圣九年（1031）。由此可见晁迥对禅宗信奉之虔诚①。

晁迥患病，拒绝医药，仁宗景祐元年（1034）穿着冠服逝世，年八十四②。仁宗为之罢朝一日，赠太子太保，谥文元。

《宋史·晁迥传》说：

> 迥善吐纳养生之术，通释老书，以经传傅致，为一家之说。性乐易宽简，服道履正，虽贵势无所屈，历官临事，未尝挟情害物。真宗数称其好学长者。

据此，晁迥平日爱好道家和传统医学的吐纳养生的方术，通晓佛教和道家的图书，善于探究考据经传记载而提出自己的见解，竟成一家之说。性格达观宽厚，遵奉道义，处事公正，不附炎趋势，真宗常称他是"好学长者"。

二、晁迥的著作

晁迥著作有《翰林集》三十卷，《法藏碎金录》十卷、《道院集》十五卷，《耆智余书》《随因纪述》《昭德新编》各三卷。

----

① 参日本铃木贞太郎（铃木大拙）、公田连太郎校订，东京森江书店 1934 年出版的《兴圣寺本六祖坛经》，并可参考杨曾文校写，宗教文化出版社 2014 年第三版《敦煌新本六祖坛经》所附《六祖坛经序》和论文。

② 《宋史》卷三百三、南宋王禹偁撰《东都事略》卷四十六的"晁迥传"皆未载晁迥卒年的具体纪年，据晁迥《法藏碎金录》载"天圣六年戊辰岁（1028）予年七十八矣"，他当生于五代后周广顺元年（951），年八十四应是仁宗景祐元年（1034）。

《法藏碎金录》，也称《迦谈》，十卷，今存，内容是选录并诠释、发挥佛教以及儒家、道家典籍中的思想与语句，并加入他对人生的感悟和自己修行的心得，共1460章。他在序中说：

> 暨挂冠之后，栖息乎浚都昭德坊之旧居，别茸静斋，翛然独处。素所乐欲，习以成性，手不释卷，笔不停缀，贯微臻极，深入骨髓，消忧释结，大沃襟灵。虽惠思萦，亦庆缘熟，斐然章句，联翩衍溢，开陈有补，弗忍遐弃，众制词律，存乎别集。每分类例，颇顾命篇，自今听览机会，或该演劝，属文导意，靡拘详略，片言鳞次，混而编之，数无预定，兴尽当止，奉法宝而推美，非小智之自矜，故名之曰法藏碎金录。内有意涉重出，积习之故，前辈亦尔，不复删简。若其束于教者，或以迦谈见诮，亦无惮焉，不能以外妨内也。

此处的"浚都"即汴京（今开封）。据此，《法藏碎金录》是晁迥在退居汴京旧居昭德坊以后编撰的，是选录和诠释佛教和儒、道二教经典，根据自己的养生和修行体验加以发挥，内容广博，所谓"每分类例，颇顾命篇"，"片言鳞次，混而编之，数无预定，兴尽当止"，"内有意涉重出……不复删简"，即不作分类和拟加标题，随时将选定的片言只语编录下来，即使内容有重复也不作删节。晁迥对此书很看重，说"有如聚蓄百药，随方而用，种种之疾而治之也"（卷五）。

《道院集》，也称《道院别集》，原十五卷，已不存，现存《道院集要》三卷。

晁公武是晁迥五世孙，所著《郡斋读书志》卷十九"别集类下"除录目《道院别集》十五卷之外，另录《道院集要》三卷，谓皇朝王古编，并载其序。据此，《道院集要》是王古据晁迥《自择增修百法》《法藏碎金录》《随因纪述》《耆智余书》诸书，"删去重复，总集精粹以便观览"而编撰的①。因此在宋代陈振孙《直斋书录解题》卷十"释氏类"录目《道院集要》三卷之后注："户部尚书三槐王古（按：原误作右）敏仲撰，以晁迥《法藏碎金》《耆智余书》删重集粹，别为此编。"王古，字敏仲，在《宋史》卷三百二十有传，是真宗时宰相王旦的后裔，在哲宗朝历任户部侍郎等职，至徽宗时曾任户部尚书。

　　道院，是晁迥在汴京的昭德坊旧宅中的院落。他在《法藏碎金录》提到："予所居京师道院中，有僮竖闲植草花……"；"予尝以吃食后，道院中往复闲行，数及五百步而止"；"道院虚旷，尘事蠲除，内外清凉，朝晡畅适，佚老所得，不亦多乎"。《道院集要》的内容与《法藏碎金录》大体相同，然而在形式上是在分段表述之前皆加标题。书后附有潘佑《赠别》及门人李淑撰写《澶渊晁公别录五事》等。

　　《昭德新编》现存二卷，也是晁迥退居汴京昭德坊以后编撰的。前有李遵勖写的序。晁迥在自序中说："自筮仕及致仕，越四纪，自未冠及大耋，越五纪，而闲居已久，年踰八旬，从昔至今，苟未有故，未始一日废观书弄翰之学。"是说他从入仕为官至退休经过四十八年，而从年轻至八十岁则经过六十年，一直没有停止读书著文。此书就是他阅读"内外经典"（指佛书与儒道诸书）过程中的摘录引述及思虑所得的"新意"。现存二卷：上卷是《新新理说》，连序共一百六十七条；下卷载其《静深生四妙辞并序》，原四十七首，现仅存二十九首。与前两种著作相比，多引述儒道书和文史语

① 另参考《四库全书》子部十三释家类《法藏碎金录》《道院集要》二书的提要。

句，直接引用佛典语句和阐发佛教义理者极少。

三、从《法藏碎金录》《道院集》及《昭德新编》看晁迥对佛教的理解和运用

晁迥自幼潜心研习儒学，从师名儒王禹偁，经科举入朝为官近五十年，直至晚年请老引退，从身份上说自然是个真正的儒者。然而这并不妨碍他既好道家，又亲近甚至信奉佛教，如同与他同时代的杨亿、李维、王曙以及稍后的张方平、王安石、苏轼、黄庭坚等人那样。

从宋代的社会环境来看，自太祖以来历代皇帝尊崇佛教。太宗设立译经院翻译佛经，任命大臣担任润文官，至真宗时又命宰相出任译经使兼润文官，对全国臣民产生的巨大示范影响是可想而知的。正如清朝纪昀等人在《四库全书》子部释家类为《法藏碎金录》加的提要所说："盖嘉祐、治平以前，濂、洛之说未盛，儒者沿唐代余风，大抵归心释教，以范仲淹之贤，而手制疏文，请道古开坛说法，其它可知。迥作是书，盖不足异。"这里所说的"嘉祐""治平"是宋仁宗晚年至英宗在位的年号，是从 1056 年至 1067 年。"濂"，濂溪，指周敦颐（1017—1073）；"洛"，指洛阳程颢（1032—1085）、程颐（1033—1107）兄弟，皆为理学奠基人。范仲淹（989—1052），著名政治家，在知饶州期间曾亲写疏文请云门宗道古禅师入住荐福寺，后入朝主持"庆历新政"。"提要"是说，在北宋理学盛行之前儒者士大夫沿习唐代余风，大都亲近佛教，以至像范仲淹那样的名儒贤臣也写疏请禅师开堂说法，因此对晁迥虔诚崇奉佛教并且撰写《法藏碎金录》也就不足为怪了。

然而宋代儒者奉佛情况不一，那么晁迥奉佛又有什么特色呢？

从他的《法藏碎金录》《道院集要》及《昭德新编》① 等来看，他认为儒释道三教一致，晚年尤倾心佛教，自称"予好道之心，老而弥壮"（《法藏碎金录》卷七）。他通晓大乘佛教的般若空论和中道思想，对诸宗中的禅宗、天台宗比较熟悉，相较而言特别崇奉禅宗。他阅读、摘录佛教和儒道二教语句，比较和会通三教思想，编撰上述《法藏碎金录》等书，不是出于学术研究和考述的目的，而主要是为了直接运用于晚年的健身益智和修心养性。

（一）从晁迥引用的佛典推测他对佛教教理的抉择

晁迥一生到底看了多少佛典，从上述《法藏碎金录》等书虽找不到具体数据，然而从他的引证可以大体了解他经常看哪些佛典，以及哪些佛典对他影响较大。这些为我们从总体把握他对佛教的认识和理解是有帮助的。

晁迥引用过的佛经有《大宝积经》《圆觉经》《楞伽经》《法华经》《大般若经》《金刚般若经》《般若心经》《大涅槃经》《华严经》《金刚三昧经》《古维摩经》（当指西晋竺法护译《维摩诘经》）以及《观普贤行经》，论书有《中论》。他引用的全是大乘佛典，其中最多的是宣说般若空义、中道实相、诸法圆融及佛性思想的佛典，既没有引法相唯识经典，也没有引弥陀净土经典、密教经典。

从晁迥对佛经的引证和解释发挥中可以看到，他对《圆觉经》中普眼菩萨的止观法门、《楞严经》中观音菩萨以闻（听闻）"入流"、普度众生的圆通法门最为看重，以此作为指导自己修行的要旨。下面对此先作介绍。

《圆觉经》，全称《大方广圆觉修多罗了义经》，一卷，唐佛陀

---

① 三书用《文渊阁四库全书》本。

多罗译，内容是佛为文殊、普贤、普眼等十二菩萨宣说如来圆觉（真如、佛性、真心、心）之理及禅观修行方法。"普眼"即普眼菩萨，佛告诉他"新学菩萨及末世众生，欲求如来净圆觉心，应当正念，远离诸幻"，"先依如来奢摩他（按：止、禅定）行，坚持禁戒，安处徒众，晏坐静室。观身心皆如幻化，如是渐次修行，一切悉皆清净，平等不动，遍满法界无作、止、任、灭，亦无能证者，一切佛世界，犹如虚空花，三世悉平等，毕竟无去来"。

《楞严经》，全称《大佛顶如来密因修证了义诸菩萨万行首楞严经》，十卷，唐天竺沙门般剌蜜帝译，古来或有疑其为中国人撰述者。因此经说"一切世间诸所有物，皆即菩提妙明元心，心精遍圆，含裹十方"，又谓一切众生因为不知自己本具"常住真心性净明体"，所以才生死轮回，只有通过禅观修行破除各种颠倒见解才有可能达到解脱。第六卷观音菩萨自述在无量劫前修证的法门，谓"从闻、思、修，入三摩地"，即从听闻、思考佛法和修行而入定；然而"初于闻中，入流亡所"，意为在听闻佛法中可在任何处所进入觉悟境界。"入流"相当入道，经文有"入流成正觉"之句，意为进入佛的境界。本具心性明净圆满，体用无碍，故随处随时可悟道（"入流亡所"），是"圆通""圆照"的表现。从此，"动静二相"泯灭，逐渐连闻、所闻也尽，觉与所觉、空与所空，一切皆空皆尽，"生灭既灭，寂灭现前"，便"超越世出世间"，"一者上合十方诸佛本妙觉心，与佛如来同一慈力；二者下合十方一切六道众生，与诸众生同一悲仰"，即达到佛的境界，能与众生以安乐（悲），又不离众生，愿得到佛的慈悲拯救。

晁迥对此十分赞赏，又进行发挥，《法藏碎金录》记述：

　　　　吾志在《圆觉经》，得普眼上根之观门；行在《楞严经》，

得观音入流之法要，姑务相济，积习胜缘。（卷八）

夫《圆觉经》一味精纯要妙，专说心起之真妄，悟修之顿渐，以利钝根故，分辨学法之次第；《楞严经》于真心正法之外，又说种种事相，有邪有魔，有升有堕，令人晓会，不至差殊。（卷三）

自念圣胎初养于《圆觉经》，有起信之心；灵音内观于《楞严经》，契入流之法。（卷九）

广分性相之差别，布在《楞严》；专明体用之精真，归乎《圆觉》。（卷七）

晁迥通过阅读和对比佛典内容，认为《圆觉经》中普眼菩萨所说的禅定法门适合他修持，说若能做到"心息相依，息调心净"，便可"知幻识真，去邪住正"，意为认识一切空幻，体认清净自性，清除邪见，培植正观。又认为《楞严经》中观音菩萨所述凭借"闻思修"中的"闻"即可入悟的"圆通"法门，也适合他修持，借以体悟正法，修持菩萨之道。他后来将二者进行归纳，说"《圆觉经》中圆觉菩萨所学禅那法门，又合《楞严经》中观音菩萨所学圆照法门。合二法门有三清妙：其一谓心之清妙也，成恬愉；其二谓息之清妙也，入深细；其三谓音之清妙也，发聪瞻"，是说合修这两个法门，可以使心情愉悦，气息匀称，耳聪听音清晰。晁迥自称晚年经常耳闻合谐的响声，他将这种感觉看作是"观音闻中入流圆照三昧"的体现（卷三），谓"耳中尝闻妙音殊胜不可名状，正是观音入流之处"（卷五）。

晁迥在《法藏碎金录》等书中也大量引证中国佛教宗派著作和思想，其中以禅宗的最多，其次是天台宗，然后是华严宗。禅宗书有《六祖坛经》、《神会语录》、《永嘉证道歌》、宗密《圭峰禅源之序》（书中也称《圭峰后录》，即《禅源诸诠集都序》）、《景德传灯录》等。此外还有唐刺史李繁（？—829）著《玄圣蘧庐》十六篇。从他引的"开心宗之性，示不动之体，悟梦觉之真，入闻思之寂"；"身心俱不动，为求无上道"来看，当是讲述禅宗思想。语句中的"心宗"一般指禅宗。禅宗讲心体空寂不动，北宗文献《大乘无生方便门》说："身心俱不动即寂灭，是菩提灭诸相故；又身心俱离念，即是圆满菩提。"南宗马祖下二世黄檗希运《传心法要》说："不动妄念，便证菩提。"天台宗的书有《摩诃止观》《梁氏删定止观》（唐梁肃《删定止观》）。因为他重视止观法门和心性修养，所以对禅宗、天台宗更加推崇，曾表示："圭峰禅源之序、永嘉证道之歌、天台观门之学，并为法要，学宜兼该，久味道腴，知其美妙。"他引用华严宗的书有唐李通玄《新华严经论》（称《华严论》或李逸人《华严论》），从中领会和学习华严宗的理事圆融、事事圆融思想。

（二）尊崇大乘佛教般若空论和中道思想

晁迥晚年过着闲适、安乐的生活，然而却不是无所事事，将看书写字看作是每天必修的功课。作为儒者，他熟悉"五经""四书"等儒典和史书，还经常对照佛典、道书进行比对和思考，立足于儒家纲常名教，适应修心养性的需要，从大量佛典中选择自己理解和爱好的义理、语句加以琢磨，进行诠释，有的还要选取道家、道教思想或语句来进行比较，然后提出自己的见解，甚至规定为安度晚年和修行应当遵循的要旨或座右铭。

从《法藏碎金录》《道院集要》及《昭德新编》来看，晁迥对大乘佛教的般若空义和中道思想最感兴趣，以一切皆空的思想来断除对人生和名利等欲望的追求与执着，又以空有相即不二的"真空妙有"思想正面应对现实世界和生活，使自己保持乐观、自信和豁达，"雍容优游，熙怡逍遥"（《法藏碎金录》卷十），自称"太平逍遥翁"（同上书，卷九）。下面引证原文略作说明。

在唐以前翻译的大乘佛经大小品《般若经》《金刚般若经》和唐玄奘翻译的《大般若经》，乃至表述般若类经典精要的《般若心经》中，皆反复用不同语句宣说"诸法性空"和空有（五蕴）相即不二的中道思想。在其他大乘经典中也详略不同地论述一切皆空和中道的思想。从晁迥的引述可以了解，他对《般若心经》《金刚般若经》最为熟悉，也翻阅引用《无量义经》和《大般若经》卷五百一十六"第三分空相品第二十一之二"以及《大宝积经》卷五十二"菩萨藏会第十二之十八般若波罗蜜多品第十一之三"、卷一百四"善住意天子会第三十六之三破菩萨相品第六"①。

他在《道院集要》卷一"横竖见空"中说：

> 《心经》：五蕴（按：色受想行识）皆空。此近取诸身也。若远取诸物，推而广之，见十方之界，万物万事，无不是空，非止实时，三世次第亦皆是空，横该十方，竖通三世，一一见空，则争空之心都息。惟一菩提以体用寂照，强名真空妙有，常令不致昏迷颠倒，此是第一等事。

---

① 《大宝积经》署名唐菩提流志译并合，但卷三十五至五十三的"菩萨藏会"是玄奘翻译的；卷一百二至一百五的"善住意天子会"是隋达摩笈多翻译的。

此外，他在"缘起知空"中说：

> 一切诸有如梦如幻，一切烦恼是魔是贼。缘起之相，其体本幻，种种分别，无非妄见，勿留于心，止观纯熟。

在《昭德新编》卷上说：

> 万物空，万念空，万事空，万世空。唯有一不空，为四万空之主，自古以来人日用而不知者多。

他还引用《中论》"因缘所生法，我说即是空"，一再引证诸如"一切诸法，性相空寂"，"一切法空"，"世为幻也，人为幻也，心为幻也，智为幻也"等等语句，很多未引出处。所引语句中心意思是：世界万有和人生的一切，因为是由因缘聚合而形成的，所以皆空幻无实，称之为空，如梦如幻。如果对此执着，便产生欲望和追求，从而形成种种烦恼，导致流转生死，不得解脱。

晁迥同时接受了基于中道相即不二理论的"真空妙有"的思想。从逻辑上讲，《般若经》中反复讲的"一切皆空"的论断已赋予"空"以世界普遍性基础的意蕴。从实体上来说是一切皆空，然而"空"不等同于绝对的"无"。空体现为一切现象。什么是真空妙有呢？借用《般若心经》的语句来解释，"色即是空"相当于"真空"，意为一切现象本体为空，是真正的空；"空即是色"则相当于"妙有"（难以言述之有），讲本体通过一切现象来显现，是妙有，亦称假有。对此再作进一步发挥，因为空是实相、真如，也就是法性、佛性，所以"妙有"也可解释为真如佛性，称之为"真心""心""本性"等，虽空寂无相，却是世界万有的本体本原，体现为万事万物。上引晁迥所说"唯有一不空，为四万空之主"，表达的就是这个意思。然而这种理论又强调妙有与真空不是绝对分离的，说真空即妙有，妙有即真空，彼此是相即不二的关系。这可在天台宗、华严宗和禅宗的著述中找到大量用不同方式论述的语句。

空与无相、无生、无作、无念、无住等概念是密切联系在一起的，如果运用到修行当中，可以从任何一个概念入手。晁迥通过比较，选择"无生"作为自己思考和修行的主要法门。据称，他是在看到《大宝积经》卷一百四上的"若彼比丘于一切法但取一行极随顺者，所谓无生，是为禅行"①的这段话之后作出这个决定的。他在《法藏碎金录》卷一说：

> 谛观悠悠万事，无不是空，智者一以贯之，归于无物。事来干我，我皆应之以无生。无生，谓心不起念，譬如物触虚空，有何妨碍？随顺，谓物我皆如，无所违逆。故《圆觉经》云：照了诸相，犹如虚空，此名如来随顺觉性是也。此无生法，是禅中一行，简当臻极之处，何必以多为贵者。

在《道院集要》卷一"止用无生"中说：

> 一切之事，心能忍可，令其不生，斯最简要。空无生中，谁是烦恼，谁是能治？但以无生一方，遍治一切。又圆顿止观（按：指天台宗《摩诃止观》中讲的圆顿止观），万事来干，便视为空，何用对治之法？色即是空，非色灭空；事即是空，非事过空。临机对境，常作此观。勿以事干虑，执以为实，使室碍胸中。

---

① 《大正藏》卷十一第 586 页下。

主要是说，既然世界上一切皆空，皆空幻无实，那么，将此理论运用于人生，就应当以"无生"来应对周围环境和生活中的一切。所谓无生就是"心不起念"，亦即"无念"，既没有追求的意念，也没有舍弃的意念，以空有相即不二的观点来看待事物，以平常心来处世接物（所谓"随顺""无所违逆"及"心能忍"），便可消除一切执着和各种烦恼。他认为，将无生法门作为禅修方法，是简单易行的。

他对"真空妙有"特别感兴趣，请看他的解释：

> 一切之形，形本无，无而有生，有生则有化灭，有化灭则复归于无也，定矣。一真之性，性本有，有而无象，无象则无化灭，无化灭则常存其有也，定矣。不有之有名曰妙有，不空之空名曰真空，妙有真空其体一也。

> 西方圣人垂法详悉，有大善利不可非也。于幻化中，明一切空不执为有，虽贤愚异贯皆见其空矣。于虚空中，立一切法不落于空，深智之士信知其法妙矣。终使人离空有二边之见，出轮环大苦，其理如此，其能仁（按：能仁，即释迦牟尼佛）也。[1]

> 惟有一真之性即不空，勿令有秋毫许障碍，微尘许染著，此至清净也。如此坚久不渝，便是无上士不动尊矣。心中有微尘许亦不可，须廓然如太虚空，方是空也。又非昏昧断灭之

---

[1]《法藏碎金录》卷一。

空，此名顽空。真是灵灵不昧，了了常知之空，此名真空。[①]

观身无物，从幻化缘生，观心无物，从颠倒想生，夫天机深者洞见此重重之空而不落于空，又见空中之不空，照体独存，存存之道，由大觉力，不可以言宣笔演者也。[②]

以上四段有以下两层意思：

1. 世上一切有形象的事物皆源自空无，虽由因缘而有生，然而最后归于空无，此为"不空之空"，属"真空"；真如法性（实相、一真之性）是真实存在的，然而因为超言绝相，所以永无化解灭亡，属于"不有之有"，是"妙有"。他强调真空与妙有是"一体"的两面。如果只承认空而绝对排斥有，那是"断灭之空"，属于应斥责的"顽空"；不能否定真如佛性（佛性、真心）的存在，此为"真空"。同时，因为是万法之本之体，万物由此形成，故也称妙有。

2. 佛法深妙，说一切皆空幻无实，教人不执着于有，也不执着于空，"见空中之不空"，摆脱有见与空见（二边之见），达到中道的认识。应当说，晁迥以上的表述是基本符合大乘佛教般若中观学说的原义的。

晁迥在对空、中道和真空妙有的解释中，也受到华严宗法界思想的影响。何为法界？法界不是华严宗专用名词，但华严宗赋予它丰富的内涵，经华严宗实际创立人三祖法藏（643—712）至澄观（738—839），更强调法界具有的法身、法性和真如的意义，也称之为"理""一真法界""心"。早在所奉初祖杜顺（557—640）

---

①《道院集要》卷一"止用无生"。
②《法藏碎金录》卷九。

所著《华严法界观门》中已将"法界观"分为三种：真空观（或真空绝相观）、理事无碍观（或事理无碍观）、周遍含容观。后来澄观在《华严经随俗演义钞》卷十、《华严法界玄镜》当中都对此三观进行了解释，认为可将三观分为四门，即四种法界：事法界、理法界和理事无碍法界、事事无碍法界。《道院集要》卷一"融境为心"中记述晁迥如下一段话：

> 以理夺事，尽见一切法空。此是真空观，是假真如。若不留观想之迹，直到自然成熟。理事不二，动静如一，此是理事无碍法界。此是真真如。功必有渐，不可轻蔑，谓不随顺遍计执情（按：世俗认识），惟随顺无碍法门，是万境融为一心也。只此不随顺外境之心，便是圆觉净心，与佛全同，但视万境之体，一一尽空，无可对治。

看来他接受了杜顺的法界观，并举出二观：真空观与理事无碍观，然而是用自己的话作解释的。真空观，至澄观时将它分为事法界与理法界。晁迥的解释已经含有这个内容，说如果从本质来说（以理夺事），一切皆空，但因为这是仅从空的一方来说的，不符合真相，属"假真如"。再进一步观察，原来理与事（现象）是"动静如一"，相即不二的，此则为"真真如"。达到这种认识，便可体悟"理事无碍""万境融为一心"的境界，此即进入佛的精神境界。

晁迥对般若空义和中道、真空妙有的考察和论述，目的是选取自己晚年修行的方法，将它运用到他所修持的禅观当中，通过观空净心而进一步认识理事圆融、万物一体的道理，以期达到期望的解脱境界。

（三）遵奉禅宗"无念为宗"的宗旨

晁迥与宋代不少儒者一样，看到禅宗盛行，在不少场合将佛教等同于禅宗。晁迥书中虽然也有"天台教""天台观门"的引证，然而极少。他直接或间接引证的禅宗著述，以记述南宗创始人唐代慧能生平与语录的《六祖坛经》以及弟子神会的语录、永嘉玄觉的《证道歌》以及自认为上承神会法系的圭峰宗密所著《禅源诸诠集都序》（《圭峰禅源之序》，也称《圭峰后录》）等，也引证宋代流行于士大夫间的禅宗灯史《景德传灯录》等。

慧能（638—713），禅宗南宗创始人，被奉为六祖，长期在韶州曹溪宝林寺传法，其弟子编撰的《六祖坛经》记载了他的生平和传法语录。慧能的禅法有两大理论支柱，一个是大乘般若空义和中道，一个是佛性思想。他发挥前者说一切皆空，同时又灵活地运用中道不二思想，将般若之空与心性之有巧妙结合，根据场合讲空有不二，主张修禅悟道不拘形式，不离生活日用。他根据后者强调人人秉有佛性，引导信众"识心见性，自成佛道"。慧能以真如佛性为禅法依据，既然真如佛性无形无相，敦煌本《六祖坛经》记述他的禅法以"无念为宗，无相为体，无住为本"，说"悟无念法者，见诸佛境界；悟无念顿法者，至佛位地"。慧能弟子荷泽神会（684—758）到南阳、洛阳一带传法，曾与北宗僧人辩论，扩大了南宗在北方的影响，他的语录《南宗定是非论》谓："见无念者，得向佛知见。见无念者，名为实相。"慧能另一弟子玄觉（675—713）长期在温州传法，所著《证道歌》由偈颂组成，唱颂南宗的"如来禅"，对众生与佛相即不二、无念禅法、寄禅修于生活日用等多有称颂。至于宗密（780—841），虽师承华严宗四祖澄观，然而又以上承慧能弟子神会法系自任，长期在长安圭峰草堂寺传法，与白居易、刘禹锡、裴休等过从甚密，所著《禅源诸诠集都序》等虽着意调和禅宗与其他宗派（教门）的矛盾，然而重点放在宣扬阐释慧能—神会的顿教禅法①。

下面让我们看看晁迥是如何引证和发挥他们的禅法思想的。他在《法藏碎金录》和《道院集要》引证：

> 荷泽法门，唯以无念为宗。又曰乐天②诗云："唯吟一句偈，无念是无生。"③

> 一气散结而为身，一灵分宅而为神，神身合而为人。人所起而为事，事相续而为世，世事无穷，纷纭其中，种种旋成空，一真独不变。心者身之本，心不生灭，则身不生灭定矣。荷泽④云："虽备修万行，惟以无念为宗。"无念即无生，千经万论，源在无念，念增缘起，乃入轮回。言语之不到者，心识；心识之不到者，真如。心识者，真如之影也。言语者，心识之影也。文字者，言语之影也。意为心影，言为心响，终非本体。浮生可见，如梦幻泡影，虽有像而终无；妙本难穷，真信灵明，虽无像而常有。⑤

---

① 详见杨曾文：《唐五代禅宗史》，中国社会科学出版社，1999年，第五章第一、第二、第三节及第七章第七节。

② 白居易（772—846），字乐天，自进士入仕，历任翰林学士、左拾遗，经中书舍人、杭州刺史、苏州刺史、刑部侍郎等，与李绅、张籍、元稹提倡新乐府运动，有《白氏长庆集》传世。

③ 《法藏碎金录》卷五。

④ 荷泽，指神会，在洛阳传法时居住荷泽寺，人称荷泽神会。

⑤ 《道院集要》卷一"除烦恼"。

无念为宗，法之枢要，不住于相，然后臻极上智，学人必知理也。①

《圭峰后录》云："觉诸相空，心自无念，念起即觉，觉之即无。修行妙门，惟在此也。"此观法之纲要。②

予素爱重唐圭峰禅师宗密所述法要之书，尤为详备，窃心师之久矣。①

吾今自集无住之法。《金刚经》云："不应住色生心，不应住声香味触法生心，应生无所住心。"又《传灯录》有说金刚齐菩萨云："我不依有住而住，不依无住而住，如是而住。"又《坛经》六祖云："我法以无住为本。"又《坐忘论·枢翼》云："不依一物而心常住。"如此类例固难具引，且从此四者备矣。一以贯之，随时随处，不计情之休戚舒惨，即当径入无住之法，如升太虚空中，无碍自在，久久如初，不用较量，应验之功耳。②

---

① 《法藏碎金录》卷五。
② 《道院集要》卷一"止观宏纲"。《圭峰后录》即唐宗密《禅源诸诠集都序》，其卷上之二曰："诸法如梦，诸圣同说。故妄念本寂，尘境本空，空寂之心，灵知不昧。即此空寂之知，是汝真性。……顿悟空寂之知，知且无念无形，谁为我相人相。觉诸相空，心自无念，念起即觉，觉之即无。修行妙门，唯在此也。"（《大正藏》卷四十八第 402 页下至 403 页上）其中的"念起即觉，觉之即无"，意为在禅修中出现杂念立即察觉，迅速断除复归于空观。

① 《法藏碎金录》卷八。
② 《法藏碎金录》卷九。《金刚经》即后秦鸠摩罗什译《金刚般若经》。《传灯录》即宋道原编撰《景德传灯录》。《坛经》即《六祖坛经》，他用的是唐代惠昕改编本。《坐忘论》，唐司马承祯撰，由七篇组成，主要讲道教修炼方法；《坐忘枢翼》为七篇后的附语，讲坐忘除念修行之法。

综合以上所引，可将晁迥主要见解归纳如下：

1. 从他引证"《坛经》六祖云：'我法以无住为本'"和"荷泽法门，唯以无念为宗"，又引宗密《圭峰后录》的"觉诸相空，心自无念"，表明他已接受禅宗以"无念为宗，无住为本，无相为体"的禅法。他认为，佛法的要旨（枢要）、禅观的纲要，就是"无念为宗"，通过禅修达到无念境界就意味着体悟实相真如，而生成"清净心"，得到"上智"（实即佛智）。

2. 他对无念作了种种发挥，认为无念与性空、无生、无相等等是相通的。修行的目的就是通过认识世上一切，包括人的身体和世事皆空寂无实，如同"梦幻泡影"，然而在虚幻的假有背后却有他称之为"本体"或"妙本"常在，此即真如佛性。

3. 他借用中国传统的元气造物说，谓"一气散结而为身，一灵分宅而为神，神身合而为人"，"人所起而为事，事相续而为世，世事无穷"，而身体与世事皆为假相，皆为空。他接着表示，在虚幻的空相背后"一真独不变"。这个"一真"即指真如佛性，相当前面所引的"一灵"，又遵照禅宗的说法称之为心，是身之根本，既然心不生灭，身也不生灭。进一步解释说，人的心识实际是真如的显现（影），其他诸如意、语言文字等皆为幻相，"有像而终无"，唯有"妙本难穷，真信灵明，虽无像而常有"，意为真如佛性永恒常存。这里仍贯彻"真空妙有"的思想。

4.《金刚经》基于一切皆空思想，说不应住色与受想行识（五蕴）生"清净心"，意为不对人或事物有所执着、判断、好恶或取舍意向而形成清净智慧。慧能的"无住为本"，实际是"无念"概念的延伸，意为"不住于相"，不执着任何名相事物，不执特定见解和取舍意向。晁迥在解释中引用《景德传灯录》第二十七《诸方杂举征拈代别语》金刚齐菩萨所说"我不依有住而住，不依无住而住"及道教的《坐忘论·枢翼》的"不依一物而心常住"的说法，也基本贯彻上述思想，发挥不二思想，说"随时随处，不计情之休戚舒惨，即当径入无住之法"，意为在不住（不执着）中住，在住（不离日用）中不住，做到自然"无碍自在"，"不用较量"。

永嘉玄觉《证道歌》开头即说："君不见，绝学无为闲道人，不除妄想不求真。"晁迥对此很感兴趣，《道院集要》卷一《剖析除求》解释说：

> "不除妄想不求真"，此是不除之除，不求之求，亦云无修之修，无得之得也。即不同凡愚元不除元不求，若刍荛之物蠢蠢然，但不起心动念，有为作耳。妄念所起，觉之即止，不是别有除妄之法，此是无所除之除也。妄念既息，本真自明，不是别有求真之法，此是无所求之求也。

《证道歌》发挥禅宗的"无念为宗"的禅法，贯彻中道不二精神，称修行者为不执意修学的"绝学无为闲道人"，既不执意除妄想，又不去求真理，寄修行于自然无为之中。晁迥的发挥是符合这个意思的，但认为"不除之除，不求之求"和"无修之修，无得之得"，绝不同于远离修行的"凡愚"及动物那样，只是在日常修行和生活中做到"不起心动念，有为作耳"。这也就是禅宗所说保持一种平常心的"无念"，一旦有妄念产生能立即察觉，复归于无念状态。

晁迥以上解释虽然不够连贯，然而他对"无念""无念为宗"的解释还是基本符合慧能、神会的思想的。他是个已离开官场的休闲的老者，既希望通过修行在精神上超脱俗务而空寂豁达，又不想脱离现实生活，所以对禅宗本来就蕴含禅修不离生活日用意义的"无念为宗"感兴趣是可以理解的。

晁迥对圭峰宗密怀有十分崇敬的感情，在身边经常摆着他的书。他在《法藏碎金录》卷八记述，天圣八年（1030）正月十八日夜，他"忽梦见一老僧，或云此即密公也"。他对宗密的护法好友白居易也怀有特殊亲近的感情，大量引证他的谈参禅、人生感悟的语句。

（四）晁迥晚年的闲居生活与禅修

晁迥以年老求职于散地，受命分司西京洛阳之后，实际已开始过着休闲生活，平时爱读《周易》《庄子》等书，欣赏玩味其中"乐天知命""安时处顺"的内容，同时阅读佛典，寻找适合晚年修心养性的方法。他最后选定以佛教止观（禅修）作为晚年主要修行方法。在退休居住汴京旧居之后，将修行止观置于每天的功课，自我要求相当严格。他在《法藏碎金录》中说："自顾既老犹健，视日影一分分一寸寸转移不回，则所发道心亦宜一念念一息息常在，止观二法，方是正勤之功耳，此事常已书之矣而复书之者，惜日之志深也。"（卷三）"予自谓心师古圣人古君子久矣，而年将八十，若不勇猛精进，重增观练，知命知非，学道学法，更俟何时哉。"（卷七）

在佛教的修行方法中，止观或禅定占有重要地位。何为止观？止，使精神高度集中。观，是观想，是在精神进入止的状态下深入观察、思考某些义理，以得到智慧。那么何为禅定呢？实际上，止与定同义，皆是精神集中。至于禅，是禅那（Dhyāna）之略，是在进入定的状态中进行思惟（思惟修），与观基本同义。定与禅统称禅定，可以说等同于止观。止观或禅定，从大的方面说有小乘、大乘之分，若仅从大乘来说又有学派或宗派之分。虽然彼此有很大差别，然而在修习方法上是基本一致的，主要差别是在进入止或定的精神状态后思惟的内容上，亦即观法或禅观义理方面。

　　那么，晁迥修的是什么止观呢？止观方法虽为佛教通用，禅观内容却是取自中国佛教宗派。他看重和遵奉禅宗"无念为宗"宗旨，经常修习的是综合大乘佛教止观和天台宗、华严宗的止观而为自己制定的止观。

　　《道院集要》卷二"圆觉三根"载：

> 　　教中说信、解、行、证，四法相须。今据《圆觉》一法，巧备三根之极说。盖上、中、下根，各有入道之门。余尝以决定信为内学之本。

　　晁迥是据唐圭峰宗密《圆觉经略疏注》来理解和引用《圆觉经》的。他认为佛教的信、解、行、证四方面教法在《圆觉经》中皆有记述，有针对上等、中等、下等三种根机修行者的内容，皆予指出"入道之门"。他首先将"信"作为自己修学之本，然后从经中普眼、威德和圆觉三章①分别所说适应三等根机教法中各取一种作为自己修行的法门。他依照"上根之解（见解）"，从普眼章中择取般若空义，通过体认我、法二空来"空却身心"，然后运用"法界观"体悟"无边法界，一一皆空"，从而将"穷理尽性"贯彻到所有方面，以超脱世间尘污，摆脱烦恼。再准照"中根之行（修行、行为）"，运用宗密在威德章注文中提出的"泯相澄神观"②，

---

① 《圆觉经》说有文殊、普贤、普眼等十二位菩萨向佛问法，佛一一回答。晁迥所说普眼、威德和圆觉三章分别是佛应普眼菩萨、威德菩萨、圆觉菩萨之问所作回答的三个章节。
② 宗密在《圆觉经略注》卷下提出有三观，另两观是：起幻销尘观、绝待灵心观。载《大正藏》卷三十九第 557 页下。

净化自心，"取净安心，渐渐修行"。最后准照"下根之证（证悟）"，从圆觉章中择取部分内容，经过忏悔祈愿，"遇善境界，得心轻安"，进而达到如宗密注文中所说"身心调畅，轻利安和，神爽气清，肢体柔润"。

天台宗以修习止观著称，在智颚《摩诃止观》及唐梁肃据此而著的《删定止观》中皆有详细记述。华严宗据自己的法界缘起论制定了法界观，法藏《修华严奥旨妄尽还源观》提出有六观，后来澄观在《大方广佛华严经随疏演义钞》中也有引述，在《华严法界玄镜》归纳为四法界观。晁迥对天台止观和华严宗止观理论不仅了解，也运用到他的禅修中。他在《道院集要》卷三"三观删要"记述了天台宗和华严宗的止观。

他先叙述天台宗的三种止观：从假入空观、从空入假观、中道正观，然后详加解释。（1）修从假入空观（空谛），认识一切事物由因缘形成，皆虚假不实，是为空，"上不见佛果可求，下不见众生可度"，尚未体悟佛性，只得到"一切智""慧眼"，达到声闻、缘觉的小乘阶位；（2）进而修从空入假观（假谛），认识体性虽空，却"能出生一切诸法，犹如幻化，虽无定实，亦有见闻觉知等"，"知一切法毕竟空寂，而能于空中修种种行"，利益众生，从而得到"道种智""法眼"，"虽见佛性而不明了"。（3）修中道正观（中谛、第一义观），体知心性"非真非假"，"非空非假，而不坏空假之法（亦空亦假）"，达到中道认识，获得"一切种智""佛眼"，进入"定慧力等，了了见于佛性"的至高精神境界。

此后，晁迥又引述华严宗的观法。法藏在《修华严奥旨妄尽还源观》说有六观：摄境归心真空观、从心现境妙有观、心境秘密圆融观、智身影现众缘观、多身入一镜像观、主伴互现帝网观。晁迥只引用了前三种观，认为这三观"尤为要妙"。他解释说，（1）修摄境归心真空观，体悟"三界所有法，唯是一心作，内心不起，外境本空，知诸法唯心，便舍外尘相，由此息分别，悟平等真空是也"。意为一真法界、心（真如佛性）是世界万有的本原、本体，所显现的外境、现象皆"妄想不实，故名为空"，然非天空之空（称为顽空），"此空是心法动作有用之空，故名真空"。（2）修从心现境妙有观，体认眼前外境、万物本从"本心"显现，不同于自然万象之有（称为粗有），谓"此有是心法微妙无相之有，故名妙有"，在此境"入佛之境，得佛之智，行佛之行，誓法能仁，善救示现种种方便"（修菩萨道）。（3）修心境秘密圆融观，谓"心者，无碍心，诸佛证之以成法身；境者，无碍境，诸佛证之以成净土法身"，体悟心（佛性、法身）与境（世界、净土）之间，乃至众生与佛之间皆圆融无碍，达到最高的精神境界。

以上天台、华严三种止观虽然表述有异，然而内容大体一致，即通过观空观有，体悟中道实相和真空妙有，蕴含着佛法不离生活日用，修行和达到觉悟解脱可在自然无为和日常生活中实现。所以他在表述自己修习止观过程中的体会时，也多涉及这方面的内容。这里仅从《法藏碎金录》中引用一部分：

> 凡言定者，贵乎澄明之定，勿入顽空之定。定而无慧，譬如石人木偶，虽不动而奚为？凡言慧者，贵乎安详之慧，勿肆轻狂之慧，慧而无定，譬如云电风灯，于久照而何有？混而为一，曲尽其妙。（卷一）

> 学道之人，须由观、行。息心达本，贯微洞密，谓之观；收视反听，忘情契理，谓之行。观行明备，根力坚深。（卷一）

入道之门，须用止观二法。何以故？夫理障碍正知见，事障续诸生死。非大观之法，安能除理障；非大止之法，安能除事障。（卷二）

有客谓子曰：欲求妙道，从何门而入？予因决择径直而答曰：当须悟人法二空，断事理二障；学止观二法，去沉掉（按：沉，指昏沉，精神低沉迷懵；掉，指掉举，心躁不安）二病。（卷二）

予知法要，不离定慧。定可定非常定，是对境不动之定，非用力制之之定。慧可慧非常慧，是见性不迷之慧，非役心求之之慧。（卷六）

义学、禅学，理须兼备，非义学何以开其智？非禅学何以成其行？（卷六）

余深知法要，合空、假二观为中道观，起动、静二相为大寂相。予能言之，而未能至。（卷七）

予自耆而耋，习静不已，或于夜坐，刹那见光，及闻灵响，愈觉清彻。（卷七）

予晚岁自修，协用二法：止观也，导引也。止念令静，观理令明，念静理明，无生可成。导气令和，引体令柔，气和体柔，长生可求。（卷一）

晁迥说自己晚年"发道心（菩提心）"致力修行，夜以继日争分夺秒地修习止观，曾仿照曾子每日三省自身的做法，"七审"自己："一切妄念稍止息否？一切外缘稍简省否？一切触境能不动否？一切语言能慎密否？一切黑白减分别否？梦想之间不颠倒否？方寸之中得恬愉否？"（《道院集要》卷二"七审"）他反复强调要学道入道（达到觉悟解脱），必须修习止观，用以净心明空、念静理明，断除妄念和烦恼（事障、理障），获得正见和智慧，并将此运用到生活和修行（行）中去，认为可致"导气令和，引体令柔，气和体柔，长生可求"（《法藏碎金录》卷一）的效果。

晁迥真正追求的是在精神上得到轻松解脱，有益于身心健康，长生延寿。他在八十岁时告诉诸子说："予年八十而有十胜利，谓神爽、气清、耳聪、目明、腰直、脚轻、身康、心喜、寝甘、食美也"[①]；八十二岁时自豪地说："予年八十有二矣，未尝以针艾攻肌肤，未尝以几杖扶坐起，老健同者，几何人哉！"[②] 他甚至称自己为"太平逍遥翁"。

（五）晁迥自制的修行"法要"

晁迥晚年适逢社会安定，以高官身份告老居家，生活富裕，身体健康，闲读佛老之书，修心养性。在《法藏碎金录》卷五记述他得意之情，说自己有"六幸"，一是家族无饥寒之忧；二是心中无盘算追求（"营欲"）之事；三是无势利之交；四是有"寿康之福"；五是"于后有肯堂之绪"（有继承父志之子）；六是"于道有悟入之门"，谓在修行悟道方面已经入门。

---

① 《道院集要》卷三李淑《澶渊晁公别录五事》。
② 《法藏碎金录》卷十。

晁迥是宋代不仅钻研佛道二教，而且付诸修行的少有的儒者，在修行中还归纳出很多心得或诀窍作为自励的座右铭和向别人宣示的经验。他认为要修行悟道，必须有两个前提：一是高明的智慧学识（"大明之智识"），二是坚强的意志（"弥坚之志力"）。他在《法藏碎金录》卷四说：

> 老子曰："名与身孰亲？"我知之矣。我当既明且哲，深根固蒂，以保其身，不取虚名也。因复拟之别立五字句者二：其一曰：情与性孰亲？我亦知之。我当惩忿窒欲，割慈忍爱，以遣其情，自全真性也。又一曰：事与道孰亲？我亦知之。我当息缘反照，背尘合觉，无营于事，独归妙道也。

他从《老子》的"名与身孰亲"的提示中得出重视保身而不取虚名的结论，进而提出"情与性孰亲"与"事与道孰亲"两问，结论是控制并断除情欲以保真性（自性、佛性），抑制感官清除杂念，返观自性，摆脱世事，专心修持妙道（佛法、禅修）。他以这两句表明自己既要摆脱世俗情感，又要彻底摆脱日常俗务，专心进行他所认定的止观修行，以领悟自性，达到至高的精神境界。

晁迥还作过一首《四胜深心偈》："豁然悟空，了然见性，凝然不动，寂然无思。"然后加以阐释，作为自己遵循的要旨。《法藏碎金录》卷八说：

> 豁然悟空者，照破幻蕴（按：色受想行识五蕴，组成身心的物质的和精神的因素），情累不留苦恼也。了然见性者，洞晓相续，有情都是一真法界也。凝然不动者，任其外缘所触，如八风（按：即利衰毁誉称讥苦乐，代表世俗价值和情感）之

吹妙高山（按：即须弥山，佛教所说最高的山）也。寂然无思者，如晏海澄湛，绝识浪之腾跃也。四法纯熟，其利甚博。

四偈表述修行要达到的四个境界：一是"豁然悟空"，体悟身心世事虚幻空寂，清除情欲烦恼；二是"了然见性"，随着悟解渐深，认识众生世事不过是"一真法界"（佛性、自性）的显现；三是"凝然不动"，体悟清净自性之后，即使碰到任何环境外缘，心皆不为所动，如八风吹不动须弥山那样；四是"晏海澄湛"，至此心境平静，犹如风平浪静的大海，已无意想追求。

晁迥经常比照三教之书，择取一些语句加以会通，从中得出修行的"法要"。《法藏碎金录》卷八记述：

予于三教之书，各取八字，统为法要。儒教之书《毛诗·大雅》云："既明且哲，以保其身"；道教之书《老子·道经》云："归根曰静，静曰复命"；释教之书《涅槃经》云："悟诸法性，成无师觉"。予自视所得，本末符契，因目曰三和合法门。

他从三教书各择取八字，合为："既明且哲，以保其身"；"归根曰静，静曰复命"；"悟诸法性，成无师觉"。这实际意味着，儒家的明哲保身、道家的回归原初宁静和生命本原（道）与佛教的悟诸法性（识心见性）而成佛是一致的。

然而晁迥最倾心的是佛教教理和止观，前面"悟诸法性"中的"法性"也就是"实相""真心"或"真空"，悟此则进入最高精神境界。他曾作过五言四句的《具足观修诀》谓："三空一不空，悟

入势孤雄，得道加殊称，超天自在公。"① 是什么意思呢？据他的解
释，"三空"是名、身、情空。名，世俗的名望和地位；身，是身
体、生命；情是感情、情欲等精神现象。他说这三者有的虽在身外
却能影响内心，有的虽在内心也会产生亲疏之别，于是有种种表
现，然而"终毕归空"，但在此"三空"之外却有不空的存在，此
即"唯一真空"："至精无形，大无不包，细无不入，古今不能穷，
此是一不空。"他所描述的正是佛教讲的真如，也就是真空、佛性、
自性、一真法界，或简称心。他说，"若能先觉悟，是观也；后顺
入，是修也"，意为通过止观来体悟，通过修行来深入，最后必能
达到"超出人天"的至高境界。他称进入这个境界者为"自在公"，
是他追求的目标。

晁迥对晚年修行充满自信和期待，曾著三言的《自晓存心诀》：
"心息音，混融深，智先觉，念无侵，随办及，即温寻，用此法，
存于心。"是什么意思呢？他在《法藏碎金录》卷五解释说：

> 此八句予自了知，言简意备，而兴犹未已，推而演之云：
> 此法正念，《圆觉经》中圆觉菩萨所学禅那法门；又合《楞严
> 经》中观音菩萨所学圆照法门。合二法门有三清妙：其一谓心
> 之清妙也，成恬愉；其二谓息之清妙也，入深细；其三谓音之
> 清妙也，发聪瞻。协用三法而进于道，惬心至当，自以为禅师
> 法要，无有出其右者，奉为秘印，乃目之曰：清妙三和合入流

---

① 《法藏碎金录》卷五。此后文字是："因而自解之云：三空谓名也身也情也。观此三者，
外则自外而及内，内则自亲而及疏，种种因缘，终毕归空。此是三空。唯一真空，则
至精无形，大无不包，细无不入，古今不能穷，此是一不空。若能先觉悟，是观也；
后顺入，是修也，而又奇特勇猛，得道必矣。超出人天，而造化不能拘。目曰自在
公。此非戏论。"

三昧。

何谓"心息音"？参考同卷的另一段文字便可了解。他将"心、息、音"三字作为修行的"三合应天机法门"。心与息，原取自《圆觉经》的"圆觉菩萨所学禅那法门"的"心息相依，息调心净"，即通过调节气息使心清净，看作是禅修"入道之门"。对于心，他引证《庄子》中"至人之心若鉴"（至人的心清净如镜），取其"其寂而照，不将迎于物"来充实；对于息，引《庄子》的"真人之息以踵"（真人气息深沉可通至脚根）来充实。连在一起是说，通过"息调心净"的禅修，使心如明镜，气息深沉，达到道家所说的得道者"至人""真人"的境界。所谓"音"，是指他七十岁以后耳朵经常听到殊胜"妙音"，认为是属于《楞严经》中观音菩萨所持的圆照法门（"入流之处"，见前），与《庄子》中的"无声之中独闻和"相通，是一种超越普通声音的和谐之声。

至于"混融深，智先觉，念无侵，随办及，即温寻，用此法，存于心"则是修持"心息音"的"三合应天机法门"的功效，意为混融修持这一法门，成就智慧先入悟，无有杂念，达成解脱，心静温和，凝结正念存于心。他进而解释说，修"心、息"二法门（即禅修）可以得三种"清越"（清静超越）境界：一是"心之清妙"，表现为恬适愉快心情；二是"息之清妙"，可以导致禅修至呼吸"深细"境界；三是"音之清妙"，可使耳聪超凡，听闻妙音。他认为这是最好的禅修法门，乃"奉为秘印"，称之为"清妙三和合入流三昧"。

晁迥很少与僧人交往，所得出的修行诀窍、法要未必与佛典及通行禅修方法一致，只可看作是他个人对佛教义理及禅修方法的理解。

四、晁迥的三教会通思想

自三国时代以后，随着佛教的广泛传播，几乎历代都有接近佛教的儒者倡导三教一致或三教会通论。他们的主要观点不外乎说三教是"道"不同形式的体现，皆劝人为善，对治国安民有益，三教义理可以互补，等等。北宋真宗皇帝，儒者王安石、张商英皆有类似看法。晁迥也有这种见解，但因为对佛道二教有深入研究，所以对三教一致和会通的论述更加具体、更加细致。

（一）三教虽各有所长，但同归一道一理

"道"，是儒家、道家乃至其他学派通用的概念，既可单独作为至高概念使用，也可冠以名词或形容词加以定位制约，如"天道""人道""仁道""王道"以及"圣道""帝道"等，实际上它们对"道"所赋予的义蕴未必一致。然而古来主张三教一致的儒家或是佛道二教的学者，经常从它们共同使用"道"这一点上加以发挥、诠释，得出它们彼此一致的结论。

晁迥论述三教一致也有这种情况。例如他在《昭德新编》卷上说：

> 今之三教，虽分明立相，有所不同，其实都是道也。故儒书《礼记》云："天命之谓性，率性之谓道。"道书《老子》云："道可道，非常道。"佛书《华严经》云："如来自在力，无量劫难遇，若生一念信，速登无上道。"

他认为三教虽有不同形式和主张（立相），然而皆体现道，以

道为宗旨。至于他所说三教的"道"：儒家的是《礼记》"率性之谓道"中的"道"，道家的是《老子》中"道可道"的"道"，佛教的是《华严经》的"速登无上道"的"道"。实际上，这三个"道"虽字同而意蕴并不全同。儒家"率性之谓道"中的"道"相当于道路、法则。道家"道可道"的"道"意为世界本原、基质及规律。佛教"速登无上道"的"道"是菩提、觉悟；"无上道"是无上觉悟，指成佛，当然在有的场合"道"是指佛法、真如、佛性等。那么三者有没有共同点呢？有，它们皆有一般意义的至高概念含义。晁迥正是从这一点上讲三教"其实都是道"的。

　　在中国思想史上，原指玉石中纹络的"理"字逐渐演变为具有规律、道理和至高理念的概念，在很多场合与"道"同义。在佛教界，至迟在进入东晋之后，"理"已被解释为与佛性、真如同义。晁迥论三教一致、会通，不仅讲三教"道"同，也讲"理"同。他说：

　　　　儒家之言率性，道家之言养神，禅家之言修心，其理一也，何烦诤论。[1]

　　　　道家之言虚静，释氏之言空寂，其理一也。[2]

　　　　人能洞晓三家之言，同归一真之理，吾当目之为会三归一之智。[3]

---

①《法藏碎金录》卷八。
②《道院集要》卷一"无念"。
③《法藏碎金录》卷七。

　　他认为，儒家主张率性（遵循天性）修行，道家讲养神，禅宗讲修心，道理是相同的；道家讲虚静，佛教讲空寂，道理也同。既然如此，如果有人能够晓悟三教"同归一真之理"，那就意味着他具有会通三教"归一"的智慧。

　　晁迥由于对佛教、道家和道教了解比较深入，能从多个方面考察三教一致的地方。这里仅举部分要点。

　　《昭德新编》卷上载，晁迥认为三教代表"三全"，儒教"务在言行相合，以全其名"，当指"责名求实"的施政；道教"务在神气相合，以全其形"，当指"神气相主"的养生；佛教"务在理性相合，以全其灵"，当指"识性见性"的修心。他还说，三教圣人之书"各是一法之妙"，孔子倡"大和之德，油然而生"，蕴含"无声之乐"；老子书倡"大象之道，混然而成"，是谓"无名之璞"；佛教书弘"大寂之光，自然而明"，乃谓"无心之觉"。他在《法藏碎金录》卷七说，儒家讲"寂然不动"，道家讲"归根曰静"，禅家讲"息缘反照"，是一致的。他还从三教的伦理主张来进行比较。他说儒家主张的五常（仁义礼智信）是以"仁"为首，道家的三宝（慈、俭、不敢为天下先）以"慈"为先，至于佛教倡导的"大慈"则"倍百深至"，最为深远广博。然而从根本上来说，三教毕竟一致。他说读儒家之书得"大雅之法"，爱其"端确而无邪"；读道家之书，得"大观之法"，爱其"智之旷达而无滞"；读禅家流（佛教，也指禅宗）之书，得"大觉之法"，爱其"性之圆融而无碍"，认为三者缺一不可（《法藏碎金录》卷八）。他比较儒、佛二教，认为"虽设教不同而会归于善"（《法藏碎金录》卷三）。

　　晁迥也看到，三教虽可说大体一致，然而它们分工有异，做的事是不同的。《法藏碎金录》卷八说："化民成俗之学，儒门之事也。长生久视之道，道门之事也。清心释累之训，佛门之事也。予以此三事为贵，名同而实异者也。"这是说，儒家负责社会的教化导俗（实指施政与文教）之事；道教以教人遵循"长生久视之道"养生长寿为事；佛教则以传"清心释累之训"教人净化心灵断除烦恼为事。

（二）在三教中佛教义理最为高深

晁迥可谓是亲近佛教的大儒，晚年对佛教的感情越来越深，虽表示三教一致，却认为佛教的义理最高最精深。

唐代宗密在所著《禅源诸诠集都序》中认为"经是佛语，禅是佛意"，着意合会禅、教，将禅宗的三宗：息妄修心宗（北宗）、泯绝无寄宗（石头希迁、牛头慧融及其法系）、直显心性宗（神会的荷泽宗与江西马祖法系），对应三教：密意依性说相教（简称相教，小乘及法相宗）、密意破相显性教（大乘破相教，简称空宗，指般若中观学说及三论宗）、显示真心即性教（一乘显性教、法性宗，简称性宗，指《华严经》《法华经》《大涅槃经》及华严宗、天台宗），认为三教与三宗虽存在明显的差别，但从会通的角度来看，它们都是佛法，是彼此印证，互相契合，并且是相辅相成的。这一说法也被宋代法眼宗僧延寿所著《宗镜录》继承。

晁迥对此有所了解，他在《法藏碎金录》中对儒释道三教作对比时也借用了这个说法。他说：

> 儒家立一切法以为规检，目曰名教。此于佛家门中有如相宗。道家破一切法，贵乎混一，复归虚无，此于佛门中有如空宗。若乃立一切法不碍真空，破一切法不妨妙有，并包广大，唯佛法之性宗焉。（卷四）

深于相宗者，初及门；深于空宗者，次升堂；深于性宗
者，终入室。得法阶渐，其理如此。（卷十）

孔氏之教在乎名器，如释氏之相宗也；老氏之教在乎虚
无，如释氏之空宗也；唯释氏之教，本乎理性，而兼该二教之
事，方为臻极。然而孔老二教亦有涉乎理性空有之迹，而不到
穷尽理性之说。（卷六）

据此，他认为儒家建立系统的纲常名教和礼乐车服制度，相当
于佛教中的相宗（依性说相教）；道家论道说无，崇尚虚无，相当
于佛教中的空宗（破相显性教）；佛教中的性宗主张"立一切法不
碍真空，破一切法不妨妙有，并包广大"（亦即"真空妙有"），能
融会儒道二教的思想，做到"穷尽理性"，最为优越。

他还直接称赞佛教义理高深精妙，非儒道二教可及。《法藏碎
金录》说："吾重西方圣人大雄氏所说之理，无超于此者，形容拟
议，终莫能及。今且以十字称赞云：此法广大殊胜，真正深远要妙
者也。"（卷四）为什么呢？他认为儒家仅教人在世间如何言行，佛
教却讲"人身心之理生灭去来，曲尽其妙"（卷四）。道家虽讲"长
生久视"（长生不老）之道，却不如佛教高明，所谓"处世之长生，
不及出世之无生；久视于外，以劳幻身，不如反视于内，以证法
身"（卷七）。他还说，"佛书立法本乎性，儒书立法本乎情"，道书
立法虽兼有二者，然而却未能如佛教那样尽"复性"之理，虽吸收
儒家但未取其"饰情"（当指缺乏真意的繁文缛节）的内容（卷
四），处于儒佛二教中间。这自然表示佛教在三教中最优。

（三）认为三教互相排斥是妄分彼我、争胜负的表现

晁迥通过以上比较思考，认为三教思想一致，对于以往三教互相对立和排斥的现象提出异议，认为那是妄分彼我、互争胜负的表现，不予认同。他在《法藏碎金录》卷四说：

> 内典甚深之道，非与世教故为仇敌，自是后人分彼我，角胜负而云云也。

> 古圣经典大意颇同，自是后人妄分彼此。因看《论语》一科，其有语句联贯正是佛之智行矣。孔子曰："默而识之，学而不厌，诲人不倦，何有于我哉。"予以为"默而识之"，顿悟之理也；"学而不厌"，渐修之理也；"诲人不倦"，自觉觉他自利利他之理也；"何有于我哉"，亦如佛之真实语，不以饰情而妄谦也。

前段说佛教经典（内典）义理很深，并非与儒家（世教）敌对，然而后人却将二者作对立看待，互争优劣胜负。后段讲三教圣人经典大意基本相同，后人却妄分彼此。他举《论语》中孔子的"默而识之……"一段话为例，认为其中蕴含了佛教的顿悟、渐修、自利利他及佛的"真实语"。

他还举例，认为《楞严经》中所说戒、定、慧三学，在儒书《周易》中也有类似语句，如"惩忿窒欲"相当于戒，"寂然不动"相当于定，"精义入神以致用"相当于慧（《法藏碎金录》卷六）。然而有的人不能会通理解，所以认为彼此相异。又举：《周易》说"知进退存亡而不失其正者，其唯圣人乎"；《老子》说"见素抱朴，

少私寡欲"及"知足不辱，知止不殆"；佛教《涅槃经》说"于世间中得名，圣者少欲知足，亦名清净"（卷八），用以说明三教之书的劝戒之道是相同的。

晁迥不仅认为三教一致，还批评三教中有的人不能遵循各自的宗旨（要法）修行，致使偏离三教根本。《法藏碎金录》说：

> 三教之人皆有修行要法，而人不能知，不能行，正相反。夫居易俟命，儒教修行要法也，而多冒行于险径。深根固蒂，道教修行要法也，而多纵伐于元命。息缘反照，释教修行要法也，而多外役于正性。（卷六）

> 儒佛二圣之道，洞达本源者亲矣，滞泥末流者疏矣。何谓也？儒门以礼乐为事，礼在检其迹，乐在和其心，斯为儒门之本也。夫惟升降揖让之容，采章形器之物，繁会节奏之音，鼓舞蹈厉之状，以为礼乐者，斯乃儒门之末者也。佛家以定慧为事，定以复其性，慧以神其用，斯为佛门之本也。夫惟取三十二相八十种好，目之曰佛，已疏矣。至其虚饰土木，滥希福报，疏之又疏，斯乃佛门末之甚者也。（卷四）

他认为三教各有修行要旨，但人们往往不知不行，例如儒家本以《中庸》的"居易俟命"（安于平易无争之地等待天命安排）为要旨，然而人们却多冒险争名夺利。道教以"深根固蒂"（加强根本。从《老子》"深根固柢，长生久视之道"而来，意为以道为本，少私寡欲以养生）为根本，然而人们却纵欲而戕神伤身。佛教以修禅定"息缘反照"为本，但人们却仅热衷外在的积善求福的事务。他又说，儒佛二教之道各有亲（本，根本宗旨或义理）、疏（末，附属内容或形式），例如儒家以礼乐为本，而外在"升降揖让"的礼节表现形式则为"儒门之末"。佛教以定慧为本，至于拜佛、建寺、施舍等以求福报的做法皆属于佛教之末。尽管他的理解和解释未必符合三教原义，然而他的批评还是有根据有道理的。

（四）主张三教会通融合

晁迥深入研读三教典籍，既看到它们彼此的差异，也看到三者的一致之处，自称"好和会经旨，发明义趣"（《法藏碎金录》卷三），得出的结论是三教一致，"殊途同归"，应当加以会通融合。他这方面的论述不少，下面仅选取部分语句加以说明。

《法藏碎金录》卷五说："予读三圣之书，而能混而为一，自成法要，所谓殊途而同归者也。"举例说，从佛书《圆觉经》"威德章"取"寂静轻安"一句，用以存心、入道；取儒书《周易》"乾"卦中的"刚健中正"用以辟邪、降魔，认为二者可以合用，修心安神。他还说，三教皆对人的多欲提出对治方法，《周易·损卦》教人"惩忿窒欲"，《老子·道经》教人"少私寡欲"，佛教《涅槃经》教人"离于爱欲"，皆不提倡纵欲。儒书主张仁与义，道书要人恬淡养智，佛书讲修定而生慧，认为这三者可"兼而有之，广大悉备"（卷八）。又说"孔氏之教以忠恕为宗，老氏之教以道德为宗，释氏之教以觉利为宗"，可以概括三教的大纲，"内外同济，阙一不可"（卷九）。还说："儒门以事为主，成乎名也。道门以气为主，固乎形也。释门以法为主，练乎性也。此其大纲，咸有条目。"（卷十）实际是说，儒家主治理世事，以成功名；道家讲究养气，以健身长寿；佛教修持教法，以明心见性。

尽管如此，晁迥并未忘记自己儒者的身份，然而同时申明自己也接受道、佛二教宗旨，将三教之善会于一身。他说："予自视所履进退，不失其正，应儒教之宗旨也。动静之养其命，应道教之宗旨也。定慧均适其性，应释教之宗旨也。合此三善之法，奉今一报之身与众不同，于己有得。"（《法藏碎金录》卷八）意为自己朝野进退遵循儒家正道，又奉道家之教动静有节以养生，修持佛教禅定引发智慧以明性，从运用三教的善法中得益，是异于他人的。

在宋代吸收佛、道思想的儒者中，既有如程颢、程颐那样的道学家，也有如晁迥、杨亿、王安石、苏轼、张商英等那样的儒者。不过，像晁迥晚年那样专心乃至沉溺于三教思想的研究和从中汲取修心养生的儒者似乎没有第二人。在《法藏碎金录》卷九记述说：

> 或谓予曰：丈夫儒林之士，披寻释、老之书何用何益？予对曰：予读释氏之书，得三解脱门、不二法门、无碍法门；读老氏之书得众妙之门。

表明当时有人虽对他热衷研读佛、道二教之书提出异议，但仍然将他看作是儒者。晁迥回答说，从佛书学到大乘佛教一切皆空的三解脱门（空、无相、无愿）、中道不二法门和圆融无碍法门；从道家学到道为万物本原的玄妙思想。回答虽简短，然而可以看出他确实是对佛、道二教了解深入且系统的儒者。

晁迥晚年潜心钻研三教经典，撰写了对三教思想进行比较的《法藏碎金录》《道院集》《昭德新编》等著作，虽然史书有载，然而迄今研究和介绍的极少。笔者以上的考察和论述也只可看作是尝试，希望引起世人更多的注意。如果将此放到宋代是道学产生、中国思想进入重大演变的时代背景下进行考察，应当说是有特殊意义的。

儒者吸收佛、道二教思想，固然是促成儒家进行变革，形成新儒学的道学（理学）的重要原因，先后涌现出很多道学学者，然而从历史来看，大致像晁迥那样既保持儒者身份又从不同角度吸收二教思想、致力融合三教的儒者，毕竟是大多数。这应当是中华民族传统文化得以持续发展的一种常见形态。

第二节　北宋文学家杨亿和佛教

北宋朝廷对佛教的发展影响较大的举措有两个：一是建立译经院（后改传法院）组织来自印度的学僧和中国的学僧翻译佛经，相继任命大臣乃至宰相担任润文官和译经使，从而有力地提高了佛教的社会地位，并且扩大了佛教在儒者士大夫中的影响；二是鼓励和扶持禅宗在京城和全国传播，对禅宗迅速发展成为宋代佛教的主流派起到了极大推动作用。

在这当中，北宋儒者士大夫中有很多人表现十分突出。文学家杨亿是其中影响较大的人物之一。杨亿是北宋初期文坛上所谓"西昆体"的主要代表人物，在中国文学史上占有重要地位，与佛教有着较深的关系，先是作为翰林学士奉诏参与修订著名的禅宗灯史《景德传灯录》，又为新译佛经润文，后来正式信奉正在迅速兴起的禅宗，经常参加参禅活动，并且与很多禅僧保持密切的往来。

下面着重对杨亿与佛教的关系作比较全面的考察和论述。

一、"一代之文豪"杨亿

杨亿（974—1021），字大年，建州浦城县（在今福建省）人。七岁能作诗文，被视为神童。有诗："危楼高百尺，手可摘星辰。

不敢高声语，恐惊天上人。"① 为世人传诵。

雍熙初（984），杨亿十一岁，宋太宗闻其名，诏江南转运使张去华面见杨亿测试诗文，所作诗中有"愿秉清忠节，终身立圣朝"② 的句子。他被送到京城，受到宋太宗召见，试诗赋五篇，下笔立成。太宗十分赏识，命内侍送杨亿到中书拜谒宰相，他当即赋诗一首，宰相也深为赞赏。据《宋史》卷二百一十"宰辅表"，当时的宰相是宋琪和李昉。宋琪以处理对辽事务见长，而李昉以史学、文学知名，《太平御览》《太平广记》和《文苑英华》是他奉敕领衔编修的。在宰相见过杨亿的第二天，太宗下制称赞他"文字生知"，并对他深有期待，说"越景绝尘，一日千里，予有望于汝也"。授之以秘书省正字（官名，掌订正典籍讹误），特赐袍笏。不久杨亿父亲亡故，服除后往依知许州的从祖杨徽之。他勤于学习，常昼夜不息。

淳化年间（990—994），杨亿进京献文，授任太常奉礼郎，后献《二京赋》，命试翰林，赐进士第，迁光禄寺丞。此后经常被太宗召至身边赋诗著文，先后命为直集贤院、著作佐郎。当时公卿的表疏多请杨亿撰写。宋真宗即位前，征他为府中幕僚之首，真宗即位拜为左正言，参预编《太宗实录》，真宗称其史学之才。不久判史馆，与王钦若辑编《册府元龟》。景德三年（1006）召为翰林学士。大中祥符初（1008）加兵部员外郎、户部郎中。杨亿身体羸弱，大中祥符五年（1012）有病，真宗派太医前往诊治。后因病请解官，授太常少卿，分司西京，许就居所医疗。大中祥符七年（1014）杨亿病愈，八月以秘书监知汝州（治今河南汝州市）。

---

① 〔宋〕江少虞：《宋朝事实类苑》卷三十四，上海古籍出版社，1981年，第430页。
② 同上。

翌年应召回京，知礼仪院，判秘阁、太常寺，官至工部侍郎。

天禧四年（1020），宋真宗患中风，久居宫中不能正常视事，枢密使丁谓勾结刘皇后（死后谥"章献明肃"）擅权，宰相寇准与杨亿密议奏请皇太子监国，并让杨亿代草密诏，但因谋泄，寇准被罢相，由丁谓、曹利用代为宰相。据说因丁谓爱杨亿之才，没有降罪于他。然而杨亿就在此年十二月（已进入1021年）病逝，年仅四十七岁，仁宗即位后赐谥曰文。

杨亿在朝廷以善文史，"文格雄健，才思敏捷"著称，并且娴习典章制度，喜奖掖后进，重交游，尚名节，在朝野文士中声誉很高。北宋中期政治家、诗文革新运动的领袖欧阳修（1007—1072）所著《归田录》卷一称杨亿"有知人之鉴"，说官至兵部员外郎、天章阁待制的仲简，官至兵部员外郎的谢希深（名绛），最初皆得益于杨亿的赏识与提携[1]。杨亿性耿直，在编书中唯与李维、路振、刁衎、陈越、刘筠友善。当时文士以得到他的褒奖为荣，而遭到他贬议者则多怨谤。他还"留心释典禅观之学"，曾奉诏为新译佛经润文，并且后来信奉禅宗，喜与禅僧交游[2]。

著作很多，现存者有：

1.《武夷新集》二十卷。据杨亿序，景德三年（1006）十一月为翰林学士，翌年将十年来的诗文编为此集，其中诗（格律体）五卷，杂文（颂、记、序、碑、墓志、行状、策问、表状等）十五卷。

2.《西昆酬唱集》二卷。杨亿在序中说，他在"景德中"（此当指从景德三年任翰林学士之后），"忝佐修书之作"（奉诏编修《册

① 〔宋〕欧阳修：《归田录》卷一，中华书局，1981年，第3页。原载《欧阳文忠公集》卷一二六。另可参考《宋史》卷三百四"仲简传"、卷二九五"谢绛传"。

② 以上除注明出处外，皆据《宋史》卷三百五"杨亿传"，并参考《宋史》卷二八一"寇准传"及卷二四二"章献明肃刘皇后传"、苏辙《龙川别志》卷上等。

府元龟》和国史），闲暇经常与钱希圣（钱惟演）、刘子仪（刘筠）等人以诗交游，"更迭唱和，互相切劘"。他将参与唱和的 15 人（集中署名者实为 17 人）的 250 首诗（实 248 首）编为一集，取"玉山策府之名"（西昆仑）①，称之为《西昆酬唱集》。其中收录最多的是杨亿、刘筠、钱惟演的诗，此外有李宗谔、陈越、李维、晁迥等人，乃至丁谓的诗。

3.《谈苑》，杨亿口述，由杨亿门下黄鉴笔录，宋庠整理，改称《杨文公谈苑》，分为二十一门，明清之际散佚，现有李裕民据群书的辑校本。涉及内容包罗万象，上起唐、五代，下迄宋初，以人事、诗文居多，旁及科学技术、宗教、艺术、典章制度等②。

另有《括苍集》《颍阴集》《韩城集》《退居集》《汝阳集》《蓬山集》《寇鳌集》《刀笔集》《别集》《銮坡遗札》等，皆已不存③。

杨亿在北宋早期文坛上占有重要地位。杨亿作诗虽宗学唐朝李商隐，然而却在形式上过于追求辞藻华丽，对仗工稳，音律谐婉，并且多用典故，缺乏反映现实生活的感受和内容，带有相当程度的浮靡色彩。因他编有诗集《西昆酬唱集》，这种诗体被称之为"西昆体"。刘筠（971—1031），《宋史》卷三百五有传，以文学知名，曾得到杨亿的识拔，深受杨亿诗文风格的影响。钱惟演（962—1034），《宋史》卷三百一十七有传，是五代吴越王钱俶之子，博学善文，文辞清丽，参与编《册府元龟》，奉诏与杨亿分为之序。他们二人是以诗与杨亿唱和最多的人。西昆体在北宋文坛曾风靡三四

---

① "玉山"是《山海经》卷二"西山经"中所载西王母所居之山，"策府"是《穆天子传》卷二中所说藏书之"群玉之山"，皆指昆仑山。

② 〔宋〕杨亿口述、黄鉴笔录、宋庠整理：《杨文公谈苑》，载《宋元笔记丛书·杨文公谈苑　倦游杂录》，上海古籍出版社，1993 年。

③ 见《文渊阁四库全书》本《武夷新集》前的"提要"。

十年。

欧阳修提倡古文，对韩愈的诗文备加赞赏，所著《六一诗话》称赞他的笔力"无施不可"，"叙人物，状物态，一寓于诗，而曲尽其妙"。在提到杨亿、刘筠代表的西昆体时作了如下介绍：

> 自杨、刘唱和，《西昆集》行，后进学者争效之，风雅一变，谓西昆体，由是唐贤诸诗集几废而不行。①

> 杨大年与钱、刘诸公唱和，自《西昆集》出，时人争效之，诗体一变。而先生老辈患其多用故事，至于语僻难晓，殊不知自是学者之弊。②

可见以杨亿为代表的西昆体在北宋初期诗坛上影响之大。然而欧阳修并不反对作诗用典，认为用典不用典不是造成诗句难懂的原因所在，问题出在作者本人身上。他还特地引述刘筠（子仪）用典与不用典的诗句加以说明，称其"雄文博学，笔力有余，故无施而不可"③。欧阳修对杨亿、刘筠主要表现于诗歌方面的文风并没有加以完全否定，甚至说："先朝杨、刘风采，耸动天下，至今使人倾想。"④ 对杨亿才思敏捷，挥笔成文的表现十分赞赏，称他是"一代之文豪"⑤。

唐宋"八大家"之一的苏辙（1039—1112）在《汝州杨文公诗

---

① 〔清〕何文焕辑：《历代诗话·六一诗话》，中华书局，1981 年，第 266 页。原载《欧阳文忠公集》卷一二八。
② 同上书，第 270 页。
③ 同上书，第 266 页。
④ 《欧阳文忠公集·补遗·书简》"与蔡君谟帖五"。
⑤ 〔宋〕欧阳修：《归田录》卷一，第 16 页。

石记》中对杨亿也提出很高的评价：

> 公以文学鉴裁，独步咸平、祥符间，事业比唐燕、许无愧，所与交皆贤公相，一时名士多出其门。①

　　将杨亿看成是主持自宋真宗咸平（998—1003）至大中祥符（1008—1016）之间约二十年北宋文坛的领袖人物，认为可以与唐代文坛的"大手笔"燕国公张说、许国公苏颋相比，在朝野公卿文士中享有盛誉。

　　然而以杨亿、刘筠等人为代表的具有形式主义倾向和浮艳色彩的西昆体文风，受到提倡"道统"，重视经义和实务的儒者的批评。在儒学史上被称为"宋初三先生"之一的石介（1005—1045），鼓吹韩愈《原道》提出的自尧舜禹汤文武周公至孔孟的道统和仁义之道，特别反对佛教、道教，同时还激烈批判杨亿的文风，提倡"文以载道"的古文。所著《怪说》将杨亿的文风与文武周公孔孟之道、儒家五经对立起来，说："今杨亿穷研极态，缀风月，弄花草，淫巧侈丽，浮华纂组，刓镂圣人之经，破碎圣人之言，离析圣人之意，蠹伤圣人之道，使天下不为《书》之典、谟、禹贡、洪范，《诗》之雅、颂，《春秋》之经，《易》之繇、十翼"，表示誓死反对②。

　　然而这种批评失之于偏颇，不能看作是客观公正的评价。北宋承唐末五代之后，自然要受前代文化、社会风气的影响，杨亿的诗文中具有形式主义倾向和浮靡色彩是事实，然而并非他的一切文章著作皆是如此，例如他通晓古今典章制度，参与编撰的《太宗实

---

① 宋代苏辙《栾城后集》卷二十二。
② 《怪说》上中下三篇，载《徂徕集》卷五。

录》《册府元龟》是史书，既不属"浮华""淫巧侈丽"之文，也不是反先王孔孟之道之书；他一生不离翰墨，"手集当世之述作，为《笔苑时文录》"，自然也不会是离经叛道的著作；至于他自己及代别人起草的大量奏章，自然是针对时局提出的种种对策，想必不是"缀风月，弄花草"的作品。

二、奉诏修订《景德传灯录》

在 20 世纪前期从朝鲜发现《祖堂集》、从山西赵城和日本发现《宝林传》以前，社会上最流行的禅宗灯史是《景德传灯录》。

《景德传灯录》，北宋初法眼宗禅僧道原编撰，原称《佛祖同参集》。道原，法眼文益下二世，曾师事天台德韶（890—971），传法于苏州承天寺。他有感于当时社会上没有详细系统记述禅宗的史书，便到京城广为搜集资料，编撰《佛祖同参集》。书成后，他请杨亿为此书写序。杨亿应请写的《佛祖同参集序》载于《武夷新集》卷七。序中说，随着禅宗的盛行，编撰记述"师承"、语录的书层出不穷，唐代圭峰（"圭山"）宗密曾撰写《禅源诸诠集》，融通诸家，然而此书早已遗失，仅存《禅源诸诠集都序》。于是道原编撰了《佛祖同参集》。他说：

> 东吴道原禅师，乃觉场之龙象，实天人之眼目。慨然以为，祖师法裔，颇论次之未详；草堂①遗编，亦嗣续之孔易。乃驻锡辇毂，依止王臣，购求亡逸，载离寒暑，自饮光尊者（按：迦叶），迄法眼之嗣，因枝振叶，寻波讨源，乃至语句之

---

① 草堂指宗密，他曾住圭峰下草堂寺。"草堂遗编"自然是指《禅源诸诠集》。

对酬，机缘之契合，靡不包举，无所漏脱，孜孜纂集，成二十卷。理有未显，加东里①润色之言；词或不安，用《春秋》笔削之体。或但存名号而蔑有事迹者，亦犹乎《史记》之阙文；或兼采歌颂，附出编联者，颇类夫载籍之广记。大矣哉，禅师之用心，盖述而不作者矣。

他介绍说，道原认为以往的禅宗史书对历代相承的祖师传记的论述和编次不够周详，宗密的《禅源诸诠集》（当指仅存《都序》）在记述师资传法世系上也过于简单，于是便居留京城，在王公大臣的支持下，购求亡逸典籍资料，编撰《佛祖同参集》，记述从迦叶开始的西土列祖至东土历代祖师，直到法眼文益的法系，广泛收录历代禅师的机缘语句，该润色的润色，该简略的简略，没有机缘语句者仅录其名，还收录偈颂箴歌之类编于书后，共二十卷。

此后，道原将《佛祖同参集》上献朝廷。真宗诏翰林学士左司谏知制诰杨亿、兵部员外郎知制诰李维、太常丞王曙同加刊削裁定，编为三十卷，署名《景德传灯录》，在大中祥符四年（1011）下诏编入大藏经，得以流传全国。

李维，真宗时宰相李沆之弟，前文已对其人有所介绍②。李维尊奉禅宗，时常请杨亿一起参加参禅活动。杨亿此后对禅宗发生兴趣，是受到李维很大影响的③。

王曙，真宗时历任太常丞、尚书工部员外郎、龙图阁待制、以

---

① 东里，是地名，春秋时郑国子产居此，负责为国书辞令润色。《论语·宪问》："子曰：为命，裨谌草创之，世叔讨论之，行人子羽修饰之，东里子产润色之。"

② 见本书第 34 页。

③ 《天圣广灯录》卷十八、《五灯会元》卷十二。杨亿致李维的信，被元延祐本《景德传灯录》附于书后。

右谏议大夫为河北转运使、权知开封府。仁宗时官至吏部侍郎、枢密使、拜同中书门下平章事。景祐元年（1034）诏吕夷简任译经使兼润文，王曙同润文①。"喜浮屠法，斋居蔬食，泊如也。"与曹洞宗大阳警玄（943—1027）有交往，警玄（避讳改警延）死前寄给他一首偈，曰："吾年八十五，修因至于此，问我归何处，顶相终难睹。"（《禅林僧宝传》卷十三"大阳延禅师传"）王曙有文集四十卷。

杨亿与李维、王曙三人虽经历不同，但都对佛教有相当的造诣。从他们奉诏刊定《景德传灯录》时所署的官衔来看，时间应在景德三年（1006）之后。据杨亿序文"迄兹周岁，方遂终篇"，应在景德四年（1007）或大中祥符元年（1008）完成。三人在后来都曾担任译经润文官，参与过佛经翻译。从他们的经历看，可能杨亿、李维二人始终参与裁定《景德传灯录》的工作，王曙因岳父寇准在景德三年（1006）遭贬而受牵连未能参加到底。

那么，杨亿等人是如何刊削与修订《景德传灯录》的呢？书前所载杨亿撰写的序对此作了说明：

一是表明他们保持原著的基本宗旨和风格，不作变动。序谓："考其论撰之意，盖以真空为本，将以述曩圣入道之因，标昔人契理之说。机缘交激，若拄于箭锋；智慧发光，旁资于鞭影。诱导后学，敷畅玄猷。"说此书以融会大乘空有理论的"真空妙有"思想为本，揭示以往圣贤达到觉悟的原因，载录前人契合菩提之道的语句，记述禅师学人之间针锋相对的问答，通过实例说明引发智慧需要师友的启示和鼓励，以此来诱导后学，弘扬玄奥的佛法。

二是指出书中记述历代禅师的禅法语录，既有糟粕，也有精

①《宋史》卷二八六"王曙传"，并《景祐新修法宝录·总录》。

华，虽学人理解不同，但皆可从中得到启发，为保持原书风格，皆一仍其旧，不再加以润色。序谓："捃摭之来，征引所出，糟粕多在，油素可寻。其有大士示徒，以一音而开演，含灵耸听，乃千圣之证明，属概举之是资，取少分而斯可。若乃别加润色，失其指归。既非华竺之殊言，颇近错雕之伤宝。如此之类，悉仍其旧。"

杨亿表示，他们对原书（"旧录"）所做的刊削、修改主要体现在以下几个方面：

（一）为使全书叙述连贯，语句通畅雅致，所载人物事迹翔实，对原书中前后记述矛盾之处和表述粗俗的语句，所载儒臣居士的问答语句和他们的姓氏爵位有不符合历书纪年和史书者，皆加以删除。所谓："事实纪实，必由于善叙；言以行远，非可以无文。其有标录事缘，缕详轨迹，或辞条之纷纠，或言筌之猥俗，并从刊削，俾之纶贯。至有儒臣居士之问答，爵位姓氏之著明，校岁历以愆殊，约史籍而差谬，咸用删去，以资传信。"

（二）为别于以往以记述僧人传法感应事迹和参游经历为主的"僧史"（《唐高僧传》《宋高僧传》等）和唐宗密的《禅源诸诠集》，强调突出以"传灯"为喻的本书宗旨，着重记述历代禅师如何因材施教，以巧妙而凌厉的机锋语句，开示学人领悟自己本有的清净真心，阐释佛法中"苦""空"之深理的；保留"旧录"记述的传法世系，以标明师承关系；对于因取舍失当，未能将精善部分收录的内容，只要其他文集、史书有记载，则广加搜寻以补充。所谓："自非启投针之玄趣，驰激电之迅机，开示妙明之真心，祖述苦空之深理，即何以契传灯之喻，施刮膜之功？若乃但述感应之征符，专叙参游之辙迹，此已标于僧史，亦奚取于禅诠。聊存世系之名，庶纪师承之自。然而旧录所载，或掇粗而遗精，别集具存，当寻文而补阙，率加采撷，爰从附益。"

（三）为防止书后附编过于冗长，原书所载录序、论及非古代高僧之文，皆予以削除。所谓："逮于序论之作，或非古德之文，间厕编联，徒增楦醸，亦用简别，多所屏去。"①

应当指出，杨亿等人为刊削、修订和推广《景德传灯录》方面都做出了贡献，在中国佛教史学史上是占有一定地位的②。

三、北宋的译经和杨亿为新译佛经润文

宋代历朝皇帝在维持儒家正统地位的同时，一般都对佛教采取信奉和支持的态度，使佛教得以持续发展。北宋朝廷效仿隋唐的做法，将佛经翻译作为国家的事业置于朝廷的直接管理下进行。从宋太宗太平兴国七年（982），中经真宗朝，至仁宗朝景祐四年（1037）的半个世纪是宋代译经最辉煌的时期，译出大小乘佛典243部574卷，此后直到徽宗政和三年（1113），其间仍陆续有少量佛典译出。

宋太祖（960—975 在位）派太监到益州（治今四川成都）雕造大藏经版，是宋代雕印大藏经事业的开创者。宋太宗（976—997 在位）太平兴国七年（982 年）在开封太平兴国寺置译经院（后称传法院）组织翻译佛经，并继续雕印大藏经，召请印度译经僧天息灾（宋太宗赐名法贤）、法天、法护、施护等人入住此院。这样从唐元和六年（811）译经中断一百七十多年之后，再次在皇帝的名义下

---

① 以上所引杨亿序文，皆载《大正藏》卷五十一第 196—197 页。个别字据《普慧大藏经》（中国书店出版社，2007 年）本加以校正。
② 有关《景德传灯录》的详细情况，请参考杨曾文：《道原及其景德传灯录》，《南京大学学报（哲学·人文科学·社会科学）》2001 年第 3 期。

设立译场翻译佛经。宋太宗在雍熙三年（986）为新译佛经写《新译三藏圣教序》。宋真宗（997—1022在位）对儒、释、道三教都很尊崇，曾撰《崇释论》，将佛家的"五戒"比附儒家的"五常"，说二者"异迹而道同"①。他在咸平二年（999）继太宗之后作《继圣教序》。他命赵安仁、杨亿等人编修自太宗以来的译经目录为《大中祥符法宝录》。

宋朝在继承历代译经做法的基础上，将译场设置、译经过程及派朝廷高官担任润文官、译经使等做法加以程式化和制度化。译经初期只是任命在中央朝廷任职的官员担任润文官，宋真宗晚年开始任命身居"宰辅"的高官担任"译经使兼润文"（或称"译经润文使"）的官职，以此显示译经的崇高神圣的地位。担任润文官的官衔从光禄卿、兵部侍郎、翰林学士、知制诰……直到相当副宰相的参知政事、枢密副使乃至与宰相分掌军政大权的枢密使等。品级大致是由正四品、从三品提高到从二品以上。从开设译经院到译经终止，前后担任润文官者有汤悦（殷崇义）、张洎、杨砺、朱昂、梁周翰、赵安仁、晁迥、杨亿、李维、王曙、宋绶、高若讷以及冯京等人；担任译经使兼润文官的宰相有丁谓、王钦若、吕夷简、章得象、陈执中、庞籍、文彦博、富弼、曾公亮等人②。

北宋继承前代为译经编纂目录的传统，相继编修了《大中祥符法宝录》《天圣释教总录》和《景祐新修法宝录》③。杨亿参与了其中《大中祥符法宝录》的编修。

---

① 《佛祖统纪》卷四十四。
② 关于宋代的佛教翻译，详见杨曾文：《宋代的佛经翻译》，载杨曾文、方广锠编：《佛教与历史文化》，宗教文化出版社，2001年。
③ 这些经录佚失多年，1933年在山西赵城广胜寺发现《金版大藏经》时，从中发现这三个经录的残卷。1935年上海影印宋版藏经会和北京三时学会影印的《宋藏遗珍》收有这三个经录。《中华大藏经》第七十二、七十三册分别收有这三个经录的影印本。

《大中祥符法宝录》简称《祥符录》，二十一卷，另有总录一卷，记载北宋太宗、真宗两朝翻译的大小乘经律论和西方圣贤集传222 部 413 卷的目录、译者、内容提要和翻译缘起等，还载录包括宋太宗、真宗等人著作在内的"东土圣贤著撰"的目录。由译经僧惟净等多人编于宋真宗大中祥符四年至八年（1011—1015），署名"奉敕编修"的是当时的兵部侍郎、译经润文官赵安仁和杨亿。杨亿当时的官衔是"翰林学士、通奉大夫、行尚书户部郎中、知制诰、同修国史、判史馆事"等。

现存《祥符录》五卷和总录，另有四卷有程度不同的残缺。1931 年支那内学院据《天圣释教总录》、元代庆吉祥《至元勘同总录》，斟酌体例，补编《祥符法宝录略出》，展现了原录的概貌。

杨亿从汝州回到京城后的第六年，即天禧四年（1020），与丁谓相继被任为润文官。按照《景祐新修法宝录·总录》的记载顺序，杨亿、丁谓二人所润文的新经目录应载于《景祐新修法宝录》卷五，然而此卷已经不存，参照《天圣释教总录》最后所附的经录推测，当为《大乘宝要义论》1 部 10 卷。杨亿就在此年十二月（已进入 1021 年）去世。

四、杨亿的参禅活动和《汝阳禅会集》

杨亿自幼博读儒家经史，然而对佛教却知之甚少。在朝廷为官不久，看见一位同僚在读《金刚经》，竟加以责怪，认为天下没有任何可以与孔孟之书相比的书。然而他在拿到《金刚经》读了几页之后，不由得对佛教产生了"敬信"的念头。他在朝廷与尊奉禅宗的李维过往密切，受到李维不少影响。此后，杨亿在知汝州期间拜临济宗元琏为师，与当地很多禅师交往甚密，经常参加参禅活动，回京以后又与虔诚信奉禅宗的士大夫保持密切往来。

（一）嗣法于临济宗广慧元琏

大中祥符七年（1014），杨亿病愈之后，八月以秘书监的身份出知汝州。他到任不久就访问广慧寺，参谒临济宗元琏禅师。

元琏（951—1036），泉州晋江（在今福建）人，俗姓陈。年十五出家为僧，先后参访闽中丛林五十余位禅师，但未契悟。后来他北上汝州首山参谒省念禅师，问："学人亲到宝山，空手回时如何？"看来对自己能否契悟仍没有信心。首念没有直接回答，只说："家家门前火把子。"这句话到底蕴含什么奥义？也许是说家家都有祖上密藏的珍宝须自己持亮仔细搜找，似乎是暗示放弃向外追求，应在觉悟自性上下工夫。据载元琏当即"大悟"，被任为寺的首座。在宋真宗景德元年（1004），他应请到汝州的广慧寺担任住持。元琏于宋仁宗景祐三年（1036）去世，享年八十六岁。主要弟子有开封华严寺道隆、临江军（治今江西临江县西南）慧力寺慧南等人①。

元琏生前与士大夫王曙、许式、丁谓以及杨亿等人都有往来。南宋晓莹《罗湖野录》卷下"广慧琏章"介绍了元琏与士大夫交游的情况，评论说："景德间，宗师为高明士大夫歆艳者，广慧而已。"意为在宋真宗景德（1004—1007）年间，元琏最受士大夫的钦敬，与他们保持最密切的关系。杨亿是元琏的在家嗣法弟子。

据《嘉泰普灯录》卷二十三"杨亿章"记载，杨亿初次参谒元琏便问："布鼓当轩击，谁是知音者？"意为来到贵寺，击响佛堂之前护栏内的法鼓，谁是知音呢？这是一种试探。元琏机智地回答：

---

① 元琏的传记和语录，载惠洪《禅林僧宝传》卷十六"广慧琏禅师传"、南宋晓莹《罗湖野录》卷下"广慧琏章"、南宋悟明《联灯会要》卷十二"元琏章"等。

"来风深辨。"表示已经知道来者的风彩和用意了。杨亿再问："恁
么则禅客相逢只弹指也。"元琏答："君子可人。""可人"二字，既
可理解为可进入此门，也可理解为可入禅道。于是，杨亿连声答应
（"公应喏喏"）。然而元琏却说："草贼大败！"按照丛林参禅的一
般惯例，这是表示抓住了对方禅语或动作的漏洞时的用语，大概是
对杨亿作出正面回应的反应。当天晚上二人交谈得十分投机。元琏
问杨亿，过去曾与什么人交谈过禅。他答，过去曾向"云岩谅监寺"
问过："两个大虫（按：老虎）相咬时如何？"谅回答他："一合相。"
意为二虎相争是二合一相。他请元琏谈谈对这一答语的见解，作
"别一转语"。元琏表示自己不同意这一答语，在用手作出拽鼻子的
姿势之后说："这畜生，更蹦跳在！"据载，杨亿听后"脱然无疑"，
立即作偈表达自己的悟境，曰：

> 八角磨盘空里走，金毛师子变作狗。
> 拟欲将身北斗藏，应须合掌南辰后。

　　其中"将身北斗藏"的典故出自《云门语录》，五代时云门宗
创始人文偃在有人问"如何是透法身句"时曾以"北斗里藏身"作
答。杨亿的四句偈所述皆为不可能的事：石头制成的磨盘不可能在
空中走，狮子也不能变成狗，到北斗藏身只是幻想，在南极星之后
合掌也是想象。然而这种回答按照当时丛林参禅的风尚却属于"活
句"，是能够给人更多想象空间和发挥余地的禅语。此后，杨亿便
礼元琏为师，成为他的嗣法弟子。

　　翌年，杨亿特地写信给在京城的李维，叙述自己决定嗣法于元
琏的缘由。《天圣广灯录》卷十八"杨亿章"及《禅林僧宝传》卷
十六"广慧琏禅师传"皆载此信。现将两者对照进行介绍。

（一）"病夫夙以顽蠢，获受奖顾，预闻南宗之旨，久陪上都之游，动静咨询，周旋策发，俾其刲心之有，诣墙面之无，惭者诚于席间床下矣。"杨亿因长年多病因而自谓"病夫"，说自己在京城时从李维处得知南宗禅的旨要，经常请教，受到启发，从而能够清除心中对"有"的执着而体悟空无的道理。因此，自己原本是受法于李维的。

（二）"又故安公大师，每垂诱导。自双林影灭，只履西归，中心浩然，罔知所旨，仍岁沉痼，神虑迷恍。殆及小间，再辩方位。又得云门谅公大士，见顾蒿蓬。谅之旨趣，正与安公同辙，并自庐山归宗、云居而来，皆是法眼之流裔。"其中的"双林灭影"，原指释迦佛在双林入灭；"只履弗归"是指菩提达摩穿只履西归的传说。杨亿以两句借喻安禅师去世。这段话是说他又前后跟来自庐山归宗寺、云居寺的两位云门宗禅师学禅：一位是安禅师，然而他不久去世，使自己心中空虚，不知宗旨，再加上患病，精神恍惚。直到稍微痊愈，才又得以明辨行止方位；另一位是谅禅师，当即前面杨亿对元琏所说的"云岩（按：疑为'居'字）谅监寺"，他曾亲临杨亿的住所，为他说禅。

（三）"去年假守兹郡，适会广慧禅伯，实承嗣南院念，念嗣风穴，风穴嗣先南院，南院嗣兴化，兴化嗣临济，临济嗣黄檗，黄檗嗣先百丈海，海嗣马祖，马祖出让和尚，让即曹溪之长嫡也。"这是讲述广慧元琏的传承法系：曹溪慧能—南岳怀让—马祖道一—百丈怀海—黄檗希运—临济义玄—兴化存奖—南院慧颙—风穴延昭—南院省念（亦即首山省念）—元琏。

（四）"斋中务简，退食多暇，或坐邀而至，或命驾从之，请叩无方，蒙滞顿释。半岁之后，旷然弗疑，如忘忽记，如睡忽觉，平昔碍膺之物，曝然自落；积劫未明之事，廓尔现前，因亦决择之洞分，应接之无壅矣。"叙述自己在汝州与元琏交往及参禅得悟情况。谓自己的住处布置简朴，经常邀请元琏来访，有时驾车到其寺院参谒，经多次参禅叩问，迷执顿消，半年之后心中疑团皆无，"如忘忽记，如睡忽觉"，平常堵塞心胸的烦恼一下子就除去了，长期不明之事立即就明白了，从此能够清楚地明辨事理，灵便地应对事务。

（五）"重念先德，率多参寻，如雪峰九度上洞山，三度上投子，遂嗣德山；临济得法于大愚，终承黄檗；云岩多蒙道吾训诱，乃为药山之子；丹霞亲承马祖印可，而作石头之裔。在古多有，于理无嫌。病夫今继绍之缘，实属于广慧，而提激之自，良出于鼇峰也。"这是解释自己之所以决定嗣法于元琏的理由。他列举往古禅师虽行脚到各地参访很多禅师，然而最后只选择嗣法于其中一人，例如雪峰义存在成名之前曾九次上江西洞山参谒师事良价，三次到舒州投子山参谒大同，然而最后决定嗣法于德山宣鉴；临济义玄虽受法于高安大愚，但最后选择嗣法黄檗希运；云岩昙晟从道吾圆智受教很多，最后却嗣法于药山惟俨；丹霞天然得到马祖印可，但却嗣法于石头希迁。杨亿表示，既然如此，自己虽在以前从云门宗的安、谅二位禅师受过禅法，但现在决意嗣法于元琏，然而最早启迪自己奉持禅法的却是身为翰林学士（"鼇峰"，翰林之喻，指李维）的您啊！

此信反映了宋代一位知名儒者信奉禅宗的心路历程和关于唐宋禅宗传承世系的情况，很有史料价值。在元代以后，此信也被编在《景德传灯录》的书后。

（二）参禅与说法

杨亿此后不仅礼师参禅，而且也向慕名前来的问道者谈论禅法。他的语录在《天圣广灯录》卷十八、《嘉泰普灯录》卷二十三的"杨亿章"有较多记载。这里仅择取几则介绍。

杨亿曾问元琏："寻常承和尚有言：一切罪业皆因财宝所生，劝人疏于财利。况南阎浮提众生以财为命，邦国以财聚人，教中有财法二施，何得劝人疏财？"①对于元琏常讲的劝人疏散财物的话提出质疑：人们生活离不开钱财，国家需靠钱财设官养兵，佛教所讲的施舍除"法施"（说法）之外尚有"财施"，怎么可以劝人放弃自己的财产呢？对此，元琏回避正面回答，而以偈句答之曰："幡竿尖上铁龙头。"龙头虽在高处，却是铁的，又在幡竿之上，可能喻意有二：一谓此是因缘合会，是无常的；二谓龙非真龙，岂有自由可言，表示拥有财宝既不可靠，也必然带来精神烦恼。杨亿似乎已经理解，立即作答："海坛马子似驴大。""海坛"不知所指，也许是在海边祭海之坛，"马子"当指铸造的马驹，虽是马，但长的个头却像驴。元琏又说："楚鸡不是丹山凤。"是说楚人虽称鸡为凤但不是凤②。杨亿说："佛灭二千岁，比丘少惭愧。"谓此时已进入"末法"（佛灭一千五百年以后）时代，比丘只是相似的比丘。这些偈句与杨亿开始的问话如何联系呢？也许是暗示有财而不疏财，不是真正的富；出家人爱财则为"末法"时代的假比丘。

杨亿也常向禅僧谈禅。曾对某僧说，"道不离人，人能弘道。大凡参学之人，十二时中长须照顾"；又引马祖弟子南泉普愿"三十年看一头水牯牛"的话，表示修道过程如同在田野放牛，不可分心，又如母鸡孵小鸡那样不可须臾离开。他的某些禅话中也含有哲

---

① 《续藏经》本《天圣广灯录·杨亿章》的"因财宝"作"困贼宝"；"南阎浮提"作"南阎"，据《五灯会元》卷十二"杨亿章"改。"南阎浮提"是佛教讲的四大洲之一，原指印度，后也泛指现实人间。

② 宋代延寿《万善同归集》卷上谓："楚国愚人认鸡作凤，犹春池小儿执石为珠。"（载《大正藏》卷四十八第959页上）《禅林僧宝传》卷三十"洪英传"载，临济宗僧洪英说："楚人以山鸡为凤，世传以为笑。"

学的思考，据《天圣广灯录·杨亿章》，他说：

> 《肇论》云："会万物为己者，其唯圣人乎？"①如今山河大地、树木人物纵地，是同是别？若道同去，是他头头物物，各各不同；若道别去，他古人又道："会万物为己"。且怎生会？只如教中说："若有一人发真归源，十方虚空一时销陨。"古德亦云："若人识得心，大地无寸土。"此是甚道理？直下尽十方世界，是汝一只眼。一切诸佛、天、人、群生类，尽承汝威光建立。须是信得乃方得。

在这里他借引述《肇论·涅槃无名论》中的话发挥世界万物彼此会通圆融的思想。大意是：世界上林林总总的种种事物，虽看起来各各不同，然而皆以贯通内外的心性（理）为本体、本原。因此天地同根，万物一体。从自己来说，一旦觉悟而回归法性（法身），十方虚空便不复存在；体悟自性，便能晓悟三界唯心所造。杨亿告诉禅僧应当建立这样的气概：十方世界在你眼下，一切众生不过是你心识的产物。

实际上，这是从大乘佛教的第一义谛的角度来讲的，以此强化禅僧对三界唯心和即心是佛、见性成佛的认识和信心。

（三）编撰《汝阳禅会集》

杨亿在汝州期间，与叶县归省（也嗣法于省念）的弟子宝应寺的法昭也有密切交往，互有禅语问答。他将与元琏、法昭二人之间

---

① 出自《肇论·涅槃无名论》。据影印宋嘉祐本《肇论中吴集解》，这段文字应是："会万物以成己者，其唯圣人乎！"原文"树木人物纵地"中的"纵地"作"拟地"，不可解。"纵地"，意为并相存在。

的参扣禅语，"随时疏录"。有人将此语录传到襄州，引起当地丛林禅师的极大兴趣，也有随之附合酬唱答对者。杨亿后来又搜集到多位禅师的语录，于是将原录加以扩充，合编为《汝阳禅会集》十三卷，自己写序。其中新增的有襄州谷隐寺绍远、玉泉寺守珍（二人嗣法石门慧彻，属曹洞宗），白马令岳（嗣法白马智伦，上承德山宣鉴法系），普宁寺归道（嗣法德山缘密，属云门宗），正庆寺惠英、鹿门山惠昭（二人嗣法云居道齐，属法眼宗）六人以及叶县归省等人的语录。杨亿在编集语录的过程中，按语录的体例分为别语、代语、拈古、垂语、进语、辨语等项①。可以想象，这是宋代正在兴起的文字禅的重要著作，可惜久已不存。

（四）杨亿与汾阳善昭、慈明楚圆

临济宗首山省念的弟子中，以在汾州（治今山西汾阳）传法的善昭最有名。杨亿虽与善昭没有见面，然而在知汝州期间与他也有联系。

善昭（947—1024），俗姓俞，太原人。从省念受法后，大约在宋太宗至道元年（995）到达汾阳大中寺（后称太平寺）太子禅院，在此传法近三十年，名扬远近，丛林间常尊称他为"汾州""汾阳"；因寺院门口置有石刻狮子，又因他禅风峻烈，他甚至也被人喻为"西河师（狮）子"。杨亿参与修订的《景德传灯录》第十三卷于"前汝州首山省念禅师法嗣"之下，载有善昭上堂说法的语录，其中有"三玄三要""四照用"和"四宾主"等。大约在宋真宗下诏将此书编入大藏经的第二年，即大中祥符五年（1012），此书已经刻印并且流传各地了。善昭看到此书，在欣喜之余既瞻礼"圣君""人王"的皇帝，又礼拜供养佛，撰写偈赞，并且与汾阳信

---

① 据《罗湖野录》卷下"杨亿章"所述禅师的法系，参考《五灯会元》有关章节。

众一起举办盛大斋会庆祝，上堂说法①。

　　杨亿出知汝州并与禅僧密切交往的消息在丛林间迅速传播。善昭此时已六十八岁，得知这一消息后，便派弟子携带自己的书信到汝州杨亿处致意。《汾阳无德禅师语录》卷首所载杨亿的序作了这样的记述：

> 　　师（按：善昭）退遣清侣，躬裁尺讯，谓《广内集录》，载师之辞句，既参于刊缀；汝海答问，陪师之法属，且联其宗派。邀同风于千里，遽授书之一编。法兴、智深二上人，飞锡实勤，巽床甚谨。述邑子之意，愿永南宗之旨，属图镂版，遽求冠篇……

　　其中的"广内集录"不知所指，也许就是指《景德传灯录》，此书在道原原编的基础上有所增广修订，收有善昭的语录。"汝海"是当时人对汝阳的另一种称法。"汝海答问"当指杨亿在汝州期间与首山法系的广慧元琏、叶县归省及其弟子法昭等人之间的参禅答问，语录载于杨亿整理的《汝阳禅会集》。大意是说，善昭派弟子携信拜谒杨亿，说《广内集录》载有他的语句，已经刊载；在汝州与您一起参禅的禅师中有自己的同宗兄弟，并且赠送自己的语录集一部，请杨亿写序，以便刊印时置于卷首。这一语录集即现存的《汾阳无德禅师语录》，前面杨亿的序就是他在知汝州期间撰写的。

　　善昭弟子很多，最著名的是后在潭州（今湖南长沙）石霜山传法的楚圆（986—1039），其次有大愚守芝以及琅邪慧觉、法华全举

---

① 善昭的传记及语录，请参考宋代惠洪《禅林僧宝传》卷三"善昭传"、悟明《联灯会要》卷十一"善昭章"及楚圆《汾阳无德禅师语录》、赜藏主《古尊宿语录》卷十"善昭语录"等。

等人。杨亿与楚圆也有交往。

　　杨亿与楚圆会见是在从汝州回到开封之后，当时他已经信奉禅宗，对禅宗通过含糊语言和动作传递禅机的做法有相当的了解。北宋惠洪《禅林僧宝传》卷二十一"楚圆传"记载，楚圆在善昭门下七年，后应请到并州（治今山西太原）智嵩住持的寺院。智嵩，或作唐明智嵩，或作三交智嵩。"唐明""三交"可能是他先后住持的寺院的名称。智嵩告诉楚圆："杨大年内翰知见高，入道稳实，子不可不见。"于是，楚圆便到开封去参谒杨亿。《禅林僧宝传·楚圆传》对楚圆初见杨亿的描述充满禅趣，不妨全录如下：

　　　　乃往见大年。大年曰："对面不相识，千里却同风。"公（按：楚圆）曰："近奉山门请。"大年曰："真个脱空。"公曰："前月离唐明。"大年曰："适来悔相问。"公曰："作家！"大年喝之。公曰："恰是。"大年复喝。公以手画一画。大年吐舌曰："真是龙象。"公曰："是何言欤？"大年顾令别点茶，曰："原来是家里人。"公曰："也不消得。"良久又问："如何是圆上座为人句？"公曰："切。"大年曰："作家！作家！"公曰："放内翰二十拄杖！"曰："这里是什么处所？"公拍掌曰："不得放过。"大年大笑。

　　　　又问："记得唐明悟时因缘否？"公曰："唐明问首山佛法大意①。"首山曰："楚王城畔，汝水东流。"大年曰："只如此，语意如何？"公曰："水上挂灯球。"大年曰："与么则辜负古人去。"公曰："内翰疑则别参。"大年曰："三脚蛤蟆跳上天。"公曰："一任蹦跳。"大年乃又笑。馆于斋中，日夕质疑智证。因闻前言往行，恨见之晚。

---

① 原文"唐明"下有"闻僧"二字，据《联灯会要》卷十二"智嵩章"，二字当衍。

二人的问答蕴含什么奥妙的禅机？外人是难以确切知晓的。这里仅试猜其大意。在引文的前一段，楚圆听杨亿说彼此"千里同风"，便告诉他自己最近应请将去住持山寺。杨亿称赞此为超脱之事，楚圆补充说，他是在一月之前离开唐明智嵩的。杨亿表示悔于相问，楚圆便称赞他是位"作家"（禅机敏锐善于应对的禅者）。杨亿以大喝一声来表示不敢当。楚圆认可。杨亿又喝一声。楚圆用手比划了一下，杨亿从中晓悟出来了什么，便称赞他是"龙象"（比喻学德出众的高僧）。于是杨亿对楚圆表示认同，称之为"家里人"。当他问楚圆"为人"宗旨应是什么时，楚圆只简单地答了个"切"字。杨亿连连称他"作家"。楚圆说要打他二十棒，即使在他的邸宅也不放过，惹得杨亿大笑。

第二段引文中，杨亿所问的"唐明悟时因缘"是指：当年智嵩参谒首山省念时问什么是"佛法大意"，首念以"楚王城畔，汝水东流"作答，智嵩当下大悟。楚王城就是楚城，这里是特指汝州的襄城，为旧汝州城，城外有汝水日夜长流。省念以此自然景观启示智嵩，佛法不离自然，就在自然之中。楚圆所谓"水上挂灯球"，意为如果在水上挂灯笼，那么水上的灯笼与水中灯影便交相辉映，以此暗示省念的话是一句双关，既讲自然景观，又喻禅理。当杨亿对此表示不以为然时，他便说如果怀疑，那就别参省了。"三脚蛤蟆跳上天"说的是不可能的事。杨亿大概借此表示对于什么是佛法之类的问题，本来是不能回答的。然而楚圆以"一任蹦跳"表示跳跳也无妨。最后二人关系融洽，杨亿不仅自己向他请教，并且郑重地把他介绍给同样尊奉禅宗的驸马都尉李遵勖。

（五）杨亿与驸马都尉李遵勖

杨亿与驸马都尉李遵勖皆信奉禅宗，彼此之间常有禅语交往。

　　一日，杨亿问李遵勖："释迦六年苦行，成得甚么事?"李遵勖答："担折知柴重。"他没有回答释迦牟尼认识到修苦行不能使人解脱，改而到尼连禅河边菩提树下坐禅悟道等事，而只是说看见担子折断可以推测所挑的柴太重了。杨亿又问："一盲引众盲时如何?"李遵勖答："盲!"似答而非答。杨亿说："灼然。"于是便结束彼此的禅谈。他们之间对话，都尽可能选择语意含糊的所谓"活句"，而避免使用问语与答语内容相应并且契合的"死句"①。

　　杨亿甚至在日常生活中也穿插着带有打诨色彩的禅机问答。他生病时，问在身边的环禅师："某今日违和，大师慈悲，如何医疗?"环禅师答："丁香汤一碗。"他便装出吐的样子。环禅师说："恩受成烦恼。"在为他煎药时，他大叫："有贼!"药煎好送到他面前时，他瞠目视之，并且喊："少丛林汉!"在病重时问："某四大（按：地水火风，此指身体）将欲离散，大师如何相救?"环禅师没有回答，只是槌胸三下。他夸奖说："赖遇作家!"环禅师立即说："几年学佛法，俗气犹未除。"他说："祸不单行。"环禅师作嘘嘘声。在这些对话和动作中，含有什么禅机呢? 杨亿喊"有贼"，也许是指有病魔缠身；环禅师槌胸三下，当是表示病已无可挽救；杨亿说"祸不单行"，也许是表示自己已近死期；环禅师作出嘘嘘之声，大概是表示婉惜。到底如何，不敢确定。

　　杨亿仿效当时禅僧的做法，在去世前写偈一首，并特别嘱咐第二天送驸马李遵勖。

　　偈曰：

　　　　沤生与沤灭，二法本来齐。

————————

① 以上据《天圣广灯录》卷十八"杨亿章"。

欲识真归处，赵州东院西。①

　　偈中的"沤"是水泡，《楞严经》以大海中流动的水泡（浮沤）
比喻人生；"真"，当指识神，即灵魂；"赵州东院"是唐代南泉弟
子赵州从谂和尚所住的观音院。此偈的大意是：生与死本来无别，
如果想知道我死后灵魂的归处，就在赵州和尚东院的西邻②。

　　通过对杨亿上述事迹的考察，我们不仅可以看到佛教在宋代的
流行情况，也可以从中证实佛教特别是禅宗在宋代发展的重要社会
原因之一是众多士大夫的尊崇和支持，并且可以从一个侧面加深我
们对宋代士大夫的精神文化生活的了解。

第三节　李遵勖与蕴聪、楚圆交往
和编撰《天圣广灯录》

　　古代儒者的社会身份可谓斑驳纷杂，既有人数最多的在家读
书、教书和务农者，也有通过科举入仕为官者，至于官的级别和职
务也是十分繁杂的。宋代生活在真宗、仁宗二朝的驸马都尉李遵
勖，应当说是属于最早接近皇室的儒者。

　　李遵勖虽为进士及第的儒者，又有皇亲国戚的身份，居于朝廷
高位，却长年热心奉佛，与禅宗高僧保持密切的关系，热衷于考察

────────────

① 《嘉泰普灯录·杨亿章》。
② 唐代赵州从谂（778—897）虽在赵州东院（观音院）住，却自称住在"东院西"。《景
　　德传灯录》卷十"赵州和尚章"载："师出院逢一婆子，问和尚住什么处？师云：赵州
　　东院西。"见《大正藏》卷五十一第 277 页中。可见在这里，"赵州东院西"就是指
　　东院。

佛教历史，积累资料，以编撰禅宗史书"五灯"之一的《天圣广灯录》而闻名于世，可谓绝无仅有。

一、生平

李遵勖（？—1038），祖籍潞州上党（今山西长治）。祖李崇矩，历仕太祖、太宗二朝，官至右金吾街仗兼六军司事，虔信佛教。父李继昌，真宗时因入川平定王均之乱立功，历任奖州刺史、知青州，官至左神武军大将军[①]。

李遵勖年轻时好为文词，举进士，在宋真宗大中祥符年间（1008—1016）召对便殿，娶真宗之妹万寿长公主为妻，授左龙武将军、驸马都尉，出为澄州刺史、泽州防御使、宣州观察使等。仁宗时官至宁国军、镇国军节度使。

仁宗即位时年仅十三岁，由章献皇太后垂帘听政。随着仁宗年龄的增长，朝臣要求太后还政的呼声越来越高。天圣（1023—1032）后期某日，太后私下问李遵勖朝臣有何言语，他在回答中表示"太后宜还政"，因此受到仁宗和朝臣的信任。

李遵勖与当时蜚声文坛的"西昆体"领袖翰林学士杨亿和刘筠等一代名士皆信奉佛教，倾心于禅宗，"为方外之交"。他正式礼临济宗禅僧石门蕴聪禅师为师，从他接受禅法，经常与禅僧往来，参加参禅问法的活动。

李遵勖继宋初道原编撰并经杨亿等参与修定《景德传灯录》之后，编撰了另一部禅宗灯史《天圣广灯录》，景祐三年（1036）奏

---

① 《宋史》卷二五七"李崇矩传""李继昌传"。

上，受到仁宗的嘉奖并为其作序。另外，著有《间宴集》《外馆芳题》①。其子李端懿、端愿也在朝为官，并且皆信奉禅宗，皆礼石门蕴聪的弟子金山昙颖为师。

二、李遵勖与禅僧蕴聪、楚圆的交往

宋初临济宗不振，直到临济下三世风穴延昭的弟子汝州（在今河南省）首山省念（926—994）时才呈现振兴气象。省念主要弟子有活动在宋真宗和仁宗初期的汾阳善昭、叶县归省、石门蕴聪、广慧元琏、三交智嵩等人。由于皇室和士大夫的提倡，禅宗传播迅速，以云门宗、临济宗最有影响。

李遵勖即师事并嗣法于石门蕴聪，从受临济宗禅法，并与汾阳善昭的弟子石霜楚圆为密友。

（一）作为居士，嗣法于临济宗石门蕴聪禅师

蕴聪（965—1032），号慈照，从省念受法后，在襄阳（治今湖北襄樊市）的石门寺传法十四年，后应请住持襄阳附近的谷隐山太平兴国禅院七年。

李遵勖喜好禅宗，常与翰林学士杨亿、刘筠聚在一起切磋禅法，然而总感到不满足，自谓"虽心曰证，而凡机会，口莫能言"，听说襄州蕴聪在丛林间负有盛名，便产生仰慕之心。天圣四年（1026），李遵勖听说蕴聪辞退襄州谷隐山太平寺方丈席位，便

---

① 据《宋史》卷四六四"李遵勖传"、《天圣广灯录》卷十七"蕴聪章"所载李遵勖《先慈照禅师聪塔铭》及《景祐新修法宝录》卷十四。杨亿、刘筠之传，在《宋史》皆载于卷三百五。

派人前去迎接蕴聪入京，特地在开封的神冈创建资国寺请他入住。他在公余之暇经常前去拜访，虔诚热心地参究禅法①。

蕴聪在一次说法中，引述唐代两则公案让李遵勖参究：

1. 房孺复②曾向牛头宗径山法钦（714—792）提问："禅可学乎？"法钦答："此大丈夫事，非将相之所为。"

2. 唐代百丈怀海师事马祖时，一日被马祖大声一喝，竟震得怀海"三日耳聋"③。

据李遵勖《先慈照禅师聪塔铭》记述，他听到这两则公案后立即开悟，好像处在一个被遮蔽的暗室里立即见到光亮一样。宋代临济宗禅僧大慧宗杲（1089—1163）在《宗门武库》中记载了李遵勖描述自己悟境的偈颂及在当时士大夫间传阅的情况，饶有趣味。原来李遵勖写的偈颂只有两句："学道须是铁汉，著手心头便判。"意为只有意志坚强能斩断感情名利绳网纠缠的"铁汉"才可学习禅道。他将此偈寄给正在担任京畿东路水陆发运使的朱正辞④，朱正辞又将此偈转给负责淮南漕运的许式看，并约他共同作偈和之。许式，《宋史》无传，《嘉泰普灯录》卷二十二称他为"郎中"，说他

---

① 《天圣广灯录》卷十七"蕴聪章"及《先慈照禅师聪塔铭》。

② 《续藏经》本《天圣广灯录》"蕴聪章"、《嘉泰普灯录》卷二十二"李遵勖章"及《大正藏》本《圆悟佛果禅师语录》卷十三所引，皆作"房孺"，从时代来看，当是房琯之子房孺复。他在唐德宗时先后任杭州、辰州、容州刺史。（《旧唐书》卷一——"房孺复传"）据《宋高僧传》卷九"法钦传"，径山法钦在德宗建中（780—783）之初曾离开径山到杭州龙兴寺。他与房孺复见面是可能的。《联灯会要》卷十三"李遵勖章"作"崔赵公参国一（按：法钦）禅师"，据《宋高僧传·法钦传》，宰相崔涣曾"执弟子礼"，然而旧、新《唐书》崔皆无他封赵公的记载。

③ 百丈怀海的原话载《景德传灯录》卷六"怀海章"，他曾对弟子说："佛法不是小事，老僧昔再蒙马大师一喝，直得三日耳聋眼黑。"《大正藏》卷五十一第249页下。

④ 原作"发运朱正辞"。"发运"是发运使，宋初置京畿东路水陆发运使，专掌淮、江、湖六路漕运，或兼茶盐钱政。朱正辞，在《宋史》无传，卷四三九"朱昂传"提到他的名字，谓是真宗时工部侍郎朱昂之子。

从云门宗的洞山晓聪禅师（云门下三世）受法，《五灯会元》卷十五称他为"洪州太守"，也许担任过洪州知州，看来对禅法是有所了解的。朱正辞所和之句是："雨催樵子还家。"许式和句是："风送渔舟到岸。"两句偈所讲的都是生活中常见的现象：下雨了樵夫赶紧回家，风舟借风力到岸，寓意菩提之道不离日用。

此后，他们又将此偈送浮山法远（991—1067）看，请他和之。法远原是叶县归省（嗣法于省念）的弟子，按法系与李遵勖同辈，后来改嗣曹洞宗大阳警玄的门下，受嘱代传曹洞宗的法。他也是当时著名禅师之一。法远所和之句：

> 学道须是铁汉，著手心头便判。
> 通身虽是眼睛，也待红炉再煅。
> 钼麑触树迷封，豫让藏身吞炭。①
> 鹭飞影落秋江，风送芦花两岸。

将原来两句扩展为八句，加入新的内容。大意也许是说，只有铁汉才能学禅，稍有提示便可心领神会，然而即使是像千手千眼观音那样通身是眼，也须参究回炉再造，在修禅过程中既需正义品格，也需含辛茹苦的忍耐功夫，时机成熟便可达到超脱的境界。秋鹭江上高飞，芦花风吹两岸，当是借描述自然风景来比喻修禅达到的超脱境界。

---

① "钼麑触树迷封"，出自《春秋左传·宣公二年》。春秋时期，赵灵公不道，大臣赵盾苦谏，赵灵公恨之，派力士钼麑前往刺杀，钼麑发现赵盾是位忠臣，不忍刺杀，自触槐树而死。"豫让藏身吞炭"，出自《战国策》卷十八。豫让是春秋末年赵国智伯之臣。赵襄子联合魏、韩灭智伯，将智伯头颅制为饮器。豫让漆身毁容，吞炭使嗓音变哑，伺机刺杀赵襄子报仇，后失败被杀。

这些偈颂最后都辗转传到李遵勖身边。他在看了之后，将原来前一句的"学道"改为"参禅"，并且将两句颂扩展为四句，曰：

> 参禅须是铁汉，著手心头便判。
>
> 直趣无上菩提，一切是非莫管。

后两句是说参禅可直达最高觉悟境界，然而整个过程是莫管一切是非，也就是遵奉无念禅法，从而突出了自慧能以来强调的顿教宗旨①。一首偈颂从京城传到外地，在担任高官的士大夫和禅僧之间传阅，并且还写上和句，最后又传回京城，不能不看作是禅宗盛行社会和在士大夫中受欢迎的表现。

李遵勖自此正式对蕴聪叙弟子之礼，"或外馆开供，妙谈偈闻；旋请入都，留阁旬浃；或命驾香刹，时问轻安，服勤左右，六周岁籥（按：年末祭祀的音乐，此谓经过六年）"②。在长达六年时间内，李遵勖有时将蕴聪请到外馆供养，与他谈论偈颂；有时请他进城住到自己的邸宅十天半月；他还经常乘车前往资国寺，向蕴聪请安。可见李遵勖对蕴聪是十分信敬的。

蕴聪入住资国寺后，与外界处于隔绝的状态，多次提出归山的请求，皆被李遵勖借故婉留。天圣十年（1032）蕴聪在此寺去世，年六十八。死前作偈曰："故疾发动不多时，寅夜宾主且相依，六十八岁看云水，云散青天月满池。"蕴聪的主要弟子有润州（治今江苏镇江）金山寺的昙颖、苏州洞庭翠峰寺的慧月、明州（治今浙江宁波）仗锡山的修己等人。

---

① 以上引文载《大正藏》卷四十七第 951 页下至 952 页上。
② 《天圣广灯录》"蕴聪章"及《先慈照禅师聪塔铭》。

在蕴聪去世前，两宫（太后、皇帝）将驸马吴元扆的旧宅改建为慈孝寺，准备延请蕴聪入住担任住持。蕴聪虽已答应，然而不久去世。李遵勖主持将蕴聪遗体茶毗（火化）之后，把他的舍利（遗骨）分为两份，一份归谷隐山太平寺安葬，一份留资国寺建舍利塔安置，与绘有李遵勖侍立于蕴聪之旁的画像一起供养。李遵勖为蕴聪撰写的铭文仅两句："离四句，绝百非。"意为真如实相、解脱之道以及菩提悟境，绝非任何形式的语言或文字可以表达。

（二）与石霜楚圆的深厚情谊

李遵勖还与汾阳善昭（947—1024）的弟子、按法系与他同辈的石霜楚圆为密友。

楚圆（986—1039），在山西汾阳善昭门下参学七年后，前往并州（当今山西太原）投靠唐明寺智嵩禅师[①]。此后他在京城结识翰林学士杨亿，由杨亿举荐认识驸马都尉李遵勖。此后南下，先后在袁州（治今江西宜春县）南原寺、潭州（治今湖南长沙）道吾山兴化禅院、潭州石霜山崇胜禅院、南岳福岩禅院担任住持。弟子黄龙慧南的法系形成临济宗黄龙派，杨岐方会的法系形成临济宗杨岐派，此后临济宗在江南得到迅速传播。

关于楚圆在京城开封拜谒杨亿和李遵勖的情景，惠洪《禅林僧宝传》卷二十一《慈明禅师传》有生动的记载。当杨亿得知楚圆是汾阳善昭的弟子，对他十分敬重。在与他的富有禅机的对谈中，对他的表现十分满意，并且郑重地把他介绍给驸马都尉李遵勖，说："近得一道人，真西河师子。"李遵勖从蕴聪受法，在教内与杨亿同辈。李遵勖向杨亿表示，自己拘于身份礼仪不便前往参谒，示意他

──────────

① 以上据《禅林僧宝传》"楚圆传"。

代为斡旋相见。杨亿回去告诉楚圆，李遵勖是"佛法中人，闻道风远至，有愿见之心"。于是，楚圆在第二天黎明主动到李府拜谒。

> 李公阅谒，使童子问："道得即与上座相见。"公（按：楚圆）曰："今日特来相看。"又令童子曰："碑文刊白字，当道种青松。"公曰："不因今日节，余日定难逢。"童子又出曰："都尉言，与么则与上座相见去也。"公曰："脚头脚底。"李公乃出。坐定问曰："我闻西河有金毛师子，是否？"公曰："什么处得此消息？"李公喝之。公曰："野犴鸣。"李公又喝。公曰："恰是。"李公大笑。
>
> 既辞去。问临行一句。公曰："好将息。"李公曰："何异诸方？"公曰："都尉又作么生？"曰："放上座二十拄杖。"公曰："专为流通。"李公又喝。公曰："瞎！"李公曰："好去。"公曰："诺诺。"

二人先是通过童子传话，然后是当面答问。引文到底蕴含什么禅机？虽有正面表述，更多的是答非所问，并辅之以吆喝，使人费解。现仅试释其中部分语句。李遵勖让童子传语"碑文刊白字，当道种青松"中的"白字"，可能是指碑上刻的没有注解的正文，也可能是指碑、印章特用的阴文。这两句话大意是：你来访问，那么先问你对于用白字刊刻碑文，在当道（实际是路旁）种青松这种常见现象如何看？楚圆没有正面回答，却表示：如果在这个时节不相见，以后就没有机会相逢了。在李遵勖同意相见之后，他冒出的一句幽默的话是：以脚尖见还是脚底见。李遵勖所问西河（汾阳）的"金毛师（狮）子"是指楚圆之师善昭。楚圆将要辞别时，应李遵勖问"临行一句"时以"好将息（好好休息）"作答，也许是看到他身体虚弱，让他保重；从禅意来说是不要多事。二人其他的答问多是含糊语言及吆喝，李遵勖虽也讲"放上座二十拄杖"，也只是喊喊而已。

从此楚圆经常出入杨亿与李遵勖之门，"以法为友"。他离开开封后到了归河东唐明智嵩之寺，李遵勖派两僧携信前往问讯。他在信的后面画上双足，写上送信僧之名转给李遵勖。李遵勖见到后作偈曰："黑毫千里余，金椁示双趺，人天浑莫测，珍重赤须胡。"① 对他效仿当年佛圆寂后从金棺伸出双足向大迦叶示意，画双足印的做法表示理解，并且告诉他时运人事难测，请他多多保重。"赤须胡"是对他的戏称。

李遵勖不仅理解禅宗，而且十分迷恋禅宗，甚至经常与禅僧一起相处，将参究禅语、比逗机锋引入日常生活之中。其妻是宋太宗的女儿，历封长寿大长公主、随国大长公主及越、宿、鄂、冀、魏等国大长公主，死后追封齐国、荆国大长公主②。《嘉泰普灯录》卷二十二"李遵勖章"记载，李遵勖在"肃国大长公主"（从前后描述看应是其妻，"肃"字当误）诞辰时，为表示庆祝，特请蕴聪、楚圆、叶县归省三位禅师在第宅按禅宗仪式顺次登座说法。归省最后登座，他什么话也没有说，将手中的拄杖折断后便下座。这也许蕴含什么语言也不能表达菩萨之道的禅机。李遵勖不仅不怪罪他，

① 趺，脚背。"金椁示双趺"，典故出自《长阿含经》卷四"游行经第二"，谓释迦佛去世时，大迦叶在外地，赶回来时佛身已入金棺，"于是佛身从重椁内双出两足"（《大正藏》卷一第28页下）。东晋法显译《大般涅槃经》等因之。《景德传灯录》卷一"迦叶传"亦载此说，谓"佛于金棺内现双足"（《大正藏》卷五十一第206页上）。"赤胡须"一语出自百丈怀海语录，《古尊宿语录》卷一"怀海录"载，黄檗希运问答错一语沦为"野狐"的禅话，怀海打他一掌，并且说："将谓胡须赤，更有赤须胡。"其中"胡须赤"与"赤须胡"只是字的排列不同，意思全同。大概是暗示他，野狐的前世答错一语与你故意提问，同属一种错误。
②《宋史》卷二四八"荆国大长公主传"。

反而为他叫好，称赞是"老作家手段"①。

楚圆在外地寺院传法期间，与杨亿、李遵勖也保持联系。宋仁宗宝元元年（1038），楚圆移住潭州兴化寺时，李遵勖病重，特地派人携信邀请楚圆入京相见。信上说："海内法友，唯师与杨大年耳。大年弃我而先。仆近年来顿觉衰落，忍死以一见公。"他还特地致书知潭州长官请予敦促。楚圆为之动情，与侍者乘舟入京，途中顺便访问在滁州（在今安徽省）琅邪山传法的慧觉，在此作《牧童歌》一首。到达京城，与李遵勖相处月余，李遵勖去世。死前作偈赠楚圆，曰：

> 世界无依，山河匪碍，大海微尘，须弥（按：须弥山）纳芥（按：芥子）。拈起幞头，解下腰带，若问死生，问取皮袋。

意为世界上大大小小的事物，彼此会通圆融，相即相入，对此我已无困惑；现在我已经取下幞头，解下腰带，随时做好死的准备，然而生死的道理如何呢？也许只有自己的肉体知道。

楚圆立即问他："如何是本来佛性？"言下之意是他还没有体悟到菩提之道的根本。然而按照惯例，对此问题是不能从正面予以回答的。李便随意说了一句："今日热如昨日。"又请楚圆告诉他"临行一句"。楚圆告诉他："本来无挂碍，随处任方圆。"李遵勖只是说了句："晚来困倦。"再不答话。楚圆最后赠送他一句意味深长的话："无佛处作佛。"②

可以说，在李遵勖病危直到去世期间，他与楚圆之间的谈话，

---

① 亦见南宋文莹《湘山野录》卷下。
② 《禅林僧宝传》卷二十一"慈明禅师传"。

是含有某种禅机在内的，其中一个重要内容是对生死的豁达和对解脱的信心。

三、编撰灯史《天圣广灯录》及其意义

中国早期的著名灯史有唐代惠炬所编《宝林传》，五代南唐静、筠二禅僧所编《祖堂集》。然而这两部书在社会上早已佚失，直到20世纪二三十年代才分别从中国山西与日本、朝鲜发现。长期以来在社会上最流行的是宋道原所编《景德传灯录》。李遵勖继此书之后编撰《天圣广灯录》，此后相继出世的灯史有云门宗惟白编《建中靖国续灯录》、南宋临济宗悟明编《联灯会要》、云门宗正受编《嘉泰普灯录》，史称五灯；南宋普济将五灯删繁就简，编为《五灯会元》。禅宗灯史和其他佛教史书的大量编撰，从一个侧面反映了宋代史学的繁盛。

禅宗标榜直承佛、西土诸祖直至菩提达摩及中土列祖之法，师师相传，"以心传心"；灯能照暗，以法喻灯，谓代代传法如同传灯，故称这类史书为"灯史"；又因以记述语录为主，也可称之为"灯录"。这类史书与以往梁慧皎《高僧传》、唐道宣《续高僧传》和宋赞宁《宋高僧传》等分类编撰僧人传记体史书不同，一是只收编禅宗僧人的传记和语录，二是按照禅法世系编录，是以记言为主的谱录体的禅宗史书。

李遵勖所编《天圣广灯录》，从题目看，应当是在进入宋仁宗天圣年间（1023—1032年十一月）开始陆续编撰的。据卷十六"汾阳善昭章"记善昭去世的事，虽未载年月，但按照元代念常《佛祖历代通载》卷十八的记载，他是死于宋仁宗改元天圣之后的甲子年，即天圣二年（1024）；卷二十三"洞山晓聪章"载晓聪去世事，

也未记年月，按宋惠洪《禅林僧宝传》卷十一是死于天圣八年（1030）六月；卷二十七所载杭州西山奉谞、卷二十九所载台州瑞岩义海皆于天圣三年（1025）去世；卷十七所载李遵勖之师蕴聪于天圣十年（1032，此年十一月改元明道）三月去世；卷八"第三十三祖惠能大师传"最后之语："大师自唐先天二年癸丑入灭，至今景祐三年丙子岁，凡三百二十五年矣。"可见此书或是进入天圣年间陆续编撰，或至迟在天圣十年（1032）开始编撰，而直到景祐三年（1036）才最后完成。

书成之后，李遵勖将此书缮写上呈仁宗，请赐序冠于篇首，仁宗即于此年四月赐序，其中有曰：

> 《天圣广灯录》者，镇国军节度使驸马都尉李遵勖之所编次也。遵勖承荣外馆，受律斋坛，靡恃贵而骄矜，颇澡心于恬旷，竭积顺之素志，趋求福之本因，洒六根（按：眼耳鼻舌身意）之情尘，则三乘（声闻乘、缘觉乘、菩萨乘）之归趣，迹其祖录，广彼宗风，采开士之迅机，集丛林之雅对，粗禅于理，咸属之篇。……载念缚伽（伽陀，偈颂）之旨，谅有庇于生灵；近戚之家，又不婴于我慢，良亦可尚，因赐之题，岂徒然哉！

谓李遵勖荣尚公主为驸马（公主出嫁在宫外所居称外馆），奉持佛戒，富而不骄，致志于恬静，积顺以求福，清除身心的烦恼，尊奉佛教三乘之法，在继承"祖录"（当指《景德传灯录》）的基础上，推广其宗风，采集丛林间禅师富有禅机的语句，编撰成篇。对于李遵勖求赐序之举，表示既然所编撰之书有益于生民，身为国戚又离骄慢，值得嘉奖，故应其请赐之题与序。

全书三十卷，结构和内容特色如下：

卷一至卷五，记载自释迦牟尼佛、禅宗所传西土初祖摩诃迦叶至二十七祖般若多罗的传记。虽参考并继承《景德传灯录》相关内容，然而略去过去六佛内容，直接从过去第七佛释迦牟尼佛传记写起，而且在对释迦牟尼佛、禅宗初祖摩诃迦叶的记述上有较大不同，在"迦叶章"增加释迦佛在灵山会上持花示众，迦叶微笑的内容。

卷六至卷七，记载自西土第二十八祖兼东土初祖的菩提达摩，经慧可、僧璨、道信、弘忍，至六祖慧能的传记，比《景德传灯录》所载有较大删略。

自卷八至卷三十记载南岳、青原两大法系，并且基本按临济宗、云门宗、曹洞宗、沩仰宗、法眼宗的次序记载禅门五宗309人，其中还载有青原—德山法系13人，共322位禅师的名字或传录。

《天圣广灯录》的学术价值至少有三点：

1. 继承《景德传灯录》编纂体例，将中国禅宗通过唐代《六祖坛经》《宝林传》所表述的由释迦牟尼佛传"心法"于西土二十八祖、东土六祖的"教外别传"的传法理念贯彻于史学之中，在六祖慧能之后再按南岳、青原两大法系和禅门五宗的系统代代传承的序列，编录历代禅师的传记和语录。

2. 本书与《景德传灯录》《建中靖国续灯录》《嘉泰普灯录》都是经过宋朝皇帝钦定入藏的禅宗史书，《景德传灯录》是经真宗钦定，并且诏翰林学士杨亿等三人重加刊削裁定，前面有杨亿的序；本书编者身为勋贵外戚，由仁宗钦定并赐序；《建中靖国续灯录》徽宗钦定并赐序；《嘉泰普灯录》由南宋宁宗钦定入藏。此实为禅宗在宋代特别盛行的反映。

3. 本书除临济宗早期部分与《景德传灯录》有较多重复外，绝大部分是加以扩充或新增加的，而这一部分又是记述宋初禅僧的传记和语录的。其中甚至记载了不少与李遵勖年龄相仿的同时代的禅

僧、居士的情况。因此，《天圣广灯录》对研究宋初，特别是自宋
太宗至真宗、仁宗早期的禅宗情况，具有很大参考价值。

因为此书将《景德传灯录》的以记言为主的谱录体的禅宗灯史
体裁巩固下来，致使此后的三部灯史《建中靖国续灯录》《联灯会
要》《嘉泰普灯录》也基本按照这种形式编撰。

李遵勖尊奉禅宗、与禅僧密切交往，并且编撰灯史《天圣广灯
录》的事实，为我们了解宋代禅宗盛行、朝臣士大夫信奉佛教禅宗
的情况，提供了生动的例证。

第四节　张商英奉佛事迹及其《护法论》

宋朝由于以皇帝为首的中央朝廷实行奉佛和支持佛教的政策，
除徽宗朝在短暂时间曾采取尊崇道教贬斥佛教的做法外，佛教一直
得到比较顺利的传播和发展。在儒者士大夫奉佛的人当中，有不少
人对禅宗怀有好感并与禅僧保持密切交往。

其中，徽宗朝官至宰相的张商英从不信佛到信奉佛教，尊崇禅
宗，并针对唐宋韩愈、欧阳修等儒者排佛的观点撰写《护法论》，
在中国佛教史上写下作为虔诚奉佛的儒者士大夫高调为佛教辩护的
浓浓的一笔，受到当时和后世佛教僧俗信众的广泛欢迎，影响很大。

一、张商英生平及其奉佛事迹

张商英（1043—1122），字天觉，号无尽居士，蜀州新津（在
今四川）人。进士出身，宋神宗熙宁年间（1068—1077）经章
惇（1035—1105）向王安石推荐，从检正中书礼房，擢升监察御

史，后因事降监荆南商税，十年后乃得回朝任馆阁校勘、检正刑房，又因为婿请托，责检赤岸盐税。元丰八年（1085）哲宗十岁即位，祖母高太后垂帘听政，从元祐元年（1086）陆续重用司马光、吕公著、文彦博、范纯仁、吕大防等人，废除神宗朝由王安石等人制定的新政主要措施，贬斥相关官员。张商英时为开封府推官，曾上书反对，元祐二年（1087）五月被贬为河东提点刑狱，后转任河北、江南、淮南三路转运使。哲宗在绍圣元年（1094）亲政，以章惇为相，引用蔡京、蔡卞等人，恢复新政"青苗""免役"等法，排斥所谓"元祐党人"，受株连者甚众。张商英被召为右正言、左司谏，上疏贬斥元祐之政，请夺已故司马光、吕公著谥号并贬谪其他曾受重用的大臣。绍圣二年（1095）徙左司员外郎，因事坐谪监江宁酒税，起知洪州，为江、淮发运副使。

宋徽宗即位（1101）之后，张商英应召入朝为中书舍人，历翰林学士、尚书右丞、尚书左丞，因与宰相蔡京不和，被贬知亳州（在今安徽）并一度被列入"元祐党籍"。崇宁五年（1106）在蔡京罢相后，张商英知鄂州。翌年正月蔡京复相，张商英被贬以散官安置归、峡二州。大观三年（1110）蔡京再次被罢相，张商英受龙图阁学士，出知杭州。翌年二月任资政殿学士，拜中书侍郎，六月拜尚书右仆射（宰相），着手革除蔡京时的弊政。政和元年（1111）八月，蔡京党羽告他通过僧德洪（惠洪）、门下客彭几经常与接近徽宗皇帝的方伎郭天信有语言往来，探听皇帝旨意，被贬知河南府，又改知邓州，不久谪贬衡州安置。宣和三年（1121）七十九岁时去世，赠少保①。

---

① 《宋史》卷十七至卷二二"哲宗纪""徽宗纪"、卷三五一"张商英传"、卷四六二"郭天信传"，并参考清代毕沅撰《续资治通鉴》卷九一、张商英《续清凉传》卷上等。

张商英原来并不信奉佛教，曾站在儒者立场对佛教持怀疑和反对的态度。据《嘉泰普灯录》卷二十三"张商英章"记载，张商英曾在某寺看到有僧正在为库藏的佛经拂拭尘土，用来裹佛经的经夹装饰很庄严而且标题为金字，心中十分不悦。自谓："吾孔圣之教，反不如胡人之书！"当天夜里独坐书室直到半夜，其妻向氏问他为何不睡，他答："正此著《无佛论》。"向氏说："既无佛，何用论之？"他于是便罢。然而后来访一同僚，看见在他家佛龛前摆着一部《维摩诘经》，出于好奇，拿起来翻阅，当读到"此病非地大，亦不离地大"①时感到惊奇，说："胡人之语能尔耶！"便将此经借回家阅读。从此，他开始对佛教逐渐发生兴趣，并特别留意社会上十分盛行的禅宗。

张商英在元祐二年至四年（1087—1089）为河东提点刑狱期间，先后三度进五台山，怀着对文殊菩萨虔诚信仰的感情，写下据称在山中亲眼看到的白光、圣灯、金灯、银灯、空中宫殿楼阁及文殊菩萨骑狮子于空中显化的事迹，此即被称为"清凉三传"之一、继唐代慧祥所编《古清凉传》之后的《续清凉传》，有上下两卷。

元祐六年（1091），张商英在赴任江南都转运使的途中，曾特地到庐山东林寺参谒临济宗黄龙慧南的弟子常总禅师，在谈论佛法时提出自己的见解请常总评断，据说得到印可。张商英最后问常总，他到南昌就任后可访哪位禅师讨论佛法？常总推荐自己的弟子、分宁县玉溪寺的绍慈（或作"喜"，绰号"慈古镜"）禅师和真净克文弟子兜率寺从悦禅师。

据《嘉泰普灯录》卷二十三"张商英章"并参考《大慧普觉禅

---

① 《维摩诘经》卷中《文殊师利问疾品》载，文殊到维摩诘菩萨处问疾，维摩诘告诉他："是病非地大，亦不离地大；水火风大亦复如是，而众生病从四大起，以其有病是故我病。"

师宗门武库》① 的记载，张商英巡视属下各县，某日到了分宁县，各禅寺方丈出来迎接。他将他们都请到云岩寺，然后升堂，让他们按次序登座说法，并且说偈曰：

> 五老机缘共一方，神锋各向袖中藏。
> 明朝老将登坛看，便请横戈战一场。

意为在分宁县一方传法的五位长老皆身藏神妙的禅机，他自称来自清明朝廷的"老将"，说今天要登坛看他们比赛各自机锋的高低。

从悦最后登座，他将前面诸师所讲的内容很自然地贯穿到自己的说法之中，受到张商英的赏识。他早听人说从悦善写文章，便问他是否如此。从悦诙谐地回答："运使（按：转运使）失却一只眼了也。从悦，临济九世孙，对运使论文章，政（正）如运使对从悦论禅也。"说自己在张商英面前不敢说会写文章，同时也提醒对方在禅师面前谈禅也是外行。当天晚上，张商英就随从悦到兜率寺住宿。

从悦对张商英的到来，事先已有精神准备，曾向寺的首座表示，如果张商英来寺，"吾当深锥痛札，若肯回头，则吾门幸事"（《五灯会元》卷十八"张商英章"），想通过接近在朝为官的张商英，以利于禅宗的发展。宋朝禅宗高僧争取皇帝、大臣做"外护"的意识是十分明确的。

张商英一进入兜率寺，便开始了有趣的参禅过程。他走进寺后的拟瀑亭，看见竹筒接送泉水的灵巧装置，便问："此是甚处？"从

---

① 《大慧普觉禅师宗门武库》，简称《宗门武库》，一卷，是南宋临济宗道谦所编记述其师大慧宗杲的语录，现收入《大正藏》卷四十七。

悦答："拟瀑亭。"又问："掀转水筒，水归何处?"从悦没有正面答，却说："目前荐取。"告诉他眼前看见的就是。张商英不解其意，便站在那里仔细思索起来。从悦对他说："佛法不是这个道理。"提示他禅宗的悟境不是通过苦苦思索可以达到的。晚上，二人交谈。从悦告诉张商英，前天晚上曾梦见自己身立孤峰之顶，"有日轮出于东方，而公之来，岂东方慧轮乎?"（《嘉泰普灯录》"张商英章"）借说梦境把张商英说成是刚升起的太阳，自然会进一步引起他对自己的好感，为向他传法营造和谐的气氛。从悦接着介绍自己从真净克文嗣法后，又跟楚圆的原侍者清素学法的经历，使他对自己有更多的了解。张商英用心听着，很感兴趣。然而在谈话中，张商英提起庐山东林常总禅师，称赏他的禅法见解。然而没有得到从悦的认可，于是他乃提笔以《寺后拟瀑亭》为题写了一首偈，其中有："不向庐山寻落处，象王（按：原喻佛，此喻指从悦）鼻孔谩辽天。"含有讥讽从悦竟不同意常总见解的意思。二人谈到深夜，张商英谈到禅宗公案。从悦问他对"佛祖言教"有没有疑问? 张商英便举出唐代沩山灵祐的弟子香岩智闲的《独脚颂》和德山宣鉴以托钵启示义存的因缘[①]。从悦立即接过去说："既于此有疑，其余安得无疑耶!"问张商英，岩头全豁讲的"大小德山不会末后句"（意为德山与其门下不理解雪峰义存禅师末后句的含义）

---

① 香岩智闲《独脚颂》，载《景德传灯录》卷二十九，曰："子啐母啄，子觉母无毃。母子俱亡，应缘不错。同道唱和，妙云独脚。"（《大正藏》卷五十一第 452 页下）。德山托钵的事，载《景德传灯录》卷十六"岩头全豁章"，大意是义存在德山任饭头，一日饭迟，其师德山宣鉴托钵到法堂上。义存看见便说："这老汉，钟未鸣，鼓未响，托钵向什么处去!"德山便归方丈。义存将此事告诉岩头全豁。全豁说："大小德山不会末后句。"德山听说，便叫侍者唤全豁到方丈询问："尔不肯老僧那?"全豁密告其意。德山至来日上堂与寻常不同。全豁便到僧堂前抚掌大笑说："且喜得老汉会末后句，他后天下人不奈何。虽然如此，也只得三年（本书作者按：原书夹注曰：'德山果三年后示灭'）。"（《大正藏》卷五十一第 326 页上中）

中的"末后句"是有呢，还是没有？张商英立即答："有。"从悦大笑，便归方丈。

这一下子把张商英难倒了，从悦为什么没有首肯呢？他为此彻夜未眠，五更时下床，不小心将尿盆踢翻，忽然省悟，便以偈颂表达自己的悟境，曰：

> 鼓寂钟沉托钵回，岩头一拶语如雷，
> 果然只得三年活，莫是遭他授记来？

大意是说，德山经义存一问，立即从法堂托钵回到方丈，后又被岩头全豁用语句一激，翌日说法语声如雷，然而德山在此后只活了三年，难道是因为岩头预言的关系吗？

张商英的偈颂并没有明确回答从悦的问题——有末句无末句，只是含糊地叙述了事情的过程。那么，这里面果真含有什么禅机吗？张商英写完之后立即前往方丈扣门，大声喊："某已捉得贼了也！"从悦在方丈内问："赃物在甚么处？"张商英扣门三下，从悦叫他明天再谈。翌日，张商英将偈呈给从悦看，据说从悦当即给以印可，告诉他说："参禅只为命根不断，依语生解。如是之说，公已深悟，然至极微细处，使人不觉不知堕在区宇。"又作偈颂证之，曰：

> 等闲行处，步步皆如。虽居声色，宁滞有无？
> 一心靡异，万法非殊。休分体用，莫择精粗。
> 临机不碍，应物无拘。是非情尽，凡圣皆除。
> 谁得谁失，何亲何疏。拈头作尾，指实为虚。
> 翻身魔界，转脚邪途。了非逆顺，不犯工夫。

偈颂发挥大乘佛教的真如缘起和相即不二的观点，认为既然一切是真如本体的显现，从根本上来说，所有外在的差别都具有相对的意义，应当从彼此圆融无碍的观点来看待是非、凡圣、得失、亲疏、逆顺等，这样才能做到"临机不碍，应物无拘"，自由自在，否则将难以摆脱生死烦恼。

张商英对他所说心悦诚服，在去建昌县时邀请他同往，路上又再三向他请教禅法，作十颂加以记述，从悦也写十颂和之。

从悦于元祐六年（1091）十一月去世，年仅四十八。弟子按照遗嘱，准备将他的遗体火化后弃之江水之中。张商英特地派使者前来致祭，并且带话："老师于祖宗门下有大道力，不可使来者无所起敬。"于是，弟子便在龙安的乳峰建塔安葬其遗骨。张商英在大观四年（1110）被任为宰相，奏请皇帝赐从悦以"真寂"的谥号。政和元年（1111）二月特派使者到从悦塔致祭，祭词中有："盖其道行，实为丛林所宗尚，有光佛祖，有助化风，思有以发挥之。为特请于朝，蒙恩追谥真寂大师。呜呼，余惟与师神交道契，故不敢忘外护之志，虽其死生契阔之异，而被蒙天下之殊恩，则幸以共之。"① 可见张商英对从悦很尊敬，是有真切的感情的。

张商英后来与真净克文的弟子惠洪以及杨岐派的圆悟克勤、大慧宗杲等人也有往来，谈论禅法。

二、从《续清凉传》看张商英对佛教的态度

自南北朝以后，中国佛教奉在今山西省的五台山为大乘佛教文

---

① 南宋晓莹《罗湖野录》卷上。原文致祭时间为"宣和辛卯岁"，据查宣和年间无辛卯岁，"宣"应为"政"之误，政和辛卯岁是政和元年（1111），二月张商英尚在相位。

殊菩萨的道场，前来巡礼朝拜者历朝递增。依据东晋来华的迦维罗卫（在今尼泊尔国）僧佛驮（或作陀）跋陀罗翻译的《华严经》卷二十九"菩萨住处品"所说："东北方有菩萨住处名清凉山，过去诸菩萨常于中住。彼现有菩萨名文殊师利，有一万菩萨眷属，常为说法。"[1]

　　关于五台山、五台山佛教及文殊菩萨显圣灵迹的传说，最早在唐代慧祥编撰《古清凉传》二卷中便有集中介绍。此后，北宋延一编撰《广清凉传》三卷，对前传有较大补充，特别对佛经所载文殊菩萨信仰、文殊与五台山的关系和五台山的寺院及唐宋时期前来巡礼、修行僧人的事迹增补很多。至于张商英所撰《续清凉传》二卷，则只是记述他前后三次参访五台山的游记，主要内容是自称眼见文殊菩萨显圣及相关种种灵异现象。我们从此传既可了解张商英对文殊菩萨信仰和佛教的感情态度，也可了解当时五台山文殊菩萨信仰盛行的情况[2]。

　　张商英所任河东提点刑狱公事（简称提刑官），为河东路监司官之一，主管所辖州、府、军的刑狱、诉讼公事。据《续清凉传》中的自述，他在任开封府推官时，曾于哲宗元祐二年（1087）二月梦游五台山的金刚窟，梦见很多以往未曾见过的神异现象。五月，他任河东提点刑狱，八月至太原治所，十一月即到金刚窟，看到的灵异与梦中所见相合。翌年六七月，为督导五台县捕捉群盗之事入山，顺便巡游金阁寺、真容院，又到北台、东台龙山罗睺殿、中台，参访玉华寺、寿宁寺与佛光寺，至秘摩岩等地，所至燃香礼拜，表示至诚归依三宝。据称前后见到金桥圆光、金色相轮、圣

---

① 载《大正藏》卷九第 590 页上。
② 《续清凉传》载《大正藏》卷五十二。

灯、紫芝宝盖、文殊师利菩萨骑狮子，"万菩萨队仗、宝楼宝殿、宝山宝林、宝幢宝盖、宝台宝座、天王罗汉、师子香象森罗布护……"。元祐四年（1089）六月，张商英因大旱求雨及安奉罗睺菩萨像，再次入山，在中天阁、真容院及东台罗睺殿等地又见到类似灵异现象。他在五台山会见的人有僧正省奇及绍同、继哲等僧；当地官员中有沿边安抚郭宗颜、代州通判吴君称、五台知县张之才、都巡检使刘进、太原金判钱景山等人。

张商英自述眼见文殊菩萨显圣及种种神异现象自然属于宗教信仰领域的事，笔者在这里无意就其有无真假作验证或推测说明，只想依据张商英在当时的表现窥探他当时的宗教心理状态和对佛教的感情态度。

从《续清凉传》二卷表述内容和语句来看，张商英当时虽未改变儒者的身份，但已虔诚地信奉佛教，是广为盛行的文殊菩萨信仰的信奉者。他对佛教义理以及中国佛教宗派中的华严宗、禅宗教义已相当熟悉。下面让我们引证他的一部分言行加以说明。

张商英在五台山梵仙山、清辉阁、秘摩岩等地见到灵异出现时一再发露誓言：

> 我若于过去世，是文殊师利眷属者，愿益见希奇之相。

> 发大誓愿，期尽此形，学无边佛法，所有邪淫、杀生、妄语、倒见，及诸恶念，永灭不生，一念若差，愿在在处处，菩萨鉴护。

> 我若于往昔，真是菩萨中眷属者，更乞现殊异之相。

　　若菩萨以像季①之法，付嘱商英护持者，愿愈更示现。

　　当年八月，他按照五台僧众的请求将自己的见闻写出，即《续清凉传》上卷，派人以锦囊盛一本送奉真容院文殊菩萨像前，并宣疏文，称曰："直以见闻，述成记传，庶流通于沙界。或诱掖于信心，使知我清凉宝山，眷属万人之常在；金色世界，天龙八部之同居。叩梵宇以赞明，冀导师之证察。"
　　十一月因出按民兵，亲自到真容院文殊像前礼拜并念愿文，曰：

　　　　一切处金色世界，真智所以无方；东北方清凉宝山，幻缘所以有在。无方则一尘不立，有在则三界同瞻。我是以投体归依，雨泪悲仰。
　　　　伏念，商英昔在普光殿内，或于大觉城东②，一念差殊，四生流浪，出没于三千刹土，缠绵于十二根尘。以往善因，值今胜事，荷刹那之方便，开无始之光明。揣俗垢之已深，恐慢幢之犹在，托之土偶，明此愿轮。三界空而我性亦空，孰真孰妄？十方幻而我形亦幻，何异何同？
　　　　伏愿，菩萨摄入悲宫，接归智殿，起信足于妙峰山③顶，

---

① 意为像法之时。佛教有正、像、末三时佛法的说法。"正法"据称是真正佛法，既有教法，又有修行和证悟（教、行、证三者俱备）；"像法"为相似于正法的佛法，有教、行而没有证悟；"末法"，是行将灭亡的佛法，仅存教法而无修行、证悟（有教而无行、证）。一种说法是正法千年，像法千年，末法万年。
② 普光殿，即普光明殿。据《华严经》，普光明殿在摩竭陀国菩提道场之侧，佛于此说《华严经》九会中之第二会、第七会、第八会三会。大觉城，当即佛最初成道之地摩揭陀国阿兰若法菩提场。
③ 妙峰山即须弥山，佛教所说一小世界中央金轮上的高山。

资辩河于阿耨池①中，誓终分段之身，更显希奇之作。

根据以上所引张商英先后在五台山巡游和瞻仰佛寺、文殊菩萨显圣及种种灵异现象过程中发露的誓言、祈愿文，可以窥见他以下的想法和内心世界。

1. 张商英自认为生前曾是文殊菩萨身边的眷属或侍者、弟子，尊称文殊菩萨为导师、"我师"；

2. 不仅如此，他说自己前生也是在佛身边学法的菩萨，听佛在大觉城和普光明殿讲《华严经》，只因产生尘世之念，才沦落于"四生（按：胎生、卵生、湿生、化生，泛指众生）流浪，出没于三千刹土，缠绵于十二根尘"，成为世俗凡人生活在世间。

3. 他自认为有以上宿因到五台山才能看到文殊菩萨显圣和种种灵异现象。希望菩萨再次将他摄入彼岸的境界，在佛教圣地修行，生信增慧。

4. 他在佛菩萨像前发愿：决心终生学修佛法，断除一切"邪淫、杀生、妄语、倒见，及诸恶念"，并希望今后在在处处能够得到菩萨"鉴护"。

5. 他认为眼见文殊菩萨显圣和种种灵异现象，证明自己得到文殊菩萨的嘱托，在佛法日渐衰微的"像季"承担护法的神圣责任，为佛法兴隆尽力尽责。

《续清凉传》记述，在张商英第二次到五台山处理公事并参拜佛菩萨、文殊显圣之后，僧正省奇等十几位职事僧向他反映并提出请求：

---

① 阿耨池即阿那达池，佛教所说阎浮提洲四大河恒河、印度河、缚刍河（奥克萨斯河）、徙多河（锡尔河）的发源地。

自汉明帝、后魏、北齐、隋、唐，至于五代已前，历朝兴建，有侈无陋。我太宗皇帝，既平刘氏，即下有司，蠲放台山寺院租税。厥后四朝，亦冈不先志之承。比因边倅议括旷土，故我圣境山林为土丘，所有开畬斩伐，发露龙神之窟宅。我等寺宇，十残八九。僧众乞丐，散之四方。则我师文殊之教，不久磨灭。

今公于我师有大因缘，见是希有之相，公当为文若记，以传信于天下。后世之人，以承菩萨所以付嘱之意。

这是一段很有价值的资料。自东汉以来，经南北朝直至隋唐五代，五台山寺院在朝廷支持下不断得以兴建，而在宋太宗平定北汉之后，即命主管五台山的官员免除五台山寺院每年的租税，此后经真宗、仁宗、英宗、神宗四朝也延续这种做法。然而自从进入哲宗朝之后，边官以军事需要清野为借口，要将五台山圣境的山林、粗放经营的农田、一些寺院平为开阔之地（实际情况见后张商英奏文）。于是，"我等寺宇，十残八九。僧众乞丐，散之四方"，文殊菩萨信奉处于绝境。他们希望张商英将所见闻的文殊菩萨显圣及灵迹撰写出来，让天下人知道，也蕴含寄托他向朝廷进言保护五台山佛教之意。

对此，张商英表示：

谨谢大众，艰哉言乎！人之所以为人者，目之于色，耳之于声，鼻之于香，舌之于味，体之于触，意之于法，不出是六者而已。今乃师之，书曰：

色而非色也，声而非声也，香而非香也，味而非味也，触而非触也，法而非法也，离绝乎世间。所谓见闻觉知，则终身周旋；不出乎人间世者，不以为妖则怪矣。且吾止欲自信而已，安能信之天下及后世邪？

意思是说，世间人们在日常生活中离不开眼耳鼻舌身意六识对外境色声香味触法（一切事物现象）的接触、感觉和认识。他运用般若空义和中道思想，对此略加发挥，作谒表示：世间一切感觉和认识（见闻觉知）皆非真实，空寂无相的真实之体是"离绝乎世间"的，实指佛菩萨的真身，特指文殊菩萨的真身。又说人们对世间见闻不到的现象，总是看作妖魔显现。对于让他写出见闻文殊菩萨灵圣的事，表示为难，怕天下人和后世的人不相信，还说："商英非不愿言，惧言之无益也。"然而在众僧一再劝诱特别是以"破邪宗，扶正法"的口实激励之后，他最后还是打破犹豫，同意将所见所闻写成《续清凉传》（原名《续五台清凉传记》）。

他在书中详细列举自己的见闻，并且郑重告诉世人：五台山乃是"菩萨修行之地，是龙神久住之乡，冬观五顶如银，夏睹千峰似锦，实文殊之窟宅，号众圣之园林。……此乃识则不见，见则不识，龙蛇混杂，凡圣同居"之圣地。张商英后来一度身居宰相高位，在当世或后世皆有很大影响。

张商英在最后一次入五台山求雨之后，特地向朝廷上奏，报告求雨灵验，"时雨大降，弥覆数州"，在称颂"此盖朝廷有道，众圣垂佑"之后，提出：

　　勘会五台山十寺、旧管四十二庄，太宗皇帝平晋之后悉蠲租赋，以示崇奉。比因边臣谩昧朝廷其地为山荒，遂摽夺其良田三百余顷，招置弓箭手一百余户。因此逐寺词讼不息，僧徒

分散，寺宇隳摧。臣累见状，乞给还，终未蒙省察。……臣窃
以六合之外，盖有不可致诘之事。彼化人者（按：指佛菩萨和
神灵），岂规以土田得失为成与亏。但昔人施之为福田，后人
取之养乡兵，于理疑若未安。欲乞下本路勘会，如臣所见所陈。

张商英在奏状中说，既然自太宗以后历朝蠲免五台山寺院租
税，现在也应继续；告发边官欺骗朝廷，竟将五台山原来寺院的良
田三百余顷皆说成是荒地加以夺取，用以养乡兵；劝朝廷下令保护
当地佛教，将边官夺取的土地归还寺院。

三、会通儒释道三教的《护法论》

在张商英所有著作中，对当时和后世最有影响的是《护法论》，
从中可以看到宋代一位已经信奉佛教的学识渊博、一度拥有很高官
位的儒者对佛教、对佛教与儒家乃至与道教的社会功能和影响如何
认识，对三者关系是如何看待的。

（一）《护法论》问世缘起及其结构

唐代韩愈撰写《原道》《原性》及《论佛骨表》等，弘扬儒家
道德名教，倡导自尧、舜、禹，经周文王、武王、周公，直到孔、
孟的"道统"论，批判佛道二教，提倡古文运动，影响很大。宋仁
宗朝有孙复著《兖州邹县建孟庙记》《儒辱》，石介著《怪说》《中
国论》，欧阳修著《本论》等，步韩愈之后也盛倡圣人之道或王道，
批判佛教、道教。他们斥责佛教所传教理虚妄无实、佛教为夷狄之
法、佛教为中国大患、奉佛导致亡国，等等。因为欧阳修为一代文
豪，官至参知政事，他的破斥佛教的言论有较大影响。

对这些反佛言论，张商英直率地表示反对，乃至着手撰写《护法论》作严厉批驳，同时按照自己的理解对佛教进行介绍。他表示自己所以这样做，并非出自私意，说：

> 余岂有他哉？但欲以公灭私，使一切人以难得之身，知有无上菩提（按：无上觉悟，亦指佛），各识自家宝藏（按：佛性），狂情自歇，而胜净明心（按：亦指佛性）不从人得也。吾何畏彼哉？

> 余忝高甲之第，仕至圣朝宰相，其于世俗名利何慊乎哉？拳拳系念于此者，为其有自得于无穷之乐也。重念人生幻化不啻浮泡之起灭，于兹五蕴完全（按：指生命终结）之时，而不闻道可不惜哉！若世间更有妙道可以印吾自肯之心，过真如涅槃者，吾岂不能舍此而趋彼耶？

这是说，他撰写《护法论》是出于公心，是想让一切人在难得的有生之年了解佛教，知道自己秉有与佛一样的本性，抑制乃至休歇情欲烦恼。自己官至宰相，于世间已无他求，从佛教中得到乐趣，如果人们在生前不听闻佛法岂不可惜。他表示，世上除了宣说真如涅槃的佛法之外，没有更高的妙道值得自己信奉。

我们从"余忝高甲之第，仕至圣朝宰相"这句话，可以断定《护法论》是在宋徽宗大观四年（1110）六月他受任尚书右仆射（宰相）之后撰写的。

全书一卷，通篇着重针对韩愈和欧阳修的反佛观点逐条进行批驳，其中也涉及其他儒者对佛教的误解和批评；在论述中对佛教与儒学学说的同异、优劣作了比较，也用较小篇幅比较佛教与道教的同异优劣，提出三教虽然内容风格各异，但皆如同世间之药，功能不同却皆有益于世，然而佛教境界最高，最为优越。

现存通用的《护法论》前有明太祖洪武七年（1374）翰林侍讲学士宋濂写的《重刻护法论题辞》，说苏州开元寺住持焕翁特地前来请他为《护法论》写序，称"吾宗有《护法论》，凡一万二千三百四十五言，宋观文殿大学士、丞相张商英所撰。其弘宗扶教之意，至矣尽矣"。宋濂在序中也直率地针对当时佛教界的不良现象提出警告："诵佛陀言，行外道行者，是自坏法也。毗尼（按：戒律）不守，驰骛外缘者，是自坏法也。增长无明，嗔恚不息者，是自坏法也。"引《孟子》之语说："家必自毁，而后人毁之。"后面有南宋孝宗乾道七年（辛卯，1171）居士郑兴（字德与）写的《护法论元序》，谓"无尽居士，深造大道之渊源，洞鉴儒释之不二"，因对儒者中以"摇唇鼓舌，专以斥佛为能，自比孟子拒杨墨之功"的人表示愤慨，撰写此论，"观其议论劲正，取与严明，引证诚实，铺陈详备"，"能释天下之疑，息天下之谤"。书后有元代至正五年（1345）知制诰兼修国史虞集写的《护法论后序》，说"斯论一出，人得而览之，殆若贫而得宝……后世之士，苟未达无尽之阃奥，臻无习之造诣，妄以斥佛为高，以要誉时流，聋瞽学者，宁不自愧于其心哉？然为其徒者，不能致力于佛祖之道，亦独无愧乎哉？"他在赞誉《护法论》的同时，既斥责不懂佛教而妄自"斥佛"的儒者，也警告佛教信者中那些"不能致力于佛祖之道"者。

从上引序言可以窥见《护法论》在后世的影响。

（二）《护法论》对韩愈、欧阳修等儒者排佛论的批驳

《护法论》虽然字数才一万二千多字，但涉及内容相当广泛，反映身居朝廷高位、信奉佛教的儒者张商英对佛教如何理解，对唐

宋以来儒者排斥佛教如何看待，站在维护佛教立场对儒者排佛论如何批驳，提出怎样的会通三教的观点的。

1. 谓佛是圣人，传无上菩提之道，反对动辄毁斥佛教

张商英认为《列子》中所说"丘闻西方有大圣人，不治而不乱，不言而自信，不化而自行，荡荡乎民无能名焉"① 可信，说列子曾从师于孔子，自然不会说谎，可见孔子是尊佛为圣人的。既然如此，《论语》所载"子曰：朝闻道，夕死可矣"中的"道"不会是孔子固有的"仁义忠信"，也不可能是《老子》所说"长生久视"之道，应当是佛教所说"识心见性，无上菩提之道"。他基于这种见解和自己对佛教的理解，对佛教作了简单的介绍，郑重表示：

> 孔子圣人也，尚尊其道，而今之学孔子者未读百十卷之书，先以排佛为急务者何也？岂独孔子尊其道哉！至于上下神祇无不宗奉，矧兹凡夫，辄恣毁斥，自昧己灵，可不哀欤？

> 一从佛法东播之后，大藏教乘，无处不有。故余尝谓，欲排其教则当尽读其书，深求其理，撷其不合吾儒者与学佛之见，折疑辨惑，而后排之可也。

这是说：既然孔子称佛为圣人，尊奉佛教之道，一切神祇也宗奉佛，那么作为孔子之徒的儒者出来恣意排斥佛教是毫无道理的。他批评以往排斥佛教的儒者既未读佛书，又未能深入了解佛教，认

---

① 此出自《列子·仲尼篇》，原文："西方之人有圣者焉，不治而不乱，不言而自信，不化而自行，荡荡乎民无能名焉。"

为要排斥佛教至少应了解佛教。

此后，张商英以较大篇幅对韩愈、欧阳修等人的排佛观点进行批驳。

2. 对韩愈排佛观点的批驳

唐代韩愈在《原道》及《论佛骨表》等文章中站在儒家所奉"先王之道"和纲常名教的立场对佛道二教予以严厉批判，甚至提出以强制手段取缔二教的主张。宋代欧阳修等人撰写《本论》排斥佛教，主张大力弘扬和推行奉之为"治国之本"的仁义礼乐，逐渐削弱佛教，使佛教从社会消亡。

对此，张商英先举出他们的排佛观点，然后予以批驳。

　　韩愈曰：佛者，夷狄之一法耳。自后汉时，流入中国，上古未曾有也，自黄帝已下，文武已上，举皆不下百岁，后世事佛渐谨，年代尤促。

这是取自韩愈《论佛骨表》的语句，原文："伏以佛者，夷狄之一法耳，后汉时流入中国，上古未尝有也。昔者黄帝在位百年，年百一十岁；少昊在位八十年，年百岁……此时佛法亦未入中国，非因事佛而致然也。汉明帝时，始有佛法，明帝在位，才十八年耳。其后乱亡相继，运祚不长。宋、齐、梁、陈、元魏已下，事佛渐谨，年代尤促……"还说："夫佛本夷狄之人，与中国言语不通，衣服殊制；口不言先王之法言，身不服先王之法服；不知君臣之义，父子之情。"韩愈谏唐宪宗停止将凤翔法门寺供奉的佛骨迎入宫中礼拜供养。韩愈在《原道》中也有类似的语句，谓佛教是"夷狄之法"，佛教盛行必将导致人们"灭其天常，子焉而不父其父，臣焉而不君其君，民焉而不事其事"的严重后果。

张商英驳斥说：

> 陋哉，愈之自欺也。愈岂不闻孟子曰：舜生于诸冯，迁于
> 负夏，卒于鸣条，东夷之人也。文王生于岐周，卒于毕郢，西
> 夷之人也。舜与文王皆圣人也，为法于天下后世，安可夷其
> 人，废其法乎？况佛以净饭国王，为南赡部洲之中而非夷也。
> 若以上古未尝有而不可行，则蚩尤、瞽瞍，生于上古；周公、
> 仲尼，生于后世，岂可舍衰周之圣贤，而取上古之凶顽哉？而
> 又上古野处穴居，茹毛饮血，而上栋下宇，钻燧改火之法，起
> 于后世者，皆不足用也。若谓上古寿考，而后世事佛渐谨，而
> 年代尤促者，窃铃掩耳之论也。愈岂不知外丙二年、仲壬四
> 年①之事乎？岂不知孔鲤、颜渊、冉伯牛之夭乎？又《书·无
> 逸》曰："自时厥后，亦罔或克寿，或十年，或七八年，或五
> 六年，或三四年。"②彼时此方未闻佛法之名。自汉明佛法至此
> 之后，二祖大师百单七岁，安国师百二十八岁，赵州和尚七百
> 二十甲子③，岂佛法之咎也？

张商英围绕韩愈说佛是夷狄，在佛教传入前，即黄帝、帝喾、
颛顼、唐尧、虞舜"五帝"时及商朝前期，帝王长寿，国祚也长，
而佛教传入后则"乱亡相继，运祚不长"，进行驳斥。认为韩愈讲
的违背事实，指出舜、周文王皆为夷人，但他们却是圣人，"安可

---

① 外丙，商朝第二代王，汤之二子，汤死后继位，在位三年病死，由其弟仲
  壬继位。仲壬在位四年病死。
② 这是引自《尚书·无逸》中周公叙述商朝的事，谓商王在祖甲之后，"生则逸，不知
  稼穑之艰难，不闻小人之劳，惟耽乐之从"，在位皆短促，从十年到三四年。
③ 赵州和尚享年一百二十岁。因此，这里的"七百二十甲子"中"甲子"当作年义，七
  百当为一百之误。

夷其人，废其法"？而且圣贤并非皆生于上古，周公、孔子生于后世，却是圣人。韩愈所说的上古"天下太平，百姓安乐寿考"也不能成立。因为上古的"野处穴居，茹毛饮血"状态，后世绝不可效法。所谓三代无佛教之时国王长寿的说法也不符合史实，例如商王外丙、仲壬在位才两年或四年，自祖甲之后的商王在位时间皆短。至于佛教传入之后，长寿者大有人在，如隋代慧可（禅宗奉为二祖）、唐代禅僧慧安、赵州和尚从谂等人皆享年一百岁之上。言外之意，出家为僧者尚且可以长寿，岂可说一般信众不能长寿。他也指出，佛不仅不属于"夷狄"，而且是出身于国王之子，为人"大慈大悲、大喜大舍，自他无间，冤亲等观"。他还反问，如果按照韩愈的逻辑，岂不是排佛之人应当长寿，应当为世人尊崇？实际上并非如此。他甚至讥讽韩愈如同"夏虫不可语冰霜，井蛙不可语东海"那样，见解太低劣了。

　3. 对欧阳修排佛论的驳斥

　　张商英所列举欧阳修排佛的主要观点有："佛者，善施无验不实之事"；"佛为中国大患"；"无佛之世，诗书雅颂之声，其民蒙福如此"。

　　所举欧阳修"佛者，善施无验不实之事"，不知原文出自何处，意思是说佛的说教中有很多虚妄不实，不能验证的内容。张商英先用世间常识进行反驳，说世人有意编造谎言，一般是出于救急或饥寒所迫，为免除一时患难，然而佛却不是这样，舍弃富贵王室出家，"为道忘身，非饥寒之急，无患难可免"，根本没有编造虚假妄言的企图。如果佛教多为虚诞妄语，怎能让天下那样多的人信奉，"天龙神鬼无不倾心，菩萨罗汉，更相弘化"？据佛经所说，佛宣述的教义属于真实语，绝非诳语、妄语。如果一个人能做到诵佛之言，行佛之行，那就是佛。对此岂能怀疑？佛教基本宗旨不过戒、

定、慧三学而已。如果能持戒，死后就不会轮回到畜生、饿鬼、地
狱三恶途；若能修持禅定，就有可能断除由自贪爱情欲引起的一切
烦恼，生到天界；若能修持定慧圆满，体悟佛的知见，则可进入大
乘菩萨之位。怎能说佛法难修，净讲些"无验不实"的事呢？

对于欧阳修《本论》所说"佛为中国大患"的说法："佛法为
中国患千余岁，世之卓然不惑而有力者，莫不欲去之。已尝去矣，
而复大集，攻之暂破而愈坚，扑之未灭而愈炽，遂至于无可奈何。"
张商英认为没有道理。驳斥说，世上凡是对人有害的东西必定遭到
人们厌弃，皆不能流传长久。佛教传入中国之后，"人天向化，若
偃风之草"，如果不具备"大善大慧、大利益大因缘"，能够感动人
天之心者，岂能如此！认为欧阳修是在诽谤佛教，按照佛教规定已
犯下不可忏悔的重罪，然后引佛经说"唯有流通佛法是报佛恩"。

张商英也承认，现实的佛教界确实存在很多行为不良之徒，然
而将佛教传承后世也只有靠守法的僧众。僧众犯法，自有刑法；违
犯戒律，自有清规，无须由教外人来干预。他同时引证朝廷对佛教
僧众的优惠政策，如发度牒允许出家，免除僧众征役等，奉劝僧众
不要忘记自己的本分和使命，应当勤修佛法，以报效朝廷，回报父
母、众生、国土、三宝（佛教）的恩德。

张商英所引欧阳修所说"无佛之世，诗书雅颂之声，其民蒙福
如此"，大概是取自《本论》的大意，不是原文。《本论》说佛教传
入前的尧、舜和三代之时，"王政修明"，人民得以计口授田，勤于
耕作，朝廷为之制礼作乐，"牲牢酒醴以养其体，弦匏俎豆以悦其
耳目"，"耳闻目见，无非仁义礼乐"。张商英说这样讲是出于"好
同恶异之心"，但未能"通方远虑"，然而并未对他的说法一一相应
地辩驳，而是对佛教作了进一步介绍说明。

他说，天下事物以稀少为贵，如果人人想当儒者，势必引起竞

争、妒忌、仇怨和挤陷等纷乱现象，如此儒者有什么可贵？社会如何得以治理？然而佛教与此相反。佛涅槃前将佛法付嘱国王、大臣，使得僧众"无威势以自尊，隆道德以为尊；无爵禄以自活，依教法以求活，乞食于众者，使其折伏憍慢，下心于一切众生"，能够专心依教行道。既然"导民善世，莫盛乎教，穷理尽性，莫极乎道"，那么他们依教行道，自然受到了圣明君主的优遇，为他们建寺宇，置田园，使他们能安心行道，教化民众行善。僧众虽处于社会四民（士农工商）之外，却能遵守戒规，遵循"六和"①，"表率一切众生，小则迁善远罪，大则悟心证圣，上助无为之化，密资难报之恩"。如果轻率地取缔佛教，像历史上"三武"（北魏太武帝、北周武帝、唐武宗）那样听从臣下煽动下令禁毁佛教，不仅剪除不了佛教，反而是越禁越兴盛。

4. 对认为佛教信者"不耕而食"斥责的回应

张商英指出这是一种片面看法。首先，世上不耕而食者大有人在，如活跃于山林江海的盗贼之徒、在城镇集店谋生的娼优厮役以及奸邪商贩、在神祠庙宇活动的巫觋神汉，即使有户籍的人也并非人人从事耕耘。那么，为什么要单单怪罪"守护心城"的僧众呢？他介绍说：

> 释氏有刀耕火种者，栽植林木者，灌溉蔬果者，服田力穑者矣，岂独今也。如古之地藏禅师，每自耕田，尝有语云："诸方说禅浩浩地，争如我这里种田博饭吃。"百丈惟政禅师，命大众开田，曰："大众为老僧开田，老僧为大众说大法义。"

---

① 即六和敬，亦称六慰劳法，指僧团成员要做到身和同住、口和无净、意和同悦、戒和同修、见和同解、利和同均。

　　大智禅师曰："一日不作，一日不食。"

　　他据佛教史书记载进行反驳，说佛教自古有从事农耕的传统，有的采取刀耕火种方式，经营的面很广，或栽植林木，或种植五谷及蔬菜水果等，列举唐代上承雪峰义存—玄沙师备法系地藏院桂琛禅师、洪州百丈怀海禅师法嗣惟政禅师的例子，说他们将耕种与传法结合起来；又举马祖弟子百丈怀海禅师所制《禅门规式》的话"一日不作，一日不食"，证明佛教僧尼并非属于"不耕而食"的游惰人群。说他们"各止一身一粥一饭，补破遮寒"，所费不多，承担兴隆佛教的职责，怎么可以让他们还俗为农呢！

　　以往儒者排佛言论中有"梁武奉佛而亡国"的说法。宋初孙复、石介也有类似提法。张商英认为这些人并未深究佛教教理，虽称不值得驳斥，然而还是讲了一套道理。他说"国祚之短长，世数之治乱"难作定论，不仅与一代君主是否贤良没有关系，而且与是否传播佛教也没有必然联系，然而与佛教所说的前世造业（行为）必定有报应的"定业"有关系，例如梁武帝当因"前定之业"决定了今世遭祸，纵然一生修善得到长寿的好报，却毕竟难免侯景之乱被囚禁而死。

　　张商英对欧阳修的批评，甚至超出他的排佛论范围，对欧阳修编撰《新唐书》也进行批评，说欧阳修不过是一"书生"，在《新唐书》中"私意臆说，妄行褒贬"，竟说唐太宗是"中才庸主"，将汉唐代以来很多奉佛帝王公侯奉佛者的事迹，特别是"唐之公卿好道者甚多，其与禅衲游有机缘事迹者"皆加以删除，是违背作史者应当秉承的"其文直其事核，不虚美不隐恶"的传统，是难以称之为"实录"的。他甚至在人格上对欧阳修也进行贬斥，说："如斯人也，使之侍君，则佞其君，绝佛种性，断佛慧命；与之为友，则导其友，戕贼真性，奔竞虚名，终身不过为一聪明凡夫矣。其如后世恶道何？修乎修乎，将谓世间更不别有至道妙理，止乎如此缘饰些小文章而已。"这也许与张商英站在所谓"新政"立场，对在神宗时曾反对王安石新政的欧阳修额外施加批判力度的表现。

5. 对程颢曲解佛教"出世"的辩驳

程颢（1032—1085），字伯淳，人称明道先生，著有《定性书》（《答横渠张子厚先生书》）、《识仁篇》（《元丰己未吕与叔东见二先生语》中程颢语录）等，与程颐（1033—1107）为兄弟，世人并称"二程"，为宋代理学奠基人。他们的著述及语录，有《二程集》传世。二程学说为南宋朱熹继承和发展，形成理学程朱学派。程颢主张"天者理也"；"心是理，理是心"；"只心便是天，尽之便知性，知性便知天"[1]，提倡传心之说，在讲学和著述中经常贬斥佛道二教，《程氏遗书》卷十三载其语曰："佛、老其言近理，又非杨、墨之比，此所以害尤甚。"张商英所引"佛家所谓出世者，除是不在世界上行，为出世也"，意为佛教倡导的出世脱离现实社会。

对此，张商英认为这是士大夫"不知渊源而论佛"的典型表现。他解释说，按照佛教教理，现实物质的和精神的要素（色受想行识）及由它们组成的人及世界属于"世间法"，而佛教的戒定慧、解脱、解脱知见等教理和修行等才属于"出世间法"，通过学修佛法达到觉悟，真正"成就通达出世间法者"才可称之为"出世"，好像儒者通过科举达到"及第"。可见，"出世"的含义绝非程颢所讲的那样是脱离现实社会的。他说，佛创立佛教，在世间弘法"本为群生"，并非"超然自利而忘世"。这实际是对不了解佛教的儒者

———————————

[1] 分别见《程氏遗书》卷十三、卷十一、卷二上。

所作的简单介绍。接着，他还以忧虑的笔调批评当时佛教界良莠不齐、鱼目混珠和存在的一些丑恶现象。

　　6. 对士大夫讥讽佛教主张吃素的解释

　　张商英说在同僚士大夫中有人讥笑佛教信众"不食肉味"。对此，他解释说，天下大小众生皆具"一性"（性命），"人虽最灵，亦只别为一类"，应当爱护群生，致力"积善明德，识心见道"，而不应该受"嗜欲"驱使杀生造恶。他在对帝王是否要严格禁止杀生问题上，举南朝罽宾高僧求那跋摩答宋文帝的话："帝王者但正其出言发令，使人神悦和，人神悦和，则风雨顺时，风雨顺时，则万物遂其所生也。以此持斋，斋亦至矣。以此不杀，德亦大矣。何必辍半日之餐，全一禽之命乎？"[①] 意为治国安邦离不开杀伐用刑。他顺便批评儒者既"不断杀生，不戒酒肉"，又未能教人严戒盗淫，而佛教则以善恶因果报应说教来"彰善瘅恶"，又以五戒[②]将人们引入修行之途。

　　此外，张商英对儒者和其他人批评佛教宣扬诵经积累功德、为鬼神超度念经、说神异神通等，也作了详略不同的说明和阐释。

（三）认为佛教与儒、道二教宗旨一致，但佛教境界最高

　　北宋时期，在儒者中有不少人信奉或亲近佛教，如杨亿、李维、王曙等人皆奉佛，在真宗朝曾奉敕刊削裁定法眼宗僧道原所编撰的《景德传灯录》。王曙在仁宗朝经吏部侍郎至枢密使、拜同中书门下平章事，"喜浮屠法，斋居蔬食，泊如也"，与曹洞宗大阳警玄（943—1027）有交往。死后谥文康，有文集四十卷传世。

---

① 此引自契嵩《辅教编》卷中《广原教》，载《大正藏》卷五十二第 654 页中。原出南朝梁慧皎撰《高僧传》卷三"求那跋摩传"，文字稍异。

② 五戒：不杀生、不偷盗、不邪淫、不妄语、不饮酒。

张商英引证王曙《大同论》中所说"儒道释之教，沿浅至深，犹齐一变至于鲁，鲁一变至于道"，意为儒、道、释三教的思想境界是逐次自浅至深，论境界佛教最高。他对此表示赞赏，并作进一步发挥。

张商英将结论置于前面，然后对儒、佛二教进行对比；最后对比道、佛二教，揭示佛教之所以优越之所在。他认为，总体来说儒道释三教皆有益于民众教化和社会治理，并借助譬喻进行说明：

> 群生失真迷性，弃本逐末者，病也。三教之语，以驱其惑者，药也。儒者使之求为君子者，治皮肤之疾也；道书使之日损损之又损者，治血脉之疾也；释氏直指本根，不存枝叶者，治骨髓之疾也。其无信根者，膏肓之疾，不可救者也。

意思是说，众生"失真迷性，弃本逐末"如同生病。儒道释三教旨在解除众生的迷惑，皆为治病的药，然而药的性能有差别。儒家旨在教人成为有道德的君子，只治众生的"皮肤之疾"；道教教人不断损抑欲望，体认无为，是治众生的"血脉之疾"的；佛教却是教人"直指本根，不存枝叶"，意即引导修心而识心见性，是治"骨髓之疾"的；至于对此三教皆不信奉的人，好像得了"膏肓之疾"，是不可救治的。很清楚，他借用这种比喻说明佛教既超越儒教，又超越道教，教理最深、境界最高，从而最为优越。

然后他从教旨、思想方面对比儒、佛二教，说儒者只讲人"性"，而佛教信者进一步讲"见性"；儒者主张"劳心"，而佛教信者讲"安心"；儒者摆脱不了"贪著"，而佛教信者教人修行达到"解脱"；儒者治世免不了"喧哗"，而佛教信者居止"纯静"；儒者治世须借助权势，而佛教信者则以"忘怀"为志；儒者处世做事要"争权"，而佛教信者则"随缘"而安；儒者"有为"，佛教信者"无为"；儒者每天必须"分别"筹划，佛教信者则怀空寂"平等"之心；儒者有"好恶"，而佛教信者主张"圆融"；儒者"望"（欲望）很重，而佛教信者"念"（杂念）最轻；儒者求名，而佛教信者"求道"；儒者终日处于"散乱"之中，而佛教信者经常打坐"观照"；儒者"治外"（治世），而佛教信者"治内"（修心）；儒者追求学识"该博"，佛教信者讲究如何"简易"；儒者"进求"不已，而佛教信者主张身心"休歇"。虽然不能说儒者无功，然而确实与佛教信者相比两者在静与躁方面是显著不同的。言下之意，自然佛教优于儒家。

接着他将道教与佛教进行对比，引用的道教经典多是《老子》（《道德经》）。他说《老子》主张"常无欲以观其妙"，虽能以无欲的心态观察世界变化，犹未达到究竟，好像佛教所说的尚未摆脱"金锁"（意为摆脱一种束缚却又被另一种如金锁那样的东西拘禁），正如唐代上承潭州石霜庆诸—筠州九峰道虔禅师法系的洪州同安常察禅师所说"无心犹隔一重关，况着意以观妙乎"？是批评道教仍属于执意观察世界，尚未完全做到无欲无念。又举《老子》说"不见可欲，使心不乱"，但佛则能做到"虽见可欲，心亦不乱"，即使面对人间"利衰毁誉称讥苦乐"八风吹来，也能做到如同须弥山临风而巍然不动。《老子》说"弱其志"，劝人不要积极有为进取，然而佛则立大愿力（例如以普度众生为志）。《老子》将天地变化之本源（道）比喻为"玄牝"（母性生殖器），而佛则认为诸法性空，内外皆空无相，"法尚应舍，何况非法"。《老子》主张"抱一（按：道）专气，知止不殆，不为而成，绝圣弃智"，却不知这些正是佛教《圆觉经》中斥责的作（执意去做、修持）、止（执意休止）、任

（执意放任）、灭（执意断绝）的四病①。《老子》要人"去彼取此"②（以百姓吃饱饭为重，不引人追求声色享受），仍有取舍之意，而佛教主张辽阔太虚那样的圆融，无所取舍。《老子》说"吾有大患，为吾有身"③，以身为累患，而佛教文殊菩萨则以身为"如来种"（引自《维摩诘经·佛道品》），后秦僧肇解释说"凡夫沉沦诸趣，为烦恼所蔽，进无寂灭之欢，退有生死之畏"，所以能信奉佛教，致力修行解脱。《维摩诘经·佛道品》说"譬如高原陆地不生莲华，卑湿淤泥乃生此花"，只有具有烦恼的众生才能生起佛法，并不认为有身是"大患"。《老子》说："视之不见名曰夷，听之不闻名曰希"，以为道是无形无声的，然而唐代马祖再传弟子长沙景岑禅师说"离色求观非正见，离声求听是邪闻"④，认为脱离外界观察事物绝非正见，而离声求听属于邪闻。《老子》以"豫兮若冬涉川，犹兮若畏四邻"来形容古之得道者言行谨慎、考虑深远细致，然而佛教则主张心随缘自在，"随流认得性，无喜亦无忧"⑤，体认自性，以平常心对待一切，既无喜亦无忧。《老子》称"智慧出，

---

① 《圆觉经》载："善男子，彼善知识所证妙法应离四病，云何四病？一者作病。若复有人作如是言，我于本心作种种行，欲求圆觉。彼圆觉性非作得故，说名为病。二者任病。若复有人作如是言，我等今者不断生死，不求涅槃，涅槃生死无起灭念，任彼一切，随诸法性，欲求圆觉。彼圆觉性非任有故，说名为病。三者止病。若复有人作如是言，我今自心永息诸念，得一切性寂然平等，欲求圆觉。彼圆觉性非止合故，说名为病。四者灭病。若复有人作如是言，我今永断一切烦恼，身心毕竟空无所有，何况根尘虚妄，境界一切永寂，欲求圆觉。彼圆觉性非寂相故，说名为病。离四病者，则知清净。作是观者名为正观，若他观者名为邪观。"
② 《老子》第十二章："五色令人目盲，五音令人耳聋，五味令人口爽，驰骋畋猎令人心发狂，难得之货令人行妨。是以圣人，为腹不为目，故去彼取此。"
③ 《老子》第十三章："吾所以有大患者，为吾有身。"
④ 据《景德传灯录》卷十，长沙景岑禅师是南泉普愿弟子。载《大正藏》卷五十一第275页上。
⑤ 引自《景德传灯录》卷二第二十二祖摩拏罗的语录，载《大正藏》卷五十一第214页上。

有大伪"，将智慧与虚伪对立，然而佛教并不排斥智慧，认为通过修持禅定可得到最高的"无碍清净慧"，达到解脱。《老子》说"我独若昏，我独闷闷"①，以表现昏钝不察为得道表现，而佛经《楞严经》则以"明极"形容佛富有智慧，禅宗三祖僧璨《信心铭》说"洞然明白"，大智百丈怀海禅师说过"灵光独耀，迥脱根尘"②，也不主张糊涂。《老子》说"道之为物也，唯恍唯惚，窈兮冥兮，其中有精"③，是说道虽无形玄远却含有物象、精微元气，然而佛教"务见谛明了，自肯自重"，主张务求彻观真谛，做到实修实悟。《老子》说"道法自然"，而佛经《楞伽经》则说："前圣所知，转相传授"（卷二），认为最高佛道（一乘、佛乘）是佛佛前后传承的。《老子》说"物壮则老，是谓非道"④，认为事物发展强壮便走向衰老，违背道的法则，而佛可在一念之间普观无量劫（无量的长时），"无去无来亦无住，以谓道无古今，岂有壮老"？人有老幼，难道可以说少者有道，老者非道吗？老子坚持去兵，而佛教主张"一切法皆是佛法"，意为兵亦可为佛法，不必去之。《老子》说："道之出，言淡乎其无味"⑤，佛则说"信吾言者，犹如食蜜，中边皆甜"，相信佛教语句对人有吸引力。《老子》说"上士闻道勤而行之，中士闻道若存若亡，下士闻道大笑之"，然而若据佛教禅宗，勤而行之者正是下士，至于所谓下士亦作相应改变。《老子》说"塞其穴，闭其门"，不主张积极接触外界，而佛教认为这样做属于

①《老子》第二十章："俗人昭昭，我独昏昏；俗人察察，我独闷闷。"

② 福州古灵神赞禅师引其师怀海之语，见《景德传灯录》卷九，载《大正藏》卷五十一第268页上。

③《老子》第二十一章原文："道之为物，惟恍惟惚。惚兮恍兮，其中有象；恍兮惚兮，其中有物；窈兮冥兮，其中有精。"

④《老子》第三十章："物壮则老，是谓不道，不道早已。"

⑤《老子》第三十一章："道之出口淡乎其无味。视之不足见。听之不足闻。"

人为"造作"，而执意作者必失败，终归于空。老子主张"去智愚民，复结绳而用之"，佛则以智慧示悟众生转"业识"（凡夫心识）为方便智（了解并接受佛法之智），名字虽有异而其体（佛性）则未变。他对比得出的结论是："不谓老子无道也，亦浅奥之不同耳。"意思是说，虽然不能说老子"无道"，但与佛教相比，道的深浅是有差异的。

张商英对比儒释道三教最后的结论是：

> 虽然，三教之书各以其道善世砺俗，犹鼎足之不可缺一也。若依孔子行事，为名教君子；依老子行事，为清虚善人，不失人天可也。若日尽灭诸累，纯其清净本然之道，则吾不敢闻命矣。
>
> 余尝喻之，读儒书者，则若趋炎附灶而速富贵；读佛书者，则若食苦咽涩，而致神仙。其初如此，其效如彼。富贵者，未死已前温饱而已，较之神仙，孰为优劣哉？

他认儒释道三教各以自己主张的道进行社会教化，导善砺俗，好像鼎依三足而立不可缺一。分别论之，如果遵照儒家之道行事则可成为道德名教的君子，若依老子之道行事，则能成为质朴寡欲的"清虚善人"，来世不失生于人或天（佛教有人乘，谓修五戒来世生为人；有天乘，谓修十善①来世可生到天界），然而却不能如修持佛法那样断除一切烦恼，体悟清净自性而达到解脱。他还就儒佛二教的深浅作了补充说明，说读儒书者如靠近炉灶而早达富贵，而读佛

---

① 十善：不杀生、不偷盗、不邪淫、不妄语、不两舌、不恶口、不绮语、不贪、不嗔、不痴。

书者虽吃喝苦涩，然而最后却可成仙。意为二者的优劣也是不言而喻的。

张商英是儒者，并且是大儒，然而从《护法论》对三教的比较和评论来看，似乎不像其他接近佛教的儒者那样站在儒家的立场，倒像是站到了佛教立场，除大段大段引证佛典，阐述与赞扬佛教，还从整体上贬低儒家，认为儒家不仅劣于佛教，并且也劣于道家、道教。他在对排佛的儒者进行严厉的驳斥和批评中，甚至称他们如同当年桀骜养的朝着尧吠的狗（桀犬），在对欧阳修的批评中甚至进行人身诋毁。

如何看待儒释道三教的优劣问题呢？从历史来看，三教信奉者在议论三教一致或合一的时候，多是站在各自立场上，虽承认三教有益于治世，有益于民众，然而却坚持自己信奉的教最优越，顶多说其他二教也有值得肯定和赞同的内容而已。

从客观来说，儒家与佛、道二教各以其特有教义思想和组织、活动方式在不同时期满足了社会民众的需要。儒家既是适应中华民族处理现实社会人际关系的伦理学说，也是用来治国安邦的政治学说，在政治和思想文化上占据支配地位是经过先秦、秦汉等长期酝酿和选择的结果。佛、道二教皆属于宗教。佛教传入中国及其传播发展，道教的成立和传播发展，皆有其历史的必然性，关键是由社会存在所决定的。从这个意义来说，三教彼此之间不存在优劣问题，各有各自存在的理由，谁也代替不了谁。

张商英鉴于唐宋时期儒者士大夫排佛的形势和出于自己信奉佛教的感情，对儒者排佛论进行批驳并对比三教提出自己的看法，是可以理解的。他写的《护法论》既是宋代佛教拥有很大社会影响的反映，也是宋代笃信佛教的儒者士大夫心理的一种写照，无论从佛教史还是思想史来说，都有重要的研究价值和史料价值。

第四章　宋代儒者士大夫和佛教禅宗

第一节　宋代儒者士大夫和佛教禅宗

在佛教各宗中，禅宗在唐末五代迅速兴起，进入北宋之后逐渐发展成为中国佛教的主流派，不仅对佛教本身带来极大的影响，即使对于中国思想文化，特别是在创建中的理学也有多方面的深刻影响。禅宗在宋代的兴起与皇帝、儒者士大夫的理解、赏识和支持是有密切关系的。在皇帝中，北宋的真宗、仁宗，南宋的高宗、孝宗皆曾亲近禅僧；在朝臣士大夫中有不少人亲近乃至信奉禅宗，成为禅宗风行朝野的外护。

这一节仅就吕蒙正、周敦颐、谢景温、徐禧、黄庭坚对佛教的态度以及他们与禅宗僧人交游事迹作集中介绍，诸如杨亿、王安石、苏轼、李遵勖、张商英等人，则设置专节介绍。

一、吕蒙正及其家族奉佛事迹

吕蒙正（944—1011），字圣功，河南洛阳人。宋太宗太平兴国二年（977）科举中状元，历任左补阙、知制诰、参知政事、判河南府等，在端拱元年（988）、淳化四年（993）和真宗咸平四年（1001）三度拜相（同中书门下平章事），封为许国公，授太子太师。《宋史》卷二六五"吕蒙正传"记载："国朝以来三人相者，惟赵普（按：宋朝开国元勋，922—992）与蒙正焉。"

吕蒙正为人质朴宽厚，坚守正道，在官"遇事敢言"。宋太宗问及国家征伐之事，他以"治国之要，在内修政事，则远人来归，自致安静"应对，意为对内应恤民勤政，感召"远人"归顺。从当时社会背景来看，吕蒙正所说的"远人"是指在北方经常进犯宋朝的契丹（辽），这表明吕蒙正对契丹是主张采取怀柔招抚政策的，然而实际上这不过是一厢情愿。

从宋真宗咸平二年（999）以后，契丹连年侵扰宋境，以至景德元年（1004）大举进犯，深入到内地。在继吕蒙正之后出任宰相的寇准（961—1023）的力主和催促之下，真宗亲临前方澶州督战，然而在战局迅速转向有利形势之时，为图早日与契丹媾和，竟签岁奉银输绢的"澶渊之盟"。

景德二年（1005）春，吕蒙正上表告老请归洛阳，在面辞真宗之际，仍以"远人请和，弭兵省财，古今上策。惟愿陛下以百姓为念"进言[1]，表明他仍希望对契丹维持怀柔招抚的政策。

吕蒙正逝世于大中祥符四年（1011），年六十八，追赠中书令，谥文穆。

正是这位"名相"大儒吕蒙正，年轻时曾经历过十分贫困艰难的生活。原来其父吕龟图因宠妾很多，与吕蒙正生母刘氏不和，竟将刘氏与吕蒙正一并逐出家门，吕蒙正与母亲、妻儿从此为生计所迫。据南宋临济宗道谦所编记述其师大慧宗杲语录的《大慧普觉禅师宗门武库》（简称《宗门武库》）记载，在某年大雪弥月之际，

---

[1]《宋史》卷二六五"吕蒙正传"。

吕蒙正为求得济助遍访"豪右"大户却少有出面者，不得已作诗感叹：

> 十谒朱扉九不开，满身风雪又归来。
> 入门懒睹妻儿面，拨尽寒炉一夜灰。

可见他当时面临的窘况。在归家途中遇见一僧，在得知他的贫困情况后，请他到寺院，送他急需的食物和衣服，还赠钱资助。然而他在不久之后又贫乏难以为继。此僧得悉，便接他们全家迁居寺中，供给衣食所需。从此，吕蒙正"不为衣食所困，遂锐志读书"。在宋太宗太平兴国二年（977），吕蒙正应乡举入京赴考时，此僧特地为他买马雇仆，准备行装，还为他送行。此僧名字不详，据载是地处洛阳夹马营一所寺院的住持①。

夹马营，在洛阳东北，是宋太祖赵匡胤的诞生地。宋真宗在景德二年（1005）降诏在夹马营建寺供奉太祖灵位，大中祥符二年（1009）赐额应天寺②。可见，此僧住持之寺是此前夹马营的另一所寺院。

吕蒙正为官之后，步步高升，然而再逢此僧时，"相见如平时"，没有特别的表示。他在太平兴国八年（983）自翰林学士、都官员外郎任参知政事（执政）。据《宗门武库》记述：

---

① 另据南宋叶梦得《避暑录话》卷下记载：吕蒙正与母被父逐出家后，洛阳龙门山利涉院之僧接他们至寺，并在山岩凿龛供他居住读书。九年后，吕蒙正参加科举，得"殿试第一"，步入仕途。吕氏后人在石龛建"肄业祠堂"，有宋仁宗朝宰相富弼（1004—1083）写的祠记。

② 据《宋史·太祖纪》，宋太祖"后唐天成二年，生于洛阳夹马营"，并参考宋代高承撰《事物纪原》卷七"应天寺"及南宋王明清《挥麈前录》卷一"西京应天寺"有关记载。

凡遇郊祀，有所俸给，并寄阁。太宗一日问曰：卿累经郊
祀，俸给不请，何耶？对曰：臣有私恩未报。上诘之，遂以实
对。上叹曰：僧中有如此人，令具名奏闻，赐紫袍加师号，以
旌异之。吕计所积俸数万缗，牒西京，令僧请上件钱，修营寺
宇并供僧。

宋代官员俸禄除正俸外，尚有其他进项。朝中大臣参加每三年
一度的祭祀天地的"郊祀"仪式，都会得到一些赏赐。吕蒙正每当
得到郊祀赏赐，并不及时领取，而是寄存于有司。此事引起了宋太
宗注意，询问吕蒙正为何不取。吕蒙正回答是为了报答"私恩"，
便将自己当年受僧救济的情况告诉太宗。太宗听后感叹，表示要赐
给此僧紫衣和师号。吕蒙正此后将所积"俸数万缗"，通过西京洛
阳转赠此僧，让他"修营寺宇并供僧"。在重建寺院时，宋太宗还
另外赐钱资助，并赐御书额。

由此因缘，吕蒙正虔诚奉佛，每天早晨礼佛，祝祷："不信三
宝[1]者，愿不生我家，愿子孙世世食禄，于朝外护佛法。"因此，吕
蒙正的家族世代奉佛，护持佛教[2]。

吕夷简（979—1044），吕蒙正之侄，真宗朝进士，官至刑部郎
中、权知开封府，仁宗朝两度拜相，在相位十三年，正朝纲，勤政
恤民，监修国史，多有政绩，封申国公，徙许国公。庆历四
年（1044）去世，仁宗对群臣说："安得忧国忘身如夷简者！"赠太

---

[1] 佛、法、僧为"三宝"，概指佛教。
[2] 关于吕蒙正及其家族奉佛，在明代吴之鲸撰《武林梵志》卷八"宰官护持·吕蒙正"、
明代夏树芳辑《法喜志》卷三"吕许公"、明代周梦秀《知儒编》等亦有大体相同的
记载，但皆未载吕蒙正寄住地点。

师、中书令，谥文靖①。

　　吕夷简生前奉佛，每逢大年初一，在拜家庙之后，即焚香，发给广慧元琏禅师书信一封，表示敬重，表明他与元琏是有交往的。元琏（951—1036），嗣法于临济宗首山省念禅师，为汝州（在今河南）广慧寺住持。

　　吕公著（1018—1089），吕夷简之子，仁宗朝进士及第，官至天章阁待制兼侍读。英宗朝，加龙图阁直学士。神宗朝，召为翰林学士，熙宁元年（1068）知开封府，因对王安石变法有异议，遭到排斥。哲宗即位，以侍读还朝，奏言临朝听政的太皇太后（神宗母，宣仁圣烈高皇后），朝廷应宽省民力、修德安民，提出以"畏天、爱民、修身、讲学、任贤、纳谏、薄敛、省刑、去奢、无逸"十事重整朝政。元祐元年（1086）与司马光同时拜相辅政，致力革除积弊，改变王安石制定的科举制度，"始令禁主司不得出题老、庄书，举子不得以申、韩、佛书为学，经义参用古今诸儒说，毋得专取王氏，复贤良方正科"。在相位四年，与父吕夷简皆以"名相"载于史册。元祐四年（1089）去世，赠太师、申国公，谥曰正献。

　　吕公著为人至诚，淡泊名利，好德乐善，为学"以治心养性为本"②。遵奉家传，平日奉佛。宋代徐度《却扫编》卷上记述：

　　　　吕申公（按：吕公著）素喜释氏之学，及为相，务简静，罕与士大夫接，惟能谈禅者多得从游③。于是好进之徒，往往幅巾道袍，日游观寺，随僧斋粥，谈说禅理，觊以自售，时人

---

① 《宋史》卷三一一"吕夷简传"。
② 以上参见《宋史》卷三三六"吕公著传"。
③ "游"，原作"容"字，据明代何良俊《语林》卷三十记载改。

谓之禅钻。

可见吕公著常访禅寺，爱与禅僧交游，与他们"谈说禅理"。
每年初一，他要给云门宗天衣义怀和尚发信。义怀（993—1064），
长期在越州（治今浙江绍兴）天衣寺传法，是雪窦重显的嗣法弟子。

吕好问（1064—1131），吕公著之孙，侍讲吕希哲之子。钦宗
朝官至兵部尚书，"靖康之变"（1127 年）之后，在金所立张邦昌的
伪楚政权中任"事务官"，然而私下传讯康王赵构，劝他即位为
帝。南宋建立后，历任尚书右丞、资政殿学士、知宣州，封东莱
郡侯①。

吕好问也奉佛，每年初一给云门宗圆照宗本禅师发书信［宗
本（1021—1100）是天衣义怀的嗣法弟子，任开封相国寺慧林禅院
的住持］，有子吕本中、吕用中等。与朱熹、张栻共同致力理学构
建的吕祖谦（1137—1181），是吕好问之孙。

吕本中（字居仁，1084—1145），亲近在径山的临济宗大慧宗
杲禅师。在南宋慧日蕴闻辑录的《大慧普觉禅师语录》② 卷二十八
《大慧普觉禅师书》中载有宗杲《答吕舍人（居仁）》之书三封。
吕用中也亲近大慧宗杲，每年初一给他发信。前引书中有宗杲《答

① 《宋史》卷三六二"吕好问传"。
② 《大慧普觉禅师语录》，是南宋临济宗慧日蕴闻辑录的记述其师大慧宗杲的语录，简称
《大慧语录》，南宋孝宗乾道八年（1172）奉旨刊行并入藏，现收入《大正藏》卷四十
七、《嘉兴藏》（新文丰版）第 1 册。全书凡三十卷。卷一至卷九为宗杲历任各寺时的
语录，其中，卷六附有张浚所撰的《大慧普觉禅师塔铭》。卷十为《颂古》，卷十一为
《偈颂》，卷十二为《赞佛祖》《自赞》，均为宗杲所作的短偈。卷十三至卷十八为《普
说》，其内容为宗杲对宋代禅宗各派之宗旨的说明，是了解宋代禅宗诸家宗旨的指南。
此普说部分另有单行本行世，俗称《大慧普说》。卷十九至卷二十四为《法语》，是宗
杲对僧俗弟子的开示，而由弟子私下写录。卷二十五至卷三十为《书》，搜录宗杲
对门下缙绅居士所提问题的书信回答，其中颇具宗门要旨。

吕郎中（隆礼）》之书，据其中的"令兄居仁"，可见"吕郎中"即是吕用中，"隆礼"应是其字。宗杲禅师在给他们兄弟的信中讲如何禅修的道理，鼓励他们坚持修"看话禅"。

综上所述，吕蒙正因为年轻时贫困受到佛教僧人的救助，才得以在寺安心读书、科举成名，步入仕途，从而与佛教结下深缘，不仅自己热心奉佛，还嘱咐家族成员奉佛。鉴于禅宗盛行，他们自然与禅僧交往比较密切。

宋代儒、佛二教交流和互鉴、会通，是通过活生生人物的社会交往和生动事迹实现的，从中可以窥视当时人们丰富多彩的精神世界。

二、周敦颐与云门宗僧了元

在宋朝前期，禅门五宗中最盛行的是云门宗，在社会思想文化领域影响很大。云门宗禅僧佛印了元禅师因为与名儒周敦颐和苏轼、苏辙兄弟等人交接深厚，受到社会上人们广泛的关注。他们之间交往的事迹，有的甚至作为趣谈而传到后世。

佛印了元（1032—1098），俗姓林，字觉老，佛印是号，饶州浮梁（在今江西景德镇市）人，家世业儒。据宋代惠洪《禅林僧宝传》卷二十九"了元传"记载，他从两岁开始读《论语》，五岁时能诵诗三千多首，稍长即随师读五经，略通大义。后因在竹林寺读《楞严经》，遂产生出家的念头，在父母允许之后到宝积寺师事僧日用。宋朝规定出家为僧须先通过由官府主持的考试，才能正式剃度受戒①。了元参加考试，以诵《法华经》及格，得以正式剃度受戒

———————————

① 关于宋朝的佛教剃度受戒制度，请详见《宋会要辑稿·道释》诸章。

为僧。

此后，了元到庐山开先寺，礼云门下三世善暹禅师为师，因应答敏捷受到赏识。年十九岁时又到庐山圆通寺参谒居讷禅师（1010—1071），居讷欣赏他的文笔"骨格已似雪窦（按：重显）"，让他接替原由怀琏曾担任过的书记职位。在江州（治今江西九江）承天寺住持职位空缺时，居讷推荐了元前往就任。在此后四十年间，了元历任淮山斗方寺，庐山开先寺、归宗寺，丹阳金山寺、焦山寺（皆在今镇江），江西大仰山寺的住持，并且四次任南康军云居山真如寺（在今江西永修县五垴峰顶）的住持，在僧俗信徒当中拥有很高的声誉，与著名士大夫周敦颐和苏轼、苏辙兄弟以及秦观等人有密切交往。

了元鉴于江浙地区丛林崇尚"文字禅"，出现禅僧竞相抄集语录的风气，常引用当年云门文偃禅师斥责抄语录之风的话加以批评，尖锐指出："渔猎文字语言，正如吹网欲满，非愚即狂。"①

周敦颐（1017—1073），字茂叔，道州营道（在今湖南道县西）人，历南安军司理参军、桂阳和南昌知县、虔州通判、知彬州、广东转运判官、提点刑狱、知南康军等。著有《太极图说》《通书》，"推明阴阳五行之理，命于天而性于人者"②，是道学创始人之一，两宋的理学家承继其说并发扬之。程颢、程颐兄弟幼年曾从他受业。

周敦颐大概在任南昌知县时因喜庐山风景优胜，环境幽静，在莲花峰下筑屋居家，将屋前之溪以故乡的"濂溪"之名称之，世人以此为其号。当时了元禅师正在庐山圆通寺，地处鸾溪上游，二人往来密切，"相与讲道，为方外交"。周敦颐曾举《中庸》的语句问

---

① 以上主要据《禅林僧宝传》卷二十九"了元传"。
②《宋史》卷四二七"周敦颐传"。

他："'天命之谓性，率性之谓道。'禅门何谓无心是道?"了元以
"满目青山一任看"作答，其意是触目是道，处处是道。周敦颐从
中受到启悟，一日见窗前草生，自语"与自家意思一般"，作偈呈
了元。曰：

> 昔本不迷今不悟，心融境会豁幽潜。
> 草深窗外松当道，尽日令人看不厌。[①]

前两句蕴含禅宗的迷悟不二、心境融通的思想。他慕东晋慧远
在庐山东林寺结白莲社邀集僧俗信众念佛之事，让了元成立并主持
"青松社"，作为谈禅说法之所。

周敦颐在任虔州（今江西赣州）通判期间曾遭到谗告，然而他
处之泰然。了元闻知此事，特作诗从庐山派人送给他。诗曰：

> 仕路风波尽可惊，唯君心地坦然平，
> 未谈世利眉先皱，才顾云山眼便明。
> 湖毛边坊堤柳色，山高断白石溪声，
> 青松已约为禅社，莫遣归时白发生。

诗称仕宦之途风险多，赞周敦颐心地坦然，不图名利，醉心山
川景致，告诉他在庐山的旧居周围有青青堤柳，潺潺溪声，劝他早
日归山，欢聚禅社。此后，了元又送诗给周敦颐劝他归山，其中有
句："仙家丹药谁能致，佛国乾坤自可休，况有天池莲社（按：此当
指阿弥陀佛西方净土）约，何时携手话峰头?"认为佛教自有使人

---

① 明朱时恩辑《居士分灯录》卷下。

安乐长生的妙义，盼望与他再次相聚禅社，共话庐峰胜景①。

　　《居士分灯录》卷下还记载，周敦颐以前曾向临济宗黄龙派禅僧晦堂祖心（1025—1100）、东林常总（1025—1091）参问过"教外别传之旨"。祖心示意他"只消向你自家屋里打点"；常总劝他在契悟"实理"之"诚"上下工夫，并向他讲华严宗的理法界、事法界及"理事交彻"的道理。据称，这对周敦颐著《太极图说》有直接的影响。

　　宋代理学本来是在旧有传统儒学的基础上吸收佛、道二教的思想而发展起来的，不少理学家具有与佛僧、道士交往的经历。周敦颐与禅僧晦堂祖心、东林常总及佛印了元的交游只不过是其中一个例子。

三、谢景温、徐禧与临济宗僧黄龙祖心

　　临济宗黄龙祖心，嗣法于黄龙慧南，因继任住持黄龙山并晚年退住于晦堂，故以黄龙、晦堂为号。弟子中以灵源惟清（？—1117）、死心悟新（1043—1115）最有名②。黄龙祖心与儒者士大夫谢景温、徐禧有密切的交往。

　　谢景温（1012—1088），字师直，中进士第，神宗初提点江西刑狱，历任京西、淮南转运使，其妹嫁王安石之弟王安礼，受到王安石的重用，被擢入朝任侍御史知杂事，后任陕西都转运使、知邓襄澶三州、知潭州，哲宗元祐元年（1086）进宝文阁直学士、知开

---

① 南宋晓莹《云卧纪谈》卷上。
② 祖心及惟清、悟新的生平，请见杨曾文：《宋元禅宗史》，中国社会科学出版社，2006年，第四章第五节。

封府①。据《禅林僧宝传》有关传记，他喜好禅宗，在提点江西刑狱、知潭州（治今湖南长沙）期间，与不少禅僧有密切交往，黄龙祖心是其中之一。

谢景温仰慕祖心其人，特地空出大沩山寺住持的席位请他前来就位，然而祖心却再三推辞不往。谢景温请江西转运判官彭汝器（1047—1095）问他何以不往，他回复说：

> 愿见谢公，不愿领大沩也。马祖、百丈已前无住持事，道人相寻于空闲寂寞之滨而已。其后虽有住持，王臣尊礼为天人师。今则不然，挂名官府，如有户籍之民，直遣伍伯追呼之耳。此岂可复为也！

是说在唐代马祖及其弟子怀海创立禅寺（怀海撰《禅门规式》）之前，没有住持，此后才有住持，朝廷官府很尊重他们，而今天不是这样，住持好像有户籍的平民一样，挂名于官府，连行政最下层的官吏（伍伯，伍长）也可以传唤他们。这段话是很有史料价值的。

谢景温对此表示理解，没有再强求他任住持，而是邀请他赴长沙向他问法。祖心到了长沙，向谢景温说，"三乘十二分教"（概指一切佛法）好像是用言语表述的食物，只是告诉人食品的味道，关键是要自己吃、自己尝，然后才能知道食物的真正味道。他接着就禅宗说道：

> 达磨西来，直指人心，见性成佛，亦复如是。真性既因文

---

① 《宋史》卷二九五"谢景温传"。

字而显，要在自己亲见。若能亲见，便能了知目前是真是妄，是生是死。既能了知真妄、生死，返观一切语言文字，皆是表显之说，都无实义。如今不了病在甚处。病在见闻觉知，为不如实知真际所诣，认此见闻觉知为自所见。殊不知此见闻觉知皆因前尘而有分别；若无前尘境界，即此见闻觉知，还同龟毛兔角，并无所归。①

大意是说，禅宗提倡的直指人心，见性是佛，是要人亲自体验参悟；做到这点，才能认识自己当前所处的境地和语言难以完全表述真实之义的局限。他表示，人们之所以受见闻觉知的困扰而不能超脱生死苦恼，是没有能够以空扫相，达到一切空寂的认识。在这里，他强调了亲自体悟自性和诸法空寂的思想。据载，谢景温对他的说法很感兴趣，好像"闻所未闻"。

《禅林僧宝传》还记载，谢景温在南昌任职期间，曾请嗣法黄龙慧南的圆玑禅师到洪州西山翠岩寺任住持；在知潭州时，曾请上承石霜楚圆—翠岩可真法系的慕喆到岳麓寺任住持，请慧南弟子守智住持道吾山、云盖山；又将湘西原为律寺的道林寺改为禅寺，请慧南弟子元祐任住持②。可以说，他对楚圆—黄龙禅系在湘赣一带的迅速传播是起到推动作用的。

徐禧（1035—1082），字德占，洪州分宁人。自幼好博览群书和旅行周游，不事科举。然而在宋神宗启用王安石实行变法时，他上奏《治策》二十四篇，受到皇帝赏识，受任荆湖北路转运副使、

---

① 以上据《禅林僧宝传》卷二十三"祖心传"。
② 以上据《禅林僧宝传》卷三十、卷二十五诸传。卷三十书称谢景温为"南昌帅"。宋代地方官简称"帅"者，一般是知州、知府兼安抚使者，称"帅守"。据《宋史·谢景温传》，谢景温只任过"提点江西刑狱"，应当简称"宪司"，未讲曾知洪州。

知谏院，元丰二年（1079）为右正言，直龙图阁，发遣渭州计议措置边防事，但因丁母忧不行。元丰五年（1082）四月服除，召试知制诰兼御史中丞，不久奉诏以给事中至鄜延谋划御西夏事，九月面对蜂拥而至的西夏兵而死守新巩的永乐城，城破被西夏兵所杀①。

在江西分宁县（今修水县）北有法昌寺，徐禧布衣时与这里的住持倚遇禅师常有往来。倚遇是云门下四世，嗣法北禅智贤，对徐禧的学识才干十分赏识，彼此作林下之交，"法喜之游"。徐禧丁母忧回乡居丧两年多的时间里，与黄龙山的祖心、惟清以及法昌寺的倚遇等人都有往来。倚遇临死前特地作偈送徐禧作别，偈曰："今年七十七，出行须择日，昨夜问龟哥，报道明朝吉。"意为第二日逝去。徐禧看后大惊，立即约请惟清赶到法昌寺探望，在他身边看着他安详地入寂②。

此外，现有徐禧在元丰五年（1082）二月写的《请黄龙晦堂和尚开堂疏》，以禅语表述今昔丛林说禅的风格，说：

> 法门中如此差殊，正见师岂易遭遇。昔人所以涉川游海，今者乃在我里我乡。得非千载一时，事当为众竭力。袒肩屈膝，愿唱诚于此会人天；挑屑拔钉，咸归命于晦堂和尚。③

按记载，此时祖心早已退居黄龙山寺的西院晦堂，他应请开堂的是何寺已不可考。就在此后不久，徐禧回京叙任，九月死于西边疆场。

---

① 据《宋史》卷三三四"徐禧传"，并参考《续资治通鉴》卷七四、卷七七有关记事。
② 《禅林僧宝传》卷二十八"倚遇传"。
③ 《黄庭坚全集·补遗》卷十一，并见《罗湖野录》卷上。

　　徐禧之子徐俯（字师川）也信奉佛教，也经常与禅僧保持密切联系。

四、黄庭坚与临济宗僧黄龙祖心及其弟子惟清、悟新

　　宋代著名文学家、诗人和书法家黄庭坚（1045—1105），字鲁直，自称山谷道人，洪州分宁县（今江西修水县）人。自幼聪敏，读书善记，宋英宗治平四年（1067）举进士，任汝州叶县（在今河南）尉。神宗熙宁元年（1068）中试学官，任北京大名府（今河北大名县东）国子监教授，曾受到文彦博的赏识，后知吉州太和县。哲宗元祐元年（1086）起任校书郎、著作佐郎、秘书丞、国史编修官，出知鄂州，翌年被贬为涪州别驾，黔州（治今四川彭水县）安置，又移戎州（治今四川宜宾市）。他对谪贬不以为意，泊然处之。徽宗即位后一度知太平州（治今安徽当涂县），崇宁二年（1103）再次遭贬除名，羁管永州（在今湖南），两年后去世，年六十一。

　　黄庭坚善作诗文，诗宗杜甫，精于书法，早年与张耒、晁补之、秦观得知于苏轼，被称为"苏门四学士"，为江西诗派创始人①。后世有多种版本的文集行世②，现有刘琳等人以清光绪本《宋黄文节公全集》为底本校点，四川大学出版社 2001 年出版的《黄庭坚全集》，在原有《正集》《外集》《别集》《续集》之外，又增《补

---

① 《宋史》卷四四四"黄庭坚传"；并参考《山谷年谱》，载台湾商务印书馆影印《文渊阁四库全书》别集，第 1113 册。

② 宋代洪炎等人编《豫章黄先生文集》三十卷（现有《四部丛刊》影印本）、李彤编《豫章黄先生外集》十四卷、黄𤩽编《豫章黄先生别集》十九卷；明代嘉靖刻本《山谷全书》九十七卷；清乾隆刻本《宋黄文节公全集》八十一卷，此集光绪刻本又增《续集》，共九十一卷。清《四库全书》所收《山谷集》，包括《内集》《外集》及《别集》，仅收诗词，另其孙黄𤩽撰《山谷年谱》。

遗》，收录齐全，最为适用。

黄庭坚虔信佛教，"痛戒酒色与肉食，但朝粥午饭，如浮屠法（按：佛法）"[1]。黄龙山寺在县城之西。他大概在出仕之前就常到山参访，对此比较熟悉。黄龙祖心辞任住持之后，曾由其弟子灵源惟清短期担任住持，不久他以病辞任，由其师弟死心悟新继任。据《山谷年谱》，黄庭坚在元祐七年（1092）正月回分宁为母治丧，到翌年七月居丧结束再仕，有一年半的时间。

在此期间，祖心虽已不任黄龙山寺的住持，但仍健在，退居住于西院晦堂之中。此时任住持的应是死心悟新。南宋晓莹《罗湖野录》卷上记载：

> 太史黄公鲁直，元祐间丁家艰，馆黄龙山，从晦堂和尚游，而与死心新老、灵源清老，尤笃方外契。

可见黄庭坚回乡居丧期间曾在黄龙山寺住过一个时期，与祖心和悟新、灵源惟清结为方外之交，关系十分密切。

某日，祖心在和他讲话之中举《论语·述而》所载孔子对弟子说："二三子以我为隐乎？吾无隐乎尔。吾无行而不与二三子者，是丘也。"孔子话的原意应是：你们以为我未全教你们，有所隐瞒，其实我不仅对你们没有任何隐瞒，并且我一切行事都是和你们在一起的。祖心请黄庭坚解释这段话。按说，这对熟读儒家经书的黄庭坚来说容易得很。然而祖心对他的一再解释皆不予认可。在这种情况下，黄庭坚虽怒形于色，然而却沉默不语，转而思索这位禅师寓于此语中的禅机。当时正值初秋，院中飘逸着木樨花香。祖心问

---

[1]《豫章先生传》，《黄庭坚全集》附录一。

他："闻木樨香乎？"他答闻到。于是祖心说："吾无隐乎尔。"他听后立即表示"领解"。这就是后世丛林所传著名的"晦堂木樨香"公案。

那么，黄庭坚从闻到木樨花香中领悟到什么？此与上引孔子说的"无隐乎尔"有什么关系呢？黄庭坚没有说明。对此，笔者试从两方面解释：一、祖心也许是借此表示，虽主动辞去住持职务退居晦堂，然而自己的禅法、门庭施设已传授弟子，并且自己的心时刻与弟子连在一起；二、从佛法上讲，心性（真如、佛性、理）浸润于宇宙万有之中，"物我一体"，人们可以取任何一个事物作为切入点契悟自性，达到解脱。

黄庭坚在外地得悉祖心去世，十分悲痛，写《为黄龙心禅师烧香颂》三首，以表哀惋，其中有："梦中沉却大法船，文殊顿足普贤哭。"对他的激烈禅风形容说："一拳打破鬼门关，一笑吐却野狐涎。"他对祖心评价很高，在崇宁元年（1102）写的《跋心禅师与承天监院守瓌手诲》中称为："法中龙象，末世人天正眼也。"①

黄庭坚在外地为官或遭贬谪流放当中与祖心的弟子灵源惟清联系最多，其次是死心悟新。据《黄庭坚全集》所载，他直接给惟清诗、书信有 17 件，在文章中或给别人的诗信中间接提到惟清有 20 次；直接给悟新的诗、书信 5 件，间接提到的 8 件。他对二人推奖有加，在《与周元翁别纸》中说："有清、新二禅师，是心之门人，道眼明彻，自淮以北，未见此人。"在他得知分宁知县萧氏再请悟新住持云岩寺，并请体弱有病的惟清归黄龙西堂坐夏（过四月中至七月中的夏安居）时，致信赞称："今江湖淮浙，莫居二禅之右者。"（《与分宁萧宰书》）②

---

① 分别载《黄庭坚全集》中《正集》卷二十三、《别集》卷八。
② 分别载《黄庭坚全集》中《别集》卷十八、卷十四。

　　黄庭坚把惟清禅师当作自己的师友，在《题录清和尚书后与王周彦》中说惟清（因曾任舒州太平寺住持，称之为"太平"）"具正法眼，儒术兼茂"，自己"年将五十乃得友，与之居二年，浑金璞玉人也。久之，待以师友之礼"。这里所说与惟清相处二年是指回乡为母居丧的一年半多时间。他在给外甥徐俯的信中，甚至还劝他经常参谒灵源惟清，请教禅法。他说："太平清老，老夫之师友也，平生所见士大夫，人品未有出此公之右者。方吾甥宴居，不婴于王事，可数至太平研极此事，精于一而万事毕矣。"所谓"精于一"是指参扣"心地"之法，参悟自性①。从这两封信可以想见他对惟清敬仰之深。

　　在黄庭坚遭编管谪居外地时，灵源惟清曾托人给他送去诗偈，曰：

　　　　昔日对面隔千里，如今万里弥相亲。

　　　　寂寥滋味同斋粥，快活谈谐契主宾。

　　　　室内许谁参化女，眼中休去觅瞳人。②

　　　　东西南北难藏处，金色头陀笑转新。③

　　全偈以轻松的笔调表达彼此想念之情，并以带有戏谑的口气对自己的师兄悟新参禅达到的境界表示赞许。

　　黄庭坚也以诗偈来和：

---

① 二信分别载《黄庭坚全集》中《外集》卷二十三、《续集》卷五。

② 化女，在大乘佛经中常见佛、菩萨为教化需要，以神通变现为女子，称化女或幻化女。瞳人，眼瞳中所现人像，如《景德传灯录》卷十二"清化全付传"："眼里瞳人吹叫子。"（《大正藏》卷五十一第 97 页中）两句是说参悟万物虚幻空寂的实相。

③ 金色头陀是指摩诃迦叶；新，当指悟新；笑转新，笑对悟新。此句戏谓禅宗一代祖师对悟新悟境印可。

石工来断鼻端尘，无手人来斧始亲。①

白牯狸奴心即佛，龙睛虎眼主中宾。②

自携缾去酤村酒，却脱衫来作主人。

万里相看常对面，死心寮里有清新。③

意为禅师引导人们自我直探心源，祛迷悟性，虽包括动物在内的一切众生皆有佛性，然而有意参扣也会陷于被动；知朋远来自应酤酒热情款待，即使相隔万里也如同对面相看，想必此时惟清、悟新二位禅师正在死心寮中谈禅吧。

因为惟清、悟新二人常住一起，相处融洽，黄庭坚在信或诗中常将二人并提。例如他在《代书寄翠岩新禅师》中说："苦忆新老人，是我法梁栋……遥思灵源叟，分坐法席共。"④ 悟新为住持，灵源惟清为西堂，有时相携共席说法。

黄庭坚与死心悟新也有深交。在悟新应请到分宁县云岩寺担任住持时，请疏是他代写的。悟新在信众支持下于此寺建造了收藏佛经的房舍，名之为"转轮莲华经藏"，黄庭坚应请为写《洪州分宁县云岩禅院经藏记》，称"江东西经藏凡十数，未有盛于云岩者也"⑤。在

---

① 前句原出自《庄子·杂篇·徐无鬼篇》之"运斤成风"，谓名石的巧匠以斧迅速去掉郢人鼻端的尘点而不伤其鼻。后句当指更高明者运斧无须用手，然而禅宗境界更新，以引人自我断除心中无形的烦恼为旨。

② 主中宾，临济宗的四宾主之一，原为主看宾，意为禅师点出参禅学人的执着，学人仍不领悟的局面。此与曹洞宗的表示"体中用"的主中宾不同。

③ 以上引自南宋晓莹《罗湖野录》卷上。据《补禅林僧宝传》"悟新传"，悟新自称死心叟，名自己的居处为"死心室"（有的称"死心寮"）。

④《黄庭坚全集》中《正集》卷三。

⑤《黄庭坚全集》中《别集》卷十二《云岩律院打作十方请新长老住持疏》、《正集》卷十七。

他谪官黔州安置时，在《与死心道人书》中充满情感地回忆说：

> 往日常蒙苦口提撕（按：意犹指导），常如醉梦，依稀在光
> 影中，今日昭然，明日昧然。盖疑情不尽，命根不断，故望涯
> 而退耳。谪官在黔州，道中昼卧，觉来忽然廓尔。寻思平生被
> 天下老和尚谩了多少。惟有死心道人不相背，乃是第一慈悲。①

所谓"往日"当在他丁母忧居黄龙山时，经常在悟新禅师的指
导下参禅，然而当时没能断除疑情而入悟，直到谪遣遥远的黔州的
途中才豁然有省，感到以往虽参谒很多禅师皆未得到明示，只有悟
新禅师才引他入悟。此时他已是年过半百的老人，尽遭坎坷，在通
往谪居黔州的路上"觉来忽然廓尔"，感悟到什么？是人生无常、
苦、空？还是领悟到应以"无念""无心"来面对这一切？确实令
人玩味。

黄庭坚作为北宋著名的诗人，如此虔诚信佛，倾心禅宗，自然
对他写诗著文有重要影响。且不说他的以佛教、禅宗、寺院、僧人
为题材的作品，即就其他诗文的遣词造句、意境来看，也随处可以
看到受佛教禅宗影响的痕迹。他曾以信对自己的外甥徐俯表示，要
作好诗不仅应多读书，而且应当有"妙手"。"所谓妙手者，殆非世
智下聪所及，要须得之心地。"他自述说："老夫学道三十余年，三
四年来方解古人语，平直无疑，读《周易》《论语》《老子》，皆亲
睹其人也。"从他的经历来看，所谓得于"心地"当是参究自性的
结果。他接着向外甥介绍自己多年的"师友"惟清禅师（太平清
老），劝他经常去参谒，"研极此事"。禅宗的重要特色正是重视心

---

①《黄庭坚全集》中《别集》卷十七。

法，以"识心见性"为悟，认为心现万物，心通宇宙，物我一体。如果一个诗人以这种眼光观察周围环境、天下事物，便容易做到融情于物，并且赋予自然景色、人生现象以感情，写出的诗便会具有非凡的境界。

以上谢景温、徐禧二人及黄庭坚可以说都是临济宗黄龙派有力的"外护"，他们都与慧南下二世祖心及其弟子惟清、悟新等人有密切的关系。他们之间也是亲戚。黄庭坚的继妻是谢景温之兄谢景初的女儿，与谢景温自然熟悉，二人有书信往来。徐禧是黄庭坚的从妹夫。在徐禧死后，黄庭坚多次给其子徐俯写信，甚至劝他接近在黄龙山的惟清禅师，以便向他求教。由于他们的地位，应当说他们对黄龙山禅寺的接近与支持所产生的影响是比较大的。

上述儒者周敦颐是著名道学家，黄庭坚是文学家、诗人，谢景温长期担任地方高官，徐禧死于守边战争，虽地位不同，经历有别，然而皆是自幼深受孔孟思想熏陶的儒者，多数仕途并不平坦。他们为什么接近佛教，亲近禅宗，为什么愿意与僧人特别是禅僧交往甚至亲自参禅呢？

综上所述，可以归纳出以下四点：

（一）禅宗的心性思想，特别是以真如、心、理为世界本源、本体的思想；禅师随时随地灵活发挥的触目是道、物我一体、"万法非殊"、佛与众生不二、迷悟不二、理事圆融或"理事交彻"等思想和生动活泼的表达方式、语句，对于他们具有很大的新鲜感和吸引力。宋代在中国思想史上是个划时期的时代，新儒学——道学或理学正在形成之中，佛教特别是禅宗的心性思想和参究入悟模式，与儒者经常考虑和研讨的天道（理）、性命、理气、体用、性情的思想和哲学思辨有很多相似之处，为他们展现了很大的可供参考和借鉴的空间，也提供了可以借用或发挥的例证和资料。

（二）禅宗的诸法空寂、以空扫相的思想；禅僧追求无我、无为、平常心、自然、宁静、恬适的情趣，对于仕途坎坷随时可能遭遇凶险的士大夫来说，也具有诱惑和吸引力。同时，在他们处于逆境乃至遭到贬官、谪居外地时，禅僧通过书信或派人探望给以慰藉，用随缘无求、淡泊名利等思想进行劝导，自然会使他们感到安慰，更加感到禅僧可以亲近。

（三）禅宗主张心通宇宙、山河大地无非心造的思想，可以给作为诗人、文学家的儒者以极大的心灵启示，借助"无""中道""不二"等思想，激发天人会通、融情于物的创作灵感和主题。

（四）禅宗很多寺的庭院建筑傍山依水、花木交错，景致崇尚幽雅自然，并且遵照丛林清规管理得井然有条，日常修行和生活皆有秩序的情况，也容易受到崇尚礼乐的儒者士大夫的赞叹和推奖。

可以认为，正是这四个方面是佛教禅宗在宋代受到儒者士大夫欢迎，在社会上得到迅速传播的重要原因。

第二节　王安石与佛教

北宋仁宗在位期间（1022—1063），既是宋朝的盛世，也是开始走向衰微的时期，延续已久的各种内忧外患日渐突出，社会危机日益严重。在北方，宋朝虽每年向契丹族的辽国供纳银两和绢匹的"岁币"，但辽仍常派兵侵扰掠夺宋境，民众苦不堪言。在西北，党项族的西夏国迅速崛起强大，不断侵扰边塞，在与宋的交战中竟多胜而少败，迫使宋朝每年以交纳巨额银绢和茶的所谓"岁赐"来换取沿边地区暂时平静。在内地，由于官僚豪强大量兼并侵占土地，造成"富者有弥望之田，贫者无卓锥之地；有力者无田可耕，有田者无力可耕。……富者益以多畜，贫者无能自存"① 现象日益加剧的局面，致使贫富矛盾不断激化。农民因无田可耕，再加上赋税不均，负担繁重，各地相继爆发规模不等的反抗斗争。朝廷财政日绌，入不敷出，吏治过于冗滥和腐败，兵虽多而懒散，战斗力低下。在这种形势之下，宋朝统治已面临岌岌可危的境地。

面对这种形势，儒者士大夫中的有识之士考虑如何使宋朝摆脱危机，改变积贫积弱境地的治国方略。先后有朝廷重臣范仲淹、王安石等人提出改革图新的主张。宋仁宗庆历三年（1043）任用主张革新的范仲淹等人推行新政，着手整顿吏治，发展农桑和富国强兵等措施，然而遭到守旧势力强烈反对，不到两年便告失败。宋神宗继位之后决心变法图新，重用王安石推行更大范围的变法举措。变法虽历经波折未能取得成功，然而无论对当时还是后世都产生了很大的影响。

王安石是古来少有的政治家、改革家，也是著名的文学家、诗人，在中国佛教史上也有一定的地位。

一、王安石生平及其变法

王安石（1021—1086），字介甫，号半山，抚州临川（在今江西省抚州市）人。父王益，举进士后历任建安主簿、临江军判、知新淦和新繁、知韶州等职，于宋仁宗宝元二年（1039）逝世于江宁府（治今江苏南京）通判任上。王安石自幼随父迁徙南北，在读书治学过程中留意考察社会民情，对宋朝面临的形势和积弊有比较清

---

① 南宋李焘《续资治通鉴长编》卷二七载宋太宗雍熙三年（986）七月李觉奏言。

醒的了解。

宋仁宗庆历二年（1042），王安石二十二岁，赴京参加科举考试，中进士高第，从签书淮南判官开始步入仕途。庆历七年（1047）在知鄞县期间，"起堤堰，决陂塘，为水陆之利，贷谷与民，出息以偿"，初显他的才能，逐渐为天下所知。此后通判舒州，一再推辞进京试就馆职的机会。嘉祐三年（1058），王安石从提点江东刑狱，应召进京任三司度支判官，向仁宗皇帝上奏万言书，提出只有实行变法才能改变积贫积弱的局面，联系古来兴衰史实，针对朝廷上下存在的种种弊端，提出应审时度势，法先王法度之意以"变革天下之弊法"，制定切合时宜的法度，强调教养和选拔任用天下人才为首要急务，在经济上要"因天下之力以生天下之财，取天下之财以供天下之费"。然而他的建议并未被采纳。嘉祐八年（1063）八月，他在知制诰任内因母去世辞官回江宁（在今南京）服丧。服除后，宋英宗朝（1063—1067）虽累召为官，他皆不赴。

宋神宗于治平四年（1067）正月即位，闰三月起王安石原官知制诰、知江宁府。熙宁元年（1068）初召为翰林学士入京，四月经面奏治世方略，受到神宗赏识，熙宁二年（1069）任谏议大夫、参知政事，熙宁三年（1070）拜礼部侍郎、同中书门下平章事（宰相），受诏创立置制三司条例司，在吕惠卿、曾布等人协助下着手对政治、经济进行变法革新，以图发展农业生产，富国强兵。

新政主要措施有：实施均输法，以减省运往京城物资的经费；推行农田水利法，按户等高下出资兴修水利；实行青苗法，在春夏之际贷钱粮给农民，夏秋归还并纳息，以防止豪强盘剥兼并；募役法，由州县政府出钱募人供差役，每年统一按户等收费，此外还有丈量清查土地的方田均税法，由官府监控和调节商贸的市易法，培训和选拔将官的将兵法，加强地方治安的保甲法，还兴建学校以培养人才，科举罢诗赋、明经，专以经义、论、策试取士等。

王安石主持的变法虽对整顿北宋弊政、富国强兵带来积极影响，然而不难想象，在积弊日久的旧官僚机构和社会政治体制下急剧实施新政必然遭遇到重重阻力，再加上在实施新政过程中出现官吏从中渔利作弊和侵扰百姓等问题，因而招致来自朝野主张维持旧制和维护既得利益的各种势力的反对。然而王安石性格"强忮"，对自己主持的新政确实是"自信所见，执意不回"，甚至顽强地表示"天变不足畏，祖宗不足法，人言不足恤"，反映了他对推行改革新政的坚定意志。

然而在熙宁七年（1074），王安石不得已避位请知江宁府，第二年复为相。熙宁九年（1076）七月，因子王雱死，悲伤不已，求解政务，罢为镇南节度使、同平章事、判江宁府，翌年受封舒国公。元丰二年（1079）复拜尚书左仆射、观文殿大学士。三年加授特进，改封荆国公，退居江宁。元丰八年（1085）神宗去世，哲宗即位，宣仁太后垂帘听政，授王安石司空之位，任用司马光为相，将新政全面废止①。翌年，即元祐元年（1086）四月，王安石去世，年六十六，赐谥曰文。徽宗崇宁三年（1104），追封王安石为舒王②。

---

① 《宋史》卷十四至卷十八"神宗纪""哲宗纪"、卷三二七"王安石传"及《续资治通鉴》有关记载；并参考翦伯赞主编：《中国史纲要（修订本）》，人民出版社，1995年，第七章有关部分。

② 据《宋史》卷三二七、王偁《东都事略》卷七十九"王安石传"和宋杜大珪编《名臣碑传琬琰之集》下编卷十四"王荆公安石传"。关于王安石生年，传载元祐元年（1086）六十六岁时去世，生年应为真宗天禧五年（1021）。南宋詹大和《王荆文公年谱》、清代蔡上翔《王荆公年谱考略》亦作是说，然而清代顾栋高《王荆公年谱》据旧传本《宋史·王安石传》谓卒年六十八岁，生年作天禧三年（1019）。

在王安石死后，所谓新、旧两党之争一直延续，是造成朝政混乱，导致北宋灭亡的重要原因。

二、王安石与佛教

北宋朝廷尊崇佛教，太宗时设立译经院（后改传法院），招聘高僧翻译佛经，命高官任译经润文官，从真宗晚年至神宗朝初又先后任命担任宰相的丁谓、王钦若、吕夷简、章得象、陈执中、庞籍、文彦博、富弼、曾公亮等人为译经使兼润文官，对朝野儒者士大夫影响很大，致使对佛教一无所知者很少。王安石自幼常随父赴任，经历南北佛教盛行地区，又一向好读书，喜游览名胜古刹，自然对佛教有所了解，入仕以后经常出入寺院，与僧人也多有交往谈论。

宋初佛教禅宗尚未盛行，后经仁宗的扶助和一部分信佛儒者的提倡，禅宗迅速在京城和北方盛行起来，亲近和信奉禅宗，与禅僧往来和交流成为一种时尚。在这种背景下，王安石对佛教抱有好感并对佛教特别是禅宗有比较深入的了解，就是很自然的事情了。从他现存的诗文来看，他不仅与很多僧人有交往，而且涉及佛教内容的作品也不少。

下面仅选择他与临济宗蒋山赞元、真净克文及金山宝觉三位高僧交往的事迹进行介绍，从中能看到他对佛教的态度和从佛教受到的影响，加深我们对他内心世界的了解。

（一）王安石与临济宗僧蒋山赞元

蒋山赞元（？—1080），字万宗，号觉海，俗姓傅，嗣法于临济宗石霜楚圆，后到蒋山（又名钟山，即今南京紫金山）投止于同学保心住持之寺，在保心去世后继任住持。赞元在此后的传法生涯中与王安石的结识和交往非同一般。

王安石为母在江宁服丧期间，曾在蒋山读书，与赞元结识，彼此亲如兄弟。一天，王安石向赞元问禅宗宗旨。赞元开始不予回答，然而在王安石再三扣问的情况下，不得已而答之。他说："公般若有障三，有近道之质一，一两生来，恐纯熟。"意思是说王安石对接受大乘佛教的智慧（般若，这里特指禅宗宗旨），存在三个障碍，然而却具备一个接近佛道的品质，如果经过一二次转生，就能够达到熟纯了。王安石听后不理解，请他加以解释。赞元出于对他的观察和了解，说出如下一番话：

> 公受气刚大，世缘深。以刚大气，遭世深缘，必以身任天下之重。怀经济之志，用舍不能必，则心未平。以未平之心，持经世之志，何能一念万年哉？又多怒而学问，尚理于道，为所知愚，此其三也。特视名利如脱发，甘淡泊如头陀，此为近道。且当以教乘滋茂之可也。①

大意是说，王安石秉先天"刚大"之气而生，与世上的缘分很深，必然承受天下重任。然而第一，虽怀有济世治国的志向，但自己所要实行的、要废止的并非皆能如愿，这样必然使自己的心难以平静；第二，在心未平的情况下，就很难实现治理天下之志，如何能将自己的理念化为永久呢？第三，性格多怒，又好学问，崇尚理道，意谓他的天然自性被这种世俗的知识迷惑。这就是前面赞元提到的"般若有障三"，认为他由此三点是不能接受禅宗的般若之智

---

① 宋代惠洪《禅林僧宝传》卷二十七"赞元传"。

的。然而同时又指出，他不重名利，生活甘于淡泊，却是易于接近佛道的品质。赞元建议他先从"教乘"（指佛经及禅宗以外的佛教诸派）入手学习佛教。赞元的话可谓词意凝重，意味深长。据载，王安石再拜而受教。

在神宗即位后，王安石受到赏识与重用，在任参知政事及拜相之后，几乎每月都给赞元书信，然而赞元从未打开来看。王安石曾为赞元奏请章服和禅师号。

赞元平时待人不讲客套，对周围事物充耳不闻，即使寺院起火，有僧被杀也漠然置之，任凭执事僧处理。王安石之弟王安国（字平甫），平时表现出豪纵之气，来拜见赞元，一再请问"佛法大意"。赞元不得已对他说：

> 佛祖无所异于人。所以异者，能自护心念耳。岑楼之木，必有本，本于毫末。滔天之水必有原，原于滥觞。心中无故动念，危乎岌哉，甚于岑楼；浩然横肆，甚于滔天。其可动耶？佛祖更相付授，必丁宁之曰：善自护持。

这是提醒王安国行为应当善自检点，别逞意乱为，招致灾祸。王安国听后不理解，问："佛法止于此乎？"赞元告诉他，"至美不华，至言不烦"，关键在是否实行①。

元丰元年（1078），王安石南归金陵，舟至石头，夜里进山拜父母坟，闻风前来拜谒的士大夫的车骑塞满山谷。王安石到达寺院时已经二鼓。赞元出迎，一揖之后立即回方丈入寝。王安石对他也不怪罪。此后，王安石在定林隐居，往来山中，与赞元交往密切。

---

① 《禅林僧宝传》"赞元传"。

他写诗给赞元，曰：

> 往来城府住山林，诸法翛然但一音。
>
> 不与物违真道广，每随缘起自禅深。
>
> 舌根已净谁能坏，足迹如空我得寻。
>
> 岁晚北窗聊寄傲，蒲萄零落半床阴。①

其中既有对赞元无为随缘、六根清净的赞赏，也表达了自己离开都市退隐山林，与赞元于林下交游的恬适心情。他还写了《白鹤吟示觉海元公》《北山道人栽松》《与北山道人》等诗。写作时间不好确定②。

赞元于元丰三年（1080）逝世，王安石于九月四日设馔祭祀，致词曰："自我壮强，与公周旋。今皆老矣，公弃而先。逝孰云远，大方现前。馔陈告违，世礼则然。尚飨。"③ 王安石还为赞元的画像题词，曰：

> 贤哉人也！行厉而容寂，知言而能默。誉荣弗喜，辱毁弗戚。弗矜弗克，人自称德。有缁有白，自南自北，弗句弗逆，弗抗弗抑。弗观汝华，惟食已实。孰其嗣之，我有遗则。④

---

① 《王安石集》卷十七"北山三咏·觉海方丈"。

② 《王安石集》卷二、卷二十八、卷三十等。

③ 王安石《祭北山元长老文》，载《王安石集》卷八十六，祭祀日期是元丰三年（1080）九月四日。九月四日虽不一定是赞元去世的日期，然而他去世于元丰三年应当是没有问题的。宋代惠洪《禅林僧宝传》"赞元传"记载赞元死于元祐元年（1086），误。王安石卒于此年。

④ 《蒋山觉海元公真赞》，载《王安石集》卷三十八。《禅林僧宝传》"赞元传"及《建中靖国续灯录》卷七"赞元章"亦有载，但个别字有异。

寥寥数言，把一位严肃而和蔼、智慧而寡语、为人宽厚而略带木讷、讲究实际的禅师形象，惟妙惟肖地描绘于纸端。

(二) 王安石与真净克文

真净克文（1025—1102），陕府（陕州，治今河南陕县）阌乡人，俗姓郑，以居寺名沩潭、云庵为号，真净是经王安石奏请神宗所赐之号。嗣法于临济宗黄龙慧南，属石霜楚圆下二世，先后住持筠州（治今高安县）大愚寺、圣寿寺、洞山普和禅院。元丰八年（1085）克文到金陵（今南京），往钟山定林庵拜谒王安石①。

如前所述，王安石从熙宁七年（1074）以后在政治上逐渐失势，经常住在江宁。元丰七年（1084），王安石生病，神宗派御医前来诊视。病愈之后，他上奏神宗，请求将他自己所居住的江宁府上元县的园屋改为寺院，"永远祝延圣寿"，并请皇帝赐名。神宗准其奏，赐名报宁寺。王安石为此寺置田庄、度僧。克文前来拜访他时，是他去世的前一年，大概寺院刚建成不久②。

王安石从禅林早已听说克文之名，对他的到来十分欢迎。在谈话中，王安石问他：各经的开头皆标佛说法的时间、处所，为什么只有《圆觉经》没有标出时处呢？对此，克文回答："顿乘所谈，直示众生日用现前，不属今古。只今老僧与相公同入大光明藏（按：一般解释为佛的法身所依持的国土，称常寂光土），游戏三昧，互为宾主，非关时处。"王安石是常读佛经的，他将自己发现的问

---

① 克文生平，详见杨曾文：《宋元禅宗史》，中国社会科学出版社，2006年，第四章第五节。

② 《禅林僧宝传》"克文传"及《云庵真净和尚行状》皆谓舍宅为寺在王安石接见克文之后，然而据清蔡上翔《王荆公年谱考略》，舍宅为寺是在元丰七年（1084），而《云庵真净和尚行状》谓克文在"元丰之末"（即元丰八年，1085年）东游，故王安石接见克文时报宁寺已改建完成。

题询问克文。克文按照他的理解并结合当时的场合，回答王安石说：《圆觉经》所说属于顿教之法，是通过一切众生的日用表现出来，超越于今古。好像我与您此时同入"大光明藏"（法身土，禅宗主张真俗不二，佛的三身不离自性，不离日用），游戏于禅的境界（禅宗主张禅无定相，"见本性不乱"为禅），互相是宾主，有什么时处可言？王安石对此回答十分满意，又问：《圆觉经》中有"一切众生，皆证圆觉"这句话，但圭峰宗密认为其中的"证"字是错译，主张改为"具"字，此义如何？克文以《维摩诘经》中的"亦不灭受而取证"为据，说：

> 夫不灭受蕴而取证，与皆证圆觉之义同。盖众生现行无明，即是如来大智。圭峰之言非是。[1]

认为《圆觉经》《维摩诘经》两段经文意思一致，皆主张众生不灭无明烦恼而成佛，而不必如宗密理解的应是众生本具佛性，改"证"为"具"。王安石对他的回答十分满意，决定请他担任报宁寺住持，为"开山第一祖"。

王安石与其弟、担任尚书左丞的王安礼亲自写请疏，称赞克文"独受正传，历排戏论"，"凤悟真乘，久临清众"[2]。此后王安石又奏请皇帝赐克文以紫袈裟及"真净大师"之号。鉴于王安石、王安礼兄弟的权势和克文的名望，在克文任报宁寺住持后，前来参禅、听法的僧俗信众、士大夫很多，以致寺院狭窄难以容下。克文感到

---

① 惠洪《云庵真净和尚行状》。

② 《宋史》卷三二七"王安石传"、《王安石集》卷四十三"乞以所居园屋为僧寺赐额札子"，并参考清蔡上翔《王荆公年谱考略》。另据王安石、王安礼的请疏，载于《嘉兴藏》本《云庵真净禅师语录》卷首。

难以承受其劳，不久便辞别王安石回到高安，在九峰山下建投老庵居住，闻声前来参学者很多。《嘉泰普灯录》将王安石也作为真净克文的弟子。

（三）王安石与金山宝觉

金山宝觉，嗣法于汴京十方净因禅寺大觉怀琏禅师（1009—1090）。怀琏于哲宗元祐五年（1090）逝世，年八十二。据《建中靖国续灯录》目录的记载，门下嗣法弟子有23人，连曾向他问法的官至吏部尚书、御史中丞的孙觉也算在内。然而其中有略传和语录留下的只有杭州临安径山寺维琳无畏、杭州临平寺胜因资、杭州佛日寺净惠戒弼、福州天宫寺慎徽、温州弥陀庵正彦5位禅师，宝觉没有传录传世。

大觉怀琏在京期间以净因寺为中心传法，前后达十七年，与很多儒者士大夫都有友好交往。王安石早就与他相识，在他离京到鄞县阿育王寺之后还寄赠诗数首①。宝觉是怀琏身边弟子，王安石与弟王安国、苏轼等人和他是在京城相识的。宝觉住持京口（今江苏镇江）的金山寺，故以金山为号。王安石从京城辞官启程回江宁为母居丧之时，宝觉曾相陪南归。在《王安石集》中载有多首王安石赠宝觉的诗，有古诗《示宝觉》、律诗《与宝觉宿龙华院三绝句》《示宝觉二首》、集句古律诗《赠宝觉并序》等②，说明二人有深交。

治平四年（1067）正月神宗即位，九月召知江宁府的王安石为翰林学士兼侍讲，翌年即熙宁元年（1068）四月，诏王安石越次入对，问治国以何为先？王安石答"择术为先"。当时王安石四十八

---

① 《王安石集》卷二十一载有《寄育王大觉禅师》、卷三十四载有《寄育王大觉禅师》。
② 分别载《王安石集》卷二、卷二十八、卷二十九、卷三十六。

岁。从时间上推测，王安石从江宁钟山自宅起身赴汴京应在二三月初春花红柳绿的时候。他乘船沿江东下至江南东路润州的治所京口，应旧友宝觉的邀请先入金山寺小住，然后搭船至瓜洲①转运河北上入京。他在瓜洲停留之时，面对初春美景写了传诵至今脍炙人口的名诗《泊船瓜洲》：

> 京口瓜洲一水间，钟山只隔数重山。
> 春风自绿江南岸，明月何时照我还。②

意为从京口至瓜洲镇渡口，一水相连，回望自宅所在的钟山只隔数山之遥。时值春风吹拂江南，到处花红草青树绿。啊，自此一别，明月何时照我返归江南呢？既蕴含着对江南旧居的依恋，也怀有对未来前程难以预料的疑虑。

几年之后，王安石又与宝觉见面，在叙谈当中，宝觉告诉他金山寺中的化城阁高峻壮丽可以登临远眺。王安石听了很高兴，写集句诗一首相赠，并特在诗前加写小序："予始与宝觉相识于京师，因与俱东。后以翰林学士召，会宿金山一夕，今复见之。闻化城阁甚壮丽，可登眺，思往游焉。"既回忆了与宝觉在京城相识及应召赴京途经京口住宿金山的往事，又表示再游金山寺时要登化城阁临风远眺。诗中说：

> 大师京国旧，兴趣江湖迥。　　往与惠询辈，一宿金山顶。
> 怀哉若留恋，王事有朝请。　　别来能几时，浮念剧含梗。

---

① 原为水中沙洲，在扬州与京口（镇江）之间，为唐宋南北航运重要渡口。北宋时置镇，称瓜口镇，运河北上可在此搭船。
②《王安石集》卷二十九。

今朝忽相见，眸子清炯炯。　夜阑接软语，令人发深省。

化城出天半，远色有诸岭。　白首对汀洲，犹思理烟艇。①

这里的"大师"不是大觉怀琏，而是对宝觉的尊称。"惠询"当为东晋庐山高僧"慧远"与名士"许询"之略称②，借喻在金山的高僧和博雅名士。诗意是说，宝觉是他京城相识的旧友，志在江湖方外。记得昔日在京口曾与高僧、名士夜宿金山顶，因奉"王事"（召为翰林学士赴京）不能久住，离别后常怀思念之情。今天相见，极为感奋，欣闻化城阁高峻入云，登阁可远望群山。现已年老白首，若能前往登阁眺望，定会面对瓜洲（汀洲）回忆当年赴京时江中停泊冒着炊烟船艇的情景。诗后的《金山寺》《化城阁》两首是否王安石当年赴京城前在金山寺小住时所写，不好断定。

王安石担任宰相推行新法，虽有进展和成功，然而遭遇很大阻力，备受来自各方面的责难。熙宁九年（1076）七月，子王雱去世，十月他第二次罢相，以判江宁府之职回到江宁居于钟山谢公墩。翌年（1077），王安石五十七岁。他写的《与宝觉宿龙华院三绝句》又回忆起夜宿金山的往事，为了让对方回忆起往事并了解诗意，特地将旧诗《泊船瓜洲》抄录诗前。他新写的诗曰：

老于陈迹倦追攀，但见幽人数往还。

忆我小诗成怅望，钟山只隔数重山。

---

① 《赠宝觉并序》，载《王安石集》卷三十六。

② 宋前"惠"与"慧"可通用。庐山慧远，详见南朝梁慧皎《高僧传》卷六。许询，东晋名士，与孙绰、王羲之等齐名，曾与支遁合讲《维摩经》，"遁为法师，许询为都讲。遁通一义，众人咸谓询无以厝难；询设一难，亦谓遁不复能通，如此至竟，两家不竭"。再见《晋书》卷七十九"谢安传"：（谢安）"寓居会稽，与王羲之及高阳许询、桑门支遁游处，出则渔弋山水，入则言咏属文，无处世意"。

世间投老断攀缘，忽忆东游已十年。

但有当时京口月，与公随我故依然。

与公京口水云间，问月何时照我还。

邂逅我还还问月：何时照我宿金山？

诗为感怀之作，蕴含缠绵而凄怆之意。回想当年应召入京夜宿金山时方为年富力强、踌躇满志的壮年，然而身荷宰相重任推行变法历尽艰辛，中间两度罢相，现在返归钟山家宅，虽有官职在身，然已心灰意懒，不愿回忆往事，经常与隐居之士（幽人，自然也包括僧人）往来，每每想起那首《泊船瓜洲》的小诗，心里惆怅不已，诗中说钟山只隔数山之遥。今已老矣，那已是十年前的事情了。当时有明月和您伴随着我，心中颇感安然，曾在瓜洲渡口问月，何日照我还江南呢。不期我现在归老钟山，应再反问明月：何日照我东去，再宿金山呢？

九年后，王安石逝世。从此诗看，他还有意再次经京口北上入朝为官吗？得不出这个结论。他大概是想去金山作怀旧之旅吧。

三、王安石著作中对佛教的理解和运用

在现存王安石的文字中，没有专论佛教的文章，然而在不少诗文中表述了他对佛教义理的一些见解。此外，据《宋史》卷三二七"王安石传"记载，他晚年退居江宁撰写《字说》，"多穿凿傅会，其流入于佛、老"。可惜此书久逸，幸而近人张宗祥先生从相关图

书中辑出《字说》部分内容①，虽分量不大，然而仍能从中看出其中确实有受到佛教影响的内容。

（一）《字说》中的佛教思想或受佛教影响的内容

神宗元丰三年（1080）九月，王安石从舒国公改封荆国公，奉敕将长年日积月累完成的《字说》"缮写"随表进上。据王安石《进字说表》，《字说》有二十四卷，然而其《熙宁字说序》说有二十卷，当非最后定本。他在《进字说札子》中说：

> 臣在先帝时，得许慎《说文》古字，妄尝覃思，究释其意，冀因自竭，得见崖略。若矇视天，终以阇然，念非所能，因画而止。顷蒙圣问俯及，退复黾勉讨论，赖恩宽养，外假岁月，而又桑榆怠眊，久不见功。甘师（按：当为太监）颜至，奉被训敕，许录臣愚妄谓然者，缮写投进。②

据此，他是在宋英帝时得到东汉许慎的《说文》（即《说文解字》），从中得到启发，然后经过自己反复考察和琢磨，最后写成《字说》。他在《进字说表》中说："人声为言，述以为字。字虽人之所制，本实出于自然。"他是从天地万物、自然环境和日常人事等方面考察字的结构和义蕴的。此书与他主持训释的作为新义"颁之学官"的《诗》（《诗经新义》）、《书》（《尚书新义》）、《周礼》（《周官新义》），曾成为朝廷科举取士必须传习和依据之书，直到哲宗朝废除新政时才被禁用。《字说》传世后，有多种诠释著作面

---

① 张宗祥（1881—1965）辑录，曹锦炎点校：《王安石〈字说〉辑》，福建人民出版社，2005 年。

② 《王安石集》卷四十三。

世，仅唐耜所作《字说解》就有一百二十卷，说明影响之大。

　　许慎《说文解字》是中国第一部系统解析字形和字源的字书，将解析的 9 353 个字纳入 540 个部首中，在卷十五之记中对造字及用字提出"六书"的说法：象形、指事、会意、形声、转注、假借。实际上前四种为造字之法，后两种则为用字之法。六书各有特色，比较而言，以会意、形声二书影响最大，用这两种方法造的字在字总量中占的比重最大。王安石对此六书自然是了解的，然而他在解释造字和字义时多用象形、会意二种，注重从字形及字的偏旁结构来解释字义，刻意追求字所蕴含的新意，难免有不少穿凿之处，因而受到后人批评乃至讥讽。然而正如前人有的评论所说，《字说》也有很多值得肯定的地方。

　　王安石《字说》诠释之字当以《说文解字》所解之字为基础而有所增减。张宗祥的《王安石〈字说〉辑》仅搜集到《字说》中对618 个字的诠释，虽据此不足以窥其全貌，但却可见其一斑。曹锦炎在本书《前言》中参照若干字条考察王安石解说字的做法，指出有以老庄道家语句、后世制度、动物习性、事物本身、引证典籍和古诗谚语等来诠释字的情况。

　　那么，《宋史·王安石传》所说《字说》"多穿凿傅会，其流入于佛、老"，在现在辑本中有反映吗？这里着重考察与佛教有关的内容。据清顾栋高编《王荆国文公遗事》引明蒋一葵《尧山堂外纪》：

　　　　荆公作《字说》时，只在一禅寺中。禅床前置笔砚，掩一龛灯。人有书翰来者，拆封皮蘸放一边，就到禅床睡。少时，又忽然起来写一两字，看来都不曾眠。字本来无许多义理，他要个个如此做出来，又要照顾得前后，要相贯通。

常在禅寺读书撰述，是符合王安石晚年生活情景的。王安石尊崇佛教，对佛教经典和义理了解较多，又常在寺院环境构思和撰写《字说》，受到佛教影响是十分自然的。从这段引文，也可以看出他当年写《字说》时的认真态度和致力探寻字中新义的情况。

现按照《王安石〈字说〉辑》所录《字说》解字次序，选录部分字句说明。

空：无土以为穴，则空无相；无工以空之，则空无作。无相无作，则空名不立。

"空"，《说文解字》的解释是"窍义，从穴，工声"。王安石解字用的空、无相、无作，是佛教用语，是用佛教大乘般若空论来解"空"。按照《般若经》，一切事物从本质上说皆空幻不实，称之为"诸法性空"。既无表相，也无造作（作用、生长、变化），即"无相""无作"。再进一步，既然是无相无作，那么空也不实有，不可执着，此即空亦空。般若类经典有内空、外空、内外空、空空等十八空的说法。

倥：真空者，离人焉。倥异于是：无中无所有耳。

"倥"，《说文解字》中未收。王安石所用的"真空"，也是佛教用语，小乘指灰身灭智的涅槃，在大乘般若中观理论体系中是发挥中道思想对"诸法性空"中的空及空寂实相的进一步描述，认为一切因缘和合的事物皆空，然而空并非绝对无有，仍有幻象，称之为幻有、假有或妙有，借用《般若心经》中的词句，"空不异色"是真空，"色即是空"则为幻有或妙有，此即"真空不空，妙有不有"。在有的场合，真如、实相、佛性以及中道，既可表述为"真空"①，也可称之为"妙有"，亦可用相即不二格式来加以表述。

佺，本来具有蒙昧等义。王安石的解释确实有些穿凿和复杂化。他说佺由人和空组成，如果说空是真空，那么佛教的真空是超越包括人在内的众相的，然而佺却是用来形容人精神状态的，并无真空之义。因为佛教的真空的一个基本含义是"无（空）中无所有"的。

> 诗：诗制字从寺，九卿所居，国以致理，乃理法所也。释氏名以主法，如寺人掌禁近严密之役，皆谓法禁所在。诗从寺，谓理法语也。

"诗"，《说文解字》解释："志也，从言，寺声。"《尚书·尧典》中有"诗言志，歌永言"之句。王安石既用官制九卿（九寺）之寺来解释，又用佛教之寺作发挥。寺，《说文解字》谓："廷也，有法度者也，从寸，之声。"原义为官署、处理政务之所；也指官衙建筑，《史记》《汉书》有"官寺""官舍""府寺"的说法。所谓九卿是源于周代三公九卿之制，秦汉以来为朝廷处理各种政务的官衙及部门，开始未必为九种，至王莽之新朝、东汉明确地将太常、光禄勋、卫尉、太仆、廷尉、大鸿胪、宗正、大司农、少府定为九卿。自北齐至隋唐称九卿为九寺，包括太常寺、光禄寺、卫尉寺、宗正寺、太仆寺、大理寺、鸿胪寺、司农寺、太府寺。王安石说九卿是治理国事的"理法所"当然是对的。他同时又发挥说，佛教有

---

① 华严宗澄观提出四法界中有"理法界"，即从杜顺的"真空观"发展而来，以观想体性空寂的真如、法性为内容。详见《澄观及其四法界论》，载杨曾文：《中国佛教史论》，中国社会科学出版社，2002年。

寺，是主持法务之所，好像九卿官府中的官员（寺人）掌管政务机要一样。最后才说，诗既然表述人之志（意志），便是"理法"之语，如同寺那样拥有统理的含义，具有统理语言的功能。从这里，也可看到王安石对诗的功能的特殊理解。

南宋朱翌《猗觉寮杂记》说王安石《字说》"往往出于小说、佛书。且如'天一而大'，盖出《春秋说题解》。'天之为言填也，居高理下，合为太一，分为殊形，故立字一而大'，见《法苑珠林》……"。《法苑珠林》，唐西明寺沙门道世撰。据原书可知，王安石所引用的"天之为言填也……"也是引自《春秋说题辞》，不过现文"合为太一，分为殊形"是作"含为太一，分为殊名"，而"故立字一而大"应为"故立字一大为天"①。

王安石也引用道家老庄的诸如"彼亦一是非，此亦一是非"及"无时""无物""无始"等语句解字，这里从略。

仅从上述几例可以看出，王安石引用佛教词语主要不是从正面阐释字源及词意，而是在借字发挥佛教义理，用意可能是拓宽读者思路和加深对字意的理解，从中也可以了解他对佛教思想的理解。

（二）从王安石的诗看他对佛教思想的理解

在今存王安石文集中虽没有长篇论述佛教的文章，却有数量不少涉及或专论佛教的诗文。从这些诗文可知，王安石对佛教常用经典有所接触，对大乘般若类经典论空与中道的思想是有相当深刻的认识的。他对唐宋流行的佛教宗派，特别是禅宗相当熟悉，甚至可以写出富有禅机的诗句。下面依据王安石相关诗文对此略加介绍。

---

① 〔宋〕朱翌：《猗觉寮杂记》卷四"地动部"，《知不足斋丛书》本，乾隆道光刻本。

1. 论空与空有不二

大乘佛教般若类经典，不管是大品经典《光赞般若经》《放光般若经》《摩诃般若经》《大般若经》，还是小品经典《道行般若经》《小品般若经》，乃至《金刚般若经》及集中反映般若经精要的《般若心经》，虽也总括论及大乘六度①，然而中心是论述六度中的般若思想。"般若"，可译为智慧，然而这一智慧不仅与"外道"相异，与小乘讲的智慧也不同，是与"诸法性空"（一切事物本质空寂无相）和中道思想联系在一起的，认为只有对此晓悟才是达到精神解脱的重要前提。般若空义、中道思想与《大涅槃经》等宣说的"一切众生皆有佛性"的佛性论是构成中国佛教宗派理论的两大思想基础，而在禅宗中表达运用最为灵活、最为多样化。从王安石的诗文，可以看出他对般若空义和中道的思维方法相当熟悉，经常在诗文中表达。

王安石同意佛教对空与有的论述，认为空与有是相对而存在，观察和认识世界万事万物，既要看到它们空的方面，也要看到有（假有、幻有或妙有）的方面，否则不能体悟何为空，何为有，何为事物的实相。

《庐山文殊像现瑞记》记述，熙宁元年（1068），有人在庐山设有文殊菩萨金像之谷看到文殊菩萨显圣，云端有光明四射，便将此景绘图送给王安石看，并请他在上面题记。王安石应请便写下以下文字：

> 有有以观空，空亦幻；空空以观有，幻亦实。幻、实果有辨乎？然而如子所睹，可以记，可以无记。记、无记果亦有辨

---

① 意译六波罗蜜，即：布施、持戒、忍辱、精进、禅定、般若（智慧）。

乎？虽然，子既图之矣，余不可无记也。①

这是说，如果以承认"有"为前提来看"空"（既有空，也有有），这个空便不是空而是幻有（假有）；反过来，如果认为"空"也空（有是空，空亦空），那么所看到的虽为幻相，却是"真空"实相。联系此人自称看到并绘制文殊显圣的图像，王安石表示，如果你确实认为显圣之"有"是真实的，那么你看到的便不是空，而是幻有；反过来，如果体悟显圣为"空"，进而认为此空也不成立，那么看到幻相便是超越有与空的实相。请问，幻相之假有与实相能分辨吗？他表示，既然你认为文殊显圣真实并且当场绘画，我便题写此记。言下之意，他本人已超越前一境界，能在将空义贯彻到底的"真空"实相境界把握有与空的统一，虽落脚于空，却承认空体现于有。虽然这一借助事例的表述不够规范，但应当说已蕴含这个意思。

王安石在《维摩像赞》中说："是身是像，无有二相。三世诸佛，亦如是像。若取真实，还成虚妄。"② 按照般若类经典的说法，一切事物和现象，包括佛菩萨在内，皆空幻不实，如《金刚般若经》所说"凡所有相，皆是虚妄。若见诸相非相，则见如来"；《摩诃般若经》所说"若法无自性，是法无相；若法无相，是法一相，所谓无相"。何为空寂"无相"？世界万有皆因缘和合而成，便无永恒内在规定性或本体（自性），此即"无相"。因此，可以说世界万有唯有一相，亦即无相。维摩诘菩萨之像，与三世诸佛一样，皆以空寂无相为相，所以说"无有二相"。如果认为佛菩萨之像真实，

———————

① 《王安石集》卷八十三。
② 《王安石集》卷三十八。

这不就是《金刚般若经》所批评的"虚妄"吗?

王安石在《空觉义示周彦真》之诗中论述觉与迷、空与色的关系,说:

> 觉不遍空而迷,故曰觉迷。空不遍觉而顽,故曰空顽。空本无顽,以色故顽。觉本无迷,以见故迷。[1]

顽,意为无知、懵懂。"空顽"当即与"真空"相对的"顽空",意为不能从空与有相依不二的意义上理解空,将空看成是什么也没有("都无一物"[2]),否定一切,此即为"顽空"。王安石诗文的意思是说,人之觉尚未达到彻悟空时,那么此觉仍未超出迷的境地,而如果对空的认识还处于懵懂无知状态,那么他领悟的空就会是否定一切的顽空。空本无愚顽,只是因为将色(地水火风及其所造,相当于一切物质现象)看作与空绝不相容的存在,才会有顽空的见解。觉本无迷,只是因为见解或偏于有见,或偏于常见、断见等,才会有迷。应当说,王安石对宋代禅宗、华严宗对般若空义和空有不二中道的诠释和见解是比较熟悉的。

2. 将空义运用到人生,论无我与无心、即众生是佛

如果了解和体悟了空义,在对待人生的问题上,自然对佛教讲的无我、无心的道理容易理解和把握。王安石曾比拟唐代在天台山的禅僧寒山、拾得的诗[3],写诗二十首,据《王安石集》卷三记载,曰:

---

① 《王安石集》卷三十八。
② 宋代子璿《首楞严义疏注经》卷九之一,《大正藏》卷三十九第 945 页下。
③ 关于带有传说成分的寒山、拾得的时代、生平和他们的诗,详见项楚:《寒山诗注》,中华书局,2000 年,前言及书后附录一:事迹、传记。

既觉方自悟，本空无所得。

死生如觉梦，此理甚明白。（其三）

众生若有我，我何能度脱。

众生若无我，已死应不活。

众生不了此，便听佛与夺。

我无我不二，四天王献钵。（其十三）

利瞋汝刀山，浊爱汝灰河。

汝痴分别心，即汝琰摩罗。

圆成但一性，一切法依他。

遍了一切法，不如且头陀。（其二十）

　　诗的意思是：如果觉悟世界万有皆空寂无相，既不能完全认识和描述，也不能由自己支配和运用（"无所得"），那么自然会体认人生如同梦幻一样，哪里有支配人生的"我"存在呢？但如果不从中道不二的角度来看待"无我"，也不符合佛法真义。为什么呢？执着有我，固然不能从伴随我的情欲烦恼中解脱，可是如果否定主宰身心的我，那不是进入死亡的状态吗？正因为众生不了解从中道不二的角度看待我与无我，所以应当遵照佛教义理认识人生，判断是非取舍。如果有人能体悟我与无我是相即不二的道理，那他就达到了佛的境界，护法的四天王①就要来护卫了。

────────────

① 佛教所说欲界天帝释的四外将，居于须弥山半腹四方，称护世四天王：东持国天王、南增长天王、西广目天王、北多闻天王，寺院山门塑造四天王像为护法神。

　　最后一首诗是要求在认识无我的情况下进行断除贪瞋痴三毒的修心，说严重的瞋恨之心（利瞋）、深重的贪爱之心（浊爱）和迷惑因果之理的分别之心，就是导致自己来世受苦受罚的地狱刀山、火河和琰摩罗王（阎王）。他借用唯识学说的三性理论①进一步发挥说，从根本上说，世界万物不过是心识的显现（原理据"依他起性"），追索它们的本体却是清净的真如佛性（"圆成实性"），如果能够彻悟一切事物和现象，那么做人不如去做一个修持苦行的行脚乞食的头陀僧呢。

　　按照般若空义，既然人生空幻如梦，不可执着有我，那么在心中就不应有所思念、有所追求、有所取舍，应做到"无心"。"无心"也就是禅宗六祖慧能主张"无念为宗"（《六祖坛经》）中的"无念"，有的禅师也以"无心""忘心"称之。王安石经常在观察自然和思考人生的过程中对此加以运用和发挥，使自己的诗带有禅宗机锋的韵味。他在《即事二首》中说："云从无心来，还向无心去。无心无处寻，莫觅无心处。"（《王安石集》卷三）看到天上浮云飘动，便想到云是无心随风飘来飘去的，绝非有心在支配；既然"无心"无处能够找到，那么还有必要去探寻无心所在的处所吗？诗中贯穿着一个空字，使一首观赏飞云的小诗带有哲理的意蕴。

　　既然如此，佛教修行也就可以"无心"或"忘心"为主要宗旨了。《王安石集》卷十五载其题为《和栖霞寂照庵僧云渺》之诗说：

　　　　萧然一世外，所乐有谁同？
　　　　宴坐能忘老，斋蔬不过中。

---

① 法相唯识学说以"三性"即遍计所执性（认为一切为有——妄）、依他起性（一切为心识显现——假）、圆成实性（诸法本体为真如——真）来概括世界万物和现象。

无心为佛事，有客问家风，

笑谓西来意，虽空亦不空。

描述栖霞寺寂照庵云渺禅师的修行生活，说他萧然于世外修行，独得其乐，每日坐禅而忘老，遵守戒律过午不食，以修持无心为佛事。当有参禅者问："何为祖师西来意？"他答："虽空亦不空。"既然空亦不空，空有不二，那么无心亦即有心，世与出世不二。对这类富有机辩趣蕴的禅语，王安石是赞赏的。他在《杂咏八首》中说："忘心乃为道，道不去纷华。"（《王安石集》卷四）道即佛道、解脱之道。这是说修行达到忘心境界即为入道解脱，佛道并不脱离充斥"纷华"烦恼的现实生活，亦即禅宗所说的"即烦恼是菩提"。

由此，对于他的《题半山寺壁二首》（《王安石集》卷三）中所说"众生不异佛，佛即是众生"就不难理解了。即众生是佛、即心是佛，可谓唐宋禅门丛林人人常讲的口头禅，至于解释可因人而异。《六祖坛经》记述慧能禅语："故知不悟，即佛是众生；一念若悟，即众生是佛"；"迷即佛众生，悟即众生佛"，是将心性的迷与悟当作是佛还是众生的标志。若悟，乃至一念悟，即众生是佛；相反心迷，即佛是众生。既然人人有佛性，觉悟在自心，故马祖道一特别强调"即心是佛"。王安石先后交往、亲近大觉怀琏、蒋山赞元、真净克文、金山宝觉及其他禅师，并且阅读很多佛典、禅宗史书，自然熟悉此类禅语，并能运用到自己的诗文中。

可以认为，正因为王安石对佛教的空、无心等能够从中道不二的角度来理解和运用，所以未将佛教当作教人消极出世逃避社会责任的宗教看待，从而对佛教进行批判和排斥，也没有因为深入接触佛教而改变致力变法图强的坚强意志，而是将佛教当作儒家学问的补充和营养成分加以采择运用。我们从王安石、苏轼、黄庭坚、秦观等很多熟悉并运用佛教义理语句撰写诗文的事例，窥测到宋代儒、佛二教相互吸收和融摄的时代文化风尚。

（三）王安石与《大梵天王问佛决疑经》

禅宗以"不立文字，教外别传，直指人心，见性成佛"为宗旨，后又有释迦牟尼佛在灵山会上拈花示众，迦叶破颜微笑，心领神会而受传无言心法之说。早期禅宗史书如唐代惠炬《宝林传》，五代南唐静、筠二禅僧《祖堂集》乃至宋初道原《景德传灯录》等，虽有佛向迦叶传授"清净法眼，涅槃妙心，实相无相，微妙正法"等类似的记载，却无佛拈花示众的记述。这种说法当是在进入11世纪宋真宗朝之后逐渐形成的，惠洪《禅林僧宝传》卷三"省念传"及以后的楚圆慈明（986—1039）传法语录《慈明录》、杨岐方会（992—1049）语录《杨岐录》、法演（？—1104）语录《法演录》等，以及灯史《建中靖国续灯录》《联灯会要》《五灯会元》等，对此说法多有记载。

典型的说法如李遵勖（？—1038）《天圣广灯录》卷二载：

> 如来在灵山说法，诸天献华。世尊持华示众，迦叶微笑。世尊告众曰："吾有正法眼藏、涅槃妙心，付嘱摩诃迦叶，流布将来，勿令断绝。"

至南宋悟明《联灯会要》卷一则记载曰：

> 世尊在灵山会上，拈华示众。众皆默然，唯迦叶破颜微笑。世尊云："吾有正法眼藏、涅槃妙心、实相无相、微妙法

门，不立文字，教外别传，付嘱摩诃迦叶。"

后一说法影响最大，一直为后世禅宗史书继承，也常为丛林禅师说法引述。

那么，这一说法最早出自何处呢？南宋志磐《佛祖统纪》卷五小注引王十朋（1112—1171）撰《梅溪集》的说法：

> 荆公谓佛慧泉禅师曰："世尊拈花出自何典？"泉云："藏经所不载。"公曰："顷在翰苑，偶见《大梵王问佛决疑经》三卷，有云：'梵王在灵山会上，以金色波罗花献佛，请佛说法。世尊登座，拈花示众，人天百万，悉皆罔措，独迦叶破颜微笑。世尊曰："吾有正法眼藏、涅槃妙心，分付迦叶。"'"

在南宋智昭编《人天眼目》卷五"宗门杂录"中记载字句稍多，曰：

> 王荆公问佛慧泉禅师云："禅家所谓世尊拈花，出在何典？"泉云："藏经亦不载。"公曰："余顷在翰苑，偶见《大梵天王问佛决疑经》三卷，因阅之。经文所载甚详：'梵王至灵山，以金色波罗花献佛，舍身为床座，请佛为众生说法。世尊登座，拈花示众，人天百万，悉皆罔措，独有金色头陀破颜微笑。世尊云："吾有正法眼藏、涅槃妙心、实相无相，分付摩诃大迦叶。"'此经多谈帝王事佛请问，所以秘藏，世无闻者。"①

---

① 分别载《大正藏》卷四十九第 170 页下、卷四十八第 325 页中。

　　荆公即王安石，佛慧泉即云门宗僧佛慧法泉，嗣法于洞山晓聪弟子云居晓舜（舜老夫）禅师。王安石问法泉禅师："世尊拈花，出在何典?"法泉答在大藏经中不见记载。王安石说：在翰林院的书库中看到一部三卷的《大梵天王问佛决疑经》，上面有世尊拈花默传心法的记述，因为其中有不少帝王奉佛问法的内容，不宜公开流传，所以秘藏，人所不知。

　　在日本所编《卍续藏经》第一卷载有《大梵天王问佛决疑经》二卷本和一卷本。前者二十四品，残缺很多；后者七品。二者内容差异很大，经比较可知，《佛祖统纪》与《人天眼目》所引内容与二卷本相关文字更为接近①。据日本江户时代学者无著道忠（1653—1744）在经前加的文字，传说此经是比睿山天台宗僧慈觉圆仁从唐土抄写带回藏于某寺的。然而在现存圆仁从唐带回的三个佛典目录中却没有《大梵天王问佛决疑经》②。

　　可以认为，《大梵天王问佛决疑经》当是禅宗盛行后由中国人撰述的，时间当在进入宋真宗朝杨亿等裁定道原所编《景德传灯录》传世之后。鉴于此经长期秘藏于翰林院书库，知之者甚少。王安石当是最早将此信息传播到佛教界的人，因而受到丛林更多人的关注，在一些著作中对此加以转述。

---

① "拈华品第二"："娑婆世界主大梵王……妙法莲金光明大婆罗华捧之上佛……舍身成座……尔时如来，坐此宝座，受此莲华，无说无言，但拈莲华，入大会中……唯有尊者摩诃迦叶即见其示，破颜微笑，从座而起，合掌正立。……佛告摩诃迦叶言：吾有正法眼藏、涅槃妙心、实相无相微妙法，不立文字，教外别传，有智无智，得因缘证，今日付属摩诃迦叶。"

② 三个目录：《大正藏》卷五十五载《日本国承和五年入唐求法目录》《慈觉大师在唐送进录》及《入唐新求圣教目录》，在后者中虽有《大梵天王经观世音菩萨择地法品》一卷，但不能断定前面"大梵天王经"是一部独立经典。

（四）王安石与张方平论儒、佛二教人才

唐宋佛教兴盛，带有鲜明民族特色的各个宗派皆拥有论释本派理论的著作，吸引很多知识渊博并且富有活动能力的儒者出家为僧，在诠释诸宗义理和弘法过程中发挥作用，受到朝野士大夫和社会民众的瞩目。王安石与其前辈张方平关于儒、佛两家人才比较的谈话长期被人引述，可以看到他们对儒佛二教发展形势的评估，也可从中了解二教之间人才竞争的情况。

张方平（1007—1091），字安道，晚号乐全居士。仁宗朝，举茂材异等，又中贤良方正，经知制诰、权知开封府，进翰林学士，官至御史中丞、三司使，后相继出知滁州（今属安徽）、江宁府、杭州等。在以侍讲学士知益州（治今四川成都）期间，对眉山苏洵与其二子轼、辙之才十分赏识，推荐苏轼为谏官。苏轼成名后终身敬事之。神宗朝，张方平官拜参知政事（相当副宰相），对任用王安石和实行变法持反对态度。哲宗立，加太子太保。元祐六年（1091）八十五岁时逝世，赠司空，谥文定。有《乐全集》四十卷传世，苏轼为之序，将他比之为孔融、诸葛亮，又为之写墓志铭①。

张方平虽是著名儒者，然而也接近佛教、道教，喜欢与禅僧交友，据其《乐全集》所收诗文②，对佛教义理有相当造诣，对禅宗历史和禅法风格也比较熟悉。苏轼在《张文定公墓志铭》中说他"性与道合，得佛老之妙"。据苏轼《书楞伽经后》记述，仁宗庆历

① 《宋史》卷三一八"张方平传"；苏轼《张文定公墓志铭》及《乐全先生文集序》，分别载中华书局1986年版孔凡礼点校本《苏轼文集》（以下不再注明）卷十四、卷十。
② 有《读楞伽经》《居忧过祥制示辰长老》《贻辰长老》《禅斋》《酬琅邪山僧智先相示禅册》《禅源通录（拱辰编）序》《雪窦禅师真赞》《宫师赵公圆觉经会赞并序》《请诚上人就东京左街万岁院讲华严经疏》等。

年间（1041—1048），张方平在知滁州期间曾访一僧舍，偶尔看到一部抄写的《楞伽经》，"如获旧物"，字迹笔画皆像自己的，于是"悲喜太息，从是悟入"，常以经首四句①发明"心要"。元丰八年（1085）苏轼前往宋州探望年已七十九岁的张方平，他特地出资三十万托苏轼将此经刊印布施江淮地区流通。后来苏轼遵照云门宗僧佛印了元的建议，亲自书写然后请工匠刻印②。

据南宋临济宗禅僧道谦所编其师大慧宗杲说法常用的公案语录《宗门武库》记载：

> 王荆公一日问张文定公曰："孔子去世百年生孟子，亚圣后绝无人，何也？"文定公曰："岂无人，亦有过孔、孟者。"公曰："谁？"文定曰："江西马大师、坦然禅师，汾阳无业禅师、雪峰、岩头、丹霞、云门。"荆公闻举，意不甚解，乃问曰："何谓也？"文定曰："儒门淡薄，收拾不住，皆归释氏焉。"公欣然叹服。后举似张无尽，无尽抚几叹赏曰："达人之论也。"

王荆公即王安石，张文定公是张方平，张无尽是在他们之后崇奉佛教的张商英。张方平是王安石前辈，虽在宰相曾公亮提议起用王安石时表示不同意，并且在守父丧三年后对已在相位的王安石推行新政提出异议，然而并不妨碍他们在此前或闲暇之时一起议论佛教的事情。王安石曾问张方平：在孔子去世百年有"亚圣"孟子，那么为什么在孟子之后没有杰出人才出世呢？他并未限定是在儒家范围之内，张方平便借此发挥说：怎么能说无人呢？还有过于孔孟

---

① 四句是："无上世间解，闻彼所说偈。大乘诸度门，诸佛心第一。"
②《苏轼文集》卷六十六。

的人才。王安石立刻问：是谁啊？他便将唐代禅宗的一些著名禅师一股脑地举了出来。他提到哪些人呢？六祖慧能下二世洪州马祖道一、慧安国师弟子常山坦然、马祖弟子汾州无业、石头希迁下四世雪峰义存和岩头全奯、石头弟子丹霞天然、雪峰弟子云门文偃等禅师。他举出的这些人皆是唐代禅宗中比较杰出的禅师，其中马祖法系称洪州宗，曾盛行一时，后世禅门五宗中的沩仰宗、临济宗出自这个法系；雪峰义存的法系出了禅门五宗的云门宗、法眼宗；云门文偃则是云门宗创始人①。王安石听了之后尚不太了解他为什么这样说，请他解释。张方平所回答的"儒门淡薄，收拾不住，皆归释氏焉"，意味什么呢？从前后意思推测当是表示，儒家在思想上已呈现弱势，不能吸引和笼络住杰出人才，他们都归依佛门了。王安石听了之后表示赞叹。后来张商英听到此话，认为是"达人（高士）之论"。

问题是，这个记述可信吗？大慧宗杲（1089—1163）出家后曾师事上承临济宗黄龙慧南—真净克文法系的湛堂文准，后经张商英介绍师事并嗣法于圆悟克勤。在这几个人当中，真净克文受到王安石礼敬，请他住持舍宅建的报宁寺，对王安石事迹比较熟悉，而张商英是经章惇向王安石推荐出任监察御史的，《宋史·王安石传》称他是"安石鹰犬"，听说王安石与张方平的议论完全可能。

可以想象，宗杲从他们那里得悉王安石的事迹是很自然的，在说法中举出王安石、张方平二人议论情节应当说是有根据的。

总之，王安石作为中国古代著名政治家、改革家和文学家，与同时代欧阳修等主张排佛的儒者不一样，并非将佛教看作是与儒家

---

① 上述禅僧，请参考杨曾文《唐五代禅宗史》（中国社会科学出版社，1999 年）有关章节，亦可详见《景德传灯录》相关法系。

对立的夷狄之教，而是对佛教采取主动接近和深入了解的态度，与佛教界很多僧人特别是禅僧密切交往，还将自己所理解的佛教义理——空、中道不二等思想运用到自己的诗文中，可以说是进入宋代以后儒佛二教彼此深入交流和会通的生动例证。

第三节　苏轼与佛教

所谓"唐宋八大家""唐宋散文八大家"的说法始于明代。唐代韩愈、柳宗元，宋代欧阳修、曾巩、王安石、苏洵、苏轼、苏辙这八大家虽然不代表中国文学史上一个特定的文学流派，然而比较集中地反映了唐宋文学所取得的卓越成就。其中苏氏三人是一家人，苏洵与其二子苏轼、苏辙被称为"三苏"，在中国文学史上具有特殊的地位。

苏氏父子三人也与佛教、禅宗有较密切的关系。苏洵写《彭州圆觉禅院记》，对于"自唐以来，天下士大夫争以排释老为言，故其徒之欲求知于吾士大夫之间者，往往自叛其师以求容于吾，而吾士大夫亦喜其来而接之以礼"的现象，颇不以为然，而对僧人中保持原来信仰而亲近自己者反而表示好感①。苏氏二兄弟，特别是苏轼，不仅从亲近佛教到信奉佛教，而且对佛教禅宗有较深入的了解，与禅僧保持密切的交游。这种情况自然也反映到他的文学创作中，甚至他的很多诗文是直接以佛教、佛菩萨、禅宗、僧人、寺院等为题材的。

---

① 载余冠英、周振甫、启功、傅璇琮主编的《唐宋八大家全集》中据《四库全书》本《嘉祐新集》校勘的《苏洵集》卷十五。苏洵这篇文章在佛教界引起很大反响，元代念常《佛祖历代通载》卷十九甚至将其全文收载。

下面仅就苏轼对佛教的态度、与几位禅僧的交游进行考察，以期从一个侧面揭示宋代佛教的传播情况、禅宗对儒者士大夫精神世界的影响。

一、仕途坎坷，先后遭贬黄州、惠州、儋州

苏轼（1037—1101），字子瞻，在谪居黄州期间筑室东坡，自此号东坡居士，眉州眉县（今属四川）人。

仁宗嘉祐元年（1056）举进士，翌年入京赴试礼部，馆于开封兴国寺浴室院。欧阳修主持考试。苏轼以《刑赏忠厚之至论》得第二名，又以《春秋》对义居于第一，通过殿试登进士乙科，自此步入仕途。此年母程氏去世，在家居丧三年。嘉祐五年（1060）授任河南府福昌县主簿，次年复举制科入第三等，授大理评事、凤翔府签判。英宗治平二年（1065）应召回京判登闻鼓院，试秘阁入三等，得直史馆。翌年丁父苏洵忧，扶柩回乡安葬并居丧三年。神宗熙宁二年（1069）还京，历任监官告院，兼判尚书祠部。

神宗朝是北宋政治变革最为剧烈的时期。王安石（1021—1086）得到神宗的赏识，于熙宁二年（1069）任参知政事，次年拜礼部侍郎、同中书门下平章事（宰相），受诏创立置制三司条例司，着手对政治、经济进行变法革新，以图发展农业生产，富国强兵。不难想象，在旧的官僚机构和政治体制下急剧地实施新政本来就存在阻力，再加上在实施新政过程中出现官吏从中作弊渔利等问题，因而招致来自朝野主张维持旧制和维护既得利益的各种势力的反对。熙宁七年、九年（1074、1076）王安石两次罢相，新法已渐不行。元丰八年（1085）神宗去世，哲宗即位，宣仁太后垂帘听政，

任用司马光为相，全面废止新政①。然而所谓新、旧两党之争却一直延续到北宋灭亡。

在主张变法和反对变法的两种势力的争论、斗争中，苏轼实际是站在了后者一边的。熙宁四年（1071），苏轼对王安石的兴建学校"复古"，科举罢诗赋、明经，专以经义、论、策试取士的主张提出异议，面奏神宗"求治太急，听言太广，进人太锐"。为此，王安石对他不满，排斥他任开封府推官，"将困之以事"。苏轼此后又上书对王安石设置三司条例司，推行均输、青苗等新法提出批评，希望神宗"务崇道德而厚风俗，不愿陛下急于有功而贪富强"。王安石大怒，使人奏其过失。苏轼看到难以立于朝，便请求外职，熙宁五年（1072）授任杭州通判，三年后，先后知密州、徐州。在所任知州之地，兴利除害，受到民众爱戴。元丰二年（1079）移知湖州，在上皇帝谢表中以诗讽喻时事，御史劾其谤讪朝廷，被捕赴京入狱，十二月责授黄州团练副使本州安置不得金书公事。

黄州在今湖北省长江以北，治今黄冈市。苏轼在元丰三年（1080）二月一日到此，住入定慧禅院，不久迁临皋亭。翌年，经朋友请得一块久已废弃的营地，便以"东坡"命名，垦荒躬耕其中，并在其上建雪堂居住，从此自号东坡居士。元丰七年（1084）初，朝廷改授苏轼以汝州团练副使本州安置，于是离黄州。在到汝州（治今河南汝州）之前，先渡江游庐山，然后南下至筠州（治今江西高安县）探望弟苏辙，七月至金陵，走到泗州（治今江苏盱眙县）时，身边资金已尽，"无屋可居，无田可食，二十余口，不知所归"，因为在常州宜兴县有他置买的山地，上书朝廷准许他到常

---

① 《宋史》卷十四至卷十八"神宗纪""哲宗纪"、卷三二七"王安石传"及《续资治通鉴》有关记载，并参考翦伯赞主编的《中国史纲要（修订本）》（人民出版社，1995年）第七章有关部分。

州居住，不到汝州①。元丰八年（1085）初，他在得到朝廷准许之后便到常州居住。在经过金陵时，特地拜会已经失势养老在家的王安石。

不久，哲宗即位，宣仁高太后称制，任用司马光为相，全面废止新政，恢复苏轼朝奉郎并任命知登州（治今山东蓬莱市）军州事。苏轼到登州刚五日，朝廷便召他入京任礼部郎中、起居舍人。元祐元年（1086）迁中书舍人，对宰相司马光以旧差役法代替新政的募役法提出异议。此后任翰林学士兼侍读、权知礼部贡举，因论事常与当政者相左，恐不见容，请调外任。

元祐四年（1089）七月以龙图阁学士出知杭州，在任期间抗旱赈饥，浚漕河，修西湖，筑堤凿井，致力于为民造福。元祐六年（1091）应召回朝任吏部尚书，未至，改任翰林承旨，因有人进谗言，复请外任，当年以龙图阁学士出知颖州（治汝阴，今安徽阜阳市），翌年改知扬州，同年回京任兵部尚书侍郎兼侍读，不久以端明殿、翰林两学士兼礼部尚书。

元祐八年（1093）九月，宣仁太后去世，哲宗亲政，起用原来拥护新政的大臣，倡言恢复新法，排斥元祐年间废除新法的旧臣，甚至连死去的司马光、吕公著也不能幸免，夺去他们的谥号，毁所立碑。苏轼在宣仁太后去世不久，即请求外任，得以端明、翰林侍读两学士出知定州（在今河北）。

绍圣元年（1094）四月，因侍御史虞策、来之邵奏称苏轼所作诰词，"语涉讥讪""讥斥先朝"，诏夺苏轼的端明殿学士、翰林侍读学士之位，命他以左朝奉郎知英州（治所在今广东英德县），未至，又以左承议郎贬宁远军节度副使的虚衔，赴惠州（在今广东）

①　苏轼：《乞常州居住表》，载《苏轼文集》卷二十三。

编管。苏轼携幼子苏过及妾朝云，辗转经今江西虔州（今赣州）、南安、大庾岭，广东韶州、广州等地，十月二日到达惠州。

惠州在宋属广南东路，治所在归善县，另辖有海丰、河源、博罗三县。西有秀丽的罗浮山，与广州为邻，北接循州，东毗潮州，南濒南海。

苏轼到惠州归善县城之后，先由惠州府安置他暂住于地处东江、西江汇合处的合江楼（城的东门楼），不久移居于南山之下、西江之东的嘉祐寺，翌年又迁回合江楼。因长子苏迈授韶州仁化令，将携家到惠州团聚，苏轼在白鹤峰买得旧白鹤观的基地，建白鹤峰新居。

苏轼在《迁居》一诗的引言中叙述了到惠州后的迁徙经过："吾绍圣元年（按：1094 年）十月二日至惠州，寓居合江楼。是月十八日，迁于嘉祐寺。二年三月十九日，得迁于合江楼。三年四月二十日，复归于嘉祐寺。时方卜筑白鹤峰之上，新居成，庶几其少安乎？"如果加上白鹤峰新居建成后的迁徙，前后共五迁居处。他是多么希望能有个长久安定的住处啊。他在诗中说：

> 前年家水东，回首夕阳丽。
>
> 去年家水西，湿面春雨细。
>
> 东西两无择，缘尽我辄逝。
>
> 今年复东徙，旧馆聊一憩。
>
> 已买白鹤峰，规作终老计。
>
> ……
>
> 吾生本无待，俯仰了此世。
>
> 念念自成劫，尘尘各有际。
>
> 下观生物息，相吹等蚊蚋。

可见苏轼当时的心境。他在白鹤峰买地建新居，已经有在此终老的打算，感到对于前景已经难以把握，只好任运度日。又以佛教华严宗的念（极短暂的时刻）念成劫（长时），尘（极小空间）尘成际（此指世间，有过去、现在、未来三时三世之意）的圆融思想看待自己的遭遇，感慨眼前的一切不过是生命轮回中的一个环节而已。最后以《庄子·逍遥游》中的"生物之以息相吹也"的思想，感叹人生和万物彼此相依，然而从宇宙整体来看，也不过如同蚊蚋一样渺小。

虽然诗意如此，然而苏轼并非终日苟活，而是安排得丰富多彩，读书、思过、撰写诗文、绘画、会友、浏览山水、参访佛寺，还在住处附近开辟药圃、菜圃，种植人参、地黄、枸杞、甘菊和蔬菜。

苏轼在惠州赋闲两年零七个月。绍圣四年（1097）六十二岁时，大约在白鹤峰新居建成不久的时候，他被贬琼州别驾昌化军（旧称儋州，在今海南省）安置，将在白鹤峰度过晚年的梦境破灭，只好将家属暂时安置于惠州，携子苏过悲凉地前往海南，六月在雷州与被编管在此的弟苏辙相别，渡海从海南澄迈登岸，七月到达昌化军，上表朝廷谢恩。

苏轼在儋州前后四年，食住十分艰苦，缺少医药，虽身处逆境，备尝艰辛，但常以著书写诗为乐，并且常应请为学人讲学，受到他们的欢迎和爱戴。他与弟苏辙和其他友朋常有书信往来，尽可能地与他们保持联系。

元符三年（1100）初，宋徽宗即位，五月降诏苏轼内移廉州（治今广西合浦县）安置，又改授舒州团练副使永州（在今湖南）安置，行至英州，又诏复朝奉郎、提举成都府玉局观，居地从便。自此度岭北归，经广州、韶州、南安军、虔州、吉州、南昌，然后北上入江，乘水路东下，经江陵，五月行至真州（治今江苏仪征）时突发"瘴疠"（热带恶性疾病）重病，六月上表请以老致仕，七月二十八日于常州去世，年六十六，翌年葬于汝州郏城县①。

苏轼去世的消息一经传出，"吴越之民相与哭于市，其君子相与吊于家，讣闻四方，无贤愚皆咨嗟出涕，太学之士数百人，相率饭僧慧林佛舍（按：相国寺慧林禅院）"②。苏轼为一代文豪，有不少后进文士慕名尊他为师。李廌是其中的一位，为"苏门六君子"之一，善诗文，有文集《济南集》行世。他在苏轼死后，写文祭之，其中有曰：

> 皇天后土，鉴一生忠义之心；
> 名山大川，还万古英灵之气。③

词语奇壮，读之令人心为之一震。

苏轼善著诗文，著述宏富，其《自评文》称："吾文如万斛泉源，不择地而出，在平地滔滔汩汩，虽一日千里无难；及其与山石曲折，随物赋形，而不可知也。所可知者，常行于所当行，常止于不可不止。"④ 主要有所谓《东坡七集》，包括：《东坡集》四十卷、

---

① 以上主要据《宋史》卷九七"苏轼传"、苏辙《东坡先生墓志铭》、四库备要本《东坡七集》后附王宗稷《东坡先生年谱》、中华书局1986年版孔凡礼点校本《苏轼文集》卷二三至二十四所载苏轼到各地后的谢上表状。

② 苏辙《亡兄子瞻端明墓志铭》，载《栾城后集》卷二十一。〔宋〕苏辙：《栾城集》，曾枣庄、马德富校点，上海古籍出版社，2009年。

③ "六君子"有秦观、黄庭坚、张耒、晁补之、陈师道及李廌。引文见《宋史》卷四四四"李廌传"。"鉴"原作"监"，此处二者相通。另，宋代惠洪《石门文字禅》卷二十七"跋李豸吊东坡文"所载此文前有"道大难名，才高众忌"，句中"监一生"作"知平生"；"万古"作"千载"。

④ 《苏轼文集》卷六十六。

《东坡后集》二十卷、《东坡奏议集》十五卷、《东坡外制集》三卷、《东坡内制集》十卷、《东坡应诏集》十卷,《东坡续集》十二卷①。另外有《东坡志林》五卷及《易传》、《书传》、《论语说》(已佚)、《广成子解》、《仇池笔记》。

二、苏轼与佛教

苏轼是位受过正统儒家教育的儒者,是以履行仁义之道、忠君孝亲、为国为民建功立业为毕生志愿的,对于如何治国平天下有自己的主张和抱负,甚至也可以说带有一些理想色彩的。这从他的文集收录的大量论文中可以看出。他在应试礼部写的文章《刑赏忠厚之至论》,向往古代尧舜禹汤的"爱民之深""忧民之切"的仁义之道、忠厚之道,提倡赏善罚恶以感化引导天下之人同奉"君子长者之道","归于仁"。在《礼义信足以成德论》《形势不如德论》《礼以养人为本论》等论文中,主张治国以"仁义为本",强调德治、礼治,明确社会等级秩序,"严君臣,笃父子,形忠孝而显仁义"。他在《韩非论》等论文中虽认为治国不能离开刑名、法制之术,然而却等而下之,说三代以后天下的衰败是由于申不害、韩非、商鞅之刑名法术之说②。然而实际上,正如西汉宣帝所说:"汉家自有制度,本以霸、王道杂之,奈何纯任德教,用周政乎?"③历代封建王

---

① 现有《四部备要》本《东坡七集》,据明成化四年(1468)本刊印。另有余冠英、周振甫、启功、傅璇琮主编的《唐宋八大家全集》所收简体字本《苏轼集》(以下不再注明),是以《四库全书》所载清初蔡士英刊本《东坡全集》为底本,校之以他本,后面"补遗"收有苏轼的词。中华书局 1982 年出版孔凡礼点校清王文诰注《苏轼诗集》;1986 年出版孔凡礼据明万历年间茅维编《东坡先生全集》点校的《苏轼文集》。

② 苏轼论文载《苏轼文集》卷一至卷五。

③《汉书》卷九"元帝纪"。

朝都是将儒家提倡的行施仁义的"王道"与实施刑名法制的"霸道"结合起来治理天下的。

从苏轼的经历来看，他开始虽受社会和家庭的影响对佛教抱有好感，然而并没有真正信奉佛教，只是在他步入仕途后一再遭遇挫折，特别是在神宗元丰二年（1079）四十四岁被贬为黄州团练副使闲居思过的时候，思想上才发生重大转变，开始以佛教的"中道"来反思自身，真正信奉佛教。从苏轼的诗文来看，在他此后的生涯中，不管是在官居高位的短暂顺境，还是在贬谪到偏远的岭南、海南之时的极端困顿的逆境，总是对佛教禅宗怀有真切的虔诚的感情，或是拜佛祈祷，或是读经写经，或是与僧人交游，或是书写表述佛教义理、禅悟的诗文，或是为寺院写记写铭，或是绘制佛像，直到从海南北归，一路所经过的佛寺几乎都留下他参拜的足迹。

因此，可以把苏轼对佛教的态度和与禅僧的交游，以贬官黄州为界分为前后两大阶段：前期从科举入仕到被贬官黄州团练副使之前，后期从被贬居黄州以后直至从海南被赦北归去世为止。

（一）前期是"不信"而亲近佛教

苏轼从二十一岁到四十四岁，即从宋仁宗嘉祐元年（1056）举进士，翌年应试礼部进入官场，从任福昌县主簿到任监官告院兼尚书祠部、杭州通判，再知密、徐、湖诸州，直到元丰二年（1079）受诬谤讪朝廷被问罪，贬居黄州为止，虽受到王安石及其同党的猜忌，但基本上是比较顺利的。

苏轼在这二十多年期间，正值青壮年，血气方刚，满怀忠君报国的鸿志步入官场，以其博学多识，才气横溢，在朝野士大夫中声名日著。他因为受家庭和社会的影响，像很多儒者一样对佛教怀有好感，在佛教界也有朋友。

在成都有座著名寺院，名中和胜相（禅）院，后改名大圣慈寺。唐末爆发黄巢起义时，唐僖宗率文武群臣75人从长安到成都逃难，曾到过此寺。在他们回到长安之后，寺院为唐僖宗及其从官画像，从而使此寺别具特色。苏轼年轻的时候每到成都常到此寺游览，与寺中的宝月惟简、文雅惟度过从密切，成为朋友。

惟简（1012—1095），俗姓苏，宝月是号，祖上与苏轼同宗，于辈为兄，并且又是同乡，后成为此寺的住持。苏洵曾称赞他有唐代华严宗僧澄观之才，"为僧亦无出其右者"①。苏轼入仕之后，与宝月惟简联系很多，苏轼与他之间经常有书信往来，有很多诗文提到宝月惟简。治平四年（1067）九月，苏轼因丁父忧尚在眉县居丧，应惟简之请撰写《中和胜相院记》②。在此记中，苏轼说佛道难成，僧人学道十分艰苦，"茹苦含辛，更百千万亿年而后成。其不能成者，犹弃绝骨肉，衣麻布，食草木之实。昼日力作，以给薪水粪除，暮夜持膏火薰香，事其师（按：指佛）如生"；有从身、口、意三方面制定的戒律，"其略十，其详无数"。苏轼提出：僧众摆脱了民众不得不从事的寒耕暑耘，也不为官府服劳役，"治其荒唐之说，摄衣升坐，问答自若，谓之长老"。苏轼对佛教是经过一番考察和研究的。他说：

> 吾尝究其语矣，大抵务为不可知，设械以应敌，匿形以备败，窘则推堕晃漾中，不可捕捉，如是而已矣。吾游四方，见辄反复折困之，度其所从遁，而逆闭其涂。往往面颈发赤，然业已为是道，势不得以恶声相反，则笑曰："是外道魔人也。"

① 明代明河《补续高僧传》卷二十三"宝月大师传"。
② 此记撰写时间从孔凡礼《苏轼年谱》。

吾之于僧，慢侮不信如此。

苏轼在这里所说当指禅宗的说法和参禅的情景：禅师以含糊、笼统的词语说法，有时与参禅学人以语言乃至动作较量禅机。看来他也懂得此中奥妙，也曾以禅语向禅僧比试，有时甚至堵住对方的退路将其逼到难以应对的地步，对方便以笑骂他是"外道魔人"而收场。因此，他在惟简请他为寺院写记之时，一方面从情谊上不好拒绝，同时又表示自己既然不信佛教却又同意写记，"岂不谬哉"！不得已，"强为记之"①。

苏轼之父苏洵，在京城以霸州文安县主簿的官衔编纂太常礼书，书方成而于治平三年（1066）去世。生前嗜好书画，弟子常从各方购画以赠。唐代长安有唐明皇（玄宗）所建经龛，四面有门，吴道子在门的八板之上皆绘有菩萨、天王像。唐僖宗广明元年（880），黄巢起义军攻入长安，经龛被焚。有僧从火中将其四板抢救带到外地，一百八十年后有人辗转买到赠给苏洵。苏洵去世后，苏轼与苏辙扶柩归乡安葬，也将此四板绘画带回。待苏轼免丧将要入京之际，他想为父向寺院作舍施，以尽孝道，听从成都大圣慈寺惟简的劝告，"舍施必以其甚爱与所不忍舍者"，于是便将此画板施与惟简，又舍钱若干。惟简在寺院建立大阁将此板画收藏，又画苏洵之像于阁上②。

杭州自六朝以来佛教兴盛，唐末五代又特别盛行天台、禅宗。苏轼通判杭州，在僧众中结识了很多朋友。后来，苏轼从知密州改知徐州，正赶上黄河决口，洪水即将漫东平县城，徐州城危。他听

---

① 《苏轼文集》卷十二。
② 苏轼《四菩萨阁记》，载《苏轼文集》卷十二。

从一位名叫应言的禅僧的建议，凿清冷口引水北入废河道，并引东北入海，东平、徐州得以安。在苏轼知湖州、自黄州迁汝州时都见过此僧，并为他住持的荐诚寺院所造五百罗汉像写记。苏轼在文章中对应言的才能大加赞赏，感慨地说："士以功名为贵，然论事易，作事难，作事易，成事难。使天下士皆如言，论必作，作必成者，其功名其少哉！"①

总之，苏轼在遭贬黄州之前，在京城或地方为官的过程中，越来越多地接触和了解佛教，在僧人中结交了很多朋友，然而他尚未表示已经信奉佛教，更未成为居士。

（二）后期则自称居士，已是"归诚"佛教的儒者

苏轼在元丰二年（1079）从徐州移知湖州，因受诬讥讪朝廷被捕入京狱，同年九月责贬黄州团练副使本州安置五年，在哲宗朝被起用入京为翰林学士兼侍读，出知杭州，再应召入朝，官至以端明殿、翰林两学士兼礼部尚书，达到他入仕以来的顶点，然而最后被贬至惠州、海南昌化达七年之久，经历了他一生最困苦的时期。

在这期间，他休闲、读书、思考和著述的时间最多。他在读儒家经典，撰写诸如《易传》《书传》《论语说》等之外，随兴书写了很多诗文，并且也深入阅读佛典，吸收佛教的中道、禅宗的心性学说来修心养性。他所到之处，参观佛寺，结交僧人，并且应请写了不少记述寺院、佛菩萨、高僧事迹的记、赞、铭、碑等。

苏轼在元丰三年（1080）二月到达黄州，虽有黄州团练副使的官衔，但因为"不得金书公事"，经常闭门反思自己以往的言行和遭遇。据苏轼元丰七年（1084）四月即将离开黄州时所写《黄州安

①《荐诚禅院五百罗汉记》，载《苏轼文集》卷十二。

国寺记》，他在黄州期间已经真心地"归诚"于佛教，定期到城南安国寺，以佛教的中道、一切皆空的思想指导打坐、静思，以消除心中的郁闷和烦恼，求得内心的清净。他说：

> 舍馆粗定，衣食稍给，闭门却扫，收召魂魄，退伏思念，求所以自新之方，反观从来举意动作，皆不中道，非独今之所以得罪者也。欲新其一，恐失其二。触类而求之，有不可胜悔者。于是，喟然叹曰："道不足以御气，性不足以胜智。不锄其本而耘其末，今虽改之，后必复作。盍归诚佛僧，求一洗之。"得城南精舍曰安国寺，有茂林修竹，陂池亭树。间一二日辄往，焚香默坐，深自省察，则物我相忘，身心皆空，求罪垢所从生而不可得。一念清净，染污自落，表里翛然，无所附丽。私窃乐之。旦往而暮还者，五年于此矣。①

他在闭门思过中，对于自己以往所思所作皆不满意，认为皆未达到"中道"（从上下文看，已不完全是儒家的中庸），意识到要彻底改变这种情况，必须从根本入手，既然自己旧有的道、性有所不足，便决定"归诚"佛教，以洗心革面，开创新的人生道路。于是每二三日到安国寺一次，在那里烧香打坐深思，从大乘佛教的般若性空、禅宗的"无念"修心理论中得到启迪，体悟到世上一切皆空，如果做到心体空净，自可超越于净垢、善恶之上。寺院住持继连为人谦和，少欲知足，对苏轼感触很深。知州徐君猷对苏轼也很好，每值春天约他来游此寺，饮酒于竹间亭②。

---

① 《苏轼文集》卷十二。
② 《遗爱亭记》，载《苏轼文集》卷十二。

苏轼到黄州后的第二年，开垦旧营地的东坡，躬耕其中，又在上面建数间草屋，因下雪时建，并且室内四壁绘雪，故名之为东坡雪堂。从此，他自号东坡居士，在不少诗文用此号署名。这一"居士"与欧阳修自称的不带有佛教意义的"六一居士"①中的"居士"不同，是已经"归诚佛僧"的居士。成都大圣慈寺于元丰三年（1080）建成供藏佛经的经藏，称之为"大宝藏"，住持宝月惟简派人到黄州请苏轼写记。苏轼以四字句撰写《胜相院经藏记》，时间当在建成雪堂之后。他在文章中自称居士，说：

> 有一居士，其先蜀人，与是比丘，有大因缘。去国流浪，在江淮间，闻是比丘，作是佛事，即欲随众，舍所爱习。周视其身，及其室庐，求可舍者，了无一物。……私自念言："我今惟有，无始以来，结习口业，妄言绮语，论说古今，是非成败。以是业故，所出言语，犹如钟磬，黼黻文章，悦可耳目。……自云是巧，不知是业。今舍此业，作宝藏偈。愿我今世，作是偈已，尽未来世，永断诸业，客尘妄想，及事理障。一切世间，无取无舍，无憎无爱，无可无不可。"时此居士，稽首西望，而说偈言……②

表示自己清贫，已经无物可以施舍，可以舍施者唯有自己的言语文章，愿以撰写此偈，求得未来能够断除源自种种妄想烦恼的诸业，使自己的精神超越于取舍、憎爱等差别观念而达到解脱。在这

---

① 据欧阳修《六一居士传》，所谓"六一"是指藏书一万卷、金石遗文一千卷、琴一张、棋一局、酒一壶及"吾一翁"，他自己为六中之一，故称六一居士。载《唐宋八大家全集》本《欧阳修集》卷四十四。

② 《苏轼文集》卷十二。

里，我们看到是位已经信奉佛教并且对佛教思想具有相当造诣的
居士。

苏轼谪居惠州、昌化时，在心灵深处更加虔信佛教，并且因为
已经读过很多佛经，在日常生活中常以佛教的空、禅宗特别提倡的
"无思"（无念）理论来净化、规范自己的思想，在撰写文章中也能
够熟练地引用佛教词语。他在去往惠州的行程中，曾到虔州（治今
江西赣县）崇庆禅院参访，看到那里新建的经藏——"宝轮藏"。
到达惠州后，撰写《虔州崇庆禅院新经藏记》，先对如来（佛）、舍
利弗达到觉悟是"以无所得而得"[①] 作了发挥，然后说：

> 吾非学佛者，不知其所自入。独闻孔子曰："《诗》三百，
> 一言以蔽之，曰：思无邪。"夫有思皆邪也，善恶同而无思，则
> 土木也。云何能使有思而无邪，无思而非土木乎？呜呼，吾老
> 矣，安得数年之暇，托于佛僧之手，尽发其书，以无所思心会
> 如来意。庶几于"无所得故而得"者。谪居惠州，终岁无事，
> 宜若得行其志，而州之僧舍无所谓经藏者。独榜其所居室曰思
> 无邪斋，而铭之致其志焉。[②]

按照佛教的般若理论，最高的觉悟是达到体悟毕竟空（真如、
实相）的精神境界，然而这一境界是不能通过执意地（有为）修行
达到的，也不是借助语言文字可以表述的，此谓"无所得而得"。
禅宗认为自性本体空寂，主张通过实践"无念"（于念而不念，不
是绝对地不念）禅法来领悟自性，达到体悟毕竟空的精神境界。对

---

① 经查，此语出自《维摩诘经》卷中"众生品"，原文是："天曰：舍利弗，汝得阿罗汉
道耶？曰无所得故而得。天曰：诸佛菩萨亦复如是，无所得故而得。"
② 《苏轼文集》卷十二。

此，苏轼只是择取其中部分意思，并使之与孔子的"思无邪"会通，然而又想不通怎样做到无思而非土木，有思而无邪念。他想佛教经典对此一定会有解答，所以表示：可惜自己已老，否则真想花几年时间礼僧为师，尽读经典，以佛教的"无所思"的思想来领会佛的本意。

苏轼到惠州途中及从海南北归，都曾到禅宗的祖庭韶州曹溪南华寺参拜。苏轼常穿僧衣，但在与客人相见时在外面加穿官服。他对南华寺住持重辩说："里面着衲衣，外面着公服，大似厄良为贱。"意为以官衣压在僧衣上有点对佛僧的轻贱，言外之意是真不如出家算了。然而重辩立刻对他说："外护也少不得。"①意为他以居士身份担当佛教的外护更有意义。

苏轼有一篇《雪堂记》，从文章后面的"吾不知五十九年之非而今日之是，又不知五十九年之是而今日之非"来看，应是著于五十九岁贬谪惠州之时作。其中借他在黄州东坡雪堂与"客"的对话，表达他对处世的基本态度。客对他住进雪堂，以安居雪堂和观赏室内绘雪之景自娱，颇不以为然，说他尚未超越于"藩"（藩篱）之外，不是"散人"，仍是"拘人"（未完全自由）；告诉他真正束缚人自由的"藩"是世间的"智"（世俗智慧、知识），它驱使人有言有行，"人之为患为以有身，身之为患以有心"，然而身心皆不会因安娱于雪堂等外景而消解其患，"五官之为害，惟目为甚，故圣人不为"……所说道理近似于佛教，说的也是一种出世的道理。对此，苏轼借"苏子"以明自志说，以绘雪之近景达到"适意""寓情"的目的，"洗涤其烦郁"也就可以了，不敢有其他奢望，表示

---

① 《记南华长老答问》，载《苏轼文集》卷七十二。另南宋晓莹《云卧纪谈》卷下也有稍详记载，可以参考。

说:"子之所言也,上也;余之所言者,下也。我将能为子之所为,而子不能为我之为矣";"我以子为师,子以我为资,犹人之于衣食,缺一不可"①。

在这里,苏轼是以寓言的形式表达:他虽以出世为高,但并不想追求真正的出世,而愿保持在世的身份,遵守社会规范和尽力于社会义务("藩"之内)。由此也可以说,尽管苏轼在遭贬黄州之后奉佛相当虔诚,广读和书写佛经,参访寺院礼拜佛菩萨像,为佛菩萨罗汉写赞铭,诚心操办为已亡父母、妻妾的追荐法会,向其子苏过讲《金光明经》……然而他仍是位儒者,是位愿意以居士身份做佛教"外护"的儒者。

(三)主张禅教和睦,彼此会通

唐末五代以来,禅宗在迅速兴起过程中,经常与禅宗外诸宗(所谓"教""律""讲"②)发生争论,彼此不和。苏轼对此逐渐有所认识。

苏轼认为诸教、禅宗都有不尽人意处。他为怀琏写的《宸奎阁碑》说北方诸教"留于名相,囿于因果,以故士之聪明超轶者皆鄙其言,诋为蛮夷下俚之说"③,也可以看作是对诸教的批评。

同时,他也曾批评禅宗:

> 以为斋戒持律不如无心,讲诵其书不如无言,崇饰塔庙不如无为。其中无心,其口无言,其身无为,则饱食而嬉而已,

---

① 《苏轼文集》卷十二。
② "教",是言教,因禅宗外诸教派强调依据经典,故称;重视讲经讲教义,有的场合也称为"讲";因以传统戒律管理寺院,寺称律寺,其教有时也被称为"律"。
③ 《苏轼文集》卷十七。

是为大以欺佛者也。(《盐官大悲阁记》)

近岁学者各宗其师，务从简便，得一句一偈，自谓了证，至使妇人孺子，抵掌嬉笑，争谈禅悦，高者为名，下者为利，余波末流，无所不至，而佛法微矣。(《书楞伽经后》)①

应当说，他的批评还是抓住了要害，相当有分量的。

他尽管比较喜好禅宗，然而还是主张禅、教应当和睦相处，互相认同。他说：

孔、老异门，儒、释分宫。又于期间，禅、律相攻。我见大海，有北南东。江河虽殊，其至则同。虽大法师，自戒定通。律无持破，垢净皆空。讲无辩讷，事理皆融。如不动山，如常撞钟。如一月水，如万窍风。(《祭龙井辩才文》)

指衣冠以命儒，盖儒之衰；认禅、律以为佛，皆佛之粗。本来清净，何教为律？一切解脱，宁复有禅？而世之惑者，禅、律相殊，儒、佛相笑。不有正觉，谁开众迷。(《苏州请通长老疏》)②

苏轼读过《般若心经》《金刚般若经》《维摩诘经》及《楞伽经》《圆觉经》等经，并读过禅宗《六祖坛经》《景德传灯录》等，对大乘佛教的空义、中观、心性空寂清净等思想和禅宗要义比较了

---

① 《苏轼文集》卷十二、卷六十六。
② 同上书，卷六十三、卷六十二。

解。他这是站在诸法性空、终极实相或第一义谛的角度，提出孔与老、儒与佛、禅与教（律、讲）终究是超越彼此的差别，互相融通的，互相敌视和争论是不必要的。因此，他结交的朋友中，既有禅僧，也有诸教之僧。

（四）苏轼论《六祖坛经》

苏轼从亲近佛教以来到底读过哪些佛典？从现存文字资料虽难以确定，但可以确定至少读过《金刚般若经》《金光明经》《楞严经》以及《阿弥陀经》等。他与佛教界交往最多的是禅僧，对禅宗思想和传法特色也比较熟悉。苏轼读过记述禅宗六祖慧能生平和传法语录的《六祖坛经》，现存他论《六祖坛经》的文字。

自慧能弟子法海将慧能在韶州大梵寺说法的记录加以整理编为《六祖坛经》以后，其在流传过程中几经修补，而在进入宋代之后，最通行的是惠昕在唐德宗贞元三年（787）据"古本"改编的"两卷十一门"的《坛经》。比苏轼略早，北宋政治家、文学家晁迥生前曾看过此《坛经》十六次①。因此可以推断，苏轼看过的就是惠昕改编本《坛经》②。

惠昕本《坛经》记载，慧能在大梵寺向信众授"无相戒"，旨在借助这种传法形式让信众相信自己具有与佛一样的本性（佛性，也称心、自性），佛在自身而非在身外，以确立修行成佛的自信，

---

① 详见杨曾文校写《敦煌新本六祖坛经》（第三版）附《六祖坛经序（附晁子健再刊记）》，宗教文化出版社，2014年，第141页。
② 惠昕本有不同刊本，然而国内久已佚失，现有流传到日本的刻印本：有源自北宋大中祥符五年（1012）的周希古刊本（现有日本名古屋真福寺藏本）；有源自政和六年（1116）的存中再刊本（日本石川县大乘寺藏本、京都福知山市金山天宁寺藏本），有源自南宋绍兴二十三年（1153）的晁子健刊本（日本京都兴圣寺藏刊本）以及日本金泽文库保藏的残本。

引导他们做到自修、自悟。

其中一项是"说一体三身自性佛"，引导信众"于自色身，归依清净法身佛；于自色身，归依千百亿化身佛；于自色身，归依圆满报身佛"。那么，什么是佛的法身、报身、化身呢？慧能解释说：

何名清净法身（佛）？世人性本清净，万法从自性生。思量一切恶事，即生恶行。思量一切善事，即生善行。如是诸法，在自性中。……善知识，自心归依自性，是归依真佛。……

何名千百亿化身（佛）？若不思万法，性本如空。一念思量，名为变化。思量恶事，化为地狱。思量善事，化为天堂。毒害化为龙蛇，慈悲化为菩萨，智慧化为上界，愚痴化为下方，自性变化甚多。……回一念善，智慧即生，此是自性化身佛。

何名圆满报身（佛）？譬如一灯能除千年暗，一智能灭万年愚。莫思向前已过，常思于后，念念圆明，自见本性。善恶虽殊，本性无二，无二之性，名为实性。于实性中，不染善恶，此名圆满报身佛。自性起一念恶，报灭万劫善因；自性起一念善，报得河沙恶尽。……

善知识，从法身思量，即是化身佛，念念自性自见，即是报身佛。自悟自修自性功德，是真自归依。……但悟自性三身，即识自性大意。

禅宗主张的佛在自身、自性，标榜的"即心是佛"，就是源自慧能当年在授无相戒仪式上倡导的归依自身自性具备的法、报、佛三身佛。

正是这段文字，引起了苏轼的极大兴趣，读后感到"心开目明"。他论《六祖坛经》就是论这段归依法、报、化三身佛内容的。文字不长，现引述如下：

> 近读《六祖坛经》，指说法、报、化三身，使人心开目明。然尚少一喻，试以眼喻。见是法身，能见是报身，所见是化身。
>
> 何谓见是法身？眼之见性，非有非无，无眼之人，不免见黑，眼枯睛亡，见性不灭，则是见性，不缘眼有无，无来无去，无起无灭，故云见是法身。
>
> 何谓能见是报身，见性虽存，眼根不具，则不能见，若能安养其根，不为物障，常使光明洞彻，见性乃全，故云能见是报身。
>
> 何谓所见是化身，根性既全，一弹指顷，所见千万，纵横变化，俱是妙用，故云所见是化身。
>
> 此喻既立，三身愈明，如此是否。①

佛的"三身"是大乘佛教提出来的，佛典对此有不同说法，然而按实质内容，通俗地解释，不外是说：一、法身佛，是佛法根本原则、基本精神（道、理），亦即所谓"无始法性"、佛性、真如等的人格化之称，虽然空寂无相，却是世界万物的本体，并且是众生

---

① 载《苏轼文集》卷六十六，题目作"论六祖坛经"。《四库全书》本《东坡全集》卷一百二所载本题题目作"释道"，文字有遗漏。

成佛的依据。慧能说是人的清净本性；二、报身佛，也称"受用身"，是指众生经过难以计算时间的修行（因）而成的佛（报），所谓"酬因为报"，有自己的清净国土（净土、极乐世界），例如西方阿弥陀佛、东方药师佛。慧能强调以自性智慧来灭"万年愚"，以自性"念善"来灭"河沙恶"（无量之恶）；三、化身佛，也称"应身佛"，是指为普度众生而显化于三界（欲界、色界、无色界）、六道（地狱、饿鬼、畜生、阿修罗、人间、天上）世界应机弘法的无量之佛，例如释迦牟尼即为化身佛。慧能强调通过修证自性"思量善事"，以自性的慈悲、智慧来达到善报、解脱。

苏轼读了以后为什么会顿时产生"心开目明"的感觉呢？可以想象，《坛经》讲的佛（法、报、化三身佛）皆自身本具，对苏轼有极大启示，原来佛在自性，皈依不是向外皈依，而应皈依自性。这正是抓住了禅宗最具代表性、最吸引人的特色。他在欣喜之余以眼为喻进行发挥，以"见""能见""所见"来比作佛的三身加以诠释。应当说，他的论述与佛教所说的三身佛的道理是有差异的，因为三身中的报身与化身有层次上的差距，而他的能见、所见是主观、客观相对存在的双方，没有如同佛的报身、化身之间那种高低层次。

尽管如此，仍可以看到，苏轼对佛法身的理解是基本符合佛教教理的。以作为视觉性能的"见"作为视觉器官"眼"的"性"，便赋予了"性"相当于空寂无相"体"的品性，所谓"见性不灭"，"无来无去，无起无灭"等，而所谓"能见""所见"就是"体"所显现的"相"。虽然"能见"与"所见"之间不存在如同佛的"报身"与"化身"那样的层次，然而它们毕竟也属于"法身"（佛性）现化的"相"。

由此可以认为，苏轼不仅读过不少佛典，而且也经常思考佛教思想，对佛教义理的理解是达到了相当高的造诣与境界的。

三、与僧交友，密切往来

苏轼在佛教界有不少知心朋友，有的从年龄上看是他的前辈，也有的是他的同辈或后辈。其中以禅僧居多，著名的有云门宗的大觉怀琏及其弟子金山宝觉、径山惟琳、道潜（参寥子），还有佛印了元、净慈法涌（善本）；临济宗的东林常总、南华重辩；曹洞宗的南华明禅师等。此外有天台宗的慧辩、南屏梵臻、辩才元净等人。苏轼与这些朋友之间感情深厚，彼此间经常有书信、诗文往来。在他后来一再遭到贬谪，生活遇到困苦的时候，这些朋友给他很大安慰和帮助，有的甚至从远道前去探望他。

苏洵、苏轼父子在京城与在十方净因禅寺的云门宗禅僧大觉怀琏禅师有密切交往。怀琏（1009—1090）嗣法于云门下三世泐潭怀澄，是应仁宗之召于皇祐二年（1050）入居此寺的，经常应请入宫传法，受到仁宗的钦敬，彼此有诗偈酬答。仁宗还亲手将自著诗偈十七篇赐他。怀琏虽多次请求归山，仁宗皆婉留，直到英宗治平三年（1066）才得以南归，诏许他可随意选择寺院住持。后来他到明州的阿育王山广利寺（在今宁波鄞县）担任住持，在寺建宸奎阁用以收藏仁宗赐给他的诗偈。

苏轼在知杭州时应怀琏弟子之请撰写了《宸奎阁碑》，称怀琏"独指其妙与孔老合者，其言文而真，其行峻而通，故一时士大夫喜从之游，遇休沐日，琏未盥漱而户外之履满矣"。是说怀琏所宣述的禅宗的"无念"与心性之说与儒、道有共通之处，他本人又持戒精严，因而受到士大夫的欢迎。苏轼对怀琏十分尊敬，在以后的生涯中经常想起和提到他。在他任杭州通判时，将父苏洵平生喜爱的一幅禅月贯休（832—912）所绘制的罗汉图施赠怀琏，在《与大觉禅师琏公》信中解释施赠此画的理由时说："先君爱此画。私心以为，舍施莫若舍所甚爱，而先君所与深厚者，莫如公。"① 这与将苏洵的菩萨板画施舍给成都大圣慈寺一样，也是对父亲尽孝的表示。在怀琏八十三岁时，苏轼听说他处境困境，"几不安其居"，便托人带信给明州知州请予照顾②。在怀琏去世之后，他写祭文悼念③。可以说，怀琏是苏轼最早结识的著名禅师，并且通过他开始接触真正意义上的禅宗。

　　宋代的通判，是州府的副职，简称倅，主管监察州府官吏，负责民政、财政及赋役等，有关政务文书须与正职知州或知府连署。苏轼任杭州通判期间的知州先后是沈立、陈襄④。在任三年，此后又以龙图阁学士身份知杭州近三年。苏轼在杭州做出很多为民兴利除害的惠政。天台宗、禅宗、净土信仰在杭州都十分兴盛。苏轼与天台宗僧海月惠辩、南屏梵臻、辩才元净，禅宗云门宗的契嵩⑤，怀琏的弟子径山法琳、道潜（参寥子）都有交往。

　　海月慧辩，或作惠辩，海月是号，俗姓傅，是天台宗著名学僧遵式弟子，在杭州天竺寺传法。仁宗时知州沈遘任他为都僧正⑥，在僧官正副僧正下负责佛教的"簿帐案牒"等具体事务。熙宁六年（1073）去世。苏轼任通判时，与他接触较多，情谊很深。慧辩死后二十一年，苏轼贬官惠州，应其弟子之请写《海月辩公真赞》，

<hr>

① 《与大觉禅师书（杭倅）》，载《苏轼文集》卷六十一。

② 《与赵德麟十七首》之一，同上书，卷五十二。

③ 《祭大觉禅师文》，同上书，卷六十三。

④ 吴廷燮《北宋经抚年表》，见〔清〕吴廷燮：《北宋经抚年表　南宋制抚年表》，张忱石点校，中华书局，1984年。

⑤ 苏轼《祭龙井辩才文》谓："我初适吴，尚见五公，讲有辩、臻，禅有琏、嵩，后二十年，独余此翁。"载《苏轼文集》卷六十二。

⑥ 《佛祖统纪》卷十一有"慧辩传"。据吴廷燮《北宋经抚年表》，沈遘任杭知州在嘉祐七年（1062）。

回忆当年通判杭州时对他的印象，说他"神宇澄穆，不见愠喜，而缁素悦服"，赞词中有："人皆趋世，出世者谁？人皆遗世，世谁为之？爰有大士，处此两间，非浊非清，非律非禅，惟是海月，都师之式。"① 是把慧辩看作是超越于世、出世和禅、律之上的高僧。

辩才元净（1011—1091），辩才是英宗赐号，俗姓徐，与慧辩一样也嗣法于遵式。先在杭州上天竺寺传法，后移至南山龙井，虽讲天台教义，然而尤重西方净土法门，与参寥子为友②。苏轼两次治杭，与他往来尤多，诗文中经常提到他。在《辩才大师真赞》中说"余顷年尝闻妙法于辩才老师"，可见曾从他听过佛法，也许听的正是天台宗教义。元净去世时，苏轼在知汝州任上，写了著名的《祭龙井辩才文》③。

梵臻，《佛祖统纪》卷十二有传，嗣法于四明知礼，以善《法华玄义》等天台教籍著称，居杭州南屏山传法。苏轼有《九日寻阇梨遂泛小舟至勤师院二首》，其中有"南屏老宿闲相过，东阁郎君懒重寻"之句④。

佛日契嵩（1007—1072），佛日是号，是与怀琏同辈的云门宗禅僧，住杭州灵隐寺，在仁宗嘉祐六年（1061）进京上仁宗皇帝书，乞将所著《传法正宗记》《辅教篇》等编入大藏经，诏允准其请，并赐以"明教大师"号⑤。苏轼通判杭州的第二年契嵩即去世，交往不会太多，然而由于契嵩的名望，对他十分敬重。苏轼在《书南华长老重辩师逸事》中回忆说："契嵩禅师常瞋，人未尝见其笑。海月慧辩师常喜，人未尝见其怒。予在钱塘（按：杭州），亲见二人

---

① 《苏轼文集》卷二十二。
② 《佛祖统纪》卷十一有其传，《大正藏》卷四十九第 211 页。
③ 《苏轼文集》卷二十二、卷六十三。
④ 传载《大正藏》卷四十九第 214—215 页，诗载《苏轼集》卷五。
⑤ 宋惠洪《禅林僧宝传》卷二十七有传。请详见杨曾文：《宋云门宗契嵩的著作及其两次上仁宗皇帝书》，载觉醒主编：《觉群·学术论文集》，商务印书馆，2001 年。

皆趺坐而化。……乃知二人以瞋喜作佛事也。"①

径山维琳，号无畏，是怀琏弟子。宋惟白编《建中靖国续灯录》卷十一载其简单的语录，曾住持大明寺，后住径山传法。据苏轼《答径山惟琳长老》的"与君同丙子，各已三万日"②，可知他与苏轼同岁，皆生于仁宗景祐二年丙子岁（1035），三万日是概数，不会是八十岁以上，应是超过二万日的说法，在六十岁以上时写。维琳所在径山禅寺按照"祖师之约"只许担任住持的师父直接传给徒弟，是所谓"甲乙住持"寺院（或称甲乙徒弟院）。然而苏轼知杭州时，废除此约，改为"十方丛林"，从十方僧中选拔优秀的人担任住持。维琳就是他参与选拔任径山寺住持的③。苏轼从海南北归，身患大病，住在置有田产的常州，写信给维琳说："某卧病五十日，日以增剧，已颓然待尽矣。……不审比来眠食何似？某扶行不过数步，亦不能久坐，老师能相对卧谈少顷否？"表明苏轼对维琳感情之厚，思念之深。在另一封信中说："某岭海万里不死，而归宿田里，遂有不起之忧，岂非命也夫？然死生亦细故尔，无足道者，惟为佛为法为众生自重。"在生死的最后关头，他既以"为佛为法为众生"自勉，也似乎是在勉励老友维琳。还有一封被认为是苏轼绝笔的信，说："昔鸠摩罗什病亟出西域神咒，三番令弟子诵以免难，不及事而终。"④从内容看，这三封信皆应写于建中靖国元年（1101）五月北归行至真州发病之后。苏轼于七月去世。因此，这三封信皆可看作是绝笔。

金山宝觉，《建中靖国续灯录》卷十一目录将他列入怀琏的法

---

① 《苏轼文集》卷六十六。
② 《苏轼集》卷二十五。
③ 《维琳》，载《苏轼文集》卷七十二。
④ 前两封信载《苏轼文集》卷六十一。后一封信，载同书《苏轼佚文拾遗》卷上，原载《东坡先生纪年录》"建中靖国元年纪事"。

嗣，然而未载其传录。金山寺在润州（治今镇江），是著名禅寺。苏轼的好友、云门宗禅僧佛印了元在他之后曾在此住持。在苏轼文集中有不少提及他的诗文。苏轼通判杭州时经常游金山寺，有诗《金山寺与柳子玉饮大醉卧宝觉禅榻夜分方醒书其壁》，其中有："诗翁气雄拔，禅老语清软。我醉都不知，但觉红绿眩。"在《金山宝觉师真赞》中，描述宝觉"望之俨然，即之也温。是惟宝觉，大士之像。因是识师，是则非师，因师识道，道亦非是"①，颇蕴禅语意味。苏轼从杭州移知密州时，来不及面辞，宝觉竟先乘舟到江北为他饯行。苏轼到密州后，给宝觉写信，谓"东州僧无可与言者"，并赠自著《后杞菊赋》，答应为他写《至游堂记》②。这都说明苏轼与宝觉的交谊是很深的。

善本（1035—1109），号法涌，俗姓董，嗣法于云门下五世宗本（1021—1100）。宗本应神宗的召请入京为相国寺慧林禅院住持，晚年归住苏州灵岩山寺。善本也曾从云门下五世法秀（1027—1090）受法。法秀经越国大长公主与驸马都尉张敦礼上奏神宗，应召入京住持他们建造的法云寺。善本原在杭州净慈寺传法，在法秀去世之后，张敦礼奏请哲宗礼请善本进京继任法云寺住持，后受赐大通禅师之号。《禅林僧宝传》卷二十九"善本传"记载："王公贵人施舍，日填门；厦屋万础，涂金镂碧，如地涌宝坊。"法云寺在名义上是为外戚所建，实际是准皇家寺院，受到王公贵族的巨资施舍是理所当然的事。善本在京城八年，告老退居杭州南山，徽宗大观三年（1109）去世，年七十五③。

————————

① 引诗载《苏轼集》卷六，赞载《苏轼文集》卷二十二。

② 《与宝觉禅老三首（密州）》，载《苏轼文集》卷六十一。其中第三首当是与赵德麟的信。

③ 以下主要据《禅林僧宝传》卷二十九"善本传"，并参考《建中靖国续灯录》卷十五"善本章"。

　　苏轼在杭州作通判期间已经结识善本，后在知杭州期间正赶上驸马都尉张敦礼聘请善本入京。苏轼从中协助，写《请净慈法涌禅师入都疏》，其中说：

　　　　京都禅学之盛，发于本、秀（按：宗本、法秀）。本既还山，秀复入寂。驸马都尉张君予（按：张敦礼字）来聘法涌，继扬宗风，东坡居士适在钱塘，实为敦劝。……愿法涌广大慈悲，印宗仁得仁之侣；深严峻峙，诃未证谓证之人。①

　　在把法涌送走之后，苏轼特地请原在越州（治今浙江绍兴）传法的楚明禅师来杭州继任净慈寺住持。苏轼此后奉敕入京任职期间，曾参加张敦礼请善本主持的水陆法会，应请撰写《水陆法会像赞并引》，为在法会上陈列的代表各类众生的十六尊位法像写赞②。

四、与佛印了元的交往

　　了元（1032—1098），俗姓林，字觉老，号佛印，饶州浮梁（在今江西景德镇市）人，家世业儒，出家后嗣法于云门下三世善暹禅师，曾住持庐山开先寺、归宗寺，丹阳的金山寺、焦山寺（皆在今镇江），江西的大仰山寺等寺，四次出任南康军（治今江西星子县）云居山真如寺住持，在僧俗间声望很高③。
　　黄州与庐山隔江斜向相对。云门宗了元禅师任庐山归宗寺住持时，与谪居黄州的苏轼互有书信往来，在任润州金山寺住持后，得

①《苏轼文集》卷六十二。
②《楚明》载《苏轼文集》卷七十二，《水陆法像赞并引》载《苏轼文集》卷二十二。
③　关于了元生平，详见本书第四章第一节，第165—166页。

知苏轼将移汝州，又特地邀请他得便到金山访问①。苏轼离开黄州，首先南下到筠州探望弟苏辙，然后北上沿江东下，在经过瓜步（在今江苏六合县东南）时，给了元去信表示要前往金山寺访问，特地嘱付说："不必出山，当学赵州上等接人。"② 然而了元接到信后却亲自出门迎接，苏轼问其原因，以诗答曰："赵州当日少谦光，不出三门见赵王，争（按：怎）似金山无量相，大千（按：大千世界）都是一禅床。"③ 苏轼拊掌称善。因苏轼自信前世是云门宗僧五祖山师戒（？—1036），常穿僧衣④。因此了元见到苏轼时特以僧穿之裙赠送，苏轼回赠以玉带并偈两首，第二首中有曰："锦袍错落尤相称，乞与佯狂老万回。"了元回赠二偈答谢⑤。

哲宗即位，苏轼被召回朝任礼部郎中、中书舍人、翰林学士，元祐四年（1089）拜龙图阁学士，知杭州，经过金山时再谒了元，并在此小住。了元所居之方丈地势高峻，名妙高台。苏轼写诗赞美，其中有曰："我欲乘飞车，东访赤松子，蓬莱不可到，弱水三万里。不如金山去，清风半帆耳，中有妙高台，云峰自孤起"；"台中老比丘，碧眼照窗几，巉巉玉为骨，凛凛霜入齿，机锋不可触，千偈如翻水，何须寻德云，只此比丘是。长生未暇学，请学长不

---

① 《苏轼文集》卷六十一载苏轼与佛印了元的短书十二封，其中前二封是写于此时；有一封信提到了元请他赴金山访问，但"方迫往筠州"。
② 《禅林僧宝传》卷二十九"了元传"。唐代赵州从谂在赵王到寺时，不下禅床迎接，而听说赵王部下人来，却出门迎接。他解释说："老僧这里，下等人来，出三门接；中等人来，下禅床接；上等人来，禅床上接。"（《古尊宿语录》卷十三）
③ 苏轼有《戏答佛印偈》曰："百千灯作一灯光，尽是恒沙妙法王，是故东坡不敢借，借君四大作禅床。"载《苏轼集》卷九十九。
④ 关于苏轼自认为是云门宗禅僧五祖山师戒后身的传说，请见惠洪《冷斋夜话》卷七"梦迎五祖戒禅师"及《禅林僧宝传》卷二十九"了元传"。
⑤ 《禅林僧宝传》卷二十九"了元传"。万回，唐代僧，以"神异"著称，时人认为是神僧。参《宋高僧传》卷十八"万回传"。

死"①。既赞叹金山地势秀峻如东海蓬莱的仙山，又赞美了元风姿俊逸，禅机锐利，才德出众，表示自己想从他学"长不死"之术。

了元曾入京都，谒曹王（赵頵），曹王将其名上奏朝廷，皇帝赐以高丽所贡磨衲袈裟，苏轼当时在京，为之写《磨衲赞》一首并撰序记此事，首先记述了元发挥华严圆融思想说此袈裟每一针孔具有无量世界，佛的光明与"吾君圣德"广大无边，辗转无尽，然后作赞戏之曰："匣而藏之，见衲而不见师；衣而不匣，见师而不见衲。惟师与衲，非一非两，眇而视之，蚊虻龙象。"② 龙象比喻高僧大德。此赞以事事相即圆融思想表示袈裟与了元相即不二，又以"蚊虻龙象"来戏称蚊虻即龙象，俗人凡夫即高僧大德③。

苏轼在贬官安置惠州期间，了元曾致书慰问，对苏轼"三十年功名富贵，转盼成空"表示感慨，劝他将过去"一笔勾断"，"寻取自家本来面目"④。

了元于宋哲宗元符元年（1098）去世，年六十七。翰林学士蒋之奇（1031—1104）为他撰碑。弟子有临安府百丈庆寿院净悟、常州善权寺慧泰、饶州崇福寺德基等人。

五、参谒庐山东林寺常总

常总（1025—1091），广惠、照觉皆受自皇帝的赐号，俗姓施，嗣法于临济宗黄龙慧南，先后住持洪州靖安县（在今江西）泐潭禅

---

① 《苏轼集》卷十五亦载此诗，题《金山妙高台》。

② 《禅林僧宝传》"了元传"，《磨衲赞》载《苏轼文集》卷二十二。

③ 上述了元与苏轼的往来事迹，主要据《禅林僧宝传》"了元传"及《居士分灯录》卷上等。

④ 明代朱时恩《居士分灯录》卷下。

寺，被信徒称为"马祖再来"。宋神宗元丰三年（1080）降诏洪州
将庐山原属律寺的东林寺改为禅寺，常总应请出任东林寺住持。元
丰六年（1083）相国寺改建完成，诏赐在东侧的禅院为慧林禅院，
西侧的为智海禅院，召请常总入京住持慧林禅院。然而常总以病坚
辞不赴，朝廷没有强请，并赐给袈裟和"广惠"的师号。宋哲宗时
又赐常总"照觉禅师"之号。常总在东林寺长达十二年，寺院进行
扩建后成为庐山最大一座规模宏伟的禅寺。

　　元丰七年（1084）四月，苏轼离开黄州到筠州探望苏辙之前，
先过江至庐山游玩十余日，见山谷奇秀，目不暇接，以为绝胜不可
描述，山峦形胜之处有开先寺、栖贤寺、圆通寺、归宗寺等著名禅
寺坐落其间。山间僧俗听闻苏轼到来皆表示欢迎。苏轼先参访开先
寺，应住持之请作七言绝句一首，又作五言诗《开先漱玉亭》一
首。苏轼之父苏洵（1009—1066）在庆历五年赴汴京举进士不中，
回途经浔阳入庐山，曾参访圆通寺与云门宗禅僧居讷（1010—
1071）谈论佛法。苏轼在此时也到圆通寺参访，特写《宝积献盖
颂》诗赠给住持仙长老，其中有"此生初饮庐山水，他日徒参雪窦
禅"。他又参访栖贤寺，写五言诗《栖贤三峡桥》一首①。

　　他在庐山期间最后参访东林寺，参谒常总，并在此住宿，夜间
与常总禅师谈论禅法，对常总所说"无情说法"的道理进行参究，
有所省悟。黎明，他将悟境以偈写出献给常总，曰：

　　　　溪声便是广长舌，山色岂非清净身。

---

① 苏洵访庐山，参考《佛祖统纪》卷四十五，《大正藏》卷四十九第411页中；苏轼的诗
　　载《苏轼集》卷十三。

夜来八万四千偈，他日如何举似人。①

诗中的"广长舌"原是指佛的"三十二相"之一，谓佛之舌广而长，柔软红薄，能覆面至发际，也用以指佛开口说法的形象；"清净身"是指法身；"八万四千偈"是指无量的佛法，偈是佛经文体之一，一般有韵，佛经原典常用偈颂的多少计经文篇幅的大小，如说般若类经典"多者云有十万偈，少者六百偈"，《大涅槃经》的"胡本"有二万五千偈等②。苏轼的诗意为：既然无情能够说法，那么山峦秀色皆是佛的清净法身的显现，山间小溪潺潺的流水声也意味着是佛在说法，可是对昨夜山川宣说的无量佛法，以后如何向别人转述呢？

在常总陪他参访西林寺时，他在寺壁上题诗曰：

横看成岭侧成峰，到处看山了不同。

不识庐山真面目，只缘身在此山中。(《题西林壁》)③

身在庐山，看到的是庐山千姿万态的景色，然而若要真正看清庐山面目，还要走出庐山。诗中有画，诗中蕴含哲理：只有走出局部才能认识事物的整体，超越现象才能看清事物的本质。惠洪《冷斋夜话》卷七"般若了无剩语"载，黄庭坚看到此诗评论说："此

---

① 载《苏轼集》卷十三"赠东林总长老"，另见惠洪《冷斋夜话》卷七"东坡庐山偈"、南宋正受《嘉泰普灯录》卷二十三及明朱时恩《居士分灯录》卷下"苏轼传"等。

② 参考梁僧祐《出三藏记集》卷八载僧睿《小品经序》、未详作者《大涅槃经记》，《大正藏》卷五十五第55页上、60页上。

③ 王松龄据1919年涵芬楼以明万历赵开美刊本为底本的校印本点校，中华书局1981年出版《东坡志林》卷一。《四库全书》本《冷斋夜话》卷七"般若了无剩语"的第二句作"远近看山了不同"；《苏轼集》卷十三作"远近高低无一同"。

老人于般若横说竖说，了无剩语，非其笔端有舌，安能吐此不传之妙哉！"按照般若空义，世界万有具有共同的本质，所谓"诸法一相，所谓无相"。无相是表述"空"的常用的概念。只有超越于万有之上才能把握空寂无相的"实相"。从这一点来说，苏轼此诗也许是受到佛教的影响。

古来禅宗史书皆将苏轼看作是常总的嗣法弟子，实际上未必如此。从他与禅僧的关系看，他与云门宗僧云居了元的情谊最深。然而他也确实对东林常总怀有很深的敬意。他在看了常总的画像后所写的《东林第一代广惠禅师真赞》中，对常总评价很高，说：

> 忠臣不畏死，故能立天下之大事；勇士不顾生，故能立天下之大名。是人于道亦未也，特以义重而身轻，然犹所立如此，而况于出三界，了万法，不生不老，不病不死，应物而无情者乎？
>
> 堂堂总公，僧中之龙，呼吸为云，噫欠为风，且置是事，聊观其一。戏！盖将拊掌谈笑，不起于坐，而使庐山之下化为梵释龙天之宫。①

认为常总已经达到超离三界，了悟诸法真谛，超越于生死的局限，虽顺应世间却又不受俗情制约的境界，是世间尚未入"道"（此实指佛道）的忠臣、勇士不能比的。他甚至把常总形象地比做僧中可以呼风唤雨的龙，将他主持扩建的东林寺比做天宫、龙宫。

苏轼入朝任官后，与常总也有书信往来。常总曾派人赠送给他茶，请他书写《东林寺碑》，并告诉他自己患臂痛。现存苏轼回复

---

① 载《苏轼文集》卷二十二。

常总两封信，他在信中向常总介绍医治臂痛的药方，从信中语气看，他尚未动笔书写碑[1]。

元祐六年（1091）九月，常总令人鸣鼓集众，结跏趺坐说偈曰："北斗藏身未是真，泥牛入海何奇特，个中消息报君知，扑落虚空收不得。"[2] 言毕泊然去世，年六十七。弟子将他的全身安葬于雁门塔之东。

六、与曹溪南华重辩、明禅师

韶州曹溪南华寺（在今广东省韶关市曲江区），始建于南朝梁，名宝林寺，隋末一度遭兵火被毁，禅宗六祖慧能（638—713）来此重行恢复并扩建。在唐中宗时一度改名中兴寺，后又敕重修，先后赐额为法泉寺、广果寺、建兴寺、国宁寺，宣宗改称南华。宋初平定南汉过程中，南汉残兵将寺塔焚毁，宋太祖命重修复，并赐南华禅寺之名，沿袭至今。随着禅宗的兴盛，曹溪宝林寺成为"岭南禅林之冠"，遥与嵩山少林寺成为中国禅宗在南北的两大祖庭。

南华寺在慧能以下二三代之后，因没有出色禅师住持，已经从禅寺变为普通的律寺。北宋真宗天禧四年（1020），韶州转运使陈绛上奏，建议从全国名山选任名师入住南华禅寺，使其"举扬宗旨，招来学徒"，得到批准。仁宗即位不久，南阳赐紫僧普遂应选，受诏入京，赐号智度，并赐以藏经、供器、金帛等物，回寺后建衣楼、藏殿收藏以示荣光。普遂是云门下三世，上承洞山守初—广济同禅师的法系。继普遂之后，经湖南按察使的推荐，敕任先后住持

---

[1] 《与东林广惠禅师二首》，载《苏轼文集》卷六十一。
[2] 《建中靖国续灯录》卷十二"常总章"。

唐兴、南台、云盖三寺的云门宗僧宝缘禅师到曹溪担任住持，并赐袈裟、慈济师号。宝缘也是云门下三世，上承香林澄远—智门光祚的法系。他住持南华禅寺达十二年之久，扩建寺院，重建法堂，并且整顿寺规，上堂开示，从而使南华禅寺得以振兴，所谓"一音演说，四方流布，众中得法而去者多为人师。其机缘语句，门人各著序录……教门崇建，规制鼎新，可谓祖堂中兴矣。"[①] 北宋惟白《建中靖国续灯录》卷五记载他有弟子十四人，其中有传录者十人。

苏轼被贬谪前往惠州的途中，曾行水路特地到曹溪参访南华禅寺，礼拜六祖真身坐像。当时南华寺的住持是重辩禅师。

重辩，上承临济宗禅僧叶县归省—浮山法远—玉泉谓芳的法系，属临济下八世。生平不详，《建中靖国续灯录》卷十四仅简单载其语录。有僧问："祖意西来（按：祖师西来意）即不问，最初一句请师宣。"重辩答："龙衔黑宝离沧海，鹤侧霜岭下玉阶。"看来是继承禅宗南宗的说法传统，对于诸如何为佛、佛法、佛性及解脱之道、祖师西来意等问题，不作正面阐释的，至于所谓在"无始"之空、佛性之后"有始"的"最初一句"，同样是不可想象和描述的。

苏轼的到来，受到重辩热情周到的款待。在苏轼的表弟程德孺任广东转运使（漕使）之时，重辩在南华寺的南边专为他建造了一座庵，以供他来南华寺参拜时居住。苏轼与其子苏过来访，重辩便将他们安置到此庵住宿，并且请苏轼为庵作铭。苏轼为此庵起名叫

---

① 以上据：1. 苏轼《南华长老题名记》说："南华自六祖大鉴示灭，其传法得眼者散而之四方，故南华为律寺。至吾宋天禧三年，始有诏以智度禅师普遂住持……"载《苏轼文集》卷十二。2. 宋余靖《韶州曹溪宝林山南华禅寺重修法堂记》《韶州南华禅寺慈济大师寿塔铭》，分别载《武溪集》卷八、卷九。降诏任普遂为住持之年，用余靖所记。

"苏程庵"，作铭曰：

> 辩作庵，宝林南。程取之，不为贪。苏后到，住者三
> （按：程与苏轼父子）。苏既住，程且去。一弹指，三世具。如
> 我说，无是处。百千灯，同一光。一尘中，两道场。齐说法，
> 不相妨。本无通，安有碍。程不去，苏不在。各遍满，无
> 杂坏。①

铭文富于法界圆融的思想，谓三世互融在一弹指间，空间（例如道场）互通无间隔，程去苏来互不妨碍。

从此，苏轼与南华重辩结下深厚友谊。在苏轼到达惠州住下以后，重辩多次派人到惠州给苏轼送去书信并食物、各种生活用品等。重辩知苏轼精于书法，特地请他书写唐代王维《六祖能禅师碑铭》、柳宗元《赐谥大鉴禅师碑》、刘禹锡《大鉴禅师碑》。然而苏轼认为王维、刘禹锡二人的碑"格力浅陋"，非柳宗元之碑可比，未予书写，只将柳宗元的碑写出，并写《书柳子厚大鉴禅师碑后》，说：

> 长老重辩师，道学纯备，以谓自唐至今，颂述祖师者多
> 矣，未有通亮简正如子厚者。盖推本其言，与孟轲氏合，其不
> 可不使学者昼见而夜诵之，故具石请予书其文。②

可见二人交往感情之深，重辩请苏轼书写柳宗元碑是为了在南

---

① 南宋晓莹《云卧纪谈》卷下"苏轼衲衣"。
② 载《苏轼文集》卷六十一《与南华辩老十三首》；卷六十六《书柳子厚大鉴禅师碑后》。

华禅寺刻石立碑。顺便提到，重辩每次派人给苏轼往惠州送信及礼物，"净人"（未出家在寺中做杂务的人）争着前往，"欲一见东坡翁，求数字终身藏之"①。苏轼在当时名气之高，由此可见一斑。

　　苏轼在建中靖国元年（1101）正月从海南昌化北归经过曹溪时，重辩已去世两年多，接待他的是明禅师（"明公"）。据《嘉泰普灯录》卷十三的目录，南华明禅师是曹洞宗禅僧，上承洞山下七世芙蓉道楷—枯木法成—太平州吉祥法宣（隐静宣）的法系，是洞山下第十世，然而书中没载他的传记语录。据苏轼《南华长老题名记》，明禅师原"学于子思、孟子"，出家前是位儒者，是从智度普遂之后的第十一世住持。他对苏轼的到来表示欢迎，对苏轼说：

> 　　宰官行世间法，沙门行出世间法，世间即出世间，等无有二。今宰官传授，皆有题名壁记，而沙门独无有。矧吾道场，实补佛祖处，其可不严其传。子为我记之。

　　苏轼便应他之请撰写了这篇有名的《题名记》，"论儒释不谋而同者"。在此记中，苏轼谈到儒、佛二教的相同点。他据《孟子·尽心下》所说"人能充无穿窬（或作"穿逾"，指穿洞逾墙偷盗）之心，而义不可胜用也。……士未可以言而言，是以言饴（按：意为试探）之也；可以言而不言，是以不言饴之也。是皆穿窬之类也"进行发挥，说圣人之道始于不为"穿窬"，而以言与无言来对周围气候进行试探（违背于诚实），在性质上等同于穿窬偷盗的恶劣做法。然而人人皆有不为偷盗之心，如果以穿窬偷盗作为切入点作深入挖掘，其中也含有圣人之道（此为成圣人之易）。如果将以

———————————————

① 《付龚行信一首》，载《苏轼文集》卷六十一。

言与不言作试探看作等同于穿窬偷盗，那么，即使圣人也难以避免这种过错。从这一点讲，"贤人君子有时而为盗"（此为成圣人之难）。成圣与成佛，既难又有所不难，在这一方面佛教与儒家是一致的①。

苏轼这次到南华寺是携全家（包括迈、迨、过三子）同来。他带全家参拜六祖塔，并且特地设斋礼请寺院举办祈福祛灾法会。他写《南华寺六祖塔功德疏》说：

> 朝奉郎提举成都府玉局观苏轼，先于绍兴之初，谪往惠州，过南华寺，上谒六祖普觉大鉴禅师而后行。又谪居海南，遇赦放还。今蒙恩受前件官，再过祖师塔下。全家瞻礼，饭僧设浴，以致感恩念咎之意，为禳灾集福之因。具疏如后。
>
> 伏以窜流岭海，前后七年，契阔死生，丧亡九口。以前世罪业，应堕恶道，故一生忧患，常倍他人。今兹北还，粗有生望。伏愿六祖普觉真空大鉴禅师，示大慈悲，出普光明。怜幼稚之何辜，除其疾恙；念余年之无几，赐以安闲。轼敢不自求本心，永离诸障；期成道果，以报佛恩。②

认为由于自己前世的业因，使今世遭受种种磨难，而此次北归也许将给今后的生活带来新的转机，祈愿六祖保佑他家的幼小平安，自己安享晚年，表示自己将体悟本心，以报佛恩。词意恳切动人，发自内心，读之令人感动。然而不幸，他就在此年七月于常州去世。

----

① 此记载《苏轼文集》卷十二。
② 载《苏轼文集》卷六十二。

七、与诗僧参寥子

在苏轼诗文中提到最多的僧人是位叫做参寥子的人。参寥子，在苏轼诗文中出现 36 次，有时称参寥，诗文中出现 110 次。那么，参寥或参寥子是谁呢？他的事迹如何呢？有关资料很少。现据苏轼有关诗文，并参考朱弁《续骫骳说》①、明代明河《补续高僧传》卷二十三、《四库全书》本《参寥子诗集》等资料，对此略作考察。

参寥子是号，名道潜，号妙总。道潜本名昙潜，苏轼给改为道潜，俗姓王，或谓姓何，於潜（在今杭州）人②。年龄比苏轼小七岁，当生于庆历二年（1042）③。

参寥子属于哪个法系呢？苏轼为云门宗僧大觉怀琏写的《宸奎阁碑》说："见参寥说，禅师出京日，英庙（按：英宗）赐手诏，其略云'任性逍遥'者。"又，苏轼《与参寥子二十一首》之二写于黄州，其中说："知非久往四明，琏老且为致区区。"怀琏时住四明育王寺，苏轼托参寥子代向怀琏问候④。这都说明参寥子与怀琏非同一般的关系。现存《参寥集》前载陈无已（师道，1053—1101）的序明确说"妙总师参寥，大觉老之嗣"⑤。前述径山维琳嗣法怀琏，《参寥子诗集》卷一《送琳上人还杭》中有："少林真风今百纪，怅惜至此何萧条。喜君齐志早寂寞，同我十载沦刍樵。"看来

① 〔宋〕朱弁：《曲洧旧闻》，孔凡礼点校，中华书局，2002 年，附录一。
② 宋代张邦基撰《墨庄漫录》卷一。《续骫骳说》谓姓王，杭州钱塘人；《补续高僧传》谓姓何，於潜人。
③ 苏轼元丰七年（1084）五月写《跋太虚辩才庐山题名》说当年他四十九，参寥四十二。载《苏轼文集》卷七十四。
④ 分别载《苏轼文集》卷十七、卷六十一。
⑤ 〔宋〕道潜：《参寥集》，清光绪己亥钱唐丁氏南昌刻本。

维琳与参寥子是师兄弟，皆嗣法于怀琏，属于云门下五世。

苏轼在任杭州通判时可能与参寥子已经彼此认识①。元丰元年（1078）苏轼移知徐州（彭城，今江苏徐州），参寥子曾前往拜会，《参寥子诗集》卷三载有《访彭门太守苏子瞻学士》，诗中有称赞苏氏父子三人的句子："同时父子擅芳誉，芝兰玉树罗中庭，风流浩荡摇江海，粲若高汉悬明星。"从此与苏轼成为莫逆之交，往来十分密切。苏轼移知湖州时，参寥子曾与秦观（字太虚）一同前去探望②。苏轼贬谪黄州时，参寥子曾不远千里前往，共同住于东坡，一起论诗书文章，游山观赏自然景色。当时，佛僧、道士都有到黄州去看望苏轼的。苏轼在给参寥子的一封信中说：

> 仆罪大责轻，谪居以来，杜门念咎而已。平生亲识，亦断往还，理故宜尔。而释、老数公，乃复千里致问，情义之厚，有加于平日，以此知道德高风，果在世外也。③

这种情谊超越于世间政治忌讳和利害得失之上，显得十分真挚，令苏轼十分感动。

七年后，苏轼出知杭州时，道潜在地处西湖畔的智果院任住持。智果院有股从石缝之间流出的清冽泉水，甘冷宜茶。苏轼携客经常乘舟泛湖来此游玩，汲泉钻火以烹茶。某日在饮茶之余，苏轼

---

① 宋代惠洪《冷斋夜话》卷六"东坡称赏道潜诗"载，道潜从姑苏归湖上，经临平，作诗曰："五月临平山下路，藕花无数满汀洲。"东坡"一见如旧，及坡移守东徐，潜往访之，馆于逍遥堂"。据此，苏轼通判杭州时彼此已经认识。孔凡礼《苏轼年谱》将此事载于熙宁四年（1071），然而认为此有传闻因素，二人正式相见应在元丰元年（1078）苏轼知徐州时。

② 访湖州事，见《游惠山并叙》，载《苏轼集》卷十。

③ 载《苏轼文集》卷六十一。

若有所思，忽然忆起在黄州时梦中所作的诗"寒食清明都过了，石泉槐火一时新"的佳句①。苏轼再次入朝为官后，曾为参寥子从朝廷得赐紫衣和师号的事进行活动，托知友、外戚王晋卿（王诜）帮助。直到他再次遭贬，元祐八年（1093）出知定州时经"吕丞相"（吕大防）上奏，参寥子才得以赐号"妙总"②。苏轼从此在诗文中常称参寥子为"妙总大师参寥子""妙总师参寥子""参寥子妙总"等。

苏轼贬居惠州、海南昌化时，参寥子受到牵连，以"度牒冒名"的罪名被迫还俗，"编管衮州（在今山东）"③。然而他与苏轼还保持书信往来，苏轼常将自己的生活情况向他诉说，也写诗文托人转给他④。宋徽宗建中靖国元年（1101），翰林学士曾肇（1047—1107）奏称参寥子无辜，诏复为僧。苏轼在被赦北归途中从朋友钱济明来信中得知参寥子重新为僧的消息，为之庆幸。参寥子得知苏轼北归已过岭北十分兴奋，写诗《次韵东坡居士过岭》，中有"造物定知还岭北，暮年宁许丧天南"，"他日相逢长夜语，残灯飞烬落毿毿"。苏轼回来后在重病中也不忘给参寥子写信⑤。

苏轼与参寥子交友前后将近三十年的时间，对他十分了解。他曾写《参寥子赞》，对参寥子作了相当全面的评价，说："维参寥子，身寒而道富。辩于文而讷于口。外尫柔而中健武。与人无竞，而好刺讥朋友之过。枯形灰心，而喜为感时玩物不能忘情之语。此

---

①《书参寥诗》及《记游定惠院》，载《苏轼文集》卷六十八、卷七十一。

②《与参寥子二十一首》之六至八，载《苏轼文集》卷六十一。

③《墨庄漫录》卷一。

④《与参寥子二十一首》中后四封信皆发自惠州。苏轼《和归园田居》六首是从谪居惠州时寄给参寥子的，分别载《苏轼文集》卷六十一、《苏轼集》卷三十一。

⑤苏轼的《与钱济明十六首》之九、《与参寥子二十一首》最后一首，分别载《苏轼文集》卷六十一、卷五十三。参寥子的诗，载《参寥子诗集》卷十。

余所谓参寥子有不可晓者五也。"① 描述的是一个有长处，有短处，富有感情的活生生的诗僧形象。

参寥子对苏轼既有敬仰之情，也可以说有师生之谊。苏轼去世后，他写有感情悲切而深沉的《东坡先生挽词》，由诗十四首组成。其中的"经纶等伊吕，辞学过班杨"，"博学无前古，雄文冠两京，笔头千字落，词力九河倾"，是写苏轼旷世之才；"初复中原日，人争拜马蹄，梅花辞庚岭，甘溜酌曹溪"，写苏轼被赦北归受到世人欢迎和参访南华寺的情景；"当年吴会友名缁（大觉、海月、辩才），尽是人天大导师。拔俗高标元自悟，妙明真觉本何疑。篮舆行处依然在，莲社风流固已衰。他日西湖吊陈迹，断桥堤柳不胜悲"，写苏轼当年在杭州佛教界结交的尽是高僧大德，他自己本具超凡的悟性，而现在人去物在，必将使后人睹景伤情②。

在宋徽宗崇宁（1102—1106）末，参寥子归老于潜山。据宋陆游《老学庵笔记》卷七，参寥子于政和（1111—1117）年间"老矣，亦还俗而死，然不知其故"。

中国文化在发展中深受佛教的影响，文学艺术更是如此。苏轼平生遭遇坎坷不平，身心备受挫折，正如他在诗《自题金山画像》中所说："心似已灰之木，身如不系之舟。问汝平生功业，黄州惠州儋州。"③ 然而在这不安定的充满困苦的过程中，他在佛教丛林中却结交了很多超越于世间利害得失之上的知心朋友，促使他对佛教、禅宗有了更深入的钻研和了解；在与他们的相处中不仅在感情

---

① 载《苏轼文集》卷二十二，另在卷七十二《妙总》中对参寥子也有评论，可以参考。
② 载《参寥子诗集》卷十一。
③ 载《苏轼集·补遗》。

上经常得到安慰和鼓励，而且甚至在物质生活中也经常得到他们的
援助。这种情况不能不深刻地影响了他的诗、文、书、画的创作。
在他的诗文著作中不仅有相当数量的以佛教、禅宗为题材的作品，
而且在创作风格、气势、情趣和意境等方面，都能找到深受佛教禅
宗的心性空寂、无念无思、"不立文字"、物我一体等思想影响的成
分。笔者以上对苏轼与禅僧的交游的考察，从几个不同的侧面作了
论述，希望能对这个问题的研究提供一些有益的线索和帮助。

第五章　北宋主张排佛的儒者及其著作

第一节　宋初儒者孙复、石介的排佛论

宋代是继隋唐二代之后民族文化十分繁荣昌盛的时代，哲学、文学、史学、艺术等文化形态皆取得前所未有的成绩，作为宗教的佛教、道教也呈现新的现象、新的面貌。

引人注目的儒释道三教的会通和融合，在社会文化思想各个领域广泛而深入地展开。儒家在吸收佛教的心性论、道家和道教的本体论的基础上，对传统儒学有很大发展和创新，建立了富有哲学思辨的以性、理、道、气等为重要概念的道学体系，成为宋元以后历代封建王朝支撑占据支配地位的儒家名教体系的哲学基础。

道学，也称理学，以继承孔孟以来的"道统"自任。以往在正史列传中多设"儒林"或"儒学"，而元代脱脱等人编撰的《宋史》中却在"儒林"前创设"道学"，为宋代道学创始人和著名学者周敦颐、程颢、程颐、张载、张戬、邵雍及二程门人立传，反映了宋朝文化的时代特色。

然而从儒家内部来说，道学的成立不仅继承唐代儒者韩愈、李翱的道统说和心性论，即使在宋代也是有思想渊源的。明末清初黄宗羲及其子黄百家、弟子全祖望等编撰的《宋元学案》对两宋儒学

源流作了系统考证和梳理，在卷二引南宋理学家黄震（私谥文洁）
的话说：

> 宋兴八十年，安定胡先生、泰山孙先生、徂徕石先生始以
> 师道明正学，继而濂、洛兴矣。故本朝理学虽至伊洛而精，实
> 自三先生而始，故晦庵有"伊川不敢忘三先生"之语。

引文中的安定胡先生、泰山孙先生、徂徕石先生，分别是被称
为"宋初三先生"的胡瑗、孙复、石介；濂是周敦颐，号濂溪；
洛、伊是指程颢（号明道）、程颐（号伊川）兄弟；晦庵指朱熹，
号晦庵。按照黄震的说法，"宋初三先生"胡瑗、孙复、石介是宋
代道学先驱者或开创者，而真正建立起道学体系的则是后继者周敦
颐、程颢、程颐。朱熹说程颐曾说不敢忘记"三先生"的开创之功。

道学在创立和发展中虽然大量吸收佛、道二教的思想因素，然
而道学家为维护儒家道统和纲常名教却经常批评佛、道二教。这在
"宋初三先生"现存著作中以孙复、石介二人表现尤为突出。他们
对佛教的批判，既激励了儒者对建立和完善道学体系的热情，却也
从反面激发佛教学者审视佛教义理如何随应时代并与儒家纲常名教
沟通和融合，最突出的例子可以举出禅宗学僧契嵩发奋撰写的《辅
教编》。

下面依据孙复、石介二人的著作，对他们的排佛论进行考察和
介绍。

一、泰山学派创始人孙复及其对佛教的批评

孙复（992—1057），字明复，晋州平阳（在今山西临汾）人。

先后四次举进士不第，退居泰山潜心钻研《春秋》，撰写《春秋尊王发微》十二篇，大体采取唐代经学家陆淳（后因避讳改名陆质，？—806）不重传注字句而注重发挥经中"王道"治乱及君臣名分大义的做法，然而又有所创新。

石介当时在山东已很有名，便给孙复以帮助，并尊他为师。孙复年至四十尚未娶妻，宰相李迪知其贤，愿以弟之女与他为妻。孙复开始尚犹豫，经石介与诸弟子劝请，称此可"成丞相之贤名"，他才同意。孔子后裔、龙图阁待制孔道辅听说孙复之贤，特地会见，石介执杖侍立孙复身边。石介入朝任学官，撰《明隐篇》赞扬孙复，说他"畜周、孔之道，非独善一身，而兼利天下者也"，"先生非隐者也"[1]。庆历二年（1042）朝廷重臣枢密副使范仲淹、资政殿学士富弼认为孙复有道德并经术，予以举荐。于是朝廷召拜孙复为秘书省校书郎、国子监直讲。仁宗车驾幸太学，赐予孙复绯衣银鱼，召他到迩英阁说诗。在即将任他为侍讲之时，因有人告他讲经多异先儒，遂止。徐州人孔直温因罪被捕，从他的家中搜查到的诗文中有孙复之名。于是，孙复遭到牵连，被贬为虔州监税，徙泗州，又知长水县等职，经翰林学士赵概等十余人的奏请，乃复为国子监直讲，不久迁殿中丞。孙复于嘉祐二年（1057）七月逝世，年六十六。他病重时，经韩琦奏请，朝廷派人并给纸笔，命他的门人祖无泽到其家收集著作，抄录得十五篇。

孙复的著作除前面提到的《春秋尊王发微》之外，尚有《睢阳子集》十卷，然大部佚失，现存《孙明复小集》一卷，原出自泰安赵国麟家，载文十九篇、诗三首，清朝收入《四库全书》"别集"，在《宋元学案》卷二"泰山学案"中载录其著作一部分。

---

① 《宋元学案》卷二"殿丞孙泰山先生复"。

现据《孙明复小集》及《宋元学案》卷二所引的文字对孙复排佛的理论依据及其排佛的说法进行考察。

（一）孙复排佛的理论依据——圣人之道和王道

儒家发源于先秦。按《史记》作者司马迁《论六家要旨》的说法，儒家只是诸子中最有影响的六家之一，进入秦代曾一度遭遇所谓秦始皇"焚书坑儒"之祸。汉初作为道家的黄老之学曾经显赫一时，直到汉孝武帝采取儒者董仲舒"天人三策"奏议，断然降诏"罢黜百家，独尊儒术"，儒家思想从此才在中国历代占据思想文化的支配地位。对此，孙复在《董仲舒论》中对董仲舒给予至高的评价，并郑重提出"圣人之道"与"王道"的概念。他说：

> 孔子而下至西汉间，世称大儒者或曰孟轲氏、荀卿氏、扬雄氏而已，以其立言垂范，明道救时，功丰德钜也。至于董仲舒则忽而不举，此非明有所未至，识有所未周乎？何哉，昔者秦灭群圣之言，欲愚四海也。盖天夺之鉴，以授于汉，故生仲舒于孝武之世焉。于时大教颓缺，学者疏阔，莫明大端，仲舒煜然奋起，首能发圣道之本根，新孝武之耳目，上自二帝，下迄三代，其化基治具，咸得之于心而笔之于书，将以缉干纲之绝纽，辟王道之梗涂矣。故其对策推明孔氏，抑黜百家，凡诸不在六艺之科，孔子之术者，皆绝其道，勿使并进，息灭邪说，斯可谓尽心于圣人之道者也。噫，暴秦之后，圣人之道晦矣，晦而复明者，仲舒之力也。

孙复认为西汉董仲舒应是继孟子、荀子、扬雄之后的"大儒"，在秦始皇焚毁图书和废弃儒家"圣道"之后向汉武帝献策，讲述自尧、舜二帝至夏商周三代的治国体制，阐明圣道，提倡儒家，罢黜百家，"息灭邪说"，使遭遇暴秦破坏的圣人之道又晦而复明，而圣人之道正是开辟"王道"的必然途径。他认为董仲舒所处的时代和条件有比孟子、荀子、扬雄之时更为困难的地方，能够适时向汉武帝阐明"王道"，让他采纳儒术治国，实属不易。他同意汉代刘向对董仲舒的赞颂，说董仲舒有"王佐之材"，历史功勋绝不在商代伊尹、周代吕尚（姜子牙）、春秋齐国的管仲与晏婴之下。

何为圣人之道，何为王道？二者有区别吗？让我们再引证其文章中的相关语句看看。他在《通道堂记》中自述：

> 吾之所为道者，尧、舜、禹、汤、文、武、周公、孔子之道也。孟轲、荀卿、扬雄、王通、韩愈之道也。吾学尧、舜、禹、汤、文、武、周公、孔子、孟轲、荀卿、扬雄、王通、韩愈之道三十年，处于今之世，故不知进之所以为进也，退之所以为退也，毁之所以为毁也，誉之所以为誉也。其进也以吾尧、舜、禹、汤、文、武、周公、孔子、孟轲、荀卿、扬雄、王通、韩愈之道进也，于吾躬何所进哉？其退也以吾尧、舜、禹、汤、文、武、周公、孔子、孟轲、荀卿、扬雄、王通、韩愈之道退也。

在《上孔给事书》中说：

> 学夫子之道三十年，虽不为世之所知，未尝以此摇其心，敢一日而叛去。所谓夫子之道者，治天下，经国家，大中之道也。其道基于伏羲，渐于神农，著于黄帝、尧、舜，章于禹、汤、文、武、周公。然伏羲而下，创制立度，或略或繁。我圣

师夫子，从而益之损之，俾协厥中，笔为六经，由是治天下，经国家，大中之道，焕然而备，此夫子所谓大也。其出乎伏羲、神农、黄帝、尧、舜、禹、汤、文、武、周公也远矣。噫，自夫子殁，诸儒学其道，得其门而入者，鲜矣。惟孟轲氏、荀卿氏、扬雄氏、王通氏、韩愈氏而已。彼五贤者，天俾夹辅于夫子者也。

他在这里所讲的正是圣人之道，也称之为"夫子之道"，即孔子之道，意为正是孔子将源自远古伏羲、神农、黄帝、尧、舜，然后经过禹、汤、文、武、周公执政的夏商周三代的治国之道、制度等加以综合整理，编为六经，于是"治天下，经国家，大中之道，焕然而备"。遵循圣人之道施政，实行仁政，"任德不任刑"（《董仲舒论》），便是实行王道。因此，可以说圣人之道也就是王道。唐代韩愈《原道》提出的儒家道统是"尧以是传之舜，舜以是传之禹，禹以是传之汤，汤以是传之文武周公，文武周公传之孔子，孔子传之孟轲，轲之死，不得其传焉。荀与扬也，择焉而不精，语焉而不详"。孙复的道统明显地是继承了唐朝的韩愈，然而不仅将被韩愈以"择焉而不精，语焉而不详"理由排斥的荀子、扬雄也增列其中，也将隋代著有《中说》（《文中子》）提倡"帝王之道"的王通和唐朝韩愈也增列进去，认为他们皆以圣人之道或大中之道辅佐天子。

孙复认为，只有遵循孔子圣人之道和王道，才能实施仁义、礼乐之教，维持君臣之礼、父子之戚、夫妇之义，使社会得到治理。

（二）孙复对佛教、道教的批评

佛教和道教，被简称"佛老"。孙复以他上所论证的圣人之道和王道为依据和出发点，对佛道二教特别是佛教，进行了严厉批评，认为它们与圣人之道和王道相违背，对指导施政、社会教化的纲常名教和仁义礼乐有很大破坏作用，必须加以排斥。

他在《兖州邹县建孟庙记》中说：

> 孔子既没，千古之下，驾邪怪之说，肆奇险之行，侵轶我圣人之道者，众矣，而杨、墨为之魁，故其罪剧。孔子既没，千古之下，攘邪怪之说，夷奇险之行，夹辅我圣人之道者，多矣，而孟子为之首，故其功钜。昔者二竖（按：指杨、墨），去孔子之世未百年也，以无父无君之教行于天下，天下惑而归之。嗟乎，君君臣臣，父父子子，君国之大经也，人伦之大本也，不可斯须去矣。

在这里直接批评的是先秦被认为是道家一支的主张"为我"的杨朱、提倡"兼爱"的墨家创始人墨翟，认为他们的学说邪怪、奇险，属于"无父无君之教"，对圣人之道有极大破坏作用，有孟子出来加以破斥，维护圣人之道，贡献巨大。他认为，孔子等圣人倡导的纲常名教学说，主张维护"君君臣臣，父父子子"伦理和秩序，是"君国之大经也，人伦之大本也，不可斯须去矣"。这里虽然没有提到佛教，实际上在他心目中佛教也属于这种邪怪、奇险、"无父无君之教"。

他在《儒辱》这篇文章中，激励儒者加强维护圣人之道、儒家学说和反对佛老的自觉性与责任感，明确地将汉魏之后兴盛的佛教、道教置于战国时期杨朱、墨翟及刑名家申不害、法家韩非之后，加以破斥，说：

然则仁义不行，礼乐不作，儒者之辱欤！夫仁义礼乐，治世之本也。王道之所由兴，人伦之所由正，舍其本则何所为哉！

噫，儒者之辱始于战国，杨朱、墨翟乱之于前，申不害、韩非杂之于后。汉魏而下，则又甚焉。佛老之徒横乎中国，彼以死生祸福虚无报应为事，千万其端绐我生民，绝灭仁义，以塞天下之耳；屏弃礼乐，以涂天下之目；天下之人，愚众贤寡，惧其死生祸福报应人之若彼也，莫不争举而竞趋之。观其相与为群，纷纷扰扰周乎天下，于是其教与儒齐驱并驾，峙而为三。吁，可怪也。且夫君臣父子夫妇，人伦之大端也。彼则去君臣之礼，绝父子之戚，灭夫妇之义，以之为国则乱矣，以之使人贼作矣。儒者不以仁义礼乐为心则已，若以为心，则得不鸣鼓而攻之乎？……

噫，圣人不生，怪乱不平，故扬墨起而孟子辟之，申韩出而扬雄距之，佛老盛而韩文公排之。微三子，则天下之人胥而为夷狄矣。

他对佛教、道教罗列的罪状是什么呢？不外是与孔孟圣人之道相违背的教说，所谓以鼓吹"死生祸福虚无报应为事"，"绝灭仁义"，"屏弃礼乐"，"君臣父子夫妇，人伦之大端也。彼则去君臣之礼，绝父子之戚，灭夫妇之义"，如果听之任之，必将导致"以之为国则乱矣，以之使人贼作矣"。他激励儒者以仁义礼乐为心，效法以往孟子、扬雄，特别是以韩愈为表率，起而对异己之教、对佛道二教进行批判、排斥，使之不在中国传播。

既然批评佛教，自然应对佛教有一定程度的了解。那么，孙复对佛教了解多少呢？从他文章所列举佛教的"罪状"来看，还没有跳出前代儒者斥责佛教所罗列的内容。所谓"彼以死生祸福虚无报应为事"，是指佛教主张三世因果报应，善有善报，恶有恶报，每人的贫富、寿夭、祸福等景况是由前世的善恶业因决定的。孙复认为这种说法在现实得不到验证，所以认为是"虚无"妄说。然而他没有说佛教在讲三世因果报应当中，强调遵循"五戒""十善"，实践人伦道德，要求人们努力行善止恶，维护社会和谐，造福社会等。至于所说"绝灭仁义""屏弃礼乐"和"去君臣之礼，绝父子之戚，灭夫妇之义"等，不外是说佛教僧尼剃发出家，脱离世俗社会，在寺院执照戒律修行、弘法，男不娶，女不嫁，自然不能生养儿女，甚至对父母、帝王也不一定遵循儒家礼制作拜致礼。佛教既然是宗教，自然有自己的戒规和礼仪，与儒家提倡的礼乐制度有显著差别是很正常的。正像东晋慧远在《沙门不敬王者论》中所说的那样，"在家奉法，则是顺化之民，情未变俗，迹同方内，故有天属之爱，奉主之礼"，说占佛教徒绝大多数的在家信众，属于顺应自然造化之民，在性情、服饰方面与其他人没有差别，必须尽孝亲之义，对君主要行礼敬之礼，意为他们与一般民众拥有一样的社会权利和义务；而出家的沙门虽然不礼敬君王，但在实际上并不违背孝亲敬君的规范，所谓"内乖天属之重，而不违其孝；外阙奉主之恭，而不失其敬"，通过传法教化民众，以"协契皇极，大庇生民"[①]。从历史上来看，慧远讲得符合事实，拥有最多人数的信众是在家男女居士，正如慧远所说，他们没有对抗朝廷和现行社会法制、秩序；至于正式出家的僧尼，通过传法活动，宣说佛教教义、伦理规范和善恶因果报应理论，引导信众行善止恶，对辅助儒家的道德教化和维护社会安定起到积极的作用。

　　其实，正是上述这两方面的内容，成为历代朝廷认可和扶植佛

---

① 《弘明集》卷十二，《大正藏》卷五十二第83页下至84页上。

教传播的根据，也是很多儒者接近和赞赏佛教的原因。孙复对此应当是有些了解的，然而要大力宣扬圣人之道和王道，不能不把批判的矛头指向被认定是佛教最背离、最危害圣人之道和王道的内容，其他则可以一概不顾。

此外，孙复还批评所谓佛道二教"虚无清净"和"无为"的说教。他在所写《无为指上》说，古代虞舜帝曾行无为而治，然而"无为者，其虞氏之大德欤，非旷然不为也"；"始不求于天下，而天下自归之；终不授于天下，而天下自授之"，说的是舜帝以高尚道德感化天下民众，得到民众拥护，才实现理想的无为而治的社会制度，然而并不意味着放任自然，什么也不做。他接着批评夏商周三代以下的当政者，"不思虞帝之大德，而冒虞帝之无为者众，以世之恢佞偷巧之臣或启导之，既不陈虞帝之大德，以左右厥治，则枉引佛老虚无清净，报应因果之说，交乱乎其间，败于君德。吁，可痛也。观其惑佛老之说，忘祖宗之勤，罔畏天命之大，靡顾神器之重，委威福于臣下，肆宴安于人上，冥焉莫知其所行，荡焉莫知其所守，曰我无为矣，至纲颓纪坏，上僭下偪，昏然而不寤者，得不痛哉"。说他们歪曲了舜帝无为而治的精神，妄自援引佛老的"虚无清净，报应因果之说"来指导施政，败坏了为君之道和施政治国的纲纪，使国家处于危机之中，并引证秦始皇、汉武帝皆曾受黄老"虚无清净之说"，沉溺于"长生神仙之事"，而"梁武、齐襄、姚兴（按：梁武帝、北齐文襄皇帝高澄、后秦王姚兴），始则惑于因果报应之说，终则溺于解脱菩提之事，卒皆沦胥以亡，势不克救"。按照历史考察，说东晋时北方姚兴为帝的后秦、南朝梁武帝的梁朝、文襄皇帝高澄的北齐（在世时属东魏，北齐尚未成立）皆因崇佛而灭亡，是不符合事实的。

如果从佛教传播的历史情况考察，当时中国佛教已经是以大乘佛教为主体，虽宣说般若空义，说一切皆空，然而同时也弘扬空有不二的中道理论，并且倡导以"大慈大悲"的精神济度众生的菩萨之道，对当政者虽也希望他们支持佛教，但并不要求为奉佛而停顿和妨碍行施日常政务。南朝宋文帝时，罽宾高僧求那跋摩来华，文帝对他说："弟子常欲持斋不杀，迫以身殉物，不获从志。法师既不远万里来化此国，将何以教之？"求那跋摩对他说："夫道在心不在事，法由己非由人。且帝王与匹夫所修各异……帝王以四海为家，万民为子，出一嘉言则士女咸悦，布一善政则人神以和。刑不夭命，役无劳力，则使风雨适时，寒暖应节，百谷滋荣，桑麻郁茂。如此持斋，斋亦大矣。如此不杀，德亦众矣。宁在阙半日之餐，全一禽之命，然后方为弘济耶！"意为帝王实行善政，能够把天下治理好，就是最好的持斋，最好的奉佛。宋文帝称赞此话为"开悟明达"（《高僧传》卷三"求那跋摩传"）。大乘佛教的真俗不二，即世法是佛法的说法，也是不要求人们脱离现实生活去寻求觉悟解脱的。对此，历代奉佛的王朝的事实也可证明。

孙复长年读书治学，在太学讲学达十多年，对如何办学，向年轻儒者、学子如何讲授《易经》《春秋》等经史，有自己的一套经验和理论。他对太学的重要地位有明确的论断，说："夫太学者，教化之本根，礼义之渊薮，王道之所由兴，人伦之所由正，俊良之所由出，是故舜禹文武之世，莫不先崇大于胶序（按：即学校。殷学称序，周学名胶），而洽至治于天下者焉。"（《寄范天章书一》）意为太学是为国家培养治国栋梁之才的地方，关系到未来社会的政道、文教、道德和礼乐发展方向，必须予以重视。他继承韩愈"文以载道"的思想，认为"文者，道之用也；道者，教之本也"（《答张洞书》），通过向学人讲授古代经史将圣人之道和王道传授给学人，培养将来能够荷任治国大任的人才。他反对玩弄词藻华而不实的四六辞赋骈体时文，认为是社会大害之一，必须根除。

二、石介及其《怪论》《中国论》等对佛教的见解与批判

石介（1005—1045），兖州奉符县（今山东泰安市）人，以所居之山徂徕为号，人称徂徕先生。自幼发奋读书，志向宏大，以天下为己任，关心朝政，性情耿直，常针对时事著文"极陈古今治乱成败，以指切当世贤愚善恶、是是非非，无所讳忌"。

年二十六（当为宋仁宗天圣八年，1030年）举进士，受任郓州观察推官、南京留守推官。御史台辟主簿，未至，因上书论赦遭罢免，后代其父入蜀为嘉州军事判官，为父母守丧返乡，躬耕于徂徕山下，丧服除，朝廷召入京城任国子监直讲。

宋仁宗朝中期，辽、西夏经常侵袭北方和西北边疆，而当时官吏队伍庞大和腐败，导致社会经济衰退，人民生活困苦。庆历三年（1043）三月之后，仁宗罢免朝廷重臣吕夷简、夏竦等人，陆续任用范仲淹、富弼、韩琦三人执掌朝政，又启用欧阳修、蔡襄、王素、余靖为谏官，责成他们施行革新以"兴致太平"。范仲淹、富弼提出明黜陟、抑侥幸、精贡举、择官长、均公田、厚农桑、修武备等新政措施以整顿吏治、发展农桑和富国强兵。然而由于遭到以夏竦为核心的既得利益守旧官僚势力的诬蔑和反对，新政只维持一年四个月便告失败。范仲淹等被贬官到地方。

就在朝廷任免主持朝政的大臣之时，石介写了《庆历圣德颂》褒贬大臣，说皇帝"躬揽英贤，手锄奸柄"，对新任"众贤"为重臣热情赞颂，而对从重要位置上罢免下来的吕夷简、夏竦等人斥之为"大奸"，由此被夏竦等人视为仇敌。

石介在家乡及出外为官，常以经术传授学人。宋朝太学之兴实

始自石介。他在太学任直讲时，门下弟子甚众。在"宋初三先生"中，石介对佛教的斥责与批评最为严厉，认为佛教、道教与当时盛行的骈体文（时文）是危害社会的"三害"，说："去此三者，然后可以有为。"还著有告诫奸臣宦女的《唐鉴》。

石介担任太学直讲一年多，经宰相杜衍推荐，兼任太子中允。此后，经宰相韩琦推荐直集贤院，一年后，随着革新派官员相继被斥罢免，石介也受到牵连出任濮州（今山东鄄城县北）通判，然而尚未到任，庆历五年（1045）七月病死家中，享年四十一岁①。

据《宋史》卷四三二"石介传"及朱熹《宋名臣言行录前集》卷十记载，石介死后，夏竦上奏仁宗，诬称石介未死，而是北走辽国。于是仁宗派中使与京东部刺史开石介棺验证。后经京东转运使吕夷简提醒，未开棺，仅向当时殓棺者及石介的内外亲戚劾问取证词代替②。

石介的著作有《徂徕集》二十卷行世，其中破斥佛教多者有《怪说》上中下三篇，还有《中国论》《读韩文》《复古制》《明四诛》《读原道》《救说》《辨惑》《答欧阳永叔书》等。下面作概要介绍。

（一）谓佛老为反中国常道的"怪说"，应予破斥

石介先著《怪说》三篇，上篇破斥佛老，中篇破斥杨亿"淫巧侈丽"之时文，后又写出下篇，针对世人疑问，提出自己这样做的理论根据。

石介在《怪说》上篇中说："三才位焉，各有常道，反厥常道，

---

① 以上主要依据《欧阳文忠公集》卷三十四"徂徕石先生墓志铭并序"，载《钦定四库全书·集部三·别集类二》、《宋史》卷四三二"石介传"。

② 参考朱熹《宋名臣言行录前集》卷十记载。

则谓之怪矣。"这是说，在天地人三才早已定位的情况下，各自按照自己的"常道"运转，如果出现违背常道的现象，那就属于"怪"的事物了。他列举自然界日月星三光、四季、山川、河流等的常道与怪象，然后笔锋一转将重点转移于列举社会现象，将佛老置于"怪说"的行列，予以破斥。他说：

> 夫君南面，臣北面，君臣之道也。父坐子立，父子之道也。而臣抗于君，子敌于父，可怪也。
> 夫中国，圣人之所常治也，四民之所常居也，衣冠之所常聚也，而髡髪左衽，不士不农，不工不商为夷者半，中国可怪也。
> 夫中国，道德之所治也，礼乐之所施也，五常之所被也，而汙漫不经之教行焉，妖诞幻惑之说满焉，可怪也。
> 夫天子七庙，诸侯五庙，大夫三庙，庶人祭于寝所，以不忘孝也。而忘而祖，废而祭，去事远裔之鬼，可怪也。

他举出被中国历代奉为最重要的君臣、父子之道，正是儒家主张的最重要的纲常名教的核心，也是前面提到孙复所强调的"不可斯须去"的"君国之大经也，人伦之大本也"。他说正在这方面，佛老背离君臣之道、父子之道，岂非怪说！

他说，中国自古有士农工商四民，各遵循自己的本业生活，而佛老却"髡髪左衽"（按：指剃发和穿戴异于四民），既不士，也不农；不工亦不商，岂不为怪！

中国有儒家阐释提倡的仁义礼智信"五常"的道德及相应的礼乐制度，而佛老弘传异于这些的说教，石介称之为"汙漫不经之教行焉，妖诞幻惑之说满焉"，焉能说不怪，属于怪说。

　　中国遵照孝道，拥有传统的祭祀制度，谓佛老尊崇佛或神的宗教信仰与礼仪为"忘而祖，废而祭，去事远裔之鬼"，称之为怪。

　　接着，石介说：

> 　　夫法施于民则祀之，以死勤事则祀之，以劳定国则祀之，能御大灾则祀之，能捍大患则祀之。弃殖百谷，祀以为稷；后土能平九州，祀以为社；帝喾、尧、舜、禹、汤、文、武，有功烈于民者。及夫日月星辰，民所瞻仰也；山林川谷丘陵，民所取财也。非此族也，不在祀典。而老观佛寺遍满天下，可怪也。

　　这是说，按照中国历史记载和传统，朝廷和民间所祭祀的先圣或列祖，皆是在历史上为国为民做出宏功伟业的圣人，帝喾、尧、舜、禹、汤、文、武等先圣，当然应设社坛祭祀；即使自然界的日月星辰、山林川谷丘陵，因能为民众瞻仰，或能为民提供财物，也应当奉为神灵供养。然而，传统"祀典"中有关于祭祀佛老的规定吗？现在却"老观佛寺遍满天下"，岂非可怪！

　　石介当时实际是对朝廷及官员提出批评。他说"人君"看见日蚀、星变、风雨不调、草木不生，都能看出是属于"天地之怪"，采取避寝、减膳、彻乐、责己、修德、襄除等做法，然而对佛老"灭君臣之道，绝父子之亲，弃道德，悖礼乐，裂五常，迁四民之常居，毁中国之衣冠，去祖宗而祀远裔，汗漫不经之教行，妖诞幻惑之说满，则反不知其为怪，既不能襄除之，又崇奉焉"。这个结论是对他前面论述的总概括，对佛老的总看法全集中在此了。

　　他对"人君"或朝廷的批评还不止于此。说佛老教人"忘而祖宗，去而父母，离而常业，裂而常服，习夷教，祀夷鬼"，时人不知其怪，反而加以尊崇，是十分可怪的。结论是：

> 甚矣，中国之多怪也。人不为怪者，几少矣。……释老之
> 为怪也，千有余年矣，中国蠹坏亦千有余年矣，不知更千余
> 年，释老之为怪也如何？中国之蠹坏也如何？尧舜禹汤文武周
> 公孔子不生，吁！

在北宋社会环境，信奉佛教已绝非是少数人家的事，可以说在朝野上下、州县百官、城乡百姓之中，虔诚信仰佛教的人数量甚大。仅从朝廷来说，北宋历代皇帝都奉佛，朝廷政策是支持佛教传播和发展的。石介对"人君"的责怪实际是对皇帝为首的朝廷的斥责，在当时可以说是已经犯了大忌讳了。

石介耿直好辩，所发表的严厉斥佛教的言论在周围的朋友，乃至接触的普通百姓中也会引起质问。《怪说》下篇就是针对这种状况撰写出来自辩的。文章自设宾主，自问自答：

> 或曰：子之《怪说》上篇言佛老，下篇言杨亿。佛老、杨
> 亿信怪矣。然今举中国而从佛老，举天下而学杨亿之徒亦云众
> 矣。虽子之说长，又岂能果胜乎？子不唯不能胜万亿千人之
> 众，以万亿千人之众反攻子，且恐子不得自脱，将走于蛮夷险
> 僻深山中而不知避也，子亦诚自取祸矣。

意为石介凭着个人的力量起来破斥全国人信奉的佛教，又斥责很多学习杨亿文章的人，如果"万亿千人之众"起来反攻他，他岂能逃脱得了灾祸？对此，石介表示自己为了捍卫圣人之道，虽死而无悔。他是这样说的：

尧舜禹汤文王武王周公之道，万世常行不可易之道也。佛
老以妖妄怪诞之教，坏乱之；杨亿以淫巧浮伪之言，破碎之。
吾以攻乎坏乱破碎我圣人之道者，吾非攻佛老与杨亿也。吾学
圣人之道，有攻我圣人之道者，吾不可不反攻彼也。……盖事
主人之道，不得不尔也。亦云忠于主而已矣，不知其他也。吾
亦有死而已，虽万亿千人之众，又安能惧我也。①

由此可以看出石介起而捍卫"圣人之道"和破斥佛教的决心。

（二）断然将佛教列入所谓"四夷"加以排斥

石介是位儒者，对于历史上儒家主张的"夷夏论"自然是赞成
的。按照儒家的观点，中国中原地带由华夏族居住，组成以皇帝为
首的朝廷统辖四方，而所谓夷蛮戎狄等少数民族居住边塞和偏远荒
僻之地并接受华夏统治者的统治，是天经地义的。此即所谓"内诸
夏而外夷狄"的理论②。石介为破斥佛教，撰写了《中国论》，将佛
教列入"四夷"之列，认为不应当在"中国"流传并受到社会上下
广泛信仰。应当说这是对儒家传统"夷夏论"的不合时宜的运用。

他的文章所阐述的道理十分简单，说：

夫天处乎上，地处乎下，居天地之中者曰中国，居天地之
偏者曰四夷。四夷外也，中国内也。天地为之平，内外所以限
也。夫中国者，君臣所自立也，礼乐所自作也，衣冠所自出

---

① 以上所引《怪说》三篇载《徂徕集》卷五。
② 可参考西晋末江统撰《徙戎论》，载《晋书》卷五十六"江统传"。

也，冠昏祭祀所自用也，缞麻丧泣所自制也，果蓏菜茹所自殖也，稻麻黍稷所自有也。东方曰夷，被发文身，有不火食者矣。南方曰蛮，雕题交趾，有不火食者。西方曰戎，被发衣皮，有不粒食者。北方曰狄，毛衣穴居，有不粒食者。其俗皆自安也，相易则乱。

是说中国是处于天地之中，而所谓四夷是居天地偏僻之地，有内外之别；在中国有君臣、礼乐制度、世族衣冠和冠婚丧葬祭祀礼仪，有自己的菜蔬和稻麻谷物。相反，居住四方边远地区的四夷——夷、蛮、戎、狄，却不这样，或是被发文身、茹毛饮血、不吃熟食、毛衣穴居等，与中国习俗有天壤之别。虽然如此，如果各居其地，也自此相安无事。这些描述，虽然仅从习俗来看内地与边远地区所居民族有不同的地方，然而从唐宋以后的情况来看，这种说法已经远远地落后于实际。经过魏晋、南北朝和隋唐的民族大迁徙和大融合，全国大多数的民族已经融为一体，哪里有石介描绘的那种情况存在。

石介以此为根据，进一步运用古旧的二十八宿和九州的天际地理概念，将所谓四夷皆打入"非二十八舍、九州分野之内，非君臣父子夫妇兄弟宾客朋友之位"的"外裔"；如果他们进入内地，就是"乱天常"，就是"悖人道"，如此一来中国则非中国，所谓"天常乱于上，地理易于下，人道悖于中国，不为中国矣"。

在罗织以上理由的前提下，将佛教、道教置于四夷之列，说他们"各以其人易中国之人，以其道易中国之道，以其俗易中国之俗，以其书易中国之书，以其教易中国之教，以其居庐易中国之居庐，以其礼乐易中国之礼乐，以其文章易中国之文章，以其衣服易中国之衣服，以其饮食易中国之饮食，以其祭祀易中国之祭祀"，总之是要将中国彻底佛教化、道教化，要让中国人成为佛教徒、道教徒，于是中国原有的道、俗、书、教、房屋、礼乐、文章，乃至衣食、祭祀全都变成佛教或道教的了，描绘了一幅十分可怕的图景。

接着石介又列举佛教以天堂、地狱的说教，道教以长生不死的说教进行传教，致使吸引众多民众弃舍原来的本分，士农工商皆离本职，背离君臣父子及夫妇之道，成为信奉佛教或道教的人，于是"人则曰莫尊乎君，与之抗礼；无兄以事也，无长以从也，无妻子以养也，无宾师以奉也，无发以束也，无带以绳也，无缞麻丧泣以为哀也，无禋祀祭享以为孝也"，只有佛教、道教坐大独尊，自然中国就非中国了。

石介以上罗致和描述的令人恐惧的情景，目的是提出他的彻底禁毁佛教、道教的主张。这就是仿效韩愈当年提出而未能实现的灭佛主张，建议：

> 各人其人，各俗其俗，各教其教，各礼其礼，各衣服其衣服，各居庐其居庐，四夷处四夷，中国处中国，各不相乱，如斯而已矣。则中国中国也，四夷四夷也。[①]

运用强制手段将佛教、道教与所谓四夷一起从中国驱逐出去，仍居住偏远地区，实际是彻底禁毁佛教、道教。

在《礼记·王制》中有："析言破律，乱名改作，执左道以乱政，杀。作淫声、异服、奇技、奇器以疑众，杀。行伪而坚，言伪而辩，学非而博，顺非而泽以疑众，杀。假于鬼神、时日、卜筮以疑众，杀。此四诛者，不以听。凡执禁以齐众，不赦过。"石介认

---

① 以上所引《中国论》，载《徂徕集》卷十。

为古来能够做到用此"四诛"的王制治理天下者只有舜、周公、孔子三人，感叹两千年之后此王制已绝，"而天下皆干乎四诛无诛之者"。他明确表示，佛老以及杨亿等提倡的时文，皆属于乱儒者教法的异端，虽应诛之而却不诛，所以特加阐释，让更多人了解，说：

> 夫佛老者，异端之人也。而佛老以异端之教法，乱儒者之教法；异端之衣服，乱儒者之衣服；异端之言语，乱儒者之言语，罪莫大焉而不诛。夫不以尧舜禹汤文武周公之道事其君者，皆左道也。而有以杨朱、墨翟之言进于其君者，有以苏秦、张仪之说进于其君者，有以韩非、商鞅之术进于其君者，有以声色狗马之玩进于其君者，罪莫大焉而不诛。夫不道先王之法言，而辩诈相胜；不服先王之德行，而奇谲相矜；不为孔子之经，而淫文浮辞，聋瞽天下后生之耳目，罪莫大焉而不诛。夫不诵诗以讽，而倡优郑卫之戏以乱君耳；不执艺事以谏，雕丽淫巧之器以荡君心，罪莫大焉而不诛；夫不修大中至正之福，而记阴阳巫鬼卜筮以惑天下之民，罪莫大焉而不诛。夫天下皆干乎四诛而不诛，吾故明之。

可见，他对于佛教、道教绝不是一般地著文破斥而已，而是主张通过法制强制手段加以排斥乃至运用极刑，让佛教、道教彻底从中国绝迹。他虽有此意，然而限于环境，他还是隐而未明说，只称要加以"明之"，即通过大声疾呼，让更多人明白。

（三）尊崇韩愈，视排佛为忠义之行

唐代政治家和文学家韩愈（768—824），字退之，因谓昌黎望族，世称韩昌黎，官至吏部侍郎，称韩吏部，逝世后，赐谥号文，世尊称韩文公，著有《原道》《原性》及《论佛骨表》等，有《昌黎先生集》《外集》传世，致力弘扬儒家仁义道德的名教，提出自尧、舜、禹，经周文王、武王、周公，直到孔子、孟子的儒家"道统"说，严厉批判佛教和道教，提倡古文运动，在中国文化思想史上影响很大。

韩愈受到"宋初三先生"的尊崇，把他列入古来倡导圣道王道的圣人行列之中，往往称之为"吏部"。石介排斥佛教，也以韩愈为榜样，为旗帜。在这方面，石介的抱负是很大的，在所著《救说》中说：

> 道大坏，由一人存之。天下国家大乱，由一人扶之。周室衰，诸侯乱，道大坏也，孔子存之。孔子没，杨墨作，道大坏也，孟子存之。战国盛，仪、秦起，道大坏也，荀况存之。汉祚微，王莽篡，道大坏也，扬雄存之。七国王纲隳，道大坏也，文中子存之。齐梁以来，佛老炽，道大坏也，吏部存之。……五代之乱，则太祖扶之也。故道卒不坏，天下国家乱卒止。古之人有言曰：大厦将颠，非一木所支，是弃道而亡天下国家也。①

他把韩愈列为南北朝以来排斥佛教、道教，拯救王道功绩突出，属于历史上能在极端危难中"存道""定乱"的圣人，将他置于孔子、孟子、荀况、扬雄、文中子等众圣之后。他在《读韩文》中赞颂韩愈：

---

① 载《徂徕集》卷八。

揭揭韩先生，雄雄周孔姿。披榛启其途，与古相追驰。沿波穷其源，与道相滨涯。三坟①言其大，十翼②畅其微。先生书之辞，包括无子遗。春秋一王法，曲礼三千仪。先生载于笔，巨细成羁縻。杨墨乃沦骨，旷然彰其娲。佛老亦颠跻，茫然复于夷。婉婉平蔡画，淮西获以依。凌凌逐鳄文，潮民蒙其禧。将无造化合，功与天地齐。洋洋治世音，磊磊王化基。悖之则幽厉，顺之则轩羲。③

将韩愈一生的道德、学问、功绩，概括殆尽，甚至称"功与天地齐"。然而仅就所谓"佛老亦颠跻，茫然复于夷"来说，并不符合历史实际。佛教不仅没有因为韩愈的破斥而从唐朝社会绝迹，而且一直盛行到宋代。

此外，石介在《读原道》中还说，继孟子之后，"去孔子后千五百年间，历杨墨韩庄老佛之患，王道绝矣"，在这种极其困难的形势下，唯有韩愈敢于站出来"推明《洪范》《周礼》《春秋》《孟子》之书"，排斥佛教，阐明王道，做出如同箕子、周公、孔子、孟轲那样的贡献。然后自称"余不敢后吏部"，意为要紧跟韩愈之后在排斥佛老、弘扬王道方面有所作为(《徂徕集》卷七)。

实际上，石介作为想有所作为的儒者是将排斥佛老当作实践圣人之道的仁义之行的，对此是当仁不让的。据欧阳修《徂徕石先生墓志铭》说，石介曾自谓：

---

① 三坟，谓伏羲、神农、黄帝之书。
② 孔子注释《周易》作《易传》，有十篇谓之"十翼"：《彖上传》《彖下传》《象上传》《象下传》《系辞上传》《系辞下转》《文言传》《序卦传》《说卦传》《杂卦传》。
③ 载《徂徕集》卷三。

学者，学为仁义也。惟忠能忘其身，惟笃于自信者，乃可以力行也。以是行于己，亦以是教于人，所谓尧、舜、禹、汤、文、武、周公、孔子、孟轲、扬雄、韩愈氏者，未尝一日不诵于口，思与天下之士皆为周孔之徒，以致其君为尧舜之君，民为尧舜之民，亦未尝一日少忘于心。

另据石介在《答欧阳永叔书》中所说：

今天下为佛老，其徒嚣嚣乎声附合应，仆独挺然自持吾圣人之道。今天下为杨亿，其众哓哓乎，一倡百和，仆独确然自守圣人之经。凡世之佛老、杨亿云者，仆不惟不为，且常力摈斥之。天下为而独不为，天下不为而独为，兹是仆有异乎众者，然亦非特为取高于人道，适当然也。[①]

可以认为，石介作这种表示是为了向朝廷和朝中臣僚说明，自己排斥佛教、道教，批判杨亿提倡的时文，完全是为了阐扬圣道王道和实践儒家的仁义之道，当然也是为了"与天下之士皆为周孔之徒，以致其君为尧舜之君，民为尧舜之民"。这种表白，应当说是发自内心。

对于以上介绍的宋初孙复和石介的排斥佛教、道教之论，到底应当如何评价呢？笔者在这里既不拟引证佛教及道教的教理；也不拟引证佛教传入中国之后的传播历史和道教兴起与演变的历史，特别在南北朝及唐宋以来盛行于朝野的史实；也不列举佛教与道教作为传统文化的组成部分对中国社会和文化发展所做出的贡献。只是

———————————
① 载《徂徕集》卷十五。

想指出，他们既然未深入了解和研究佛教和道教，对佛教和道教在中国传播和发展的历史，对以往儒、释、道三教通过互相比较、碰撞和彼此吸收的事实，几乎是处于茫然无知的状态，又怎么能够做到在了解佛教和道教的基础上进行批评，作出令人信服的结论呢？实际上，他们排斥佛教、道教的做法，从中国历史、宋朝现实和中国文化的发展来看，并未提出什么有创新成分的东西，实际是与历史和文化发展方向相违背的。对此，应当说历史已经做出证明，这里无须详加认证。

第二节　欧阳修的治国之本论与排佛论

北宋初期承后周毁禁佛教（所谓"灭佛"）之后，历代皇帝都是保护和支持佛教传播发展的。然而一部分儒者士大夫鼓吹排斥佛教，批判以杨亿、刘筠为代表的骈体"时文"，提倡古文，以及道学的酝酿和兴起，应当说是反映了时代思潮的。在这当中，欧阳修是位著名的代表人物。欧阳修虽然以文学、史学著称，然而他所撰《本论》三篇集中反映了他对改善宋朝政治、文教和道德教化的主张，提出了所谓治国之本的理论，同时依据这种理论提出影响较大的排斥佛教的主张。

一、欧阳修及其《本论》

（一）欧阳修生平

欧阳修（1007—1072），字永叔，吉州庐陵（今江西省吉安市永丰县）人。四岁时父亲去世，随母亲至随州，投靠担任随州推官的叔父。因家贫没有纸笔，母亲郑氏常用芦苇在地上书写教他认字。他逐渐能诵读古人文章，并学会写诗，在十岁后常借书回家抄诵。随州南边有大姓李氏藏书丰富，他常来此借书，偶然从古书中发现唐韩愈的文集六卷，借回阅读，爱其为文，及至成年，已冠绝同辈。

宋仁宗天圣七年（1029），欧阳修由随州荐举，入京试国子监为第一；秋，以广文馆生赴国学解试又得第一。翌年，试礼部翰林学士为第一。经试崇政殿，为甲科第十四名，五月授将仕郎，试秘书省校书郎，出任西京留守推官。景祐元年（1034）经试学士院，授宣德郎试大理评事兼监察御史，充镇南军节度掌书记，馆阁校勘，后参与编修《崇文总目》，逐渐出名。庆历元年（1041），加骑都尉，不久改任集贤校理。庆历三年（1043），宋仁宗有意施行新政，擢任范仲淹、富弼、韩琦三人执掌朝政，又起用欧阳修以太常丞知谏院，同时任蔡襄、王素、余靖并为谏官。不久，欧阳修兼右正言知制诰。他大力支持范仲淹、富弼等人推行的整顿吏治、发展农桑和富国强兵的新政措施。

针对朝中反对新政者以"朋党"为名诬陷中伤范仲淹、富弼等人的做法，欧阳修撰《朋党论》以辨明之，说小人出于利害关系彼此之间实无朋可言，而"君子则不然，所守者道义，所行者忠信，所惜者名节。以之修身，则同道而相益，以之事国，则同心而共济，终始如一，故曰：惟君子则有朋"[1]，而这种朋越多对国家越有利。新政实施不到两年时间，反对者诬告范仲淹、富弼、杜衍以及韩琦等人结党，致使他们相继被罢，先后贬官外地。为此，欧阳修上书为他们辩护，说：

---

[1]《宋史》卷三一九"欧阳修传"。

杜衍、韩琦、范仲淹、富弼，天下皆知其有可用之贤，而不闻其有可罢之罪。自古小人谗害忠贤，其说不远。欲广陷良善，不过指为朋党，欲动摇大臣，必须诬以颛权，其故何也？去一善人，而众善人尚在，则未为小人之利；欲尽去之，则善人少过，难为一一求瑕，唯指以为党，则可一时尽逐。至如自古大臣，已被主知而蒙信任，则难以他事动摇，唯有颛权是上之所恶，必须此说，方可倾之。正士在朝，群邪所忌，谋臣不用，敌国之福也。今此四人一旦罢去，而使群邪相贺于内，四夷相贺于外，臣为朝廷惜之。①

欧阳修由此谏奏也遭到诬陷贬官，左迁知制诰、知滁州，两年后徙知扬州、颍州，复为学士留守南京（今河南商丘），因居母丧离职。此后，迁翰林学士，受命撰修《唐书》（《新唐书》），并继包拯之后加龙图阁学士知开封府，官至枢密副使，嘉祐六年（1061）任参知政事。

神宗即位之后任用王安石（1021—1086）为参知政事、同中书门下平章事（宰相），受诏创置三司条例司，对政治、经济进行大幅度变法革新，实施均输法、青苗法、募役法、市易法、将兵法、保甲法等，以图发展农业生产，富国强兵，然而不断招致来自朝野维护既得利益和主张维持旧制的各种势力的反对。欧阳修在神宗朝以观文殿学士知亳州、青州，后知蔡州，因反对实施青苗法，受到支持王安石新政一派的排斥。熙宁四年（1071），欧阳修以太子少

---

① 余冠英、周振甫、启功、傅璇琮主编，国际文化出版公司出版《唐宋八大家全集》本《欧阳修集》卷一〇七《奏议》十一《论杜衍范仲淹等罢政事状》。此据《宋史》卷三一九"欧阳修传"。

师致仕，翌年逝世，年六十六，朝廷赠太子太师，赐谥号"文忠"。

欧阳修在知滁州时，自号"醉翁"，晚年移知蔡州（治今河南汝南）后改号"六一居士"。在佛教盛行后，居士一般是指在家男女信众，然而欧阳修自称的居士是别有所指。他在所撰《六一居士传》中解释说："吾家藏书一万卷，集录三代以来金石遗文一千卷，有琴一张，有棋一局，而常置酒一壶"；"以吾一翁，老于此五物之间，是岂不为六一乎?"① 可见他将自己藏书、古代金石遗文、琴、棋、酒视为心爱赏玩的五物与自己合为六个一，称"六一居士"，反映了他晚年致意隐居和淡泊闲适的心境。

据载，欧阳修一生好"见义勇为"，虽临险境也敢直言，阐述己见。善写诗撰文，为世人崇尚。在学问上尊崇孔、孟，尤其推崇唐代韩愈，认为儒家礼乐仁义符合"大道"，应予严格遵循。在朝廷和诸州为官，官至参知政事，热心引荐奖掖后进，如曾巩、王安石、苏洵及其子苏轼、苏辙等人，在尚未出仕地位低微之时皆受到过欧阳修的引荐或提拔。好结交朋友，重情谊。好古嗜学，广泛搜集周汉以后历代金石遗文和断篇残简，然后加以考证，比较真伪异同，编撰《集古录》。奉诏与宋祁合编《唐书》（《新唐书》），负责编撰其中纪、志、表部分，自撰《五代史记》（《新五代史》），重正统，并取法《春秋》笔法。有《欧阳文忠公集》（简称《欧阳修集》）一百五十三卷行世，内有《居士集》五十卷、《居士外集》二十五卷，另有《外制集》《内制集》《表奏书启四六集》《奏议》等。

苏轼在宋哲宗元祐六年（1091）为欧阳修《居士集》写的序中说："欧阳子论大道似韩愈，论事似陆贽，记事似司马迁，诗赋似

---

① 欧阳修《六一居士传》，载《欧阳修集》卷四十四，《居士集》卷四十四。

李白。此非予言也，天下之言也。"意为欧阳修论大道、先王之道
与唐朝韩愈相似，论事像唐德宗时善于文笔官至宰相的陆贽，记事
像汉代《史记》作者司马迁，诗赋像唐代诗人李白，并称这实际是
天下人的赞誉。

欧阳修是宋代著名文学家、诗人和史学家，然而却难说他是位
思想家。在他的文集中论文并不多。他写的重要论文有《正统论》
三篇，是运用儒家思想论证在史书中如何确定历代正统的问题，认
为"居天下之正，合天下于一"者为正统，此外则看情况而异，提
出了自己的见解。

欧阳修另一重要论著是《本论》三篇，从不同角度论证治理天
下应当遵循的基本原则——治国之本。正是在这篇文章中，提出了
他的排佛论。

(二)《本论》的内容和欧阳修的理想盛世

欧阳修所著《本论》有上中下三篇。上篇著于宋仁宗庆历二
年（1042），中篇与下篇皆著于庆历三年（1043），虽皆围绕论证治
国之本这一核心内容，但侧重点有所不同。

上篇首先指出"天下之事有本末，其为治者有先后"。若就治
理天下而言，应以夏商周三代为治世模式，取法三代为治国之本。
他说三代"以理数均天下，以爵地等邦国，以井田域民，以职事任
官"，虽在"财必取于民，官必养于禄，禁暴必以兵，防民必以刑"
方面与后代情况大体一致，然而要达到天下得以治理的目的，还必
须在保障"财足"和"兵足"的前提下，"饰礼乐、兴仁义以教道
之，是以其政易行，其民易使，风俗淳厚，而王道成矣"。这才是
最重要的。实际上，上篇是欧阳修借以向正筹划新政的仁宗皇帝和
朝廷提出自己的建议的。他从三代治理的历史中概括出节财、强

兵、立制、任贤、尊名五个要点。他说：

> 今之务众矣，所当先者五也。其二者有司之所知，其三者
> 则未之思也。足天下之用，莫先乎财，系天下之安危，莫先乎
> 兵，此有司之所知也。然财丰矣，取之无限而用之无度，则下
> 益屈而上益劳。兵强矣，而不知所以用之，则兵骄而生祸。所
> 以节财、用兵者，莫先乎立制。制已具备，兵已可使，财已足
> 用，所以共守之者，莫先乎任人。是故均财而节兵，立法以制
> 之，任贤以守法，尊名以厉贤，此五者相为用，有天下者之常
> 务，当今之世所先，而执事者之所忽也。①

实际上，节制用财、强兵、立法制、任用贤才、尊名厉贤这五
个方面与翌年范仲淹、富弼等人推出"庆历新政"的整顿吏治、发
展农桑和富国强兵的革新主张大体是一致的，可以说是反映了时代
思潮的。

欧阳修认为当时是宋创建治世的最好时机，他对自己理想的治
世盛景作出如下描述：

> 民不见兵革于今几四十年矣，外振兵武，攘夷狄，内修法
> 度，兴德化，惟上之所为，不可谓无暇。以天子（按：指仁宗）
> 之慈圣仁俭，得一二明智之臣相与而谋之，天下积聚，可如
> 文、景之富；制礼作乐，可如成周之盛；奋发威烈以耀名誉，
> 可如汉武帝、唐太宗之显赫；论道德，可兴尧、舜之治。②

---

① 《本论》上篇，载《欧阳修集》卷六十，《居士外集》卷十。
② 同上。

唐尧、虞舜时的道德，西周的礼乐，汉代文景之治的富庶，汉武帝、唐太宗时威震四海的强大武备，是古来儒者理想中构成盛世的重要方面。欧阳修希望宋朝廷取法三代，兴仁义礼乐，并且适时做出改革，建立他所理想的盛世。

欧阳修在《本论》中篇、下篇依据治国之本"仁义"的思想，提出他的排佛论。

二、欧阳修的排佛依据及其特色

唐代韩愈的《原道》在宣扬儒家道统的同时，对佛道二教予以严厉批判，认为"周道衰，孔子没，火于秦，黄老于汉，佛于晋、魏、梁、隋之间。其言道德仁义者，不入于杨，则归于墨；不入于老，则归于佛"，是说佛教、道教二教继杨、墨之后盛行于社会。举国上下接受的"仁义道德之说"不是来自佛教，就是来自道教，而这种仁义道德与儒家所奉的仁义道德是不同的。

早在韩愈之时就说，儒家所尊奉的"先王"之道，即儒家仁义道德学说，原本是从先圣尧、舜开始传下来的，"尧以是传之舜，舜以是传之禹，禹以是传之汤，汤以是传之文武周公，文武周公传之孔子，孔子传之孟轲，轲之死，不得其传焉"。先秦荀子、汉代的扬雄虽也是儒者，但他们的学说不足以完整而精确地表达先王之道。于是，本为"夷狄之法"的佛、道二教乘虚而入，风行于社会上下，人们所接受的全是他们的仁义道德。韩愈感叹，在这种情况之下，"后之人虽欲闻仁义道德之说，其孰从而求之"？那么，如何能使儒家所奉的先王之道主导社会思想和文化呢？韩愈提出同时采取两种办法：一是朝廷在行政上实施强制取缔佛、道二教的方法，即所谓"不塞不流，不止不行。人其人，火其书，庐其居"，严禁佛、道二教传播，命僧人道士还俗，将二教经书焚毁，将寺院道观改为民居；二是"明先王之道以道之，鳏、寡、孤、独、废、疾者有养也"，即大力弘扬儒家仁义之道，引导民众信奉遵循，并且在物质上照顾那些丧失生活能力的老弱孤寡病残的百姓。

与韩愈的这种主张比较，欧阳修未提出强制取缔道教的主张。这大概鉴于宋朝皇室自真宗之后奉老子为祖先，以道教元始天尊为"圣祖"的缘故。欧阳修的排佛论虽是在吸收韩愈《原道》的基础上提出来的，然而在具体论证中拥有自己的特色。虽然他只在《本论》中下两篇①集中排斥佛教，然而所依据仍是《本论》上篇所提出的治国之本，即源自三代"饰礼乐、兴仁义"的"王道"思想，只是说法和侧重点有所不同。现从以下几个层次加以说明。

（一）说以往排佛者不知排除的方法

《本论》中篇说："佛法为中国患千余岁，世之卓然不惑而有力者，莫不欲去之。已尝去矣，而复大集，攻之暂破而愈坚，扑之未灭而愈炽，遂至于无可奈何。是果不可去邪？盖亦未知其方也。"是说佛教自传入中国已经一千多年，虽然历代有所谓"卓然不惑而有力者"（意为排佛的朝廷及儒者）起来排斥，想从社会上加以排除，然而即使佛教一时遭到禁毁，不久又恢复乃至更加盛行。欧阳修认为出现此种情况是因为没有找到可行的方法。他比喻说，医生看病，必须诊查病因，然后加以医治。人之生病是因为气虚，致使病乘虚而入，所以"善医者，不攻其疾，而务养其气，气实则病去"，同样对于佛教这样的"天下之患"也应"推其患之所自来，而治其受患之处"。

①《本论》中下篇分别载《欧阳修集》卷十七，《居士集》卷十七。

那么，佛教流传于天下到底是什么原因呢？他从三代以来的历史说起，然后指出根本原因在于中国本有的儒家仁义名教衰败，致使佛教传播和盛行。

（二）说尧、舜及三代"王政明而礼义充"，佛教不能传播社会

欧阳修说：

> 佛为夷狄，去中国最远，而有佛固已久矣。尧、舜、三代之际，王政修明，礼义之教充于天下，于此之时，虽有佛无由而入。及三代衰，王政阙，礼义废，后二百余年而佛至乎中国。由是言之，佛所以为吾患者，乘其阙废之时而来，此其受患之本也。补其阙，修其废，使王政明而礼义充，则虽有佛无所施于吾民矣，此亦自然之势也。

佛教发源于公元前6、5世纪的古印度，此时相当于中国的春秋时代。按照欧阳修的说法，佛教早已存在，似乎是受到佛教一些说法的影响。他认为尧、舜及夏商周三代"王政修明，礼义之教充于天下"，即使佛教传入也不可能盛行，只是因为后世衰败，"王政阙，礼义废"，才使佛教乘虚而入。在这里，他明确地点明佛教盛行于中国的原因："王政阙，礼义废"；从中国排除佛教的方法："王政明而礼义充"。

什么是"王政明"？欧阳修说，尧、舜、三代实行井田制，计口授田，使民致力农耕，规定缴纳什一之税，然后教之以祭祀和宴会的礼节，所谓"制牲牢酒醴以养其体，弦匏俎豆以悦其耳目"，并设立学校，对百姓实施教育，使人"知尊卑长幼，凡人之大伦"及"养生送死之道"。这样，百姓"耳闻目见，无非仁义礼乐而趣

之"，致使佛教不能乘虚传入，传入也无人信奉。

（三）称三代后"尽去三代之法，而王道中绝"，佛教得以传入

欧阳修说：

> 及周之衰，秦并天下，尽去三代之法，而王道中绝。后之有天下者，不能勉强，其为治之具不备，防民之渐不周。佛于此时乘间而入。千有余岁之间，佛之来者日益众，吾之所为者日益坏。井田最先废，而兼并游惰之奸起，其后所谓蒐狩、婚姻、丧祭、乡射之礼，凡所以教民之具相次而尽废。然后民之奸者有暇而为他；其良者泯然不见礼义之及己。夫奸民有余力，则思为邪僻；良民不见礼义，则莫知所趣。佛于此时乘其隙，方鼓其雄诞之说而率之，则民不得不从而归矣。又况王公大人往往倡而驱之曰：佛是真可归依者。然则吾民何疑而不归焉？

是说，在秦始皇统一中国之后，将三代井田、赋税等法完全废除，王道也中断，此后历代当政者既没有制定周全的制度，三代以来通行的蒐狩、婚姻、丧祭、乡射礼乐及教育设施又相继废弃，结果导致"民之奸者"能有余暇做"邪僻"之事（指信奉儒家之外的学说或宗教），而良善之民却没有接受礼乐教育的机会，不知何为正道。这样便为佛教传播和盛行提供了条件，致使很多民众归依佛教。在这当中，有些"王公大人"（指信奉或对佛教有好感的朝廷重臣和官员）还鼓励民众信奉佛教，使民众对归依佛教没有任何疑惑。在这种形势下，即使有"不惑者"（指不信佛教的儒者）想起来破斥和排除佛教，岂能发生任何作用！于是欧阳修哀叹："千岁

之患遍于天下，岂一人一日之可为？民之沉酣入于骨髓，非口舌之可胜？"

那么，到底用什么方法才能排除佛教呢？

(四) 主张对佛教应修仁义礼乐之本以胜之

欧阳修《本论》中篇说：

> 然则将奈何？曰：莫若修其本以胜之。昔战国之时，杨、墨交乱，孟子患之而专言仁义，故仁义之说胜，则杨、墨之学废。汉之时，百家并兴，董生患之而退修孔氏，故孔氏之道明而百家息。此所谓修其本以胜之之效也。今八尺之夫，被甲荷戟，勇盖三军，然而见佛则拜，闻佛之说则有畏慕之诚者，何也？彼诚壮佼，其中心茫然无所守而然也。一介之士，眇然柔懦，进趋畏怯，然而闻有道佛者则义形于色，非徒不为之屈，又欲驱而绝之者，何也？彼无他焉，学问明而礼义熟，中心有所守以胜之也。然则礼义者，胜佛之本也。今一介之士知礼义者，尚能不为之屈，使天下皆知礼义，则胜之矣。此自然之势也。

欧阳修排佛论的一个重要特点是主张用提倡和弘扬儒家的仁义礼乐，引导社会广大民众接受并修持仁义礼乐，将原来深受佛教影响的民众吸引过来，形成人人修持仁义礼乐的局面，从而使佛教失去信众和市场，此即所谓"修其本以胜之"。他举的例子一是战国之时，孟子的倡导仁义之说战胜杨、墨；二是西汉之时，董仲舒阐释孔子学说造成罢黜百家的思想一统局面。为什么这种方法能奏效呢？他认为既然佛教是在人们心中"茫然无所守"之时乘虚而入，那么如果引导他们接受儒家仁义礼乐，心中便有所操持，就不容易受到佛教的影响了。他举的"一介之士，眇然柔懦，进趋畏怯，然而闻有道佛者则义形于色，非徒不为之屈，又欲驱而绝之者，何也？彼无他焉，学问明而礼义熟，中心有所守以胜之也"。这使人想到宋初激烈破斥佛教的孙复、石介，他们就是用所谓圣人之道，即儒家的仁义礼乐学说来批判佛教和道教的。

在《本论》下篇，欧阳修对此有进一步发挥。他说，自己曾经同意荀子提出的人性恶的说法，然而当看到那么多世人归依佛教之后，便认识到性恶论极端错误，还是孔、孟的性善论正确。他说为什么人们对于"弃其父子，绝其夫妇，于人之性甚戾，又有蚕食虫蠹之弊"的佛教，不表示厌弃反而相率归依呢？就是因为佛教拥有教人"为善"的说教。这是指佛教倡导五戒、十善①等，劝人修善止恶，并且有系统的善恶报应和三世轮回的说教，容易得到民众的欢迎和接受。

既然如此，为什么儒家不能将自己的仁义为善的说教加以宣传弘扬呢？他是这样说的：

> 诚使吾民晓然知礼义之为善，则安知不相率而从哉？奈何教之谕之之不至也？佛之说，熟于人耳、入乎其心久矣，至于礼义之事，则未尝见闻。今将号于众曰：禁汝之佛而为吾礼义！则民将骇而走矣。莫若为之以渐，使其不知而趣焉可也。盖鲧之治水也郭之，故其害益暴，及禹之治水也导之，则其患息。盖患深势盛则难与敌，莫若驯致而去之易也。今尧、舜、三代

---

① 五戒：不杀生、不偷盗、不邪淫、不妄语、不饮酒；十善：不杀生、不偷盗、不邪淫、不妄语、不两舌、不恶口、不绮语、不贪、不嗔、不痴。

之政，其说尚传，其具皆在，诚能讲而修之，行之以勤而浸之
以渐，使民皆乐而趣焉，则充行乎天下，而佛无所施矣。《传》
曰"物莫能两大"，自然之势也，奚必曰"火其书"而"庐其
居"哉！

　　欧阳修的意思是说，如果百姓皆知道儒家礼义为善之教，必将
争相接受，只是以往在以礼义实施教化方面做得很不够。虽然如
此，因为民众已经长期受到佛教影响，对儒家礼义说教不了解，如
果骤然让他们脱离佛教而接受儒家礼义，非把他们吓跑不可。对
此，他认为妥善的方法可借鉴当年鲧用郭堵的方法治水失败，而大
禹用导引疏通的方法成功的教训，对百姓采用以"尧、舜、三代之
政"逐渐进行教化的办法，让他们接受仁义礼乐，最后离开佛教。
此即所谓：

　　　　行之以勤而浸之以渐，使民皆乐而趣焉，则充行乎天下，
　　而佛无所施。

　　因此，欧阳修反对采取韩愈主张的用行政强制的"火其书"
"庐其居"的方法禁毁佛教。欧阳修对此抱有信心，说"夫物极则
反，数穷则变，此理之常也。今佛之盛久矣，乘其穷极之时，可以
反而变之，不难也"（《本论》下篇），认为物极必反，佛教经过长
久盛行之后，已呈现弊端，接近穷途末路。朝廷如能在此时乘势盛
修王道，大兴仁义，则能比较容易地取胜佛教。
　　欧阳修的结论是：

　　　　患深势盛难与敌，非驯致而为之莫能也。故曰修其本以胜

之，作《本论》。①

是说，在佛教极其盛行，影响很大之时，如欲对其加以抑制，并最后战胜它、取代它，只有通过向民众弘扬仁义礼乐之教，引导他们逐渐脱离佛教，这是他所以撰写《本论》的用意所在。

三、从历史和北宋社会看欧阳修的排佛论

欧阳修作为一位儒者，站在儒家名教立场对社会上十分盛行的佛教提出批判、排斥是可以理解的。

比较而言，欧阳修的排佛论不仅比以往"三武一宗"时参与毁禁佛教的儒者温和宽容得多，能够从当政者、儒家自身"王道中绝""王政阙，礼义废"，未能兴"仁义礼乐"等方面寻找原因，而且对佛教以劝人行善的教义取得民众的欢迎也有所了解；在如何将佛教排除的问题上，他也提出与唐代韩愈、宋代石介等人主张强行毁禁佛教不同的做法，即以大兴仁义礼乐来争取民众的支持和奉行，逐渐使佛教削弱乃至从社会消亡。

那么，从历史和北宋社会的实际情况来看，欧阳修在《本论》中提出的佛教未在中国传播的原因是"王政明而礼义充"，兴盛的原因则是"尽去三代之法，而王道中绝"吗？用提倡儒家仁义，推行礼乐教化就能将佛教从中国消除吗？

前面提到，佛教创立于公元前6、5世纪，夏商周三代时期佛教尚未创立或创立未久，不可能传入中国，自然与"王政明而礼义充"没有关系。佛教直到公元前后两汉之际经过丝绸之路传入中国

---

① 《本论》下篇，载《欧阳修集》卷十七，《居士集》卷十七。

内地，开始只在少数知识分子和上层社会传播，至东晋十六国时期才在南北方盛行，经南北朝、隋、唐、五代早已从外来的宗教演变成中国民族的宗教，于大江南北城镇乃至穷乡僻壤皆有寺院和信众，在历代朝廷和儒者、民间知识信众的支持参与下，翻译和编撰了数量浩繁的经典著述，而卷数超过五千多卷的佛教丛书《大藏经》也是以皇帝为首的朝廷的直接支持下作为国家事业编辑和雕印出来的。如果说这些朝代是因为"尽去三代之法，而王道中绝"才招致佛教传播和兴盛，显然是难以成立的。

实际上，从汉至隋唐，经历了被历代圣贤和儒家学者誉为盛世的时期，例如东汉的"光武中兴"，隋初的盛世，唐代的贞观之治、开元天宝之治等，在思想文化界虽有佛教、道教流行，然而占据支配地位的却一直是儒家思想。以儒家思想为指导的文史著作逐代增加，以实践、发扬圣贤之道与"王道"为己任的明君贤臣和硕学通儒历代不乏其人。因此，怎么可以说在这样漫长的时间内王道中断，仁义礼乐已经消失呢。"存在决定意识"是颠扑不破的真理。实际上，宗教的存在有其客观原因，最重要的是因为它适应了中国社会民众的宗教信仰需要。至于民众选择哪种宗教，是佛教还是道教乃至原始宗教，那是次要的问题。对此类问题，中外历史有难以列举穷尽的史实例证。

按照欧阳修《本论》的观点，通过大力倡导弘扬儒家仁义之教，广泛推行礼乐教化就能将佛教从中国消除。历史已经证明，这是一种脱离社会现实的想象。从佛教传入中国之后，历代皆以儒家思想为支配思想，从中央到地方，通过科举、办学和社会教育、家庭启蒙教育、舆论褒贬等，应当说知识阶层和广大普通民众所接受的纲常伦理教育，主要是儒家的仁义礼智信及相关的道德规范。这从历代史书、文学乃至艺术作品，皆可得到证明。甚至连佛教、道教在传播过程中都深受儒家纲常伦理的影响，形成与儒家名教融通的教义思想和行为规范。

从中华民族发展进程来看，儒家原来的夏夷之辨早已失去实际意义。从秦汉以后，特别经过东晋十六国、南北朝时期，经历了空前规模和影响深远的民族大迁徙、大融合，到底哪些人是纯粹的华夏民族，哪些是戎夷蛮狄？哪些是汉族，哪些是胡族？从源头上认真探究已很难作出明确判别。作为朝廷和当政者如果在这方面强作辨别，提出区别对待不同人群族群的做法，可谓不智之至，也是办不到的事情。石介在《中国论》中提出中国人与"四夷"之别，将佛教、道教打入"四夷"加以排斥，可谓不识时务。欧阳修将佛教列入"夷狄"加以排斥，同样是落后于时代和不切实际的想法。

佛教作为一种宗教在中国传播和发展，到底对社会有什么影响？朝廷和官员对佛教采取过什么态度？这里不拟列举以往历代的大量事实，仅结合北宋前期情况加以简单说明。

在以皇帝为首的封建专制主义中央集权的社会，如果佛教得不到皇帝、朝廷和地方官员的允许和支持是很难得到顺利发展的。正如东晋道安所说："不依国主，则法事难立。"[1] 唐代道宣说："自教流东夏，代涉帝朝，必假时君弘传声略，然后玄素依缮，方开基构。"[2] 同样，历代统治者扶植和支持佛教，也从佛教传播于社会民众的过程中得到正面的回报，即弘传佛法是有利于社会秩序的稳定和劝善止恶的道德风气推广的。佛教的五戒、十善等蕴含的道德理念在传播中已与儒家仁义和忠孝等道德规范融通。南朝宋文帝曾对

---

[1] 南朝梁慧皎撰《高僧传》卷五"道安传"。
[2] 唐代道宣撰《大唐内典录·序》。

佛教有利于维护社会秩序作出充分肯定，说："若使率土之滨，皆纯此化，则吾坐致太平。"①

让我们再看看北宋初期几位皇帝和朝廷对佛教的态度和政策。北宋第一位皇帝宋太祖（960—976 在位）在后周世宗手下为将时，经历了"三武一宗"中的"一宗"——周世宗推行的禁毁佛教之举（955 年），然而这并未改变他对佛教的信仰，反而"益信佛法"②。他在夺取后周政权建立宋朝之后，即着手恢复佛教，度僧建寺，为战死将士追荐冥福。建隆四年（963）特派僧 157 人到印度求法。当发现进士李蔼"坐毁释氏，辞不逊"时，他下诏予以惩罚③。他还派人到益州（治今四川成都）组织雕造大藏经版④，开启了中国雕印大藏经宏业之先河。

宋太宗（976—997 在位）即位不久便下诏全国普度童子 17 万人，此后施行限制度僧人数的政策。在开封太平兴国寺设置译经院（后改称传法院），以国家力量组织翻译佛经并继续雕印大藏经。他曾表示："朕方隆教法，用福邦家。"以新译经典示宰臣说："浮屠氏之教有裨政治……朕于此道，微究宗旨。凡为君治人，即是修行之地，行一好事，天下获利，即释氏所谓利他者也……虽方外之说，亦有可观者，卿等试读之。盖存其教，非溺于释氏也。"⑤ 认为兴隆佛教有利于治国安民。雍熙三年（986）他为新译佛经写《新译三藏圣教序》说："大矣哉，我佛之教也。化导群迷，阐扬宗性……"对佛教的善恶因果报应教义和大乘的性空解脱的教理表示

---

① 《弘明集》卷十一《答宋文帝赞扬佛教事》。
② 元代熙仲集《历朝释氏资鉴》卷八引《欧阳公外传》。
③ 《宋史·太祖纪》。
④ 以上除注明出处外，皆见《佛祖统纪》卷四十三。
⑤ 宋李焘《续资治通鉴长编》卷二十四太平兴国八年（982）记事。

赞赏①。

宋真宗（997—1022在位）尊崇儒、释、道三教，率领群臣到泰山封禅，到汾阴（今山西宝鼎县）祀后土，又到曲阜拜谒孔子庙，封孔子为"玄圣文宣王""至圣文宣王"；至亳县（在今安徽）太清宫祭祠老子，加封老子为"太上老君混元上德皇帝"。真宗仿效唐皇室以老子为祖先的做法，以道教的元始天尊为"圣祖"，在京城和各地建景灵宫、圣祖殿祭祠。真宗撰《崇儒术论》以示宰臣，并刻石于国学。他还撰有《崇释论》，认为佛教可以"劝人之善，禁人之恶"，其不杀、不盗、不惑（原是不邪淫）、不妄（不妄语）、不醉（不饮酒）"五戒"与儒家仁、义、礼、智、信的"五常"，是"异迹而道同"的②。咸平二年（999）他继太宗之后作《继圣教序》。命赵安仁等人编录自太宗以来的译经目录为《大中祥符法宝录》，在他撰的序中认为佛教为"含灵之所依，历世之所尚，盖以辅五常之治，为众善之基"③，认为佛教可辅助儒家纲常名教，引人向善。自太宗以来至真宗晚年，虽也命大臣担任译经的润文之职，但从未任命宰相担当。然而在真宗去世前一年，即天禧五年（1021），他正式任命位至宰相的官员出任"译经使兼润文"官④。他还自注《四十二章经》《遗教经》，编入大藏经。

宋仁宗（1022—1063在位）时所存未译梵文佛经已经无多，但他仍继续维持翻译佛经事业。他在景祐三年（1036）为《景祐新修

---

① 宋太宗《圣教序》，载宋祖琇《隆兴编年通论》卷二十九《大明三藏圣教北藏目录序》。但《续藏经》本《隆兴编年通论》所载《圣教序》年代有误，作太平兴国三年（978）。清代徐松编《宋会要辑稿》（中华书局，1957年）作雍熙一年（984），从上下文看有误，据《佛祖统纪》卷四十三应为雍熙三年（986）。

② 《佛祖统纪》卷四十四，《大正藏》卷四十九第402页上。

③ 《大中祥符录》卷一、二已不存，此序现存《天圣释教总录》下册。

④ 《景祐新修法宝录》卷十六。

法宝录》写的序中解释为什么应译经僧和臣僚之请写序时说:"欲使率土之内,含生之流,发归依之诚,究因报之本,易贪痴为平等,革暴戾为慈爱,愚者畏罪以远恶,上士希福而增善,化民厚俗,不可得而让也。"这种以佛教教化民众止恶向善的思想与前任几位皇帝是一致的。他继承真宗晚年任命宰相担任译经使的做法,先后任命王钦若、吕夷简、章得象、陈执中、庞籍、文彦博、富弼等宰相出任译经使兼润文官①。

　　佛教僧尼在宋初全国人口中占多大比例呢? 据《宋会要辑稿·道释一》,在宋真宗天禧五年(1021),全国有僧 397 615 人,尼 61 239人,总数约占当时总人口的 2.3%②;在宋仁宗景祐元年(1034),全国有僧 385 520 人,尼 48 742 人,总数占当时总人口的 1.66%③。

　　从上述事实来看,宋朝以皇帝为首的朝廷对佛教是比较宽容的,佛教在社会上实际对儒家推行纲常名教起到辅助的作用,得到了最高统治者的认可和赞扬。佛教出家僧尼数字与全国人口比例应当说是在社会可承受的范围之内。再从北宋初期的社会总体情况来看,并不存在因佛教盛行导致儒家正统地位发生动摇和以仁义忠孝为中心的伦理道德受到威胁的情况。

　　欧阳修作为一向尊崇韩愈的儒者撰写《本论》阐释圣人之道、王道和仁义礼乐思想是可以理解的,在上篇集中提出自己的政治革新主张应当说是适应当时社会形势的。然而他提出排佛思想不仅明显地落后于时代,而且所提出的论据既与以往历史事实不符,也与宋代实际情况不符合。值得注意的是,他反对用强制行政方法禁毁佛教,主张通过大兴儒家仁义礼乐以争取民众的支持和接受,逐渐

---

① 见《宋会要辑稿》第二百册第 7893 页上。
②《文献通考》卷十一载,天禧五年(1021)天下主客户人口为 19 930 320 人。
③ 同上书,天圣七年(1029)全国主客户人口为 26 054 238 人。

取代佛教。如果实施这种做法，绝不会像他想象的那样导致佛教的消亡，而实际必将形成儒、佛二教互相和平竞争的局面，促成彼此自我改善和提高。从这个角度来看，欧阳修提出修仁义礼乐之本以胜佛教的主张对激励儒家创新儒学，发展文教，加强自身建设是有益处的。

自宋代以后，基本没有再出现"三武一宗"那种排佛局面，儒、释、道三家是在共存和竞争的环境中各自传播和发展的，各自通过自己的方式和渠道影响社会，共同为中华民族的历史和文化的发展做出贡献。这是历史事实。

第六章　北宋程颢、程颐创立理学及其佛教观

第一节　程颢、程颐的理学体系

宋代理学是中国儒家适应时代和社会发展而展现的新形态，构建了系统的富有哲学思辨的以性、理、道、气等为重要范畴概念的理论体系，因强调"道"或"天道"是天地万物乃至社会伦理、政教之本，也称道学。

周敦颐继理学先驱者"宋初三先生"胡瑗、孙复、石介之后，初步建立以"无极""太极"或"道"为至高概念的道学体系，至程颢、程颐兄弟赋予"理"以本体的意蕴，进一步将这一体系构建完成，而至南宋经朱熹、陆九渊等人将这一体系从不同方面加以发展、完善和系统化，为以后历代王朝采纳作为治国施教的统治思想奠定了理论基础。

宋代理学家在创立和发展理学过程中虽然大量吸收佛、道二教的思想，然而出于维护儒家正统的独尊地位和纲常名教的需要，从未放弃对佛、道二教的批评、排斥。这在现存程颢、程颐二人的著作中也多有反映。

关于二程传记和思想的资料，在宋代杜大珪所编《名臣碑传琬琰之集》下编卷二十一，朱熹《伊洛渊源录》，程颢、程颐《二程

集》，元脱脱等人编撰《宋史》卷四百二十七《道学传》，明末清初黄宗羲及其子黄百家、弟子全祖望等编撰《宋元学案》卷十三至卷十六等书中皆有记载①。

现参考上述资料，先对程颢、程颐（简称二程）的生平、理学思想体系作概要论述。

一、程颢、程颐的生平和著述

程颢、程颐兄弟以倡明自尧舜禹三王以来至孔孟的"圣人之道"，传承"圣人之学"为己任，主要在求学、治学、讲学和著述中度过一生，为推进宋代儒家思想适应时代和社会、致力理学的建立乃至中华民族哲学、思想文化的充实和发展，做出了积极贡献。

（一）程颢

程颢（1032—1085），字伯淳，死后世称明道先生。先祖世居中山（今河北省定州市），自曾祖以后从开封徙居河南洛阳。父珣（1006—1090），官至宋朝太中大夫。程颢在宋仁宗皇祐二年（1050）中进士第，先后任京兆府户县、江宁府上元县主簿，泽州晋城县令，所在为官多有政绩。宋神宗熙宁二年（1069）以秘书省著作佐郎受任太子中允、权监察御史里行②。

---

① 《名臣碑传琬琰之集》《伊洛渊源录》，载《四库全书》史部传记类；《二程集》，王孝鱼点校，中华书局，1981年；《宋史》，中华书局，1977年；《宋元学案》，中华书局，1986年。

② 程颐《明道先生行状》（载《二程集》第二册《河南程氏文集》卷第十一）、《名臣碑传琬琰之集·程宗丞颢传》、《宋史·道学传·程颢传》等皆未注明程颢从泽州晋城县令入朝受任时间，此据清毕沅《续资治通鉴》卷六十七。

宋神宗即位不久，任命王安石主持朝政推行变法，留心于朝政得失，久闻程颢之名，曾多次召见。程颢进言甚多，以诚意感悟神宗，劝谏"正心窒欲、求贤育材为先"，"防未萌之欲"，勿轻天下之士。他对于王安石推行变法，多有异议，一再上章进言，提出诸如"辅臣不同心，小臣预大计，公论不行，青苗取息卖，祠部提举官多非其人，及不经封，驳京东转运使剥民希宠，不加黜责，兴利之臣日进，尚德之风寖衰"等，主旨是反对为"功利"而实行变法。当看到己言不被采纳，便上请授以外任，先得授提点京西刑狱，固辞此职，后改授镇宁军判官。程颢在此后历任监西河洛河竹木务、太常丞，知扶沟县事、监汝州酒税等职。至元丰八年（1085）哲宗即位，改授承议郎，召为宗正丞，然而尚未成行，便因病逝世，享年五十二岁①。

据程颐所撰《明道先生行状》，程颢平生"内主于敬，而行之以恕，见善若出诸己，不欲弗施于人"，践行他治学和处世为人、道德修养的主张。程颢、程颐二人治学，深受周敦颐的影响，致志于创新传统儒学，建构理学。

周敦颐（1017—1073），原名敦实，后因避宋英宗（初名赵宗实）之讳，改名敦颐，字茂叔，道州营道（在今湖南道县西）人，在辗转各地为官过程中，读书、讲学、与友人商讨学问不辍，著有《太极图说》《通书》等，"推明阴阳五行之理，命于天而性于人者"（《宋史·道学·周敦颐传》），是宋代道学正式开创人。在宋仁宗庆历四年（1044）任南安军（治今江西大余县）司理参军至庆历六年（1046）升任大理寺寺丞、知郴州（在今湖南）期间，程颢、程颐之父程珦（1006—1090）知虔州（治今江西赣州）、假倅南安军

---

① 以上据程颐《明道先生行状》《名臣碑传琬琰之集·程宗丞颢传》等。

（代任南安军副官），因赏识周敦颐的为人和学识，让二子程颢、程颐拜他为师。当时程颢十五岁，程颐十四岁①。虽然时间不过一年左右，然而对他们二人的道德学问影响很大。程颐在《明道先生行状》中说：

> 先生为学：自十五六时，闻汝南周茂叔论道，遂厌科举之业，慨然有求道之志。未知其要，泛滥于诸家，出入于老、释者几十年，返求诸六经而后得之。明于庶物，察于人伦。知尽性至命，必本于孝悌；穷神知化，由通于礼乐。辨异端似是之非，开百代未明之惑，秦、汉而下，未有臻斯理也。②

程颢虽然尚在少年，然而在听周敦颐富有新意的"论道"，从他受学之后，深受启发，开始厌弃传统的通过读经、科举以求仕进的道路，决意致志于"求道"，从而确定了以后治学立身的方向。所谓"求道"，不再是以往旧儒训诂析义、死记章句那种"浅陋固陋"的做法，而是侧重于从宏观角度探索经典蕴含的"极微"义理，探求天地之本、天人之际、人伦道德之源和心性修养等的道理，亦即所谓"天道性命"之学。他在此后，既通览诸子之学，又在"几十年"间接触和考察道家、佛教，然后深入研习儒家"六经"，才体悟何为理，何为真正的"尧舜之道"。所谓"明于庶物，察于人伦。知尽性至命，必本于孝悌；穷神知化，由通于礼乐"，正道出了程颢致力建构的理学的基本内容。所谓"辨异端似是之非，开百代未明之惑"，主要是指借辨析和批判佛、道二教，以破

---

① 宋度正：《周敦颐年谱》，载《周敦颐集》，中华书局，2009 年。
② 《二程集》第二册《河南程氏文集》卷第十一。

除长期以来世人对二教及其他异端之"迷惑"。

程颐对其兄程颢的评价甚高。唐韩愈在《原道》中说:"斯吾所谓道也,非向所谓老与佛之道也。尧以是传之舜,舜以是传之禹,禹以是传之汤,汤以是传之文武周公,文武周公传之孔子,孔子传之孟轲,轲之死,不得其传焉。"程颐在为兄写的行状中说:"孟子没而圣学不传,以兴起斯文为己任。"意为其兄是上承尧舜至孔孟以来的道统,以传"圣学"、振兴圣人之道为己任者。曾任宰相,封潞国公,以太师致仕居于洛阳的文彦博(1006—1097)采纳众议,题程颢之墓曰"明道先生"。程颐撰表称颂曰:

> 周公没,圣人之道不行;孟轲死,圣人之学不传。道不行,百世无善治;学不传,千载无真儒。无善治,士犹得以明夫善治之道,以淑诸人,以传诸后;无真儒,天下贸贸焉莫知所之,人欲肆而天理灭矣。先生生千四百年之后,得不传之学于遗经,志将以斯道觉斯民。

并借乡人士大夫之议说:

> 先生出,倡圣学以示人,辨异端,辟邪说,开历古之沉迷,圣人之道得先生而后明,为功大矣。①

为什么为程颢议定谥号"明道"呢?认为他在孟子之后将久已失传的圣人之道重新倡明于世,传承圣人之学,引导世人摆脱"异端""邪说",觉悟天理,建立了不朽的功业。从程颐对其兄事迹的

---

① 《明道先生墓表》,载《二程集》第二册《河南程氏文集》卷第十一。

介绍和评价中，可以了解程颢的治学意向和主要理学主张。

（二）程颐

程颐（1033—1107），字正叔，世称伊川先生。

宋仁宗皇祐二年（1050），程颐十八岁，在进京期间向皇帝上书，自称所学为"天下大中之道"，说"王道之本，仁也"，"治天下之道，莫非五帝、三王、周公、孔子治天下之道"，对以往科举注重以"博闻强记""明经""唯专念诵，不晓义理"取士的做法提出异议，劝皇上"以王道为心，以生民为念，黜世俗之论，期非常之功"①，然而未得到回应。从程颐的上书已可看出他的治学意向和政治见解。

自皇祐四年（1053）主持太学的是"宋初三先生"之一、在湖州办学卓有成效、以重"经义""治事"著称的胡瑗（993—1059）。他先后任光禄寺丞、国子监直讲和太子中允、充天章阁侍讲②。当时不少学子慕名到太学就学。程颐游学太学，也从胡瑗受学。胡瑗曾以"颜子所好何学论"考试学生。程颐应题撰文，表示"圣人可学而至"，为学"必先明诸心"，"仁义忠信不离乎心"，批评当时"不求诸己而求诸外，以博闻强记、巧文丽辞为工，荣华其言"的学风，称赞颜回拳拳服膺于礼、道，学则"必思而后得，必勉而后中"③。胡瑗看到此文大为赏识。

---

① 《上仁宗皇帝书》，载《二程集》第一册《河南程氏文集》卷第五。
② 宋欧阳修《胡先生墓表》载：皇祐中，"为光禄寺丞、国子监直讲，乃居太学"；嘉祐元年（1056），"迁太子中允，充天章阁侍讲，仍居太学"（《欧阳修集》卷二十五）。李焘《续资治通鉴长编》卷一百七十三载，皇祐四年（1054）十月胡瑗任光禄寺丞，国子监直讲；卷一百八十四载，嘉祐元年十二月"太子中允、天章阁侍讲胡瑗管勾太学"。可见胡瑗在任国子监直讲以后一直主管太学。
③ 程颐《颜子所好何学论》，载《二程集》第一册《河南程氏文集》卷第八。

　　从此，程颐逐渐出名。据朱熹《伊川先生年谱》①，程颐于嘉祐四年（1052）虽举进士进京参加科举，然而廷试未能及第。从此，他不再应试，虽有朝中大臣举荐，他皆以学不足为由而予以婉绝。元丰八年（1085）神宗去世，哲宗幼年即位，宣仁太后垂帘听政，任用以往对王安石变法有异议的司马光、吕公著为相。经他们举荐，诏程颐任西京国子监教授。程颐虽辞不赴，然而不久应召入朝，任秘书省校书郎，即上疏建言应为年幼的皇帝"选名儒入侍劝讲"，以"养成圣德"。不久，诏命程颐以通直郎任崇政殿说书，得以按定制入宫为哲宗讲经。他经常借讲经的机会进谏，听说哲宗在宫中不忍踏踩蚂蚁，便说："推此心以及四海，帝王之要道也。"元祐七年（1092）程颐为父守孝期满之后，受任通直郎直秘阁，判西京国子监。翌年，宣仁太后逝世，哲宗亲政，起用原来拥护变法新政的大臣，排斥元祐年间废除新法的旧臣。绍圣四年（1097），程颐也被看作是旧党成员，诏遣编管于涪州（治今重庆市涪陵区）安置，期间潜心研究《周易》。在元符三年（1100）初徽宗即位之后，程颐才被赦回归，诏授通直郎，权判西京国子监。

　　程颐辞不受任而致仕，从此常隐居于洛阳龙门山，从事著述、讲学，于大观元年（1007）九月逝世，享年七十五岁②。程颐传世著述除语录外，著名的有《易传》《春秋传》《论语解》《中庸解》等。

　　程颐生前在所到之处讲学，门下弟子很多，其中以游酢、谢良佐、吕大临、杨时四人最有名。

────────

① 载《二程集》第一册《河南程氏遗书·附录》。
② 参考朱熹《伊川先生年谱》及《名臣碑传琬琰之集》下编卷十八《程侍讲颐传》、《宋史·道学·程颐传》。

（三）现存二程的著述

程颢、程颐二人的著述包括弟子们记录整理的讲学语录、诗文和杂著、经典注释等，后人收编于《河南程氏遗书》二十五卷及附录一卷、《河南程氏外书》十二卷、《河南程氏文集》十二卷及遗文一卷、《周易程氏传》四卷、《河南程氏经说》八卷、《河南程氏粹言》二卷之中。1981年中华书局将王孝鱼点校的以上六种六十五卷著述以《二程集》为题出版，是迄今最便于阅读和参考的二程文集。

二程的理学思想生前在社会上虽已有影响，但并不是很大，至南宋经朱熹对他们的著述和思想作综理加工、完善和系统化，形成所谓"程朱理学"，影响日著，虽也遭遇过贬斥被禁，然而终于成为儒学中最有影响的学说，而在进入元明以后成为深刻影响社会政治和文化、教育、道德乃至民俗的正统思想。二程的地位也日益显赫，南宋宁宗嘉定十三年（1220），赐谥程颢为纯公，程颐为正公；理宗淳祐元年（1241）封程颢为河南伯，程颐为伊阳伯，皆从祀孔子庙廷。元明以后，他们的地位又有提升。

二、倡重"四书"，为学以"求道""明道"为主旨

自西汉武帝"罢黜百家，表章六经"，兴太学，设置五经博士及弟子以来，儒家逐渐成为中国历代王朝的正统支配思想。当然，儒家在治国施政的过程中也吸收法、道诸家思想用以实现理想的"王道""德政"，正如汉宣帝所说"本以霸、王道杂之"①。历代朝廷选取官员虽实行过各种选举方法以至隋以后兴起以科举取士，儒

①《汉书》卷九《元帝纪》。

者要博取功名都离不开苦读儒家经书这一条途径。

儒家经书虽曾有"六经"或"六艺"之说，然而在进入秦汉以后只有"五经"。所谓"五经"是《周易》《尚书》《诗》《礼》《春秋》。历史上围绕"五经"有过今文、古文经学的兴替盛衰。《礼经》有三礼：《周礼》《仪礼》《礼记》；《春秋经》有三传：《春秋左氏传》《春秋公羊传》《春秋穀梁传》。长期以来，"五经"中的《礼经》是指《仪礼》，然而到了唐朝以《礼记》取代。唐太宗诏孔颖达与颜师古等撰定《五经正义》，付国子监施行，成为钦定儒者参加科举必读经典。唐文宗开成年间（836—839）将九经（《诗》、《书》、《易》、三礼、《春秋》三传）刻成石经，后又加刻《论语》《孝经》《尔雅》，共十二部石经，置于太学，称"开成石经"。至宋代，加上《孟子》，为十三经①。

对于儒者通过苦读"五经"乃至多部经典修学的传统做法，程颢、程颐是有异议的。他们认为进学求知并非为了参加科举博取功名，而是为了掌握如何正心修身、如何治理国家的根本道理，即为了"求道""明道"。正如范祖禹（1041—1098）在程颢死后在评论中所说："其学，本于诚意正心，以圣贤之道可以必至，勇于力行，不为空文"；"先生于经，不务解析为枝词，要其用在己而明于知天。其教人曰：非孔子之道，不可学也"②。程颐在《颜子所好何学论》中批评当时儒者"不求诸己而求诸外，以博文强记、巧文丽辞为工，荣华其言，鲜有至于道者"③。既然如此，他们不仅自己反对一味地埋头读经、潜心训诂、考究章句和死记硬背，也这样教诲后学弟子。

---

① 清代阮元主持校刻有《十三经注疏》，为人们查阅这些经典提供了极大方便。
② 载《二程集》第一册《河南程氏遗书》卷第二十五附录。
③ 载《二程集》第一册《河南程氏文集》卷第八。

主要表现在以下两个方面。

（一）主张为学修身首重"四书"

在"四书"中，《论语》早在汉代已被列为儒家重要经典。《大学》《中庸》原是小戴《礼记》中的两篇，在唐代以前地位并不高，进入唐代以后，它的正心明德的修身思想受到儒者的推重。宪宗朝官至宰相的权德舆（759—818），在《明经策问七道》中有一问提到："《大学》有明德之道，《中庸》有尽性之术，阙里宏教，微言在兹。"[①] 此后，倡导古文运动的韩愈（768—824）在《省试颜子不贰过论》中引用《中庸》的"自诚明谓之性，自明诚谓之教"，称赞颜回具有圣人"不动而中，不思而得，从容中道"的潜质；在《原道》中引《大学》的"古之欲明明德于天下者，先治其国；欲治其国者，先齐其家；欲齐其家者，先修其身；欲修其身者，先正其心；欲正其心者，先诚其意"，以论圣人之道，排斥佛老[②]。韩愈古文运动的忠实追随者李翱（772—841）在孟子性善论基础上吸收佛教心性思想撰写《复性书》三篇，在论证性与情、灭除"妄情"以复归"本性清明"之中引证《中庸》《大学》和《周易》，对后世影响很大。

至于《孟子》，在唐代因韩愈在《原道》中推崇孟子是上承尧、舜、禹、商汤、周文王、周武王、周公和孔子的"先王之道"的圣人，在思想文化界地位迅速提高，也被列入儒家重要经典之一。

二程为学和讲学，将"四书"置于首要地位，认为通过精读"四书"可以通晓"五经"之旨，掌握圣人之道。如《宋史·道

① 载清代董诰等编《全唐文》卷四八三。
② 《省试颜子不贰过论》《原道》，据马其昶校注、马茂元整理《韩昌黎文集校注》卷二、卷一，上海古籍出版社，1986 年。

学·程颐传》所说："颐于书无所不读。其学本于诚，以《大学》《语》《孟》《中庸》为标指，而达于'六经'。"二程多次向门下讲述阅读"四书"的意义，如下面所引语句：

> 学者当以《论语》《孟子》为本。《论语》《孟子》既治，则"六经"可不治而明矣。①

> 棣（按：唐棣）初见先生，问："初学如何？"曰："入德之门，无如《大学》。今之学者，赖有此一篇书存，其他莫如《论》《孟》。"②

> 修身，当学《大学》之序。《大学》，圣人之完书也，其闲（间）先后失序者，已正之矣。③

> 然则《中庸》之书，决是传圣人之学不杂，子思恐传授渐失，故著此一卷书。④

> 善读《中庸》者，只得此一卷书，终身用不尽也。⑤

> 《中庸》之书，其味无穷，极索玩味。⑥

---

① 载《二程集》第一册《河南程氏遗书》卷第二十五畅潜道录《伊川先生语十一》。
② 载《二程集》第一册《河南程氏遗书》卷第二十二上宜兴唐棣彦思编《伊川先生语八上·伊川杂录》。
③ 载《二程集》第一册《河南程氏遗书》卷第二十四邹德久本《伊川先生语十》。
④ 载《二程集》第一册《河南程氏遗书》卷第十五《伊川先生语一·入关语录》。
⑤ 载《二程集》第一册《河南程氏遗书》卷第十七《伊川先生语三》。
⑥ 载《二程集》第一册《河南程氏遗书》卷第十八刘元承手编《伊川先生语四》。

> 《中庸》之书，学者之至也，而其始则曰："戒慎乎其所不睹，恐惧乎其所不闻。"盖言学者始于诚也。

> 礼记除《中庸》《大学》，唯《乐记》为最近道，学者深思自求之。《礼记》之《表记》，其亦近道矣乎！其言正。①

二程认为，为学应以《论语》《孟子》为根本，如果能精通二书，则可以较易通晓"六经"（实则"五经"）的道理。这是劝学者将读《论语》《孟子》作为治学的基础。

他们对《大学》《中庸》更加重视，说《大学》是"入德之门"，是"圣人之完书"，特别是《大学》之序，即指"大学之道在明明德，在亲民，在止于至善"的三纲和格物、致知、诚意、正心、修身、齐家、治国、平天下的八条目的部分。这部分正是二程要求自己做到，也希望弟子用以作为为学、修身的座右铭。

至于《中庸》，二程认为是"传圣人之学"，乃至"孔门传授心法"②，是学者终身有益之书，教人慎独，以诚正心修身，称赞"其味无穷，极索玩味"。此外，他们还推崇《礼记》中的《乐记》《表记》。

《乐记》为古代音乐理论，认为"凡音而起，由人心生也。人心之动，物使之然也"；喜怒哀乐等情的产生，"非性也，感于物而后动"；又说"人生而静，天之性也；感于物而动，性之欲也"。《表记》论君子的道德仪表，多引孔子之语，谓"君子庄敬日强，

---

① 载《二程集》第一册《河南程氏遗书》卷第二十五畅潜道录《伊川先生语十一》。
② 《二程集》第二册《河南程氏外书》卷第十一《时氏本拾遗》，引尹焞记语。

安肆日偷","恭近礼，俭近仁，信近情，敬让以行此，虽有过，其不甚矣"等。这些是二程用来论述他们性理和修身见解的重要资料。

（二）为学修身应以求道、明道为主旨

程颢于元丰八年（1085）六月逝世，程颐在八月所写《明道先生行状》中说程颢在十五六岁时因为受周敦颐"论道"的影响，怀着"求道"的志向"泛滥于诸家，出入于老、释者几十年"，即在几十年间除了研读诸子之书，还阅读佛、道经书，思索佛、道教理，或访问寺院或道观，与僧、道人士接触和交流。然后，程颢回过头来重新探究"六经"，终于晓明"道"之理，既了解世事民情，又通达人际伦理，知要达到"尽性至命"必须从孝悌开始，"穷神知化"必须基于礼乐，从而明辨何为"异端"之说，能为世人解惑①。接着说：

> 谓孟子没而圣学不传，以兴起斯文为己任。其言曰："道之不明，异端害之也。昔之害近而易知，今之害深而难辨。昔之惑人也，乘其迷暗；今之入人也，因其高明。自谓之穷神知化，而不足以开物成务。言为无不周遍，实则外于伦理；穷深极微，而不可以入尧、舜之道。天下之学，非浅陋固滞，则必入于此。自道之不明也，邪诞妖异之说竞起，涂生民之耳目，溺天下于污浊。虽高才明智，胶于见闻，醉生梦死，不自觉也。是皆正路之蓁芜，圣门之蔽塞，辟之而后可以入道。……"

---

① 原文："明于庶物，察于人伦。知尽性至命，必本于孝悌；穷神知化，由通于礼乐。辨异端似是之非，开百代未明之惑。秦汉而下，未有臻斯理也。"

可见，程颢致力求学，钻研诸子、佛道二家和"六经"，目的是为上承自孟子以来失传的"圣学"和自尧舜禹至孔孟的圣人之道。认为世人所以不明圣人之道，都是因为受了"异端"学说的蛊惑。所谓"异端"，是指古代的杨朱、墨子的学说和当世的佛、道二教。他说相比古之"异端"，当世的"异端"危害既大且难以辨别。说当世"异端"自诩"穷神知化"，却昧于物理而办不成事，精于言辩却违背伦理，埋头探玄测幽却远离"尧舜之道"。他感叹当世的学者不是"浅陋固滞"，就是上述的那种情况。因为不明于"道"，所以"异端"盛行，世人才受到蛊惑。因而必须摒弃异端，才能引导人们了解圣人之道。

何为"道"或"圣人之道""天之道"？因为二程的着眼点是现实社会人伦道德修养和为学、施政的原则，所以他们说的"道"不过是儒家仁义道德理念和规范、礼乐思想的高度抽象和概括。虽然他们不着力探求宇宙本原和世界万物的本体，然而实际上不能不接触这个问题。

三、先秦以来文化语境的"道""理"和佛教的心性思想

（一）先秦以来对"道"和"理"的定义、诠释

在中国哲学史、文化史上，"道"和"理"这两个概念和范畴具有重要意义。什么是道？什么是理？诠释不一。为便于后文论述，这里仅作扼要回顾。

道，从辵（辶）从首，意为人在行走，东汉许慎《说文解字》谓"所行道也"，是指人走的道路。引申为途径、方法、本分、规范、理想境界、规律乃至本原、本体、终极真理等。在史书中记载

比较早的是《左传》昭公十八年（前524）五月所载郑国子产的话：
"天道远，人道迩，非所及也。"这里的天道是指天体运行和自然规
律，人道是指施政情势和人伦道德规范。道家创始人老子《道德
经》（《老子》）将道提升为无形无状、"天地之始"、"天下母"的
宇宙万物本原和本体、普遍规律，为中国古典哲学的范畴概念体系
奠定了基础。战国时期道家庄周《庄子·大宗师》说"道，有情有
信，无为无形……自本自根，未有天地，自古以固存；神鬼神帝，
生天生地"，也是将道看作是宇宙万物之本之源，在《知北游》篇
中说道"无所不在"。在《缮性》篇中说："夫德，和也；道，理
也。德无不容，仁也；道无不理，义也。"较早地将道与理两个概
念会通。法家韩非在《韩非子·主道》篇说"道者，万物之始，是
非之纪也"；《解老》篇说"道者，万物之所然也，万理之所稽也。
理者，成物之文也；道者，万物之所以成也。故曰：道，理之者
也"。理，从动词角度原意是治玉，引申为治理、整理；从名词角
度原指玉的纹路，引申为纹理、条理、次序乃至道理和规律。韩非
不外是说，道是天地万物之本原和本体，也是一切道理依据的准则
或规律。进入西汉，淮南王刘安主持所编《淮南子》集汉初黄老思
想之大成，在《原道训》《俶真训》等篇中虽基于先秦道家思想，
然而实际将道看作是"覆天载地，廓四方，柝八极"，不可名状的
"元气"，将道作为宇宙万物本原、本体作了系统而铺张恢宏的表述。

　　至于儒家所奉经孔子修定的"五经"，在记述古代诗、书典、
史事和礼仪、典章制度中正面涉及论道的语句极少，比较多地论及
道的只有其中的《周易》和《礼记》中的《中庸》《大学》两篇。
《周易》论及不同含义的道，重要的有"一阴一阳之谓道"，是指阴
阳交会变化，万物得以形成的是道。此外提到的有：天道、地道、
天地之道、日月之道、神道、人道、君道、臣道、妻道、君子之

道；谓"君子道长，小人道消"，失道、中道，等等。这里的道是指规律、规范、道理，或是指本分、职责、理想境界等。《中庸》说"天命之谓性，率性之谓道，修道之谓教"，意为先天所禀的本性（心的原初特质、本能）是性，遵循本性处事做人即为道，依道修身和教化叫做教。后来孟子将天赋之性解释为具有仁义礼智"四端"，即恻隐之心、羞恶之心、辞让之心、是非之心，故属善性。唐代韩愈在《原道》中把"道"解释为"由是而之焉之谓道"，大体是遵循《中庸》对"道"的解释。《中庸》还说："诚者，天之道也。诚之者，人之道也。"意为真诚（真实、诚实）是上天的法则——"天之道"；遵循真诚是人的法则——"人之道"。至于"天地之道，可一言而尽"，所说"一言"正是诚字。自然是真实、无妄、无伪的，岂不是"诚"。人禀自然的天性，也是诚。可见，道所遵循的天性本来是真诚的，保持天性真实不变、无伪就是人之道。在这里，已经蕴含可将天命、性、道会通乃至等同的前提。总的来看，儒家所讲的道，与道家所讲侧重于宇宙本体论的道相异，名与伦理道德结合，实质上是将道看作为道德的总体或原则，也可以说是对儒家仁义道德体系的高度抽象和概括。儒家的理想政治范式是伦理型政治。遵循这样的道施政，就是所谓仁政，就是实行圣人之道。

（二）在中国佛教心性思想体系中的"道"和"理"

佛教在公元前后两汉之际传入中国，在漫长的传播过程中不断与中国传统文化、习俗会通和结合，至南北朝形成以大乘佛教为主体的局面，进入大一统的隋唐时期形成带有鲜明民族特色的佛教宗派天台宗、三论宗、法相宗、律宗、净土宗、华严宗、禅宗、密宗，标志着原为外来宗教的佛教基本实现中国化，此后进入作为中国的佛教持续传播和发展的时期。在中国佛教所奉的大乘经典中，主张人人可以成佛的《法华经》，宣称一切众生皆有佛性，主张人人皆能成佛的《大涅槃经》，论证诸法性空和中道不二的《般若经》及《中论》等，以及论述"三界唯心"的《十地经论》，讲心性转变的《楞伽经》等大乘经典，都被普遍研究、注释和讲解，成为不同学派和宗派用以开教立宗和向社会各界传法的重要经典。

自南北朝至隋唐诸宗成立的过程中，逐渐形成以大乘佛教涅槃佛性思想和般若空义、中道不二思想为两大理论支柱的心性思想体系。在这一思想体系中，道、理、心、性等概念逐渐得以会通，甚至等同。

道，蕴含"通"的意思，从因至果是道，从修行至觉悟（菩提）达到精神解脱名为道[①]。觉悟（菩提）可称为"道"，故佛经说释迦牟尼佛在菩提树下成佛为"成道"。不过，佛经也说佛陀"成道"的道是"无上正真道"（无上觉悟），音译是"阿耨多罗三藐三菩提"。道也指道理、教法、法则，例如佛教可称"佛道"，将佛教以外的教派称为"外道"。佛法分大小乘：称大乘为菩萨道，小乘为缘觉道、声闻道。大乘奉行"六度"[②]，以"大慈大悲"精神普度众生为菩萨道。道也指方法、途径。例如小乘四谛"苦、集、灭、道"教理中，道指"八正道"[③]，即八种可使断除烦恼达到涅槃解脱的修行方法或途径。

《大涅槃经》中反复提到的"佛性"这个概念，在大乘佛教中

---

① 参考隋净影慧远《大乘义章》卷十六（末）"三十七道品义三门分别"："道者，外国名曰末伽，此翻名道。菩提，胡语，此亦名道。""道"有四义："道中四者，谓道、如、迹、乘；亦名道、正、迹、乘。能通名道；如法正行，名如，名正；寻之趣向果，故称为迹；依之达到，故说为乘。"
② 布施、持戒、忍辱、精进、禅定、般若。
③ 正见、正思惟、正语、正业、正命、正精进、正念、正定。

除了表示众生达到觉悟的内在依据（本性或心性）之外，有时还与
"涅槃""法身""法性""诸法实相""第一义空""中道"等概念相
同。例如《放光般若经·衍与空等品》说："道及佛性如事相（按：
此谓"空"），亦不来亦不去"；《摩诃般若经·实际品》说："第一
义亦名性空，亦名诸佛道"，已经将道与佛性、第一义、性空等加
以会通。

　　在佛教深入社会传播发展中，中国佛教学者在诠释佛典思想和
词义时，经常将道与理、性、心等交互运用，以至等同看待。东晋
和南朝的涅槃学者对佛性提出不同解释，有的将佛性解释为"心"
"真神"，有的解释为"理"①。禅宗所奉初祖、北魏菩提达摩所述
《二入四行论》提出"行入""理入"两种修证方法，将"理""道"
"法""性净之理"与"理入"的"理""真性"看作是等同的，所
谓"理入"就是通过坐禅"与理冥符"，体悟自己的"真性"（佛
性）。在隋唐成立的诸宗中，天台宗、华严宗、禅宗最富有民族特
色，在它们的教义体系中借助般若空义和中道不二思想，将大乘空
有二宗进一步会通，将分别带有本体论（空、实相）和心性论（佛
性、明心）色彩的思想加以融合，形成自己的教义体系。概言之，
天台宗的"一念三千"可表述为"性具三千"或"理具三千"。华
严宗创始人法藏（643—712）将般若中观之"空"、涅槃佛性学说
的佛性与法相唯识学说的阿赖耶识等杂糅在一起，运用《大乘起信
论》中的一心二门和不变随缘的思想，对华严宗的以法界为中心的
教义体系作了全面而富有特色的论证。此后澄观（738—839）吸收
禅宗心性思想和天台宗止观学说，提出四法界论。澄观说世界"寂

---

① 隋吉藏在《大乘玄论》卷三列出对"正因佛性"作出不同解释的十一家，然后归纳出以
　众生、心、理为正因佛性的三类。他以中观理论为依据，认为正因佛性只能是"中道"。

寥虚旷，冲深包博，总该万有，即是一心"；此"一心"即是佛性，也称"一真法界"，谓"以一真法界为玄妙（按：万事万物）体，即体之相为众妙矣"①。他在《华严法界玄镜》中将世界万物分为体现为"理"的理法界和表现为"事"的事法界，将杜顺（557—640）最初于《法界观门》中提出的"理遍于事，事遍于理，依理成事，事能显理……"作了进一步发挥，认为理与事二者互摄互入，相即圆融无碍②。禅宗从诸宗吸收对自己有用的思想，特别将心性法门发挥到极致，主张"识心见性"和"即心是佛"，将般若空义和中道不二思想、理事相即和圆融的思想巧妙地运用到参禅悟道的修行乃至日常生活中。禅宗的"佛法在世间，不离世间觉""随处作主，立处皆真""平常心是道""道在日用"和唐玄觉《永嘉证道歌》的"一性圆通一切性，一法遍含一切法，一月普现一切水，一切水月一月摄"等，对当时社会和后世影响都很大③。

据上所述，先秦以来文化语境中对"道"这一重要概念的解释，主要分为两大系统：以道家以及法家为一方，着重将"道"看作是宇宙万物的本原和本体；儒家为另一方，侧重将"道"解释为人伦仁义道德的根本或总体，实际是其主张的仁义道德的高度抽象或概括，带有鲜明的心性论特色。二者虽然皆有以天道、自然推演人道、社会伦理和施政原则的色彩，然而比较而言，后者在这方面更加突出。《易传》中对天、地、人"三才"的描述已有天人相应

---

① 唐澄观《华严经随疏演义钞》卷一。
② 以上详见杨曾文《隋唐佛教史》（中国社会科学出版社，2014 年）第一编第二章第二节《天台宗的教义》、第二编第二章第四节《华严宗》。
③ 详见杨曾文《唐五代禅宗史》（中国社会科学出版社，1999 年）、《宋元禅宗史》（中国社会科学出版社，2006 年）相关章节。

的思想①；而《中庸》的"天命之谓性"，"诚者，天之道；诚之者，人之道也"，可谓是人伦道德源于天道的典型表述。汉初儒者赋予天以人格、感情，强调"天人合一"②和"道之大原出于天"，"人之德行，化天理而义"③以来，后世儒者也未能摆脱这种思想的影响，认为人伦道德、仁政原则追根溯源毕竟是来自"天""天道"。"理"这个概念通行较晚，然而在《周易》的"穷理尽性"的表述中已为将"理"与"性"等同解释提供前提。将"理"称为"道"，也可等同于"性"，是中国思想文化发展史上的一个重要环节。

至于后传入中国的佛教，在传播发展过程中虽也受道、儒两家的影响，然而在继承印度佛教义理的基础上形成了自己的特色，创造性地诠释和发挥大乘般若空义、中道论和涅槃佛性论，将道、理、心、性等互相会通、交互运用，建立了既有本体论特色，又有心性论特色的心性解脱理论，对中国传统文化思想产生了极大影响。

道、理，是带有一般性、普遍性的高度抽象的类概念、范畴，而具体的道德规范、政教原则、礼乐和典章制度，世上各种人事、知识、现象，皆属于个别的、特殊的事物（事）。道、理源于"事"，又体现于"事"。理学兴起之前，儒者从小至老攻读、考究"五经"，所谓"皓首穷经"，又要背诵和堆砌诗词、文章，恰恰没有抓住为学、修身和施政的根本原则和道理总体——道、"圣人之

---

① 《周易·系辞下》："有天道焉，有人道焉，有地道焉。兼三才而两之，故六。六者非它也，三材之道也"；《周易·说卦》："昔者圣人之作易也，将以顺性命之理。是以立天之道曰阴与阳，立地之道曰柔与刚，立人之道曰仁与义。兼三才而两之，故易六画而成卦。分阴分阳，迭用柔刚，故易六位而成章。"

② 汉董仲舒《春秋繁露·深察名号第三十五》："天人之际，合而为一，同而通理，动而相益，顺而相受，谓之德道。"

③ 前句引自东汉班固《汉书》卷五十六"董仲舒传"；后句据《春秋繁露·为人者天第四十一》。

道"。这正是二程所讥诮的"溺于文章""牵于训诂"等的学风弊病。程颢之所以"泛滥于诸家，出入于老、释者几十年"，正是为了摆脱当时学者的这种弊病，通过接触佛、道二家本体论和心性论而受到启发，然后重新阅读和思考"五经"，特别是《周易》、《礼记》中的《中庸》《大学》和《论语》《孟子》中的内容，探寻圣人之道，并从中选取资料作为依据以建立自己的理学体系。

三、程颢、程颐的理学体系

程颢、程颐继周敦颐、张载之后，是宋代理学的正式奠基人，经南宋朱熹创立了对中国思想文化影响极为深远的程朱理学。

（一）以"理"为最高范畴

在二程的理学体系中，最常用、最重要的概念是"理"或"天理"。诚如程颢对弟子谢良佐所说的那样："吾学虽有所授受，天理二字却是自家体贴出来。"[1] 虽然这个"理"不是由程颢、程颐最早提出来的，然而将"理"赋予先秦以来的"道"的意蕴，并将它与"性"加以会通，赋予新的含义，以"理"作为最高范畴和理念的宇宙本体论和伦理心性论体系却是由他们二人构建的。

1. 宇宙本体论

何为理、天理？二程认为，道、天道可以表述为理、天理。理是永恒常在的。天下万事万物虽只有一个天理，但物物各自有一个理。

程颢在解释《周易·系辞》中的"一阴一阳之谓道"时，将此道看作是理。他说：

---

[1] 载《二程集》第二册《河南程氏外书》卷第十二引《传闻杂记·上蔡语录》。

　　一阴一阳之谓道。此理固深，说则无可说。所以阴阳者
道。既曰气，则便是二。言开阖，已是感，既二则便有感。所
以开阖者道，开阖便是阴阳。老氏言虚而生气，非也。阴阳开
阖，本无先后，不可道今日有阴，明日有阳。如人有形影，盖
形影一时，不可言今日有形，明日有影，有便齐有。[①]

　　对"一阴一阳之谓道"，虽可以简单地解释为阴阳合会是道，
然而也可作进一步的解释。宋代理学关学创始人张载（1020—
1077）主张以太虚之"气"为宇宙万物的本体，认为"道"不过是
阴阳二气交感变化的过程，谓"由太虚，有天之名；由气化，有道
之名"[②]，意为有太虚之气才有"天"，有阴阳二气合会才有"道"
这个气化的过程。又谓"阴阳合一存乎道，性与天道合一存乎
诚"[③]，是说"道"为阴阳合一的状态和过程，而"诚"则体现性与
天道合一的特质。他在解释《周易·系辞》的"形而上者谓之道，
形而下者谓之器"时强调说："一阴一阳不可以形器拘，故谓之道。
乾坤成列而下，皆易之器。"[④] 意为阴阳二气无形无体，属于《周
易》所说"形而上"的"道"，而由阴阳二气交感演变成的天地万
物则属于"形而下"的"器"[⑤]。

　　程颢与弟程颐皆反对张载"立清虚一大为万物之源"[⑥] 的主张。

---

① 载《二程集》第一册《河南程氏遗书》卷第十五《伊川先生语一（或云明道先生
　语）》（《入关语录》）。
②《张载集·正蒙》之《太和篇第一》，中华书局，1976 年。
③《张载集·正蒙》之《诚明篇第六》。
④《张载集·横渠易说》之《系辞上》。
⑤ 蒙培元《理学范畴系统》（人民出版社，1989 年）第二章《道器》可以参考。
⑥ 载《二程集》第一册《河南程氏遗书》卷第二上《二先生语二上》（《元丰己未吕与叔
　东见二先生语》）。

程颢在对上面所引《周易》"一阴一阳之谓道"解释说，"此理"意蕴甚深，难以表述。他反对将阴阳二气合会交感（开阖，有开有闭）称为"道"，认为合会"开阖"的是阴阳，属于气，不是道，强调"所以阴阳者道""所以开阖者道"，意为有道才有阴阳；有道才会有阴阳合会"开阖"形成天地万物。他实际将"道"看作是产生阴阳并决定阴阳合会交感的世界本体和规律性的"理"，亦即"天理"。南宋朱熹在解释周敦颐《通书》的"一阴一阳之谓道"时有类似的表述："阴阳，气也，形而下者也。所以一阴一阳者，理也，形而上者也。道，即理之谓也。"① 这对我们理解上引二程的解释是有帮助的。

尽管考察自然界，论证世界本原、本体，不是二程关心的重点，然而他们在阐释道德原则的起源，建立伦理心性论的过程中又不能不接触这个问题。上引"所以阴阳者道"和"所以开阖者道"的表述，实际已赋予"道"或"理"以宇宙本体、本原的意义。此外，他们还明确地说过：

> 道则自然生万物。今夫春生夏长了一番，皆是道之生；后来生长，不可道却将既生之气，后来却要生长。道则自然生生不息。②

这是说，"道"是自然地不间断地生成万物的。从举的"春生夏长"的例子，可以理解二程所说"道生万物"是"道"通过阴阳二气聚合连续地生成万物，"道"是"自然生生不息"的，并且强

---

① 《周敦颐集》（中华书局，1990 年）卷二朱熹解《通书·诚上第一》。
② 《二程集》第一册《河南程氏遗书》卷第十五《伊川先生语一（或云明道先生语）》（《入关语录》）。

调已生过物的气（"既生之气"）是不能再生新的事物的。

战国时儒者荀子在《荀子》卷十三《天论篇》中说："天行有常，不为尧存，不为桀亡。""天行有常"说的就是天的运行有常道，亦即"天道"。二程在引此语时，将"天行有常"用"天理"代替，说：

> 天理云者，这一个道理，更有甚穷已？不为尧存，不为桀亡。人得之者，故大行不加，穷居不损。这上头来，更怎生说得存亡加减？是它元无少欠，百理具备。

是说，天理就是"一个道理"，"不为尧存，不为桀亡"，是客观永恒地存在的，既不因人顺利通达而增加，也不因人穷困潦倒而受到损害，并且"百理具备"，蕴含天下万物所有之理；强调"万物皆只是一个天理"；"一物之理，即万物之理"①。

二程强调："道"或"理"虽只是"一本"，唯一无二，然而却体现于天下万事万物之中，说"物物皆有理"，所谓：

> 万物皆是一理，至如一物一事，虽小，皆有是理。②

> 天理云者，百理具备，元无少欠。③

---

① 皆引自《二程集》第一册《河南程氏遗书》卷第二上《二先生语二上》（《元丰己未吕与叔东见二先生语》）。

②《二程集》第一册《河南程氏遗书》卷第十五《伊川先生语一（或云明道先生语）》（《入关语录》）。

③《二程集》第一册《河南程氏遗书》卷第二上《二先生语二上》（《元丰己未吕与叔东见二先生语》）。

凡一物上有一理，须是穷致其理。

物我一理，才明彼即晓此，合内外之道也。……然一草一木皆有理，须是察。

天下物皆可以理照，有物必有则，一物须有一理。①

凡眼前无非是物，物物皆有理。②

所谓"万物皆是一理"，自然是指天地万物皆秉承或遵循唯一的"天理"。因为"天理"体现于不论大小的一物一事之中，故可说万物皆有"是理（这个理）"，乃至"一草一木皆有理"。所谓"天理""百理具备"，意为天理是宇宙本体和总规律，是总括天下万物之理的。既然如此，要观察理，晓悟天理，就应通过接近和考察、体验自然界和社会人事的事事物物来达到③。这是他教诲学人践行《大学》所说从格物致知到修身治国的圣人之道的重要依据。

2. 伦理心性论

既然物物皆有一理，而人为万物之灵，自然人人也有一理。这个理不是别的，正是人生来秉有的"性"。程颐在解释何以"天理"等同于"天道"时将天道和人之性加以会通等同，从而也将天理与人性等同。他说：

---

① 《二程集》第一册《河南程氏遗书》卷第十八《伊川先生语四》（刘元承手编）。
② 《二程集》第一册《河南程氏遗书》卷第十九《伊川先生语五》（杨遵道录）。
③ 对于格物致知，程颐说过："凡一物上有一理，须是穷致其理。穷理亦多端，或读书，讲明义理，或论古今人物，别其是非，或应接事物而处其当，皆穷理也。"载《二程集》第一册《河南程氏遗书》卷第十八《伊川先生语四》（刘元承手编）。

安有知人道而不知天道者乎？道一也，岂人道自是人道，天道自是天道？《中庸》言：尽己之性，则能尽人之性。能尽人之性，则能尽物之性；能尽物之性，则可以赞天地之化育。此言可见矣。①

程颐所引《中庸》的原文应是："唯天下至诚，为能尽其性。能尽其性，则能尽人之性。能尽人之性，则能尽物之性；能尽物之性，则可以赞天地之化育……"意为做到"至诚"便能充分发挥本性，从而发挥人先天秉承的性，也能发挥万物的本性，于是能辅助天地化生养育生命。二程以此作为根据，已表明他们将《中庸》原文的"性"看作是"天道"，就是"天理"。"人之性"即"人理""人道"；"物之性"亦即"天理""天道"。既然"道"无二体，天道即人道，人道也就是天道。

认为"性"即"道"即"理"，将"性"等同于"理"，是二程建构以"理"为最高范畴的伦理心性论的理论基础。

程颢曾对官至翰林学士承旨的韩维（字持国，1017—1098）说过：

道即性也。若道外寻性，性外寻道，便不是。圣贤论天德，盖谓自家元是天然完全自足之物，若无所污坏，即当直而行之；若小有污坏，即敬以治之，使复如旧。所以能使如旧者，盖为自家本质元是完足之物。若合修治而修治之，是义也；若不消修治而不修治，亦是义也，故常简易明白而易行。②

----

① 《二程集》第一册《河南程氏遗书》卷第十八《伊川先生语四》（刘元承手编）。
② 《二程集》第一册《河南程氏遗书》卷第一《二先生语一》（《端伯传师说》）。

　　他说"道"亦即"性"，二者不可分离，本来完美无缺。如果自性没有受到染污损坏，那就直接修持就行了；如果"小有污坏"，就应以敬诚之心加以修治，使之恢复如同原来那种"完足（完美圆满）"的状态。根据自性实际情况来决定自性修治还是不修治是属于"义"——适宜实情进行心性修养。

　　关于性与道、理、命的关系，二程有很多论述，旨在说明如何进行"正心修身"的道德修养问题。这正是二程乃至整个理学的伦理心性论的根本特色。请看相关语句：

> "穷理尽性以至于命"，三事一时并了，元无次序，不可将穷理作知之事。若实穷得理，即性命亦可了。①

> 理也，性也，命也，三者未尝有异。穷理则尽性，尽性则知天命矣。天命犹天道也，以其用而言之则谓之命，命者造化之谓也。②

> 心即性也。在天为命，在人为性，论其所主为心，其实只是一个道。苟能通之以道，又岂有限量？天下更无性外之物。若云有限量，除是性外有物始得。③

> 性即理也，所谓理，性是也。天下之理，原其所自，未有

---

① 《二程集》第一册《河南程氏遗书》卷第二上《二先生语二上》（《元丰己未吕与叔东见二先生语》）。
② 《二程集》第一册《河南程氏遗书》卷第二十一下《伊川先生语七下》（《附师说后》）。
③ 《二程集》第一册《河南程氏遗书》卷第十八《伊川先生语四》（刘元承手编）。

不善。①

　　二程在诠释伦理心性问题时经常引用《周易》和《中庸》的语句加以发挥。《周易·说卦》有曰："昔者圣人之作易也……和顺于道德而理于义，穷理尽性以至于命。"《中庸》谓："天命之谓性。"

　　自东晋以后佛教高僧对"穷理尽性以至于命"已多有引用发挥，如后秦鸠摩罗什的弟子僧叡《小品经序》说："佛教者，穷理尽性之格言，出世入真之正辙"；僧肇《注维摩诘经》说："佛者何也？盖穷理尽性大觉之称也"，皆蕴含佛是"穷理尽性"的觉悟者之意。这实际已将"穷理"与"尽性"会通和等同，"理"即"性"，然而在佛教是指"佛性"，与稍后兴起的涅槃学者以"理"诠释"佛性"的见解是一致的。

　　二程站在儒家立场诠释"穷理尽性以至于命"，认为其中的理、性、命三者在意蕴上是可以互通的，说"穷理则尽性，尽性则知天命"。在解释中，实际将"天道""天命"稍作区分：天道是从"体"的方面讲的，天命是从"用"（作用，"造化"）的方面讲的。又讲"心"也就是"性""道"，所谓"在天为命，在人为性，论其所主为心，其实只是一个道"，自然也是性善之"理"。他们认为天道或性、理，体现于世界万物之中，没有一事一物独立于"性"之外。基于"万物皆是一理"的见解，又强调物我一体，万物相应，说"一人之心即天地之心，一物之理即万物之理"②。这种说法看似超越了汉儒人格化的天道论，然而在实际上仍未完全做到，难道赋予

① 《二程集》第一册《河南程氏遗书》卷第二十二上《伊川先生语八上》（《伊川杂录》）（宜兴唐棣彦思编）。
② 《河南程氏遗书》卷第二上《二先生语二上》（《元丰己未吕与叔东见二先生语》）。

"天道"以伦理的属性就不是人格化的一种形式吗？

二程在论证道、理、性、心，力求建立和完善其伦理心性论的过程中，还提出诸如"情""气禀""气质之性""才"等概念。程颐有一段论述：

> 称性之善谓之道，道与性一也。以性之善如此，故谓之性善。性之本谓之命，性之自然者谓之天，自性之有形者谓之心，自性之有动者谓之情，凡此数者皆一也。①

程颐基于孟子的性善论，所说的"称性之善"即符合本性原禀之善，实即孟子所说的本性之善——先天秉承的仁义礼智四心或"四端"。谓此善性与"道"或"理"是等同的。"自性"源于天之赋授，从这个角度称之为"命"；它的自然原初本质是"天"，而外现能感知思虑的器官和精神功能则是"心"；能感应环境动而不止的精神作用和表现为"情"。他表示：命、天、心、情虽名称不同，但皆是对"自性"在不同阶段或状态的表述。实际上二程已对命、天与心、情作了区别。命、天二者是指天理、理，属于自性之"体"，是纯净静止的，相当于张载所说人先天秉有的道德属性"天地之性"；心、情二者实际是张载所说兼有或善或恶因素的"气质之性"②，相当人平常的感知思维的精神功能和状态。

战国时期孟子倡导性善论，曾遭到告子的反对。告子主张"生之谓性"，"人性之无分于善不善也，犹水之无分于东西也"。孟子质难说："然则犬之性犹牛之性，牛之性犹人之性与?"（《孟子·告

---

① 《二程集》第一册《河南程氏遗书》卷第二十五《伊川先生语十一》（畅潜道录）。
② 《张载集·正蒙》之《诚明篇第六》："形而后有气质之性，善反之，则天地之性存焉。故气质之性，君子有弗性者焉。"

子上》）二程在讲论性、理过程中常引用并加以发挥，阐释自己的人性论。请看以下引文：

> "生之谓性"，性即气，气即性，生之谓也。人生气禀，理有善恶，然不是性中元有此两物相对而生也。有自幼而善，有自幼而恶，是气禀有然也。善固性也，然恶亦不可不谓之性也。盖"生之谓性""人生而静"以上不容说，才说性时，便已不是性也。凡人说性，只是说"继之者善"也，孟子言人性善是也。夫所谓"继之者善"也者，犹水流而就下也，皆水也。有流而至海，终无所污，此何烦人力之为也？有流而未远，固已渐浊；有出而甚远，方有所浊。有浊之多者，有浊之少者。清浊虽不同，然不可以浊者不为水也。如此，则人不可以不加澄治之功。……水之清，则性善之谓也。故不是善与恶在性中为两物相对。各自出来。此理，天命也。顺而循之，则道也。循此而修之，各得其分，则教也。自天命以至于教，我无加损焉，此舜有天下而不与焉者也。①

> 告子云"生之谓性"则可。凡天地所生之物，须是谓之性。皆谓之性则可，于中却须分别牛之性、马之性。是他便只道一般，如释氏说蠢动含灵，皆有佛性，如此则不可。"天命之谓性，率性之谓道"者，天降是于下，万物流形，各正性命者，是所谓性也。循其性而不失，是所谓道也。此亦通人物而言。循性者，马则为马之性，又不做牛底性；牛则为牛之性，又不为马底性。此所谓率性也。人在天地之间，与万物同流，天几

---

① 《二程集》第一册《河南程氏遗书》卷第一《二先生语一》（《端伯传师说》）。

时分别出是人是物？"修道之谓教"，此则专在人事，以失其本
性，故修而求复之，则入于学。若元不失，则何修之有？是由仁
义行也。则是性已失，故修之。"成性存存，道义之门"，亦是万
物各有成性存存，亦是生生不已之意。天只是以生为道。①

二程将告子的"生之谓性"与《中庸》的"天命之谓性"对照
加以阐释。认为告子所说的出生所秉之性，是指秉于气而生（"气
禀"）的，谓"性即气，气即性，生之谓也"。因为气有清有浊，
故可以说出生所秉之性有善有恶，所谓"人生气禀，理（按：理应）
有善恶"，然而这不是源自"天道"或"天理"的原初之性，即不
是《中庸》的"天命之谓性"中的"性"，是属于他们所说"'生之
谓性''人生而静'以上不容说"的性。这是说，真正的原初之
"性"是超言绝相的，所谓"才说性时，便已不是性也"。他们以水
为喻，水流有清有浊，然而水的本性是清的。人们所看到的清流，
皆不过是属于"继之者善"之类。此"气禀"之性，就是他们所说
的"气质之性"。二程还说，虽然"凡天地所生之物，须是谓之
性"，然而人与物形态各异，既不可混同牛、马之性，也不能同意
佛教所说一切众生（"蠢动含灵"）皆有佛性。《中庸》所说"天命
之谓性，率性之谓道，修道之谓教"，从整体而言是专对人而讲的。
因为人的"本性"已失，故须修仁义而加以修复，"则入于学"。至
于万物所秉之性，共同表现只是"天"的"生生不已"之道。

他们还说："孟子言性，当随文看。不以告子'生之谓性'为
不然者，此亦性也。彼命受生之后谓之性尔，故不同，断之以'犬
之性犹牛之性，牛之性犹人之性与？'然不害为一。若乃孟子之言

---

① 《河南程氏遗书》卷第二上《二先生语二上》（《元丰己未吕与叔东见二先生语》）。

善者，乃极本穷源之性。"① 他们认为对《孟子》之"言性"，应当根据上下文义来看。孟子不反对告子所说"生之谓性"的场合指的是气质之性；孟子平时所说"人性善"也属于《周易·系辞》所说的"继之者善"，不是指原初的性善。至于孟子针对告子所谓"人性之无分于善不善"而强调人性本善，乃是"极本穷源之性"。二程所说的这个"极本穷源之性"实际就是他们讲的"性之理"。

程颐还有如下一段说法：

> "生之谓性"与"天命之谓性"，同乎？性字不可一概论。"生之谓性"，止训所禀受也。"天命之谓性"，此言性之理也。今人言天性柔缓，天性刚急，俗言天成，皆生来如此，此训所禀受也。若性之理也则无不善，曰天者，自然之理也。②

简言之，告子"生之谓性"讲的是"禀受"气所成之性，即张载所谓"气质之性"，蕴含或善或恶的因素，有或刚或柔、或缓或急的特质，而《中庸》所说"天命之谓性"是原初之性，称之"性之理"，即为自性之体，相当张载所说的"天地之性"。

程颐进而提出所谓"才"（素质、才能）的概念。他说：

> "'性相近也，习相远也'，性一也，何以言相近？"曰："此只是言气质之性。如俗言性急性缓之类，性安有缓急？此言性者，生之谓性也。"又问："上智下愚不移是性否？"曰："此是才。须理会得性与才所以分处。"又问："中人以上可以

---

① 《二程集》第一册《河南程氏遗书》卷第三《二先生语三》（《谢显道记忆平日语》）。
② 《二程集》第一册《河南程氏遗书》卷第二十四《伊川先生语十》（邹德久本）。

语上，中人以下不可以语上，是才否？"曰："固是，然此只是大纲说，言中人以上可以与之说近上话，中人以下不可以与说近上话也。""生之谓性。""凡言性处，须看他立意如何。且如言人性善，性之本也；生之谓性，论其所禀也。孔子言性相近，若论其本，岂可言相近？只论其所禀也。告子所云固是，为孟子问它，他说，便不是也。"①

"性无不善，而有不善者才也。性即是理，理则自尧、舜至于涂人，一也。才禀于气，气有清浊。禀其清者为贤，禀其浊者为愚。"又问："愚可变否？"曰："可。孔子谓上智与下愚不移，然亦有可移之理，惟自暴自弃者则不移也。"曰："下愚所以自暴弃者，才乎？"曰："固是也，然却道它不可移不得。性只一般，岂不可移？却被他自暴自弃，不肯去学，故移不得。使肯学时，亦有可移之理。"②

气清则才善，气浊则才恶。禀得至清之气生者为圣人，禀得至浊之气生者为愚人……③

程颐认为，即便孔子所说的"性相近也，习相远也"中的"性"，也如同告子所说的"生之谓性"，是"气质之性"，而不是人原初本善之性。气质之性，也就是所谓"才"，犹如后世人们所说

---

① 《二程集》第一册《河南程氏遗书》卷第十八《伊川先生语四》（刘元承手编）。"此只是言气质之性"，原句有注："此只是言性（一作气）质之性。"此据《四库全书》本。

② 《二程集》第一册《河南程氏遗书》卷第十八《伊川先生语四》（刘元承手编）。

③ 《二程集》第一册《河南程氏遗书》卷第二十二上《伊川先生语八上》（《伊川杂录》）（宜兴唐棣彦思编）。

的"禀性"，意为天生的资质、素质和才能，既有"性急、性缓"的表现，也有"上智、下愚"才智的差别。他说"如言人性善，性之本也"，此指的是人原初的本善——"理"。"性即是理，理则自尧、舜至于涂人，一也"，是没有缓急、上智下愚的表现的。气质之性，或称作"才"，是"禀气"而成，因为"气有清浊"，故"禀其清者为贤，禀其浊者为愚"；"气清则才善，气浊则才恶"。尽管如此，程颐认为孔子所说的"上智与下愚"，也并非不能改变。"才"，是可改变的。如果一个人不"自暴自弃"，能勤于学习，所谓"上智与下愚"的情况也是可以改变的。

二程强调人人具有善的本性，人人皆可成为圣人，成为尧、舜，关键还在是否具有自信。他说："人之性一也，而世之人皆曰吾何能为圣人，是不自信也。其亦不察乎！"还说："人人有贵于己者，此其所以人皆可以为尧、舜。"[1] 所谓"贵于己者"指的就是善的本性。从表述的形式看，这有点像佛教讲的人人皆有佛性，皆能成佛的味道。

（二）理与事——"体用一源，显微无间"

二程的理学以"理"（天理、天道）为最高范畴，强调"万物皆是一理""一物须有一理""凡一物上有一理"，并且将"心""性"与"理"会通和等同，虽然是在诠释和发挥《周易》《论语》《孟子》《中庸》《大学》等儒家经典的思想的基础上提出的，然而很明显是受到佛、道二教的影响，特别是受到佛教华严宗理事圆融论、禅宗心性论的启示并吸收它们的思想因素而建立起来的。

---

① 皆见《二程集》第一册《河南程氏遗书》卷第二十五《伊川先生语十一》（畅潜道录）。

程颐晚年被编管于涪州（今重庆市涪陵区中心），潜心钻研《周易》，撰写了《周易程氏传》，在《易传序》中说：

> 至微者理也，至著者象也。体用一源，显微无间。①

另据门人畅潜道记述，程颐还这样说过：

> 至显者莫如事，至微者莫如理，而事理一致，微显一源。古之君子所谓善学者，以其能通于此而已。②

程颐认为世上的"事"（在《周易》称卦"象"，象征世界万物）有形有象，可隐喻为"显"；"理"无形无状，可以"微"隐喻之。然而理、事二者不过是"天道"或"天理"的"体"与"用"罢了，既可说是"体用一源，显微无间"，也可说是"事理一致，微显一源"。

程颐在《易序》中说："散之在理，则有万殊；统之在道，则无二致。"在《周易程氏传·周易下经上》解释"咸"卦中发挥《系辞》的"天下同归而殊途，一致而百虑"时说：

> 天下之理一也，途虽殊而其归则同，虑虽百而其致则一。虽物有万殊，事有万变，统之以一，则无能违也。③

这都是说，世界只有一理，通过万事万物显现出来（"一物上

①《二程集》第三册《周易程氏传·易传序》。
②《二程集》第一册《河南程氏遗书》卷第二十五《伊川先生语十一》（畅潜道录）。
③《二程集》第三册《周易程氏传》卷第三《周易下经上·咸》。

有一理"，"散之在理，则有万殊"），然而所体现的"万殊"之理归根到底只是"一理"。他认为《中庸》一书就彰显了这个道理："始言一理，中散为万事，末复合为一理。"后来朱熹归纳出来的"理一分殊"之说，大体就是依据和发挥了程颐的这种见解。

据《河南程氏遗书》卷十八刘元承手编《伊川先生语四》，记述程颐弟子刘安节（字元承，1068—1116）与程颐之间的一段问答：

> 问："某尝读《华严经》，第一真空绝相观，第二事理无碍观，第三事事无碍观，譬如镜灯之类，包含万象，无有穷尽。此理如何？"
>
> 曰："只为释氏要周遮，一言以蔽之，不过曰万理归于一理也。"
>
> 又问："未知所以破它处。"
>
> 曰："亦未得道他不是。……"[1]

刘安节说他读《华严经》，看到有"真空绝相观""事理无碍观""事事无碍观"的记载。实际上，刘安节看的应是华严宗四祖澄观（738—839）的《华严经疏》或是《华严法界玄镜》。杜顺（557—640）被华严宗奉为初祖，所著《华严法界观门》最早将"法界观"分为三种：真空观（或真空绝相观）、理事无碍观（或事理无碍观）、周遍含容观。澄观在《华严经疏》卷十七[2]、《华严法界玄镜》中都对此三观作了解释，认为"真空绝相观"即"理法界观"，"周遍含容观"即"事事无碍法界观"。他提出的"四种法界

---

① 《二程集》第一册《河南程氏遗书》卷第十八《伊川先生语四》（刘元承手编）。
② 另在《华严经随俗演义钞》卷十也有论述。

观"是：事法界、理法界、事理无碍法界、事事无碍法界。澄观在
《华严经行愿品疏》卷一说理法界即是"性"，"真理寂寥，为法之
性"①。程颐对于刘安节之问并未表示反对，认为佛教所说的理事观
虽有遮掩自己短处的意思，然而在道理上是表达"万理归于一理"
的，亦即理显现为事，事体现理，万理不过是一理而已。从这里说
明，程颐对于佛教华严宗的理事圆融无碍论是了解的。

程颐弟子尹焞（字彦明，号和靖，1071—1142）就《易传序》
向程颐请教："至微者理也，至著者象也，体用一源，显微无间，
莫太泄露天机否?"程颐回答："如此分明说破，犹自人不解
悟。"② 可以看出，程颐对"体用一源，微显无间"或"事理一致，
微显一源"的论断是相当得意的。然而，程颐所说的这几句在华严
宗的著作中也是可以找到类似说法的。

明代宗本编《归元直指集》③、空谷景隆撰《空谷集》卷中《尚
直编》④ 皆说程颐的"体用一源，显微无间"二句出自唐清凉国师
澄观的《华严经疏》。实际上在澄观《华严经疏》中并没有这二句。
经查，澄观《华严经疏》的序文中仅有"往复无际，动静一源"之
句；在卷十七《升须弥山顶品第十三》中有"体用一味"的语句，
从内容上看是蕴含理事融通无间、互相圆融的思想，与程颐所借以
强调的"事理一致""万理归于一理"是一致的。

澄观在《华严经随疏演义钞》卷一对他为《华严经疏》写的序
文作了解释，其中有将"往复无际，动静一源，含众妙而有余，超

---

① 详见杨曾文《隋唐佛教史》第二编第二章第四节《华严宗》。
② 程颐的答语，尹焞弟子吕坚中的记录为"亦不得已言之耳"。据《二程集》第二册
　　《河南程氏外书》卷第十二《传闻杂记》冯忠恕所记《涪陵记善录》（记程颐门人尹焞
　　语）。
③ 载《卍新纂续藏经》第61册。
④ 《国家图书馆善本佛典》第57册《空谷集》。

言思而迥出者"一段文字作为对四法界的描述。他说："约四法界：往复无际，事也；动静一源，具三义也：动即是事，静即是理，动静一源，即事理无碍法界也；含众妙而有余，事事无碍法界也。"[1] 他是说，宇宙万事万物循环往复，没有边缘，事事皆具有动的属性，此为事法界；法性之理具有静的属性，此为理法界；理能随缘成事，与事交彻融通，圆融无碍，此为理事无碍法界；既然一切事皆是理的显现，事与事之间便融通无间，一切与一不一不异，缘起玄妙难以尽述，此为事事无碍法界。

澄观说"动即是事，静即是理"。程颐认为事即为"用"，理是"体"，故其"体用一源"，也就是澄观的"动静一源""体用一味"。程颐说理为"微"，事为"显"，所以他的"微显无间"也就是澄观所说"事理无碍"。由此可见，程颐所说"体用一源，显微无间"实际就是华严宗着重讲理与事圆融无碍关系的"事理无碍法界"。因为事依据理而成，事是理的体现，理是事的本体，所以理事无碍；因为理无二体，故理全在一事；又因事同于理，故事事皆具全理，一事具有全理，不妨事事物物皆具有全理。这正是程颐引为自得的"事理一致""万理归于一理"。

在中国思想文化发展史上，儒释道三家之间既有互相矛盾、较量以至发生激烈冲突，然而又通过彼此比较借鉴而互相会通、彼此吸收，从而从整体上推进了中华民族文化的丰富和发展。从二程在建立理学过程中吸收佛教思想的例子，再次证明了这一点。

（三）格物致知和"中庸"的道德修养论

二程理学的核心内容应当说是人伦道德，主要目的是培育具有

---

[1]《大正藏》卷三十六第 2 页下。

"中庸"至高至善道德境界的理想人才。他们遵循所称"圣人之完书"《大学》所说，在教导弟子时强调以"修身为本"，先经"格物致知"的修学和修身，然后成就德才兼备的人才。

《大学》原文："……物格而后知至，知至而后意诚，意诚而后心正，心正而后身修，身修而后家齐，家齐而后国治，国治而后天下平。"是将"格物致知"的为学置于道德修养之前，意为先要学习，然后才能完成意诚、心正和身修的道德修养，成为能担当治国平天下重任的栋梁之才。

那么，二程所诠释的"格物致知"是什么呢？他们经常将"格物致知"与《周易·说卦》的"穷理尽性"结合在一起作解释。请看以下语句：

> 或问："进修之术何先？"曰："莫先于正心诚意。诚意在致知，致知在格物。……凡一物上有一理，须是穷致其理。穷理亦多端，或读书，讲明义理，或论古今人物，别其是非，或应接事物而处其当，皆穷理也。"或问："格物须物物格之，还只格一物而万理皆知？"曰："怎生便会该通？若只格一物便通众理，虽颜子亦不敢如此道。须是今日格一件，明日又格一件，积习既多，然后脱然自有贯通处。"

> "何以致知？"曰："在明理，或多识前言往行，识之多则理明，然人全在勉强也。"①

> 又问："如何是格物？"先生曰："格，至也，言穷至物理

①《二程集》第一册《河南程氏遗书》卷第十八《伊川先生语四》（刘元承手编）。

也。"又问："如何可以格物？"曰："但立诚意去格物，其迟速却在人明暗也。明者格物速，暗者格物迟。"①

"致知在格物"。格，至也，穷理而至于物，则物理尽。②

格物穷理，非是要尽穷天下之物，但于一事上穷尽，其他可以类推。至如言孝，其所以为孝者如何穷理。如一事上穷不得，且别穷一事，或先其易者，或先其难者，各随人深浅，如千蹊万径，皆可适国，但得一道入得便可。所以能穷者，只为万物皆是一理，至如一物一事，虽小，皆有是理。③

按照他们的解释，格物就是诚心诚意地接近并考察推究事物，认识掌握体现于事事物物上的理。此为"穷致其理"或"穷理"。方式有多种多样，既可通过读书明理，"多识前言往行"；也可借了解和评论古今人物以明辨是非；或通过参与社会实际事务，增加立身处世的经验和知识。虽然一物皆有一理，而"万物皆是一理"，事事物物之理可以相通，"于一事上穷尽，其他可以类推"，然而却不能只穷究一物之理就行了，而应连续地进行下去，不断增加知识，最后达到"豁然贯通"的境地。此即所谓"须是今日格一件，明日又格一件，积习既多，然后脱然自有贯通处"。

---

① 《二程集》第一册《河南程氏遗书》卷第二十二上《伊川先生语八上》（《伊川杂录》）（宜兴唐棣彦思编）。
② 《二程集》第一册《河南程氏遗书》卷第二上《二先生语二上》（《元丰己未吕与叔东见二先生语》）。
③ 《二程集》第一册《河南程氏遗书》卷第十五《伊川先生语一（或云明道先生语）》（《入关语录》）。

　　因为他们认为"穷理则尽性，尽性则知天命"①；"才穷理便尽性，才尽性便至命"②，所以能够做到致知而"穷理"，即可明辨天理，圆满地发挥先天秉赋的善性（"尽性"），达到完美的圣贤的道德境界。可见，二程所说的"格物致知"既是为学求知的过程，也是履行道德规范和礼义的实践。

　　程颐告诉门人："今之学者有三弊：一溺于文章，二牵于训诂，三惑于异端。苟无此三者，则将何归？必趋于道矣。"他倡导的"格物致知"不是以往学人的那种安于皓首穷经，埋头读书、考据训诂和撰写诗文，也不是去信奉佛、道二教，而是通过致知穷理而了解和奉行天道。于是有人问："以学者当先识道之大本，道之大本如何求？"他回答："以君臣、父子、夫妇、兄弟、朋友，于此五者上行乐处便是。"③他认为，了解并遵奉忠孝仁义等道德规范，遵循严格尊卑上下秩序的礼义，就是认识"道之大本"的体现。

　　二程提倡读"四书"，对其中的《中庸》尤为重视，认为是"孔门传授心法"④，"传圣人之学不杂"⑤；"中庸"是体现天道、理的真理，是达到完善人格的至高道德规范和精神境界。请看他们对"中庸"的解释：

　　　　不偏之谓中，不易之谓庸。中者，天下之正道；庸者，天

---

① 《二程集》第一册《河南程氏遗书》卷第二十一下《伊川先生语七下》（《附师说后》）。
② 《二程集》第一册《河南程氏遗书》卷第十八《伊川先生语四》（刘元承手编）。
③ 同上。
④ 《二程集》第二册《河南程氏外书》卷第十一《时氏本拾遗》引尹焞记语。
⑤ 《二程集》第一册《河南程氏遗书》卷第十五《伊川先生语一（或云明道先生语）》（《入关语录》）。

下之定理。①

　　中者，只是不偏，偏则不是中。庸只是常。犹言中者是大中也，庸者是定理也。定理者，天下不易之理也，是经也。孟子只言反经（按：意为恢复正常）②，中在其间。③

　　当则不易，惟中不足以尽之，故曰中庸。④

　　君子之于中庸也，无适而不中，则其心与中庸无异体矣。小人之于中庸，无所忌惮，则与戒慎恐惧者异矣，是其所以反中庸也。⑤

　　《中庸》之言，放之则弥六合，卷之则退藏于密。⑥

　　概括而言，"中庸"是中正不偏永远不变的真理和至高至善的道德规范，无异于"天下之正道""天下之定理"。说"君子"致力道德修养，能够完全适应和做到"中庸"，而"小人"在行为上无所顾忌，不能谨言慎行，自我约束，是与"中庸"之道相违背的⑦。

――――――――――

① 《二程集》第一册《河南程氏遗书》卷第七《二先生语七》。
② 《孟子·尽心下》："君子反经而已矣……。"反，犹"返"；经，意为常。"反经"即恢复正常。
③ 《二程集》第一册《河南程氏遗书》卷第十五《伊川先生语一（或云明道先生语）》（《入关语录》）。
④ 《二程集》第一册《河南程氏遗书》卷第十一《明道先生语一》（《师训》）。
⑤ 《二程集》第一册《河南程氏遗书》卷第四《二先生语四》（游定夫所录）。
⑥ 《二程集》第一册《河南程氏遗书》卷第十一《明道先生语一》（《师训》）。
⑦ 《中庸》："道也者，不可须臾离也；可离，非道也。是故君子戒慎乎其所不睹，恐惧乎其所不闻。"

认为《中庸》所说的道理既可通行于天下四海，又可用以诚意正
心，自我修养。引文中的"密"，意为隐密之处，此当指牢记于
自心。

程颐撰有《中庸解》①，对原文中的性、道、教、诚概念和语句
作了阐释，是了解二程理学不可或缺的资料。在解释"喜怒哀乐之
未发，谓之中；发而皆中节，谓之和。中也者，天下之大本也；和
也者，天下之达道也。致中和，天地位焉，万物育焉"时说：

> 情之未发，乃其本心。本心元无过与不及，所谓"物皆
> 然，心为甚"（按：引自《孟子·梁惠王上》）。所取准则以为中
> 者，本心而已。由是而出，无有不合，故谓之和。非中不立，
> 非和不行。所出所由，未尝离此大本根也。达道，众所出入之
> 道。极吾中以尽天地之中，极吾和以尽天地之和，天地以此
> 立，化育亦以此行。

意为人的喜怒哀乐未发之时的"本心"（本性），即体现无过与
不及的"中庸"之理。故所谓"中庸"，实际是源自本心的"准
则"。依"中"与"和"而行，必然既正确又和谐，由己到人，由
人而影响到天（"极吾中以尽天地之中，极吾和以尽天地之和"）；
"中和"精神实乃天地所以成立、万物所以发育的依据和根本规律。

程颐在解释孔子说"中庸其至矣乎，民鲜能，久矣"时说：

> 人莫不中庸，善能久而已。久则为贤人，不息则为圣人。

------

① 载《二程集》第四册《河南程氏经说》卷第八《中庸解》。

因为中庸体现善的本性，所以人人本来就有，然而却难以秉持下去。如果能够长久地秉持，那就成为贤人；能永远不断地秉持，就成为圣人。可见，中庸在二程道德论和教育思想中占有重要地位。

《中庸》说："诚者，天之道也。诚之者，人之道也。诚者，不勉而中，不思而得：从容中道，圣人也。诚之者，择善而固执之者也。"按照程颐对"诚"的解释，诚即真实无伪，所谓"真近诚，诚者无妄之谓"①。在这里，他说"诚"是"理之实"，"天下万古，人心物理，有一无二，虽前圣后圣，若合符节"；诚即是"天道"。圣人做到诚，便于天合一，"天即圣人，圣人即天"。劝人们从容地、自然地奉行"仁义"，"何思勉之有"？他说：

> "不勉而中，不思而得"，与勉而中，思而得，何止有差等，直是相去悬绝。"不勉而中"即常中，"不思而得"即常得，所谓从容中道者，指他人所见而言之。若不勉不思者，自在道上行，又何必言中？……②

是说，如果一个人需要时时提醒和勉强自己才能遵循中庸，那还没有真正做到中庸，只有"不勉不思"，从容自然地奉行中庸之道，才算达到至高的道德境界。

（四）"诚"与"敬"在二程理学体系中的意义

在二程的理学体系中，教导门人如何为学修身的内容也占有重

---

① 《二程集》第一册《河南程氏遗书》卷第二十一下《伊川先生语七下》（《附师说后》）。
② 《二程集》第一册《河南程氏遗书》卷第十五《伊川先生语一（或云明道先生语）》（《入关语录》）。

要地位。他们教诲门人无论致知为学与正心修身，既要抱有"诚"的态度，又要时时"主敬"，即以端庄之"敬"来控制自己的心志。

《中庸》讲："诚者，天之道也。"程颐解释"诚"为"理之实"，是真实"无妄"的。《中庸》还说："自诚明，谓之性。自明诚，谓之教。诚则明矣，明则诚矣。"然而按照程颐的解释：

> 谓之性者，生之所固有以得之；谓之教者，由学以复之。理之实然者，至简至易。……不假思索而后知，此之谓诚则明。致知以穷天下之理，则天下之理皆得，卒亦至于简易实然之地，而行其所无事，此之谓明则诚。①

意为先天秉持的真诚之性叫做"性"，后天通过学习而复归于真诚则为教。不假思索而自然明白道理是"诚则明"，通过致知学习明白天下之理则为"明则诚"。看起来这有点像《孟子》的性善说，"诚"相当于人先天的善心，即仁义礼智"四端"，人在生下之后的经历中天生的善心逐渐丢失（"放心"），而要成为圣贤，"学问之道无他，求其放心而已矣"。

正因为"诚"与性、善性、理、天道含义相通，所谓"自性言之为诚，自理言之为道，其实一也"②，甚至说"诚者，合内外之道，不诚无物"③。"诚"囊括内外一切之道，无"诚"也就没有天下万物。所以二程在教学当中反复强调要秉承诚之天性，处世为人遵循真诚之心，抱有"诚"的态度。他们说过：

---

① 《二程集》第四册《河南程氏经说》卷第八《中庸解》。
② 《二程集》第四册《河南程氏粹言》卷第一《论道篇》。
③ 《二程集》第一册《河南程氏遗书》卷第一《二先生语一》（《端伯传师说》）。

且省外事，但明乎善，惟进诚心。①

自其外者学之，而得于内者，谓之明。自其内者得之，而兼于外者，谓之诚。诚与明一也。

诚无不动者，修身则身正，治事则事理，临人则人化，无往而不得志之正也。②

诚者自成。如至诚事亲，则成人子；至诚事君，则成人臣。③

学贵信，信在诚。诚则信矣，信则诚矣。不信不立，不诚不行。④

道，一本也。或谓以心包诚，不若以诚包心；以至诚参天地，不若以至诚体人物，是二本也。知不二本，便是笃恭而天下平之道。⑤

大意是说，要了解和发扬道德之善，就要善于摆脱身外繁冗事务，而增进自己本有的"诚心"。自外学习掌握之理与内在的诚心

---

① 《二程集》第一册《河南程氏遗书》卷第二上《二先生语二上》（《元丰己未吕与叔东见二先生语》）。
② 《二程集》第四册《河南程氏粹言》卷第一《论道篇》。
③ 《二程集》第一册《河南程氏遗书》卷第十八《伊川先生语四》（刘元承手编）。
④ 《二程集》第一册《河南程氏遗书》卷第二十五《伊川先生语十一》（畅潜道录）。
⑤ 《二程集》第一册《河南程氏遗书》卷第十一《明道先生语一》（《师训》）。

结合，称为"明"（懂得、晓悟），而基于内在之诚心而兼得自外学习所知之理，称之为"诚"。处世为人，包括修身、做事、孝亲、忠君等，皆须持之以诚心，否则一事无成。做人既要贵"信"，又要重"诚"，二者相依不离，不可偏废。因为天道、天理是独一无二的，所以对于心、诚，乃至天地、人物等不可理解为两类，如果能做到"知不二本"，则能真正实践诚意、正心、修身、齐家、治国、平天下之道。

二程不仅教人秉承"诚"心，而且还从佛教的禅定、道家的"绝圣弃智"的修行方法得到启发，提出以"主敬"来控制约束自心的方法。请看以下语句：

> 学者先务，固在心志。有谓欲屏去闻见知思，则是"绝圣弃智"。有欲屏去思虑，患其纷乱，则是须坐禅入定。如明鉴在此，万物毕照，是鉴之常，难为使之不照。人心不能不交感万物，亦难为使之不思虑。若欲免此，唯是心有主。如何为主？敬而已矣。有主则虚，虚谓邪不能入。无主则实，实谓物来夺之。……大凡人心，不可二用，用于一事，则他事更不能入者，事为之主也。事为之主，尚无思虑纷扰之患，若主于敬，又焉有此患乎？所谓敬者，主一之谓敬。所谓一者，无适之谓一。且欲涵泳主一之义，一则无二三矣。言敬，无如圣人之言。《易》所谓"敬以直内，义以方外"，须是直内，乃是主一之义。至于不敢欺、不敢慢，尚不愧于屋漏[1]，

---

[1] 意为人的隐私处。原意，古人设床房室西北角的上面开有天窗，以备日光照入，故称屋漏。

皆是敬之事也。但存此涵养，久之自然天理明。①

　　昔吕与叔（按：吕大临）尝问为思虑纷扰。某答以但为心无主，若主于敬，则自然不纷扰。譬如以一壶水投于水中，壶中既实，虽江湖之水，不能入矣。②

　　程颐认为，为学，特别是正心修身，应当控制好自己的心志。如何防止思虑散乱而不能集中？他举出道家教人"屏去闻见知思"以"绝圣弃智"③，而佛教教人"坐禅入定"以摒弃思虑，认为二者皆不实际。他说，如同明镜总要映照万物，人心也不能停止思虑。如何加以控制使之保持集中呢？他提出"主敬"，即主之以"敬"。以敬主心，"敬则虚静"④，能够防止"邪"的思想侵入。说人心贵在专一，不可二用，如果以敬来主心，则可以防止思虑纷扰。什么是"敬"呢？他说："主一之谓敬。所谓一者，无适之谓一。且欲涵泳主一之义，一则无二三矣。"就是使精神集中于一处，不再受环境影响而分散心思。《周易》所说"敬以直内，义以方外"中的"直内"，就是主之以"敬"，以正内心，以控制约束心志，培养高尚的道德情操。程颐将"主敬"特别看作是道德修养的重要环节，说："涵养须用敬，进学则在致知。"⑤"只是

①《二程集》第一册《河南程氏遗书》卷第十五《伊川先生语一（或云明道先生语）》（《入关语录》）。

②《二程集》第一册《河南程氏遗书》卷第十八《伊川先生语四》（刘元承手编）。

③ 此引自《老子》第十九章："绝圣弃智，民利百倍；绝仁弃义，民复孝慈；绝巧弃利，盗贼无有。"

④《二程集》第四册《河南程氏粹言》卷第一《论道篇》。

⑤《二程集》第一册《河南程氏遗书》卷第十八《伊川先生语四》（刘元承手编）。

主于敬，便是为善也。"① "一不敬则私欲万端生焉，害人此为大。"②。

程颐所说"主一之谓敬"与佛教所修持的"禅定"相近，实际是受到佛教的影响而提出来的。佛教的禅定，是在心志集中一处的情况下安静深入地观想和思虑的修行方法③。然而程颐为了避免被人们看作是袭取佛教的做法，回避使用"静"字。有人问："敬莫是静否？"他回答："才说静，便入于释氏之说也。不用静字，只用敬字。才说着静字，便是忘也。"④ 实际上，他说佛教的禅定只是教人"屏去思虑，患其纷乱"，"忘"事，并不完全符合佛教禅定的原意。

总之，二程适应时代和社会思潮的发展需要，在吸收前人思想的基础上建立了以"理"为最高范畴的宇宙本体论和伦理心性论体系，主张儒者读经首重"四书"，为学修身以"求道""明道"为主旨，借鉴佛教理事圆融思想提出"体用一源，显微无间"的富有哲学思辨的"理事一致"思想，倡导格物致知和以"中庸"塑造理想人格的道德修养论，以"诚"与"主敬"指导为学修身等，从而将先秦以来的儒学推进到一个新的阶段，后经朱熹的集成加工而成为"程朱理学"，对后世中国历代的政治、文教、思想、道德乃至民俗产生了极为深远的影响。

---

① 《二程集》第一册《河南程氏遗书》卷第十五《伊川先生语一（或云明道先生语）》（《入关语录》）。

② 《二程集》第四册《河南程氏粹言》卷第一《论道篇》。

③ "禅定"是"禅"与"定"的合称，或称"静虑"，佛教修行方法之一。隋净影慧远《大乘义章》卷十三解释"禅定"说："禅者，思惟修习……于定境界审意筹虑名曰思惟。……所言定者……心住一缘，离于散动，故名为定。"

④ 《二程集》第一册《河南程氏遗书》卷第十八《伊川先生语四》（刘元承手编）。

第二节　程颢、程颐的佛教观

程颢、程颐兄弟以倡明"圣人之道"，传承"圣人之学"为己任，在继承先秦以来儒家学说的基础上，结合时代和社会思潮从佛、道二教那里吸收心性论和本体论思想与儒家思想会通，建立了以理为至高概念的理学体系，贯彻于治学、教学和施政的过程中。然而他们出于维护儒家至高正统地位和倡导儒家纲常名教的考虑，从未放弃对佛、道二教的反对、防范和批评。

从正面大力论述、阐扬他们提出和不断充实的理学思想，从反面对佛、道二教进行批驳，应当说是他们入世以来从事文教活动的两大方面。借程颐在《明道先生行状》对程颢评述中所说，即"明于庶物，察于人伦，知尽性至命，必本于孝悌；穷神知化，由通于礼乐。辨异端似是之非，开百代未明之惑"，借乡人士大夫之议，即所谓"倡圣学以示人，辨异端，辟邪说"。

下面主要依据《二程集》中所载程颢、程颐的言论，介绍他们是如何看待佛教，从哪些方面批评佛教，以揭示他们对佛教的整体态度和见解。

一、有"出入于释老"经历，认为佛教也有"高妙之处"

宋代继隋唐民族化的佛教格局形成之后，是中国佛教持续发展和进一步充实的时期。历朝皇帝在维持儒家正统地位的同时对佛、道二教采取对等支持政策，然而实际上对佛教稍为优待一些。宋代佛教传播形势有新的变化：一、在佛教诸宗中禅宗成为主流派，同时天台宗、净土宗也比较流行；二、诸宗之间会通融合成为时代思潮，禅宗向演变为融合型的中国佛教的主体发展；三、佛教文教事业取得空前繁盛，主要表现为：北宋朝廷主持翻译和刊印佛经，任命重臣出任润文官和译经使，诸宗著述特别是禅宗著述数量大增，继续实行和修订丛林清规，编著各类佛教史书；四、寺院成为儒者士大夫与禅僧交流的重要平台。

在两宋皇帝中有不少人撰写文章或诗歌赞颂佛教，甚至注释佛经，提倡三教一致。宋太宗著《妙觉集》；宋真宗著有《崇释论》《御制释典法音集》《御注四十二章经》《御注遗教经》；南宋孝宗撰《原道论》，并注《圆觉经》等，对朝野儒者士大夫的影响很大。很多儒者士大夫皆有与佛教僧人交往的经历。理学正是在这种社会文化背景下形成和发展的。

在南宋正受编撰的《嘉泰普灯录》、明代中吴沙门空谷景隆所撰《尚直编》、明延庆寺沙门一元宗本所撰《归元直指集》、正受所编《佛祖纲目》及《居士分灯录》[①] 等佛教史书中，有不少宋儒士大夫与佛教僧人交往、学术交流的记述，虽然不可全信，然而可以佐之以相关资料加以参考。

程颐在《明道先生行状》中明确地说："先生为学：自十五六时，闻汝南周茂叔论道，遂厌科举之业，慨然有求道之志。未知其要，泛滥于诸家，出入于老、释者几十年，返求诸六经而后得之。"[②] 程颢与程颐兄弟二人在随父亲程珦为官虔州（治今江西赣州）、南安军（治今江西大余县）期间拜周敦颐为师，从他受学。程颢因为听周敦颐"论道"而受到很大启发，曾一度厌弃科举，为

---

① 《嘉泰普灯录》，载台湾新文丰出版《卍新续藏》第79册；《尚直编》，蓝吉富编《大藏经补编》第24册有载；《归元直指集》，载《卍新续藏》第61册；《佛祖纲目》，载《卍新续藏》第85册；《居士分灯录》，载《卍新续藏》第86册。

② 《二程集》第二册《河南程氏文集》卷第十一。

求道而广读各家著作，以至出入佛、道二教几十年。如何出入佛、道二教？除了读佛教、道教经典，当然是与僧人、道士接触往来，进行交流。江西自东晋后佛教一直兴盛，唐宋以来是禅宗云门宗、临济宗和曹洞宗传播的重要地域。可以想见，程颢、程颐兄弟在江西和游历其他地方期间与僧人的交往是十分方便的。然而现存二程与僧人交往的资料极少。

中国禅宗在宋代真宗、仁宗时期（11世纪前半叶）迅速走向兴盛，临济宗继云门宗之后迅速兴起，在石霜楚圆之后门下分为黄龙慧南与杨岐方会两个法系，分别形成临济宗黄龙派和杨岐派，从而将临济宗推向一个新的发展时期。在慧南弟子中最有影响的有东林常总、黄龙祖心和真净克文等人。常总（1025—1091），在宋神宗熙宁三年（1070）应请任靖安县泐潭禅寺的住持，不久任庐山东林寺住持，名闻丛林，在士大夫中也有声誉。周敦颐、苏轼等人皆曾与他有交游。据空谷景隆《尚直编》卷下记载：

> 明道以亡母寿安院君忌辰，往西京长庆寺修冥福，躬预斋席，见众僧入堂周旋步武，威仪济济，伐鼓敲钟，内外整肃，一坐一起，并准清规。乃叹曰：“三代礼乐，尽在是矣。”[1]

二程之母侯氏，先其父程珦三十八年于江宁逝世（当在宋皇祐四年，1052年），封为寿安县君，后追封上谷郡君。大概是按照佛教礼仪殡葬的，亲人每逢忌辰要到寺院举行追荐法会。在很久之

---

[1] 弘益《纪闻》。弘益，据清广州南海宝象林沙门弘赞在犙编《解惑编》卷下之上，是东林常总的弟子，撰有《纪闻》一书。此事在《河南程氏外书》卷十二“传闻杂记”也有记载：“明道先生尝至禅寺，方饭，见趋进揖逊之盛，叹曰：三代威仪，尽在是矣。”载《二程集》第二册。

后，有一次程颢逢母亲忌辰，到西京洛阳长庆寺为母亲修冥福，在参加为众僧举办的斋会过程中，看到众僧遵照清规进退井然有序，敲鼓鸣钟，礼乐严整，不禁叹道："三代礼乐，尽在是矣。"自然是对佛教有好感。

《尚直编》卷下还引《云盖寺碑刻墨迹》说：

> 明道深味于《华严合论》，自谓有所心融意会为喜，以其所由，书于云盖寺。

《华严合论》源自唐李通玄《新华严经论》四十卷，是对唐代实叉难陀所译《新译华严经》按十门对经文所作的论释，其第一门名"依教分宗"，谓："如来成道，体应真源。理事二门，一多相彻。智境圆寂，何法不周。只为器有差殊，轨仪各异。始终渐顿，随根不同。设法应宜，大小全别……"后来志宁将经文与论释合编，题为《大方广佛新华严经合论》一百二十卷。从实情考虑，程颢不太可能通读此论，可能只是参阅部分章节，也许感兴趣的是对世界所作"理"与"事"、"一"与"多"的划分和论断。然而因对云盖寺及《云盖寺碑刻墨迹》在何地、是否现存一概不知，不好推测。

至于程颐，一生历经之处也是佛教禅宗盛行地区，自然少不了与佛僧交往的机会。《河南程氏遗书》卷三《二先生语三·谢显道记忆平日语》记载程颐事迹说："先生少时，多与禅客语，欲观其所学浅深，后来更不问。"[1] 可见程颐年轻时也曾出入于寺院，与禅僧多有交往和交流。

《尚直编》卷下还记载：

_____

[1]《二程集》第一册。

灵源清禅师答伊川书曰："妄承过听，以知道者见期，虽未一奉目击之欢，闻公留心此道甚久，天下大宗师历扣遍遍，乃犹以鄙人未见为不足。顷年间闻先师言公见处，今览公所作《法要后序》，深观信入，真实不虚也。"① 已而，伊川多入灵源之室。

"灵源清"，即惟清（？—1117），字觉天，自号灵源叟，皇帝赐号佛寿，嗣法于江西修水县黄龙山慧南禅师的弟子祖心，在出任舒州（治今安徽潜山县）太平寺住持之后，晚年应江西转运使王桓之请回黄龙山任住持。其师祖心（1025—1100），因住黄龙山及晚年退住晦堂，故也以黄龙、晦堂为号，生前与士大夫有密切交往②。原文所引的《灵源语录》现已不存。所载惟清禅师答伊川书是说，承蒙尊己为"知道者"，虽未见面，但知您"留心此道甚久，天下大宗师历扣遍遍"，犹以未能晤见自己为憾。过去曾听先师祖心说过您的见解，现读所撰《法要后序》，见解真实深刻，可见先师所赞真实不虚。此后，程颐常访惟清之门。这则记述虽然难以确定真伪，然而从程颐的经历、著述中引证的资料来看，他对佛教特别是禅宗的了解是相当多的，而当时士大夫参访各地名山大寺，与禅僧问道论法是广为流行的社会风气。

宋代佛教普及，禅宗盛行。二程在北宋游学、为官、讲学过程中是很容易接触到佛教、禅宗的，虽未能对佛教作深入系统的考察，然而对佛教禅宗的基本主张、修行和生活方式还是容易了解一

---

① 原文下的小注说："出《灵源语录》，先师即晦堂心禅师也。晦堂尝以心法授伊川。"
② 关于黄龙慧南及其弟子祖心、再传弟子惟清的情况，详见杨曾文：《宋元禅宗史》（中国社会科学出版社，2005 年）第四章第五节《慧南与临济宗黄龙派》。

些的。他们正是凭借对佛教禅宗的观察、认识和判断，对照他们反复思考建构的理学思想，对佛教进行评论和批评的。

二、对佛教禅宗的批评

二程在创立和弘传理学体系的过程中，对佛教从不同方面进行了很多评论和批评。应当指出，他们在对佛教观察、评论和批评中来阐释、弘扬他们的理学，在当时社会背景下是有学术创新的时代意义的。历史证明，中国的传统民族文化总是在儒释道三教的相互比较、竞争和彼此借鉴、会通的过程中不断得到充实、丰富和发展的。

那么，二程是如何评论和批评佛教的呢？

（一）批评佛教"自私""欺诈"，逃避人伦大义，谓世界幻妄，以言"性命道德"吸收学者，比之以往杨、墨，为害"尤甚"

佛教发源于古印度，在发展中从小乘佛教（原始佛教、部派佛教）到大乘佛教，在各个阶段又形成多种派别。公元前后传入中国后，经过与中国社会环境相适应，与传统文化相结合，逐渐实现了中国化，重要标志是进入隋唐时期以后形成若干带有鲜明民族特色的佛教宗派，其中以天台宗、华严宗和禅宗最为突出。特别是禅宗，在进入宋代以后成为中国佛教的主流派，在儒者士大夫中也产生很大影响。佛教大小乘、中国佛教不同派别虽然在教义和修行方法有千差万别，然而一个突出的特色是以"修心"为本，小乘佛教要求信众在修行中克服、断除心中的"贪瞋痴"；大乘佛教引导信众通过体认"诸法性空"，断除各种"妄见""烦恼"而使本有的佛性（本性、自性、如来藏）显现，达到精神解脱。禅宗最具现实主义风格，要求人们在现实中修行，"识心见性，自成佛道"，"直指人心，见性成佛"等。佛教作为宗教，在组织、修行、教理等各方面与传统文化、习俗有很多明显的差别，例如男女僧众要求出家，在寺院僧团组织中生活、修行、弘法；以超越生死"轮回"和达到解脱成佛为修行目标；要求严格遵守戒律、清规，穿僧衣，吃素；为劝人修行，"出离生死苦海"，常以"无常迅速，生死事大"或"生死事大，莫久迟疑"相激励，等等。自佛教盛行中国以后，儒家站在纲常伦理立场，对此就有批评。二程对佛教的批评，也多是这方面的内容。总的来看，他们的批评比较零散，并不系统。让我们引证他们的语录看看：

　　佛学（或作"氏"字）只是以生死恐动人。可怪二千年来，无一人觉此，是被他恐动也。圣贤以生死为本分事，无可惧，故不论死生。佛之学为怕死生，故只管说不休。下俗之人固多惧，易以利动。至如禅学者，虽自曰异此，然要之只是此个意见，皆利心也。吁（按：李吁，字端伯）曰："此学，不知是本来以公心求之，后有此蔽，或本只以利心上得之？"曰："本是利心上得来，故学者亦以利心信之。庄生云不怛化者，意亦如此也。"①

　　释氏之学，又不可道他不知，亦尽极乎高深，然要之卒归乎自私自利之规模。何以言之？天地之间，有生便有死，有乐便有哀。释氏所在便须觅一个纤奸打讹处，言免死生，齐烦恼，卒归乎自私。②

---

① 《二程集》第一册《河南程氏遗书》卷第一《二先生语一》（《端伯传师说》）。
② 《二程集》第一册《河南程氏遗书》卷第十五《伊川先生语一（或云明道先生语）》（《入关语录》）。

程颢认为，古来圣贤认为人有生有死属于"本分事"，即是自然而然的，无须畏惧，所以从不把生死当回事，但佛教因为畏惧生死，故经常将生死挂在嘴边，用以恐吓人；认为佛教畏惧生死，以追求超脱生死为修行目标，实际是出于"自利"之心，教义不出"自私自利之规模"。

为什么说佛教让僧众过出家生活，引导信众以修行超脱生死是"自私自利"？二程认为：

> 又其言待要出世，出那里去？又其迹须要出家。然则家者，不过君臣、父子、夫妇、兄弟，处此等事，皆以为寄寓，故其为忠孝仁义者，皆以为不得已尔。又要得脱世网，至愚迷者也。……
>
> 今彼言世网者，只为些秉彝又殄灭不得，故当忠孝仁义之际，皆处于不得已，直欲和这些秉彝都消杀得尽，然后以为至道也。然而毕竟消杀不得。如人之有耳目口鼻，既有此气，则须有此识；所见者色，所闻者声，所食者味。人之有喜怒哀乐者，亦其性之自然，今强曰必尽绝，为得天真，是所谓丧天真也。①

这样做必然导致人们脱离社会纲常关系（"秉彝"），违背忠孝仁义名教，逃脱本应承担的君臣、父子、夫妇、兄弟之间的义务。这是绝对"消杀不得"的。对此，作为以维护社会纲常名教为己任的儒者，是无论如何也是不能容忍的。

---

① 《二程集》第一册《河南程氏遗书》卷第二上《二先生语二上》（《元丰己未吕与叔东见二先生语》）。

二程将佛教教义归之为"欺诈"之说。为什么呢？他们说：

> 要之，释氏之学，他只是一个自私奸黠，闭眉合眼，林间石上自适而已。
>
> ……
>
> 释氏之说，其归欺诈。今在法欺诈，虽赦不原，为其罪重也。及至释氏，自古至今，欺诈天下，人莫不溺其说，而不自觉也，岂不谓之大惑耶？原释祖只是一个黠胡，亦能窥测，因缘转化。其始亦只似譬喻，其徒识卑，看得入于形器，故后来只去就上结果。其说始以世界为幻妄，而谓有天宫，后亦以天为幻，卒归之无。佛有发，而僧复毁形；佛有妻子舍之，而僧绝其类。若使人尽为此，则老者何养？幼者何长？以至剪帛为衲，夜食欲省，举事皆反常，不近人情。[①]

两段引文大致是说，佛教自私奸猾，只管在林间石上坐禅休闲，古来以其说欺诈天下，犯有重罪，致使很多民众信奉沉溺其说而不自觉。创立佛教的佛（指释迦牟尼）原是胡人中的聪明者，巧妙运用譬喻宣说因缘变化，吸引很多信徒。佛教教义开始讲世界"幻妄"，然而又说有"天宫"（当指天界、净土、佛国之类），后来又宣称一切为"无"（当指"诸法性空"），天也虚幻。佛有头发，而出家僧却"毁形"剃发；佛原有妻子（指释迦牟尼出家前有妻并生一子），僧却不婚断绝后嗣。二程责备说："若使人尽为此，则老者何养？幼者何长？"是批评佛教违背人伦纲常，教人逃避家庭义务。又举例说，僧人身穿补缀碎布而成的僧衣，过午不食等等，

---

① 《二程集》第二册《河南程氏外书》卷第十《大全集拾遗》。

"举事皆反常，不近人情"。二程是站在儒家和不信奉佛教者的立场看待佛教的，认为佛教教义、僧众修行和生活方式，皆违背常理，故归之为"欺诈"，因而予以批评。

因此，二程将佛教看作是继申、韩、杨、墨之后最大的危害，说：

> 杨、墨之害，甚于申、韩。佛、老之害，甚于杨、墨。杨氏为我，疑于仁。墨氏兼爱，疑于义。申、韩则浅陋易见。故孟子只辟杨、墨，为其惑世之甚也。佛、老其言近理，又非杨、墨之比，此所以害尤甚。杨、墨之害，亦经孟子辟之，所以廓如也。①

> 如杨、墨之害，在今世则已无之。如道家之说，其害终小。惟佛学，今则人人谈之，弥漫滔天，其害无涯。②

> 今异教之害，道家之说则更没可辟，唯释氏之说衍蔓迷溺至深。今日是释氏盛而道家萧索。方其盛时，天下之士往往自从其学，自难与之力争。惟当自明吾理，吾理自立，则彼不必与争。然在今日，释氏却未消理会，大患者却是介甫之学……③

----

① 《二程集》第一册《河南程氏遗书》卷第十三《明道先生语三》（《亥八月见先生于洛所闻》）（刘绚质夫录）。
② 《河南程氏遗书》卷第一《二先生语一》（《端伯传师说》）。
③ 《二程集》第一册《河南程氏遗书》卷第二上《二先生语二上》（《元丰己未吕与叔东见二先生语》）。

　　二程站在儒家立场回顾自先秦以来社会上流行的学说，说杨朱、墨子学说比法家申不害、韩非学说危害要大，而后来兴起的佛、道二教的危害又超过杨、墨之说。为什么呢？杨朱主张"贵生""为我"，好像主张仁，而墨子讲"兼爱"，好像提倡义，世人容易受到迷惑，而申、韩法家的理论十分"浅陋"，世人容易识别，所以当初孟子主要批驳杨、墨，担心世俗受到它们迷惑。现在，杨、墨已无影响，而佛、道二教传播正盛，"佛、老其言近理，又非杨、墨之比，此所以害尤甚"，必须加以破斥。若将儒、道二教相比，道教"萧索"影响较小，而佛教正在盛行，"最善化诱，故人多向之"①，连士大夫信奉者也多，危害最大。二程当时站在反对王安石变法的立场，顺便担忧地指出，王学的影响恐怕比佛教有过之而无不及。

　　二程看到佛教特别是禅宗在传法中倡导心性之说，说"识心见性，自成佛道""即心是佛""直指人心，见性成佛"，并且采取灵活的参禅形式，启发学人自信、自悟等等，不仅容易为普通民众理解和接受，即便对儒者士大夫也有极大吸引力，于是认为佛教禅宗对儒家学说和纲常社会具有前所未有的威胁。程颢在参加一次与学者的聚会之后，看到一些人像是在谈禅，感到十分不悦，说：

　　　　昨日之会，大率谈禅，使人情思不乐，归而怅恨者久之。
　　　　此说天下已成风，其何能救！古亦有释氏，盛时尚只是崇设像教，其害至小。今日之风，便先言性命道德，先驱了知者，才愈高明，则陷溺愈深。在某，则才卑德薄，无可奈何它。然据今日次第，便有数孟子亦无如之何。只看孟子时，

────────────

①《二程集》第一册《河南程氏遗书》卷第二下《二先生语二下》（《附东见录后》）。

杨、墨之害能有甚？况之今日，殊不足言。此事盖亦系时之污
隆。清谈盛而晋室衰。然清谈为害，却只是闲言谈，又岂若今
日之害道？今虽故人有一为此学而陷溺其中者，则既不可回。
今只有望于诸君尔。直须置而不论，更休曰且待尝试。若尝
试，则已化而自为之矣。要之，决无取。①

　　意思是说，类似谈禅的学风已经浸淫社会很久了，改正已难。
古代也有佛教，然而只是崇尚拜佛和说教，危害较小，而现在动辄
便宣说"性命道德"之教，将那些才识高明的人先加以征服，使他
们越陷越深。从面临的严峻形势来看，即便再出现几个孟子，恐怕
也无可奈何！相比之下，孟子时的杨、墨，晋时误国的清谈，与佛
教之害相比已不算什么。对此，程颢表示寄希望于门下弟子，劝告
他们绝不可再有"尝试"一下的念头，否则自己必将为佛教所化而
难以自拔。

　　有弟子问程颐："世之学者多入于禅，何也？"他回答：

今人不学则已，如学焉，未有不归于禅也。却为它求道未
有所得，思索既穷，乍见宽广处，其心便安于此。

　　他认为，当时的学者之所以容易"归于禅"，是因为他没有真
正了解和把握"道"，在思而未得之际，看到禅宗的论心性有独到
之处，便被吸引，将心安于"禅"。他断定，对陷入禅宗"深固"
之人是难以争取回来的②。

---

① 《二程集》第一册《河南程氏遗书》卷第二上《二先生语二上》（《元丰己未吕与叔东
　见二先生语》）。
② 《二程集》第一册《河南程氏遗书》卷第十八《伊川先生语四》（刘元承手编）。

从这里可以看到，二程之所以致力于儒学的革新，致力于理学的建构和宣扬，一个重要原因是为了抵制不断扩大社会影响、对儒者诱惑也日益增强的佛教禅宗，以巩固儒家名教在社会文化思想领域的支配地位。

（二）谓禅宗论道说性是"用管窥天"，"不见全体"

二程认为，佛教禅宗虽在论道说性方面有比道家、道教"高深"之处，然而与儒学相比，不过是"用管窥天"，"不见全体"，难能"穷神知化"，仍有差距。请看他们的论断：

> 佛、庄之说，大抵略见道体，乍见不似圣人惯见，故其说走作。[1]

> 释氏之学，正似用管窥天，一直便见，道他不是不得，只是却不见全体。[2]

> 释氏无实。释氏说道，譬之以管窥天，只务直上去，惟见一偏，不见四旁，故皆不能处事。圣人之道，则如在平野之中，四方莫不见也。[3]

> 释道所见偏，非不穷深极微也，至穷神知化，则不得

---

[1]《二程集》第一册《河南程氏遗书》卷第十五《伊川先生语一（或云明道先生语）》（《入关语录》）。

[2]《二程集》第二册《河南程氏外书》卷第五《冯氏本拾遗》。

[3]《二程集》第一册《河南程氏遗书》卷第十三《明道先生语三》（《亥八月见先生于洛所闻》）（刘绚质夫录）。

与矣。①

问："庄周与佛如何？"伊川曰："周安得比他佛？佛说直有高妙处，庄周气象大，故浅近。……②

"艮其止，止其所也。"八元有善而举之，四凶有罪而诛之，各止其所也。释氏只曰止，安知止乎？③

程颐认为佛教虽也略微认识"道"之体，然而认识很不全面，如同"以管窥天"那样，难免偏颇；虽也有"穷深极微""高妙"之处，比思想"浅近"的道家优越，然而未能通晓阴阳变化，"穷神知化"，岂可与儒家所奉"圣人之道"相提并论。他还引证《周易·下经》五十二艮卦"象"之语句"艮其止，止其所也"，说古代舜辅佐帝尧期间，起用品质善良的高辛氏的八子（"八元"），流放和惩治作恶多端的四人（"四凶"）④，可调任贤除恶"各止其所"；接着语锋一转，说佛教虽也讲"止"（当指"止观"之止），但哪里懂得"止"所蕴含的意义呢？

佛教讲一切众生皆有佛性，皆能成佛。二程理学继承和发挥孟子的性善论，虽认为人性本善，然而却不能说万物皆具人之性善。

----

① 《二程集》第一册《河南程氏遗书》卷第二十四《伊川先生语十》（邹德久本）。
② 《二程集》第二册《河南程氏外书》卷第十二《传闻杂记》。
③ 《二程集》第一册《河南程氏遗书》卷第十三《明道先生语三》（《亥八月见先生于洛所闻》）（刘绚质夫录）。
④ 关于八元、四凶，说法不一。八元，据《左传·文公十八年》记载："高辛氏有才子八人：伯奋、仲堪、叔献、季仲、伯虎、仲熊、叔豹、季狸，忠肃共懿，宣慈惠和，天下之民谓之八元。"四凶，《尚书·舜典》记载："流共工于幽洲，放驩兜于崇山，窜三苗于三危，殛鲧于羽山。四罪，而天下咸服。"

人与物形态各异，既不可混同牛、马之性，也不能同意佛教所说
"蠢动含灵，皆有佛性"①。《中庸》所说"天命之谓性，率性之谓
道，修道之谓教"，从整体而言是专对人而讲的。因为人的"本性"
已失，故须修仁义而加以修复，"则入于学"。至于万物所秉之性，
共同表现只是"天"的"生生不已"之道。

再看程颐对佛教的佛性和生死之说的评论：

> ……又问："佛说性如何？"曰（按：程颐之语）："佛亦是
> 说本善，只不合将才做缘习。"又问："说生死如何？"曰："譬
> 如水沤，亦有些意思。"又问："佛言生死轮回，果否？"曰：
> "此事说有说无皆难，须自见得。圣人只一句尽断了，故对子
> 路曰：'未知生，焉知死？'佛亦是西方贤者，方外山林之士，
> 但为爱胁持人说利害，其实为利耳。其学譬如以管窥天，谓他
> 不见天不得，只是不广大。②

程颐承认佛教也讲"性本善"，进而指出佛教实际是将人生来
秉承的"才"（相当于素质、本能）当成了善性（佛性），然后以此
为"缘习"（缘起）之本。按照程颐的主张，孟子批评告子所说的
"生之谓性"，是属于"禀气"而成的"气质之性"，谓之"才"，不
是人原初本善之性。他对佛教将人生无常比之为"水沤"（水面的
气泡）的说法虽感兴趣，但对佛教三世生死轮回之说不予认可，认
为应按孔子教导关注现实人生。他虽赞扬佛是"西方贤者，方外山

---

① 《二程集》第一册《河南程氏遗书》卷第二上《二先生语二上》（《元丰己未吕与叔东
　见二先生语》）。
② 《二程集》第一册《河南程氏遗书》卷第二十二上《伊川先生语八上》（《伊川杂录》）
　（宜兴唐棣彦思编）。

林之士"，然而仍贬佛"自私"，见解不过是"以管窥天"。

佛教认为有情众生居住的世界是生灭无常的，如果按难以计算的时间单位的"劫"（意译"大时"）来分，有成劫（世界形成）、住劫（世界存在）、坏劫（世界毁坏）、空劫（世界空无）的"四劫"。佛典对此有详细的解释①。二程对此提出批评说：

> 理之盛衰之说，与释氏初劫之言，如何到它说便乱道，又却窥测得些？彼其言成住坏空，曰成坏则可，住与空则非也。如小儿既生，亦日日长行，元不曾住。是它本理只是一个消长盈亏耳，更没别事。②

认为佛教所说世界四劫之说与儒家的盛衰之理的见解虽不同，但也有一些可予认可之处，例如所说的世界成、坏二劫能够成立，只不过是表示佛教所理解的"消长盈亏"之理，至于所说的世界住、空二劫则不能成立。他认为事物既然生成，则必然不断地生长，岂有"住"之理。这也是二程认为佛教教理不如儒家的证据。

中国佛教以大乘佛法为主体，隋唐时期形成的佛教宗派中天台宗、华严宗、禅宗等依据的主要佛典中，宣说一切众生皆有佛性的北凉昙无谶译的《大涅槃经》影响很大。在《大涅槃经》卷十七"梵行品第八之三"说：

> 第一义谛亦名为道，亦名菩提，亦名涅槃。若有菩萨言有得道、菩提、涅槃，即是无常。何以故？法若常者，则不可

---

① 详见《长阿含经》卷二十一、《俱舍论》卷十一及《法苑珠林》卷一等。
② 《二程集》第一册《河南程氏遗书》卷第二上《二先生语二上》（《元丰己未吕与叔东见二先生语》）。

得，犹如虚空，谁有得者？世尊，如世间物本无今有，名为无
常。道亦如是，道若可得则名无常，法若常者，无得无生，犹
如佛性无得无生。世尊，夫道者，非色非不色，不长不短，非
高非下，非生非灭，非赤非白，非青非黄，非有非无。云何如
来说言可得？菩提涅槃，亦复如是。佛言：如是如是。①

　　第一义谛也称真谛、圣谛，意为贤圣（佛、菩萨）所体认的一
切皆空的道理，一般用来表述真如、实相、中道、真空等，与世俗
认为一切真实的"俗谛"见解相对。经文说第一义谛亦名为道、菩
提、涅槃，也等同佛性，是非色非不色，非生非灭，非赤非白，非
青非黄的。这里实际是运用大乘中观学说的中道不二思想对佛教奉
为最高本体、本原的道、实相或佛性所作的表述。

　　从先秦儒家和诸子文献考察，"道"是十分通行的哲学概念。
以《老子》为代表的道家运用"道"这一概念比较多，侧重于表述
以道为本体、本原的宇宙本体论。儒家所讲的道，多与伦理道德结
合，将道升华为道德的总体或原则。《中庸》曰："天命之谓性，率
性之谓道，修道之谓教"，意为人先天所秉本性（心的原初特质、
本能）是性，遵循本性处事做人即为道，依道修身和教化称作教。
《中庸》还说："诚者，天之道也。诚之者，人之道也。"意为真诚
（真实、诚实）是上天的法则——"天之道"；遵循真诚是人的法
则——"人之道"。《中庸》为二程所重，他们在讲学、著述中已将
天命、性、道会通乃至等同。

──────────

① 另见《大涅槃经》卷二十"梵行品第八之六"："道亦如是，道若可得，则名无常。法
　若常者，无得无生。犹如佛性，无得无生。世尊，夫道者，非色非不色，不长不短，
　非高非下，非生非灭，非赤非白，非青非黄，非有非无。云何如来说言可得？菩提涅
　槃，亦复如是。佛言：如是如是。"

　　程颐在向门人讲述《中庸》语句过程中曾对佛教对道的说法进行批评，意为佛教对道的说法见解不高。他说：

　　　　《中庸》之说，其本至于"无声无臭"，其用至于"礼仪三百，威仪三千"。自"礼仪三百，威仪三千"，复归于"无声无臭"，此言圣人心要处。与佛家之言相反，尽教说无形迹，无色，其实不过无声无臭，必竟有甚见处？大抵语论闲不难见。如人论黄金曰黄色，此人必是不识金。若是识金者，更不言，设或言时，别自有道理。张子厚（按：张载之字，生于横渠镇，人称横渠先生）尝谓佛如大富贫子。横渠论此一事甚当。①

　　　　《中庸》言"无声无臭"，胜如释氏言"非黄非白"。②

　　从内容看，以上当是表述不完整的语录。程颐所批评佛教的所谓"无形迹，无色""非黄非白"等，正是上面所介绍的佛教对真如、实相等佛教至高概念的描述。参照《中庸》第三十二章："唯天下至诚，为能经纶天下之大经，立天下之大本，知天地之化育"；第三十三章引《诗经》之文："上天之载，无声无臭"；再参考朱熹最后的按语："子思因前章（按：指第三十二章）极致之言，反求其本"，可见程颐所说《中庸》"其本"和"圣人心要"，正是儒家所主张的与"天命""性""诚"相通的"道"或"天道"，实际是道德的总体或原则，不外是对儒家仁义道德体系的高度抽象和概括。程颐认为，《中庸》论述道既是天地万物的本原，又体现为人际礼

①《二程集》第一册《河南程氏遗书》卷第二十三《伊川先生语九》（鲍若雨录）。
②《二程集》第一册《河南程氏遗书》卷第五《二先生语五》。

仪规则的"礼仪三百，威仪三千"，拥有超出形相和"无声无臭"
的特质，比佛教将道描述为"无形迹，无色""非黄非白"等，是
更高明更有见解的。

程颐还引用《中庸》的语句，认为对"至诚"之天道的论述是
超越于佛教对道的说法的。他说：

> 《中庸》言："不见而彰，不动而变，无为而成，天地之道
> 可一言而尽也。"使释氏千章万句，说得许大无限说话，亦不
> 能逃此三句。只为圣人说得要，故包含无尽。释氏空周遮说
> 尔，只是许多。①

参照《中庸》第二十六章原句："故至诚无息。不息则久，久
则征，征则悠远，悠远则博厚，博厚则高明。博厚，所以载物也。
高明，所以覆物也。悠久，所以成物也。博厚配地，高明配天，悠
久无疆。如此者，不见而章，不动而变，无为而成。天地之道，可
一言而尽也。"大意是说：至诚之天道，悠久而广博深厚，高大而光
明无际，生成和覆载万物，配地配天，是不自现而彰显，不自动而
自然变化，无为而能成就一切，是可以用"一言"（诚）来加以表
达的。程颐称赞这种对道的表述抓住了要点，"包含无尽"意蕴，
比佛教用"千章万句，说得许大无限说话"来解释"道"要优越
得多。

佛教认为众生先天秉有的清净佛性，或称之为"理"，因为受
到世间贪欲等烦恼习气的污染而受到掩蔽，才导致轮回于生死不得
解脱，只有断除烦恼才能达到觉悟解脱。程颐对此了解一些，称之

①《二程集》第一册《河南程氏遗书》卷第十八《伊川先生语四》（刘元承手编）。

为"释氏理障之说"。他对此评论说：

> 　　释氏有此说，谓既明此理，而又执持是理，故为障。此错
> 看了理字也。天下只有一个理，既明此理，夫复何障？若以理
> 为障，则是己与理为二。①

　　仅从上引语句来解释，是说佛教既明此"理"，就不应该再说
理"障"。天下只有一个"理"，如果说晓明此理，又说"理"受掩
蔽，则是"以理为障"，意味着将天"理"与自己所秉之"理"看
作是"二"体，是不能成立的。程颐实际是想表达：天理与人人所
秉持之理（性）本是一体而不可分的，对于"理"只有明与不明的
问题，没有理障与不障（掩蔽不掩蔽）的问题。

　　二程在创建他们的理学和根据他们所创建的理学批评佛教的过
程中，尽力贬低佛教，甚至说"看一部《华严经》，不如看一艮
卦"②。其实，《华严经》只是中国佛教常用大乘佛典中的一部，自
东晋佛陀跋陀罗翻译出六十卷本之后，唐朝又有实叉难陀翻译的八
十卷本，还有般若翻译的四十卷本（实即《普贤行愿品》），内容
丰富，既有对阵容庞大的佛、菩萨的描述，也有蕴含深邃哲理的思
想，还有对菩萨修行阶位和菩萨之道等等的介绍，其中以基于"三
界所有，唯是一心"的法界缘起观及"心佛与众生，是三无差别"
的经文，以及论述时间今昔、空间和事物大小、差别等等皆圆融无
碍的思想，影响十分深远，是华严宗所依据的主要经典。至于提到
的《周易》下经第五十二卦的艮卦，据艮卦"彖"的解释是："艮，

---

① 《二程集》第一册《河南程氏遗书》卷第十八《伊川先生语四》（刘元承手编）。
② 《二程集》第一册《河南程氏遗书》卷第六《二先生语六》。

止也。时止则止，时行则行，动静不失其时，其道光明……"，示意行与止、动与静要"不失其时"等思想，自然十分珍贵。然而，程颐将近三百字的《周易》艮卦相关经传文字与作为佛教重要经典拥有巨大篇幅的《华严经》相比，称"看一部《华严经》，不如看一艮卦"，应当说显得有点轻率。

二程从不同方面批评佛教教理"用管窥天"、"不见全体"、浅显等等，致力贬低佛教的目的，不外乎是为了防止更多儒者接近佛教受到影响。程颐曾表示："若要不学佛，须是见得他小，便自然不学。"①

（三）将佛教比之为"淫声美色"，谓应避而远之

自古儒家主张祭神祀祖既是治家的大事，也是治国施政理民的大事。《周易·彖传》说："观天之神道，而四时不忒，圣人以神道设教，而天下服矣。"是将"以神道设教"作为治理天下的重要措施。《论语·为政》载孔子曰："生，事之以礼；死，葬之以礼，祭之以礼。"主张对死者应以礼安葬，按礼仪祭祀。"八佾"章说："祭如在，祭神如神在。"意为既然祭神，就应怀着所祭之神真在的敬畏之情，否则就会表现不恭。"尧曰"章说周代"谨权量，审法度，修废官，四方之政行焉。兴灭国，继绝世，举逸民，天下之民归心焉。所重：民、食、丧、祭。"是将祭祀置于施政的重要地位。其实，儒家讲的礼，就包含祭祀礼仪在内。那么，儒家应相信鬼神、相信死后有灵魂吗？孔子说过："务民之义，敬鬼神而远之，可谓知矣。"这里的"知"等同于"智"，认为如果既能尽心礼敬鬼神，又不真信并做到远离鬼神才可称之为"智"。

---

① 《二程集》第一册《河南程氏遗书》卷第十九《伊川先生语五》（杨遵道录）。

二程要建立以理为最高概念的理学，要排除佛教的影响，就不能回避宗教、鬼神信仰的问题。从程颐回答弟子刘安节（字元承，1068—1116）的询问中可以了解他们对这个问题的见解。

> 问："'务民之义，敬鬼神而远之。'① 何以为知？"
>
> 曰："只此两句，说知亦尽。凡人多敬鬼神者，只是惑；远者又不能敬。能敬能远，可谓知矣。"
>
> 又问："莫是知鬼神之道，然后能敬能远否？"
>
> 曰："亦未说到如此深远处。且大纲说，当敬不惑也。"
>
> 问："今人奉佛，莫是惑否？"
>
> 曰："是也。敬佛者必惑，不敬者只是孟浪不信。"
>
> 又问："佛当敬否？"
>
> 曰："佛亦是胡人之贤智者，安可慢也？至如阴阳卜筮择日之事，今人信者必惑，不信者亦是孟浪不信。"②

程颐认为孔子所说在施政务民中做到既敬鬼神，又能远之而不受迷惑，是基于对"鬼神之道"认识基础上的"智"的表现，否则难以做到"敬而不惑"。他联系当时社会民众信奉佛教的情况，认为凡是信奉佛教者必定受到了迷惑，而不信奉者往往不是做到知而不信，只不过是出于"孟浪（按：粗鲁未加深思）不信"而已。他还说，在现实中经常看到人们好像在敬鬼神，实则已信并受到迷惑；或是相反，"远之"是做到了，却没有礼敬的表现。

那么，学者如何能做到远离佛教呢？二程主张将佛教看作是"淫

---

① 《论语·雍也第六》："樊迟问知。子曰：务民之义，敬鬼神而远之，可谓知矣。"
② 《二程集》第一册《河南程氏遗书》卷第十八《伊川先生语四》（刘元承手编）。

声美色"，警戒自己远离而不靠近，否则，"则骎骎然入于其中"①，被吸引成为佛教信徒了。那么，对于佛是否就应不敬呢？他表示，佛也是"胡人之贤智者"，佛之教与"阴阳卜筮择日之事"不可同日而语，所以对佛不应轻慢，而应既敬之却不相信，便不会受到佛教的影响。

《周易·坤文言》曰："直其正也，方其义也。君子敬以直内，义以方外，敬、义立而德不孤。"大意是："直"，意为正直；"方"，以义来规范。君子应当以精神专一的"敬"来约束内心保持正直，同时以"义"来规范自己的言语和行为。如果做到敬与义，则道德高尚为人钦敬。其中的"敬以直内，义以方外"成为二程教示弟子远离佛、道二教，遵循仁义名教正心修身的常用语。他们认为：

> 彼释氏之学，于"敬以直内"则有之矣，"义以方外"则未之有也，故滞固者入于枯槁，疏通者归于肆恣，此佛之教所以为隘也。吾道则不然，率性而已。斯理也，圣人于《易》备言之。②

二程认为，佛教倡导凝心入定，以坐禅来控制妄念欲望，虽做到了"敬"和"敬以直内"，然而因为"毁人伦"，脱离父子、君臣、夫妇、长幼、朋友五伦纲常，逃避承担家庭、社会义务，背离了"忠孝仁义"，则未能做到"义以方外"。于是有的僧人孤僻地执意禅修以至身形枯槁，面如死灰；有的放纵乃至恣意妄为（当指所

---

① 《二程集》第一册《河南程氏遗书》卷第二上《二先生语二上》（《元丰己未吕与叔东见二先生语》）。

② 《二程集》第一册《河南程氏遗书》卷第四《二先生语四》（游定夫所录）。

谓"狂禅")。因此，佛教显得狭隘。儒道"率性"（《中庸》："天命之谓性，率性之谓道，修道之谓教。"）而为，自然能做到如《周易》所说的既能"敬以直内"，又能"义以方外"。这与前面二程批评佛教"自私"的说法是一致的。

（四）抓住佛教离亲出家、逃避人伦之道斥责即可

二程虽在讲学、接待朋友和学生等场合发表很多批评佛教的言论，但他们多从"迹"上，即从佛教的出家形式、修行做法和未承担家庭、社会义务等方面批评（"攻"）佛教，至于对"佛之道"，即大小乘佛教的核心教理，中国佛教宗派的教义思想，可以说接触既少而又不深。弟子游酢（字定夫）记载程颢与弟子一段问答：

> 先生不好佛语。或曰："佛之道是也，其迹非也。"
>
> 曰："所谓迹者，果不出于道乎？然吾所攻，其迹耳；其道，则吾不知也。使其道不合于先王，固不愿学也。如其合于先王，则求之六经足矣，奚必佛？"①

有弟子认为佛教的"道"（当指基本教理）是正确的，外在形式的"迹"（组织、传法、仪规等）是错的。对此，程颢不同意，说佛教的"迹"毕竟也是佛教之"道"的表现。他致力批评的只是佛教的"迹"，至于对佛教核心主张的"道"并不了解。假若佛教之"道"与"先王"（尧舜禹三王及文武周公）之道相违背，他是绝不学的；如果与"先王"之道相一致，他只通过学习"六经"即可，那又何必去学佛呢？程颢这个说法，相当温和，表示自己虽对

---

① 《二程集》第一册《河南程氏遗书》卷第四《二先生语四》（游定夫所录）。

佛教主张的根本之"道"未有深入了解，然而认定佛教的外在表现违背伦理纲常，当然是佛教之道的体现，正是他所反对的。

程颢还从佛教脱离人伦纲常的角度进行批评。《河南程氏遗书》卷第二上《二先生语二上》（《元丰己未吕与叔东见二先生语》）①记载：

> 有问："若使天下尽为佛，可乎？"其徒言："为其道则可，其迹则不可。"
>
> 伯淳言："若尽为佛，则是无伦类，天下却都没人去里〔理〕。然自亦以天下国家为不足治，要逃世网。其说至于不可穷处，它又有一个鬼神为说。"

引文中的"有问"是指世人向僧人质询，"其徒言"是指僧人的回答。对于世人怀着担心提出的"使天下尽为佛，可乎"？程颢明确表示：如果天下皆出家为僧成为事实，必将泯灭人伦，造成世间无人的局面。对于僧人所说但可传播佛教之"道"，但不能普行佛教之"迹"（出家为僧等）。程颢认为，这不过是佛教认为"天下国家为不足治"，执意逃避"世网"（人伦纲常）的表现；至于佛教的"鬼神"说教（当指善恶报应、三世轮回等），往往让世人感到玄秘莫测。

二程为什么不主张深入探讨佛教之道，仅满足于从佛教外在的"迹"进行批评呢？原来是担心人们真的深入了解佛教，会被佛教思想吸引而信奉佛教。请看程颐的看法：

> 释氏之学，更不消对圣人之学比较，要之必不同，便可置

① 载《二程集》第一册。

之。今穷其说，未必能穷得他，比至穷得，自家已化而为释氏矣。今且以迹上观之。佛逃父出家，便绝人伦，只为自家独处于山林，人乡里岂容有此物？大率以所贱所轻施于人，此不惟非圣人之心，亦不可为君子之心。释氏自己不为君臣父子夫妇之道，而谓他人不能如是，容人为之而己不为，别做一等人。若以此率人，是绝类也。至如言理性，亦只是为死生，其情本怖死爱生，是利也。

释氏之说，若欲穷其说而去取之，则其说未能穷，固已化而为佛矣。只且于迹上考之。其设教如是，则其心果如何？固难为取其心不取其迹，有是心则有是迹。王通言心迹之判，便是乱说。不若且于迹上断定，不与圣人合。其言有合处，则吾道固已有；有不合者，固所不取。如是立定，却省易。[1]

程颐表示：不必将佛教与"圣人之学"（儒学）作认真比较，只要了解二者不同即可。如果深入考究佛教，也许就被化为佛教徒了。只须从佛教的表现（迹），逃避人伦之责的方面考察、批评就可以了。他举例说，佛逃父出家，独处山林，便是为世间所不容的断绝人伦。佛教以让人出家等为世人蔑视（"贱"）的做法吸引民众，而不教人为学成为贤圣，既非圣人之心，也非君子之心。佛教要人离"君臣父子夫妇之道"便是"绝类"，虽谈"理性"，也不过是为了其"自私"（"利"）的生死之说服务的。那么，就可以不顾佛教设教之"心"（原旨）吗？他认为心与迹原本一致，对佛教也

---

[1] 两段皆见《二程集》第一册《河南程氏遗书》卷第十五《伊川先生语一（或云明道先生语）》（《入关语录》）。

应以"取其心不取其迹，有是心则有是迹"来对待。因此，仅从佛教之"迹"上考察便可了解佛教相异于圣人之道，即便有某些相同处，也只取圣人之道即可；至于不合之处，当然不取。他在叙述中顺便对隋代儒者"文中子"王通（584—617）的"心迹之判"也予以否定。原来王通所说"心迹之判久矣，吾独得不二言？"是表示自己不得已才按前人将心与迹分开的说法回答弟子魏征所问，而实际上心与迹是一体不分（一致）的，所谓"二未违一也"[①]。可见程颐的批评是违背王通的原意的。

唐末禅宗主要指慧能创立的南宗，在唐代法海记述慧能生平和语录的《六祖坛经》中可以了解禅宗的基本思想，为后来相继成立的临济、曹洞宗等"五宗"大体遵循。慧能提出人人皆有佛性（自性、本性、本心），如果能够认识自己生来秉有与佛一样的本性，确立自信，便可通过自修、自悟而成佛，所谓"识心见性，自成佛道"，"自性迷，佛即是众生；自性悟，众生即是佛"等。二程的理学继承儒家经典中对性、道等概念的论述，加以发展，在解释《周易·说卦》中"穷理尽性以至于命"的过程中，说"理也，性也，命也"[②]；还说"心即性也。在天为命，在人为性，论其所主为心，其实只是一个道"[③]，将理、道、性、心的意蕴沟通，并将"理"作为理学的最高范畴、伦理心性论的基础。虽然他们在构建理学体系

---

① 隋王通《文中子说》卷五《问易篇》："魏征曰：'圣人有忧乎？'子曰：'天下皆忧，吾独得不忧乎？'问疑。子曰：'天下皆疑，吾独得不疑乎？'征退，子谓董常曰：'乐天知命，吾何忧？穷理尽性，吾何疑？'常曰：'非告征也，子亦二言乎？'子曰：'征所问者迹也，吾告汝者心也。心迹之判久矣，吾独得不二言乎？'常曰：'心迹固殊乎？'子曰：'自汝观之则殊也，而适造者不知其殊也，各云当而已矣。则夫二未违一也。'李播闻而叹曰：'大哉乎一也！天下皆归焉，而不觉也。'"
② 《二程集》第一册《河南程氏遗书》卷第一《二先生语一》（《端伯传师说》）；《河南程氏遗书》卷第二上《二先生语二上》（《元丰己未吕与叔东见二先生语》）。
③ 《二程集》第一册《河南程氏遗书》卷第十八《伊川先生语四》（刘元承手编）。

过程中受到佛教的影响，借鉴了禅宗、华严宗的心性理论，然而他们却站在儒家伦理名教立场对佛教心性之说表示反对。请看下面所引他们的评论。程颢曾向弟子刘绚（字质夫，1045—1087）说：

> 释氏本怖死生，为利岂是公道？唯务上达而无下学，然则其上达处，岂有是也？元不相连属，但有间断，非道也。孟子曰："尽其心者，知其性也。"彼所谓"识心见性"是也。若"存心养性"一段事则无矣①。彼固曰出家独善，便于道体自不足。或曰："释氏地狱之类，皆是为下根之人设此，怖令为善。"先生（按：程颢）曰："至诚贯天地，人尚有不化，岂有立伪教而人可化乎？"②

程颢批评佛教出于畏惧"死生"的心理，只教人修证成佛（所谓"唯务上达"），而不教人为学修身；进而批评佛教所说的成佛之事原不可信，教义前后不相联贯，绝非是圣人之"道"。孟子说："尽其心者，知其性也。知其性，则知天矣。存其心，养其性，所以事天也。"（《孟子·尽心上》）原意是说，人应尽最大努力发挥心的功能，在这个过程中就会知道自己秉持善的本性。知道了本性，也就知道自己秉受的天命。如果能做到保持本心，培养自己从天秉受的善性，这就是遵奉天的表现。程颐认为，禅宗所说的"识心见性"就相当于孟子说的"尽其心者，知其性"，然而却缺失孟子所强调的"存其心，养其性"的思想。参考孟子对"性善"的论

---

① 另见《二程集》第二册《河南程氏外书》卷第十二《传闻杂记》："伊川曰：释氏只令人到知天处休了，更无存心养性事天也。"

② 《二程集》第一册《河南程氏遗书》卷第十三《明道先生语三》（《亥八月见先生于洛所闻》）（刘绚质夫录）。

述可以了解，孟子的"存其心，养其性"，实际包括了在保持和发挥构成心善"仁义礼智"的"四德"过程中，必须履行人伦义务，即仁义忠孝等道德规范和相应的家庭、社会义务。程颐批评佛教离弃了人伦，"提倡出家"，因此未能体现"道体"（天命、性）。他还批评佛教善恶因果报应理论中所说的地狱之说属于不可信的"伪教"，是不能用来教化民众的。

禅宗在传法参禅过程中经常运用大乘般若中观不二思想，既宣说"诸法性空"，说一切虚幻不实，又称空即是一切，所谓"空即是色"，受想行识"亦复如是"；既称"不立文字，教外别传"，"以心传心"，又有大量语录、偈颂、灯史等等；既称"无念为宗"，以"无心""无想"为心要，然而又说"无念法者，见一切法，不著一切法；遍一切处，不著一切处，常净自性"，"自性起念，虽即见闻觉知，不染万境，而常自在"①。基于这种理论，慧能下二世马祖道一（709—788）曾说："平常心是道。谓平常心无造作，无是非，无取舍，无断常，无凡无圣。"② 是要求在心中取消一切造作、是非、取舍、断常、凡圣等观念，达到与空义相应的"无念"或"无所得"的心境。对此，程颐并不理解，他曾批评说：

> 学佛者多要忘是非，是非安可忘得？自有许多道理，何事忘为？夫事外无心，心外无事。世人只被为物所役，便觉苦事多。若物各付物，便役物也。世人只为一齐在那昏惑迷暗海中，拘滞执泥坑里，便事事转动不得，没着身处。③

---

① 杨曾文校写：《敦煌新本六祖坛经》，宗教文化出版社，2001年，第一版。
② 宋道原《景德传灯录》卷二十八《马祖语录》。
③《二程集》第一册《河南程氏遗书》卷第十九《伊川先生语五》（杨遵道录）。

程颐所批评的"学佛者多要忘是非"当指禅宗倡导的"无念"和"平常心是道"的禅法。认为任何人也不可能忘却是非，忘掉各种事物的道理。既然如此，能记忆之心与所记忆之物岂可分离？说人们因为受外物拘束左右，不能放开使"物各付物"，便有苦的感觉，不得自由。

与唐代韩愈和宋初孙复、石介严厉批判佛教甚至主张取缔佛教的"排佛"不同，二程虽也对佛教进行批评，然而并未提出取缔佛教的主张。《河南程氏遗书》卷第六《二先生语六》记载："叔（按：程颐字正叔）不排释、老。"① 也许正是从这个意义上说的。

三、二程引证的佛教资料

上面根据《二程集》的记载，从各个方面对二程批评佛教特别是禅宗的言论作了考察和介绍。那么，他们到底引述了哪些佛典呢？据笔者考察，标明题目提到的有《华严经》《传灯录》（全名《景德传灯录》），在朋友或弟子质询中提到的有《法华经》《维摩经》（全名《维摩诘经》）。总的来看，二程在批评佛教特别是禅宗的场合极少直接引用佛教经典和著述。

（一）关于《华严经》

前面提到，程颐曾说："看一部《华严经》，不如看一艮卦。"② 实际上他对自西晋起《华严经》的翻译和译本并不了解，从这句话涉及的内容猜测，他也未必全文阅读过任何译本的《华严

---

① 《二程集》第一册《河南程氏遗书》卷第六《二先生语六》。
② 同上。

经》，否则不可能讲出这种显然轻率的话。

程颐弟子刘安节（字元承，1068—1116）曾告诉程颐：

> 问："某尝读《华严经》，第一真空绝相观，第二事理无碍
> 观，第三事事无碍观，譬如镜灯之类，包含万象，无有穷尽。
> 此理如何？"

程颐回答：

> 只为释氏要周遮，一言以蔽之，不过曰万理归于一理也。①

据笔者考察，刘安节看的不可能是《华严经》，而是华严宗四
祖澄观（738—839）为阐释唐译《华严经》所著的《华严经
疏》②或是《华严法界玄镜》。澄观继承并发挥华严宗初祖杜
顺（557—640）在《华严法界观门》中提出的"真空观""理事无
碍观""周遍含容观"的思想，主张"真空绝相观"即"理法界
观"、"周遍含容观"即"事事无碍法界观"，提出便于理解把握和
修证的四法界观：事法界、理法界、事理无碍法界、事事无碍法界。
他在《华严经行愿品疏》卷一说，理法界即"性"，谓"真理寂寥，
为法之性"③。程颐虽称刘安节所提到的华严宗的理事观含有遮掩佛
教自家短处之意，然而毕竟承认它表达了"万理归于一理"。这正
是二程理学中的重要思想。

---

① 《二程集》第一册《河南程氏遗书》卷第十八《伊川先生语四》（刘元承手编）。
② 参考《华严经疏》卷十七。
③ 请参杨曾文《隋唐佛教史》（中国社会科学出版社，2014 年）第二编第二章第四节
《华严宗》。

到底二程读过华严宗的什么著作？虽不好确定，但至少可以说他们对佛教华严宗理事无碍论是相当了解的，因为从他们对理事关系的表述来看，是对佛教华严宗理事圆融思想有所借鉴的。

(二)《传灯录》(《景德传灯录》)

程颢曾说：

> 惟佛学，今则人人谈之，弥漫滔天，其害无涯。旧尝问学佛者："《传灯录》几人？"云："千七百人。"某曰："敢道此千七百人无一人达者。果有一人见得圣人'朝闻道夕死可矣'，与曾子易箦之理，临死须寻一尺布帛裹头而死，必不肯削发胡服而终。是诚无一人达者。"……①

从上引程颢语句来看，他知道《传灯录》；从回答者说"千七百人"断定，程颢所说的《传灯录》正是禅僧道原编撰进上，宋真宗诏命翰林学士左司谏知制诰杨亿与兵部员外郎知制诰李维、太常丞王曙二人加以"刊削""裁定"的《景德传灯录》。杨亿在序中说："有东吴僧道原者，冥心禅悦，索隐空宗，披弈世之祖图，采诸方之语录，次序其源派，错综其辞句，由七佛以至大法眼之嗣，凡五十二世，一千七百一人，成三十卷，目之曰景德传灯录，诣阙奉进，冀于流布。"在宋代不仅广泛流行于佛教界，在士大夫中也受到欢迎。至宋仁宗景祐元年（1034），在《景德传灯录》面世二十四年之际，吏部侍郎、知枢密院事王随适应社会需要，将此书删繁就简编为《传灯玉英集》十五卷进呈仁宗，降敕允于入藏，受到

①《二程集》第一册《河南程氏遗书》卷第一《二先生语一》（《端伯传师说》）。

奖谕，由印经院雕板刊行。可以想见，二程是了解并翻阅过《景德传灯录》的。

据《河南程氏遗书》卷第十八刘元承手编《伊川先生语四》记载：

> 问："释氏有一宿觉言下觉之说，如何？"曰："何必浮图，孟子尝言觉字矣。曰'以先知觉后知，以先觉觉后觉'，知是知此事，觉是觉此理。古人云：'共君一夜话，胜读十年书。'若于言下即悟，何睿读十年书？"①

"一宿觉"，是指禅宗六祖慧能弟子永嘉玄觉禅师，《景德传灯录》卷五有传。玄觉原修天台宗止观法门，后南下曹溪参谒六祖慧能，"振锡携瓶，绕祖三匝"。慧能批评他举止有点傲慢。他答以"生死事大，无常迅速"。慧能提示他："何不体取无生，了无速乎？"意为何不体认空寂无生，了悟无所谓迟速的道理呢。他应之说："体即无生，了本无速。"意为即便作为体认、了悟的主体也是无生、无速的。慧能表示印可。于是，玄觉致礼拜师，仅留住一宿便归，时称"一宿觉"。引文大意是，程颐的弟子问，对佛僧"一宿觉"迅速觉悟之事应如何看？程颐表示，岂止是佛教，早在孟子已经讲过"觉"字了，孟子曾说过"以先知觉后知，以先觉觉后觉"②，知是知事，觉是觉理。从这里再次证明，程颐是知道并翻阅过《景德传灯录》的。

（三）《法华经》和《维摩诘经》

《二程集》第二册《河南程氏外书》卷第十《大全集拾遗》记

---

① 《二程集》第一册《河南程氏遗书》卷第十八《伊川先生语四》（刘元承手编）。
② 出自《孟子·万章上》。

载："周茂叔（按：周敦颐）谓一部《法华经》，只消一个艮卦可了。"这是二程中的谁引述的，不得而知。从现存二程语录和著作来看，他们没有引证过《法华经》的语句或思想。

程颐曾对张载讲过自己对朝廷议定"龙女"谥号和衣冠之事的看法，说："既曰龙，则不当被人衣冠。矧大河之塞，本上天降祐，宗庙之灵，朝廷之德，而吏士之劳也。龙何功之有？又闻龙有五十三庙，皆曰三娘子。一龙邪？五十三龙邪？一龙则不当有五十三庙，五十三龙则不应尽为三娘子也。"① 他认为筑堤治理河水与所谓"龙女"没有关系，龙女的神话本不可信。"龙女"最早出自《法华经》所说"龙女成佛"的经文②。从程颐所说的内容可以断定，他与张载所说的龙女和《法华经》没有关系，当属于民间信仰的另一类型之神。

《河南程氏外书》卷第七《胡氏本拾遗》③ 记载：

> 或问："维摩诘云：'火中生莲花，是可谓希有。在欲而行禅，希有亦如是。'此岂非儒者事？"
>
> 子曰："此所以与儒者异也。人伦者，天理也。彼将其妻子当作何等物看，望望然以为累者，文王不如是也。有生者，必有死；有始者，必有终；此所以为常也。为释氏者，以成坏为无常，是独不知无常乃所以为常也。今夫人生百年者常也，一有百年而不死者，非所谓常也。释氏推其私智所及而言之，

---

① 《二程集》第一册《河南程氏遗书》卷第二十一上《伊川先生语七上》（《师说》）（门人张绎录）。
② 《法华经·提婆达多品》："当时众会皆见龙女忽然之间变成男子，具菩萨行，即往南方无垢世界坐宝莲华成等正觉……尔时娑婆世界菩萨、声闻、天龙八部、人与非人，皆遥见彼龙女成佛。"
③ 载《二程集》第二册。

至以天地为妄，何其陋也！张子厚尤所切齿者此耳。"

引文中的"或问"当指弟子或友人，所引的文字出自后秦鸠摩罗什翻译的《维摩诘经·佛道品》，经文借文殊师利菩萨的话说："六十二见（按：概指一切外道的见解）及一切烦恼皆是佛种"，"高原陆地不生莲华，卑湿淤泥乃生此华"，"一切烦恼为如来种"等，意为正是源于贪瞋痴的诸种烦恼才是成佛的基因。此后，维摩诘居士应"普现色身"菩萨之问以偈颂回答："智度菩萨母，方便以为父"，意为体认一切皆空的般若智慧是菩萨之母，各种应机灵活的作法是菩萨之父，示意佛教修行不能离开现实众生和世俗生活。在偈颂中还有四句："火中生莲花，是可谓希有。在欲而行禅，希有亦如是"，是说人们以为在火中生出莲花是希有之事，其实在没有断除情欲的情况下进行禅修也可说是世间希有之事。问者引用这段偈颂请教程颐：那么，儒家主张在家为学修养岂不是与《维摩诘经》的这种说法一致吗？也许语录未记，程颐并没有作正面回答，仅从佛教与儒家的明显差异表明看法。他批评佛教的出家制度破坏"人伦"，违背"天理"，并且批评佛教认为世界有成住坏空循环变化、生死属于无常的教说，认定佛教出于"私智"，浅陋。他虽然没有正面涉及《维摩诘经》，从情理推测，他对此经是了解的。

（四）未标题目的引述——《六祖坛经》

程颢曾向弟子刘绚说：

释氏本怖死生，为利岂是公道？唯务上达而无下学，然则其上达处，岂有是也？元不相连属，但有间断，非道也。孟子曰："尽其心者，知其性也。"彼所谓"识心见性"是也。①

　　《六祖坛经》是宋代十分流行的佛典之一，先后形成不同的写本或版本。从二程生活的时代推测，当时流行的《六祖坛经》或是相当于现存的敦煌本，或是惠昕在唐德宗贞元三年（787）据"古本"改编的"两卷十一门"的《坛经》。比二程稍前的北宋政治家、文学家晁迥（951—1034）生前看过后一版本《六祖坛经》达十六次，七世孙晁子健在南宋绍兴二十三年（1153）据此本于蕲州刻印，后流传到日本，20 世纪 30 年代在日本京都兴圣寺发现，世称兴圣寺本；此外尚有源自北宋政和六年（1116）存中再刊本的日本石川县大乘寺本②。现存敦煌本《六祖坛经》载有慧能禅法语录："不识本心，学法无益，识心见性，即悟大意"；"识心见性，自成佛道"。属于惠昕本系统的兴圣寺本载有一则相应语句："识自心见性，自成佛道"；大乘寺本是："识心见性，自成佛道"。从程颐认为孟子所说的"尽其心者，知其性也"，相当于佛教禅宗所说的"识心见性"，可以证明他是翻阅过当时流行的《六祖坛经》的。

　　综上所述，二程对佛教的评论、批评主要凭借平日对佛教外部的观察乃至听闻传说。从评论或批评的深度来说，主要从所谓"迹"上，从诸如佛教的"出家出世之说"；僧众脱离家庭（人伦），

---

① 《二程集》第一册《河南程氏遗书》卷第十三《明道先生语三》（《亥八月见先生于洛所闻》）（刘绚质夫录）。

② 惠昕本除源于晁子健本的日本兴圣寺本外，尚有源自北宋大中祥符五年（1012）周希古刊本的日本名古屋真福寺藏本；有源自政和六年（1116）存中再刊本的日本石川县大乘寺本和京都福知山市金山天宁寺本。见杨曾文校写：《敦煌新本六祖坛经》，上海古籍出版社，1993 年；《敦煌新本六祖坛经》，宗教文化出版社，2001 年第一版、2011 年第二版、2014 年第三版后附论文。

"不父其父，不母其母"；修行远离社会，在"远迹山林之间"① 等等方面着手批评，极少深入到佛教和中国佛教诸宗的教理体系，即便接触到某些教理思想，例如"理""道""性""佛性"等，也往往从儒家修身治国学说的维度来理解和诠释，然后加以评论、批评。实际上，佛教虽然与儒家乃至其他学派有某些相同的地方或交叉点，然而它毕竟属于宗教这种特殊文化形态。佛教大小乘和中国诸宗皆有自己的信仰立场、信奉崇拜的神圣对象、世与出世的价值观念、严格的修证程序和话语体系，并且各有特色。对此，如果忽略佛教拥有的宗教特色，站在儒家立场并且运用儒家学说的观点，是难以理解与表述的，也难以认识它具有的如云门宗僧在上宋仁宗书中所说"与天下助教化""省刑狱"的社会功能②。

从时代考虑，二程虽然从佛、道二教思想中汲取或借鉴心性论、本体论的某些思想成分构建自己以理为至高概念的理学体系，然而出于维护儒家文化思想的正统地位，扩大他们理学的社会影响的目的，自然要对盛行于社会并且受到很多儒者士大夫欢迎的佛教特别是禅宗表示反对，进行批评。但鉴于宋代朝廷在尊儒的同时又扶植佛、道二教来辅助社会教化，他们自然要受到制约，对佛教批评显得相当温和。

---

① 《二程集》第一册《河南程氏遗书》卷第十八《伊川先生语四》（刘元承手编）。
② 详见杨曾文：《宋元禅宗史》，中国社会科学出版社，2006 年，第三章第五节。

第七章 临济宗大慧宗杲和儒者张浚、刘子羽、刘子翚、朱熹

第一节 临济宗大慧宗杲和"临济再兴"

中国自进入隋唐以后,随着佛教中国化的初步实现,在社会思想文化领域形成以儒释道三教为代表的格局,各自以不同的角色和方式对中国社会民众生活和历史文化发生持久的深刻影响。在此后的历史发展过程中,儒释道三教又通过相互适应、交流、互鉴和会通融合,在促进各自演变和发展的同时,也从整体上不断推进多元一体的中华民族文化的充实、丰富和发展。

宋代佛教以包括临济宗、曹洞宗在内的禅宗为主要流派,其中又以临济宗的社会影响最广最大。北宋早期,禅宗的云门、法眼二宗曾盛行一时,然而嗣后临济宗的黄龙、杨岐二派相继兴起,而至北宋后期及南宋,只有临济宗杨岐派最为盛行,影响也大。

一、圆悟克勤和临济宗杨岐派的兴盛

临济宗杨岐派从杨岐下二世黄梅东山五祖寺法演(1025 年之前—1104 年)之后开始兴盛。法演弟子中以活动于南北宋之际的圆悟克勤(1063—1135)最为有名。克勤先后在成都昭觉寺、澧州夹

山灵泉寺、潭州长沙道林寺、江宁蒋山寺、开封天宁寺、金山龙游寺、南康军建昌县云居真如寺传法，与儒者士大夫有广泛交游，在南北宋之际为推进临济宗的传播，发挥了很大作用。在宋代文字禅盛行的潮流中，他除有弟子编录的《圆悟佛果禅师语录》之外，尚有结集他平日评颂云门宗雪窦重显《颂古百则》的《碧岩录》，以其禅思深刻、格调清新和文笔优美而著称。此外还有对雪窦百则公案（"举古"）所加的"拈古"加以评唱的《佛果击节录》。

克勤生前受到上至皇帝、皇亲国戚、大臣权贵，下至普通儒者、僧俗信众的信奉或支持，声名卓著，弟子很多。宋代孙觌《圆悟禅师传》说"度弟子五百人，嗣法得眼领袖诸方者百余人，方据大丛林，领众说法，为后学标表，可谓盛矣！"其中对后世影响最大的是大慧宗杲、虎丘绍隆。他们的后裔法系分别形成临济宗大慧派、临济宗虎丘派，传播时间长，影响也大。

二、大慧宗杲及其传法经历

大慧宗杲属于临济义玄下十一世、杨岐方会下四世。

宗杲（1089—1163），俗姓奚，宣州宁国县（在今安徽）人。号妙喜，字昙晦，皆为张商英所赠；另有钦宗所赐"佛日"之号，死后孝宗赐谥号"大慧"。

宗杲十三岁时入乡校，后因萌发出家为僧的念头，辞别父母双亲到宁国县东山慧云院出家，受具足戒后，对各地盛行的禅宗产生兴趣，经常找来禅法语录阅读，遂游历各地，参访云门、临济、曹洞诸宗的禅师，受学禅法。在徽宗大观三年（1109），宗杲到泐潭宝峰山（在今江西靖安县）礼上承临济宗黄龙慧南—真净克文法系的湛堂文准禅师为师，后为他的侍者。据南宋祖咏编《大慧普觉禅师年谱》记载，文准曾告诉宗杲："与你说时便有禅，才出方丈，便无了。"南宋祖琇《僧宝正续传·宗杲传》记载，文准曾提示他尚未入悟，"病在意识颂解，则为所知障"。宗杲听后深受启发，曾表示："道须神悟，妙在心空，体之不假于聪明，得之顿超于闻见。"后来宗杲所传禅法就是以此为中心的。

在文准去世后，宗杲曾到今江西、湖北、河南一带的禅寺参谒名师，然而皆不中意。在宋徽宗宣和六年（1124），克勤奉诏从蒋山到开封住持天宁万寿寺。翌年四月，宗杲前来投到他的门下学法，并协助克勤处理杂务和传法，逐渐在丛林出名。宣和七年（1125），在金兵频繁南侵，社会纷扰之际，钦宗即位。靖康元年（1126），经右丞吕好问（字公舜）的奏请，钦宗赐宗杲紫衣及"佛日大师"之号。在金朝向宋提出选送十名禅师到金地传法之时，宗杲为朝廷定为应选者之列，此后因故获免北行。

在金兵攻破开封，虏获徽、钦二宗及众多皇亲权贵北去，北宋灭亡、南宋政权成立不久之际，宗杲随师克勤先后到金山（在今江苏镇江市）龙游寺、建昌县云居山真如寺居住传法，担任首座。直到宋高宗建炎四年（1130）克勤回归四川，宗杲才离开克勤到南宋各地传法。

宗杲在辗转各地备尝艰辛困苦的弘法过程中、在两度以杭州径山为传法中心的岁月里，适应当时的社会环境和条件，向接触到的儒者士大夫和社会各阶层信众传法，在继承临济禅法的基础上特别倡导凝心参扣的"看话头"禅法，将临济禅法推向一个新的阶段。宗杲晚年受到朝廷大臣乃至皇帝的信敬和支持，地位十分显赫，门下繁盛，从而将临济宗推向更宽广的范围传播①。

————————

① 记载大慧宗杲的资料主要有：（1）南宋孝宗即位初丞相张浚撰《大慧普觉禅（转下页）

（一）遭遇战乱，避地赣、闽并传法（1130—1137）

在金兵渡淮过江，大举攻掠南宋各地，民众苦于战乱之际，宗杲辗转于赣、闽两地（相当现在的江西、福建）避难和传法。由于他的声望，身边常聚集来自各地拜他为师的弟子和参禅者。

南宋建炎四年（1130）春，他到海昏县（此为古名，宋称建昌县，在今江西永修县）的云门庵（也称古云门寺）暂住传法，有弟子道谦、悟本等二十余人跟随。此后避地湖湘，先后经长沙、筠州仰山（在今江西宜春）、抚州（治今江西临川），于绍兴四年（1134）进入福建，有司法林适可居士在福州洋屿为他建庵居住传法，有当地昙懿、遵璞、弥光等五十三位禅师投到他的门下。当时丛林间盛行否定语句提示，强调摄心坐禅以"休歇"身心的"默照禅"。宗杲不赞成这种禅法，因著《辨正邪说》予以严厉批评，称此为邪道，"拨置妙悟"，"向黑山鬼窟里坐地，先圣诃为解脱深坑"，一时影响很大。

翌年春，宗杲应郎中蔡枢（字子应）之请赴莆阳（即莆田）入住天宫庵，不久应在泉州的给事中江常（字少明）之请迁住小溪云门庵，上堂说法，引导学人参禅，门下禅僧日多，一年后在此度夏安居者达二百多人。

宗杲重视并善于与儒者士大夫交往，在云门庵时，"从游士大夫，一时名士"有参政李汉老（名邴），给事中江少明，郎中蔡枢、

（接上页）师塔铭》（简称《大慧塔铭》），载《大慧语录》卷六末；（2）宗杲弟子祖咏编《大慧普觉禅师年谱》（简称《大慧年谱》），附录于《嘉兴藏》本《大慧语录》卷末；（3）南宋蕴闻编《大慧普觉禅师语录》；（4）南宋祖琇编撰《僧宝正续传》卷六"宗杲传"；（5）南宋悟明编《联灯会要》卷十七"宗杲章"；（6）正受编撰《嘉泰普灯录》卷十五"宗杲章"；（7）南宋普济编撰《五灯会元》卷十九"宗杲传"。关于大慧宗杲经历及其禅法，详见杨曾文《宋元禅宗史》第五章第一节、第二节，本书仅作概述。

储惇叙（字彦伦）、李文会（字瑞友）、蔡春卿等人，"咨问扣击，拳拳不倦"（《大慧年谱》）。他们是宗杲在闽地传法的得力外护。宗杲指导他们如何在日常生活中参禅，特别提倡"看话禅"，让他们参究赵州和尚的"狗子无佛性"中的"无"字等话头。

（二）有张浚作外护住持余杭径山寺，后遭秦桧迫害（1137—1141）

身居右仆射、同中书门下平章事（宰相）的张浚，督抚川陕军政时在成都结识圆悟克勤禅师，受他之托扶持宗杲。绍兴七年（1137），通过在川陕时原在他部任军事参赞、时任泉州知州的刘子羽（字彦修），敦请宗杲到径山能仁禅院（简称径山寺）任住持。径山在南宋属临安府，今属杭州市，唐代牛头宗法融下第六世道钦"国一大师"曾在径山寺传法，苏轼知杭州时将原为"甲乙住持"寺院（住持师徒相继）改为招纳四方贤者的"十方丛林"。

宗杲于同年七月到达临安（今杭州），在明庆寺举行开堂典礼后，入住径山寺。他刚到径山时，有僧三百人，此后四方慕名投到他门下者日增，绍兴八年（1138）僧众达千余人，次年在此过夏安居的禅僧达一千七百余人。为安置僧众，寺院增建千僧阁。宗杲除自己上堂说法，还让弟子悟本、道颜首座"分座训徒"。《大慧年谱》称："由是宗风大振，号临济再兴"，可见影响之大。

宗杲因其知识渊博，又善于结交儒者士大夫，与朝野不少高官及名士保持密切的联系，经常通过上堂说法或写信的方式向他们传法，解答他们的疑问。

自绍兴八年（1138）对金求和的秦桧担任宰相，加剧对以张浚为代表的主张抗金的朝臣和将领的排斥和迫害，以至在绍兴十一年（1141）十一月与金达成割地纳银绢和称臣的"和议"①，十二月以"莫须有"的罪名处死岳飞、岳云父子。

正是在这种背景下，宗杲与其外护之一的主张抗金的儒者张九成也受到秦桧党羽的迫害。张九成（1092—1159），字子韶，号横浦居士、无垢居士，曾从程门弟子杨时学儒学，儒学横浦学派创始人。官至权礼部侍郎、权刑部侍郎，受到秦桧猜忌，在绍兴十一年五月被秦桧及其党羽以"坐议朝廷除三大帅事"②，"径山主僧应而和之"的罪名，将他贬官编管南安军（治今江西大余县）。《宋史》卷三七四"张九成传"记载："先是径山僧宗杲善谈禅理，从游者众，九成时往来其间③。桧恐其议己，令司谏詹大方论其与宗杲谤讪朝政，谪居南安军。"直到绍兴二十五年（1155）秦桧死后才被起用知温州。据《大慧年谱》记载，宗杲此时被追缴度牒，迫令穿俗服，强制编管于衡州。

（三）编管于衡、梅二州（1141—1156）

衡州属荆湖南路，治所在衡阳。宗杲与弟子在绍兴十一年（1141）七月到达衡阳，被安置住下之后，远近慕名而来学法者络绎不断，因人多不得不分住花药、开福、伊山等寺院。每逢小参、入室等聚会，宗杲前往各处说法接引学人。宗杲与各地高僧、

① 《宋史·高宗纪》：绍兴十一年（1141）十一月"与金国和议成，立盟书，约以淮水中流画疆，割唐、邓二州界之，岁奉银二十五万两、绢二十五万匹"；《金史·熙宗纪》：皇统二年（1142）二月"宋使曹勋来许岁币银、绢二十五万两、匹，画淮为界"，"遣左宣徽使刘筈以衮冕圭册册宋康王为帝"。
② "三大帅"是抗金将领韩世忠、张俊和岳飞，秦桧以朝廷名罢除这三人军权的时间是同年四月壬辰（二十四日），张九成早已下山。
③ 关于张九成到径山参禅及与宗杲的交往，在《联灯会要》卷十八"张九成章"、《大慧年谱》、《五灯会元》卷二十"张九成传"有记述。

信奉佛教的士大夫保持联系。临济宗黄龙派的草堂善清（黄龙下二世，1057—1142）从江西宝峰寺托人送信表示慰问和期待，宗杲给远近向他问法的很多士大夫回信解答他们的问题，并应请撰写偈、赞、题、序跋等。

宗杲在衡阳的消息传到秦桧党羽那里，引起他们的猜疑，在绍兴二十年（1150）六月通过朝廷命宗杲移往梅州（今广东省的东部）编置。宗杲一行取道郴州、韶州、广州、罗浮山，然后到梅州。在经过韶州时特地参拜六祖慧能真身像。《大慧年谱》说梅州是"南方烟瘴之郡，医药绝少"。随从宗杲到梅州的弟子约有一百多人，然而六年后回归时，因患病死在当地的达六十一人。宗杲在梅州日常仍从事传法训徒，并与各地僧人、士大夫保持联系。

（四）秦桧死后被赦，住持阿育王寺、径山寺，受到孝宗崇信（1156—1163）

绍兴二十五年（1155）十月秦桧死，年底有诏解除对宗杲的编管。翌年初，宗杲与其弟子取道福建路的汀州，经水路至赣州（治今江西赣县）。此时，张九成也被解除编管，知温州（治永嘉，今温州市）之任，按约定在赣水船上与知友宗杲相会，一起溯水行舟，游山玩水，写诗题词。他们经庐陵（治今江西吉安市），北至临江军的新淦（今江西新干），三月十一日知县黄元绶遵从朝廷之旨于东山寺为宗杲恢复僧装举行仪式[①]。张九成与宗杲到清江（临江军治所）才作诗作别。

宗杲西行栖止宜春（在今江西）光孝寺。此时张浚在长沙，正

---

① 《大慧语录》卷十八载有宗杲在新淦县东山寺的"普说"，见《大正藏》卷四十七第 883 页下。

在护理病重的老母秦国夫人，遵顺母亲意愿请宗杲兼程前来。然而宗杲到时，秦国夫人已逝世。张浚奉母遗嘱请宗杲留住受供养一夏，直到七月张浚奉母灵柩归蜀，宗杲才开始东归。十月先回故乡宣城宁国县探亲。明州（治今浙江宁波）育王寺专使奉朝旨请宗杲任育王寺住持，受命后，然后回宁波，先在光孝寺举行住持阿育王寺开堂仪式，然后入住阿育王寺，开始了他弘法的第二个昌盛时期。

阿育王广利禅寺，简称阿育王寺、育王寺。因为当时宗杲名声很大，前来问道参禅者达一万二千人。寺在山上，为供水又开凿二泉，分别以"妙喜""蒙"为名。宗杲请张九成为妙喜泉作铭，自己作蒙泉铭。又陈请官府同意，在海边为寺开田千顷。为此先率八万四千人举行般若法会，募集资金用于开垦土地及建筑。

育王寺，靠近天童寺。提倡默照禅的宏智正觉禅师（1091—1157）就在天童寺任住持。宗杲虽反对默照禅，然而在个人关系上与正觉情谊很深。宗杲担任阿育王寺住持就是他向朝廷推荐的。宗杲曾到天童寺拜访过正觉。翌年十月正觉去世，宗杲出面主持丧礼。

绍兴二十八年（1158），宗杲七十岁。正月奉旨住持径山寺。二月先在临安举行开堂仪式，然后进山入院，当年在此坐夏的僧众有千人。

径山寺尊神龙为护法神，称之为孚佑王，塑像建殿供奉。宗杲重修此殿，并且在殿的西厢塑造苏东坡像供奉。九月殿成，他特地派人请住在零陵（永州治所）的张浚撰写《孚佑王殿记》（在《大慧年谱》中简称《殿记》）。翌年，他表奏朝廷请求退位，但得到临安府尹张俌的婉留。

宋孝宗不是高宗亲子，此时受封为普安郡王，七月派内都监上山请宗杲举行般若法会。宗杲特作偈颂献上，曰："大根大器大力量，荷担大事不寻常。一毛头上通消息，遍界明明不覆藏。"蕴含期待他君临天下之意。普安王看后十分高兴。绍兴三十年（1160）他被立为皇子，封为建王，又派内都监上山供养五百罗汉，并请宗杲上堂说法。宗杲说偈以献，其中有"既作法中王，于法得自在"的语句。建王回赠以手写"妙喜庵"三字，并在宗杲画像上写赞。宗杲将此四句推衍为四偈[①]。

绍兴三十一年（1161），宗杲退位，住入新建养老之居"明月堂"。次年，在金兵大举南侵之际，张浚重被起用，判建康府（治今南京）兼行宫留守，高宗也一度北上至镇江、建康府。在这期间，宗杲曾到建康会见张浚，流着泪告诉张浚，自己先人不幸无后，请求借重张浚的地位找一位继承者。张浚奏举他的族弟奉其亲后。在张浚撰写的《大慧普觉禅师塔铭》中提到此事时这样评价宗杲："师虽为方外，而义笃君亲，每及时事，爱君忧时，见之词气。"[②]

孝宗即位后，派人向宗杲问"佛法大意"，并赐予"大慧禅师"之号。隆兴元年（1163）三月，宗杲听说王师凯旋，作偈曰："氛埃一扫荡然空，百二山河在掌中，世出世间俱了了，当阳不昧主人公。"并出己衣钵之资在径山举办华严法会，祝"两宫圣寿，保国康民"。由此可见他怀抱的忠君爱国和忧民之情。

当年八月初宗杲病重，自知不久人世，向孝宗上亲笔遗奏，又给在外地的张浚写信，给丞相汤思退写信嘱做"外护"。八月十日应弟子请求大笔写遗偈曰："生也只恁么，死也只恁么，有偈与无偈，是甚么热大？"[③] 然后投笔安详去世，年七十五。寺僧将他遗体

[①] 参《大慧语录》卷十一，载《大正藏》卷四十七第856页中；《嘉泰普灯录》卷十五"宗杲章"。

[②]《大正藏》卷四十七第837页上。

[③]《大慧语录》卷十二，载《大正藏》卷四十七第863页上。

葬于明月堂之后，孝宗诏以明月堂为妙喜庵，赐谥"普觉禅师"，塔名"宝光"。

第二节 南宋抗金名相张浚与大慧宗杲

张浚在南宋两度出任宰相，是主持抵御金兵对南宋攻战的抗金派的领袖。他对著名临济宗大慧宗杲禅师的支持和交谊，在宋代儒家与佛教的交流、互鉴和会通中，在促进儒家与佛教各自适应时代传播和发展中，具有重要意义，有较大影响。

刘子羽曾受到张浚信任并被聘为他经略川陕时的军事参议，受朱熹之父委托抚养和教育幼年的朱熹，而由其弟刘子翚担当朱熹的业师。他们兄弟也与宗杲有着密切的关系，对朱熹的成长、学问有着潜移默化的影响。

朱熹既服膺崇尚仁义、刚正忠烈的张浚，又敬重学识渊博、崇德尚义的儒者刘子羽、子翚兄弟，在严格遵照儒家伦理修身和进学的同时，也注意了解和借鉴佛教特别是禅宗的思想，在以后继承二程理学基础上构建自己的理学体系时，既注重儒家仁义忠孝伦理与理学的深度结合，也灵活地从佛教禅宗思想中选取素材，汲取营养，应当说与他这段难得的人生经历是有密切关系的。

一、张浚两次拜相及其统领抗金的事迹

张浚（1097—1164），字德远，自号紫岩居士，汉州绵竹县（在今四川）人，为南宋抗金派杰出领袖之一，以忠义而彪炳于史册。

张浚之父张咸，北宋哲宗朝官至宣德郎签判西川。张浚四岁丧父，在徽宗朝入太学，政和八年（1118）[1]"甫冠"，中进士，官至太常簿，亲历金陷汴京，掳徽、钦二帝北去，生民惨遭涂炭的"靖康之难"，对他影响极大，终身视金为敌，不主与金和议。

张浚在得悉宋高宗即位于南京（在今河南商丘）后，迅速前往投靠效力，逐渐得到高宗的信任，历任枢密院编修官、殿中侍御史、侍御史等，在建炎三年（1129）除御营参赞军事、同节制平江府常秀州、江阴军兵马，后因联络各地军将联手勤王平定苗傅、刘正彦之乱[2]，迎高宗复辟有功，受到重用。

面对金兵不断南侵的严峻形势，张浚主张：朝廷若要实现中兴大业，必须从经略关、陕，加强那里的防守开始；如果金兵先入陕取蜀，则东南必不可保。因而奏请出守川、陕。高宗同意，授任他为川陕宣抚处置使，有权自行任免官员。张浚率兵入川、陕后，一度收复失守的永兴府（辖境约当今甘肃省环县、庆阳、宁县和陕西省长武、武功、户县等市县以东，陕西省米脂、吴旗等县以南，镇安、山阳、商南等县以北，山西省闻喜县、河津市以西南，河南省三门峡市以西地区），然而建炎四年（1130）九月与金兵在富平会战中惨败，导致关、陕失守，不得不退保四川。张浚引咎上书待罪，高宗降诏予以慰勉。

至绍兴三年（1133），在驻守川、陕三年的时间里，张浚"访问风俗，罢斥奸赃，以搜揽豪杰为先务"[3]，训练新招募之兵，聘任兼

---

① 宋徽宗政和八年（1118年），十一月改元重和。甫冠，意为二十岁。据此，张浚生于1099年。

② 南宋建炎三年（1129年），原护卫宋高宗的武将苗傅、刘正彦以"清君侧"之名诛杀权臣王渊及宦官，迫使高宗让位于幼子赵旉，张浚联合各地将领起兵勤王，扶助高宗复辟，诛杀刘、苗，平定叛乱。

③ 《宋史》卷三六一"张浚传"。

有才识和胆略的刘子羽参议军事，任用赵开理财，选拔知兵善战的吴玠、吴璘兄弟和刘锜为将帅，先后多次重创金兵，有力地牵制了金兵攻略东南江淮的攻势，保卫尚处于脆弱形势的南宋朝廷，然而后来终因被谗处治和任用部下不当，被罢职召归。

绍兴五年（1135）二月，张浚除右仆射、同中书门下平章事（右相）兼知枢密院事，至绍兴七年（1137）九月被罢相。在任期间，总揽大局，效忠尽职，如《宋史·张浚传》所载，"总中外之政，几事丛委，以一身任之，每奏对，必言仇耻之大，反复再三"，以收复中原为志，支持韩世忠、岳飞等将领抗金。然而至绍兴八年（1138），高宗竟拜主张对金屈辱求和的秦桧为右相。自此，张浚屡遭毁谤排斥，先后受任观文殿大学士提举江州太平兴国宫、知福州等虚职，至绍兴十二年（1142）受封和国公，此后以提举江州太平兴国宫，居连州（在今广东清远市西北），后徙永州（治所在零陵，在今湖南南部）等，远离朝廷近二十年。

秦桧死后六年，即绍兴三十一年（1161）九月，金帝海陵王废弃与南宋的和约，率兵"伐宋"，然而在十月金世宗完颜雍拥兵反叛海陵王，即位于辽阳，次月海陵王被叛将所杀，攻宋形势暂有缓和。此后，金世宗仍持续攻宋之战，至宋孝宗隆兴元年（1163）四月将被宋收复的商、虢、环州等一十六州重又夺回，并开始谋划迫宋割地求和之策。

在金兵又大举南下的危急关头，张浚重被起用统领抗金，先官复观文殿大学士并判建康府，专一措置两淮事务兼节制淮东西、沿江州郡军马。绍兴三十二年（1162）六月，宋高宗让位于孝宗。孝宗刚一即位，即召见张浚，寄予厚望。张浚进奏："人主之学，以心为本，一心合天，何事不济？所谓天者，天下之公理而已。必兢业自持，使清明在躬，则赏罚举措，无有不当，人心自归，敌仇自服。"① 进为少傅、江淮宣抚使，并进封魏国公，翌年除枢密使，都督建康、镇江府、江州、池州、江阴军军马，实际授予他负责抗金北伐的重任。在张浚指挥规划统领宋军抵御金兵压境的攻势中，开始也曾取得令世人振奋的抗金战捷，以至孝宗以手书慰劳说："近日边报，中外鼓舞，十年来无此克捷！"

　　金屯兵于河南，以武力进逼南宋的同时，也加强胁迫南宋签订割让海、泗、唐、邓、商、秦六州和岁贡和议的攻势。南宋朝廷中先后以尚书右仆射（右相）史浩、汤思退为代表的对金主和派与之呼应，日益活跃，对张浚等抗金文臣武将恣意谗谤、掣肘阻挠。隆兴元年（1163）五月，宋军与金兵战于符离（在今安徽省宿州），惨遭大败，主和派借机对张浚更肆无忌惮地诽毁。张浚不得已引咎请罪。孝宗下诏罪己，降除张浚特进，仍任以枢密使、江淮东西路宣抚使，但不久又复为都督。

　　面对主和之议喧嚣尘上的氛围，张浚不为所动，劝谏孝宗"金强则来，弱则止，不在和与不和"②，不要割地求和。隆兴元年（1163）十二月，张浚拜尚书右仆射、同中书门下平章事（右相）兼枢密使，都督如故。竭诚地向朝廷推荐文武人才、招募兵将演武习战、加强江淮各处防备，然而来自汤思退等主和派的诬谤和排斥从未稍歇。在这种情况下，张浚于隆兴二年（1164）四月奏请罢江、淮都督府。五月在停留平江（今湖南岳阳）期间，先后八次上书乞致仕。此时的孝宗，已决意对金和议，遂诏从其请，并罢其相位，封以少师、保信军节度、判福州，因张浚力辞，改授醴泉观使。

　　张浚的一生，以仁义、忠君、孝母、正直刚毅著称，认为"君

---

① 《宋史》卷三六一"张浚传"。

② 同上。

臣之义，无所逃于天地之间"①；"以敌未灭为己责，必欲正人心，
雪仇耻，复土宇，镇遗黎，颠沛百罹，志逾金石"②，即使在离职之
际犹上疏谏孝宗离奸邪，学亲贤。终因连年疲劳，八月于余干（在
今江西上饶）患病去世，享年六十八岁，葬于衡山。乾道五
年（1169），孝宗念其忠烈，诏赐太师，谥"忠献"。

　　然而在淳熙十五年（1188）高宗（时为太上皇）去世的第二
年，孝宗采纳翰林学士洪迈之议，以吕颐浩、赵鼎、韩世忠、张俊
配飨高宗庙庭，却不用吏部侍郎章森乞用张浚、岳飞，以及秘书少
监杨万里乞用张浚之议，因此此后宋理宗端平二年（1235）建的
"昭勋崇德阁"所绘宋代二十四功臣中属于南宋的有吕颐浩、赵鼎、
韩世忠、张俊、陈康伯、史浩、葛邲、赵汝愚，而无张浚③。

　　张浚是学问渊博并且已接受二程理学观点的儒者。朱熹在乾道
五年（1169）所写《张忠献公浚行状》中说："张浚公之学，一本
天理，尤深于《易》《春秋》《论》《孟》。"张浚在孝宗即位后应召
入见时，从容进言："人主之学，以心为本，一心合天，何事不济？
所谓天者，天下之公理而已。必就业自持，使清明在躬，则赏罚举
措，无有不当，人心自归，敌仇自服。"他将治国安邦之本归之为
心、天、公理，激励孝宗敬奉天理，修身就业，赏罚严明，爱民仇
敌，可见是受到程颢、程颐理学影响的。张浚在以特进、提举江州

①《宋史》卷三六一"张浚传"。
② 朱熹：《张忠献公浚行状》，载杜大珪编《名臣碑传琬琰之集》中编卷五十五。
③ 此据宋潜说友撰《咸淳临安志》卷六。明代张邦元《读通鉴纲目札记》卷十九"建昭
　勋崇德阁"，批评"有吕颐浩、赵鼎而无张浚"，"尤不可解者，张俊倾陷岳飞，史浩
　主和误国，何为而亦厕人耶？此亦难为千载定论也"。在朱熹《通鉴纲目》之后续编
　的《纲目》所载"昭勋崇德阁"二十四人中情况不一。例如清康熙皇帝《御批续资治
　通鉴纲目》卷十九所载是张俊，而徐乾学所撰《资治通鉴后编》卷一三七则改张俊为
　张浚。

太平兴国宫居住连州时，曾作《四德铭》："忠则顺天，孝则生福，勤则业进，俭则心逸。"为当地人广为传诵。他平日教导诸子及门人"学以礼为本，礼以教为先"。

张浚著作有《绍兴奏议》《隆兴奏议》各十卷、《论语解》四卷、《易解》并《杂记》共十卷、《春秋解》六卷、《中庸解》一卷、《诗礼解》三卷、文集十卷。现有民国年间绵竹刊本《张魏公集》，但缺漏很多[①]。

后世虽对张浚有褒有贬，然而予以肯定、褒扬的占主流。即使受张栻所托为其父张浚撰写《张忠献公浚行状》的朱熹，对张浚也有褒有贬。他在《张浚行状》中详述张浚功业，结尾处盛赞他"忠贯日月，孝通神明"，在后来向门人评述"中兴诸相"时也说南宋成立以来（"中兴以来"）有所作为的宰相只有李纲和张浚二人；然而他对张浚也有贬词，谓"张魏公才极短，虽大义极分明，而全不晓事，扶得东边，倒了西边，知得这里，忘了那里"；"张魏公材力虽不逮，而忠义之心，虽妇人孺子亦皆知之，故当时天下之人惟恐其不得用"，不过同时突出张浚"大义极分明""忠义之心"，予以肯定和赞扬。

在金与南宋势均力敌的客观形势下，在处于对金主和派的种种谤毁和牵制束缚的情况下，张浚慨然临危受命统筹军政大局，团结统领身怀忠义坚持抗金的文臣武将，取得那样的卓越功业是十分难得的。可以说，南宋朝廷之所以能历经危难而存在下去，是与以张浚、李纲和韩世忠、岳飞等抗金派文臣武将的忠勇表现有关的。

张浚有栻、枸二子。张栻（1133—1180），字敬夫（因避讳后

---

①   以上张浚生平和事迹，主要据朱熹《张忠献公浚行状》（简称《张浚行状》）、《宋史》卷三六一"张浚传"，并参考《宋史》"高宗纪""孝宗纪"和《金史》"太宗纪""熙宗纪""海陵王纪""世宗纪"。

改钦夫），号南轩，自幼从父习儒学，后在衡山师从二程再传弟子胡宏（1106—1162），得授二程理学。在长沙时，建城南书院讲学。张浚复出统领抗金军政，他参与谋划，处理要务。在张浚死后，曾应请主讲于岳麓书院。后出知严、袁诸州及江陵、静江府，除吏部侍郎、侍讲、直宝文阁，任荆湖北路转运副使等。力主抗金，疏谏孝宗"明大义、正人心为本"，"修德立政，用贤养民，选将帅，练甲兵"。与朱熹有深交，互相探讨和论辩过理学问题，是继胡宏之后理学湖湘学派的领袖。有朱熹编定的《南轩先生文集》传世，《宋史》卷四二九有传。

张滉，张浚之兄，字昭远，绍兴元年（1131）为承务郎、宣抚处置使司书写机密文字；绍兴三年（1133）以直徽猷阁主管江州太平观；绍兴七年（1137）赐进士出身，除知镇江府，不久辞任，主管台州崇道观；绍兴十年（1140）除知抚州；绍兴十二年（1143）知永州；孝宗乾道三年（1167）知楚州（淮安）[1]。

二、张浚对大慧宗杲的支持和彼此交往

唐宋时期由于佛教广泛盛行，在儒者士大夫中，或是由于亲人信仰，或是迎合皇帝、朝廷重臣的尊崇，有不少人亲近佛教，愿意与高僧交往，甚至围绕儒、佛二教关于天道人伦的见解进行交流。

张浚出身世代业儒之家，然而受社会风气的影响，特别因为母亲虔信佛教，所以对佛教抱有好感，以至后来与临济宗高僧圆悟克

---

[1] 据南宋李心传《建炎以来系年要录》卷四七、七十、八八、一一二、一一四、一三七、一四七和元脱脱等撰《宋史》卷三八〇"楼炤传"、卷三八二"张焘传"及宋李流谦《淡斋集》卷十五《星灯记》（张滉作张洸）。

勤（1063—1135）、大慧宗杲（1089—1163）交往，书称"紫岩居士张浚"，彼此建立真挚友情。

张浚的母亲计氏，法名法真，在三十岁夫张咸去世之后，严格管教张滉、张浚兄弟刻苦读书，修德做人。虔信佛教，平日常读经拜佛，乐施好善，在克勤回归成都住持昭觉寺期间，多次施财供养①。张浚宣抚川陕，遭遇富平之败以后，绍兴二年（1132）将宣抚司移到四川阆中（在今南充）时，从家乡绵竹迎请母亲来军中奉养。绍兴五年（1135）在张浚任右相之后，宋高宗特封其母为秦国夫人。此后，秦国夫人随张浚仕途黜陟变迁，先后徙居于永州零陵、广东连州和潭州长沙。

早在圆悟克勤住持开封天宁寺时，张浚已与克勤、宗杲师徒二人结识。张浚经略川陕，在绍兴三年（1133）应召回朝经过成都期间，克勤特地为他设宴饯别，临别深情地嘱托以后对弟子宗杲予以关照。绍兴四年（1134）二月张浚回到临安朝廷，克勤的弟子若平托严州②天宁寺的元弼请张浚为他编的《圆悟佛果禅师语录》写序。张浚在序中说克勤"尝被遇今上皇帝，对扬正法眼藏，其道盛行"，并称颂他的禅法，后面署名为"检校少保定国军节度使知枢密院事南阳郡开国侯张浚"。同年六月，张浚被罢，以提举临安府洞霄宫，赴福州居住。在福州期间，平日以书史自娱，并未忘克勤之托，曾写信约见尚在福建泉州云门庵的宗杲，然而宗杲因病未能前来。十一月，张浚应召回朝入觐，复任知枢密院事，接着在绍兴五年（1135）二月拜右相兼知枢密院事、都督诸路军马之后，与左相赵鼎担负军政和防务重任。在绍兴七年（1137）春，张浚得便荐请

① 参考南宋蕴闻编《大慧语录》卷十四《大慧普觉禅师普说·秦国夫人请普说》。
② 原严州早已并入杭州桐庐县、淳安、建德。

宗杲出任临安径山寺方丈，因担心宗杲韬晦不赴，特移书以徽猷阁待制知泉州的刘子羽敦促他赴任。宗杲于五月上路，在七月先在临安府明庆院开堂，然后入住径山寺，从此"道法之盛冠于一时，百舍重趼往赴，惟恐后拜其门，惟恐不得见，至无所容，敞千僧大阁以居之，凡二千余众"；"宗风大振，号临济再兴"①。

张浚于这年十月落职，以秘书少监分司西京，居永州治所零陵。宗杲得悉这一情况，大约在此年冬季派弟子道谦前往零陵②送信问候。张浚与兄张滉热情地接待了道谦，告诉道谦老母已修行四十年，希望道谦留下伴陪母亲说话、修行。道谦在此居留约半年时间，于绍兴八年（1138）四月底归山。秦国夫人素敬宗杲，询问他平日在山如何教人禅修？道谦便向秦国夫人传授宗杲倡导的"看话禅"。

秦国夫人照此禅修，精神愉悦，还将自己的心得写入偈颂，其中一首说"逐日看经文，如逢旧识人；勿言频有碍，一举一回新"③，意为经过如此修行，平日再看佛经，如同与知友重逢，悠然自得，境界日新。在道谦启程回径山时，秦国夫人托他将自己表达禅修心得的书信和偈颂带回呈给宗杲，还施舍钱财请宗杲在山设"清净禅众香斋"招待众僧，并升座普说，"举扬般若"，祈愿以后"进道无魔，色身安乐"。

---

① 南宋蕴闻《大慧普觉禅师语录》卷六载少师保信军节度使充醴泉观使魏国公张浚撰《大慧普觉禅师塔铭》，并参考南宋祖咏编《大慧普觉禅师年谱》绍兴七年（1137）所引"佛灯珣禅师祭文后""答泉守刘公书"以及绍兴八年（1138）相关内容。

② 此据南宋祖咏编《大慧普觉禅师年谱》绍兴八年（1138）所载："按为莹上座普说：因遣道谦往零陵问讯紫岩居士……"此外，晓莹《云卧纪谈》卷下、正受《嘉泰普灯录》卷十八等皆作"往零陵"，而悟明《联灯会要》卷十八、道融《丛林盛事》卷上等皆误作"往长沙"。永州属荆湖南路，治所为潭州长沙，但永州治所为零陵。从地理角度，零陵非等同于长沙，范围相当现在湖南省永州市。

③《大慧语录》卷十四《大慧普觉禅师普说·秦国夫人请普说》。

对此，南宋悟明《联灯会要》卷十七"道谦章"记载说，秦国夫人某日问道谦："径山和尚寻常如何教人参禅？"道谦告诉她：

> 和尚令人摒去杂事，唯看："僧问赵州：'狗子还有佛性也无？'州云：'无'；又僧问云门：'如何是佛？'门云：'干屎橛。'"但一切时、一切处，频频提撕（按：提醒、提示）看，以悟为则。国太欲办此事，宜辍看经，专一体究始得。

道谦回到径山之后，宗杲在看了秦国夫人的信和偈颂后，给她回信，对她禅修达到的境界予以肯定和称赞，说"旷劫未明之事，豁尔现前，不从人得。始知法喜禅悦之乐，非世间之乐可比"，"百劫千生受用不尽"，但同时提醒她对此不可执着，否则将"不复兴悲起智怜愍有情"，望她牢记[1]。

宗杲还遵照秦国夫人之请上堂普说，详细提到此事。《大慧语录》卷十四"秦国夫人请普说"记载：

> （夫人）一日问谦："径山和尚寻常如何为人？"谦云："和尚只教人看狗子无佛性话、竹篦子话，只是不得下语，不得思量，不得向举起处会，不得去开口处承当。'狗子还有佛性也无？''无。'只恁么教人看。"渠遂谛信，日夜体究，每常爱看经、礼佛。谦云："和尚寻常道：'要办此事，须是辍去看经、礼佛、诵咒之类，且息心参究，莫使工夫间断；若一向执着看经礼佛，希求功德，便是障道。'候一念相应了，依旧看经礼佛，乃至一香一华、一瞻一礼，种种作用，皆无虚弃，尽是佛

---

[1]《大慧普觉禅师语录》卷二十七《大慧普觉禅师书·答秦国太夫人》。

之妙用，亦是把本修行，但相听信，决不相误。"渠闻谦言，便一时放下，专专只是坐禅，看狗子无佛性话。闻去冬，忽一夜睡中惊觉，乘兴起来坐禅举话，蓦然有个欢喜处。

　　两段引文提到三则公案：一是唐代赵州从谂和尚答语的"无"，有人问赵州："狗子还有佛性也无"时，回答："无。"二是五代南汉云门宗创始人文偃的"干屎橛"，有人问："如何是释迦身?"答："干屎橛。"三是宋代临济宗首山省念的"竹篦子"，他手拿竹篦子问归省："不得唤作竹篦子，唤作竹篦子即触，不唤作竹篦子即背，唤作什么?"① 这三段公案中的"无""干屎橛""竹篦子"，原本都有明确的字面含义，然而在上述参禅的场合只是将它们当作超越任何意义的符号。宗杲在说法中引用，也是不要参禅者按词语原有的意思去理解和思考，示意只将它们默默地反复"体究"参扣，在精神高度集中断除烦恼杂念时，体认空寂无相的真如佛性、至高佛法不是用词语可以表达的，从而达到精神解脱的境界。

　　宗杲的弟子晓莹在所撰《云卧纪谈》卷下也较详记述了道谦往零陵探问张浚之事。其中还提到，道谦奉师命远赴零陵，原不情愿，认为耽误禅修。陪伴相送的同乡知友宗元启发他于平日着衣、吃饭、屙屎、送尿、行路中参扣，道谦于半途"忽有契悟"。宗元见此，便东至浙江东阳传法。张浚听说此事，还特地为道谦住处题写"自信庵"，并撰记相赠，其中说：

　　　　余抵湖湘，佛日又使谦来，发武林，越衡阳，崎岖三千余

---

① 三则公案分别见《古尊宿语录》卷十三《赵州语录》；《云门录》卷上，载《大正藏》卷四十七第 550 页中；《天圣广灯录》卷十六"归省章"。

里，曾不惮烦，中途缘契，悟彻真理。一见，神色怡然，若碍膺之疾已除者。

张浚还致书宗元表示勉励：

> 余谪居零陵，径山佛日禅师遣谦师上人来问动止。僧宗元因佛日室中举竹篦话，心地先有发明处，毅然与谦偕来，既至抚（按：江西抚州），信问谦亦因缘契会，放下从前参学窠窟。元喜曰：我已见清河公（按：指张浚）①矣，径归东阳，为众办众事。余嘉其行止近道，书此寄元，因勉以护持。

从以上文字，不仅可以了解张浚谪居零陵的情况，也可以看出张浚对佛教是有所了解，对径山宗杲及其弟子是怀有真挚情谊的。

绍兴九年（1139），径山寺取得很大发展，当年在此过夏安居之僧多达一千七百多人。宗杲为山寺所奉保护神"神龙"修庙，奏请朝廷赐神龙为"广润侯"，庙号"灵泽"。他得悉张浚与兄张滉在四安（在今江苏南通），特地前往拜访，并请张浚为师圆悟克勤撰写塔铭，回山刊刻于石②。

宗杲从绍兴十一年（1141）五月被缴度牒，穿俗服，先后编管于衡州、梅州，直至绍兴二十五年（1155）底才被赦踏上回归路

---

① 因张浚祖姓源自清河，"清河公"是尊称。据 2014 年 11 月 6 日"河北新闻网·科教卫生"报道："2015 年张氏恳亲大会将在清河召开——揭张姓起源"，说湖南省图书馆收藏的《张氏南轩族谱》记述："吾族本黄帝后裔，始祖为弓正，封清河，赐姓张，此郡所自治也。"按，张浚之子张栻，号南轩。
② 《大慧普觉禅师年谱》绍兴九年记事。

程。在赣州与知友张九成畅叙之后，三月西行至宜春。张浚此时已接"自便""复官"之诏，居住长沙，服侍病重的母亲秦国夫人。秦国夫人因尊宗杲为师，总感到有"私恩未报"，希望见到宗杲。张浚至孝，听说宗杲在宜春，特地三次派人迎请他到长沙。然而在宗杲应请兼程到达长沙时，秦国夫人已去世。张浚遵照母亲遗愿希望供养宗杲一年，鉴于已难做到，表示至少接受供养一夏。宗杲应请住到七月，待张浚奉母灵柩归蜀，才经荆南东下赴故乡之行。

此后，宗杲先后奉旨住持宁波阿育王寺、再次住持径山寺，将寺院迅速恢复旧有规模。在金朝皇帝海陵王、金世宗相继对南宋发起以割地臣服为旨的南侵战争的危急形势下，张浚重被起用，担负统领军政大局重任。出于对张浚的敬信和情谊，宗杲派人请张浚为寺院神龙"孚佑王"之殿写记，并曾到建康拜会张浚，请张浚为他的家族奏举后继之人，在逝世前不忘写信给在外地的张浚，殷切嘱他做"外护"。

张浚先后结识圆悟克勤、大慧宗杲师徒，特别是与宗杲建立长达四十年的友谊，在遭贬居住零陵、长沙等地时与宗杲有过多次相聚畅叙交谈的机会，从他写的《大慧普觉禅师塔铭》所说"我识师之早，此心默契，未言先同，从容酬接，达旦不倦，人间至乐，孰与等拟"，可以想象他们在思想上彼此交流的默契和深入。因此，张浚虽为著名儒者、朝廷重臣，却对佛教特别是禅宗有相当的了解。这从他写的《圆悟佛果禅师语录序》《大慧普觉禅师塔铭》可以看出，他对禅宗的传承世系、禅宗宗旨、禅法特色等皆有了解。他说克勤的禅法特色是：

　　　　予闻师常偃处一室，坐断语言，转无上法轮，不容拟议，

> 扬眉开口，立便丧身，才涉廉纤，老拳随起，每举到不与万法
> 为侣公案，已是拖泥带水，落第二义。①

克勤的禅法思想，主张清净心性既是世界万物的本原，也是人们觉悟解脱的内在依据；禅修强调"无念"，谓"禅非意想"，摆脱语言文字束缚，以"离见超情"，自悟本性②。张浚的概括是符合克勤的禅法主张的。

他在介绍宗杲事迹中概述了佛教禅宗的宗旨：

> 西方之教，指心空为解脱究竟。盖得一而不见诸用，而悟
> 入要处，或几于尽性者所为。后世三宗③并行，临济正传，号
> 为得人，超出声尘，不立一法，根源直截，以证为极，焜耀震
> 动，卷舒无碍，如师子儿，游戏自在，获大无畏，此固不可以
> 智知识识也。④

所谓"西方之教"自然是指佛教。然而他说的"心空为解脱究竟"却并非佛教的一致主张，只是相当他下面所引大乘佛教"三宗"中的"破相宗"（以《般若经》为中心）的主张。他后面所提到的实际是指禅宗。禅宗在佛性论和中道不二思想的基础上既讲空，又讲有，认为体悟佛性（心、自性）即可出入有、无两边，所

---

① 《圆悟佛果禅师语录序》，载于宋绍隆等编《圆悟佛果禅师语录》卷首。
② 详见杨曾文《宋元禅宗史》（中国社会科学出版社，2005 年）第四章第八节"圆悟克勤及其禅法"。
③ 三宗，一是唐宗密在《禅源诸诠集都序》《中华传心地禅门师资承袭图》中所说的禅宗早期分派：息妄修心宗、泯绝无寄宗、直显心性宗；二是宋永明延寿《宗镜录》中将佛法分为法相宗、破相宗、法性宗。
④ 《大慧普觉禅师塔铭》，载于南宋蕴闻《大慧普觉禅师语录》卷六。

谓"超出声尘，不立一法，根源直截"，达到解脱。值得注意的是，他认为佛教的入悟解脱（悟入要处）与儒家特别是理学所理解的"穷理尽性"至高认识和道德境界是相近的，即所谓"或几于尽性者所为"①。宋代不少儒者正是基于这种理解，愿意接近佛教并与佛教高僧交流。

据《大慧普觉禅师语录》卷十二《大慧普觉禅师赞佛祖》记载，宗杲在逝世前应弟子请求写下遗偈："生也只恁么，死也只恁么，有偈与无偈，是甚么热大？"张浚看到，立即写出如下偈颂：

　　　宗师垂语，切忌错会，要须识得真实受用处，方证大自在解脱安乐法也。

署名"紫岩居士张浚"，时间是隆兴甲申季夏十日，与宗杲逝世是同一日。从偈颂用语和内容看，张浚对佛教禅宗十分熟悉，绝非临时仓促可以编造。

张浚尊敬和信任宗杲，不仅看重他是遐迩闻名的高僧，对佛法和禅修有卓越的造诣，而且也看重他虽是出家人却有忠君、孝亲和关心社会、慈利群生的品格。他在《大慧普觉禅师塔铭》中记述宗杲托他为先祖奏举后继者之后，称赞宗杲"虽为方外，而义笃君

---

① "尽性"原出自《周易·说卦》的"昔者圣人之作易也……和顺于道德而理于义，穷理尽性以至于命"。历来对"穷理尽性"有不同的解释。原意为探明天地变化之道理，洞察天生的本性，正确体认和把握命运。宋代理学结合《中庸》对此有很多发挥。程颢、程颐引证此语旨在论释从"格物致知"至"正心修身"的伦理心性论问题，认为理、性、命在根本含义上是等同的，"穷理则尽性，尽性则知天命"［《河南程氏遗书》卷第二十一下《伊川先生语七下》（《附师说后》）］，如此则达到认识和道德修养的至高成圣境界。

亲，每及时事，爱君忧时，见之词气"①。在为径山寺写的《孚佑王
殿记》中说"杲有忠君爱物之志，非若声闻、独觉之私，厌生死而
乐寂灭也，是以浚与之游。或者迷惑世纲，循利背义，排斥己异，
移怒于师。有识者愤之"②。这种认识也是张浚愿与宗杲往来并建立
友谊的重要原因。

张浚在遭贬官后远离朝廷徙居在外近二十年，平日除研读儒家
经典，教导诸子及门人之外，还找来佛典阅读，有时还到寺院坐禅
静修。蕴闻上进的《大慧普觉禅师语录》卷二十七所载宗杲的信
《答张丞相（德远）》记述：

> 恭惟，燕居阿练若（按：原指修苦行的荒野寂静处，此指
> 寺院），与彼上人（按：寺中的僧众）同会一处，娱戏毗卢藏
> （按：《毗卢大藏经》）③海，随宜作佛事，少病少恼，钧候动止
> 万福。从上诸圣莫不皆然。
>
> 所以于念念中入一切法灭尽三昧④，不退菩萨道，不舍菩
> 萨事，不舍大慈悲心，修习波罗蜜⑤未尝休息，观察一切佛国
> 土无有厌倦，不舍度众生愿，不断转法轮事，不废教化众生
> 业，乃至所有胜愿，皆得圆满，了知一切国土差别，入佛种性

① 载于南宋蕴闻《大慧普觉禅师语录》卷十二《大慧普觉禅师赞佛祖》。
② 南宋祖咏编《大慧普觉禅师年谱》绍兴二十六年记事引。
③ 《毗卢藏》，即《毗卢大藏经》，也称《开元寺版大藏经》，从北宋徽宗政和二
  年（1112）至南宋高宗绍兴十六年（1146），在福州开元寺雕印，由僧本悟、本明等
  主持，经四十年完成，装潢采梵夹本，收佛典1429部6117卷。
④ 亦即灭尽定，佛教指灭尽六识心（眼耳鼻舌身意六识）及其心所（六识的功能和活
  动），使之不发生作用的禅定。唐玄奘译《成唯识论》卷七说"已入远地菩萨方能起
  灭尽定"。宋延寿《宗镜录》卷五十五说"灭尽定为佛、罗汉所证出世间之定"。
⑤ 波罗蜜，意为度，度到彼岸，指大乘菩萨之道，有"六度"：施舍、持戒、忍辱、精
  进、禅定、般若（智慧）。

到于彼岸①。此大丈夫四威仪（按：行、住、坐、卧）中受用家
事耳。大居士于此力行无倦，而妙喜于此亦作，普州人又不
识，还许外人插手否？

闻到长沙，即杜口毗耶（按：毗耶离）深入不二②，此亦非
分外，法如是故。愿居士如是受用，则诸魔外道定来作护法善
神也。其余种种差别异旨，皆自心现量境界，亦非他物也。不
识居士以为何如？

按照宗杲这封信的内容，可以得出以下结论：

1. 张浚在职处理军政之暇，特别在贬官谪居于零陵、连州和长
沙的近二十年间，除阅读儒家经史、教导二子及门人之外，尚阅读
佛典，还浏览过《毗卢大藏经》，与各地僧人交往，到寺院"随宜
作佛事"，也坐禅修心养性，体验修行生活。对此，朱熹后来也引
宋子飞的话说："张魏公谪永州时，居僧寺，每夜与子弟宾客盘膝
环坐于长连榻上，有时说得数语，有时不发一语，默坐至更尽而
寝，率以为常。"③ 所说"盘膝环坐于长连榻上"即指坐禅，或称
打坐。

---

① 以上是引自唐实叉难陀译《华严经》卷四十四"十通品"中的菩萨第十种通"菩萨摩
　诃萨以一切法灭尽三昧智通"。原文是："菩萨摩诃萨以一切法灭尽三昧智通，于念念
　中入一切法灭尽三昧，亦不退菩萨道，不舍菩萨事，不舍大慈大悲心，修习波罗蜜未
　尝休息，观察一切佛国土无有厌倦，不舍度众生愿，不断转法轮事，不废教化众生
　业，不舍供养诸佛行，不舍一切法自在门，不舍常见一切佛，不舍常闻一切法；知一
　切法平等无碍，自在成就一切佛法，所有胜愿皆得圆满，了知一切国土差别，入佛种
　性到于彼岸。"
② 据后秦鸠摩罗什译《维摩诘经》，毗耶离城有居士维摩诘菩萨，神通广大，精通高深
　佛法。卷九"入不二法门品"记述，维摩诘问众菩萨：何为"菩萨入不二法门"？有三
　十二位菩萨按自己的理解作了回答，但轮到维摩诘回答时，他却"默然无言"。文殊
　菩萨对此赞叹说："善哉善哉，乃至无有文字语言是真入不二法门。"
③《朱子语类》卷一三七。

2. 宗杲大段引证唐译《华严经·十通品》的"菩萨第十种通"的经文，是借以将张浚比作以大慈大悲、普度众生为理念的大乘菩萨，既是感谢张浚作为"外护"对径山、佛教事业的支持，也是赞誉他实际是以"拔苦与乐"的慈悲精神关心国家安危和民众疾苦。

3. 所谓"闻到长沙"，是指张浚在绍兴三十一年（1161）得以复官，为观文殿大学士、判潭州，居于长沙。宗杲引《维摩诘经》所说在毗耶离城的维摩诘菩萨以"杜口"（"默然无言"）答释何为"真入不二法门"的故事，以喻张浚拥有像维摩诘那样的高深智慧和临机应变的能力，虽默然杜口忙于尽所任之职，但这却是他"深入不二"法门的表现，相信以后必将赢得来自各方面的理解和支持，取得成功。

张浚虽有时自称"紫岩居士"，亲近佛教，然而如同北宋王安石、苏轼、张商英等那样仍是遵奉儒家道德规范和礼教的儒者。张浚在临终前，郑重嘱咐其子张栻、张杓，"丧礼不必用浮屠氏"，即不用佛教的丧葬仪式；并且不无遗憾地说："吾尝相国家，不能恢复中原，尽雪祖宗之耻，不能归葬先人墓右，即死葬我衡山足矣。"① 这是一位以忠孝著称、两度官居相位致力北伐复兴的儒者最后的悲壮遗言。

总之，张浚是南宋杰出的政治家、崇忠重孝的儒者。自南宋成立至他逝世，历经高宗、孝宗两朝，在金从"黑水白山"兴起，继而灭辽之后，先后两次大规模南侵，在攻陷汴京灭北宋之后继续向南扩张，企图一举攻灭刚成立的南宋，虽在势均力敌的形势下仅逼迫南宋订立割地称臣和输币帛的和约，然而亡宋之心不死，在高宗朝末和孝宗朝初又发兵南下攻掠，致使南宋再次面临危机。正是在

---

① 朱熹:《张忠献公浚行状》。

这种形势下，张浚从官位低下默默无闻的儒者，先是出面谋划挫败迫使高宗逊位的叛乱，拥立高宗得以复辟，然后奉诏经略川陕，拜相统领军政，粉碎金兵灭宋的气焰，而在金毁约再次南攻之际，垂老的张浚临危受命，再次担负统领军政全局的重任，然而最后在主和派重重阻挠下未能完成北伐中兴之业，含恨而终。

进入宋代，儒释道三教的交流和会通已成为思想文化领域的时代潮流。无庸置疑，这一潮流是通过具体的人物和生动的事迹体现的。儒者的身份和职位各有不同，他们在这一影响深远的历史性的潮流中的表现也各种各样，然而总体说来对当时和后世的影响是不容低估的。其中影响较大者，南宋的张浚算是突出的一位。正是由于他的关照和支持，才使大慧宗杲能以靠近京城的径山为基地，推进临济宗在南宋广泛传播，以至"临济中兴"的局面得以实现，同时也促成以径山等地为平台的佛、儒之间的广泛交流。在张浚影响下，并通过刘子羽、刘子翚兄弟的熏陶，既促使理学集大成者朱熹强化儒家忠义伦理在理学中的地位，又为他接触佛教，从佛教思想中汲取营养来充实和发展理学，提供极大方便和条件。

第三节　刘子羽、子翚兄弟与临济宗大慧宗杲、朱熹

刘子羽是张浚的知友、经略川陕时的军事参议，与其弟刘子翚都是学问渊博的儒者。兄弟二人在金兵大举南下攻城掠地的形势下，皆力主抗金，反对屈辱退让求和，彼此保持密切的联系，互相支持。他们二人皆亲近佛教，与佛教临济宗高僧宗杲建立友好关系，在佛法上得到过宗杲的教示。朱熹自幼遵父遗嘱依养于他们之家，受到多方照顾和教育，在成长过程中受到他们处世为人和道德

学问的深刻影响。

一、福建崇安刘子羽、子翚兄弟

刘子羽、子翚，父刘韐，建州崇安五夫里（今福建武夷山市五夫镇）人，属于福建刘氏东族。

刘韐（1067—1127），字仲偃，宋哲宗元祐九年（1094）进士及第，先为丰城尉、陇城令，后迁陕西转运使，擢集贤殿修撰。徽宗宣和初（1119），受命提举崇福宫，先后知越州、真定、福州、荆南、真定等。宋钦宗即位，拜资政殿学士。在金兵围攻京城之际，出任京城四壁守御使，至京城不守，奉命使金营。金诱以高官富贵劝降，誓死不从，托亲信持书送子刘子羽兄弟说："金人不以予为有罪，而以予为可用。夫贞女不事二夫，忠臣不事两君；况主忧臣辱，主辱臣死，以顺为正者，妾妇之道，此予所以必死也。"遂饮酒自缢而死，年六十一。南宋高宗建炎元年（1127）赠以资政殿大学士，后又赐谥"忠显"[1]。

有子三人：刘子羽、刘子翼、刘子翚。刘子翼（字彦礼），曾先后知建州、南剑州、信州等。清代广平府知府李清馥撰《闽中理学渊源考》记述福建（闽中）地区自宋至明的理学人物传记，在卷六将刘韐及其三子的传记皆载入，意为他们皆在福建理学发展史上占有一定地位。

实际上，因为刘子羽、子翚二人受朱熹之父托付抚养和教育幼年的朱熹，刘子翚又服膺理学，有《圣传论》等著作传世，对朱熹

---

① 《宋史》卷四四六"刘韐传"，并参考南宋李幼武《宋名臣言行录续集》卷三"刘韐忠显公"。

人格的熏陶和学问的成熟影响很大，可以说在程朱理学发展史上是占有一定地位的。

（一）刘子羽随从张浚抗金事迹

刘子羽（1097—1146），字彦修，号屏山，刘韐的长子，在父辗转各地为官期间，辅佐于左右，主管机要文书，已展现卓越才能。在父悲壮死于金营后，受任秘阁修撰，出知池州。曾上书宰相论天下军事形势，建议以秦、陇为根本，改授集英殿修撰、枢密院检详文字。

南宋建炎三年（1129），刘子羽协助知枢密院事张浚诛杀拥兵谋叛的范琼，以其机智勇敢受到张浚的器重。张浚奉诏宣抚川陕，任刘子羽参议军事，多建功业。建炎四年（1130），张浚所部在富平战中败于金，刘子羽妥于协调兵将，护卫张浚将宣抚司撤至四川，终使四川得以保全。绍兴二年（1132）除宝文阁直学士。两年后，终因富平战败被罪，与张浚同时被罢，责授单州团练副使，白州安置。绍兴五年（1135）二月张浚出任右宰相之后，刘子羽先是官复原职，提举江州太平观，随后权都督府参议军事，翌年以徽猷阁待制知泉州。张浚于绍兴七年（1137）九月被罢相，刘子羽以散官安置漳州。绍兴十一年（1141）金兵再次南侵之时，刘子羽复被朝廷起用，知镇江府兼沿江安抚使，复徽猷阁待制。然而同年在南宋与金达成和议后，受到秦桧排斥，以徽猷阁待制提举太平观，回归故里①。

刘子羽终生秉父遗训，崇忠尚义，怀家国之仇，抱有捐身殉国之愿，与张浚戮力同心，密切配合，一直坚持抗金。博学而擅长兵

①《宋史》卷三七〇"刘子羽传"。

法，多谋善断，临阵勇武，善待将士，虽一再遭贬，皆坦然处之。为人慷慨豪爽，轻财重义，救济孤贫，继承祖上重家族和乡党教育的传统，"辟家塾，延名士，以教乡之秀子弟"①。

绍兴十六年（1146）十月病逝，享年五十。孝宗朝赠少傅，后追谥"忠定"②。

长子刘珙（1122—1178），字共父，宋孝宗时官至同知枢密院事，正直多才，在知潭州、湖南安抚使期间重建岳麓书院，请张浚之子张栻主教，弘扬理学。

（二）刘子翚生平及其《圣传论》《复斋铭》

刘子翚（1101—1147），字彦冲，以父刘韐荫授承务郎，辟为真定府幕僚。父死于靖康之变（1126年），他悲愤不已，在为父守墓三年中，因悲伤过度而致体弱患病。宋高宗建炎四年（1130）服阕，受任通判兴化军（治今福建莆田）。大约在绍兴三年（1133），"秩满，以最闻"，虽诏任故官，但因衰病不堪繁杂吏职而乞奉祠归，得以主管武夷山冲佑观。在崇安屏山下故里隐居，自号病翁，在长达十七年中，或独居，或读书会友，有时徘徊哀思于父墓之前，甚至失声痛哭。主持刘氏祖传家塾，延请刘勉之、胡宪等名士前来执教，训教子侄和乡党子弟。长兄刘子羽长年为官在外，悉心教养其子刘珙，终使成材。妻死之后不再续娶，过继次兄刘子翼幼子刘坪为嗣子。

刘子翚平生豪迈重义，广交四方名士，与籍溪胡宪、白水刘勉之有深交。他们皆服膺和接受伊洛理学，平日交往密切，每逢相聚，热衷于谈学论道。

---

① 南宋张栻撰《南轩集》卷三十七《少傅刘公墓志铭》。
② 明代陈道监修、黄仲昭编纂《八闽通志》卷七十三"建宁府"；清代李清馥《闽中理学渊源考》卷六。

刘子翚于绍兴十七年十二月丙申（按：初六，尚在1147年）逝世，享年四十七岁。著作有嗣子刘坪所编《屏山集》二十卷，从所收录的《代宝学（按：刘子羽）白州谢表》《代宝学漳州谢表》《代宝学谢复宫观表》和《代张丞相（按：张浚）辞免不允谢表》《代张丞相辞免札子》可知，刘子翚虽隐居乡里，却与在外地为官之兄刘子羽保持密切联系，与刘子羽信敬的上司、官至宰相的张浚也有密切关系。在文集后面，有署名"门人朱熹"写于乾道九年（癸巳，1173年）七月的跋，盛赞刘子翚"精微之学，静退之风，形于文墨，有足以发蒙蔽而销鄙吝之萌者"。

唐代韩愈《原道》首次提出儒家的道统论，谓儒家所说世代相传之道，不同于释、道二教之道，"尧以是传之舜，舜以是传之禹，禹以是传之汤，汤以是传之文武周公，文武周公传之孔子，孔子传之孟轲，轲之死，不得其传焉。"

《屏山集》卷一载有刘子翚撰《圣传论》十篇，也说圣人世代传道之事，然而在韩愈所提到的圣人之中去掉周武王，另加孔子弟子颜回（颜子）、曾参（曾子）及其弟子子思（孔伋，孔子之孙）。各篇为：《尧舜》《禹》《汤》《文王》《周公》《孔子》《颜子》《曾子》《子思》《孟子》。全论要旨论述圣贤世代相传之道，谓"道一而已"，"惟精惟一"；认为性即道，道为一，而能体认一道者是心，心与道彼此相应，所谓"性外无物，安得有二。一者道也，能一者心也。心与道应，尧舜所以圣也"。天下"仁义礼乐"皆以此为宗，世人的"视听言动"以此规范。上自尧舜，下至文武周公以至孔孟，皆以此道为心。在世代变迁中，此道虽有"散于百家，荡于末流"的情况，然而总会有圣贤出而"引而归之，会而通之"，终使此道世代相传不绝①。

刘子翚对韩愈所说此道"轲之死，不得其传"的论断，不予认同，《圣传论·孟子》认为：

> 圣贤相传一道也。前乎尧舜，传有自来，后乎孔孟，传固不泯。韩子谓轲死不得其传，言何峻哉。达如尧、舜、禹、汤，穷如孔、孟，人类超拔，固难俪也。道果不传乎，颜、曾传道者也，轲死千余年，果无颜、曾乎？……荜门圭窦，密契圣心，如相授受，政恐无世无之。孤圣人之道，绝学者之志，韩子之言何峻哉。

是说圣贤相传之道，不仅如尧舜禹汤及孔孟那样绝伦超群的圣人能传，即使如颜回、曾参那样的贤者也能传。难道在孟轲死后千余年就再没有传道之人吗？显然不是。在那些身居陋巷草庵的贫寒之士中，世代皆有契悟"圣心"传授圣道之人。韩愈所谓"轲死不得其传"的论断不合实际，也势必将圣人之道孤立，伤害学者进取之志。这一说法在当时是有现实意义的。自伊洛二程及其弟子倡导理学以来，世人服膺者日众，刘子羽、子翚兄弟以及他们的朋友皆接受理学。刘子翚实际认为，理学所传授的也是圣道。

韩愈的学生兼朋友李翱（772—841）撰写《复性书》② 三篇，将《礼记·中庸》和《周易》中的"天道性命"之说与佛教的心性理论会通，说："人之所以为圣人者，性也；人之所以惑其性者，情也。""性"相当于佛教的佛性，是清净无染的；"情"相当于佛

---

① 载《屏山集》卷一。
② 载〔清〕董诰等编：《全唐文》第三册卷六三七，上海古籍出版社，1990 年。

教的无明烦恼（情欲）。说由于情之"昏"，使本有清净的本性受到污染，"性斯匿矣"；圣人、凡人乃至恶人之性本无差别，但圣人不为情欲所动，其性"广大清明"，虽有情，但可以说"未尝有情"，而凡人乃至恶人由于其性被"嗜欲好恶之所昏"，不见不觉自性。说"情有善有不善，而性无不善"。如何灭除"妄情"，复归"本性清明"呢？他提出通过"无思"，达到"至诚"，就会如同《中庸》所说的"诚则明矣"。

刘子翚在《圣传论·子思》中对子思《中庸》之"中"的思想予以赞扬，同时对李翱《复性书》的观点提出批评。他说：

> 唐李翱自谓得子思《中庸》之学，著《复性》三篇会理者，称其卓绝。然差之毫厘，异乎吾所闻矣。
>
> 其说曰："人之所以惑其性者，情也。喜怒哀惧爱恶欲，皆情之所为也。情者妄也，邪也。妄情息灭，本性清明。"又曰："循理而动，所以教人忘嗜欲，归性命之道也。"
>
> 迹其推衍，大约皆以灭情为言。……《中庸》之学未尝灭情也。夫情与生俱生，果可灭耶？情可灭，性可灭矣。

实际上，李翱虽然强调性与情是彼此相对依存的，所谓"是情由性而生，情不自情，因性而情；性不自性，由情以明"，然而对"复性"的描述确实有不准确之处，如刘子翚所引"妄情息灭，本性清明"；"忘嗜欲，归性命之道"，还有如"情之动静弗息，则不能复其性"等，使人容易得出"复性"就是要"灭情""忘嗜欲"的结论。

刘子翚认定李翱《复性书》就是主张以"灭情"来"复性"，是违背《中庸》原意的，"并圣人于木石之伦，栖学者于枯槁之地，非子思所谓中也"。他借此提出自己的见解，认为：

> 夫情与生俱生，果可灭耶？情可灭，性可灭矣。
>
> 善养性者，不汩于情，亦不灭情；不流于喜怒哀乐，亦不去喜怒哀乐。子思所谓中也，即喜怒哀乐以为中，不可离喜怒哀乐以为中。故喜怒哀乐未发谓之中，子思姑约此以明中，非舍此而中可得也。
>
> 中契则性自复，七情之生，如臂运指，如将将兵，惟吾是使，莫敢肆逸，发而中节，顺理而和，造次颠沛于庸言庸行之间，动容周旋君臣父子兄弟夫妇朋友之际，事事物物无非中者，情何灭云。

认为性与情相并而存在，既不沉溺于情，又不灭情，遵循中庸之道，就是"善养性者"，就是复性，"顺理而和"。应当说，这对朱熹以后构建理学体系也是有影响的。

刘子翚爱好并精研《周易》，将家中东、西二斋分别以"复""蒙"二卦命名，然而对复卦尤为重视。

《周易》第二十四卦是"复"卦，卦象是上坤下震，第一爻（初九）是阳爻。初九："不远复，无祗悔，元吉"；《象》曰："不远之复，以修身也。"按照后来朱熹所撰《周易本义》①的说法，此卦为十一月之卦，意味"一阳之体始成而来复……阳既往而复反，故为亨道"。在《彖》辞中有："复，亨"；"复，其见天地之心乎"。朱熹解释说："积阴之下，一阳复生，天地生物之心几于灭息，而至此，乃复可得见。"

---

① 〔宋〕朱熹：《周易本义》，廖名春点校，中华书局，2009 年。

可见，复卦之"复"，含有阴阳循环往复之"复"和复归、反复以及可用于修身的反省、反思等多义。

刘子翚主要取其可用于正心修身的反省、反思之义，认为在修身和进学、做事过程中要经常回过头来审视、反省一下，及时修正过愆，避免酿成大错而后悔无及。他在《圣传论·颜子》中说："易固多术，或尚其辞，或尚其变，或尚其象，或尚其占，皆用也。尽其本则用自应。何谓本，复是已。"意为《周易》虽卦爻复杂，象辞多端，然而皆为其"用"，其"本"只有复卦。学《周易》者应从复卦入手，因为它是深入易学的门户，说："学易者，必有门户。复卦，易之门户也。"

他认为古来传道圣贤中，唯有颜回"通易"，既洞彻"复""不远而复"之义，又能躬身践履之，对孔子所教"天理人事之大者"能理解接受，内能"穷理尽性"，外能"开物成务"。

《圣传论·颜子》载入他为东斋——复斋写的《复斋铭》，说：

> 大易之旨，微妙难诠，善学易者，以复为先。
>
> 惟人之生，咸具是性，喜怒忧乐或失其正。视而知复，不蚀其明；听而知复，不流于声；言而知复，匪易匪轻；动而知复，悔吝不生。惟是四知，本焉则一。孰觉而存，孰迷而失。勿谓本有，劳思内驰；亦勿谓无，悠悠弗思。廓尔贯通，心冥取舍，既复其初，无复之者，荡荡坦坦，周流六虚。昔非不足，今非有余。
>
> 伊颜氏子，口不言易，庶几之功，黙臻其极。今我仰止，以名斯斋，念兹在兹，其敢怠哉。

铭文强调学易应以复卦为先，然后发挥复卦之"复"所蕴含可用于修身的反省、反思之义，围绕《中庸》中的"性"与"中"的语句进行阐释。所谓"惟人之生，咸具是性，喜怒忧乐或失其正"，不过是演绎《中庸》的"天命之谓性"和"喜怒哀乐之未发，谓之中；发而皆中节，谓之和。中也者，天下之大本也；和也者，天下之达道也"，认为人的喜怒忧乐感情发而失正（不"中节"），则应通过反省，从视、听、言、动方面进行修养而使之恢复，从而达到最高道德境界（"致中和"）。然而玩味他对复性境界的描述——"勿谓本有，劳思内驰；亦勿谓无，悠悠弗思……"，似乎是受到佛教般若空义和中道思想的影响。按照这种思想，自性原本"空寂"，体悟"实相"达到觉悟的最高精神境界也是与空寂、无相契合的。

刘子翚《圣传论》主张"圣贤相传一道"；"性外无物，安得有二？一者道也，能一者心也"；孔子所答"皆极天理人事之大者"；"中契则性自复……发而中节，顺理而和"等等，应当说也属于理学的著作。《四库全书总目·〈屏山集〉提要》说："集中谈理之文辨析明快，曲折尽意，无南宋人语录之习。论事之文洞悉时势，亦无迂阔之见，如《圣传论》《维民论》及论时事劄子诸篇，皆明体达用之作，非坐谈三代，惟骛虚名者比。"

南宋绍兴十四年（1144），监察御史汪勃、右正言何若迎合秦桧之意，将程氏理学作为有害"圣化"和"经旨"的"专门曲说，流入迂怪"或"乖僻之说，虚空幻寂之论"，乞奏加以禁止，得到宋高宗诏准。直到秦桧死，理学遭禁达十多年。在所禁书中既有张载的《正蒙》，也有刘子翚的《圣传论》①。

可见《圣传论》曾在世间流行，产生一定影响。

---

① 南宋李心传编《道命录》卷四"汪勃乞戒科场主司去专门曲说"（绍兴十四年八月二十四日）、"何若乞申戒师儒黜伊川之学"（绍兴十四年十月十七日）。

二、刘子羽、子翚兄弟和临济宗大慧宗杲

临济宗大慧宗杲在随师圆悟克勤辗转各地传法的过程中，结交朝野不少士大夫，其中如张浚那样与他长期保持联系者，实为罕见。张浚至孝，因母亲虔信佛教，奉宗杲为师，所以只要条件允许，就按照克勤生前的嘱托扶持宗杲，作他的外护。刘子羽、子翚兄弟因为与张浚的特殊关系，自然对宗杲也敬信和亲近。

南宋祖咏编《大慧普觉禅师年谱》载大慧宗杲于宋孝宗隆兴元年（1163）八月年七十五岁逝世，有度门弟子（从他剃度出家的弟子）八十四人；嗣法弟子数过百十，其中有慧日蕴闻、开善道谦等；还说"士大夫恪诚扣道，亲有契证"者（当指士大夫居士或比较亲近者），提到十八人，其中有侍郎张九成、直宝文阁刘子羽，还有张浚之母秦国夫人计氏法真；至于"抠衣与列，佩服法言"者（指尊敬和佩服佛教者），提到二十一人，其中有担任左丞相的汤思退。以上虽没有提到刘子翚，但在慧日蕴闻上进的《大慧普觉禅师语录》及法宏、道谦编《普觉宗杲禅师语录》中皆有宗杲与他的书信和法语。

下面据现有资料，将大慧宗杲与刘子羽、刘子翚兄弟的交往概况进行介绍。

（一）宗杲称刘子羽为"如来使"，可为"了事凡夫"

刘子羽是何时结识大慧宗杲的呢？绍兴三年（1133），张浚应召从四川驻地回朝，在经过成都时，曾与大慧宗杲之师圆悟克勤会见。克勤设宴为他饯别，殷切嘱托张浚以后对宗杲予以扶持。刘子羽在张浚身边，大概在此时了解宗杲，开始对他注意。因金不断向南进兵，宗杲携弟子从建炎四年（1130）春避地江西、湖南，然后

进入福建，绍兴五年（1135）春应请住入泉州小溪云门庵，门下弟子日多。第二年，刘子羽以徽猷阁待制出知泉州。可以想见，此时刘子羽已知宗杲的所在。绍兴七年（1137）春，身为右相兼知枢密院事的张浚荐请宗杲任临安径山寺方丈，因担心宗杲韬晦不来，特移书刘子羽敦促他起身赴任。

宗杲没有犹豫，立即动身前往径山。南宋祖咏编《大慧普觉禅师年谱》记载，绍兴七年（1137）宗杲在《答泉守刘公书》中告诉刘子羽，他已在五月初离开泉南，冒着酷暑于七月到达浙江衢县（"三衢"），七月先在临安府明庆院开堂，然后入住径山寺。

从现有资料可知，在宗杲入住泉州小溪云门庵之后，刘子羽已与宗杲交往①。明代元贤编《建州②弘释录》卷下"宋崇安刘忠定公子羽"记载：

> 尝出知永嘉（按：温州），问道于大慧禅师。慧教看赵州狗子话，后乃于柏树子上发明③。有颂曰："赵州柏树太无端，境

---

① 明代元贤所编《建州弘释录》卷下说刘子羽在出知永嘉（温州）时问道于大慧禅师，大慧教他参看赵州（唐赵州从谂和尚）的"狗子"话头，却在其"柏树子"话头上"发明"（入悟）。然而所说刘子羽出知永嘉的事，史书无载。关于赵州和尚（778—897）的事迹及其狗子、柏树子的语句和解释，请参考杨曾文《唐五代禅宗史》（中国社会科学出版社，1999年）第七章第四节。

② 建州治今福建省建瓯市。建瓯位于福建省北部，闽江上游，武夷山脉东南面、鹫峰山脉西北侧。

③ 《古尊宿语录》卷十三、十四载有《赵州真际禅师语录并行状》，记述赵州从谂和尚（778—897）的传法语录。一则是："问：狗子还有佛性也无？师云：无。……问：狗子还有佛性也无？师云：家家门前通长安。"赵州以此回答来打断问者当下的世俗思维，然而后面的"家家门前通长安"，则暗示对此是不言自明的。后世看话禅将赵州"无"字作为常用话头。另一则是："时有僧问：如何是祖师西来意？师云：庭前柏树子。"赵州之所以如此回答，是认为对达摩西来的目的之类的问题是既不应提出，也是不能回答的。详见杨曾文《唐五代禅宗史》第七章第四节。

上追寻也大难。处处绿杨堪系马，家家门底透长安。"

　　所说"出知永嘉"有误，当是"出知泉州"。因为刘子羽从四川归朝后做的首任地方官是知泉州。至于大慧宗杲教他参扣赵州（唐赵州从谂和尚）的"狗子"话头以及他在赵州"柏树子"话头上有"发明"（入悟）的说法，参照绍兴九年（1139）宗杲《答刘宝学》之信（详后）所说"左右既悟狗子无佛性话"，应当说是可信的。

　　刘子羽的偈颂，是按照禅宗回避正面诠释的做法，将赵州两则公案蕴含的禅机一并点破：虽然不能从"柏树子"禅语求得正面回答，但其喻意已十分清楚，难道随处可见的绿树不能拴马？家家门口不能通长安吗？方外之意是说：一切众生皆有佛性，狗子岂能例外！

　　宗杲的"左右既悟狗子无佛性话"，当是对刘子羽偈颂的印可。他对刘子羽十分器重。南宋蕴闻编《大慧普觉禅师语录》卷八《泉州小谿云门庵语录》记载：

　　　　屏山居士刘宝学请示众："'大根大器大丈夫，不越一念了大事，三世诸佛立下风，此人堪作如来使。'三世诸佛既立下风，为甚么却作如来使？"良久云："铁轮天子寰中敕，须信官差不自由。"

　　刘子羽在绍兴二年（1132）除宝文阁直学士，故被尊称刘宝学。刘子羽是否受过戒的居士？从当时景况推测，也许只是亲近佛教的儒者。宗杲在上堂示众中称他是具有超常根器的"大丈夫"，能不越一念而顿悟，连三世诸佛都甘拜下风，只是囿于在"铁轮天子"之下当差，只能做个佛的使者。禅僧说法可临机自由发挥，但仅从这短短法语中，可见宗杲对刘子羽的器重非同一般。

随着张浚罢相，刘子羽也受到秦桧党羽的排斥，绍兴八年（1138）以散官安置漳州。此后，在径山的宗杲与刘子羽之间仍保持联系。据蕴闻《大慧普觉禅师语录》卷二十七《大慧普觉禅师书》，并参考《大慧普觉禅师年谱》有关记载，绍兴九年（1139）宗杲在《答刘宝学（彦修）》的信中详细地阐释自己的禅法见解，并严厉抨击当时流行的"默照禅"，顺便对其弟刘子翚的见解提出批评。文字很长，这里仅择要介绍其中几个要点。

1. 从书信开头的询问，可以推测刘子羽关心的问题

即日丞溽，不审燕处悠然，放旷自如，无诸魔挠否？日用四威仪内，与狗子无佛性话一如否？于动静二边能不分别否？梦与觉合否？理与事会否？心与境皆如否？

时当盛夏，宗杲以禅语询问刘子羽平日是否心神超脱放旷，摆脱诸种情欲烦恼带来的困扰？是否日常坚持参扣赵州和尚"狗子无佛性"的"无"字，领略其蕴含的妙趣？能以般若中观思想理解动与静、梦与醒之间相即不二的关系吗？领悟理与事、心与境相互圆融无碍的道理吗？这些既是禅宗特别是临济禅僧在参禅当中经常以不同方式涉及的问题，也当是刘子羽希望从佛教得到解答的问题。

2. 宗杲希望刘子羽能以禅宗宣说的般若中观和理事圆融的道理，看待身边和周围事物，作一个精神解脱的"了事凡夫"。

老庞云："心如境亦如，无实亦无虚；有亦不管，无亦不

拘，不是圣贤，了事凡夫。"①

　　若真个作得个了事凡夫，释迦、达磨是甚么泥团土块？三乘十二分教是甚么热碗鸣声？

　　老庞，是指唐代马祖道一的弟子庞蕴居士；三乘十二分教，概指大小乘佛法。庞蕴的诗偈是发挥大乘佛教般若中观的思想，说心与境、实与虚、有与无，不过是以语言符号表述的相对的存在，从诸法因缘性空和中道相即不二的观点来看，它们彼此之间是圆融无碍的，无须执着于任何一边，从而摆脱各种困扰而达到精神解脱；如此，虽非成佛成菩萨的"圣贤"，也能做个豁达超脱的"了事凡夫"。宗杲发挥说，达到这种境地，人们崇拜的释迦、达磨不过是泥塑偶像，一切佛法不过是碗鸣之声罢了。

　　3. 以禅语劝慰刘子羽平静地看待得意与不得意的境遇。

　　　　公既于此个门中，自信不疑，不是小事，要须生处放教熟，熟处放教生，始与此事少分相应耳。往往士大夫，多于不意中，得个瞥地处，却于如意中打失了，不可不使公知。在如意中，须时时以不如意中时节在念，切不可暂忘也。但得本，莫愁末，但知作佛，莫愁佛不解语。这一著子，得易守难，切不可忽，须教头正尾正，扩而充之，然后推己之余以及物，左右（按：称刘子羽）所得，既不滞在一隅想，于日用中不著起心管带，枯心忘怀也。

————————

① 此偈载现存《庞居士语录》(《续藏经》第 120 册) 卷上，原文曰："元和（按：唐宪宗号，806—820）中，居士北游襄汉，随处而居。有女灵照，常鬻竹漉篱，以供朝夕。士有偈曰：'心如境亦如，无实亦无虚，有亦不管，无亦不拘，不是贤圣，了事凡夫。'"

先称赞刘子羽对前述心与境、虚与实、有与无融通无碍之理深信不疑，接着劝慰他要平静地看待人生遭遇如意、不如意的事或境遇。做个"了事凡夫"；要将失意之时了悟之理，在如意之时牢记在心，所谓"时时以不如意中时节在念"。如果体悟了佛法的根本道理，自然与佛意相通，在日用中就不再执着困惑于任何事物，从而使心胸自然旷达。

张浚之子张栻撰写的《少傅刘公墓志铭》中说刘子羽"平生再贬徙，处之怡然，不以介意"①，既表现他作为正直的儒将拥有坦荡的心胸，也许与受到佛教圆融超脱思想的影响有关。

4. 对佛教界的"默照禅"作严厉批评。

> 近年已来，禅道佛法衰弊之甚，有般杜撰长老，根本自无所悟，业识茫茫，无本可据，无实头伎俩，收摄学者，教一切人如渠相似，黑漆漆地紧闭却眼，唤作默而常照。

在唐五代以后，丛林中有的禅师因为过分强调语句不能完全表达佛道的思想，便根据自己的理解，对禅宗初祖菩提达摩的"外息诸缘"的壁观禅法加以发挥，倡导以休歇身心为旨要的默照禅。进入宋代，曹洞宗中很多禅师提倡以"观心默照""默而常照"为标榜的"默照禅"。代表人物有宏智正觉（1091—1157），除日常说法外，尚著有《默照铭》《坐禅箴》。

大慧宗杲则重视前人公案语录在禅修中的借鉴意义，强调禅修应"以悟为则"，即以达到觉悟为要则，倡导参扣话头（如"无"字）的"看话禅"。他严厉批评在福建乃至各地丛林盛行的默照禅，

---

① 载宋张栻撰《南轩集》卷三十七。

认为这是"禅道佛法衰弊之甚"的表现，斥责倡导者既未入悟，也无佛法根底的"杜撰长老"，引导学者、信众一味地闭眼静坐，势必将他们引入歧途。他认为默照禅违背"以悟为则"的宗旨，称之为"邪禅"，倡导者为"邪师"①。

5. 说刘子翚受了默照禅影响，希望刘子羽给予开导教育。

> 彦冲（按：刘子翚之字）被此辈教坏了，苦哉苦哉！这个话，若不是左右悟得狗子无佛性，径山亦无说处，千万捋下面皮，痛与手段救取这个人，至祷，至祷！
>
> 然有一事，亦不可不知，此公清净自居，世味淡薄，积有年矣。定执此为奇特，若欲救之，当与之同事，令其欢喜，心不生疑，庶几信得及，肯转头来。净名（按：维摩诘居士）所谓先以欲钩牵，后令入佛智，是也。黄面老子（按：指佛）云：观法先后，以智分别，是非审定，不违法印，次第建立无边行门，令诸众生断一切疑。此乃为物作则，万世楷模也。况此公根性与左右迥不同，生天定在灵运（按：南朝宋代谢灵运）前，成佛定在灵运后者也。

他告诉刘子羽，其弟刘子翚已经深受默照禅的坏影响，应当采取适当方式给以教示乃至严厉批评，同时称赞他多年"清净自居，世味淡薄"，具备良好的素质。如果将他与东晋南朝宋初的谢灵运②相比

---

① 请详见杨曾文《宋元禅宗史》第五章第二节。

② 谢灵运（385—433），生活在东晋末南朝宋初，著名诗人，自幼皈依佛教，深入经藏，与高僧庐山慧远及慧严、慧观、昙隆、道生等人皆有交往。与慧严、慧观将北凉昙无谶所译《大般涅槃经》润色改编为南本《大般涅槃经》，并发挥道生的顿悟成佛思想撰写《辨宗论》。

的话，"生天定在灵运前，成佛定在灵运后"。这实际是认定刘子翚在佛教造诣上虽有成绩，却比不上谢灵运。

《二入四行论》，是记述菩提达磨（或作"摩"）的传法语录，教导慧可等弟子修持"理入"之时，要"舍伪归真，凝住壁观，自他凡圣等一，坚住不移，更不随于文教，此即与理冥符"。对此，唐宗密在《禅源诸诠集都序》卷二解释为："达摩以壁观教人安心，外止诸缘，内心无喘，心如墙壁，可以入道。"宗杲引证其中"外息诸缘，内心无喘，心如墙壁，可以入道"的话，说其本意绝不是教人认为入悟就可以"种种说心说性"，而要谨记，虽已"了了常知"，却"言之不可及"（超脱语言）。这才是"诸佛诸祖所传心体"。宗杲借此批评刘子翚说自己"夜梦昼思十年之间，未能全克，或端坐静默，一空其心，使虑无所缘，事无所托，颇觉轻安"，实际是犯了"说心说性，说道说理"的错了，批评他"引文字证据，欲求印可"的做法。因为在宗杲看来，悟境是超言绝相的，绝不能用语言文字加以表述[①]。

还批评刘子翚"只管外边乱走，说动说静，说语说默，说得说失，更引《周易》、内典（按：佛经），硬差排和会，真是为他闲事

[①] 原文："昔达磨谓二祖曰：'汝但外息诸缘，内心无喘，心如墙壁，可以入道。'二祖种种说心说性，俱不契。一日忽然省得达磨所示要门，遽白达磨曰：'弟子此回始息诸缘也。'达磨知其已悟，更不穷诘。只曰：'莫成断灭去否？'曰：'无。'达磨曰：'子作么生。'曰：'了了常知故，言之不可及。'达磨曰：'此乃从上诸佛诸祖所传心体，汝今既得，更勿疑也。'彦冲云：'夜梦昼思十年之间，未能全克，或端坐静默，一空其心，使虑无所缘，事无所托，颇觉轻安。读至此不觉失笑。何故？既虑无所缘，岂非达磨所谓内心无喘乎？事无所托，岂非达磨所谓外息诸缘乎？二祖初不识达磨所示方便，将谓外息诸缘，内心无喘，可以说心说性，说道说理，引文字证据，欲求印可。所以达磨——列下，无处用心，方始退步思量。心如墙壁之语，非达磨实法。忽然于墙壁上，顿息诸缘，即时见月亡指，便道："了了常知故，言之不可及。"此语亦是临时被达磨拶出底消息，亦非二祖实法也。'"

长无明……"

此外，宗杲还批评刘子翚将孔子所说《易》之"为道也屡迁"与佛经中的"应无所住而生其心"① 看作为"一贯"的说法，是完全理解错了，说他"非但不识佛意，亦不识孔子意"②。

据《朱子语类》卷一二六"释氏"记载，宗杲曾说"彦冲修行却不会禅，宝学会禅却不修行，所谓张三有钱不会使，李四会使又无钱"。意为刘子翚虽会修行，却不真正懂得禅，而刘子羽通晓禅，却不修行。这也反映了宗杲对他们兄弟的一种看法吧。

从以上概要介绍可知，刘子羽在佛教教理上有较深造诣，与宗杲交往比较密切，关系也深。所以宗杲才称赞他能成为豁达超脱的"了事凡夫"，并且能在信中毫无顾忌地对其弟刘子翚提出批评。

宗杲还顺便告诉刘子羽一直关心的张浚的近况，说他的弟子昕禅师从外地回山，将他《答紫岩老子一书》带回，读过之后，"赞叹欢喜累日，直是好一段文章，又似一篇大义"。所谓"紫岩老子"就是张浚，张浚自号"紫岩居士"。这说明，在张浚被罢相之后，宗杲与张浚仍保持密切联系；也说明张浚在当时境遇中对佛教深有

---

① 《周易·系辞下》："《易》之为书也不可远，为道也屡迁，变动不居，周流六虚，上下无常，刚柔相易，不可为典要，唯变所适。"意为《周易》借助繁杂的卦爻推演道理，变化无常，涉及范围广阔，不可僵化地看待，而应看重"变"这个要点。《金刚般若经》说："菩萨摩诃萨应如是生清净心，不应住色生心，不应住声香味触法生心，应无所住而生其心"，意为只有既不执着物质因素（色），也不执着精神因素（受想行识），才能进入清净的解脱境界。

② 原文："彦冲引孔子称《易》之'为道也屡迁'，和会佛书中'应无所住而生其心'为一贯；又引'寂然不动'，与土木无殊，此尤可笑也。向渠道：'欲得不招无间业，莫谤如来正法轮。故经云："不应住色生心，不应住声香味触法生心。"谓此广大寂灭妙心，不可以色见声求，应无所住，谓此心无实体也，而生其心，谓此心非离真而立处，立处即真也。孔子称《易》之"为道也屡迁"，非谓此也。屡者荐也，迁者革也，吉凶悔吝生乎动，屡迁之旨，返常合道也，如何与"应无所住而生其心"合得成一块。'彦冲非但不识佛意，亦不识孔子意。"

兴趣，所以才向昩禅师问法，得到昩禅师深入系统的回答。

刘子羽逝世于绍兴十六年（1146）。三年之后，编管于衡州已九年的宗杲知讯，撰写了《祭刘彦修宝文彦》，可见情谊之深。

（二）宗杲书劝刘子翚参透赵州"无"字，莫信修默照禅

刘子翚在何时接近佛教，开始打坐静修的？前引朱熹《屏山先生刘公墓表》记述，刘子翚在通判兴化期间开始接触"佛、老子之徒"，感佩其"清净寂灭"之说，认定此即"道"之所在，受此启发，在归家读书中认识到儒道之大、"体用之全"。然而按照宗杲在绍兴九年（1139）《答刘通判（彦冲）》第二封信中所说，刘子翚受默照禅的影响，"做静胜工夫，积有年矣"，"在静胜处，住了二十余年"。据此推算，刘子翚早在北宋末二十多岁时已开始打坐静修了。

那么，刘子翚是受默照禅影响开始静修呢？还是接受程颐的理学主张，修持与佛教禅定相似的"主敬"[①] 呢？虽然难以确定，但他于绍兴九年（1139）以前重视静修，受到默照禅的影响，后与宗杲建立密切联系并受到宗杲教示，却是真实的。

宗杲在《答刘通判（彦冲）》第一封信中说：

> 令兄宝学公，初未尝知管带、忘怀之事，信手摸着鼻孔，虽未尽识得诸方邪正，而基本坚实，邪毒不能侵，忘怀、管带在其中矣。若一向忘怀、管带，生死心不破，阴魔得其便，未

---

① 程颐教导学人，为使精神专一集中，倡导"主敬"的静修方法，以敬主心，谓"主一之谓敬。所谓一者，无适之谓一"；"敬则虚静"［《二程集》第一册《河南程氏遗书》卷第十八《伊川先生语四》（刘元承手编）；《二程集》第四册《河南程氏粹言》卷第一《论道篇》］。

免把虚空隔截作两处，处静时受无量乐，处闹时受无量苦。要得苦乐均平，但莫起心管带，将心忘怀，十二时中放教荡荡地，忽尔旧习瞥起，亦不着用心按捺，只就瞥起处，看个话头，狗子还有佛性也无？无。正恁么时，如红炉上一点雪相似，眼办手亲者，一逴逴得。

所谓"管带"，意为刻意思虑、思量或照顾，与思想放旷、自由自在相对；"忘怀"，是执意以忘却、"无忆"来摆脱执着烦恼。宗杲向刘子翚称赞其兄刘子羽虽未知"管带、忘怀"之事，也未"尽识得诸方邪正"，然而对佛法的悟解已"基本坚实，邪毒不能侵"，实际已晓悟丛林参禅所说"忘怀、管带"的用意所在了。

针对刘子翚长年重视静修，宗杲提示说，如果执意地去"忘怀"或相反去"管带"，在未能破除执着情欲烦恼的"生死心"的情况下，必将受到"阴魔"（色受想行识"五阴"的作用，即各种情欲）的束缚和困扰，硬将动（闹）、静隔截两处，认为"处静"可以得乐，"处动"则受苦。正确的做法是：既不执意"起心管带"，也不执意"将心忘怀"，而是放开心胸、坦荡自然地过活；如果遇到杂念烦恼产生，便参扣个话头："狗子还有佛性也无？无"中的"无"字，借此将杂念烦恼消除干净。

他以严厉的口吻告诫刘子翚，切勿相信默照禅，迷信静坐默照，说：

"杜撰长老辈，教左右静坐等作佛，岂非虚妄之本乎？"又言："静处无失，闹处有失，岂非坏世间相而求实相乎？……"

他称倡导默照禅的"杜撰长老"，引导刘子翚以静坐禅修求成佛，是虚妄之极。如果把禅修局限为在静处打坐，而将生活日用看作妨碍入悟，认为"闹处失者多，静处失者少"，那就是"坏世间相而求实相"，是违背大乘佛教教理的①。按照般若中观理论，动与静、得与失、多与少，乃至忘怀与管带、世间相与实相，皆相即不二，彼此圆融无碍。他告诉刘子羽，今后可就"日用非多非少，非静非闹，非得非失处"这样的问题反复"提撕"（参扣），从中体悟中道之理。

他为说服刘子羽，前后引证了两则公案：

第一则：宋道原《景德传灯录》卷四载唐代牛头宗创始人法融（懒融）禅师的偈颂："恰恰用心时，恰恰无心用。曲谈名相劳，直说无繁重。无心恰恰用，常用恰恰无。今说无心处，不与有心殊。"意为"无心"与"用心"相即不二，贯彻了禅宗"于念而不念"的"无念为宗"的宗旨。《六祖坛经》说："自性起念，虽即见闻觉知，不染万境，而常自在。""无心"相当于无念，"用心"相当于念。

第二则：《景德传灯录》卷二载禅宗第二十祖印度阇夜多尊者的禅语："我不求道，亦不颠倒。我不礼佛，亦不轻慢。我不长坐，亦不懈怠。我不一食，亦不杂食。我不知足，亦不贪欲。心无所希，名之曰道。"这其中蕴含的是基于诸法性空的般若中观思想，提示"心无所希（求）"就是道，就是解脱之道。"心无所希"也是"无念"的要求。

宗杲在给刘子羽的第二封信中提示说：

> 左右在静胜处，住了二十余年，试将些子得力底，来看则

────────────────

① 《法华经·方便品》有"唯佛与佛乃能究尽诸法实相"，偈颂说"是法住法位，世间相常住"，意为"诸法实相"寓于"世间相"。实相，也相当于"出世间"。《大智度论》卷二十七基于诸法性空思想，说"世间相即是出世间，更无所复有"。

个？若将桩桩地底做静中得力处，何故却向闹处失却？而今要
得省力，静、闹一如，但只透取赵州无字。忽然透得，方知
静、闹两不相妨，亦不着用力支撑，亦不作无支撑解矣。

　　他说刘子翚以前二十年的打坐静修，并没有得到实际效益，劝
他今后将禅修寄于无拘无束、自然而然的生活之中，"省力"地参
扣赵州和尚"狗子无佛性"公案中的"无"字。在持久的参扣中体
悟动静一如、动静相即不二的道理，
　　宗杲虽在径山，与千里之外隐居崇安屏山下的刘子翚除书信往
来之外，还曾赠他蚕丝制作衣服。《屏山集》卷十九载刘子翚的
《径山寄生子作道服》三首：

　　　　旋裁山茧作山衣，更着芒鞋白接䍦。
　　　　自笑支离风貌野，纤朱纤紫不相宜。

　　　　远信殷勤到草庵，却惭衰病岂能堪。
　　　　聊将佛日三端布，为造青州一领衫。

　　　　粲粲休夸绮与纨，纫兰制茝亦良难。
　　　　此袍遍满三千界，要与寒儿共解颜。

　　其中的"白接䍦"，是头戴白帽；"纤朱纤紫"，意为穿戴高贵；
"佛日"是宗杲之号；"青州一领衫"，取自唐代赵州和尚语录①；

---

① 《景德传灯录》卷十载赵州从谂语录："僧问：万法归一，一归何所？师云：老僧在青
　州作得一领布衫重七斤。"

"绮与纨"，喻衣着华贵；"纫兰制芰"，原指以秋兰野荷制作衣佩，借喻人品之高尚清雅；"三千界"，佛教所说的"三千大千世界"。

综合三首诗的大意，当是感谢宗杲禅师殷勤派人送来书信，还赠山茧，体衰多病的自己（自称"病翁"）甚感情重，将茧加工制成山服穿在身上，虽显得有点土气，却觉得恰符自己身份，在参悟前代禅师蕴含禅机的语句之中，感受身处浩瀚无边的大千世界。

此外，刘子翚还写有《赠总上人兼简无求居士二首》。

第一首是赠径山寺宗杲的弟子总禅师的。诗曰："双径山中一衲衣，曳笻远远叩岩扉。愧无白璧黄金赠，携取清风满袖归。"总禅师，宗杲嗣法弟子中有位比丘尼名妙总，自称"无著道人"，是北宋哲宗时宰相苏颂（1020—1101）的孙女，离开径山后住持平江府资寿寺①。但她是否刘子翚赠诗的总上人，难以确定。从诗句"曳笻"（拖拖着拐杖）来看，是位年老禅师。全诗称羡她（他）在径山过着游山欣赏清风，虽清贫但却自在的修行生活。

第二首是原是写给无求居士的。诗曰："多谢徽州吴使君，新诗问劳意何勤。无求已得心空乐，更作无心出岫云。"无求，是法名，刘子翚尊称他为"徽州吴使君"，也许是在徽州（治今安徽歙县徽城镇）任职的官员，可能是《大慧普觉禅师年谱》最后提到亲近宗杲的"士大夫恪诚扣道，亲有契证"中的"提刑（按：提点刑狱公事）吴公伟明"。从诗句可知，他撰新诗问候刘子翚，刘子翚回诗致谢，称赞他禅修已得"心空"之乐，似乎已达陶渊明"云无心以出岫"那种超脱境界②。

清初王士祯撰《池北偶谈》卷十七说："刘屏山子翚，朱文公

---

① 请参考明代圆极居顶《续传灯录》卷三十二"资寿尼妙总禅师"；明代宋奎光辑《径山志》（西泠印社出版社，2011年）卷三。

② 东晋陶潜《归去来兮辞》有曰："云无心以出岫，鸟倦飞而知还。"

师也，其《屏山集》诗往往多禅语"，是有道理的。

三、刘子羽、子翚兄弟对朱熹的养教之恩

刘子羽、子翚兄弟于南宋理学家朱熹有教养之恩。朱熹之父吏部员外郎朱松（字乔年，号韦斋）与李侗皆曾在二程再传弟子罗从彦门下受学，嘱咐朱熹要从李侗受学；与刘子羽、子翚兄弟和胡宪、刘勉之也有深交。绍兴十三年（1143）朱熹十四岁之时，朱松于建安环溪寓舍去世，死前致书刘子羽，以家事并教育朱熹之事相托，又殷切嘱咐朱熹以后要如父一样奉事并从师于刘子翚和胡宪、刘勉之。朱熹撰《少傅刘公（按：刘子羽）神道碑》说：

> 熹之先人，晚从公游，疾病寓书，以家事为寄。公恻然怜之，收教熹如子侄，故熹自幼得拜公左右。[①]

南宋罗大经撰《鹤林玉露》卷五在引《朱文公与庆国卓夫人书》之后于解释中提到：

> 初文公（按：朱熹）之父韦斋疾革，手自为书以家事属少傅。韦斋殁，文公年十四，少傅为筑室于其里，俾奉母居焉。少傅手书与白水刘致中云："于绯溪（按：即崇安潭溪）得屋五间，器用完备，又于七仓前得地可以树，有圃可蔬，有池可鱼，朱家人口不多，可以居。"

---

① 载朱熹《晦庵集》卷八十八。

可见，刘子羽对好友朱松临终所托慨然应诺，随即在自家旁边盖房置地安置朱熹与其母祝氏夫人居住。因此，元代脱脱等撰《宋史》卷四二九《朱熹传》说："家故贫，少依父友刘子羽，寓建之崇安，后徙建阳之考亭。"

另据朱熹《屏山先生刘公墓表》记述：

> 盖先人疾病时，尝顾语熹曰："籍溪胡原仲、白水刘致中、屏山刘彦冲，此三人者吾友也。其学皆有渊源，吾所敬畏，吾即死，汝往父事之，而惟其言之听，则吾死不恨矣。"熹饮泣受言："不敢忘。"既孤则奉以告于三君子，而禀学焉。时先生之兄侍郎公（按：刘子羽）尤以收恤孤穷为己任，以故熹独得朝夕于先生之侧，而先生亦不鄙其愚稚，所以教示期许，皆非常人之事。①

朱熹与母亲迁住崇安屏山新居之后，即就学于刘氏祖传而经刘子羽扩建、刘子翚主持的家塾，并从刘勉之、胡宪等人受学。在同学中有刘子羽之子刘珙、刘子翼之子刘玶（后过继于刘子翚）等。朱熹在这里度过一生最重要的时期，平日刻苦读书，除"四书"等外，也研读程颢、程颐及其弟子的理学著作。朱熹从十四岁到十八岁刘子翚去世的将近五年间，受到他多方照顾和亲切教诲，其字元晦也是刘子翚给起的。刘子翚在《字朱熹祝词》中说，字"元晦"寓意"木晦于根，春容晔敷，人晦于身，神明内腴"，最后表示"子德不日新，则时余之耻"②，希望朱熹成为厚积薄发，道德内蕴

① 载朱熹《晦庵集》卷九十。
② 刘子翚《屏山集》卷六。

之人。朱熹在所写《屏山先生刘公墓表》记述，在刘子翚临终前，他曾问"先生平昔入道次第"。刘子翚欣然答道：

> 吾少未闻道，官莆田时，以疾病始接佛、老子之徒，闻其所谓清净寂灭者而心悦之，以为道在是矣。比归读吾书而有契焉，然后知吾道之大，其体用之全乃如此。抑吾于《易》得入德之门焉，所谓不远复者，则吾之三字符也。佩服周旋，罔敢失坠，于是尝作《复斋铭》《圣传论》，以见吾志。然吾忘吾言久矣，今乃相为言之，汝尚勉哉。①

是说他在通判兴化期间始与僧、道交往，对他们所说"清净寂灭"之说深感兴趣，认为此即"道"之所在，对他后来归家读书启发很大，由此认识到儒道之大、"体用之全"；《周易》是自己的"入德之门"，奉《周易·复卦》所说的"不远复"为自己时刻不敢忘记的"三字符"，为此曾作《复斋铭》《圣传论》。他希望朱熹从中得到启发，要常自我反省，以利于修身进学。

在刘子翚死后，朱熹更多地从刘勉之、胡宪二人学，也时而出外游学。

刘勉之（1091—1149），字致中，号白水、草堂，原居崇安白水（在今福建武夷山市上梅乡），后迁居建阳考亭（在今福建建阳市西郊），曾以乡举进太学，因服膺二程理学，从程门弟子谯定（1023—？）、杨时（号龟山，1053—1135）及精于易学的刘安世（1048—1125）受过学，后隐居乡里十余年，向四方来的学人讲授

---

① 朱熹《晦庵集》卷九十。

儒书和理学。朱熹在他门下受业，受到他的器重，以长女与朱熹为妻①。

胡宪（1086—1162），字原仲，因是崇安县籍溪（在今武夷山市五夫镇）人，人称籍溪先生，幼时从叔父胡安国（1074—1138）受学，撰有《论语说》②。朱熹在《籍溪先生胡公行状》中说："熹于三君子之门皆尝得供洒扫之役，而其事先生为最久。"③

应当说，在朱熹成长过程中，既深受刘子羽、子翚教养之恩和多方面的熏陶，也受到刘勉之、胡宪的教诲，并且也间接地受到刘子羽、子翚兄弟尊信的抗金宰相张浚的影响。

从上述可知，刘子羽、刘子翚兄弟皆亲近佛教，对禅宗有相当程度的了解。二人与临济宗大慧宗杲禅师有相互信任的密切关系，受到过宗杲的教示，皆有禅修的经历。他们的经历、为人和学识以及对朱熹的养教之恩，对朱熹成长、为学的影响是很大的。

第四节　开善道谦与朱熹

北宋后期和南宋时期，在佛教中占据主流地位的禅宗以临济宗杨岐派最为兴盛，而在这一禅派中最有影响的是五祖法演—圆悟克勤的法系。克勤嗣法弟子大慧宗杲的这一支系形成大慧派，另一弟子虎丘绍隆的支系形成虎丘派，皆一直流传到明清以后。

----

① 《宋史》卷四五九"刘勉之传"。
② 《宋史》卷四五九"胡宪传"。
③ 载朱熹《晦庵集》卷九十七。

大慧宗杲在南宋抵御金兵南侵之际，先辗转传法于江西、湖南、福建等地，此后应请两度住持杭州径山寺，在朝廷和朝野士大夫外护的支持下，扩寺聚徒传法，以至出现"临济再兴"的盛观。南宋祖咏所编《大慧普觉禅师年谱》记载，宗杲生前有剃度和嗣法弟子近二百人，还拥有身居朝廷高位的亲近、护持佛教的外护士大夫约四十人，影响很大，所谓"奔走天下奇衲，悦服名公巨儒"。

在宗杲的嗣法弟子中，道谦属于资历较长的前辈，受到宗杲的器重，曾受托前往零陵探望刚罢相位的张浚，并受托向他的母亲传法，后来又受刘子羽、刘子翚兄弟之请住持刘氏"功德禅寺"开善寺，有机会为在刘子翚门下受学的朱熹说法释疑，为朱熹了解、借鉴和汲取佛教思想带来方便。

一、临济宗开善道谦的生平

随着对朱熹理学研究的深入，朱熹与刘子羽、子翚兄弟以及道谦等人的关系问题也受到学者的关注。仅据笔者所知，郭齐教授撰有《朱熹从道谦学禅补证》，发表在陕西省社会科学院《人文杂志》1998年第2期；束景南教授编撰《道谦考》，发表在他的巨著、华东师范大学出版社2014年第二版《朱熹年谱长编（增订本）》的"绍兴十四年"记事按文之后。

笔者近年侧重研究中国禅宗史，在撰写《宋元禅宗史·临济宗大慧派》章节时虽已留心此事，但未能着手作专题研究。现在计划将朱熹作为本书重要章节介绍，自应对此作深入考察。

在现存文献资料中，对道谦的记载比较分散，内容也简略。按可信程度排列，首先是道谦的同学晓莹《云卧纪谈》卷下及其《罗湖野录》卷上、祖咏《大慧普觉禅师年谱》的有关记述；其次有南宋道融《丛林盛事》卷上、枯崖圆悟《枯崖漫录》卷中、悟明《联灯会要》卷十七、正受《嘉泰普灯录》卷十八、普济《五灯会元》卷二十所载的传记；再次有元代熙仲《历朝释氏资鉴》卷十一、明代元贤《建州弘释录》卷下、明河《补续高僧传》卷十一的记述等。

道谦（约1103年之前—1154年稍前①），曾在崇安仙洲山密庵居住禅修，后又住持崇安开善寺，因以居寺为号，或称密庵道谦，或称开善道谦。崇安（在今福建武夷山市）人，俗姓游，家世业儒，自幼聪慧，据称读书过目不忘，后因感叹父母早亡，决意以出家报双亲之恩②。

道谦大约在宋徽宗重和元年（1118）出家，先在东京汴梁（开封）天宁万寿寺，礼临济宗黄龙慧南下三世长灵守卓（1065—1123）为师，在受具足戒之后，宣和五年（1123）守卓去世③。翌年四月，临济宗杨岐派著名高僧圆悟克勤奉诏住持天宁万寿寺，道谦便拜在他门下参学，曾负责在真定府的化缘之事（化主），然而未能契悟得到印可。宣和七年（1125），大慧宗杲到天宁寺礼克勤为师，参禅契悟，得到印可。在靖康元年（1126）金灭北宋之后不久，在战乱相继的形势下，克勤先到金山（在今江苏镇江市）龙游寺、建昌县（今江西永修县）云居山真如寺居住传法。宗杲相随在

---

① 南宋正受《嘉泰普灯录》卷十八载道谦"具戒，游东都于圆悟会中"。"具戒"即受具足戒，一般在二十岁受，而圆悟克勤是在宣和六年（1124）入住东京天宁寺的，时在道谦受戒之后，故道谦当生于北宋崇宁二年（1103）之前。吕祖谦《东莱集》卷十五"入闽录"记述，淳熙二年（1175）四月，吕祖谦与朱熹同游密庵，时在"谦没余二十年"。据此推测道谦当逝世于绍兴二十四年（1154）稍前。

② 《补续高僧传》卷十一"道谦传"。

③ 介谌编《东京天宁万寿禅寺长灵卓和尚语录》后附《行状》，载《续藏经》第69册。

身边，担任首座。建炎四年（1130）春，宗杲离开克勤到海昏县（此为古名，宋称建昌县，在今江西永修县），修复久已荒废的云门庵（也称古云门寺），居住传法。克勤特派道谦前往随从。此外，宗杲身边尚有悟本、道颜等二十余人跟随①。

此后，在金兵不断南侵的纷扰局势下，宗杲携弟子辗转于赣、湘诸地，绍兴四年（1134）进入福建，先在长乐、福州洋屿、莆阳等地暂住传法，第二年应请入住泉州南边小溪的云门庵，有道谦等人随从身边。绍兴七年（1137），经右相张浚荐请，并通过知泉州的刘子羽敦促，宗杲北赴径山住持能仁禅院，道谦等弟子也随同前往。径山寺迅速得到振兴，第二年僧众已达千余人。

此时张浚已被罢相，徙居永州的治所零陵（在今湖南）。宗杲在此年冬季派首座道谦前往零陵②送信问候。南宋晓莹《云卧纪谈》卷下记述：

　　　　大慧老师先住径山日，遣谦首座往零陵③问讯张魏公（按：

---

① 绍兴八年（1138）道谦受宗杲之命前往零陵探望张浚。道融《丛林盛事》（载《续藏经》第 148 册）卷上载，他自谓："我参禅二十年……"；晓莹《云卧纪谈》卷下载，当时同学宗元劝他："你但平日参得底、悟得底及长灵、圆悟、佛日三老为你说底，都不须理会……"据此，可以推算他出家于重和元年（1118），先后师事于长灵守卓、圆悟克勤、佛日宗杲。此外，参考慧然、蕴闻录，祖庆校勘《大慧普觉禅师语说·莹上座请普说》；《佛果圆悟真觉禅师心要》卷下"与耿龙学书批"："杲佛日，一夏遣参徒，踏逐山后古云门高顶，欲诛茆隐遁，其志甚可尚。今令谦去……"还有祖咏《大慧普觉禅师年谱》绍兴四年记事。

② 南宋祖咏编《大慧普觉禅师年谱》绍兴八年（1138）所载"按为莹上座普说：因遣道谦往零陵问讯紫岩居士……"。晓莹《云卧纪谈》卷下、正受《嘉泰普灯录》卷十八等亦作往零陵，而其他史书多作长沙。永州所属的荆湖南路治所在潭州长沙，但永州治所是零陵。

③ 参考《宋史》卷八八"地理志"，零陵，先后为零陵郡、永州治所，宋代属治所在潭州（今长沙）的荆湖南路，相当现湖南省永州市区，包括零陵区、冷水滩区及祁阳县、祁东县、东安县及双牌县北部。

张浚，孝宗时封魏国公）。

是时，竹原庵主宗元者，与谦有维桑契分。元于道，先有所证。谦因慨然谓元曰：“一生参禅见知识，不得了当，而今只管奔波，如何则是？”元笑而语之曰：“不可路上行便参禅不得也。你但平日参得底，悟得底及长灵、圆悟、佛日三老为你说底，都不须理会。我今偕行途中，可替底都替你了，其替不得有五件事，你自管取。”谦曰：“何谓五事？”元曰：“着衣、吃饭、屙屎、送尿、驼（按：拖）个死尸路上行（按：意为走路）。”谦未逾半途，忽有契悟。元贺曰：“今日且喜大事了当。我已见清河公（按：指张浚，张浚祖姓源自河北清河郡）竟，兄当独往。”宗元从此归乡矣。

宗杲出自对道谦的信任，派他到零陵探望自己敬重的外护张浚。然而当时的道谦，却认为耽搁他禅修，不情愿前往[1]。他的同乡宗元在宗杲门下“先有所证”，自愿陪他前往，告诉他不要认为路上不能参禅，应把以往在禅修中认为悟解的以及长灵、圆悟、佛日三位禅师所传授的那些东西，通通抛到一边，只管专心于自己每天穿衣、吃饭、屙屎、撒尿和走路等事中，自然会有悟处。宗元实际是以禅宗“道在日用”的道理引导他，难道离开日用还能在别的地方悟道吗？道谦照此去做，在走到半路的时候忽然“契悟”。宗元见此，便离开他返乡。

---

[1] 南宋道融《丛林盛事》卷上载：“谦自惟曰：我参禅二十年，迥无入处，更于此行，决定荒废，意欲无行。”《联灯会要》卷十七等载：“师自谓，我参禅二十年，无入头处，更作此行，决定荒废，意欲无行。友人宗元者，叱曰：不可在路，便参禅不得也。去，吾与汝俱往。师不得已而行，在路泣，谓元曰：我一生参禅，殊无得力处，今又途路奔波，如何得相应去。”

道谦到达零陵见到张浚，表达宗杲的慰问，受到张浚与其兄张
滉的热情接待，并应请停留半年，为他们的母亲秦国夫人说法。张
浚得知道谦在路上"契悟"的情况，特地为他的住处题名"自信
庵"，并撰记赠之，曰：

> 余抵湖湘。佛日（按：宗杲之号）又使谦来，发武林，越
> 衡阳，崎岖三千余里，曾不惮烦，中途缘契，悟彻真理。一见
> 神色怡然，若碍膺之疾已除者。[①]

张浚从道谦那里得知宗元的情况，还特地写信给宗元表示嘉勉
之意。

在零陵期间，道谦将宗杲提倡的"看话禅"修持方法教给秦国
夫人。绍兴八年（1138）四月二十三日，道谦回到径山。宗杲事先
得讯在半山迎接，赞扬他说："建州子，这回别了也，只管怨老僧，
自是你时节未到。"此后，道谦禅修表现超众，将自己的悟境以偈颂
表述，如"心不是佛，智不是道"；"太平时节岁丰登，旅不赍粮户不
扃，官路无人夜无月，唱歌归去恰三更"。宗杲看了表示赞赏[②]。

道谦在径山期间，得到亲近佛教的士大夫吕本中（字居仁）、
曾开（字天游）[③] 等人的敬信。

至迟在绍兴十年（1140）之前[④]，道谦离开径山回到了福建，

---

① 南宋晓莹《云卧纪谈》卷下。
② 道融《丛林盛事》卷上。
③ 曾开、吕本中，在《宋史》卷三七六、卷三八二分别有传。
④ 据《嘉泰普灯录》卷二十一"建宁府仙州山吴十三道人"传，"吴十三道人"得知道
谦归，前来归依，在其居处之侧结庵居住禅修，"绍兴庚申（绍兴十年，1140）三月
八日夜，适然启悟"，成为道谦在家嗣法弟子。据此推测，道谦在绍兴十年之前，先
住持福州玄沙寺，然后才回建阳的。

先应请短暂住持在福州升山的玄沙寺，然后回到建宁府建阳，建密庵于风景秀丽的仙洲山（在今福建省南平市所辖武夷山市①），受到了家住崇安五夫里的刘子羽、子翚兄弟及在他们家受教的朱熹的信敬②。密庵成为他们参访和约友聚会交谈之所。

　　绍兴十六年（1146）秋③，道谦应刘子羽之请住持五夫里拱辰山下的开善寺。开善寺，原建于五代。南宋初，在"靖康之难"中尽忠捐躯的刘韐安葬于拱辰山南，敕赐"太师魏国忠显公"之号，并赐寺额"报恩开善功德禅寺"④。因此，开善寺实际已属刘子羽、子翚兄弟管下的守坟家庙。晓莹《云卧纪谈》卷下载：道谦"从刘宝学（按：刘子羽）所请，出世建（按：建宁府）之开善"；另元贤《建州弘释录》卷下还记载，"屏山先生刘子翚……以疾辞隐武夷山，日以讲学为业，朱熹师事之。尝修开善院，屡延名德主之，共为法喜之游。僧中凡有撰述，多出其手。"可以想见，在道谦以前已有僧住持过此寺，道谦是继他们之后者。

　　道谦住持开善寺未到一年，因遭人毁谤，便毅然离开开善寺⑤，

---

① 仙洲密庵遗址在福建南平市武夷山市五夫镇古亭村。

② 道融《丛林盛事》卷上："谦后归建阳，结茅于仙洲山，闻其风者，悦而归之，如曾侍郎天游、吕舍人居仁……"从曾开、吕本中经历来看，他们未到过福建建阳，故将他们与道谦的交往置于道谦在径山之时。

③ 元代熙仲集《历朝释氏资鉴》卷十一"宋下·信国文公朱晦庵熹"载朱熹祭奠道谦之文："师出仙洲，我寓潭上，一岭间之，但有瞻仰。丙寅之秋，师来拱辰，乃获从容，笑语日亲。"仙洲即仙洲山；潭上即屏山之下潭溪之畔；丙寅，为南宋绍兴十六年（1146）。

④ "百度百科网·开善寺"载有明万历《刘氏祖谱》一张不完整的图片："开善寺，山名拱宸山，内葬宋朝敕葬太师（按：下所缺字当是"魏国忠显公"）韐公，及赠葬太师齐国文静公刘子翚等墓（按：下缺字）碑额，建立报恩开善功德禅寺，拨有粮田，东至寺前大路，西至古亭流水大溪，南至护界（按：下缺字）至下岚界连山，绘有山图。"

⑤ 元代熙仲集《历朝释氏资鉴》卷十一所载朱熹祭奠道谦之文："未及一年，师以谤去。"

结伴千里迢迢前往衡阳，来到编管在那里的宗杲禅师身边①。《云卧
纪谈》卷下载其《衡阳道中示同行》之诗曰："月照天心古馆明，
衡阳春色为谁青。不知雪拥鳌山后，庆快平生有几人。"他在诗中
借引唐代雪峰义存（822—908）"鳌山成道"②的典故，表达自己也
愿有悟道后那种"庆快"的超脱境界。

　　因资料欠缺，道谦此后的情况不明。晓莹《罗湖野录》卷上
说，道谦"福不逮慧，出世未几而卒，于谦虽无恨，惜乎法门不幸
耳"。是说道谦在住持开善寺之后不久逝世。参照以下三个事实：
（1）道谦前往衡阳随从宗杲，于绍兴二十年（1150）宗杲编管梅州
之前返回密庵，朱熹与他会晤过三次③；（2）绍兴二十三年（1153）
朱熹往延平谒见朱侗，书箧携有道谦在衡阳参与编录的《大慧语
录》④；（3）淳熙二年（1175）四月，时在"谦没余二十年"，吕祖
谦与朱熹同游密庵⑤。可以推测道谦当逝世于绍兴二十四年（1154）

---

① 绍兴十一年（1141）五月，大慧宗杲受到秦桧党羽的诬陷和迫害被缴度牒，穿俗服编
　管衡州（治所在今湖南衡阳），七月到达，身边有不少弟子和慕名者前来拜在门下者。
② 诗中的"雪拥鳌山"实际是引证唐代雪峰义存"鳌山成道"的典故。据《雪峰语录》
　（《雪峰义存禅师语录》，载《续藏经》第69册）卷上载，唐咸通六年（865），雪峰义
　存与同学全豁岩头离开湖南德山，在游澧州的鳌山时，听到全豁说"他后若播扬大
　教，一一皆从自己胸襟流出"的话后大悟。此即所谓"鳌山成道"。
③ 元代熙仲集《历朝释氏资鉴》卷十一所载朱熹祭奠道谦之文："未及一年，师以谤去。
　我以行役，不得安住。往还之间，见师者三，见必疑留，朝夕咨参。"朱熹见道谦不
　可能在衡阳，应在建阳仙州密庵。
④ 宋枯崖圆悟《枯崖漫录》（载《续藏经》第148册）卷中："江西云卧莹庵主曰：刘朔
　斋云：文公朱夫子，初问道延平，箧中所携惟《孟子》一册，《大慧语录》一部耳。"
　此《大慧语录》应是道谦所赠。刘朔斋名震孙，字长卿，晚岁为宗正少卿兼中书舍
　人。至于明元贤《建州弘释录》卷下"建阳晦庵朱先生熹"谓："年十八从学刘屏山，
　尝兀坐一室，罩思终日。屏山意是留心举业，及搜其箧中，唯《大慧语录》一帙而
　已。"明朱时恩《居士分灯录》卷下、明夏树芳《法喜志》卷四等所载略同，皆难以
　凭信。一是朱熹在十四岁从学刘子翚；二是《大慧语录》是宗杲第一次住持径山寺的
　语录，是道谦在衡阳参与编录的。
⑤ 吕祖谦《东莱集》卷十五"入闽录"。

稍前。

　　道谦生前传法的语录在禅宗史书《联灯会要》卷十七、《嘉泰普灯录》卷十八及《五灯会元》卷二十等中有零散记载。道谦还参与了大慧宗杲传法语录的编录。

　　（一）晓莹《云卧纪谈》卷下说："大慧《先住径山语要》，乃谦在衡阳编次。"此《径山语要》，亦即后来的《大慧普觉禅师住径山能仁禅院语录》，四卷。

　　宗杲前后两次住持径山寺，第一次是从宋高宗绍兴七年（1137）七月至绍兴十一年（1141）五月；第二次是从宋孝宗绍兴二十八年（1158）正月至隆兴元年（1163）八月逝世为止。因为，道谦生前未赶上宗杲再住径山，故晓莹所说的《径山语要》是记述宗杲第一次住径山寺的语录。现通行由弟子慧日蕴闻奏上的《大慧普觉禅师语录》三十卷中，前四卷即是宗杲第一次住持径山寺的语录。日本《大正藏》第47册收载此录，在题目下署名"径山能仁禅院住持嗣法慧日禅师臣蕴闻上进"之后加有脚注，谓"对校本"原有"参学道谦录，净智居士黄文昌重编"十四字。这应当就是道谦在衡阳编录的大慧《径山语要》①，又由净智居士黄文昌重编，最后蕴闻加入宗杲在其他地方的语录、著述，汇编缮写上奏朝廷，得以刊印流通天下。"大慧"是孝宗即位后赐宗杲之号，"普觉"则是在宗杲死后所赐之谥号。

　　（二）《大慧普觉禅师语录》，二卷，署法宏、道谦编。前有孝宗淳熙十五年（1188）祖庆的按语，后有祖庆在绍熙元年（1174）写的跋；在第二卷之首有《李参政（汉老）跋》，谓"辛酉（按：绍兴

――――――――――
① 慧日蕴闻的"奏扎"中有："平日提唱语要，（臣）随处记录，皆已成书，既为广录三十卷，又为语录十卷。"可见，"语要"即为语录。

十一年，1141 年）上元日，无住居士李邴书于小溪草堂之上"。

　　然而据《云卧纪谈》卷后《云卧庵主书》所说，绍兴十年（1140）春，在径山的信无言等人（其中当有道谦）将以往听闻宗杲"语古道今"的内容"聚而成编"，福清从《晋书·杜预传》中取"武库"二字作为书名，称《宗门武库》。至绍兴十一年（1141），因宗杲戏称张九成侍郎之禅为"神臂弓"，招致秦桧党羽猜疑陷害，致使众僧因书署"武库"而担忧，建议改题为"杂录"，甚至"伪作李参政汉老跋，而以绍兴辛酉上元日书于小溪草堂之上"。

　　据此，本书上卷应当就是编录于径山的《宗门武库》，收录宋代禅师语录 114 则（段），其中也有宗杲的语录，称"师云""师……"。

　　至于下卷内容，（1）卷首是伪造《李参政跋》，后面是亲近宗杲的士大夫的赞颂、题记等，有 18 篇；（2）宗杲去世后包括右相汤思退、枢密使都督江淮军马张浚在内的士大夫"朝贤祭文"，有 31 篇；（3）宗杲"赞方外道友"，有 69 首；（4）宗杲"赞佛祖"，有 64 首。

　　因为道谦早于宗杲逝世，不可能参与下卷编录。最后编定者，也许就是祖庆跋语中提到的最庵道印。

　　（二）现《大正藏》第 47 册所载《大慧普觉禅师宗门武库》，简称《宗门武库》，一卷，署名道谦编，但据晓莹《云卧纪谈》卷后《云卧庵主书》的记述，此当即为《杂毒海》。

　　据晓莹所记，宗杲看到门人抄录的《武库》之后表示："今后得暇，说百件与丛林结缘，而易其名。"绍兴二十三年（1153），宗杲编管于梅州，应弟子所请，在闲暇时叙说丛林的传闻事例，起自"大吕申公执政"，至"保宁勇禅师，四明人"，共述说五十五段，法宏记录，另有福州"礼兄"亦作录。法宏从宗杲在福建长乐洋屿众寮门榜上的"有兄弟参禅不得，多是杂毒入心"之语中择取"杂毒"，将所编题名为"杂毒海"。晓莹说："宏之亲录，为德侍者收；礼之亲录，在愚处。"故此《宗门武库》应当就是晓莹说的《杂毒海》，但收录的语句已超过五十五段，共达一一四段。可能是将原来径山原编《武库》内容全部收入，故署道谦之名。另外，也将宗杲在其他地方说的事例增添进去。

现《续藏经》所载《禅宗杂毒海》，是明初僧龙山仲猷祖阐将丛林所传唐宋禅僧偈颂的集编加以订正和删繁撮要，分类改编为十卷，借用宗杲"参禅不得，多是杂毒入心"之语中的"杂毒"二字，署题"杂毒海"刊印，有恕中（即鞍峰无愠）之序，清初南涧行悦复作增补，然而与前书没有关系。

二、道谦的禅法思想

现存道谦语录既零散也不多，看不到他对作为禅宗基本宗旨的般若空义以及立足空义的"中道不二"思想、基于《大涅槃经》"一切众生，悉有佛性"理论的人人皆可成佛的思想；宗杲强调的佛道在世间——"即心是佛，佛不远人"，"道由心悟，不在言传"等的系统阐释。然而不难看出，这些正是道谦日常传法所依据的思想，并且是忠实遵循宗杲的禅法体系的。

现仅据已有资料介绍他以下几点见解。

（一）禅门宗旨难以语言完全宣示，却可巧施方便传授

禅宗标榜"不立文字，教外别传"，强调识心见性，"以心传心"，认为语言文字不能完全表述诸如什么是佛？何为佛法？如何

达到解脱？等等。

　　《嘉泰普灯录》卷十八记载，道谦在上堂说法中，先举唐代马祖道一禅师所说"即心即佛"，随后却加以否定，谓"错"；又举"非心非佛"，也说"错"；再举马祖弟子南泉普愿所说"不是心，不是佛，不是物"，还说是"错"。然后，告诉参禅学人："若人破得此三个硬塞（按：意为关口、难题、包袱），许他参学中着得个眼（按：入悟，予以印可）；其或未然，毗岚风（按：意为迅猛之风）忽起，惊着梵王睡。"

　　当年马祖禅师表示，在众生不知道自己生来具有与佛一样的本性，到处求法求道的情况下，不妨告诉说"即心是佛"或"自心是佛"，引导他们确立自信，引导自修、自悟；在一旦达到这个目的之后，就应当告诉他们说"非心非佛"，乃至可以说"不是心，不是佛，不是物"[1]。道谦援引这则禅门公案，既是让参学者接受"即心是佛"的思想，又不要迷执这种语言表述，认为佛法真谛是难以用语言完全表述的。

　　晓莹《云卧纪谈》卷下记载，道谦曾作《即心是佛颂》说："谁家饭，挂空梁，指与小儿令看。解开见，是灰囊，当下命根便断。"是以比喻来表述：马祖说的"即心是佛"，好像是哄逗小孩说：饭食已挂在梁上。实际呢？梁上挂的哪是食物，不过是灰色布囊而已。如有人能晓悟到这个道理，便进入解脱境界。

　　道谦在一次上堂示众时说：

　　　　祖师门下本分提纲（按：指佛法真谛、禅法要旨），任是明眼衲僧，到此罔知所措。假使十方刹海，尘沙如来同时出现，

① 详见杨曾文《唐五代禅宗史》第七章第一节《马祖和洪州宗》。

现无量神通光明，发无穷辨才智能，总用一点不着。直得心机泯绝，凡圣无踪，如万仞壁立悬崖，一切人无凑泊处。便怎么去，尽法无民。

到这里，事不获已，通一线道，故先圣谓之脱珍御服，著弊垢衣，回首尘劳，曲开方便。

所以达磨大师，从西土来，抑下无限威光，向少林面壁九年，守株待兔，更有个神光（按：慧可）座主，不识好恶，立雪齐腰，自断左臂。达磨乃问："你立雪断臂，当为何事？"光云："某甲心未宁，乞师安心。"达磨云："将心来，与汝安。"光良久云："觅心了不可得。"达磨云："与汝安心竟。"

哑，好钝置杀人！当时何不捩转面皮，教这老汉一场懡㦬（按：意为无趣、尴尬），可惜放过。直至如今，令人扼腕。[1]

他先从佛教的胜义谛（第一义谛）角度宣示，历代禅门祖师的"本分提纲"，亦即禅宗基本宗旨，即便是聪慧之僧也不能理解和表达。如果再进一步，四维上下无数佛出来也无智可用。因为佛法真谛（真如、佛性）空寂无相，如同高不可攀的"万仞壁立悬崖"，心识也无从攀缘。然而佛法又无处不在，可说是"尽法无民"（丛林参禅常用语，意为有佛法而无人）。难道佛法真谛就不能传授了吗？道谦便从俗谛角度表示，"先圣"祖师也善于以"曲开方便"（权宜、随机应变）传法于人的。他引证《景德传灯录》卷三《菩提达磨传》记载的传说：禅宗二祖慧可在少林寺"雪中断臂"，乞求菩提达磨传以"诸佛法印"，说："我心未宁，乞师与安！"达磨即

----

① 《联灯会要》卷十七。

巧施方便，对他说"将心来，与汝安"。慧可应答"觅心了不可得"。于是，达磨顺势告诉他"与汝安心竟"。意为既然你知道心法无形而不可得，那么我已给你传法"安心"毕。慧可听后，立即晓悟。道谦讲完这个禅门著名公案，随即反过来用丛林常用的呵佛骂祖的语气，责怪慧可当初为什么不倒过来"羞辱"（作出否定的表示）达磨一场呢？谓至今令人叹惜。

从真谛（第一义谛）与俗谛两个角度互换表述，并且运用看似无关主旨的语言，在否定的叙述中阐释禅宗旨趣，是禅宗，特别是当时临济宗上堂说法的重要特色。

（二）称以棒喝、动作示意传法的方式如同儿戏

自唐代禅宗盛行以后，丛林禅师上堂说法，除传统的以语言作正面宣示之外，还兴起以棒喝、各种动作来示意、启发的方式，虽曾带来参禅气氛的活跃，然而随即出现不少弊病。有的禅师在接引学人时，动辄施之以棒，或大声吆喝；在参禅过程中，往往是问东而答西，或以模棱两可的语句搪塞过去，甚至作出种种怪异的动作，致使初入禅寺的修学者感到无所适从。道谦广读禅宗灯史，久历行脚参禅，又在宗杲门下多年，对此自然十分熟悉。他曾在上堂示众说：

> 德山入门便棒，大似傍若无人；临济入门便喝，也是干气胀；俱胝一生，只竖个指头。虾跳，何曾出得斗。雪峰辊球，禾山打鼓，秘魔擎叉，道吾作舞，尽是小儿戏剧。自余之辈，故是热大不紧。且毕竟如何？花须连夜发，莫待晓风吹。

他所举的公案：唐代德山宣鉴对寺僧动辄施之以棒，临济义玄

则以高声吆喝出名，俱胝和尚遇僧问便举起一个指头，雪峰义存常用辊球来示意，禾山无殷逢问则答之以"禾山解打鼓"，五台山秘魔岩和尚常举起木叉质询前来参学者，道吾圆智常以作舞示意。以往圆悟克勤、大慧宗杲在上堂说法中也曾列举此类公案①。道谦在引述这些丛林公案之后，便从第一义谛的角度，指出它们如同"小儿戏剧"，不能真正引导参学者入悟解脱。他表示，重要的是应让学人自信、自修、自悟，如同百花要靠自身昼夜发育，而不能借助晨风催发开花。

（三）传法不能执迷语句，又不能离开语言

道谦在福州升山玄沙寺升座典礼上示众说：

> "竺士大仙（按：指佛）心，东西密相付。如何是密付底心？……说佛说法，诳惑盲聋；论性论心，自投阱陷；行棒行喝，倚势欺人；瞬目扬眉，野狐精魅。总不与么，大似扬声止响，别有奇特，也是望空启告。毕竟如何？"自答："白云尽处是青山，行人更在青山外。"②

所谓"竺士大仙心，东西密相付"是引自唐代石头希迁（700—790）的偈颂《参同契》第一、二句。希迁的《参同契》以偈颂表述真如佛性与万法、理与事、本与末以及物与我之间融会

---

① 《圆悟佛果禅师语录》卷十四："……赵州吃茶去，秘魔岩擎叉，雪峰辊毬，禾山打鼓，俱胝一指，归宗拽石，玄沙未彻，德山棒临济喝，并是透顶透底，直截剪断葛藤，大机大用。"《大慧普觉禅师语录》卷八《泉州小谿云门庵语录》："见一队强项衲僧口里谈玄演妙，举古明今，说灵云见桃华悟道，香严闻击竹明心，雪峰连年辊毬，禾山长时打鼓……"
② 《丛林盛事》卷上。

贯通的思想。道谦在引证这两句之后，以自问自答的方式喻示佛祖世代"以心传心"的"心"，到底是什么？他说，既不能执迷语言文字"说佛说法""论性论心"；也不能执迷以"行棒行喝"或"瞬目扬眉"等动作来示意、喻示。然后，他又婉转地表示：实际上传法不借助语言和动作（俗谛）也是行不通的，如果完全废弃语言和动作，岂不如扬声而止响，望空而启告？那么，到底该怎么做呢？他以"白云尽处是青山，行人更在青山外"之诗句喻示：说法要顺应自然，用语要含蓄，给人以推测想象的空间。

（四）"参禅之志，在乎悟道"，悟道以"无我为难"

宋代在亲近佛教禅宗的士大夫中，不少人尝试静坐参禅，以期达到悟道解脱。大慧宗杲教导门人参禅（包括看话禅），特别强调"以悟为则"。道谦继承这点，强调"参禅之志，在乎悟道"。

有位在朝廷宗正寺卿、少卿之下担任丞职的陈姓官员，信奉佛教，平日闲暇，"焚香静默"，自得其乐，特地致信道谦请问参禅之道。道谦在《答陈知丞书》①中予以回答：

> 参禅如应举，应举之志，在乎登第，若不登第，而欲功名富贵光华一世者，不可得也。参禅之志，在乎悟道，若不悟道，而欲福德智慧超越三界者，不可得也。
>
> 窃尝思，悟道之为易，登第之为难。何故，学术在我，与夺在彼，以我之所见，合彼之所见，不亦难乎？是以登第之难也。参究在我，证入在我，以我之无见，合彼之无见，不亦易乎？是以悟道之为易也。

---

① 载《嘉泰普灯录》卷三十"开善密庵谦禅师"。"知丞"，宋代宗正寺的佐吏。

然参禅者众，悟道者寡，何也？有我故也，有我则不能证
入，亦易中之难也。读书者众，及第者亦众，何也，见合故
也。见合则推而应选，是难中之易也。

道谦告诉他，参禅如同世间应举考试，但应举是为了登第做
官，而"参禅之志，在乎悟道"，以达到超越生死的解脱境界。两
者相较，似乎应举登第容易而参禅悟道为难。因为参禅能否悟道全
在自己，所以容易；而应举者呈示自己的学识见解，必须得到主考
官的认可（见解一致）才行，所以较难。如果再进一步分析，参禅
者虽多，悟道者极少，因为心中有"我"就不能证悟，故虽易而
难；相反，读书应举者多，及第为官者也多，故虽难而易。

那么，何为"有我"，何为"无我"呢？

大乘佛教所说之"我"，既包括"人我"，也包括"法我"。前
者指由物质因素（色）和精神因素（受想行识）构成的人，后者指
由诸种因缘和合而形成的万物（诸法），二者皆有生灭变化。如果
认为二者皆实有，就是"有我"（我执、我见）。所谓"无我"，或
称"二无我"，是体认《般若经》所说"诸法性空"的思想，认识
到人与万物皆因缘和合而成，既无真实常在的"人我"（主体、主
宰），也无真实常在的"法我"（万物规定性、实体），皆空。佛教
认为，人间一切情欲、烦恼，归根到底是由执着"二我"引起的，
故将达到"无我"或"二无我"境地作为修行的重要目标。然而禅
宗基于佛法在人间，悟道在日用的主张，虽标榜参禅"以悟为则"，
但又反对迷执参禅的形式，执意地去追求"无我"和悟道，认为这
仍未摆脱"我执"，仍"有我"。

道谦在对这位陈姓官员阐释"无我为难"当中，字里行间蕴含
劝他断除对参禅抱有的期待之心，要彻底断除"我执"。他说：

　　　　见合为易，无我为难；无我为易，无无为难；无无为易，
　　亦无无无为难；亦无无无为易，亦无无无亦无为难；亦无无无
　　亦无为易，和座子撞翻为难。

　　这是说，应举者与主考官见解一致（见合）固然容易，参禅达
到"无我"更难，还只是一个较低层次。如果从参禅更高层次来
说，从"无我为易，无无为难"，再到"亦无无无为易，亦无无无
亦无为难"，是步步转向更难，意味着彻底达到"无我"是难上加
难。然后，笔锋突然一转，竟称如能推翻禅座，超脱外在依托形
式，岂非难中之难吗？

　　道谦在此阐释中，既运用大乘佛教的般若空义与中道思想，又
发挥了禅宗"道在日用"的宗旨。其一，所谓"见合"属于有（俗
谛），"无我"属于空（胜谛）；其二，"无我"又为有（执着无我之
见，俗谛），"无无"为空（无我之见亦空，胜谛）……。如此层层
推衍下去，无有穷尽；进行参禅、追求也就无尽，必将伴随产生无
限的烦恼①。然而，若能体认前述的"有、无""俗谛、胜谛"相互
融通，圆融无碍，超脱对参禅的期待和迷执之心（"有所得心"），
毅然离开禅床而回到自然日用，达到这个转变才是难中之难啊。

　　道谦之所以作这种开示，是在不正面伤害陈姓官员奉佛参禅热
情的前提下，喻示参禅必须舍弃有所追求之心（皆属我执、我见），

―――――――

① 请参考《大慧普觉禅师语录》卷二十四《大慧普觉禅师法语·示妙诠禅人》："往往学
　　者，以有所得心，参向无所得处，堕坑落堑多矣"；《大慧普觉禅师语录》卷十三《大
　　慧普觉禅师普说·定光大师请普说》："决定要参禅，但怎么参，须是豁然悟去，直下
　　无心，方得安乐。若不悟，只是口头道得几个无无，更引些古人说无处，错证据了便
　　道：我得休歇。我且问尔还歇得也未？乃是将心无心，若将心去无心，心却成有，如
　　何硬无得？"

不要迷执于参禅的形式，要体认道在日用，禅悟在心。

（五）遵循宗杲禅法要义，倡导看话禅

看话禅也叫看话头、参话头，要求参禅者聚精会神地参究一段语句，乃至语录中某个字；参究时要超越语句或字原来蕴含的含义，好像嘴里含着个没滋味的铁橛，要反反复复地品咂下去，将这一过程作为中断思虑，清除一切"妄念""杂念"，以达到"无念"或"无心"精神境界的手段。宗杲以提倡看话禅著称，倡导参究的话头最多的是赵州和尚的狗子无佛性的"无"字，此外尚有云门"干屎橛""露"字，赵州"庭前柏树子"，马祖的"即心是佛"等。

道谦在奉宗杲之命到零陵探望张浚期间，应请为张浚母亲说法，就将修看话禅的要义传授给她。道谦在福州玄沙寺、崇安开善寺传法过程中，也大力倡导看话禅。

据《罗湖野录》卷下记载，道谦经常劝导寺僧："时光易过，且紧紧做工夫，别无工夫，但放下便是，只将心识上所有底一时放下，此是真正径截工夫。"所谓"做工夫"，既是坐禅，也不限于坐禅，是将禅修寓于日常行住坐卧之中，将思虑、情欲、杂念等统统"放下"（舍弃）。如何将一切杂念、烦恼放下？最好的方法便是修看话禅。他说

> 行住坐卧，决定不是；见闻觉知，决定不是；思量分别，决定不是；语言问答，决定不是。试绝却此四个路头看。若不绝，决定不悟此四个路头。若绝，僧问赵州："狗子还有佛性也无？"赵州云："无。""如何是佛？"云门道："干屎橛。"管取呵呵大笑。

道谦与朱熹为友，朱熹曾以书信向他问道。《云卧纪谈》卷下载有他的复信，他告诉朱熹：

> 十二时中，有事时，随事应变；无事时，便回头，向这一念子上提撕（按：提示、提醒）："狗子还有佛性也无？"赵州云："无。"将这话头只管提撕，不要思量，不要穿凿，不要生知见，不要强承当，如合眼跳黄河，莫问跳得过跳不过，尽十二分气力打一跳。若真个跳得这一跳，便百了千当也；若跳未过，但管跳。莫论得失，莫顾危亡，勇猛向前，更休拟议。若迟疑动念，便没交涉也。

综合以上引文所说，主要有以下内容：

1. 如何将心中一切杂念、情欲烦恼统统舍弃"放下"而进入"无念"解脱的精神境界？仅靠形式上的行住坐卧、见闻觉知、思量分别、语言问答是不行的，最好的方法是修持看话禅，参扣赵州和尚所说狗子无佛性的"无"，或是云门文偃禅师回答什么是佛之问的"干屎橛"……

2. 平日有事就照常做事，在无事时，便修持看话禅，参究赵州和尚的"无"字；在参究中既不要思量，也不要分辨它的意蕴产生任何知见，就好像要闭眼跳黄河一样，径直跳即可，不管跳过跳不过，跳了就行，"莫论得失，莫顾危亡"，如此便"百了千当"。

当然，看话禅不过是参禅或禅修的一种形式，最终目的是达到体空、"无我"，然而却要求不拘泥于形式、程序，主张寄禅修于自然、生活日用之中。

三、道谦与朱熹的交往

人生经历、生活环境对一个人的影响是既深刻又涉及多方面的。朱熹生活在儒释道三教会通已成为时代潮流的社会环境中，父亲朱松是服膺理学并且怀有抗金热诚的儒者，受父托付养教自己的刘子羽是抗金名相张浚部下的得力部将，业师刘子翚和刘勉之、胡宪也是服膺理学和主张抗金的儒者。这些人对朱熹自幼人格的熏陶、价值观念和学问体系的最后形成，所产生的影响自然是很大的。此外，得到张浚、刘子羽、子翚兄弟信敬和支持的临济宗大慧宗杲禅师，特别是他的嗣法弟子道谦，对朱熹也有较大影响。

朱熹的弟子黄榦撰写的《朝奉大夫文华阁待制赠宝谟阁直学士通议大夫谥文朱先生行状》（简称《朱子行状》）说朱熹：

> 自韦斋（按：朱熹父朱松之号）先生得中原文献之传，闻河洛之学（按：程颢、程颐的理学），推明圣贤遗意，日诵《大学》《中庸》，以用力于致知诚意之地。先生早岁已知其说，而心好之。韦斋病且革，属曰："籍溪胡原仲、白水刘致中、屏山刘彦冲三人，吾友也，学有渊源，吾所敬畏。吾即死，汝往父事之，而惟其言之听，则吾死不恨矣。"先生既孤，则奉以告三君子而禀学焉。
>
> 时年十有四，慨然有求道之志，博求之经传，遍交当世有识之士，虽释、老之学亦必究其归趣，订其是非。

朱熹自幼受父严教，接受二程理学，熟读《大学》《中庸》，致力于《大学》所教"修齐治平"修学次第。在南宋绍兴十三

年（1143）朱熹十四岁时，父亲去世，遵奉父的遗训到崇安父事并
禀学于刘子翚以及胡宪、刘勉之，以"求道"为志，读书交友，并
对佛、道二教也"究其归趣，订其是非"。

朱熹在后来《答江元适》中说：

> 熹天资鲁钝，自幼记问言语不能及人，以先君子（按：父
> 朱松）之余诲，颇知有意于为己之学，而未得其处，盖出入于
> 释老者十余年。

在《答薛士龙》中也说：

> 熹自少愚钝，事事不能及人，顾尝侧闻先生君子之余教，
> 粗知有志于学，而求之不得其术，盖舍近求远，处下窥高，驰
> 心空妙之域者二十余年。[①]

其中所说"空妙之域"亦即"释老"之教，是指佛教与道教
（更多是指道家）的多涉空无思想的教说。

结合朱熹所处的环境，他讲的"释"更多的是指当时盛行的佛
教禅宗临济宗。朱熹曾以书信请教以"再兴"临济宗闻名遐迩的大慧
宗杲禅师，并持有《大慧语录》；与其嗣法弟子道谦有深交，向他请
教过佛道。至于出入释道十余年，还是二十余年，应当说是个概数[②]，

---

① 皆载《晦庵集》卷三十八。
② 试作以下推测：1. 从道谦绍兴十年（1140）住密庵算起，至朱熹绍兴二十七
  年（1157）致书程颐再传弟子李侗（1093—1163）问学，翌年（1158年）赴延平师事
  李侗为止，前后近二十年；2. 从朱熹十五六岁（绍兴十四年或十五年，1144 或 1145
  年）在刘子翚家见道谦算起，至此则为十多年。

难以准确断定起止何年？他与道谦交往的准确时间也是难以确究的。当然，朱熹交往的还有其他僧人。

关于朱熹与道谦的交往，现存资料记述不多，仅能粗略地勾勒出个概况。

元熙仲集《历朝释氏资鉴》卷十一有朱熹向道谦请教佛道的简单记载，并且载有道谦逝世后他的祭奠之文：

> 我昔从学，读《易》《语》《孟》，究观古人之所以圣，既不自揆，欲造其风。道绝径塞，卒莫能通。下从长者，问所当务，皆告之言：要须契悟，开悟之说不出于禅。我于是时，则愿学焉。

> 师出仙洲①，我寓潭上②，一岭间之，但有瞻仰。丙寅（按：绍兴十六年，1146）之秋，师来拱辰③，乃获从容，笑语日亲。一日焚香，请问此事。师则有言，决定不是。始知平生浪自苦辛，去道日远，无所问津。

> 未及一年，师以谤去。我以行役，不得安住。往还之间，见师者三，见必疑留，朝夕咨参。师亦喜我，为说禅病。我亦感师，恨不速证。别其三月，中秋一书，已非手笔，知疾可虞。前日僧来，为欲往见。我喜作书，曰此良便。书已遣矣，仆夫遄言，同舟之人告以讣传。我惊使呼，问以何故？呜呼痛哉，何夺之遽！

> 恭惟我师，具正遍知，愍我未悟，一莫能窥。挥金办供，泣于灵位，稽首如空，超诸一切。

① 仙洲山密庵，遗址在今福建南平市武夷山市五夫镇。
② 崇安潭溪之畔，在今福建南平市武夷山市五夫镇。
③ 指崇安五夫里拱辰山下的开善寺。

下面以此为线索并援引其他相关资料进行说明。

（一）朱熹说以往读《周易》《论语》《孟子》等，旨在探究"古人之所以圣"之理，虽以成圣为志，却不得其径，经请教长者，得知必须"契悟"，应从"禅"中寻求"开悟之说"。于是萌发学禅之愿。值得注意的是，在这里他将禅宗的"契悟""开悟"看作超凡入圣的必经之途。

（二）道谦居住与传法于仙洲山密庵，若从绍兴十年（1140）算起，至绍兴十六年（1146）之秋应刘子羽之请住持潭溪之畔的开善寺，前后有七年时间。朱熹时年十一岁到十七岁。在这期间，可以想见朱熹或随从刘子羽、子翚兄弟，或独自过岭参访过道谦，在幼年的心灵中对道谦是怀有敬仰之情的，彼此也有交谈。《朱子语类》卷第一百四记载，道谦曾登门访问过刘子翚，朱熹当时也在座。朱熹对门人回忆说：

> 某年十五六时，亦尝留心于此（按：指佛教）。一日在病翁（按：刘子翚）所，会一僧，与之语。其僧只相应和了说，也不说是不是，却与刘说："某也理会得个昭昭灵灵底禅。"刘后说与某。某遂疑此僧更有要妙处在，遂去扣问他，见他说得也然好。

大意是说，自己十五六岁时（绍兴十四年或十五年，1144 或 1145 年），有僧造访刘子翚。他在与此僧交谈中，此僧随和应对，既不说是，也不说不是，却对刘子翚说"理会"（懂得、了解）"昭昭灵灵"（指心、有时特指妄心）[①]的禅宗。稍后刘子翚向他作了说

[①] 唐慧然《临济录》（载《大正藏》卷四十七）："尔欲得作佛，莫随万物。心生种种法生、心灭种种法灭，一心不生，万法无咎。……且名句不自名句，还是尔目前昭昭灵灵鉴觉闻知照烛底，安一切名句。"此"昭昭灵灵"指"妄心"——意识、精（转下页）

明。他由此猜想此僧通晓佛法的"要妙"，便前往求教，听他说得很好。

此僧不是别人，正是尚在密庵的道谦。《晦庵集》载有朱熹游访密庵的诗六首①。卷八所载《游密庵》说："弱龄慕丘壑，兹山屡游盘。……中年尘雾牵，引脰空长叹，旷岁一登历，心期殊未阑，矧此亲友集，笑谈有余欢。"此诗当作于道谦去世之后，回忆幼年曾屡游仙洲山，访密庵，进入中年以后经几年才登临一次，来时往往携友共游。然而卷六的《游密庵分韵赋诗得"还"字》，当作于道谦在密庵之时，全诗曰：

> 我行得佳友，胜日寻名山。春山既妍秀，清溪亦潺湲。
> 行行造禅扉，小憩腰脚顽。穷探意未已，理策重跻攀。
> 入谷翳蒙密，俯涧随泓湾。谁将百尺绠，挂此长林间？
> 雄声殷地厚，洪源泻天悭。伟哉奇特观，偿此一日闲。
> 所恨境过清，悄怆暮当还。顾步三叹息，人生何苦艰！

朱熹在诗中说，他在游历中结交好友，趁春佳日登临仙洲山，观赏绮丽山色，累了便造访密庵（"造禅扉"）歇息，想起平日阅

（接上页）神，然而在有的场合指心之体——真如、佛性。宋惟盖竺《明觉禅师语录》（载《大正藏》卷四十七）卷一："傅大士云：夜夜抱佛眠，朝朝还共起，起坐镇相随，如身影相似，要识佛去处，只者语声是。玄沙云：大小傅大士，只认得个昭昭灵灵。"南朝梁傅翕之偈所说日夜相随的"佛"实指意识；宋绍隆等编《圆悟语录》（载《大正藏》卷四十七）卷十三："尔若只守个昭昭灵灵，下咄下喝，扬眉瞬目，不如这个，更是大病。"圆悟克勤所说的"昭昭灵灵"亦指日用感知之心。然而禅宗主张"性相一如"，经常将心、识、佛性会通运用。

① 这六首诗是：《游密庵分韵赋诗得"还"字》《游密庵分韵赋诗得"绝"字》《次韵宿密庵》《游密庵》（《晦庵集》卷六）《宿密庵分韵赋诗得"衣"字》《游密庵分韵赋诗得"清"字》《游密庵得"空"字》（《晦庵集》卷八）。

书苦学未有终期，难以得闲游山观景，然而正当游兴未尽之时，天已清冷近暮，不得不回归，迈步感叹人生之"苦艰"。诗中的"佳友"自然是道谦；"穷探意未已，理策重跻攀"，正是朱熹每日刻苦读书、治学探赜索隐的写照；"所恨境过清，悄怆暮当还"，则说明朱熹此时尚在刘家读书，出外至晚须归。

（三）在道谦入住开善寺时，朱熹已十七岁。从此，他与道谦过往密切，"笑语日亲"。一日，朱熹焚香，郑重地向道谦述说自己的见解，请予指教。道谦听后，却未予认可。于是，朱熹"始知平生浪自苦辛，去道日远，无所问津"。

（四）道谦在开善寺不久，刘子羽病逝。至绍兴十七年（1147）春夏之际，道谦来开善寺未至一年，因受人诽谤而离去，随即结伴到衡阳随从编管在那里的宗杲。此年八月，朱熹赴建州府（治今福建建瓯市）参加秋试，考中乡贡。年底，刘子翚去世。在绍兴十八年（1148）春，朱熹娶刘勉之长女为妻。三月赴临安经省试、殿试，赐同进士出身。在科举考试中，朱熹巧妙地运用和发挥从道谦那里获取的佛教道理，如《朱子语类》卷第一百四所载："去赴试时，便用他（按：道谦）意思去胡说。是时文字不似而今细密，由人粗说，试官为某说动了，遂得举。"绍兴二十一年（1151），朱熹再赴临安铨试中等，授左迪功郎、泉州同安县主簿。此即朱熹在祭道谦之文中说的"我以行役，不得安住"。

（五）大概在道谦离寺之时，朱熹曾去道别；在道谦从衡阳归来之后，又去密庵会晤过二次，得以早晚咨询禅法，深有所得，并得赠道谦在衡阳参与编订的《大慧语录》（宗杲首住径山寺传法语录）。以上即为祭文中所说"往还之间，见师者三，见必疑留，朝夕咨参。师亦喜我，为说禅病。我亦感师，恨不速证"。

据《历朝释氏资鉴》卷十一记载，在道谦从开善寺离开之后，大概在衡阳期间，朱熹曾致书问道：

> 向蒙妙喜（按：宗杲之号）开示：应是从前文字记持、心
> 识计较，不得置丝毫许在胸中，但以狗子话，时时提撕云云。
> 愿受一语，警所不逮。

引文"向蒙妙喜开示"，是意味着朱熹曾当面得到宗杲开示吗？
从史实推测是不可能的[①]。宗杲第一次住持径山是从宋高宗绍兴七
年（1137）七月至绍兴十一年（1141）五月，朱熹尚属八岁至十二
岁的幼童。此后，宗杲编管于衡阳达九年多时间。可以认为，朱熹
是在结识道谦之后写信向在衡阳的宗杲请教，宗杲回信教他将以往
通过阅读文字记述得到的知识、各种见解，从心中通通清除，专心
修看话禅，反复参扣赵州和尚所答狗子无佛性的"无"字即可。朱
熹对此不理解，故致书道谦请予开示。

道谦回书答曰：

> 某二十年，不能到无疑之地，只为迟疑，后忽知非，勇猛
> 直前，便自一刀两断，把这一念，提撕"狗子还有佛性也无？"
> 州云："无。"不要商量，不要穿凿，不要生知见，不要强

---

① 束景南《朱熹年谱长编》绍兴二十五年（1155）记事："是春，往梅阳见大慧宗杲"
引证刘震孙《吕东莱与可庵禅师帖跋》："盖文公朱先生初年亦尝访之，径山后有偈寄
公云：径山传语朱元晦，相忘已在形骸外。莫言多日不相逢，兴来常与精神会。"［明
刻本《大慧禅师年谱》。按：刘跋作于淳熙十二年（1185）］。所说朱熹"初年亦尝访"
宗杲自然是难以成立的。朱熹确实也造访过宗杲，那是在他任泉州同安主簿期间。束
景南《朱熹年谱长编》考证是在绍兴二十五年底以前因公往潮州，顺道至梅州造访编
管在那里的宗杲。《大慧普觉禅师语录》卷十二载有《大慧普觉禅师自赞·朱主簿请
赞》："庞老曾升马祖堂，西江吸尽更无双，而今妙喜朱居士，觌面分明不覆藏。"

承当。①

他结合自己的经验告诉朱熹，自己有过二十年未曾悟道的经历，后来专心参究赵州的"无"字，不择时间场合一直参扣，要超越"无"字蕴含的字义，不作任何分析、推理和判断，直至进入"无念"的解脱境界。《六祖坛经》所说的"无念"是于念而无念，"自性起念，虽即见闻觉知，不染万境，而常自在"。朱熹看后，由衷地佩服，撰偈表示曰：

> 旧喜安心苦觅心，捐书绝学费追寻。
> 困衡此日安无地，始觉从前枉寸阴。②

意为以往为求"安心"而到处觅心，弃书绝学却枉自追寻，虽历经困顿苦思，也未达到安心境地，今日方知以前是枉费光阴。从此偈可以窥知朱熹已经领会禅宗所说心性空寂、心法无形不可得的思想。

（五）朱熹最后一次与道谦离别三个月后的中秋，在外地收到道谦的信，一看知是别人代笔，料想道谦必定病重。当有僧再来之时，立即给道谦写信告以将前往探望。然而从仆人的传语得悉道谦讣闻，顿时为失良师而悲痛，便设供祭奠，洒泪哀悼。

朱熹后来在以往二程等人学说的基础上创新建立了自己的理学

---

① 晓莹《云卧纪谈》卷下记载较详，曰："十二时中，有事时，随事应变；无事时，便回头，向这一念子上提撕：'狗子还有佛性也无？'赵州云：'无。'将这话头只管提撕，不要思量，不要穿凿，不要生知见，不要强承当，如合眼跳黄河，莫问跳得过跳不过，尽十二分气力打一跳。若真个跳得这一跳，便百了千当也；若跳未过，但管跳。莫论得失，莫顾危亡，勇猛向前，更休拟议。若迟疑动念，便没交涉也。"
② 亦载元代熙仲集《历朝释氏资鉴》卷十一。

体系，对佛教持批判和排斥的立场，多次提到大慧宗杲（称杲、杲公或以号妙喜、佛日称之①），极少提到道谦（有时称谦老）。据《朱子语类》卷第一百二十"释氏"记载，朱熹曾告诉弟子：

> 道谦言："大藏经中言，禅子病脾时，只坐禅六七日，减食便安。"谦言："渠曾病，坐得三四日便无事。"

从这里可以看到，朱熹在与道谦交往的日子里，彼此交谈的内容十分广泛，连患脾病消化不良时可以借助坐禅治疗的事也谈，可见友谊之深。这从朱熹祭文中的"乃获从容，笑语日亲"，"见师者三，见必疑留，朝夕咨参"，也可以窥知一二。

宋代儒释道三教的交流、会通和融合是影响深远的时代潮流，促成了以理学为主要形态的哲学和文史各领域的空前发展，标志中华民族传统文化踏入进一步充实和丰富的新历史阶段。不用说这一历史进程是通过具体的人来实现的。可以认为，南宋名相张浚、刘子羽、刘子翚和朱熹等儒者士大夫与佛教临济宗大慧宗杲及其弟子道谦等僧人的交往、思想交流，是这一历史潮流中一个值得关注的重要角落或侧面。

---

① 宗杲，张商英赠号"妙喜"，宋钦宗赐号"佛日"。

第八章　朱熹理学体系的完成及其佛教观

第一节　朱熹及其理学体系建构的完成

在中国文化发展史上，宋代是继隋唐之后文化高度发展的王朝，主要表现在代表中国古代传统文化最高理论形态的理学的形成和发展以及在文学、史学、艺术乃至自然科学等领域皆取得前所未有的成就。

理学，虽形成于北宋，肇始于周敦颐，建立于程颢、程颐兄弟，然而将理学体系律构最后完成的是南宋的朱熹。之所以说理学是中国古代传统文化最高理论形态，是因为理学继承并适应时代对以往儒学作出创新性发展，建立了拥有高度概括的本体论、认识论和方法论的哲学论证，囊括了已汲取佛道诸家思想的儒家伦理理念和规范、施政安民思想、为学和道德修养方法等在内的包罗万象内容的体系，对后世七百多年的思想文化、政治和社会生活产生极为巨大而深远的影响。

按照本书题目"宋代佛教和儒者士大夫"的要求，继前面介绍程颢、程颐之后，这里对朱熹生平及其主要著作、理学体系建构的完成、理学思想及其佛教观等，进行系统考察和介绍。

一、朱熹的经历及主要著作

朱熹的身世经历和著作等，弟子黄榦编撰有《朱熹行状》（全称《朝奉大夫文华阁待制赠宝谟阁直学士通议大夫谥文朱先生行状》）①，元脱脱等编《宋史》卷四二九"道学三"有传；年谱有多种，中华书局 1998 年出版何忠礼点校的清王懋竑著《朱熹年谱》（附有《年谱考异》《朱子论学要语》及《附录》）、2014 年华东师范大学出版社第二版、束景南著《朱熹年谱长编》（《附录》载有李方子《紫阳年谱》辑本），便于参考。

朱熹（1130—1200），字元晦、仲晦，号晦庵、晦翁、仲晦父等，逝世后，宁宗赐谥文，世称朱文公。祖籍徽州府婺源县（属今江西省上饶市），生于南剑州尤溪（属今福建省三明市）。

父朱松，字乔年，号韦斋，官至吏部员外郎，曾与李侗同在二程再传弟子罗从彦门下受学，嘱朱熹以后要从李侗受学，临终前将十四岁的朱熹与其母祝氏夫人托付在崇安的好友刘子羽照顾，并命朱熹就学于其弟刘子翚及籍溪胡原仲、白水刘致中②。

南宋高宗绍兴十七年（1147），朱熹十八岁，举建州乡贡，翌年入京参加省试中进士第，后经铨试中等，授左迪功郎、泉州同安主簿。从此，步入仕途。绍兴二十八年（1158）至延平（在今福建南平市）向李侗问学，正式师事之，成为程门四世弟子。当年，奉朝廷差，监潭州南岳庙。

绍兴三十二年（1162）六月，孝宗皇帝即位，诏求直言。朱熹

---

① 载黄榦撰《勉斋集》卷三十六；在王懋竑《朱熹年谱》、束景南《朱熹年谱长编》的附录中皆有载录。
② 请见前面"刘子羽、子翚兄弟与临济宗大慧宗杲、朱熹"。

上奏说，"求大道之要"须借鉴尧、舜、禹先圣相授的心法："人心惟危，道心惟微。惟精惟一，允执厥中"，致力圣帝明王之学，求大道之要，应"格物致知，以极夫事物之变，使事物之过乎前者，义理所存，纤微毕照，瞭然乎心目之间，不容毫发之隐"，如此才能达到意诚、心正，处理天下之务。他批评以往之学着力"记诵华藻，非所以探渊源而出治道"；又批评老子、释氏之书"虚无寂灭，非所以贯本末而立大中"，劝谏孝宗切勿留意于此，明确表示：

> 盖致知格物者，尧舜所谓"精一"也；正心诚意者，尧舜所谓"执中"也。自古圣人口授心传而见于行事者，惟此而已。

他向孝宗建议读《大学》，并且推重赞誉程颢、程颐之学，谓：

> 承议郎程颢与其弟崇政殿说书颐，近世大儒，实得孔、孟以来不传之学，皆以为此篇乃孔氏遗书，学者所当先务，诚至论也。[1]

从以上奏书，已经可以看到朱熹理学的梗概和特色：上承二程之学，提倡《大学》的进学次第，从格物致知达到正心诚意，然后治理天下；反对以往重"记诵华藻"的儒学和主张"虚无寂灭"的佛、道思想。

孝宗隆兴元年（1163），朱熹又上奏说：

> 闻大学之道，自天子以至于庶人，壹是皆以修身为本。而

---

[1]《晦庵集》卷第十一"壬午应诏封事"。

家之所以齐，国之所以治，天下之所以平，莫不由是出焉。然身不可以徒修也，深探其本，则在乎格物以致其知而已。夫格物者，穷理之谓也。盖有是物必有是理，然理无形而难知，物有迹而易睹，故因是物以求之，使是理瞭然心目之间而无毫发之差，则应乎事者自无毫发之缪。是以意诚心正而身修，至于家之齐、国之治、天下之平，亦举而措之耳。此所谓大学之道，虽古之大圣人生而知之，亦未有不学乎此者。尧舜相授所谓“惟精惟一，允执厥中”者，此也。①

再次奏劝孝宗践行“大学之道”，以修身为本，从格物“穷理”开始，进至意诚心正而身修，然后达到家齐、国治、天下平，并称此即古尧舜相授所谓“惟精惟一，允执厥中”的心法。

此后，朱熹历经朝廷除官，或赴任，或请辞。

孝宗隆兴元年（1163）张浚再任右相时，朱熹曾拜谒并进献分兵抵御金兵之计②。翌年八月，张浚因病逝世于江西余干（属今上饶市），其子张栻（字钦夫）搭船扶护灵柩沿江东还长沙。九月，至豫章（今江西南昌市），朱熹赶至，登船哭祭张浚。在东去丰城（属今江西宜春市）的三日期间，与张栻切磋学问，并问其师、二程再传弟子胡宏（1106—1162）对《中庸》的“喜怒哀乐”之

---

① 《晦庵集》卷第十三“癸未垂拱奏札一”。

② 《朱子语类》卷第一一一“论兵”：“某向见张魏公，说以分兵杀虏之势。……为吾之计，莫若分几军趋关陕，他必拥兵于关陕；又分几军向西京，他必拥兵于西京；又分几军望淮北，他必拥兵于淮北，其他去处必空弱。又使海道兵捣海上，他又着拥兵捍海上。吾密拣精锐几万在此，度其势力既分，于是乘其稍弱处，一直收山东。虏人首尾相应不及，再调发来添助，彼卒未聚，而吾已据山东。才据山东，中原及燕京自不消得大段用力，盖精锐萃于山东而虏势已截成两段去……是时魏公答以‘某只受一方之命，此事恐不能主之’。”

"中"与"和"的解释①。乾道三年（1167）八月，朱熹赴长沙访张栻；十月，受张栻之托，为其父张浚撰《少师保信军节度使魏国公致仕赠太保张公行状》②。年底，朱熹除枢密院编修。乾道五年（1169）二月，孝宗追赐张浚太师，谥忠献。八月，朱熹将张浚行状加以修补，题为《张忠献公浚行状》③。朱熹在《张浚行状》中，以尊崇的笔调和词藻详述张浚一生忠烈的功业。

光宗淳熙二年（1175）八月，吕祖谦与朱熹在福建建宁寒泉精舍合作编订普及理学的《近思录》。此后，二人相伴到江西铅山鹅湖寺，与陆九龄（字复斋）、陆九渊（字子静，号象山）等人会晤，切磋学问。朱熹主张"性即理"，以格物致知穷理，积博至约为进学方法。陆九渊主张"心即理"，"吾心即是宇宙"，说为学进德应"先立乎其大者"，以"明心"为本，致力于"存心、养心、求放心"，进学方法是由约而博。他以诗批评朱熹的进学修德方法为"支离"，谓："易简工夫终究大，支离事业易浮沉。"他们从方法论进至对其他问题的争论④。彼此虽轮番辩驳，却未伤及情谊。

淳熙六年（1179），朱熹在知南康军（治今江西庐山市）的任内，将白鹿洞书院加以重建，以"父子有亲、君臣有义、夫妇有

---

① 《晦庵续集》卷第三《答罗参议》："九月廿日至豫章，及魏公之舟而哭之……自豫章送之丰城，舟中与钦夫得三日之款。其天质甚敏，学问甚正，若充养不置，何可量也。"《晦庵集》卷第七十五《中和旧说序》："余蚤从延平李先生学受《中庸》之书，求喜怒哀乐未发之旨未达，而先生没。余窃自悼其不敏，若穷人之无归，闻张钦夫得衡山胡氏学，则往从而问焉。钦夫告余以所闻，余亦未之省也。"并请参考束景南《朱熹年谱长编》隆兴二年记事考证。

② 载《晦庵集》卷第九十五。

③ 载于宋杜大珪编《名臣碑传琬琰之集》中编卷五十五，文字比前一行状有节略。

④ 参考侯外庐、邱汉生、张岂之主编《宋明理学史》（人民出版社，1984年）第二编第十二章、十三章、十九章，并参考束景南《朱熹年谱长编》（华东师范大学出版社，2001年）淳熙二年有关记事的考证。

别、长幼有序、朋友有信"作为书院"五教之首",谓《中庸》的学、问、思、辨四者,"所以穷理也"。朱熹在出任提举两浙东路常平茶盐公事、知漳州、秘阁修撰主管南京鸿庆宫之后,在绍熙五年(1194)知潭州、荆湖南路安抚使的任内,修复了岳麓书院。此后,除焕章阁待制兼侍讲。

宁宗即位,外戚韩侂胄(1152—1207)依仗拥立之功,从任枢密都承旨至拜太傅,不断培植党羽,逐渐垄断朝政,因视右相赵汝愚为政敌,而朱熹受到赵汝愚信任,便罗列罪状加以排斥,于庆元二年(1196)指使党羽奏理学为"伪学""逆党",劾奏朱熹的罪状[1],进而编制"伪学逆党籍"[2],以迫害政敌和理学人士。宁宗应奏降诏禁止理学,规定科举不得涉及道学内容,凡引证"六经、《语》、《孟》,悉为世之大禁[3]。前后达六年之久,史称"庆元党禁"。

在这种严峻氛围中,朱熹于庆元四年(1198)致仕归隐,两年后,即庆元六年(1200)三月九日于建阳考亭逝世,享年七十一岁。时虽逢党禁,远近弟子仍有人前来奔丧,或在家设灵位祭吊。

朱熹在科举登第后的五十年中,历事高宗、孝宗、光宗、宁宗四朝,在外任职二十七年(先后九考),在朝廷供职仅四十日。朱熹为官清廉勤政,奉持以民为本的理念,在先后任泉州同安主簿和以后知南康军、知漳州、知潭州等的任内,所到之处关心民生疾

---

① 南宋叶绍翁编著《四朝闻见录·丁集·庆元党》(中华书局,1989 年)载监察御史沈继祖劾奏朱熹"剽张载、程颐之余论,寓以吃菜事魔之妖术,以簧鼓后进……以匹夫窃人主之柄而用之于私室";罗列朱熹"六大罪状":不孝其亲、不敬于君、不忠于国、玩侮朝廷以及在赵汝愚死后,率徒哭于野,怨望朝廷;为图建阳县学之地,竟移孔庙于佛殿。

② 南宋李心传《道命录》卷七下。

③ 黄榦《朱熹行状》。

苦，致力兴学施教。平日闲暇，读书教学，笔耕不辍。生活简朴，
"衣取蔽体，食取充腹，居止取足以障风雨"①。

　　朱熹一生编著很多。据其弟子黄榦所撰《朱熹行状》，并参考
学者束景南所编《朱熹著述考略》②，朱熹的主要著述有《周易本
义》《易学启蒙》《蓍卦考误》《诗经集传》《大学章句》《中庸章句》
《中庸或问》《论语集注》《孟子集注》《太极图说解》《通书解》《西
铭解》《楚辞集注》《楚词辨证》《韩文考异》；编订《论孟集义》
《孟子指要》《中庸集略》《孝经刊误》《小学书》《通鉴纲目》《八朝
名臣言行录》《古今家祭礼》《近思录》《河南程氏遗书》③《伊洛渊
源录》等，另有据其弟子多种记录集编的《朱子语类》④《晦庵全
集》⑤等。

二、朱熹理学体系建构的完成

　　理学由周敦颐奠基，经程颢、程颐并借助张载部分思想得以建
立，然而最后是由朱熹将理学体系建构完成的。正如承其学的李方
子在《朱熹年谱》中所说：

　　　　先生出而后，合濂、洛之正传，绍鲁、邹之坠绪，前圣后
　　贤之道，该遍全备，其亦可谓盛矣。……周、程、张子其道明
　　矣，然于经言未暇厘正。一时从游之士，或昧其旨，遁而入于

① 见《宋史》"宁宗纪""韩侂胄传"；黄榦《朱熹行状》等。
② 载束景南：《朱熹年谱长编·附录》。
③ 王孝鱼点校《二程集》（中华书局，1981 年）收有朱熹编校《遗书》《外书》《文集》
　《易传》《经说》。
④〔南宋〕黎靖德编：《朱子语类》，中华书局，1986 年。
⑤《四库全书·集部四》载有《晦庵集》及《续集》《别集》。

异端者有矣。先生于是考订讹谬，探索深微，总裁大典，勒成一家之言，仰包粹古之载籍，下采近世之献文，集其大成，以定万世之法。然后斯道大明，如日中天，有目者皆可睹也。夫子之统，得先生而正；夫子之道，得先生而明，起斯文于将坠，觉来裔于无穷，虽与天壤俱弊可也。①

是说朱熹上承孔孟圣贤的道统，承继和汇总周敦颐、二程之学，建成完备的理学体系。虽然周、二程和张载已阐明理学之道，但尚未编撰完整的阐释典籍，后学难以凭依，直至朱熹对古今经传著述"考订讹谬，探索深微，总裁大典，勒成一家之言"，系统编撰阐释理学的著作，才使理学体系建构得以完成，使久已隐晦的孔孟之道重光于世。

总括起来有以下几个方面。

（一）编著和诠释周敦颐、二程的著述

1. 解说周敦颐《太极图说》（前有太极图、后为解说）与《通书》

理学肇始于周敦颐（1017—1073），主要是因为他所著《太极图说》为理学开山之作，最早以宏观的哲学本体论模式，运用先秦以来深刻影响社会文化的《周易》中的太极、阴阳与道器，《尚书·洪范》中的五行，《老子》中的道与无极，儒家伦理中正仁义等概念和思想，总括而系统地论证世界万物、社会人伦的本体、本原和起源、发展等问题。周敦颐在对太极图的解说中，将"无极""太极"加以会通等同，将"太极"作为世界本体、本原的范畴，

---

① 《四库全书·荟要》载南宋真德秀《西山读书记》卷三十一摘录李方子《文公年谱》。

勾勒出一个既是宇宙本体论又是宇宙生成论的轮廓，从而为主张"天人合一"的理学奠定了基础。因此，后来朱熹与吕祖谦合编旨在普及理学的《近思录》中，将《太极图说》全文载于第一章"道体"的卷首。

北宋二程虽曾师事周敦颐，但在他们的著述中却未提及他的太极图及解说。然而朱熹认定，周敦颐最早是将《太极图说》《通书》传授给二程兄弟并由他们传至后世，他们的性命之说是继承了周敦颐的思想的。朱熹在《太极通书后序》中说："盖先生（按：周敦颐）之学，其妙具于太极一图。《通书》之言，皆发此图之蕴。而程氏兄弟语及性命之际，亦未尝不因其说。"在《通书后记》中说："独此一篇，本号《易通》，与《太极图说》并出程氏，以传于世。"对于二程氏之所以未曾提及，朱熹在其《太极图说解》的"附辩"中强加解释说："至程子而不言，则疑其未有能受之者尔。"[1]

朱熹《通书后记》将《太极图说》和《通书》的内容归纳为："大抵推一理、二气、五行之分合，以纪纲道体之精微。"这正是理学本体论的一个梗概。在朱熹所作的解说中，将"太极"与理学的基本范畴"道""理""性"等加以会通和论证，使之成为他的理学体系中天人合一[2]的本体论、认识论、道德修养论等的重要内容和进一步发挥的依据。

2. 编订二程论理学的著作和语录

程颢、程颐生前著作和门人集录的讲学语录，既分散又零乱，

---

[1] 所引著作，据陈克明点校：《周敦颐集》，中华书局，2009年。

[2]《太极图说》是朱熹理学中的天人合一思想的重要依据。《晦庵集》卷六十二"答余国秀"："始尝推测人之身所以与天地阴阳交际处，而不得其说，既读《太极图说》，其中有云：'人物之始，以气化而生者也，气聚成形，则形交气感，遂以形化。'窃谓交际处，于此可见。"

并且多有错讹，影响流传，经朱熹多方搜集、精心整理和编订，才为世人阅读二程著述、全面系统了解二程的事迹和理学思想提供了方便条件。经朱熹编订的二程著作、语录有以下几种。

《河南程氏遗书》二十五卷，收录门人所记程颢（明道先生）、程颐（伊川先生）的见闻答问之书，附录程颢行状和墓表、程颐年谱等。

《河南程氏外书》十二卷，朱熹搜集和编订的二程的多种集录、传闻杂记的文字。

《河南程氏文集》十二卷，另附遗文遗事一卷。集编程颢、程颐二人的各种文字，有上书表疏、书记、铭诗、行状和墓志、祭文、杂记等。

此外，朱熹还注解张载的《西铭》，撰《西铭解》；将宋曾恬、胡安国所编录程颢、程颐弟子谢良佐（人称上蔡先生）的语录《上蔡语录》三卷重加修订；收集好友张栻（号南轩）的著述编订为《张南轩文集》四十四卷。

（二）编撰理学普及入门书《近思录》十四卷

朱熹与吕祖谦志同道合，为了普及理学，光宗淳熙二年（1175）在建宁寒泉精舍合作编订《近思录》。题用"近思"，取自《论语》的"切问而近思"。选取北宋理学家周敦颐、程颢、程颐、张载四人著述中"关于大体而切于日用者"语句六百二十二条，按道体、为学、致知、存养、克己、家道、出处、治体、制度、政事、教学、警戒、异端、圣贤十四个条目分类编排，以便于初学者阅读，了解先王圣贤道统和理学的精要，诸如为学明理、克己修身、治家事亲、以道施政等等。由此入门，"然后求诸四君子之全书，沉潜反复，优柔厌饫，以致其博而反诸约焉"（朱熹序）。

（三）编撰理学渊源史书《伊洛渊源录》十四卷

最早载录北宋理学名家周敦颐、程颢、程颐、邵雍、张载及其门人的传记、传闻的史书。五人的传记（事状、行状、墓志铭）不全是朱熹撰写。朱熹所写有周敦颐的事状、程颐的年谱，而程颢的行状是程颐所写，邵雍的墓志铭是程颢所写，张载的行状是吕大临所写。传记后附有"遗事"若干条，还载录有关他们事迹的文字，如友朋叙述、奏状、祭文等。程氏门人中有的没有记述文字，或记述很少，甚至只记名字。元代编修《宋史》的道学、儒林诸传，多据此书。记述道学宗派以至分道学门户以此书为始。

（四）编撰《资治通鉴纲目》五十九卷

北宋司马光（1019—1086）编撰编年体史书《资治通鉴》二百九十四卷，记自周威烈王二十三年（前403）至五代后周世宗显德六年（959）的历代史事，以资治国借鉴。后又撰《资治通鉴目录》三十卷、《资治通鉴举要历》八十卷。宋代胡安国（1074—1138）据此编撰《资治通鉴举要补遗》一百卷。朱熹为贯彻他的理学主张，借史以彰显纲常名教义，据前"两公四书"，与弟子赵师渊编撰《资治通鉴纲目》（简称《通鉴纲目》）。

全书按朱熹所定"义例"，将原《通鉴》重作编订，记述分纲（"大书以提要"）与目（分注以备言）。"纲"是仿孔子修《春秋》的笔削、褒贬的笔法所作的提要；"目"是仿《左传》体例详述史事原委。记事重华夷之辨、正闰（正统与非正统）之别，将历代王朝政权按正统、列国、篡贼、建国、僭国等分类，如将三国时蜀汉看作正统，而魏、吴和东晋时的十六国则为"乘乱篡位，或据土者"的"僭国"；将篡位干政如汉代的吕后、王莽，唐代的武后作为"篡位干统而不及传世者"的"篡贼"等等。历史记述所用字词皆贯彻彰显褒贬之义的原则。朱熹对此充满自信,在序中说:"大纲概举,而监戒昭矣;众目毕张,而几微著矣。是则,凡为致知格物之学者,亦将慨然有感于斯。"

《通鉴纲目》创编年体史书纲目体体裁,影响很大。后有对此书的"发明""书法"作阐释者;有对其记事作"考异""集览""考证"者。南宋王柏作《凡例后语》,称此书"大经大法,所以扶天伦,遏人欲,修百王之轨度,为万世之准绳";尹起莘《发明序》谓"其有补于世教,殆亦有得于《春秋》之旨,皆所以遏人欲于横流,存天理于既泯";元代揭傒斯《书法序》谓"孔子因鲁史作《春秋》,以为万世之法,朱子因司马氏《通鉴》作《纲目》,以正百王之统。此天地之经,君臣之义,而圣贤之心也"。

继《通鉴纲目》之后,元金履祥撰《通鉴前编》《举要》《外纪》,记司马光《通鉴》记事之前自唐尧至周烈威王的历史。明陈仁锡稍改其体例,改题《通鉴纲目前编》,将其与《通鉴纲目》合刊。商辂等又修《通鉴纲目续编》,三书合记上古至元末之史。清康熙皇帝读《通鉴纲目》加批注,为《御批通鉴纲目》。乾隆皇帝诏修四库全书,将它称为"正编",与前述《通鉴纲目前编》《外纪》《举要》和《通鉴纲目续编》合编刊印。

(五)借诠释儒家经典"四书"等编撰理学著作

朱熹继北宋程颢、程颐之后,最重视源自小戴《礼记》中的《大学》《中庸》和《论语》《孟子》,称之为"四书",亦称子思、曾子、孔子、孟子的"四子书"。

朱熹多年反复研读"四书",在广泛吸收历代诸家训释成果的基础上,殚精竭虑地从事考订、分章断句,字斟句酌地注音和训诂释义，并借诠释语句、简短评述来阐发自己的理学见解，陆续编订为《大学章句》《中庸章句》《论语章句集注》《孟子章句集注》，结集为《四书章句集注》。

北宋程颢、程颐皆曾撰《改正大学》，将《礼记·大学》的原文稍作校订并分章句①。朱熹将程颐的《改正大学》加以修订，并采集和折中二程及其他人的论释说法加以注释，编为《大学章句》。在"四书"中，朱熹对《大学》最为重视，称是传述"古者大学教人之法，圣经贤传之指"；"国家化民成俗之意，学者修己治人之方"②。他在《大学章句》卷首引程子之言："《大学》，孔氏之遗书，而初学入德之门也。"然后说："于今可见古人为学次第者，独赖此篇之存，而《论》《孟》次之。"他将《大学》分为"经"与"传"两大部分，将前面说"三纲领八条目"至"其所厚者薄而其所薄者厚，未之有也"的部分称为"经"，说是"孔子之言，而曾子述之"；将后面对此诠释的部分称之为"传"，谓是"曾子之意，而门人记之也"，分为十章。他说属于"传"的第五章是释"经"中"格物致知之义"的，但原文已失，便"窃取程子之意以补之"。所补之文是：

所谓致知在格物者，言欲至吾之知，在即物而穷其理也。盖人心之灵，莫不有知，而天下之物，莫不有理。惟于理有未穷，故其知有不尽也。是以大学始教，必使学者即凡天下之物，莫不因其已知之理而益穷之，以求至乎其极。至于用力之久，而一旦豁然贯通焉，则众物之表里精粗无不到，而吾心之

————————
① 《二程集》第四册《河南程氏经说》卷第五"礼记"。
② 朱熹《大学章句序》。

全体大用无不明矣。此谓物格，此谓知之至也。

可以认为，这正是朱熹理学"格物致知以穷理"认识论的概述。

朱熹称他一生对《大学》下的工夫最多，对弟子说："温公（按：司马光）作《通鉴》，言：'臣平生精力，尽在此书。'某于《大学》亦然。《论》《孟》《中庸》却不费力。"①

朱熹在《中庸章句序》中说，自上古尧、舜、禹前后相传"人心惟危，道心惟微，惟精惟一，允执其中"的道统以后，历经夏、商至周，"道统之传"未绝，而至孔子"继往圣，开来学"，传至颜氏（颜回）、曾子（曾参），直到子思（孔伋）。此后，"异端"兴起，有孟子出来，"推明是书，以承先圣之统"。然而此后，竟失其传。继之虽有"老佛之徒出"，《中庸》幸而未失。程氏兄弟出，据此书斥老佛二家"似是之非"。可惜他们"所以为说者不传"，而世间流传的"石氏（按：石<ruby>墩<rt>dūn</rt></ruby>）之所辑录，仅出于其门人之所记"，虽能明其"大义"，却未析其"微言"。朱熹表示，不得已，仅据以删繁辑略，编为《中庸辑略》②。

程颐原曾著有《中庸解》传世，但朱熹没有看到。朱熹在其《中庸章句》卷首，先引程子"不偏之谓中，不易之谓庸。中者，天下之正道；庸者，天下之定理"③之后，断言《中庸》"乃孔门传授心法。子思恐其久而差也，故笔之于书，以授孟子。其书始言一理，中散为万事，末复合为一理。放之，则弥六合；卷之，则退藏

———————

① 《朱子语类》卷第十四"大学一"。
② 《宋史·艺文志》载石<ruby>墩<rt>dūn</rt></ruby>编《中庸集解》二卷。《晦庵集》卷第七十五"序·中庸集解序"，称"熹之友会稽石君<ruby>墩<rt>dūn</rt></ruby>子重，乃始集而次之，合为一书，以便观览，名曰'中庸集解'"。朱熹删定为《中庸辑略》。
③ 《二程集》第一册《河南程氏遗书》卷第七《二先生语七》。

于密。其味无穷，皆实学也"。可见《中庸》在朱熹心目中的地位。朱熹理学中的"性即理""理一分殊"以及天人合一等思想，皆从此书寻求依据。

《论语》记述春秋时代儒家创始人孔子（前551—前479）从事政治、教育活动的事迹和应答弟子、时人之语，是阐释儒家以"仁"（包括忠、孝、恕、悌、恭、宽、信、敏、惠、智、勇等）为中心的道德学说和"德政"的主张的儒家重要经典，与《孝经》盛行于汉代及其以后。

汉初有《鲁论语》《齐论语》和出自孔氏壁中的《古论语》（古文《论语》），至汉末有安昌侯张禹以《鲁论语》为主，参酌《齐论语》编订的所谓《张侯论》（张侯《论语》），流传于世。东汉古文经学家马融（79—166）等人为之训解。此后，东汉兼古今文经学的郑玄（127—200）以《鲁论语》为本，参考《齐论语》和《古论语》编撰的《论语注》最有名。三国魏的玄学家何晏据《鲁论语》，采集马融、郑玄等人训释，编撰《论语集解》。此后，有南朝梁皇侃为之作疏的《论语集解义疏》、南宋邢昺为之作疏的《论语注疏》流传于世。

朱熹编撰《论语章句集注》，参考了何晏《论语集解》。序文及释文中的"何氏"当指何晏，"马氏"是马融。

《孟子》记述战国时代孟子（约前372—前289）及其弟子从事政治、教育的活动及其政治、伦理主张。孟子认为人性善，说人心本具恻隐之心、羞恶之心、辞让之心、是非之心，称之为"仁、义、礼、智"四德之端；倡导"仁义"和"仁政"思想，主张"君轻民贵"，将儒家伦理和施政学说推向新的高度。孟子师从孔子之孙子思（孔伋）的门人，而子思受教于孔子高足弟子曾参（曾子）。按照二程、朱熹的说法，《大学》即为曾子所述，而《中庸》作于子思。

《孟子》是儒家重要经典之一，进入汉代渐行于世。唐代韩愈所著《原道》，将孟子看作是上承先圣尧、舜、禹、商汤、周文、周武、周公和孔子之后的道统传继者，予以很高评价，对后世儒学的发展影响很大。在《孟子》的注释中，以东汉赵岐的《孟子注》最有名，北宋孙奭为之作疏，此即《孟子注疏》。朱熹编撰《孟子章句集注》，即参考了此书。《朱子语类》中引用过赵岐的《孟子注》，释文中的"赵氏"即为赵歧。

应当指出，朱熹编撰《四书章句集注》不仅吸收前代不少学者的训诂释义，而且还大量引用理学前辈程颢、程颐兄弟（称程子）、张载（张子）、邵雍（邵子）和二程弟子杨时（杨氏）、吕大临（吕氏）、尹焞（尹氏）、谢良佐（谢氏）、游酢（游氏）等多人以及他的知友张栻（张敬夫）的见解，借以阐释和传承他们的理学思想。

朱熹在著《四书章句集注》之后，将属于议论及申明对诸家取舍之意的内容，编撰为《大学或问》二卷、《中庸或问》三卷、《论语或问》二十卷、《孟子或问》十四卷，置于各书之后，明代被合刊为《四书或问》[①]。朱熹生前虽对《四书章句集注》一再修改，但对四种《或问》却再无暇作仔细修订，特别对其中的《中庸或问》最不满意。然而不曾料想，《或问》书稿竟被书商窃刊流传于世[②]。

朱熹主张读"四书"先从《大学》开始，然后读《论语》《孟子》，最后读《中庸》，说："先读《大学》，以定其规模；次读《论语》，以立其根本；次读《孟子》，以观其发越；次读《中庸》，以

---

① 现有上海古籍出版社 2001 年出版的《四书或问》。
② 参考《四库全书·荟要》载南宋真德秀《西山读书记》卷三十一摘录李方子《文公年谱》；清王懋竑《朱熹年谱》淳熙四年记事；《四库全书》的《四书或问》提要；束景南《朱熹年谱长编》淳熙四年记事考证。

求古人之微妙处。"①

此外，朱熹还编撰了《周易本义》《诗经集传》等。

元代仁宗皇庆三年（1314）恢复科举考试，规定会试考"明经、经疑"，须从"四书"出题，"用朱氏章句集注"作答；考"经义"，则"《诗》以朱氏为主，《尚书》以蔡氏（按：朱熹弟子蔡沈）为主，《周易》以程氏、朱氏为主"②。进入明代，大体延续未变："'四书'主朱子《集注》，《易》主程《传》、朱子《本义》，《书》主蔡氏传及古注疏，《诗》主朱子《集传》。"此后，直至清末近六百年间，朱熹的《四书章句集注》和其他著述，深刻地影响中国的文化思想、教育和政治，乃至社会生活的各个方面。

朱熹弟子黄榦在所撰《朱熹行状》中说：

> 道之正统，待人而后传。自周以来，任传道之责，得统之正者，不过数人，而能使斯道章章较著者，一二人而止耳。由孔子而后，曾子、子思继其微，至孟子而始著。由孟子而后，周、程、张子继其绝，至先生而始著。

这是在继承唐韩愈《原道》提出的儒家道统③的基础上，在孟子之后，新增曾子、子思和宋代理学家周敦颐、程颢、程颐和张载，认为他们是继文、武、周公、孔、孟之后传承"道之正统"的圣人。这一看法受到后世儒家和历代王朝统治者的认同。

南宋宁宗嘉泰二年（1202），追赐朱熹谥文，赠中大夫，特赠

---

① 《朱子语类》卷第十四"大学一"。

② 明代宋濂《元史·选举志》。

③ 韩愈《原道》谓先王之道的传承是："尧以是传之舜，舜以是传之禹，禹以是传之汤，汤以是传之文武周公，文武周公传之孔子，孔子传之孟轲，轲之死，不得其传焉。"

宝谟阁直学士。理宗宝庆三年（1227），诏"朱熹集注《大学》《论语》《孟子》《中庸》，发挥圣贤蕴奥，有补治道"，赠朱熹太师，追封信国公，后改徽国公。到淳祐元年（1241），又降诏以周敦颐、张载、二程及朱熹从祀孔子庙，同时将朱熹集注《大学》《论语》《孟子》《中庸》立于学官[①]。此后，直至明清，朱熹一直被奉为圣人，配祀于孔子庙。

至于朱熹的理学思想，将于后面作系统介绍。

第二节　朱熹的理学思想

朱熹在学习、梳理和继承北宋周敦颐、程颢、程颐和张载等人的理学著述和所阐释的理学思想的基础上，将适应宋代以后社会发展和文化需求的理学体系最后建构完成，而在这个理学体系中自然包括朱熹自己创建的理学。那么，对朱熹的这种既有明显继承，又有创新发展的理学，应当如何加以介绍呢？

笔者认为，应当客观地从朱熹理学的整体着眼，参照他的治学途径和业绩，按照他设定的框架，顺着他的思路，考察和论述他的理学思想。

朱熹与吕祖谦在南宋孝宗淳熙二年（1175）合编的《近思录》，是旨在向社会普及理学的入门书，设定十四个条目，即"道体、为学、致知、存养、克己、家道、出处、治体、制度、政事、教学、警戒、异端、圣贤"，然后分类编排选自周敦颐、二程、张载四人理学著述的文字。

---

① 《宋史·朱熹传》并参考《宋史》"宁宗纪""理宗纪"。

李方子（1169—1226）师承朱熹，编撰了《朱子年谱》。著名学者、私淑朱熹的魏了翁（1178—1237）应请为之写序，将"极（按：太极）、诚、仁、道、中、恕、天命、气质、天理、人欲、阴阳、鬼神"等条目，看作是"圣门讲学之枢要"①，实际是将这些看作构成朱熹理学体系的重要范畴和概念。

此外，朱熹的弟子黄榦（1152—1221）在所撰《朱熹行状》中也对朱熹的"为学""为道"等作了提要介绍。

参照这些，可以大体把握构成朱熹理学体系的本体论、认识论、道德修养论、政治思想和天人合一哲学等的轮廓和基本内容。现试从以下五个方面，对朱熹的理学进行考察和介绍。

一、以性、理、太极为宇宙本体的理学本体论

理学与以往儒学的最大区别是注重从本体、根本、一般以及整体上去认识和反映自然、社会人生、政治、伦理、思想等问题，即标榜的所谓"求大道之要""天理""性命道德之归"等，而将以往儒者长年累月致力读经、章句训诂和记诵等看作是于"治道"无所用的"卑近""支离穿凿"的"俗儒记诵词章"之学，加以卑视。

朱熹为探求统合天地万物之"道"、获得"开悟之说"，曾多年出入于释、道二教，反复考察和探索。然而在他中进士第之后，正式投入二程的三世弟子李侗的门下，学习并接受以论"天道性命"为主旨的理学，在思想上与释、道二教作彻底决裂。

---

① 南宋魏了翁《鹤山集》卷五十四《朱文公年谱序》："乃至国朝之盛，南自湖湘，北至河洛，西极关辅，地之相去何翅（止？）千有余里，而大儒辈出，声应气求，若合符节，曰极、曰诚、曰仁、曰道、曰中、曰恕、曰天命、曰气质、曰天理、人欲、曰阴阳、鬼神，若此等类，凡皆圣门讲学之枢要，而千数百年习浮踵陋，莫知其说者。"

朱熹自幼熟读"四书",从父朱松和李侗受学二程理学,此后在从政和治学的过程中,已经接触和阅读很多儒家著述。然而当他发现周敦颐创新发挥《周易》思想所著的《太极图说》(前有图)之后,从中得到前所未有的感悟和启发,经过反复研习,便作解说予以高度评价。他所看中的是什么呢?正是以往二程未曾系统论述的以"太极"(朱熹等同于"理")为本体,贯通天道与性命、人伦,发挥天人合一思想的宇宙本体论。

朱熹对周敦颐《太极图说》开头的"无极而太极"解释说,无极是对太极"无声无臭"(后来也解释为"无形")的描述,无极亦即太极,"非太极之外,复有无极也"。"太极"即是"形而上"之道,也就是性、理,既是动静、阴阳、五行和包含人类社会在内的万物"生化""变化"的"本体",也实际是生化宇宙万物的本原。他对周敦颐所说"圣人定之以中正仁义,而主静……",解释说:

> 盖人禀阴阳五行之秀气以生,而圣人之生,又得其秀之秀者。是以其行之也中,其处之也正,其发之也仁,其裁之也义。盖一动一静,莫不有以全夫太极之道,而无所亏焉,则向之所谓欲动情胜、利害相攻者,于此乎定矣。

在这里,对构成理学核心内容的儒家道德也做出了交待,原来人类"中正仁义"的文明道德也源于和基于"太极之道"。

朱熹将太极置于理学的重要地位,称之为"道体",看作是理学的至高概念。他在《答陆子静》的信中说:

> 正所以见一阴一阳,虽属形器,然其所以一阴而一阳者是

乃道体之所为也。故语道体之至极，则谓之太极；语太极之流
行，则谓之道。虽有二名，初无两体。周子所以谓之无极，正
以其无方所无形状，以为在无物之前，而未尝不立于有物之
后；以为在阴阳之外，而未尝不行乎阴阳之中，以为通贯全
体，无乎不在，则又初无声臭影响之可信也。[①]

是说太极为道体，为道，以其本"无方所无形状"，故可称无
极；既在万物形成之前，又在万物生成之后；既在阴阳之外，又在
阴阳之中，"通贯全体，无乎不在"。这是对太极、道或理是世界本
体的描述，同时也蕴含本原之义。

朱熹后来将《太极图说》的内容概括为"抵推一理、二气、五
行之分合，以纪纲道体之精微"[②]。表明他正是在阐释和全盘继承周
敦颐《太极图说》思想的基础上，确立了自己理学的"道体"，建
立起自己理学的本体论。

此后，朱熹一直把周敦颐的"太极图说"的内容，反复阐述，
结合他的主张进行发挥，这在他的著述和讲学中多有反映，在《朱
熹语类·理气·太极天地》中有比较集中的记述。下面仅分段引述
一小部分。

（一）太极是理无形，故亦称无极，是天地万物所依的本体

"无极而太极"，只是说无形而有理。所谓太极者，只二气
（按：阴阳）五行（按：水火木金土）之理，非别有物为太极
也。又云："以理言之，则不可谓之有；以物言之，则不可谓

①《晦庵集》卷第三十六。
②《周敦颐集·通书后记》。

之无。"

太极无形象，只是理。

无极是有理而无形。如性，何尝有形？太极是五行阴阳之理皆有，不是空底物事。①

这是从本体论意义上描述无极、太极的。"无极而太极"是说太极是"无形"之理，如同"性"，故称"无极"，不能将无极与太极看作二物。淳熙十五年（1188），在他看到内翰洪景卢等所修国史"周濂溪传"中将此句改为"自无极而为太极"，表示如此改必将"为前贤之累，启后学之疑"，请加以改正②。朱熹认为，太极作为天地万物的理，虽无形象，却是包括阴阳五行以及万事万物所依据的本体，因此不能说是"无""空底物事"。

（二）太极为天地万物之理，先有太极才生天地万物

因问："太极图所谓太极，莫便是性否？"曰："然。此是理也。"问："此理在天地间，则为阴阳，而生五行以化生万物；在人，则为动静，而生五常以应万事。"曰："动则此理行，此动中之太极也；静则此理存，此静中之太极也。"③

太极只是天地万物之理。在天地言，则天地中有太极；在万物言，则万物中各有太极。未有天地之先，毕竟是先有此

---

① 《朱子语类》卷第九十四"周子之书　太极图"。
② 《晦庵集》卷第七十一《记濂溪传》。
③ 《朱子语类》卷第九十四"周子之书　太极图"。

　　理。动而生阳，亦只是理；静而生阴，亦只是理。①

　　　　太极非是别为一物，即阴阳而在阴阳，即五行而在五行，
　　即万物而在万物，只是一个理而已。因其极至，故名曰太极。
　　人人有一太极，物物有一太极。②

　　　　问："昨谓未有天地之先，毕竟是先有理，如何？"曰：
　　"未有天地之先，毕竟也只是理。有此理，便有此天地；若无此
　　理，便亦无天地，无人无物，都无该载了！有理，便有气流行，
　　发育万物。"曰："发育是理发育之否？"曰："有此理，便有此气
　　流行发育。理无形体。"曰："所谓体者，是强名否？"曰："是。"
　　曰："理无极，气有极否？"曰："论其极，将那处做极？"③

　　太极是理、是性。然而在有的场合，是从本体论角度所说的本
体，如说动、静各有理、太极；天地、万物各有一太极；"太极非
是别为一物"，即阴阳、五行、万物而存在，"只是一个理而已"；
人人、物物"各有一太极"，等等。而在有的场合，则为从宇宙生
成论角度所说的本原，如说"未有天地之先，毕竟是先有此理"，
通过动静而产生阴阳，才有气化流行，发育万物；"有此理，便有
此天地；若无此理，便亦无天地"，等等。

　　（三）理为道，气为器，理先气后的天地万物生成论

　　在朱熹的理学体系中，理与道、性、太极意蕴相通，可以在不

———————————

①《朱子语类》卷第一"理气上　太极天地上"。
②《朱子语类》卷第九十四"周子之书　太极图"。
③《朱子语类》卷第一"理气上　太极天地上"。

同场合交互运用。在一般情况下，朱熹多是从本体论的角度讲理与气（阴阳）这两个概念的。

有门人问："先有理，抑先有气？"朱熹引用《周易·系辞》的"形而上者谓之道，形而下者谓之器"回答说：

> 理未尝离乎气。然理，形而上者；气，形而下者。自形而上下言，岂无先后！理无形，气便粗，有渣滓。

既然"理未尝离乎气"，自然理与气是不分先后的。但从理属于形而上的道，气是形而下的器来说，因理精微无形，而气有形，有粗糙的"渣滓"，故从逻辑上应说理先气后。

再引两段：

> 或问："必有是理，然后有是气，如何？"曰："此本无先后之可言。然必欲推其所从来，则须说先有是理。然理又非别为一物，即存乎是气之中；无是气，则是理亦无挂搭处。"

> 或问："理在先，气在后？"曰："理与气本无先后之可言。但推上去时，却如理在先，气在后相似。"又问："理在气中发见处如何？"曰："如阴阳五行错综不失条绪，便是理。若气不结聚时，理亦无所附着。"

所谓"理与气本无先后之可言"，"无先后之可言"是说理与气是同体相依的关系，"有是理便有是气，但理是本"①，强调理是体，

---

① 以上引文皆见《朱子语类》卷第一"理气上　太极天地上"。

而气是用（现象、造作、变化等），所以二者无先无后。理存在气中，气依托于理，无理则无气。

在理学中，以理为天地万物的本体，然而在讲"理先气后"时，实际已将理当作本原。周敦颐以太极为本体，但讲太极动静生阴阳、五行、四时、万物时，便赋予太极以本体的意义。同样，朱熹论及天地万物生成时，也不得不将理作为本原。请看：

> 先有个天理了，却有气。气积为质，而性具焉。

> 天下未有无理之气，亦未有无气之理。气以成形，而理亦赋焉。

> 天地初间只是阴阳之气。这一个气运行，磨来磨去，磨得急了，便拶许多渣滓；里面无处出，便结成个地在中央。气之清者便为天，为日月，为星辰，只在外，常周环运转。地便只在中央不动，不是在下。

> 惟天运转之急，故凝结得许多渣滓在中间。地者，气之渣滓也，所以道轻清者为天，重浊者为地。①

是说，先有理，然后有阴阳二气。阴阳二气为造成天地万物的质料，经过互相交会作用，"气之清者便为天，为日月，为星辰"，"轻清者为天，重浊者为地"，然后形成万物、人。

难道这不是理学的宇宙万物的生成论？

----

① 皆见《朱子语类》卷第一"理气上　太极天地上"。

（四）人类社会道德源自太极、理

孟子主张性善，说人的本性秉有"仁义礼智"四端，道德修养就是"知皆扩而充之"。儒家以"仁义礼智"概括人伦道德，而至汉儒董仲舒加入"信"，以"仁义礼智信"为五常。周敦颐《太极图说》以中正仁义概述道德，谓是源自"太极之道"。对此，朱熹解释说：

> 圣人立人极，不说仁义礼智，却说仁义中正者，中正尤亲切。中是礼之得宜处，正是智之正当处。自气化一节以下，又节节应前面《图说》。仁义中正，应五行也。①

> 有是理后，生是气，自一阴一阳之谓道推来，此性自有仁义。②

是说中、正是对礼、智所作的最恰当的表述。为什么呢？中，表示奉礼"得宜"中节；正，是拥有"正当"之智。至于仁义，既然由理而生阴阳二气，按《周易》所说"一阴一阳之谓道，继之者善也，成之者性也"推论，此性以"生生（生物）"为德，自然蕴含仁义。

实际上，理学的"理"，就是儒家道德思想的高度抽象与概括。

（五）称自己理学的天人合一思想是源自《太极图说》

朱熹在《答余国秀》中说：

---

① 《朱子语类》卷第九十四"周子之书　太极图"。
② 《朱子语类》卷第一"理气上　太极天地上"。

　　始尝推测人之身所以与天地阴阳交际处，而不得其说，既读《太极图说》，其中有云：人物之始，以气化而生者也。气聚成形，则形交气感，遂以形化。窃谓交际处，于此可见。[①]

　　可见，朱熹理学的天人合一的思想，是主要取自《太极图说》，并以之为依据。

二、以格物致知、穷理为标榜的理学认识论

　　认识源于实践是真理。然而人类的认识是经过漫长历史代代相承积累起来的，并非对任何一种事物的认识必须从头开始，而经常是通过学习继承前人的认识成果，或是间接吸收别人的经验，运用于社会实践，然后总结新的实践经验，对以往的认识加以发展。

　　中国自古以来重学施教，幼儿入小学，学生活礼节、常用文字的音义、数学和骑射之术；十五岁以后学"大学"，深入学诗、书、礼、乐、历史等，以期达到具有高尚道德，能齐家、治国、平天下的至善境地。《礼记·大学》所谓"大学之道在明明德，在亲民，在止于至善"，应当说是对此所作的理想化说明。

　　朱熹重视《大学》，说是"孔子之言，而曾子述之"，引程氏之言，谓是"初学入德之门"，希望学者"由是而学"[②]。他对书中的"格物、致知、诚意、正心，修身、齐家、治国、平天下"加以诠释，作为自己理学的求知认识论，不仅在注释《大学》、其他著述

---

① 《晦庵集》卷第六十二。
② 朱熹《大学章句》卷首。

和讲学中反复引用和解释，甚至在为皇帝讲学、上书中也一再郑重申明和强调。

朱熹在为孝宗讲《大学》时说："穷理、修身、齐家、治国、平天下之道是也。此篇所记，皆大人之学，故以大学名之。"他用"穷理"概括原文的"格物致知"，认为"格物致知"就是穷理。他说：

> 学，莫先于正心诚意，然欲正心诚意必先致知，而欲致知又在物格致尽也。格，至也。凡有一物必有一理，穷而至之所谓格物者也。然而格物亦非一端，如或读书讲明道义，或论古今人物而别其是非，或应接事物而处其当否，皆穷理也。但能今日格一件，明日又格一件，积习既多，然后脱然有贯通处。……
>
> 穷理者，非谓必穷天下之理，又非谓止穷得一理便到，但自一身之中，以至万物之理，理会得多，自当脱然有悟处。①

朱熹继承儒家传统，将道德修养置于"为学""求知"的核心地位，主张为学必须先"正心诚意"，而要正心诚意则须格物致知，即须穷天下之理，"有一物必有一理"，理会得越多越好。那么，怎样格物穷理呢？不外乎读史书、品鉴古今人物是非善恶、在日常应接具体事务中得到历练，积累经验和知识，以期在认识上达到豁然贯通。

朱熹《大学章句》说，解释"经"中"格物致知之义"的"传"第五章原文已失，便取程子之意补上，其文曰：

---

① 《晦庵集》卷第十五"讲义·经筵讲义"。

　　所谓致知在格物者，言欲至吾之知，在即物而穷其理也。
盖人心之灵，莫不有知，而天下之物，莫不有理。惟于理有未
穷，故其知有不尽也。是以大学始教，必使学者即凡天下之
物，莫不因其已知之理而益穷之，以求至乎其极。至于用力之
久，而一旦豁然贯通焉，则众物之表里精粗无不到，而吾心之
全体大用无不明矣。此谓物格，此谓知之至也。

这实际是朱熹理学认识论的系统而概要的表述。

1. 要取得知识，必须接近或深入事物进行考察，穷究和透彻把
握事物的道理。

2. 人心皆秉灵性，生来莫不具有良知（不待虑而知的是非之
心），天下万物莫不有理。如果不接近事物穷究其理，便得不到完
整的认识。

3.《大学》之教，首先引导学者接触和深入天下之事物，以自己
原知之理为基础并加以扩展，以求得对理的最透彻、最完整的认识。

4. 如此坚持下去，工夫一到，必然豁然贯通。到此境地，天地
万物"表里精粗"所具之理皆穷究明白，同时对自心所具天理的
体、用也皆体悟透彻了解。

这就是"格物致知之义"，也就是所谓"穷理"的全过程。

问题是，朱熹所说的理，绝非一般所说各种事物的道理，究其
核心内涵，实际不过是以"仁"为核心、为"统体"的儒家伦理道
德思想和行为规范的总原则。他说：

　　自天之生此民，而莫不赋之以仁义礼智之性，叙之以君
臣、父子、兄弟、夫妇、朋友之伦（按：此即人伦、五伦），则

天下之理固已无不具于一人之身矣。但以人自有生而有血气之
身，则不能无气质之偏以拘之于前，而又有物欲之私以蔽之于
后，所以不能皆知其性，以至于乱其伦理而陷于邪僻也。

可见，人人所秉持之理，即是孟子所说生来具有的善性，是体
现在"仁义礼智"道德和"君臣、父子、兄弟、夫妇、朋友"人伦
道德和行为规范之中的。但因人生而有血气之身（肉体），原具有
的本然之性（也称之为"天地之性""天命之性"）被清浊不同的
阴阳气质所拘限（遮蔽），便形成人的不同品质（所谓贤、愚）；人
们在受到"物欲之私"掩蔽的情况下，难以知道自己的善良本性，
以至"乱其伦理而陷于邪僻"，"是以风俗败坏，人才衰乏，为君者
不知君之道，为臣者不知臣之道，为父者不知父之道，为子者不知
子之道，所以天下之治日常少，而乱日常多"，从社会道德普遍沦
丧到社会发生动乱。

朱熹认为，大学之道"在明明德，在亲（新）民，在止于至
善"，就是教人首先穷理，然后崇德修身，进而做到齐家乃至治国
平天下。何为"止于至善"呢？朱熹列举的是：

为人君，则其所当止者在于仁；为人臣，则其所当止者在
于敬；为人子，则其所当止者在于孝；为人父，则其所当止者
在于慈；与国人交，则其所当止者在于信。是皆天理、人伦之
极致，发于人心之不容已者。

实际上，完善圆满地践行"天理、人伦之极致"，达到道德的
至善境界，岂止是上面列举的君仁、臣敬、子孝、父慈、友信可以
概括？如果结合当时社会实际情况来表述的话，《大学》所谓"止

于至善"，应为社会上下普遍认同，接受和践行维护人伦（五伦、三纲）关系的道德准则和规范"仁义礼智信"，或"孝悌忠信、礼义廉耻"，亦即遵循以忠君、孝亲为核心内容的纲常名教，做到"安分守己"，以维护封建制等级制度和社会秩序。

可见，格物致知穷理的认知过程，也是遵循纲常名教，践行伦理道德的过程。朱熹说："君臣、父子、兄弟、夫妇、朋友，皆人所不能无者。但学者须要穷格得尽，事父母，则当尽其孝；处兄弟，则当尽其友。如此之类，须是要见得尽。若有一毫不尽，便是穷格不至也"；"格物者，格其孝，当考《论语》中许多论孝；格其忠，必'将顺其美，匡救其恶'，不幸而仗节死义……盖缘是格物得尽，所以如此。"①

据此可以看到，朱熹重视的"穷理"，绝不限于认识，其实质是要求认识并遵循儒家仁义道德理念，涵养性情，崇德修身，安分尽责，做到齐家，以至通过仕进参与治国安民。

三、"持敬""主静"和"存天理，灭人欲"的道德修养论

朱熹理学的核心内容是他的以"持敬""主静"和"存天理，灭人欲"为标榜的道德修养论。现从以下三个方面加以介绍。

（一）以仁为"心德之全""统体"的道德价值论

据《论语》，孔子平日对弟子问仁，回答各异，然而回樊迟所问的答语"爱人"（《论语·颜渊章》），却被后世广泛认为是仁的基本涵义。但从程颢、程颐的理学角度来看，"爱"是"恻隐"，是

---

① 《朱子语类》卷第十五"大学二　经下"。

构成所谓"极本穷源之性"①（本性）的"四端"（仁义礼智的四端）
之一；仁有体有用，而"爱"属于"情"，只是仁之"用"，不能等
同于"性"（理）②。

朱熹上承二程，从其理学本体论角度，对仁作了创新诠释，不
仅说仁是性、是理，而且强调仁是"天理之统体"③或"心德之全"
"人心之全德"④，从而把仁看作是儒家道德的统体或总体。

南宋孝宗乾道八年（1172），朱熹看到知友张栻（字敬夫）所
撰《洙泗言仁论》及《仁说》对孔孟仁说的论述，认为其中尚有
"非圣贤发言之本意"和"未安"之处，便坦诚地提出自己的见解，
通过书信与他商讨和论辩⑤，后经过再三斟酌修订写为《仁说》⑥。

朱熹写信告诉张栻，他十分赞同二程对仁所用的创新阐释，说
在他们之前，"学者全不知有仁字。凡圣贤说仁处，不过只作爱字
看了。自二先生以来，学者始知理会仁字，不敢只作爱说，然其流
复不免有弊者。盖专务说仁，而于操存涵泳之功不免有所忽略"。
意为二程已从本体论角度阐明仁的体、用，此后的学者虽理会和接

_____

① 《二程集》第一册《河南程氏遗书》卷第二上《二先生语二上》（《元丰己未吕与叔东
　见二先生语》）。
② 《二程集》第二册《河南程氏外书》卷第十二《传闻杂记》"祁宽所记尹和靖语"："伊
　川曰：'爱人乃仁之端，非仁也。'"《二程集》第二册《河南程氏遗书》卷第十五
　《伊川先生语一（或云明道先生语）》（《入关语录》）："故仁，所以能恕，所以能爱，
　恕则仁之施，爱则仁之用也。"《二程集》第二册《河南程氏遗书》卷第十八《伊川先
　生语四》（刘元承手编）："爱自是情，仁自是性，岂可专以爱为仁？"
③ 《朱子语类》卷第六"性理三　仁义礼智等名义"："赵致道云：'李先生（按延平李
　侗）云："仁是天理之统体。"'先生曰：'是。'"《朱子语类》卷第二十六"论语八
　里仁篇上"："然统体便都只是那个仁。"
④ 《论语集注》卷七"述而章"注"依于仁"；卷八"泰伯章"注"仁以为己任，不亦重
　乎；死而后已，不亦远乎"句。
⑤ 《答张钦夫论仁说》《又论仁说》《又论仁说》《又论仁说》《答钦夫仁疑问》，载《晦庵
　集》卷第三十二。
⑥ 作于乾道八年（1172）四十三岁时，翌年又加以修订，载《晦庵集》卷第六十七。

受，却忽略了着力修仁德的"涵泳之功"，认为这更重要①。

朱熹在《答张钦夫论仁说》中说：

> 盖人生而静，四德具焉，曰仁曰义曰礼曰智，皆根于心而
> 未发，所谓理也，性之德也。及其发见，则仁者恻隐，义者羞
> 恶，礼者恭敬，智者是非，各因其体以见其本，所谓情也。性
> 之发也，是皆人性之所以为善者也。但仁，乃天地生物之心，
> 而在人者，故特为众善之长，虽列于四者之目，而四者不能
> 外焉。②

这里基本是发挥孟子的性善说，意为人皆有"仁义礼智"四德
之端，即恻隐之心、羞恶之心、辞让之心、是非之心。朱熹所增添
的新意是：当四端于心"未发"之时，是理，是性；而一旦发为恻
隐、羞恶、辞让、是非时，则属于情、"性之发"；四德的表现皆为
善，然而为首的仁，源自"天地生物之心"，在人则属"众善之
长"，虽列于四德之中，却是统括四德的。

此后朱熹修订的《仁说》对仁作了系统阐释。其中说：

> 天地，以生物为心者也。而人物之生，又各得夫天地之心
> 以为心者也。故语心之德，虽其总摄贯通，无所不备，然一言
> 以蔽之，则曰：仁而已矣。
>
> 盖天地之心，其德有四，曰元、亨、利、贞，而元，无不
> 统其运行焉；则为春、夏、秋、冬之序，而春生之气，无所不

① 《晦庵集》卷第三十一《答张敬夫》。
② 载《晦庵集》卷第三十二。

通。故人之为心，其德亦有四，曰仁、义、礼、智，而仁，无不包其发用焉；则为爱、恭、宜、别之情，而恻隐之心，无所不贯。故论天地之心者，则曰乾元、坤元，则四德之体用不待悉数而足。论人心之妙者，则曰仁人心也，则四德之体用亦不待遍举而该。

盖仁之为道，乃天地生物之心，即物而在，情之未发，而此体已具；情之既发，而其用不穷。诚能体而存之，则众善之源，百行之本，莫不在是。此孔门之教，所以必使学者汲汲于求仁也。①

从以上引述，可以看到朱熹是借发挥《周易》思想，从贯通天理、人伦的天人合一的本体论角度对仁进行阐释的，主要强调以下几点：

1. 天地以"生物"（生生）为心，而人则秉"天地之心"为心。

2. 既然天地之心（乾元、坤元）拥有"元亨利贞"四德，而以元为统领；春生之气通行于春夏秋冬四季。那么，人心虽生来秉有"仁义礼智"四德，而作为"人心之妙"的仁，则为它们的统领之德。

3. 作为"天地生物之心"的仁——天理，是体现于天地万物和人的"体"，而天地万物所展示的现象和人的思想感情，则属于它的"用"。正因为仁为"众善之源，百行之本"，所以孔门之教"必使学者汲汲于求仁"为志，终生求仁、行仁。

4. 因此，仁"在天地，则块然生物之心；在人，则温然爱人利物之心，包四德而贯四端者也"。这就是朱熹说仁是"天理之统体"

① 载《晦庵集》卷第六十七。

和"心德之全""人心之全德"的根据。

在孟子以"仁义礼智"四个德目概括儒家道德之后，汉代董仲舒在答汉武帝的策问中增加一"信"字，谓"仁义礼知信五常之道"①，简称"五常"。有弟子问朱熹："仁义礼智，性之四德，又添信字，谓之五性，如何？"朱熹回答说："信是诚，实此四者：实有是仁，实有是义，礼、智皆然。"他对于"心之为物，实主于身。其体，则有仁、义、礼、智、信之性；其用，则有恻隐、羞恶、恭敬、是非之情"的说法表示同意②。因此，朱熹也将"仁义礼知信"作为性之五德；仁为"心德之全"，自然也包括信在内。

朱熹所说的性、理、天理，就是仁义礼知信五德，所倡导的道德涵养就是通过"穷理"来理解、接受和身体力行以仁为"统体"的天理的过程。

（二）人心与道心、人欲与天理之辨和"存天理，灭人欲"

何为天理？何为人欲？"天理""人欲"最早出现在小戴《礼记》的《乐记》篇中，原文说：

> 人生而静，天之性也；感于物而动，性之欲也。物至知知，然后好恶形焉。好恶无节于内，知诱于外，不能反躬，天理灭矣。夫物之感人无穷，而人之好恶无节，则是物至而人化物也。人化物也者，灭天理而穷人欲者也；于是有悖逆诈伪之心，有淫泆作乱之事。

---

① 《汉书》卷五十六"董仲舒传"。
② 《朱子语类》卷第二十七"论语九　里仁篇下"。

这里虽没有明讲"天之性"即为"天理"，但说人的天性原本守静而寡欲，因动而感知外物，产生欲望，便好好而恶恶，如不加以节制，便受外物牵制（"人化物"）而不能自拔，则"灭天理而穷人欲"，于是"有悖逆诈伪之心，有淫泆作乱之事"。后世人们基于人性善的思想，将《乐记》所说的"天理"看作是善的人性或"良心"。例如，汉司马迁《史记》卷一一一"卫青传"载汉武帝说："匈奴逆天理，乱人伦，暴长虐老，以盗窃为务，行诈诸蛮夷……"汉武帝所说的"天理"就是善的人性之意。

宋代理学将天理、人欲应用到理学的道德修养论之中，将《尚书·虞书·大禹谟》中所载尧舜禹相传"十六字心法"的"人心惟危，道心惟微；惟精惟一，允执厥中"中的"人心、道心"等同于"天理、人欲"。程颢说过："人心惟危，人欲也；道心惟微，天理也。"[1] 程颐说："人心私欲，故危殆。道心天理，故精微。灭私欲则天理明矣。"[2] 他们皆将人心等同于人欲，道心等同于天理，主张灭人欲而明天理。

对此，朱熹虽基本同意并予以继承，然而也提出一些修正。现仅列举他的部分语句加以说明：

> 人心亦只是一个。知觉从饥食渴饮，便是人心；知觉从君臣父子处，便是道心。……又曰："形骸上起底见识，便是人心；义理上起底见识，便是道心。心则一也，微则难明。……"

> 或问"人心、道心"之别。曰："只是这一个心，知觉从

---

① 《二程集》第一册《河南程氏遗书》卷第十一《明道先生语一》（《师训》）。
② 《二程集》第一册《河南程氏遗书》卷第二十四《伊川先生语十》（邹德久本）。

耳目之欲上去，便是人心；知觉从义理上去，便是道心。人心
则危而易陷，道心则微而难著。……"

道心是义理上发出来底，人心是人身上发出来底。虽圣人
不能无人心，如饥食渴饮之类；虽小人不能无道心，如恻隐之
心是。

人心者，气质之心也，可为善，可为不善。道心者，兼得
理在里面。

人心亦未是十分不好底。人欲只是饥欲食、寒欲衣之心
尔，如何谓之危？既无义理，如何不危？[①]

此心之灵，其觉于理者，道心也；其觉于欲者，人心也。[②]

不过是说，"心"的基本含义是人的"知觉"或"见识"，虽说
有人心、道心，实际心只有一个，但从不同角度说便有人心、道心
之别。若从人的身体感官或"饥欲食、寒欲衣"等生理欲求来说，
则为人心，圣人亦无例外；若从遵奉"君臣、父子"等人伦道德之
心来说，则为道心，即为精微难以彰著的天理。"人心亦未是十分
不好底"，但因为属于"气质之心"，既可为善，也可为恶，所以不
能一概否定，但如果不加以节制，就会为恶而招致危殆。

因为"道心、人心"与"天理、人欲"意蕴相同，朱熹也常用

---

① 《朱子语类》卷第七十八"尚书一 大禹谟"。
② 《朱子语类》卷第六十二"中庸一 章句序"。

天理与人欲来阐述自己的道德见解：

> 问："饮食之间，孰为天理，孰为人欲？"曰："饮食者，天理也；要求美味，人欲也。"

> 虽是人欲，人欲中自有天理。

> 天理人欲，几微之间。

> 有天理自然之安，无人欲陷溺之危。

> 不为物欲所昏，则浑然天理矣。

> 学者须是革尽人欲，复尽天理，方始是学。

> 人之一心，天理存，则人欲亡；人欲胜，则天理灭，未有天理人欲夹杂者。学者须要于此体认省察之。①

大意是说，天理与人欲之间并没有显著的区别，也没有不可逾越的鸿沟，关键在于对人欲分寸的把握。例如，饮食是人生存所必需，当然属于天理，不能废弃，但如果一味追求"美味"，那就属于人欲；照此类推，对衣服、居住、日用等的要求也属于天理，但要求过分乃至追求奢侈，就是人欲了。对此，应当加以节制。朱熹说，如果能够超脱物欲的诱惑或牵制，那就是天理的彰显之时。

---

① 《朱子语类》卷第十三"学七　力行"，语句引用次序有调整。

从上述也可以看出，朱熹虽说"灭人欲"，但不是主张绝对灭除人的欲望、一切生理需求。《朱子语类》卷第六十二"中庸一"载：

> 人心是此身有知觉，有嗜欲者，如所谓"我欲仁"，"从心所欲"，"性之欲也，感于物而动"，此岂能无！但为物诱而至于陷溺，则为害尔。故圣人以为此人心，有知觉嗜欲，然无所主宰，则流而忘反，不可据以为安，故曰危。道心则是义理之心，可以为人心之主宰，而人心据以为准者也。且以饮食言之，凡饥渴而欲得饮食以充其饱且足者，皆人心也。然必有义理存焉，有可以食，有不可以食。

这是说，致志于道德修养达到圣贤仁义境界的追求、满足日常生活穿衣吃饭等的基本需求，皆属于天理范围，是不可灭除的。朱熹只是主张以道德义理之心（天理）来制约（主宰）人的思想、节制人的欲望，这自然靠崇德修身。

按照朱熹的进学与修身的主张，崇道修身就是格物、穷理的过程，也是体认天理和克制人欲，即所谓"明天理，灭人欲"的过程。他说：

> 孔子所谓"克己复礼"，《中庸》所谓"致中和""尊德性""道问学"，《大学》所谓"明明德"，《书》曰"人心惟危，道心惟微，惟精惟一，允执厥中"：圣贤千言万语，只是教人明天理，灭人欲。天理明，自不消讲学。人性本明，如宝珠沉溷水中，明不可见；去了溷水，则宝珠依旧自明。①

---

① 《朱子语类》卷第十二"学六　持守"。

孔子教导颜渊"克己复礼为仁"，告诉他能够克制自己遵奉周礼就是践行仁德，是《论语》的最重要的内容。《中庸》的"致中和"，教人体认性情之"中、和"，遵奉"中庸"之道；"尊德性而道问学"，是教人持守本性之天理，致知而穷理，皆为《中庸》的要旨；《大学》以"明明德"为宏愿，以格物致知和修齐治平为要义；《尚书·大禹谟》的尧舜禹传承的"十六字心法"，被认为是儒家道统之源。朱熹一一列出，实际是告诉人们："五经""四书"以及一切"圣贤千言万语，只是教人明天理，灭人欲"。

总之，朱熹理学的核心或基本宗旨就是适应时代，借诠释"四书"等经典来创新阐释儒家道德理论和"明天理，灭人欲"的道德修身思想。

（三）强调"存心养性""居敬"和"主静"的修身实践

那么，怎样才能做到"存天理，灭人欲"或"明天理，灭人欲"呢？那就是要"存心""养性"，奉行"持敬"和"主静"的为学修身的实践。

"存心"相对于"放心"，皆由孟子最早提出。孟子主张人性善，说人生来心具"仁义礼智"四德之端，即所谓"恻隐之心、羞恶之心、辞让之心、是非之心"①，可概称为"仁心"或"仁义之心"。对此仁之本心，应慎守勿失，此即"存心"；进而应当"扩而充之"，即通过进学和修养将仁心发扬光大，以立身行事于社会，乃至参与国家施行"仁政"。孟子称丢失（舍弃、失却）仁之本心为"放心"，对此"放心"应当求而复得之，说"学问之道无他，

---

① 参《孟子·公孙丑上》《孟子·告子上》。

求其放心而已矣"①。

《孟子·尽心上》对"存心，养性"有较详说明，谓"尽其心者，知其性也。知其性，则知天矣。存其心，养其性，所以事天也"。古来对此的解释不尽相同。朱熹《孟子章句集注》的注释语句带有他理学的特色，说：

> 心者，人之神明，所以具众理而应万事者也。性，则心之所具之理，而天又理之所从以出者也。人有是心，莫非全体，然不穷理，则有所蔽，而无以尽乎此心之量。故能极其心之全体而无不尽者，必其能穷夫理而无不知者也。既知其理，则其所从出，亦不外是矣。以《大学》之序言之，知性，则物格之谓；尽心，则知至之谓也。

> 存，谓操而不舍；养，谓顺而不害；事，则奉承而不违也。②

大意是说，心是人的"神明"（精神），具"众理"而应万事；性为心所具之"理"；天，是理的本源（"所从以出者"）。心具天理之全，但若不通过格物致知而穷理，就不能尽知心具之天理；如能穷理，则知理即在自心。他解释说，孟子所说"知其性"，即相当于《大学》的"物格"，亦即穷理；"尽其心"，则相当于"知至"（然后是意诚、心正以至修齐治平）。"存心"，即持守心所具的仁义礼智之性不要舍弃、丢失；"养性"则为进而修善性。朱熹在引证

———————————

① 《孟子·告子上》。
② 《四书章句集注·孟子集注·尽心章句上》。

二程、张载的诠释之后，概括提出自己的见解，说："尽心知性而知天，所以造其理也。存心养性以事天，所以履其事也。"① 意为前者是尽知心具仁义礼智之性而明天理，后者为遵照天理而"履其事"，即在世尽职，践行仁义礼智、修齐治平之事。

因此，在朱熹那里，经常倡导的"尽心知性"和"存心养性"，不过是终生穷理明理和践行仁义之事。他曾告诉门人："只有两件事：理会，践行"；强调"不能存得心，不能穷得理；不能穷得理，不能尽得心"②；"心包万理，万理具于一心。不能存得心，不能穷得理；不能穷得理，不能尽得心"③。

如何确保存心，防止迷失本心和"求放心"？重要的是坚持涵养道德和进学穷理。朱熹说：

> 圣贤言语，大约似乎不同，然未始不贯。只如夫子言非礼勿视听言动，"出门如见大宾，使民如承大祭"，"言忠信，行笃敬"，这是一副当说话。到孟子又却说"求放心"，"存心养性"。《大学》则又有所谓格物，致知，正心，诚意。至程先生又专一发明一个"敬"字。若只恁看，似乎参错不齐，千头万绪，其实只一理。④

朱熹将《论语》所载孔子论"仁""行"；《孟子》所载孟子"求放心""存心养性"；《大学》的格物、致知、正心、诚意以至程子发明的"敬"字，皆予以贯通，谓"千头万绪，其实只一理"。

---

① 《四书章句集注·孟子集注·尽心章句上》。
② 《朱子语类》卷第九"学三　论知行"。
③ 《朱子语类》卷第十二"学六　持守"。
④ 同上。

　　何为"敬"？即是"收敛个身心"，做到聚精会神，或使心保持警醒状态，有敬畏之心，谓"只如畏字相似。不是块然兀坐，耳无闻，目无见，全不省事之谓。只收敛身心，整齐纯一，不恁地放纵，便是敬"①。

　　朱熹特别看重"敬"，谓"'敬'字工夫，乃圣门第一义"，赞美二程的发明之功，认为"修身，齐家，治国，平天下，都少个敬不得"，劝导门人坚持不懈地"居敬"或"持敬"，以确保存心养性，或求得"放心"。他说：

　　　　程先生所以有功于后学者，最是"敬"之一字有力。人之心性，敬则常存，不敬则不存。

　　　　"敬"字，前辈都轻说过了，唯程子看得重。人只是要求放心。何者为心？只是个敬。人才敬时，这心便在身上了。

　　　　敬则天理常明，自然人欲惩窒消治。②

　　　　持敬是穷理之本；穷得理明，又是养心之助。

　　　　学者工夫，唯在居敬、穷理二事。此二事互相发。能穷理，则居敬工夫日益进；能居敬，则穷理工夫日益密。③

　　可见，朱熹认为做到"居敬"或"持敬"，既能涵养道德以

①《朱子语类》卷第十二"学六　持守"。
② 同上。
③《朱子语类》卷第九"学三　论知行"。

"存心""养心"，又能穷理以明天理，"消治"人欲。因此，他作出
"学者工夫，唯在居敬、穷理二事"的论断。程子所说"涵养须用
敬"与"进学则在致知"，实际是不可分割的。

怎样"居敬"或"持敬"呢？朱熹主张"主静"，即借静坐或
使精神专注，为居敬思虑而穷理、涵养修德营造条件。他说：

> 穷理以虚心静虑为本。[1]

> 涵养须用敬，处事须是集义。

> 始学工夫，须是静坐。静坐则本原定，虽不免逐物，及收
> 归来，也有个安顿处。

> 今虽说主静，然亦非弃事物以求静。既为人，自然用事君
> 亲，交朋友，抚妻子，御僮仆。不成捐弃了，只闭门静坐，事
> 物之来，且曰："候我存养！"又不可只茫茫随他事物中走。二
> 者须有个思量倒断始得。……动时也有静，顺理而应，则虽动
> 亦静也。……惟动时能顺理，则无事时能静；静时能存，则动
> 时得力。须是动时也做工夫，静时也做工夫，两莫相靠，使工
> 夫无间断，始得。若无间断，静时固静，动时心亦不动，动亦
> 静也。[2]

这是说，致知穷理须虚心静虑，涵养道德的存心、养心须居

_____

① 《朱子语类》卷第九"学三 论知行"。
② 《朱子语类》卷第十二"学六 持守"。

敬，而要做到居敬，则须"主静"的工夫。虽可以"闭门静坐"，但又不限于静坐，不能放弃履行自己的社会责任："事君亲，交朋友，抚妻子，御僮仆"。关键是能否遵循天理，如果能做到"顺理而应"，则"虽动亦静"，或动或静，皆不妨碍居敬、存心和养心，既涵养了道德，也做到进学穷理。

应当说，无论是居敬，还是主静，皆是从佛教，特别是禅宗的不拘动静和程序的"禅法"① 中得到启示，然后融会《尚书》的"惟精惟一，允执厥中"；《大学》的"知止而后有定，定而后能静，静而后能安，安而后能虑，虑而后能得"等思想，加以变通而提出的。

四、传承中华民族"国以民为本"和向往德政的思想

中华民族自古崇尚"国以民为本"的理念，向往行施德政或仁政的社会，在先秦以来的文史典籍中多有反映。例如：《尚书·夏书·五子之歌》："民惟邦本，本固邦宁"；《周书·泰誓》："天视自我民视，天听自我民听"；《论语》载孔子提倡"仁"、"爱人"、"泛爱众"、德政；《孟子·尽心》："民为贵，社稷次之，君为轻"；《管子·霸言》："夫霸王之所始也，以人为本。本理则国固，本乱则国

---

① 禅宗六祖慧能（638—713）主张"定慧等"，禅法不拘动静和程式，说："我此法门以定慧为本。第一勿迷言慧定别。慧定体不一不二，即定是慧体，即慧是定用；即慧之时定在慧，即定之时慧在定。"（《敦煌新本六祖坛经》）弟子南岳怀让（677—744）说："若学坐禅，禅非坐卧。"（《景德传灯录》卷五"怀让传"）永嘉玄觉（675—713）说："行亦禅，坐亦禅，语默动静体安然。"（《永嘉证道歌》）宋代临济宗大慧宗杲（1089—1163）主张禅不在动静日用，又不离动静日用，谓："禅不在静处，不在闹处，不在思量分别处，不在日用应缘处。然虽如是，第一不得舍却静处、闹处、日用应缘处、思量分别处参，忽然眼开，都是自家屋里事。"（《大慧普觉禅师语录》卷十九《大慧普觉禅师法语·示妙证居士》）

危。"《荀子·哀公》载孔子答鲁哀公之语:"君者,舟也;庶人者,水也。水则载舟,水则覆舟。"东汉王符《潜夫论》卷一:"为国者以富民为本,以正学为基。"崔寔《政论》:"国以民为根,民以谷为命。"[①] 晋陈寿《三国志·魏志》卷二十三载"和洽传":"国以民为本,民以谷为命。"《三国志·吴志》卷十六载"陆凯传"引先帝(孙权)语曰:"国以民为本,民以食为天。"这些词句,后世常被引用。

朱熹对民为国本和德政、仁政的思想十分重视,并将这一思想作为构建自己理学的重要内容,通过著述、讲学加以阐释和弘扬,还在为官施政中加以实施。

朱熹在《孟子章句集注·尽心章句下》对孟子的"民为贵,社稷次之,君为轻。是故得乎丘民而为天子,得乎天子为诸侯,得乎诸侯为大夫。诸侯危社稷,则变置"诠释说:

> 盖国以民为本,社稷亦为民而立,而君之尊,又系于二者之存亡,故其轻重如此。
>
> 丘民,田野之民,至微贱也。然得其心,则天下归之。天子至尊贵也,而得其心者不过为诸侯耳,是民为重也。
>
> 诸侯无道,将使社稷为人所灭,则当更立贤君,是君轻于社稷也。

意为国以民为本,祭祀土谷神的社稷也是为民所立,而国君的地位既次于民,也次于社稷。"天子"(指周王)只有得到民心拥

---

① 汉崔寔《政论》,原有清严可均《全后汉文》辑本。现有孙启治:《政论校注》,中华书局,2012 年。

护，天下才能归顺，而天子分封诸国的诸侯，是以得到天子的信任为前提；如果施政"无道"，便失去民的拥护，其社稷必为人所灭，则须"更立贤君"，所以说民贵君轻。

在《孟子章句集注·离娄章句上》的"桀纣之失天下也，失其民也；失其民者，失其心也。得天下有道：得其民，斯得天下矣；得其民有道：得其心，斯得民矣……"的注释中说：

> 民之所欲，皆为致之，如聚敛然；民之所恶，则勿施于民。

是说施政应为民，爱民，关心民生的疾苦，为民兴其利而除其害。

朱熹平日与门人通信和在讲学中，也常教导做官要廉勤爱民的思想，例如说"守官且以廉勤爱民为先，其它事难预论"[①]；"仕宦只是廉勤自守，进退迟速，自有时节，切不可起妄念也。……凡百以廉勤爱民为心乃佳"[②]。他告诉弟子："天下事有大根本，有小根本，正君心是大本；其余万事各有一根本，如理财以养民为本……"[③] 他在讲授《论语》"雍也篇·子游为武城宰章"时说："君子学道，及其临民则爱民。"[④] 在讲《论语》"学而篇·道千乘之国章"时讲：

> 不会节用，便急征重敛，如何得爱民！既无爱民之心，如何自会"使民以时"！这是相因之说。……虽则敬，又须着信

---

① 《晦庵集》卷第四十九"书·答滕德粹"。
② 《晦庵集》卷第六十四"书·答吴尉"。
③ 《朱子语类》卷第一百八"朱子五　论治道"。
④ 《朱子语类》卷第三十二"论语十四　雍也篇三"。

于民，只恁地守个敬不得。虽是信，又须着务节俭。虽会节俭，又须着有爱民之心，终不成自俭啬而爱不及民，如隋文帝之所为。虽则是爱民，又须着课农业，不夺其时。[1]

以上引述，中心是围绕"爱民"二字，朱熹认为，如果怀有爱民之心，自然能应机去做各种于民有利之事，什么廉洁勤政、理财养民、敬事而信、节用、使民以时等，皆是应用之义。

朱熹在任泉州同安主簿之后，先后出任地方官：知南康军、知漳州、知潭州等，所到之处，以爱民之心，关心百姓疾苦，在可能的范围内兴利除害，特别致力发展文教，兴学施教，整顿民俗，刊印经典。现仅举朱熹在知漳州期间的表现为例。

孝宗淳熙十六年（1189）二月，光宗即位。十一月朱熹除知漳州，翌年（绍熙元年，1190 年）四月到任，即着力整治诉讼程式，敦促属县办案公正高效；为减轻民众负担，奏除属县无名之赋七百万，减经总制钱四百万；整顿吏治和改善民俗，制定丧葬嫁娶之仪；严厉整饬佛教戒规风纪；刊行《周易》《诗经》《尚书》《左传》和"四书"及其《大学集注》《近思录》等。

因土地买卖和兼并，致使漳州所属县乡田亩实际占有者与应缴纳税额不符，致使地方豪右和猾吏逃税，而实际已失去田亩之民仍须依旧纳税，生计困苦不堪。北宋仁宗、神宗时曾实施过"方田均税法"，丈量田地，造账制册，规定按占有田亩纳税，但哲宗时废止。南宋绍兴十二年（1142）曾施行过"经界法"，令州县丈量田地，核定田主税额，制定图册，但未能在福建泉、汀、漳三州实行，后亦辍止。朱熹出任漳州，看到"版籍（户主与田亩簿册）不

---

[1]《朱子语类》卷第二十一"论语三 学而篇中"。

正，田税不均"，招致"贫者无业而有税，则私家有输纳欠负、追呼监系之苦，富者有业而无税，则公家有隐瞒失陷、岁计不足之患"[1]，贫弱百姓困苦无告，争讼纷纭的情景，便上奏朝廷有司乞请在这三州施行经界之法。朝廷命朱熹"相度漳州，先行经界事闻奏"。朱熹在"条奏经界状"中认真建议，首先应选择合适官吏，其次须按县乡农户的保、都（十保为一都）丈量田亩，制作"图、账"，"随亩均产"，制定赋税。此后，他连续奏请早日实行经界法。然而因为这将伤及"豪家大姓、猾吏奸民"的利益，故遭到他们的抵制，甚至连泉州、汀州长官也阻挠反对。绍熙二年（1191）二月，朱熹因长子朱塾去世，上奏请祠；三月，复除秘阁修撰，主管南京鸿庆宫，故终未能在漳州行经界法[2]。

朱熹在漳州虽只有一年时间，然而因为有上述勤政爱民的事迹，故在漳州留下良好的口碑，至今仍为民众称颂。

五、以推崇和彰显儒家伦理道德为突出特色

稍加比较就可以发现，朱熹构建的理学，除了对周敦颐《太极图说》的"太极"等所作的创新诠释和发挥之外，其他很多概念、范畴和命题，主要承自程颢、程颐兄弟的理学，例如道、性、天理、理和事、气质之性和天命之性（"天命之谓性"）等概念；"性"即"道"即"理"；"天下之理一"和"一物上有一理"等命题，以及以"理"作为理学最高范畴，道德修养提倡"主静"的方法，等等。

---

[1]《晦庵集》卷第二十一"申请・再申诸司状"。
[2] 据《宋史》卷四二九"朱熹传"、黄榦《朱熹行状》和《晦庵集》卷第十九《奏状・条奏经界状》、卷第二十一《申请・经界申诸司状》及《再申诸司状》等。

尽管如此，因为朱熹理学是适应中国历史发展和南宋社会环境，在继承以往理学的基础上充实和建构起来的，所以在思想内容和论证方式、体系建构方面都有所创新，有所发展，从而将中国儒学推向新的发展阶段。

所谓理学，从实质内容上讲不过是以伦理道德为核心的儒学新形态。与以往理学相比，朱熹的理学以更加推崇儒家伦理和彰显道德修养为突出特色。

归纳以上所述，这一特色主要表现在如下三个方面。

（一）以集中论述纲常名教的《四书章句集注》为理学基本教典

二程认为"求道""明道"应读"四书"，精读"四书"即可通晓"五经"之旨，晓悟圣人之道，故为学和讲学将"四书"置于首位。然而他们除了讲学语录、《改正大学》和程颐的简要《论语解》《中庸解》之外，尚未对"四书"分章句作完整的注释。

朱熹沿袭二程重"四书"主张，在深入研读"四书"，广泛吸收前人的成果的基础上，对"四子书"的《大学》《论语》《孟子》《中庸》分章断句，作详细训诂，释义，编撰完成《四书章句集注》，刊印流通。朱熹在释义中，既有自己的理学见解，也广引诸如程颢、程颐及张载等理学前辈的阐释语句。

此后，从元明至清末，《四书章句集注》成为社会各阶层、不同年龄段的读书人必读的儒家经典，乃至被定为科举考试的主要依据，既须从中出题，并且要以朱熹的释义为答题标准。从而有力地推进和巩固了理学在社会文化领域的统治地位，对儒家纲常名教的维护、教化和道德风尚的价值取向，产生了极大影响。

（二）将进学和道德修养统为一体的格物穷理和存心尽命的思想

朱熹十分重视"四书"中的《大学》，对其中"大学之道在明明德，在亲民，在止于至善"的三纲和格物、致知、诚意、正心、修身、齐家、治国、平天下的八条目尤其看重，既看作是为学求知的认识论，也是伦理道德的实践修养论。他说"'自天子以至于庶人，壹是皆以修身为本。'……深探其本，则在乎格物以致其知而已"①。如前所述，朱熹所诠释的"格物致知"，既是"穷理"和孟子所说"存其心，养其性"的过程，而且是体认并遵循源自善的本性所具"仁义礼智信"的道德，致力涵养性情，崇德修身，做到齐家乃至参与治国安民的实践过程。

（三）强调一切言教皆以"存天理，灭人欲"为旨归

朱熹对儒家道德思想和规范进行系统诠释和归纳，提出以"仁"为体、"统体"的道德见解，为的是便于民众理解和体认道德源自善的本性，掌握以"仁"为统体的道德思想和行为规范，以自觉践行仁义道德。

朱熹说："天理既浑然，然既谓之理，则便是个有条理底名字，故其中所谓仁、义、礼、智四者，合下便各有一个道理，不相混杂。……须知天理只是仁、义、礼、智之总名，仁、义、礼、智便是天理之件数。"② 因此，人们遵循和实践仁义道德（纲常名教），也就是遵循和实践"天理"。如何认识和实践天理呢？朱熹主张通

---

①《晦庵集》卷第十三"奏札·癸未垂拱奏札一"。
②《晦庵集》卷第四十"答何叔京"。

过格物穷理、居敬和主静的修身过程来实现。这就是"存天理，灭人欲"。

虽然将《尚书·虞书·大禹谟》"人心惟危，道心惟微；惟精惟一，允执厥中"中的"人心、道心"解释为"天理、人欲"，不是始于朱熹，然而强调"存天理，灭人欲"或"明天理，灭人欲"，的确是朱熹理学中的道德修养论的最重要特色。

朱熹断言"四书""五经"等一切经典、"圣贤千言万语，只是教人明天理，灭人欲"①，正说明他的理学是以推崇儒家伦理和彰显道德修养为突出特色的。

唯其如此，朱熹理学才受到元明至清末历代王朝的高度尊崇和推广，成为维护中国封建制社会后期社会等级制度和秩序的重要思想。

第三节　对朱熹佛教知识的评述

中国自进入隋唐以后，作为传统民族文化思想主要组成部分的儒释道三教，随应时代和社会的发展，彼此之间不断交流、互鉴和会通融合，在促进各自演变和发展的同时，也从整体上不断推进多元一体的中华民族文化的充实、丰富和发展。

宋代是继隋唐之后文化最为发达和昌盛的时期，表现在社会思想文化层面最突出的现象就是三教会通和融合成为时代潮流，促成前所未有的结果。这主要表现在三个方面：在佛教界形成以倡导"即心是佛"和富于现实主义风格的禅宗为主流的局面，在道教界

————————

① 《朱子语类》卷第十二"学六　持守"。

形成以主张"悟真"和注重性命双修、调节精气神的"内丹"为主流的修行学说①，在儒家则形成以论证天道性命为中心内容的理学。

如前所述，理学在形成和发展过程中受到佛教的影响很大。继北宋程颢、程颐兄弟创建理学之后，南宋将理学体系最后完成的朱熹也深受佛教影响。然而比较而言，在宋明理学家中，朱熹在对佛教引述和批评、排斥方面的表现是最为突出者。有关文字、言论不仅载于他的全集、各类著述之中，在南宋黎靖德集编的《朱子语类》一百四十卷中占有一大卷，即第一百二十六卷"释氏"，约有两万多字，占全书的百分之一，当然还散见于其他语录中，而卷一百二十五的"老子"只有一万多字。

众所周知，佛教与儒家、道教（实际包括道家、道教），是支撑中国古代传统文化的"三教"。朱熹既集理学之大成，又以严厉排佛著称。那么，我们不妨先将他无视佛教有劝善止恶、维护社会治理安定的功能，拥有合法的宗教地位的问题放到一边，让我们首先考察一下朱熹掌握的佛教知识究竟如何。

下面引证朱熹的文字、言论，看看他对佛教历史、佛经、教理和佛教宗派、禅宗等的了解情况，顺便试作客观而概要的评述。

一、背离佛教起源和发展历史，谓佛典"窃取"道家之说

佛教是中国的民族宗教之一，是中国传统文化的重要组成部分。然而佛教并非发源于中国，创立者是古印度迦毗罗卫国（在今尼泊尔国南部）释迦族的释迦牟尼佛（前565—前485或前563—前

---

① 参考任继愈主编：《中国道教史（增订本）》，中国社会科学出版社，2001年，第三编。

483）。

在释迦牟尼佛逝世后约一二百年之时，他创立的原始佛教发生分裂，分为以大众部和上座部为代表的众多部派，史称"部派佛教"。此后约 1 世纪前后，形成自称"大乘"（比喻教法优越，如同大车、大路可引更多人达到解脱）的大乘佛教，而将以往原始佛教、部派佛教贬为"小乘"佛教。

小乘佛教的经典是《阿含经》（汉译有四《阿含》），基本教义有四圣谛和八正道、十二因缘、五蕴以及因果报应的理论等①。

大乘佛教是在大众部教义基础上创立，因接受印度民间宗教信仰以及希腊、伊朗文化影响，带有较多自由想象色彩和神话因素，在对宇宙万物的本质、人的心性以及关于修行解脱等问题的论证中带有丰富深刻的哲学思辨成分。影响后世的重要大乘经典有《般若经》（通行般若类经典有大小品）、《法华经》、《华严经》、《大涅槃经》、《无量寿经》、《维摩诘经》等，反映了佛教思想随应时代的发展情况。以《般若经》为代表的大乘经典讲"诸法性空"，认为世界上一切物质的和精神的事物、现象（"诸法"）从本质上看都是空幻无实的，然而所谓的"空"并不意味着绝对的无，认为是有其"假相"（暂时的与虚假的相状）存在的，进而提出了"色（地水火风及其所造，相当于物质）不异空，空不异色。色即是空，空即是色"以及"不生不灭，不常不断"的"中道"或"不二"的观察问题的方法。《大涅槃经》主张一切众生，皆有佛性（佛的本性，指成佛的内在依据），皆可成佛。般若空义、中道和涅槃佛性思想，构成大乘佛教的重要理论基础。在佛教的传播和发展中，在大乘佛

① 这里不拟解释，请查阅杨曾文：《佛教知识读本》（第二版），宗教文化出版社，2015年。

教中形成两个最有影响的学派，一个是大乘中观学派，一个是法相唯识学派。在大乘兴起和发展过程中，小乘佛教仍在社会传播，拥有自己的信徒。

仅此就可以清楚地看到，佛教发源于古印度，有自己形成和发展的历史，在传播发展中形成大小乘佛法和众多经典。

考察朱熹文字，应当说朱熹对佛教发源地印度是知道的，在《朱子语类》卷第八十六讲述"周礼"时对"天竺"及"四大部洲"有所介绍，在其他场合对释迦牟尼（称"释迦佛"）为太子时出家学道的事迹也简单提到过。

尽管如此，朱熹出于贬斥佛教的立场，漠视佛教作为宗教的特殊形态和具有的辅助社会教化、治理安定的功能，将佛教看作如同孟子当年所排斥（"辟"）的杨墨、老庄那样的"异端邪说"，甚至武断地对门下弟子宣称："佛氏之学亦出于杨氏（按：先秦道家杨朱）"；在不同场合说"佛家初来中国，多是偷老子意去做经"；"佛家偷得老子好处"；"释氏只《四十二章经》是古书，余皆中国文士润色成之"[1]；"凡彼言之精者皆窃取庄、列之说以为之"[2] ……

这种种说法，致使门下弟子误认为佛教既无独立的起源和发展的历史，世上流通的主要佛经也不过是窃取《庄子》《列子》之意编造的。影响所及，竟使《朱子语类》集编者在"释氏"行文之下加上如此背离真实的导引词："以下论释氏亦出杨、墨"，"以下论释氏出于庄、老"。这类语句对后世读者难免产生误导作用。

公正地说，这既不能怪罪最初记述朱熹语录的弟子，也不能怪罪将多种朱熹语录汇总为《朱子语类》的集编者。应当认为，他们

---

① 以上见《朱子语类》卷第一百二十六"释氏"。
② 见《晦庵别集》卷第五"杂著·释氏论下"。

实际是受到朱熹一再地蔑视、贬低和排斥佛教的灌输所致。

从现存朱熹文字来看，他确实对佛教在古印度的起源和发展历史、佛教的佛菩萨信仰体系、小乘和大乘佛教和佛经等，基本没有接触到。这不能认为是他有意的忽略。即使从他常引述的佛教某些语句、思想（例如般若空义、佛性论等，详后）来看，理解也相当片面或是误读。从朱熹的经历和生长环境来看，他未能顾及并下工夫对佛教历史、教义作深入系统的探究。这相比于北宋的一些既站在儒家立场，又对佛教有深入了解的儒者，是有相当的差距的。

应当说，朱熹站在理学立场将佛教视为论敌，予以剖析和批评、排斥，借以深化自己的理论体系和扩大社会影响，是可以理解的；从社会文化整体立场来看，也是属于正常的现象。但如果从学者应有的态度来要求，起码要尊重事实，既然视佛教为论敌，理应先将佛教的历史、基本教义大体把握，在面向弟子对佛教批评的场合也应先让弟子对佛教有个客观了解，然后再通过对比加以批评、排斥。

二、对佛教传入中国的历史、汉译佛经知之甚少

公元前 3 世纪，发源于古印度的佛教已发展为世界性的宗教。公元前 1 世纪，佛教沿着通贯欧亚的丝绸之路传进中国，逐渐传遍大江南北，深入民间。

关于佛教最早传入中国的时间，据历史文献记载：一是西汉末期哀帝元寿元年（公元前 2 年），一是东汉明帝永平年间派遣使者赴印度求法，回国后译出最早的汉译佛经《四十二章经》。

《三国志·魏书·东夷传》注引《魏略》记载："昔汉哀帝元寿元年，博士弟子景庐受大月氏（在印度西北）王使伊存口受《浮屠

经》。"浮屠，即佛陀。《浮屠经》当是讲释迦牟尼佛生平传说的经，如后来汉译的《本起经》《本行经》之类的经。

东晋袁宏（328—376）《后汉纪》卷十"永平十三年"（70 年）记述后汉明帝夜梦见金人，"遣使天竺，而问其道术，遂于中国而图其形象焉"；南朝宋范晔《后汉书》卷四十二"楚王英传"载楚王刘英奉佛事迹，卷八十八"西域传"载汉明帝派使者赴天竺求法的事迹，并且介绍佛教"好仁恶杀，蠲敝崇善"及"精灵起灭，因报相寻"的教义。北齐魏收所著《魏书·释老志》对佛教在天竺的起源、传播乃至大小乘佛教的基本教义、传入中国等内容作了比较系统的介绍。

佛教在中国立足发展，经历了漫长的中国化历程：经过汉魏西晋的初传、东晋十六国时期的普及，佛教普及到大江南北为普通百姓所信仰；经过五六世纪南北朝对佛教展开深入研究，将中国人对佛教的感知和创新理解，借助讲经和著述的形式加以传播、推广和交流，形成很多学派，确立以大乘作为中国佛教的主体，增进佛教与中国传统文化的结合，从而在思想上为隋唐时期（6—10 世纪）带有鲜明民族特色佛教宗派的创立提供了条件。

朱熹重视文史，不知是否翻检上述正史，对佛教在中国传播的历史是否认真考察过。通检他的有关论述，似乎对此所知不多。

对于佛教传入中国及其传播情况，朱熹认为：

> 佛氏乘虚入中国，广大自胜之说，幻妄寂灭之论，自斋戒变为义学。如远（按：东晋慧远）法师、支道林（按：东晋支遁）皆义学，然又只是盗袭《庄子》之说。今世所传《肇论》，云出于肇（按：后秦僧肇）法师，有四不迁之说……此是斋戒之学一变，遂又说出这一般道理来。……

> 释氏书其初只有《四十二章经》，所言甚鄙俚，后来日添月益，皆是中华文士相助撰集。如晋宋间自立讲师，孰为释迦，孰为阿难，孰为迦叶，各相问难，笔之于书，转相欺诳，大抵多是剽窃《老子》《列子》意思，变换推衍以文其说。……

让我们对此稍加考察和说明。

（一）所谓"佛氏乘虚入中国"

佛教在两汉之际传入中国。那么，从占社会支配地位或影响较大的思想来考察，情况应当是：继汉初黄老道术之后，儒家已被"独尊"奉为正统，以宣扬君权神授和天人感应思想著称的今文经学盛行于世，然而至西汉末，训诂章句烦琐已极，日趋神学化并与谶纬神学结合。重学术的古文经学虽已兴起，但直至东汉前期今文经学仍占统治地位。两汉是儒家发展史上重要时期，从民间学说成为朝廷独尊的官学。在吸收道家、阴阳家、法家等学派思想的基础上，建成了拥有以君权至上的中央集权政治思想、以"三纲五常"为中心的伦理思想和以"五经"及《论语》《孝经》等为主要依据的文化教育思想的庞大的思想体系，为以后儒家思想的发展奠定了不可逾越的坚实基础。

朱熹的所谓"乘虚"，自然是发挥唐代韩愈《原道》所说，从尧、舜、禹至孔子代相传授的先王"仁义"之道，在孟子以后已"不得其传"，直至宋代周敦颐、程颢程颐兄弟创建理学，才得以复传。在这漫长期间，佛教趁先王之道虚位而传入，岂不是"乘虚"？显然，这是一种违背历史发展观念的说法。

佛教是在两汉中外交通高度发达、文化交流十分频繁的情况下，沿着连接欧亚大陆的丝绸之路从印度传入中国的，为中国多元一体文化的发展输入新的血液。文化思想的变迁和发展，是社会客观形势造成的。没有此后儒释道三教的交流互鉴和会通，理学家所推崇的作为宇宙本体论、心性论基本范畴和概念的"道""理"，何由产生？没有两汉儒家适应封建社会发展需要对"五经"的系统阐释和创新发挥，构建理学的思想资料从何可以得到？这是十分清楚的问题。

（二）所谓佛教"幻妄寂灭之论，自斋戒变为义学"等不合史实

朱熹所谓"广大自胜之说，幻妄寂灭之论"，不知其确指，也许是指佛教的《般若》类经典所说"诸法性空"（性，体）的思想，意为世界上一切由因缘和合形成的事物，在本质上皆虚空无实，世人所见到者只是假象。然而若是将这两句冠于"斋戒"之前，却是不伦不类的。

至于他说的"斋戒"显然是指佛教传入初期出现的对佛陀的供奉信仰情况。《后汉书·楚王英传》记载："晚节更喜黄老，学为浮屠斋戒、祭祀"；汉明帝降诏将他上奉朝廷用以"赎愆罪"的黄缣白纨退还，称"楚王诵黄老之微言，尚浮屠之仁祠，洁斋三月，与神为誓，何嫌何疑，当有悔吝？其还赎，以助伊蒲塞（按：居士）、桑门（按：沙门）之盛馔"。可见楚王的"斋戒"是在居士、沙门参与下供养祭祀、持斋茹素的修行情况。因为佛教初传，人们将佛教看作是从西域传入的一种道术，故将佛陀与黄老之像一起供奉。从中国佛教史考察，这种"斋戒"与后来的佛教"义学"没有直接关系。

何谓"义学"？是指精通佛教义理的学僧、居士讲解、诠释佛经，并将成果整理为著述。南朝梁慧皎《高僧传》、唐道宣《续高

僧传》皆在"译经篇"之后置"义解篇"。东晋学僧在解释"般若性空"中产生不同见解，从而形成最早的学派般若"六家七宗"；南北朝兴起的研究不同经论的众多学派，涌现很多精于佛教义学的学僧。朱熹提到的东晋慧远（334—416）、支遁（支道林，314—366）、后秦僧肇（384—414），在《高僧传·义解篇》中皆有他们的传记。他们只占义解僧中的极少数。慧远是前秦道安（312—385）弟子，后到江南庐山传法，精通般若空义，在讲经中善于引用"老庄"的词句诠释经义。支遁，既善般若空义，又精老庄玄学，在向士大夫讲经中巧于将二者会通。僧肇，后秦译经高僧鸠摩罗什的弟子，所著《肇论》四篇①，以绚丽的词藻阐释般若空义和中道不二思想。朱熹所引述的"四不迁"出自《物不迁论》，然而语句次序有误，应是"旋岚偃岳而常静，江河竞注而不流，野马飘鼓而不动，日月历天而不周"。他解释称"只是动中有静之意"，按照原文是表达"动而非静，以其不来；静而非动，以其不去"的。对于这三位闻名大江南北朝野之间，对佛教乃至中国文化作出贡献的高僧，朱熹竟以轻蔑的口气称慧远、支遁的"义学""只是盗袭《庄子》之说"；说僧肇的《肇论》，"此是斋戒之学一变，遂又说出这一般道理来"。从佛教发展史来说，义学自然是直接承继佛经翻译和佛经阐释而来，而绝非源自"斋戒"；义学所依据、阐释的是佛经。慧远、支遁在讲般若经类思想时引述《庄子》词语加以解释，在佛教史上称之为"格义"（用意思相近或能相通的词语加以类比说明），目的是使接触佛教不久的听众容易听懂。朱熹竟称为"盗袭《庄子》之说"，不能不说是一种违背事实的诋毁。

---

① 《物不迁论》《不真空论》《般若无知论》《涅槃无名论》。

（三）对佛教传入后的汉译佛经近乎无知，却又凭空加以评论

可以断定，朱熹对佛教传入后历代佛经翻译从未认真考察过，然而他却怀着对佛教的偏见断定说：

> 初来只有《四十二章经》，至晋宋间乃谈义，皆是剽窃老庄，取《列子》为多。

> 释氏书其初只有《四十二章经》，所言甚鄙俚。后来日添月益，皆是中华文士相助撰集。

> 释氏只《四十二章经》是古书，余皆中国文士润色成之。《维摩经》亦南北时作。①

这是说，佛教最初的《四十二章经》内容鄙俚浅陋，后来社会上流行的佛经，只不过是"中华文士相助撰集"或"中国文士润色成之"，深受士大夫欢迎的《维摩经》（《维摩诘经》）是南北朝时伪造的。注意，朱熹未提"翻译"这个词，语气又是那么肯定。他在《释氏论》中还说：

> 盖凡佛之书其始来者，如《四十二章》《遗教》《法华》《金刚》《光明》之类，其所言者不过清虚缘业之论，神通变见之术而已。及其中间为其学者，如惠远（按：慧远）、僧肇之

---

① 又谓："《维摩诘经》，旧闻李伯纪之子说，是南北时一贵人如萧子良之徒撰。渠云载在正史，然检不见。伯纪子名缜，读书甚博。"以上引文皆见《朱子语类》卷第一百二十六"释氏"。

流，乃始稍窃庄、列之言以相之，然尚未敢正以为出于佛之口
也。及其久，而耻于假借，则遂显然纂取其意，而文以浮屠
（按：佛）之言，如《楞严》所谓自闻，即庄子之意；而《圆
觉》所谓"四大各离，今者妄身当在何处"，即《列子》所谓
"精神入其门，骨骸反其根，我尚何存"者也[1]。凡若此类不可
胜举。[2]

对此，我们根据事实指出如下三点：

首先，佛经翻译是佛教传播的重要一环，经历了漫长的历史过
程，所译出的自成体系的佛典，绝不是如朱熹所说由中华文士"相
助撰集""润色"及"剽掠"老庄、列子等拼凑编纂和积累起来的。

佛教传入中国过程中置于首位的是将佛教原典（经、律、论）
译为汉文，东汉时期已有大量佛典译出，此后至东晋十六国以至南
北朝时期，佛教已普及到大江南北。据南朝梁僧祐撰《出三藏记
集》记载，自东汉至梁约五百年之间，译经僧、居士85人共译经典
450部1867卷。隋唐乃至宋朝的前期，朝廷将译经当作国家事业，
设立译场组织翻译佛经。仅据唐代智升编撰《开元释教录》记载，
自后汉明帝永平十年（67）至唐玄宗开元十八年（730）的664年之
间，译经僧、居士176人译出的大小二乘佛经及圣贤集传等佛典共
2 278部7 046卷。伴随佛教的普及和兴盛，佛经流通到社会各个阶
层，不仅直接提供佛教弘法的需要，也浸润影响到社会文化思想各
个方面。这是实实在在的历史，不是虚构。

---

[1]《晦庵集》卷第六十七"观列子偶书"亦谓："因读《列子》，书此。又观其言'精神
入其门，骨骸反其根，我尚何存'者，即佛书'四大各离，今者妄身当在何处'之所
由出也。他若此类甚众，聊记其一二于此，可见剽掠之端云。"
[2]《晦庵别集》卷第五"杂著"。

其次，朱熹提到《四十二章》，确实是东汉明帝时译出的最早一部佛经，绝非中国人编撰。译本素朴，属于"阿含"类小乘佛经的摘编，内容讲述辞亲出家，持守二百五十戒；劝人修持五戒、十善，断除"贪淫、恚怒、愚痴"。现存基于北宋《开宝藏》的《高丽藏》所载本（日本《大正藏》因之）接近原本。《四十二章经》在后世有多种版本流行，常见的有宋代曹洞宗僧守遂（1058—1111）的注本，然而对经文多有改动和修补，加入不少禅宗常用词语，诸如"无念无住，无修无证"，"念无念念，行无行行，言无言言……修无修修"等。估计朱熹所见者应是守遂的注本。

朱熹提到的《遗教经》《法华经》《维摩经》皆是后秦著名译经僧鸠摩罗什翻译的，没有一部是出自中国人编撰。《遗教经》记述佛在涅槃前对弟子的遗教，应以戒为"大师"；修行要抓住根本，因心主"五根"（眼耳鼻舌身，指身体），故应时刻控制住心，谓"制之一处，无事不办"。《法华经》主张声闻、缘觉和菩萨三乘皆归佛乘，一切人皆可成佛；又讲"诸法实相"，所谓一切皆空，"无名无相，实无所有"；谓诸法性相一如，体用不二（所谓"十如"），是天台宗所依据的基本经典，也广为社会流传。《维摩经》讲菩萨之道，"心净则佛土净"；如维摩诘居士，虽处世俗，不妨"奉持沙门清净律行"，"受诸异道，不毁正信；虽明世典，常乐佛法"；"入治政法，救护一切。入讲论处，导以大乘"；并且倡导大乘"不二法门"，是社会上十分流行的经典，也为禅宗看重。至于《金光明经》，有北凉昙无谶的译本，还有后世比较流行的唐代义净翻译的《金光明最胜王经》，因为讲四天王护国利民功德，被奉为"护国经典"之一。以上几部佛经不过是中国佛教常用佛经一小部分，然而也绝非如朱熹所谓"不过清虚缘业之论，神通变见之术而已"可以概括。

第三，历代高僧、居士在讲经时为了使听众能够听懂，引证儒家或道家经典加以类比诠释；即使运用相关文字注释佛经，皆不能看作是剽窃它们的语句、思想来修改和增益佛经。朱熹断言，慧远、僧肇引述"庄、列之言"是窃取它们的思想来增益佛经，开始"尚未敢正以为出于佛之口"，后来竟"耻于假借，则遂显然篡取其意，而文以浮屠（按：佛）之言"，意为修饰为佛说的话——经文。

至于朱熹举的两例：

1.《楞严经》中的"自闻"，即《庄子》之意。经查，唐般剌蜜帝译《楞严经》中所说"自闻"（主要见卷三），是说"六入"（眼耳鼻舌身意）之"本"是"如来藏妙真如性"，而作为六入之一"耳"的功能是"闻"声。然而若问"闻"从何来？应答既非从动静来，也非从"根"或"空"出。为什么呢？因为"如是闻体，本无自性"，"本非因缘，非自然性"，亦即"闻"之体"耳"原无实体，既非因缘和会而成，也非脱离因缘的自然。这正是"如来藏妙真如性"是"六入"之本体的体现。所谓"如来藏妙真如性"，即真如佛性、法性或谓实相，具有空寂无相和有无相即不二的性质。《庄子·骈拇第八》说的是："吾所谓聪者，非谓其闻彼也，自闻而已矣；吾所谓明者，非谓其见彼也，自见而已矣。"很清楚，这与《楞严经》中讲的"自闻"可谓毫无关系。

2."《圆觉》所谓'四大各离，今者妄身当在何处'，即《列子》所谓'精神入其门，骨骸反其根，我尚何存'者也。"唐代佛陀多罗译《圆觉经》说"我今此身，四大和合……四大各离，今者妄身，当在何处？"说人身（按肉身）既然由地、水、火、风"四大"组合而成，那么，如果"四大"分离，身体自然归无。贯彻的是般若空义，所谓"和合为相，实同幻化"。然而《列子·天瑞篇》所说的"精神入其门，骨骸反其根，我尚何存"反映的是道家思想，与基于佛教"四大"、般若空义，是没有关系的。朱熹虽曾说"他底四大，即吾儒所谓魂魄聚散"，然而"四大"毕竟不是"魂魄聚散"。

总之，朱熹动辄摘取佛经中有与老庄等书中的语句或意思相近的事例为根据，断言佛经是窃取老庄等书说法，是不能成立的。

三、对中国佛教宗派、宋代禅宗所知不多

隋唐时期佛教天台宗、三论宗、法相宗、律宗、华严宗、净土宗、禅宗和密宗"八大宗派"的创立，标志佛教中国化的初步完成，此后进入作为中国民族的佛教的持续传播和发展时期，各个宗派不断适应社会变迁和传法需要彼此互鉴、会通和深入融合。

从10世纪初至14世纪的五代和宋元二代，佛教大体分为禅（禅宗）、教（禅宗外诸宗）、律（律宗）三教或"三宗"。禅宗在传播中逐渐占据主流地位，以其现实主义和开放包容的风格，善于吸收佛教各宗思想和其他文化成分丰富自己，注重引导信众自信自修，在现实生活中修行，在现实社会中奉献，在现实人间觉悟，传法方式简易活泼，语言简练而生动，受到士大夫和广大民众的欢迎。原来"禅门五宗"中的沩仰、云门、法眼三宗已失传承而融入他宗，进入南宋唯有临济宗、曹洞宗盛行，而在临济宗中最有影响的是杨岐派四世圆悟克勤的法系：从克勤弟子大慧宗杲之下形成大慧派，另一弟子虎丘绍隆之下形成虎丘派，辗转相承一直到明清时代。

朱熹虽曾考察过佛教，但对中国佛教和南宋盛行的禅宗，可谓或明或暗。他在讲学中曾对佛教作过如下概述：

> 佛家有三门：曰教，曰律，曰禅。禅家不立文字，只直截要识心见性。律本法甚严，毫发有罪。如云不许饮水，才饮水便有罪过。……教自有三项：曰天台教，曰慈恩教（按：法相宗），曰延寿教。延寿教南方无传，有些文字，无能通者。其学近禅，故禅家以此为得。天台教专理会讲解。慈恩教亦只是讲解。吾儒家若见得道理透，就自家身心上理会得本领，便自兼得禅底；讲说辨讨，便自兼得教底；动由规矩，便自兼得律底。①

朱熹知道宋代佛教分为禅、教、律。南宋末年志磐编撰的天台宗史书《佛祖统纪》记载，宋代佛教有天台宗、禅宗、贤首宗（华严宗）、慈恩宗（法相宗）、南山律学（律宗），此外尚有瑜伽密教（密宗，谓唐代以后失传，"但存法事"）、净土宗（净土信仰，寓于各宗）。朱熹对禅宗、律学作了简单介绍，在解释"教"时列举天台、慈恩、延寿三项，然而将"延寿教"列入教门却是错误的。所谓"延寿教"，是指五代末宋初杭州法眼宗高僧永明延寿的法系。延寿（904—975）嗣法于法眼文益弟子德韶，先后住持明州雪窦寺，杭州灵隐寺、净慈寺，著有《宗镜录》《万善同归集》《唯心诀》《注心赋》《观心玄枢》等，主张禅教一致、禅教会通，致力将《华严经》和华严宗的心性缘起和圆融思想与禅宗相结合；同时强调禅宗既应注重明心见性，也要读经和修持六度、净土念佛等各种教法。朱熹讲"延寿教南方无传"，不是事实。

朱熹讲佛教禅、教、律的目的不过是引导儒家同门从中得到启

①《朱子语类》卷第八"学二　总论为学之方"。明代吴之鲸撰《武林梵志》（或称《武林梵刹志》）卷八"宰官护持·朱熹"及朱时恩辑《居士分灯录》卷下"朱熹"亦引述。

示，意为做学问既要效法"禅"从"身心上理会"，也要效法"教"善于"讲说辨讨"，效法"律"做到"动由规矩"。

朱熹幼年受教于亲近临济宗大慧宗杲的刘子羽、刘子翚兄弟，对宗杲怀有崇敬之意，后又师事宗杲弟子道谦，仕进后还曾涉远拜访宗杲，自然对禅宗应有更多了解。从他的语录和著述中可以得知，他读过宋道原编撰、杨亿等修定的《景德传灯录》，从他提到六祖事迹和"识心见性"等讲录推测，可能还读过《六祖坛经》。

《朱子语类·释氏》中提到："昔日了老专教人坐禅，杲老（按：宗杲）以为不然，著《正邪论》排之。其后杲在天童，了老乃一向师尊礼拜，杲遂与之同。及死，为之作铭。"[①] 那么"了老"是谁呢？"了老"正是著名的曹洞宗真歇清了禅师。真歇清了（1090—1151），上承曹洞宗芙蓉道楷—丹霞子淳的法系，曾住持仪真长芦（在今江苏省南京市六合区）崇福寺，在南宋建炎三年至四年（1129—1130）金兵大举进犯江浙之际，避地福建，应请住持福州雪峰寺，倡导以"休歇身心"为宗旨的"默照禅"。宗杲在福建时虽与清了友善，然而却视默照禅为"邪道"，在绍兴四年（1134）住持洋屿寺院时曾撰《辨正邪说》严加批驳，称默照禅"拨置妙悟"，"向黑山鬼窟里坐地，先圣诃为解脱深坑"[②]。

朱熹虽对禅宗了解较多，然而对禅宗整体传播形势是不了解的，恐怕对临济宗创立、发展和两宋之际圆悟克勤门下的大慧禅派、虎丘禅派也未必全知道。至于对曹洞宗，虽见过清了，对其默照禅也唯有"教人坐禅"的笼统了解。因此，在朱熹著述的字里行间，经常将菩提达摩（磨）、六祖及后世不同禅宗流派的思想，混

---

① 《朱子语类》卷第一百二十六"释氏"。
② 详见杨曾文：《宋元禅宗史》，中国社会科学出版社，2006年，第六章第一节。

同引述，加以评述。诸如：

> 直至梁会通间，达磨（按：北魏菩提达摩；达摩或写为达
> 磨）入来，然后一切被他扫荡，不立文字，直指人心。盖当时
> 儒者之学，既废绝不讲；老、佛之说，又如此浅陋；被他窥见
> 这个罅隙了，故横说竖说，如是张皇，没奈他何。人才聪明，
> 便被他诱引将去。

> 及达磨入来，又翻了许多窠臼，说出禅来，又高妙于义
> 学，以为可以直超径悟。而其始者祸福报应之说，又足以钳制
> 愚俗，以为资足衣食之计。遂使有国家者割田以赡之，择地以
> 居之，以相从陷于无父无君之域而不自觉。

> 但当初佛学只是说无存养（按：存心养性）底工夫，至唐
> 六祖（按：慧能）始教人存养工夫。

> 《传灯录》（按：宋道原《景德传灯录》）极陋，盖真宗时
> 一僧做上之。真宗令杨大年（按：杨亿）删过，故出杨大年名，
> 便是杨大年也晓不得。

> 杨文公集《传灯录》说西天二十八祖，知他是否？如何旧
> 时佛祖是西域夷狄人，却会做中国样押韵诗？①

> 佛学自前也只是外面粗说，到梁达磨来，方说那心性。然

---

① 以上引自《朱子语类》卷第一百二十六"释氏"。

士大夫未甚理会，做工夫。及唐中宗时有六祖禅学，专就身上做工夫，直要求心见性。士大夫才有向里者，无不归他去。韩公（按：唐韩愈）当初若早有向里底工夫，亦早落在中去了。①

这里只扼要说三点：

（一）北魏菩提达摩来华之时，禅宗尚未成立。菩提达摩是被后世禅宗奉为初祖的。他提倡坐禅，有语录《二入四行论》传世，虽主张"藉教悟宗"，通过禅观觉悟自性，然而尚未提出"不立文字，直指人心"。这是后来禅宗慧能南宗法系才提出的。

（二）六祖慧能提出"识心见性，自成佛道"，说"佛是自性作，莫向身外求。自性迷，佛即是众生；自性悟，众生即是佛"；"用智慧观照，于一切法不取不舍，即见性成佛道"②，等等，是禅宗基于一切众生皆有佛性和般若中观思想提出的顿教禅法主张，自然与孟子的"存心养性"是两回事。说慧能"始教人存养工夫"，只能说这是朱熹提出的融通见解。

（三）《景德传灯录》是著名禅宗史书（灯史），原称《佛祖同参集》，是法眼宗僧道原参照北魏吉迦夜、昙曜所译《付法藏因缘传》并汲取唐智炬于唐贞元十七年（801）编撰的《宝林传》以及唐五代宋初的众多禅宗史书、传法语录、禅师行状等资料编撰而成，经奉宋真宗之诏书的翰林学士左司谏知制诰杨亿、兵部员外郎知制诰李维、太常丞王曙三人同加刊定，已相当于"钦定"，诏入大藏经流通全国，风行朝野。宋仁宗景祐元年（1034），吏部侍郎、知枢密院事王随将此书删节编为《传灯玉英集》十五卷，进呈仁宗，不

①《朱子语类》卷第一百三十七"战国汉唐诸子"。
②《敦煌新本六祖坛经》。

久降敕入藏，由印经院雕板刊行，受到奖谕。此后，李遵勖编《天圣广灯录》、惟白编《建中靖国续灯录》、悟明编《联灯会要》、正受编《嘉泰普灯录》以及普济编《五灯会元》等灯史的相继出现，莫不受《景德传灯录》的影响。

既然《景德传灯录》是禅宗史书著作，载有"中国样押韵诗"是很正常的。朱熹斥责此书"极陋"等，应是出于偏见。

总之，朱熹虽为理学集大成者，但对佛教历史、经典及在中国传播发展历史等的知识确实不多，没有深厚的积累。朱熹基于这种情况，又怀有对佛教的偏见和排斥心理，自然对佛教的引述、批评是不可能做到客观和公允的。

第四节　朱熹的佛教观

朱熹继北宋程颢、程颐之后，在集理学之大成的过程中，明确地把佛、道二教（所谓"老佛""释老之学"）蔑视为"异端邪说"，将对佛、道二教的批评、排斥置于重要地位，一是为了强化从正面阐释彰显理学思想，而将引述佛、道二教语句、思想作为反面例证，甚至对所引佛道语句、思想不惜予以简单化或曲解原意；二是借批判、排斥佛道来培植弟子、世人对所谓"非圣人之道"的佛道的警惕心理，以抑制它们在社会的扩散和影响，从而巩固和扩大理学的思想阵地。

唐宋以来，以文字排佛著称的儒者可举出唐代韩愈、北宋的石介和欧阳修。韩愈（768—824）著《原道》《原性》等致力弘扬儒家仁义道德的名教，提出自尧、舜、禹，经周文王、武王、周公，直至孔子、孟子的儒家"道统"说，严厉批判佛教和道教，甚至主张强制取缔，即所谓"人其人，火其书，庐其居"。宋初石介（1005—1045）尊崇韩愈，著有《怪说》《中国论》排斥佛道，将佛教列入"四夷"，主张严加排斥。欧阳修（1007—1072）撰有《本论》，主张以"仁义礼乐"作治国之本，然而反对强制禁毁佛教，提出"莫若修其本以胜之"。

至于朱熹，基本上承二程，是以建构中的理学为根据，着力通过著述、讲学从思想上对佛教进行批判、排斥。

朱熹对佛教的批判，既有继承以往儒者排佛的传统理由和见解，也有站在理学立场将佛教作为对立面而展开的批判，还在不同场合对受到很多士大夫欢迎的禅宗进行评论和批评。

一、继承以往儒家排佛者的传统见解，斥责佛教废纲常、灭人伦

自佛教传入中国之后，对佛教的批评之声几乎历代皆有，最早在三国孙吴的牟子《理惑论》中已有反映，此后如记载南北朝、隋唐时期佛教事迹和文献的《弘明集》《广弘明集》以及其他体裁的史书中也多有记载，有关排佛的朝野人物、文字和事例可谓不胜枚举。

如果对以往儒者排佛的理由稍加归纳，最主要的也是最致命的不外是说佛教僧众脱离家庭出家，逃避孝养父母、抚育子女、忠君报国的天职本分，是违背作为"尧舜周孔之道"的纲常名教的。

朱熹自然也继承这种观点并结合理学的思想，对此加以批评。现仅列举以下几则：

佛、老之学，不待深辨而明。只是废三纲五常，这一事已是极大罪名！其他更不消说。

或问佛与庄老不同处。曰：庄老绝灭义理，未尽至。佛则人伦灭尽，至禅（按：指禅宗）则义理灭尽。

禅学（按：指禅宗）最害道。庄老于义理绝灭犹未尽。佛则人伦已坏。至禅，则又从头将许多义理扫灭无余。以此言之，禅最为害之深者。

释老称其有见，只是见得个空虚寂灭。真是虚，真是寂无处，不知他所谓见者见个甚底？莫亲于父子，却弃了父子；莫重于君臣，却绝了君臣；以至民生彝伦之间不可缺者，它一皆去之。

朱熹常将佛教、道教合并批评，归纳的最大罪名莫过于"废三纲五常"。

马克思在《关于费尔巴哈的提纲》中说，人的本质"在其现实性上，它是一切社会关系的总和"①。是的，人是活生生社会的人，从一出生就生活在现实的社会关系中，在家有父子、兄弟、姐妹、夫妇等关系，进入社会有个人与朋友、群体、国家的关系，在古代有君臣、官民等关系。中国古代将各类关系称之为"伦"，归纳出"五伦"。据《尚书·虞书·舜典》，帝尧命契任司徒，制定"五教"；《孟子·滕文公上》引述说："使契为司徒，教以人伦：父子有亲，君臣有义，夫妇有别，长幼有叙，朋友有信"；汉司马迁《五帝本纪》概述"五教"是"父义，母慈，兄友，弟恭，子孝，内平

---

①《马克思恩格斯选集》第 1 卷，人民出版社，1995 年，第 56 页。

外成"。可以说，人伦之"五教"最早为中国伦理道德奠定了基础。进入汉代，董仲舒在给汉武帝的《贤良对策》中，将孔孟的"仁义礼智"与"信"统称为"五常之道"，又在所著《春秋繁露·基义》中发挥阴阳和合依存（"合"）的思想，称"阳兼于阴，阴兼于阳；夫兼于妻，妻兼于夫；父兼于子，子兼于父；君兼于臣，臣兼于君"，而将"君臣、父子、夫妇之义"称之为"三纲"。东汉班固在《白虎通德论·三纲六纪》中进而提出"君为臣纲，父为子纲，夫为妻纲"，意在强调后者依附于前者，强化封建社会君权、父权制度。

　　"三纲五常"深刻影响了中国封建社会历代政治、文化制度和社会秩序，由于蕴含维系家庭和社会人际关系的基本准则，也成为中华民族传统道德理念和规范的核心内容，在顺应时代发展中不断创新、丰富和彰显新的活力。

　　朱熹承继历代儒者排佛论者将佛教视为废弃三纲五常、绝灭人伦的"异端"，在当时可谓是无以复加的罪名。他引程颐所说"只消就迹（按，行为、表现）上断便了。他既逃其父母，虽说得如何道理，也使不得"①，强调即使佛教拥有再高明的义理，也无济于事，仅据其逃避孝养父母这一表现就足以为它定罪，可据以取缔其合法地位。

　　佛教既然是宗教，自然拥有自己独立的教义信仰体系、组织戒规等。佛教有出家僧众（比丘、比丘尼、沙弥、沙弥尼）和在家信众（男女居士），各有戒规约束。唯有出家男女僧众，才离开家庭，禁止婚娶，至于占信众最多的在家居士则须修身行善（持五戒、十善），尽人伦之道。东晋慧远《沙门不敬王者论》曾说"在家奉法，

---

① 《朱子语类》卷第一百二十六"释氏"。

则是顺化之民"，拥有与普通民众一样的社会权利和义务，应尽忠君孝亲之天伦之责。出家僧众则以弘法、教化、利生和修行来维护社会治理和安定，此即"协契皇极，在宥生民"。况且佛教在适应社会环境的传播中，已逐渐将儒家纲常名教作为"善"（善行、善语、善心）的内容融入教义和戒规之中。至于禅宗，在传统戒律之外，尚制定有适应中国社会环境的"清规"，既倡导忠君护国，又主张"孝而为戒之端"、孝"七世父母"之大孝①。丛林虽盛行所谓超名相，绝义理，动辄施以"棒喝"的禅法，然而从未废弃佛教的传统伦理。

仅此可知，朱熹强加给佛教尤其是禅宗的废三纲五常、灭人伦的罪名是不能成立的。实际上，即使在理学盛行之后，佛教仍照常在社会上广泛传播，应当说是出于朝廷和社会民众的理性选择吧。

二、谓佛教之"性"为"空"，异于儒家善性之"理"

朱熹排佛的最突出的特点是在构建和充实理学体系过程中将佛教作为理学的论敌、对立面，经常在演绎、讲述和推广理学的不同场合引述佛教的思想、概念和语句与理学进行对比，借批判、贬斥佛教来彰显理学的正确性、合理性。

在朱熹的理学体系中，最根本或至高的概念是理。理既是天地万物的本体（有时是本原），也是人类社会道德之本原。在很多场合，性、理与道、太极等概念意蕴相同，是可以通用的。朱熹对佛教的批评，重点就置于这个方面。他说：

---

① 北宋云门宗契嵩撰《辅教编·孝论》《辅教编·孝论要义》，详见杨曾文：《宋元禅宗史》，中国社会科学出版社，2006年，第三章第七节。

> 释氏见得高底尽高。或问：他何故只说空？曰：说顽空
> （按：原作"玄空"，据时举所记修改），又说真空。顽空（按：
> 原作"玄空"）便是空无物，真空却是有物，与吾儒说略同，
> 但是它都不管天地四方，只是理会一个心。①

> 今且以理言之，毕竟却无形影，只是这一个道理。在人，
> 仁义礼智，性也。然四者有何形状，亦只是有如此道理。有如
> 此道理，便做得许多事出来，所以能恻隐、羞恶、辞逊、是非
> 也。……是性，便只是仁义礼智。……道无形体，只性便是道
> 之形体。然若无个心，却将性在甚处！须是有个心，便收拾得
> 这性，发用出来。盖性中所有道理，只是仁义礼智，便是实理。
> 吾儒以性为实，释氏以性为空。若是指性来做心说，则不可。②

朱熹说，佛教义理看似很高，如既说绝对空无的"顽空"（与
"真空"相对，佛教认为有违般若"中道"思想），又说非空之空的
"真空"（按照佛教中道，诸法之体为真空，其相为妙有，二者相即
不二），从表面上看虽与儒者所说的性或理有近似之处，然而佛教
只承认心（真如、佛性）是实在的，却将"天地四方"的一切（包
括君臣、父子及相关纲常）看作空虚。

朱熹解释说，儒家所说的"性"是善性，先天蕴含"仁义礼
智"四德之端（源自《孟子》所说善性），表现出来就是体现纲常
伦理的"恻隐、羞恶、辞逊、是非"之情或事，绝非是空。性即
心，亦即理。朱熹强调"性中所有道理，只是仁义礼智，便是实

---

① 《朱子语类》卷第一百二十六"释氏"。
② 《朱子语类》卷第四"性理一 人物之性"。

理"，结论是"吾儒以性为实，释氏以性为空"。

按照这种逻辑推论下去，与儒者（实指理学）所说"尽心知性"为"尽君臣父子等心，便见有是理，性即是理"相反，佛教所说的"尽心、知性，皆归于空虚（按：指空，朱熹视为佛教认定的'性'之'体'）。其所存、养，却是闭眉合眼，全不理会道理"[1]；只是教人静坐，"徒守空寂"（按：即下面所说"有体"），却逃避践行君臣、父子伦理之道（"应事接物"，所谓"用"），就是"有体无用"[2]。

朱熹表示，儒者遵照《周易》所说，既能做到"敬以直内"（以正直敬畏精神修心），使心"湛然虚明，万理具足"，也能真实做到"义以方外"（遵循仁义道德践行天伦之道），而与此相比，佛教"只要空"，"所谓敬以直内，只是空豁豁地，更无一物，却不会方外"[3]。

朱熹将佛教以性（佛性、真如）、心（禅宗常称佛性为心）或理（华严宗、禅宗也称心性为理）为本（本体、本原）的主张，简单地归纳为"以性为空""空虚""全无"的思想，也是对佛教最致命的批评。佛教既然说一切皆空幻无实，岂不将维护社会正常秩序的家国观念和纲常名教全部否定、废弃吗？如此，必须将佛教置之于理应取缔的异端邪说。

那么，朱熹对佛教的这种批评是否符合实际呢？应当说，在佛教中确实存在这种情况。朱熹以理学家"修齐治平"积极入世的态

---

① 《朱子语类》卷第一百二十六"释氏"。
② 《朱子语类》卷第五十九"孟子九　仁人心也章"："收放心，只存得善端，渐能充广，非如释氏徒守空寂，有体无用……若不知心本善，只管去把定这个心教在里，只可静坐，或如释氏有体无用，应事接物不得。"
③ 《朱子语类》卷第六十"孟子十　尽心上·尽其心者章"。

度提出这种批评是可以理解的。

在唐代以后，佛教大乘的大小品《般若经》通行于佛教界，特别是后秦鸠摩罗什译的《金刚般若经》、唐玄奘译的《般若心经》十分流行。社会上如果有人看到或听闻般若“诸法性空”的空义，便执迷于其中的“五蕴（色受想行识——一切精神、物质因素，概指现实世界）皆空”思想，却未能理解与此相对应的“空即五蕴”的经文，没有理解与般若空义相联系的“中道”（非空非有，亦空亦有）思想，认定世事虚幻，产生消极悲观乃至厌世的思想，失去上进心，放弃自己的家庭和社会责任，自然会出现如朱熹所批评的那种情况。

然而应当指出的是：唐宋以后中国佛教界以天台宗、华严宗、禅宗为代表的主流见解，已对这种情况持否定和批评态度。为什么呢？南北朝以后，大乘已成为中国佛教的主体，此后经历代致力于佛教中国化的高僧、居士相继的探讨和创新，特别在隋唐诸宗成立之后，在面向社会各阶层的弘法利生过程中，已将般若空义与中道不二思想作为重要教理进行宣传。他们依照《中论·观四谛品》所说佛以“世俗谛、第一义谛”为“众生说法”的思想，在讲经和弘法过程中灵活地诠释空与有、世与出世、烦恼与菩提等问题。

实际上，朱熹所批评佛教执取的“空”，正是被佛教主流派僧俗信众看作是违背般若中道的“顽空”“恶取空”或“断空”（断灭空）的思想：认定世界万象（假相、假有、事）皆“空”、绝对空无，而无视现象背后“实相”（真如、佛性、理）之有。实则，按照般若中观思想，二者应是一体不分，彼此相即不二、相即圆融的[①]。

---

① 对此，天台宗的空、假、中三谛圆融理论，华严宗的六相圆融和理事法界理论，皆有详细说明。请参考杨曾文《隋唐佛教史》有关章节。

这就是真空（非空之空，空而不空）与妙有（非有之有，有而不有）的结合。

般若类经典既然说一切皆"空"，便赋予"空"以世界统一性基质的性质，于是"空""毕竟空"便是实相、真如、佛性以及性、心、理，便是世界万物的本体乃至本原。《中论·观四谛品》说"以有空义故，一切法得成，若无空义者，一切则不成"，是对"空性缘起"的集中说明。

在唐宋以后，禅宗高僧之所以能与朝野儒者士大夫和社会各个阶层密切交往，相处融洽，谈学论道，正是由于他们善于运用般若中观的道理，不仅不劝他们放弃纲常名教，而且还在参禅、说法的场合运用"法语"、偈颂等形式劝他们忠君、孝亲、爱民、治国、慈悲等等。朱熹所熟悉的刘子羽、刘子翚兄弟和两度出任宰相的张浚等，都有这样的经历。

三、朱熹对禅宗的赞赏和批评

朱熹年轻时攻读《周易》《论语》《孟子》等，探究"古人之所以圣"之理，然而长期不得其门，在经人指点后寻访禅僧求教"开悟之说"。他曾师事临济宗大慧宗杲弟子道谦，也通过书信向宗杲请教；还接触过曹洞宗的真歇清了（"了老"）等禅僧，读过宋道原编的《景德传灯录》，也许还翻阅过《六祖坛经》，因而对禅宗有较多了解。那么，他希望从禅宗那里得到什么呢？正是以往儒家忽略的超越现象总括性的"道""性""心"等可用来建构本体论的概念和范畴。

汉代董仲舒认为《公羊春秋》重"元""初""正"，因而提出

"惟圣人能属万物于一而系之元"①，然而他仅止步于建构繁琐的以论证君权神授、阴阳五行、天人感应以及祥瑞灾异学说为主旨的神学体系和政治学说，却未能朝着建立统括世界万物的本体论的方向努力。继唐代韩愈《原道》提出儒家道统论之后，宋代周敦颐撰《太极图说》，创建以"太极"为本体和本原，贯通天道与性命、人伦、天人合一的宇宙本体论和构成论。嗣后，程颢、程颐兄弟建立以性、理为本体的理学体系。朱熹从苦读儒书、师事禅僧，到改换门庭从师于程门的李侗，在全然接受周与二程学说之后，便回过头来对佛教进行反思，进行解析乃至批评、排斥。

朱熹虽曾看重和欣赏禅宗有关本体论的禅语、思想，然而成名后在向弟子讲学时，在对之进行品味之余，不忘加以批判一番。

现仅选录他以下文字稍加说明。

> 因举佛氏之学与吾儒有甚相似处，如云："有物先天地，无形本寂寥，能为万象主，不逐四时凋。"又曰："朴落非它物，纵横不是尘。山河及大地，全露法王身。"又曰："若人识得心，大地无寸土。"看他是甚么样见识！今区区小儒，怎生出得他手？宜其为他挥下也。此是法眼禅师下一派宗旨如此。今之禅家皆破其说，以为有理路，落窠臼，有碍正当知见。今之禅家多是"麻三斤""干屎橛"之说，谓之"不落窠臼""不堕理路"。妙喜（按：宗杲）之说，便是如此。然又有翻转不如此说时。②

---

① 《春秋繁露》"玉英第四""重政第十三"。
② 《朱子语类》卷第一百二十六"释氏"。

朱熹所说与儒者（实指理学）见解相似的三则禅宗语句，皆是禅宗表达世界万物的本体及本原是真如（佛性、法性或称自性、心，也看作是佛的法身）的偈颂，在丛林参禅过程中常被引述。

第一则，据传是南朝梁代佛教居士傅翕（傅大士，号善慧）的偈颂①。唐宋禅僧在上堂说法中常谓是"古人""古德"之偈引用，意思是说真如早在天地形成之前已存在，虽空寂无相，却是万物之本，是超越时空、永恒自在的。

第二则，出自法眼宗洪寿禅师为表达自己悟境而撰写的偈②。原来洪寿在师事法眼下一世天台德韶期间，在参加寺院"普请"（参加劳动）搬柴时看到有柴倒落（"扑落"），顿时产生灵感，便撰成此偈，意为倒落的柴并非是他物，绝非普通之尘（尘世的东西），山河大地与万物都是真如（法身佛、"法王"）的显现。他由此得到德韶的印可。

第三则，是宋代临济宗黄龙慧南的弟子真净克文的上堂偈颂③。全偈是："日出心光曜，天阴性地昏，不知天地者，刚道有乾坤。直饶识得心，大地无寸土。"下面还说："廓彻十方自性境界，触事全真（按：真如）。"偈颂表述的是：普通人只看到日出晴朗、天阴昏暗，却不知天地的奥妙，仅知称作乾坤；如果能够体认心（自性）是天地之本，大地哪里还有寸土，不过皆是心的显现。此即所谓"触事全真"。

朱熹在构建理学体系过程中，从佛教禅宗中挖掘汲取的重要内容正是这种涉及本体论的思想。他说当时那些执迷训诂章句的儒者

---

① 唐楼颖录《善慧大士录》卷三。
② 宋李遵勖编《天圣广灯录》卷二十七"杭州兴教寺洪寿禅师"；南宋蕴闻编《大慧普觉禅师语录》卷六《大慧普觉禅师塔铭》也引述这则偈颂。
③ 宋代颐藏主《古尊宿语录》卷四十三"真净禅师语"。

（"区区小儒"）是达不到这种认识境界的。

　　引言最后朱熹所说"今之禅家皆破其说，以为有理路，落窠臼，有碍正当知见"，应当说仅仅说对了一半。

　　禅宗在发展中，将文字语句仅当作引导学人的方便施设，喻为指月之"指"，如果已悟（见到月），就不必执着留意那些语句或偈颂。有的禅师在上堂引述之后，甚至立即予以讥讽或抨击、说反话，借此示意学人禅是绝"理路"的，执迷语句便会跌落前人"窠臼"，受到束缚，有碍"正当知见"。宋大慧宗杲之师说过："道贵无心，禅绝名理。"① 然而从实际来说，这些不过是丛林禅师启示弟子的方便手段，既然何为佛、解脱等不能用语言文字表达清楚，那么便不作正面回答，或以他辞推开，或所答非所问，或对之以反诘语，以启示学人自悟。与此相应的情况还有：当有人问何为佛、佛法等时，甚至可呵佛骂祖或用粗野的话搪塞过去。例如有人问临济义玄什么是"无位真人"，他竟说"无位真人是什么干屎橛"②；有人问云门宗洞山守初"如何是佛？"他竟答"麻三斤"③ ……

　　虽然朱熹对禅宗有所赞赏，然而站在理学立场总要表明儒家绝不同于禅宗，并予以批评。

　　有的禅僧为了表达佛教与儒、道二教一致，皆有益于世，提出"天下无二道，圣人无两心"的说法。南宋临济宗黄龙慧南下四世山堂洵禅师（上承灵源惟清—佛心本才）在宋高宗生日（天申圣节）上堂说法，宣称："天下无二道，圣人无两心。……吾君以此道，倾天下生灵之心，无一物而失其所。臣僧以此道，祝吾君齐天

---

① 宋绍隆等编《圆悟佛果禅师语录》卷十六"示成都府雷公悦居士"："道贵无心，禅绝名理，唯忘怀泯绝，乃可趣向。"
② 唐慧然集《临济录》。
③ 《古尊宿语录》卷三十八《守初语录》。

之寿，得万国之欢心。是日也，日月为之光华，阴阳为之协序。"① 此后，径山痴绝道冲禅师（1169—1250）上堂也说："天下无二道，圣人无二心。既无二道，又无二心，无一法不是真乘，无一事不为妙用。所以瞿昙以此而修心，老聃以此而养性，尼丘以此而治身，莫不一一由此无二之道，无二之心。"② 不必解释，他们本来的动机是为了迎合朝廷当政者和朝野士大夫的。

然而朱熹对此并不认可。《朱子语类·释氏》记载：

> 某人言："天下无二道，圣人无两心。儒、释虽不同，毕竟只是一理。"某（按：朱熹自谓）说道："惟其天下无二道，圣人无两心，所以有我底著他底不得，有他底著我底不得。若使天下有二道，圣人有两心，则我行得我底，他行得他底。"

朱熹在言辞上并不反对"天下无二道，圣人无两心"的说法，但却将内容作了改变，意为儒、佛二家皆可站在自己的立场说天下无二道、二心，只是各自承认自己的道和心，而排斥对方的。实际天下是有二道、二心的，儒、佛二道岂可混淆。

禅宗只是佛教中一个宗派，既然批评佛教，必然涉及禅宗。然而朱熹却提出禅宗危害"人伦"更甚，"最害道""最为害之深"。理由之一：禅宗倡导无条件的、面对一切众生的"无缘之慈""真慈"，既然认为"父子兄弟相亲爱处，为有缘之慈；如虎狼与我非类，我却有爱及他，如以身饲虎，便是无缘之慈"，这岂不是将父母亲人看作与虎狼动物一样的众生吗？岂非远离孝亲齐家的天伦

---

① 《续刊古尊宿语要》第四集"山堂洵禅师语　嗣佛心"。
② 南宋智沂编《痴绝和尚语录》卷上"长宁知军文宗谕请普说"。

之道！

此外，朱熹还批评禅宗的"参话头"的禅法为"呆守法"，批评禅僧解（禅智）与行脱节，所谓"只缘禅自是禅，与行不相应耳"①。

四、朱熹《释氏论》的主要内容

朱熹对佛教的集中见解，反映在他所著《释氏论》上、下两篇之中。可惜此论现仅存残本，文渊阁《四库全书》所载朱熹《晦庵别集》卷五"杂著"有载，谓取自"建安吾应栖家藏"，虽上篇残缺较多，但仍可捋出其主要内容。

因前述已介绍部分相关内容，下面仅作择要介绍，对个别词语加括弧作简要解释。

（一）谓儒家（实指理学）遵循孟子"尽心知性，存心养性"之教，主张"性也者，天之所以命乎人而具乎心者也；情也者，性之所以应乎物而出乎心者也；心也者，人之所以主乎身而以统性情者也。故仁义礼智者，性也，而心之所以为体（按：理）也；恻隐、羞恶、恭敬、辞让者，情也，而心之所以为用也"；心是"主于身而统性情者也，一而不二者也"（按：强调心具性与情，亦即体与用）；"尽心知性"，即"穷理而极乎心之所（本）"（按：意为"求得放心"）。

佛教称以"识心见性"为本，意味着是"别立一心，以识此心，而其所谓见性者，又未尝睹夫民之彝、物之则（按：天伦之道）"；如是"既不睹夫性之本（按：谓仁义礼智），然则物之所感情之所发，皆不得其道理，于是概以为己累（按：以天伦之责为累、

---

① 主要据《朱子语类》卷第一百二十六"释氏"。

尘世烦恼）而尽绝之。虽至于反易天常，殄灭人理（按：理、纲常）而不顾也"，于是"灭情废事，以自弃君臣父子之间"。朱熹强调"不谓之异端邪说而何哉"！

（二）谓佛教"看心之法（按：禅修），又其所以至此之快捷方式，盖皆原于庄周承蜩、削鐻之论（按：寓意凝心专注①）而又加巧密焉尔，然昧于天理而特为是以自私焉，则亦何足称于君子之门哉"。

（三）谓佛教经典"彼言之精者，皆窃取庄、列之说"，有"宋景文公（按：宋祁）于《唐书》李蔚（按：欧阳修、宋祁《新唐书》卷一八一‘李蔚传之赞’）等传"可以证明。

断言："佛之所生，去中国绝远，其书来者，文字音读皆累数译而后通，而其所谓禅者，则又出于口耳之传，而无文字之可据。以故，人人得窜其说以附益之，而不复有所考验。"甚至说："佛之书其始来者，如《四十二章》《遗教》《法华》《金刚》《光明》之类，其所言者不过清虚缘业之论，神通变见之术而已。及其中间为其学者，如惠远（按：东晋慧远）、僧肇（按：后秦僧肇）之流，乃始稍窃庄、列之言以相之"，后世"遂显然篡取其意，而文以浮屠之言"（按：将原修饰之文句当作佛的原话）。

（四）谓"佛书本皆梵字，译而通之，则或以数字为中国之一

---

① 《庄子·达生篇》："梓庆则失者锱铢，鐻成，见者惊犹鬼神。"成玄英疏："鐻者，乐器，似夹钟。亦言鐻似虎形，刻木为之。"后用为神志专注的典实。《庄子·达生篇》："仲尼适楚，出于林中，见痀偻者承蜩，犹掇之也。仲尼曰：‘子巧乎！有道邪？’曰：‘我有道也。五六月累丸二而不坠，则失者锱铢；累三而不坠，则失者十一；累五而不坠，犹掇之也。吾处身也，若厥株拘；吾执臂也，若槁木之枝；虽天地之大，万物之多，而唯蜩翼之知。吾不反不侧，不以万物易蜩之翼，何为而不得！’孔子顾谓弟子曰：‘用志不分，乃凝于神，其痀偻丈人之谓乎！’"按：承蜩，粘蝉，把蝉粘住。承，意为受，即粘取。蜩，即蝉。

字，或以一字而为中国之数字，而今其所谓偈咒，句齐字偶，了无余欠。至于所谓二十八祖传法之所谓书（按：宋道原《景德传灯录》），则又颇协中国音韵，或用唐诗声律"。对此伪谬，竟有"服衣冠，通今古，号为士大夫如杨大年（按：奉真宗诏参与裁定《景德传灯录》的杨亿）、苏子由（按：苏辙）者，反不悟而笔之于书也"。

朱熹《释氏论》，认定佛教未尊奉"理"，伪造佛典，殄灭纲常，绝非"君子之门"，属于"异端邪说"。

五、朱熹佛教观略评

在朱熹逝世八百多年之后，对他生前将理学构建完成的过程中对佛教提出的种种见解、批判，应予以怎样的评价呢？我们虽然不能苛责于前人，尤其是对那些在中国文化发展史中作出贡献的先贤，然而既然相关著述早已公诸四海，总不能知其有不当乃至错谬的地方而不指出，不作评述吧。

下面试从四个方面进行评述。

（一）无视佛教是拥有独立信仰体系的宗教

唯物史观告诉我们，体现经济生产方式的社会存在决定社会的意识，不仅直接反映社会经济利益和发展方向的政治、法律以及其他诸如文学、艺术等如此，即使是"更高的即更远离物质经济基础的意识形态"的哲学和宗教，也为社会存在所制约①。

———————————

① 恩格斯在《路德维希·费尔巴哈和德国古典哲学的终结》中写道："更高的即更远离物质经济基础的意识形态，采取了哲学和宗教的形式。在这里，观念同自己的物质存在条件的联系，越来越错综复杂，越来越被一些中间环节弄模糊了。但是这一联系是存在着的。"（《马克思恩格斯选集》第4卷，人民出版社，2012年，第260页）

因此，与其他社会意识及与其相应的文化形态一样，宗教的产生和发展也为社会存在所决定。佛教发源于古印度，在形成和发展中自然受到古印度社会的制约和影响。同样，两汉之际传入中国的佛教在传播和发展的过程中，也必然受到中国社会环境、封建制生产方式和政治、旧有文化的制约和影响。

各种意识形态及与其相应的文化形态之间也彼此交流、互鉴和互相吸收。佛教东渐，是中外文化交流史上的大事。佛教经过漫长的中国化历程以及与儒、道二教的深入交流会通，不仅促成了自己的更新，也极大地充实和发展了中华民族文化，逐渐形成了以儒家为正统、以佛道二教为辅的多元一体的中华文化体系，影响是极为深远的。

然而朱熹虽曾长期接近佛教，却未能做到从整体上认识或承认佛教是拥有独立的佛菩萨信仰体系、佛法教典和僧团组织等的宗教，只是将佛教看作是如同先秦的墨、道、阴阳、名、法等学派一样的学说，以至蔑视为"异端"，在各种不同场合予以讥讽、批驳，最显著的也是最致命的就是仅抓住僧众按照戒律离亲出家、持戒独身和教理中有"因缘性空"等思想，便断定佛教教人弃世"自私"，是逃脱孝亲忠君的家国责任、破坏天理纲常的"邪说"。

实际上，佛教出家僧众仅是信奉佛教者的极少数，更多的是在家居士以及那些亲近佛教的普通民众。在这个广阔的社会领域，佛教并不推广出家戒规，主要弘扬教人"行善止恶"的因果报应思想和标榜"大慈大悲"的"菩萨之道"，以营造良好社会风气，维护社会治理安定。

（二）未站在治国安民立场看待佛教

唐、宋统一王朝，在奉儒家为正统的同时，还扶植和支持佛、道二教，制定政策，设立僧道官员，限量发放度牒以控制出家人数。宋代赞宁《大宋僧史略》卷中记载："每当朝集，僧先道后；并立殿廷，僧东道西，间杂副职；若遇郊天，则道左僧右。"按照传统，表示吉庆则尚左（东），凶丧则尚右（西）。可见宋朝在重大节庆邀集佛道代表参加，对佛教采取稍为优待的政策。

　　两宋皇帝中有不少人撰写文章或诗歌赞颂佛教、注释佛经，提倡三教一致。他们作为封建中央集权体制中的最高统治者，看重佛教有教人止恶向善，维护社会治理安定的功能，从治国和发展文教的角度予以保护和支持。宋太宗设译经院（后称传法院）组织高僧译经，雕印大藏经，表示"朕方隆教法，用福邦家"；曾以新译佛经示宰臣说："浮屠氏之教有裨政治……盖存其教，非溺于释氏也。"[1] 宋真宗撰《崇释论》，称赞佛教"劝人之善，禁人之恶"，其"五戒"与儒家"五常"是"异迹而道同"的[2]。南宋孝宗认为韩愈的《原道论》"文烦而理迂"，另撰《原道论》，认为"释氏穷性命，外形骸，于世事了不相关，又何与礼乐仁义者哉！然犹立戒曰：不杀、不淫、不盗、不妄语、不饮酒。夫不杀，仁也；不淫，礼也；不盗，义也；不妄语，信也；不饮酒，智也。此与仲尼又何远乎？从容中道，圣人也"，郑重提出"以佛修心，以道养生，以儒治世"的主张[3]。

　　对照上述，朱熹作为南宋官员和著名学者，却将佛教视为与理学对立、危害"周孔之教"的"异端"，彻底否认佛教有助治国、道德教化和维护社会安定的功能，不能不说是缺乏治国的眼光和魄力的表现。

---

① 宋李焘《续资治通鉴长编》卷二十四太平兴国八年（982）记事。
②《佛祖统纪》卷四十四。
③ 同上书，卷四十七。

（三）对佛教没有整体了解，却彻底否定

前面已作考述，朱熹对佛教在古印度的起源和发展，对佛教传入中国以后的传播和发展的历史没有作过系统深入考察，没有整体了解，却一再宣称佛教之学窃取先秦杨朱、老子、列子的学说；对中国自汉代至唐宋的佛经翻译历史和所译佛典近乎无知，却断言佛经大多为"窃取《庄子》《列子》之意编造"，另外对佛教传入后中国化的过程和成果也不了解，对隋唐以后形成的带有鲜明民族特色的佛教宗派以及后来发展成为佛教主流的禅宗没有正确认识，有关表述违背真实情况。然而朱熹竟在这种情况下对佛教作彻底否定，判定为危害人伦道理的邪说，甚至说佛教大藏经"说话，遍满天下，惑了多少人。势须用退之（按：韩愈）尽焚去乃可绝"[①]，意为须用韩愈《原道》所说"人其人，火其书，庐其居"的强制方法取缔佛教。

（四）批判佛教，缺乏客观公正

朱熹在死后与周敦颐、程颢和程颐被历代朝廷奉为圣人，配祀孔子庙，在政治和文化思想界拥有崇高而神圣的地位。在朱熹生前，社会上对从二程到朱熹既汲取佛教又排佛罕有提出异议和反驳者。在他死后，在北方金朝的儒者居士李纯甫（1182—1231，字之纯，号屏山）撰《鸣道集说》，最早对二程、朱熹等理学家排佛作系统的辩解和批评。进入元、明以后，诸如元代刘谧的《三教平心论》、明代临济宗僧空谷景隆（1393—?）的《尚直编》和一元宗本的《归元直指集》等佛教史书，皆载有质疑、批评他们排佛的内

---

① 《朱子语类》卷第一百二十六"释氏"。

容。然而最有名的是明代著名高僧兼政治家、学者的姚广孝（道衍）所撰《道余录》，对二程、朱熹排佛言论作比较集中概要的介绍、宽和公允的评述。

　　姚广孝（1335—1418），长洲（在今苏州）人，出身医家，年十四出家为僧，名道衍，字斯道，号逃虚。元末于杭州径山寺嗣法于临济宗大慧宗杲下五世愚庵智及禅师（1311—1378）。明洪武十五年（1382）太祖选高僧侍诸王，为诵经荐福，经僧录司左善世宗泐推荐，姚广孝为燕王朱棣的侍僧，住持北平庆寿寺。建文帝即位后，以次削藩，经姚广孝密劝，朱棣起兵"靖难"（1399—1402），朱棣取得帝位，是为成祖。姚广孝"论功以为第一"，授左善世，拜资善大夫、太子少师，奉诏主持重修《太祖实录》，监修《永乐大典》，著有《逃虚子诗集》《逃虚类稿》及《道余录》等①。

　　姚广孝在《道余录·序》中说，他在杭州径山习禅期间，经常阅读"内外典籍"，也读过"河南二程先生遗书及新安晦庵朱先生语录"；称他们传"圣人千载不传之学，可谓间世之英杰，为世之真儒"。他接着指出：

　　　　三先生因辅名教，惟以攘斥佛老为心。太史公曰："世之学老子者则绌儒学，儒学亦绌老子，道不同不相为谋。"② 古今共然，奚足怪乎？三先生既为斯文宗主，后学之师范，虽曰攘斥佛老，必当据理，至公无私，则人心服焉！三先生因不多探

----

① 参清代张廷玉《明史》卷一四五"姚广孝传"；商务印书馆 2018 年出版的《姚广孝集·道余录》；日本中文出版社影印日本江户时代宽文六年（1666）据中国明万历四十七年（1619）钱谦益所刊《道余录》的翻刻本，卷首载有从台湾《中华大藏经》收录本补充的两段。

② 引自汉司马迁《史记》卷六十三"老子传"。

佛书，不知佛之底蕴，一以私意出邪诐之辞，枉抑太过，世之
人心，亦多不平，况宗其学者哉！

可见，姚广孝对二程、朱熹所传理学表示赞许，称之为"千载
不传之学"，尊奉他们是"间世之英杰，为世之真儒"。然后才指
出：他们为了维护名教而排斥"佛老"是可以理解的，同时指出他
们应本着"据理，至公无私"态度才能使人心服。遗憾的是，他们
读佛书太少，"不知佛之底蕴"，批评失之公允，用语过于偏激，贬
抑过分，招致世人不平，又何况信奉他们学说的人呢。

于是，他从二程遗书中挑选"极为谬诞"的二十八条（程颢七
条、程颐二十一条），从朱熹语录中挑选二十一条，在标明"明道
先生曰""伊川先生曰""晦庵先生曰"引证他们的语句后，在标明
"逃虚曰"之后，"逐条据理，一一剖析"，以期辨明真实情况。

根据前面论述并参考《道余录》列举的资料，对朱熹排佛的总
体评述可用"缺乏客观公正"六字概括。主要表现在：蔑视佛教为
"异端邪说"，未予以平等对待，居高临下地轻率地议论、讥讽和批
判；在引述佛教经文或思想时，常曲解原义，以偏概全；有时竟依
未经审核的虚假材料作出判断；因未能对佛教作深入研究，在错误
理解某些佛教语句、思想的前提下，予以批评；未能尊重高僧居
士，对南宋宗杲等禅僧的评价轻率而有失公平；对理学家借鉴、汲
取佛教思想的事实不仅不承认，而且极力加以隐讳……。有关具体
例证，在前述内容和姚广孝《道余录》中可以方便看到，这里不再
引述。

翻阅姚广孝的《道余录》，可以看到他对二程、朱熹排佛的批
评所用的言辞是十分温和的，诸如："明道之言失矣"；"程子见之
偏也"；"晦庵失却眼在"；"朱子何见之不明如此"等。并且还一再

郑重申明：

> 佛愿一切众生皆成佛道，圣人言人皆可以为尧舜，当知世间出世间圣人之心，未尝不同也。

> 释氏之说，无非化人为善，而不化人为恶，何得如淫声美色以远之。

> 佛氏之教，无非化人为善，与儒者道并行而不相悖。不相悖者，理无二也。

这无非是说，佛教思想与儒家之理是相通的，皆教人为善而不为恶，可以并行不悖，是不应当疏远加以排斥的。

尽管如此，因为理学在明、清拥有崇高神圣的地位，姚广孝在《道余录》中对二程、朱熹的批评，仍引起正统儒家的反感。这从清代张廷玉等编《明史·姚广孝传》所载"晚著《道余录》，颇毁先儒，识者鄙焉"的记述，可窥一斑。

然而在以唯物史观为指导正确考察、认识中国社会历史、传统文化的今天，对这一问题当然是完全无须忌讳和回避的了。

第九章　南宋圭堂居士《大明录》
及其三教一致思想[①]

中国在进入宋代以后，社会思想文化界的总形势是理学逐渐成为支配思想，然而渊源于南北朝的三教一致、三教同旨和三教合一的思想愈益盛行，甚至可以说已成为时代思潮。在儒者士大夫代表人物中主张和谈论三教一致或三教合一的人很多。

南宋儒者圭堂居士的《佛法大明录》是一部论述禅宗思想和修行悟道的著作，其中比较集中地论述了三教一致的思想。本书在中国本土久佚。日本有古印本，近年在中国也发现日本活字印本。此书为我们了解宋代奉佛儒者居士对佛教的理解及风行社会的三教一致的思想提供了十分珍贵的资料。

一、南宋圭堂居士和《大明录》

南宋圭堂居士所编著的《新编佛法大明录》，简称《佛法大明录》或《大明录》，在中国早已佚失，在日本至今还保存几种版本。

---

① 原为1995年7月出席台湾中华佛学研究所举办"佛教与中国文化国际学术会议"发表的论文，后收入台湾中华文化复兴运动总会宗教委员会编，1995年台北出版的《佛教与中国文化国际学术会议论文集》中。2013年收入金城出版社出版的拙著《佛教与中国历史文化》论文集。现又做修改，收入本书。

据日本学者椎名宏雄《佛法大明录诸本》① 的介绍，日本现在保存有如下三种版本的《大明录》：

（一）宋本，保存在京都东福寺灵云院，是镰仓时期临济宗圆尔辨圆入宋求法期间从临济宗虎丘派的无准师范受赠而带回国的。

日本圣一国师圆尔辨圆（1202—1280），南宋时期从径山无准师范禅师（1177—1249）受法，在回国的前夕，即南宋淳祐元年（日本仁治二年，1241 年），无准赠给他自己的顶相，并赠《新编佛法大明录》一部。据《圣一国师年谱》等史书记载，圆尔回国后曾应请为幕府执权北条时赖讲过《大明录》。后来东福寺僧大道一以所编《东福寺普门院经论章疏语录儒书等目录》（1357 年编）著录"《大明录》三册"，虽册数相异，此当即圆尔带回的现藏灵云院的宋版四册本《大明录》。但此书现在不易借阅，在白石芳留《禅宗编年史》正续二册中附有三叶照片，在每日新闻社刊的《重要文化财》第二十一卷中收有六叶照片，据这些照片可窥其概貌。

（二）明本，保存于大东急纪念文库，据文库《贵重书解题》，是线装四册本。在此书卷首的"纲目"末尾载有刊记："建文己卯募缘，张智朗重刊印行，圣寿寺比丘处礼、法颛"；卷二十的末尾有"四明胡公举刊"。可见明版本是明建文元年（1399）由四明的僧俗集资刊印的。另藏于天理图书馆的所谓"元版本"，实际也是明本。

（三）日本江户时期的古活字本，在驹泽大学和松冈文库等处有收藏，盖有"曹洞宗大学林文库"之章。刊印时间在元和、宽永年间（1615—1644）。

近年，杭州径山寺方丈戒兴法师从旧书店买到一部《佛法大明

① 载《曹洞宗研究员研究生研究纪要》十一，1979 年。

录》，据查，与此活字本完全一样，并且也盖有"曹洞宗大学林文库"的印章。

据椎名宏雄考察，现存明本《大明录》是按照宋本版式的覆刻本，而日本古活字本又是明本的忠实覆刻本。因此，三本在内容和版式上没有大的差别。

笔者依据驹泽大学收藏的古活字本《大明录》复印本，对此书作者南宋圭堂居士及其三教一致思想进行考察和论述。

关于圭堂居士，史书无征，仅从《大明录》卷首所载南宋理宗绍定二年（1229）空隐道人之序、圭堂自序以及卷二十之后所载宝庆二年（1226）东禅报恩光孝禅寺道琳之跋文，可知其点滴情况。

第一，"圭堂"既非真名，也非真号，仅是个代称或化名。道琳跋文说："居士是书发七百年（按：此从菩提达摩来华算起）未言之秘，谓吾在佛法之明而已。乡与名氏，吾不愿及，以至托之虚号，而曰：'我未尝有是也。非无我无我所者能之乎？'圭堂实非其号也，特此以寓二事之意焉耳①。"

第二，圭堂是位信奉禅宗的儒者，是位居士。空隐道人在序中称圭堂为"吾同参"，"圭堂隐于儒中，非有所沾于世，故不以名焉"。圭堂自序称，著《大明录》后"姑藏于家，期他日以授同志者"。在其后序中又自称是不得已而著此书，自谦言"佩诗书礼乐之教而欲发明祖佛之道，多见其不知量也"。

第三，圭堂生活的年代当在 13 世纪前半叶。《大明录》的序、

---

① 《大明录》卷十四《大用下》，圭堂引《楞严经》中"如来藏中性色真空，性空真色"等一段话，说"真实土、真虚土皆土也"，"两土成圭"；《楞严经》之真水、真火、真风、真土"四真"……与《金光明经》四如来（东方阿閦佛、南方实相，西方无量寿，北方微妙声）"混合一室"，皆讲"造化之一源，先天之妙道……"。其中的"两土成圭"，即圭堂化名的根据，用以表示妙空、妙有"二事"的。

跋中有四处题有年代：宋绍定二年（1229）、端平二年（1235）、嘉定十七年（1224）、宝庆二年（1226）。由此不仅可知圭堂生活的大致年代，也可知此书最后成书的年代。

此书广引《景德传灯录》《六祖坛经》和诸家语录作为主要依据，称之为“大本”；引《华严经》《法华经》《楞严经》等经为禅法理论提供佛法依据，称之为“渊源”；又引道经《太上度人经》《太上生神章经》《黄庭经》等作为阐发禅法奥秘的证明，称之为“交证”；又引《永嘉证道歌》《诸祖偈颂集》《六祖成道行状》等来发挥禅法主张，称之为“贯穿诸集”；书中论在家奉法，“发明正身修己之事”（即其《净行篇》），采摭儒者数家的文集，如晁文元公（晁迥）《道院集》、龙舒（王日休）《净土说文》、无尽居士（张商英）《昭化院记》、苏轼《东坡文集》以及《唐书》《国朝名臣言行录》《法藏碎金》等。全书共引佛、道、儒经集著述135种，分类加以评述，阐释禅宗明心见性的宗旨和达到觉悟的修行方法、觉悟境界等。

空隐道人之序曰：

> 昔大慧禅师集《正法眼藏》，天下知其纲纪，宗门持揭后学。或者犹曰，浑沦无缝，前之不知其始，后之不知其终，跃而入者固难，翻而出者尤难。学者既未能自了其归趣，则艰于骤窥者，不过以为高妙奥远而已。
>
> 吾同参圭堂，叹宗风之若线，未有甚于今日。《正法眼藏》尚未能入，况能出乎？尚不知其始，况能赜其终乎？乃独浅深禅宗之妙品，为十四节……诸祖不言之秘，学者未闻之机，天下无参之妙，皆井然条而理之，佛法真大明于此书也。

以上是说在大慧宗杲著《正法眼藏》之后，人们虽从此书得知禅宗的基本旨趣，禅宗内部也用此书启迪后学，但仍有很多人读不懂，不知其所云；理解难，透过其文字而领悟禅机，达到超脱更难。禅宗学者不能理解其解脱要旨，刚发心想入门者则认为禅宗语录公案"高妙奥远"，不敢问津。因此圭堂摘录、品评禅宗文献语录，分编为十四节（篇），著成《大明录》。"大明"是阐释发明佛法禅语奥义的意思。圭堂之序谓："以禅宗古浑（按：原作'混'，据空隐道人序之'浑沦无缝'改）沦，而今始序也，故特书曰：佛法大明。"圭堂以揭示禅法奥义的天下第一人自许，称此奥义古来被隐藏，使人们对禅宗有迷蒙混沌的感觉。他著此书是为参学者领悟禅宗要旨提供方便。

全书二十卷，分为明心、净行、破迷、入理、工夫、入机、见师、大悟、的意、大用、真空、度人、入寂、化身十四章，外有《篇外杂记》①一章。在每章前有"圭堂曰"；一段或几段引文后有"圭堂曰"或"圭堂闻曰""圭堂颂曰"；在《篇外杂记》章用"圭堂论曰"，表述作者的见解。

其中的《净行》《化身》《篇外杂记》三章比较集中地论述了三教一致的思想。

二、《大明录》的三教一致思想

《大明录》成书的时代理学已广行社会，并开始成为对思想文化界最有影响力的学说。理学也称新儒学，是在儒家经学和佛教、道教的会通、结合的基础上建立起来的。理学创始于周敦颐，由张

---

① 卷首"卷目"作"篇外杂记"，卷二十实作"篇终杂记"。

载奠定基础，经程颢、程颐而建立体系，而由朱熹集其大成。在朱
熹晚年和他死后一段时间，受朝廷中党争的牵连，以朱熹为代表的
理学家被贬为"伪学""逆党"，受到迫害，理学经典遭到禁止，史
称"庆元党禁"或"庆元学禁"。但时间不长，宋宁宗嘉泰二
年（1202）弛党禁，程朱理学更加风行于社会。《大明录》成书时
党禁已过去二十多年，此书在论证三教思想时常引用理学概念和思
想，具有不同于以往论三教一致思想之书的时代特色。

（一）论在家奉佛修道和儒佛一致

《维摩诘经》通过维摩诘居士与文殊菩萨等人谈论佛法，宣说
大乘佛教的空、中道实相和不二法门，提倡在家修行的"菩萨道"。
古来不少在家居士奉维摩诘菩萨为效法的楷模，赞扬他的"不舍道
法而现凡夫事"的在家修道的做法和精神。圭堂对维摩诘菩萨也极
为尊崇，在引用《维摩诘经》中"虽处居家，不着三界，示有妻
子，常修梵行……入治政法，教护一切……入诸酒肆，能立其志"
等经文之后，卷二《净行上》评论说：

> 大哉，佛法之无所不入也。世尊为出家之教，维摩则以为
> 在家之教，所以维摩与世尊相望对峙，诸大弟子之问疾者皆不
> 敢撄其锋。佛法之意，盖曰：出家禅师、在家居士，同修同证，
> 实无优劣。故自大乘东播之后，在家菩萨发明祖佛心髓而见于
> 文章翰墨、塔铭碑记、诗章之中者，何啻千百数言。世以其和
> 光履俗故，有法言密行，坐去事迹，亦皆略而不传。某谓苟能
> 实证实悟，初何间于僧俗。

圭堂认为释迦佛所倡为"出家之教"，维摩诘则倡"在家之

教"，在家居士与出家禅师"同修同证，实无优劣"。古来身为在家
居士者有不少人为阐发佛法奥义作出贡献，但世人因为他们身处世
俗社会之中而对他们的言教和事迹略而不传。圭堂主张，只要能达
到"实证实悟"，就不应对僧俗作区别看待。他举古今在家居士，
例如宋以前的双林大士（南朝梁傅翕）、李长者（唐李通玄）、老庞
（唐庞蕴）等人早为世人共知；再如唐朝的裴公美（裴休）、白乐天
（白居易）、房融、王维等人；宋朝的苏文忠公（苏轼）、范文正公
（范仲淹）、张文定公（张方平）、晁文元公（晁迥）、李文靖公（李
沆）、杜文献公（杜衍）、杨文公（杨亿）、赵清献公（赵抃）、李文
和公（李遵勖）、孙仲益尚书、王敏仲侍郎、陈了斋（陈瓘）、刘元
城（刘安石）、张商英、杨杰、张浚、蒋之奇、史浩，都在佛学方
面有深的造诣。卷二《净行上》说：

> 历代居士之学佛，达则行道于天下，穷则独善于山林，实
> 证实悟，多隐泯不闻。为可叹，非隐泯也。世无正眼，谁能识
> 之。《净行》之卷，特以维摩为先，盖欲各安于人道之常，而
> 知最上一乘之妙，初无间于僧俗。如是则佛之道愈大，而朝市
> 山林皆得之矣。人伦不废于外，而佛法高目于内，孰若维摩之
> 道为大中至正者。

圭堂所列举的奉佛居士中或位高宰相，或任朝廷命官，或为学
士，或为理学名儒，皆属于士大夫阶层，自然遵奉儒家纲常伦理，
在其位忠君孝亲，同时又虔诚信奉佛法，倾心禅宗。圭堂认为他们
"实证实悟"的言行多被隐没，是因为世上没有正确认识他们的人。
圭堂有鉴于此，所以特别在书中提倡维摩诘居士的在家奉法的做
法，希望人们安于日常伦理本分，同时像前面所列举的那些人那样

信奉佛法。他认为作为最上乘的禅宗，本来是同等看待僧俗信徒的，应当为朝野山林的一切人所信奉。他把维摩诘的在家奉法的做法和精神，称之为"大中至正者"，有时称"真常中正之道""居士大中至正之道"。他在书中反复提倡这种居士之道。

何为"大中至正"和"中正之道"呢？原来这是取自理学的概念。周敦颐《太极图说》说："圣人定之以中正仁义（自注：圣人之道，仁义中正而已矣），而主静（自注：无欲故静），立人极焉。"张载《正蒙·中正篇》说："中正然后贯天下之道，此君子之所以大居正也。盖得正则得所止，得所止则可以弘而至于大。"又说："学者中道而立，则有仁以弘之。"邵雍《皇极经世书》："至大之谓皇，至中之谓极，至正之谓经，至变之谓世。"参有关解释。"大中至正"和"中正之道"是儒家所追求的最高的道德标准和理念。"中""中正"即儒家提倡的"中庸""中道"，有时也称之为"中和"，意为不偏不倚，无过不及，宋儒以"理""天理"为中正或中庸之道（见朱熹《中庸章句》），实际以儒家的纲常伦理作为道德修养的最高目标。圭堂所说的"中正之道"除含有理学的理解外，还有他赞赏的像维摩诘居士那样把入世和出世、居家和修道相结合的符合大乘"中道""不二法门"的做法，称之为"居士大中至正之道"。

圭堂之所以倡导在家奉佛修道的"在家之教"，是因为他认为在家所尊奉的儒家伦理与大乘佛教的基本主张是一致的。卷二《净行上》说：

> 儒道之至大而无尽者仁也。尝语一儒者曰："佛之谓悲，即儒之谓仁。"儒者曰："仁之道尤大于悲乎？"某曰："佛氏用字，又别一体，当自其教观之，不以辞害意可也。如翻智曰慧，翻道曰法，翻德曰行，翻仁曰悲耳。尝读道经，屡称大哀天尊。

哀与悲皆仁之抴其至者也。夫学佛之首，便当以大悲熏心，即儒所谓造次不违仁是也。仁为五常之首，悲为万行之先，不可须臾离也。儒教仁道，至大而无尽，其用散见而不一。佛之大悲，大含法界，细入微尘，妙用无尽，亦不可以形容。到不必曰能爱之谓悲，悲固能爱，爱者悲之一端耳。其至也，盖以天地万物为一体，法界群生为一觉，合融万有，普摄无际，譬如虚空，平等随入，无身之至矣；以群生万物而为身，无己之至矣。以群生万物而为己，华严谓之等真法界是也。"

这是说：（1）儒教的伦理的和政治性的范畴"仁"，与佛教的"悲"、道教的"哀"是一致的。（2）"仁"是儒家伦理五常（仁义礼智信）之首，并且"至大无尽"，包括孝悌、忠恕、爱人乃至施诸政治的仁政，表现为种种德目和实践方式；"悲"为大乘佛教"万行之先"，佛的大悲不仅表现为爱众生，把众生从苦难中拯救出来，而且贯彻到宇宙万有一切大小事物之中。（3）在家居士不可一时不行仁，也不可不行悲，应将二者视为一体，并行不悖。（4）如达到与"群生万物"为一体，即通过修行悟道而达到最高解脱境界，此即进入《华严经》所说的一真法界或等真法界。

大乘佛教讲的大悲、悲，一般与大慈、慈连用。慈悲的基本含义是：慈为与众生乐；悲为拔众生苦。大乘佛教所提倡的"菩萨行"或"菩萨道"的基本要求就是发扬大慈大悲的精神，普度一切众生。圭堂的解释自然不完全符合儒家的"仁"和佛教的"悲"的本来含义，他只是依据儒家的"仁"和佛教的"悲"都有"爱人"的含义而将两者沟通、等同，进而就他主张的儒佛一致，行仁与行悲相即不二的思想，进行发挥。

圭堂认为要求学佛者"毁而形服，绝而人伦"，采取出家形式，

虽很"省事"，但这对于"不废人道而学佛"者并不可取。他认为
杨龟山（杨时）所说"佛氏和顺，于道德之意盖有之，理于义则未
也"，是有道理的。为什么呢？有的学佛者认为只有出家绝亲才能
奉佛修道，把人世视为"梦幻"，"世有学佛失正，乃漠视天属为幻
妄者，知欲兼爱蠢动而不知先其亲"。此皆为不符合"义"的想法
和行为。什么是"义"？"正理之大顺，事物之适宜，天下之公论，
而人心之宰制者也。"义的表现有种种："父母不听，不得出家"，
此为义；"学佛之人不违父母，尤不敢不勉孝"，是义。圭堂认为：
"苟欲普悯群生，便自事亲始。孝者百行之源，其源不正，余未足
多道。"他批评洞山良价《辞亲书》"刻恩无天"，而不予编录和提
倡。中国自汉代以后，儒家特别提倡"孝道"，把它贯彻到君臣、
父子等各个方面。儒家攻击佛教的一个重要口实就是佛教僧人辞亲
出家，有违孝道。圭堂虽不是攻击佛教，但他批评佛教界有人片面
强调出家、出世的说法，而主张奉持大乘佛法必须奉行孝道，这样
做才可避免世人对佛教的"于义则未"的批评。他说："夫儒教以
仁与义相资，佛法以悲与智齐等。前明大悲之仁，而此明惺悟之
义。仁义两尽，则悲智之用得矣。此学佛之第一行也。"（以上皆见
卷二《净行上》）他认为在家信奉佛法，躬行仁义之道，同时也就
体现了佛教的悲、智精神。

　　佛教有戒律，即使在家奉法也要持五戒，有时还应持八戒。圭
堂是如何对待在家持戒的问题呢？他在卷二《净行上》说：

　　　　居家者，但当清净为先，而守孝悌仁义忠信不欺以为戒。
　　则戒莫大矣；以为行，则行莫大矣。俯仰无愧，虚净明妙皆生
　　于此。虽不必曰五戒、十戒，而禁过之道，已凛然在。

这实际是主张以儒家伦理取替佛教的居士戒。

儒者自古把参政作为重要进取目标，宋儒尤重《大学》的修身、齐家、治国、平天下的言教。圭堂认为居官为政，可以利济民众，与佛教的"利生济物"的宗旨是一致的。卷二《净行上》说：

> 谋国莅民，所济大矣。一政可以仁天下，一令可以泽四海。莅一境，则一境之民受其赐；典一职，即一职之人沐其惠。较之隐居山林而未免就匹夫之事，区区饲一鹊，活一鳞，仁有间矣。大佛法未尝必日遗世。维摩之入政治救一切，非入政治则不足以大其救护也。

圭堂所提倡的是居士佛教。他说居士所奉的"大中至正之道"就是要求奉佛法者不必脱离自己所从事的"工农工贾"之业，可以像维摩诘居士那样致富、居贵名位、为儒及从事各种世俗事务。他在《净行篇》中引证经籍语句，专论居士奉法之事而"不言出家之事"。对此他解释说，因为"僧而学佛，天下所知也；居士而学佛，或者未之知焉。故惟言其所不知，则其所知者人益尊之矣。达摩之后七百年，何待今日而论僧事。是意也所以混缁俗于一致而已，宁有取舍于其间哉！"（卷三《净行下》）圭堂自认为在达摩来华后无人认识居士佛教的意义，他是首先认识居士之道而加以提倡的，故在《净行篇》中有意不论为世人熟知的僧人之事，而专论居士学佛之事，目的在"混缁俗于一致"，向世人阐明在家奉佛与出家为僧是一致的道理。

（二）佛、道二致同源和互相融摄论

中国道教是在黄老学说的基础上吸收传统的鬼神观念和神仙方

术于东汉后期正式形成的，在发展中吸收了儒家的伦理和佛教的本
体论、心性论的思想，编制了大量道经。道教经南北朝，到隋唐时
期已成为与儒、佛二教相颉颃的社会势力了。宋朝皇室尊崇道教，
称其祖赵玄朗为道教尊神，宋真宗、徽宗、理宗都以崇道著称，因
而道教也十分盛行。这种情况对当时的思想文化界产生广泛而深刻
的影响。

　　圭堂在论述禅宗的修行和觉悟境界的过程中不仅常常引述道教
经典，而且专门在《篇终杂记》中论证了佛、道二教同源和互相融
摄的问题。他的论证不是根据历史资料，而是根据他自己对佛、道
二教的理解来进行的。因此，他的理论不仅有明显的牵强附会，而
且有许多地方讲得含糊不清。下面仅择取其梗概进行介绍。

　　他论述说，在"空劫"之先，无有任何形象，只有空虚光明的
"觉"，即佛的法身——"天地宗"，假称其名为"毗卢遮那"；在所
谓"性与命"相结合之后，形成"智用交融，后天显化"的报身
佛，称之为"毗卢舍那"（按：他不知道二者为同一梵名的译音）；
在人世中显化的佛名为"释迦牟尼"，此为化身。当空劫之前仅有
法身之时，没有佛教、道教之分，而在它显化于人世间之时，便分
为佛、道二教。他在卷二十《篇终杂记》说：

　　　　教立于两，何哉？噫，厥初有一而已。空劫之先，性命混
　　然，无名无字，无分无别。才堕语言，便分两教。由是一以妙
　　空设教，以性为主，以命为伴；一以妙有设教，以命为主，以
　　性为伴，互相摄入，各立而悉具。

　　　　道以妙有为宗，故以尊设教；佛以妙空为宗，故以大设
　　教。道经言：玉清圣境在色界、无色界之上，而高升于最上空
　　洞无际，不可言尽之中。佛经言：常寂光土，遍涵东西南北、

四维上下，尽十方世界，而太极于十方虚空无际，不可言尽之
表。二说实同也。上极无际，即其太极无际者也。姑譬之以日
焉，光明升于寥寥太空之中，道则竖说以上之照下而言其尊，
佛则该说以普照十表而言其大。故信道者谓佛不如道之尊，信
佛者谓道不如佛之大，而不知同一光明者也。

《华严》以东方表命，西方表性。老子既以命为教，故卒
之西函谷关以隐焉，示性命之两圆也。白首者，形容衰朽变迁
还空，以返先天之义，不必示灭而灭之意已。

厥初空洞妙混之中，性命之极，未分而咸具，堕在名相，
一教必不能兼（自注：偏有命宗，则但知生化之基而已，性含
法界，无所不知，何以明其妙。偏有性宗，则但知性含法界而
已，而生化之基，无所不立，何以明其妙。盖以先天具此二
妙，平等俱重，一教终不能兼，故分为两，而各处其极）。故
佛者性之极，道者命之极，两教对立而交摄，则先天性命之妙
始全，盖非一则无以为两，非两则无以见一。

归纳起来，圭堂不外是说：

（一）在佛、道二教形成之前，宇宙中仅有无形无象的佛的法
身，道教称此为"玉清圣境"，即元始天尊及其仙境；佛教称之为
"常寂光土"，即法身佛土，按《华严经》的说法是毗卢遮那。其中
包括"性"与"命"两个方面，二者混沌未分。

（二）从此法身之中分化出"性"与"命"两个方面，进而形成
两教，佛教以"妙空"设教，以"性"的教理为主，"以命为辅"；
道教以"妙有"设教，以"命"的教理为主要宗旨，"以性为伴"，
即佛、道二教当中各自含有对方的教理成分，并且互相融摄，"两
教对立而交摄"，虽并存而又互相补充、会通，不可偏废。

（三）佛教称最高的佛为"大佛"，"以大设教"；道教称最高的神为"天尊"，"以尊设教"，但普通的信奉佛、道二教者互相贬低对方，却不知道二教本来同源。

（四）称《华严经》以"东方表命"，老子为道教教祖，是"以命为教"的，因为知道"西方表性"，所以隐化于函谷关之西，以表示在"性""命"两个方面都修证圆满；而老子生来白首则表示"衰朽变迁""还空"之意，最后从有返本还原。

这里面所提到的"性""命"是什么意思呢？应当指出，它们不同于程朱理学所讲的"性"与"命"。程颐说："在天为命，在义为理，在人为性，主于身为心，其实一也。"[①]"理也，性也，命也，三者未尝有异……天命犹天道也，以其用而言之则谓之命，命者造化之谓也。"[②]朱熹在《中庸章句》中对"天命之谓性"解释说："命，犹令也。性，即理也。天以阴阳五行化生万物，气以成形，而理亦赋焉，犹命令也。于是人物之生，各得其所赋之理，以为健顺五常之德，所谓性也。"可见，理学的"命"即"天命"，是万物和人秉"理"而生化成长的必然性。"性"是"理""天理"，是人先天所秉有之理。在实际上，"理""性""命"是没有根本不同的。这里讲的"理"，被说成是宇宙万物的本原、本体，又是天地万物的总原则，然从其内容不难看出，它不过是儒家纲常伦理和社会法则的高度抽象化了的概念。

圭堂居士所讲的"性"，即大乘佛教讲的法性、佛性、如来藏、法身、一真法界。《大明录》卷一《明心篇》说："心即是性，性即是佛，名异体一。"又说："何以谓之真心、本来面目？寂然而不动

---

① 《二程集》第一册《河南程氏遗书》卷第十八《伊川先生语四》（刘元承手编）。

② 《二程集》第一册《河南程氏遗书》卷第二十一下《伊川先生语七下》（《附师说后》）。

者是也。从无始来，湛妙圆常，坚固不坏，了了常知，灵灵真觉，亦曰佛性，曰真如，曰实相，曰本际，曰般若……”从法性、法身的无形无象的方面来讲，称之为“妙空”。它虽与理学讲的“理”“太极”不同，但在被作为宇宙万有的本原、本体的方面，却有相似的地方。

所谓“命”，是指法性、法身化生世界万有的功能、作用。“性”作为世界万物本原和本体，故称“性含法界”。“命”则为“生化之基”，可化生一切事事物物，相对于无形无象的“妙空”，被称为“妙有”。“性”与“命”在所谓“空劫之先”是混而不分的，是“虚明寂照”的毗卢遮那法身佛，亦即未显示“命”的生化作用时的法性。有时也称此为“真空”，很像周敦颐《太极图说》中的“无极”。周敦颐《太极图说》谓：“自无极而为太极。太极动而生阳，动极而静；静而生阴，静极复动。”由阳阳而生天地两仪，生五行、四时、万物。无极为无，太极为有，从无生有，生万物。《老子》讲：“道生一，一生二，二生三，三生万物。”解释有种种，但都承认老子以“道”为世界本原，它无形无象。有的解释从道生阴阳二气，再生阳、阴、和三气，再生天地万物。实际上，圭堂所讲的从法身的“真空”，演化为“生”与“命”分化的状态，再演化为天地万物，虽是在变相套用真如缘起论，但实际是在模仿老子、周敦颐的宇宙生成论的论证模式。他在书中不只一次地讲过与他们相类似的话，例如称：“其初有一而已，为大道之祖，一法之宗，两仪之根，万化之母”；“大真空境界中，则文殊（按：谓其代表空、性）、普贤（按：谓其代表有、命）其体本混然……则一生二，二生三，三而为师、为母之时也”；“其于一生二，二生三，自空而至有，自性而至命，为师为母之先天本源处”（卷二十《篇终杂记》）。

圭堂论证的着眼点主要在佛、道二教是同源的，又是互相融摄，应当长久并存的。因此他没有对自己所讲的"一生二，二生三……"作详细解释，甚至还保留了很多含糊不清的地方。可以说，他的结论是十分明确的，但他的论证是牵强附会的，也是混乱的。他甚至对所谓佛教以"妙空设教"，"以性为主"；道教以"妙有设教"，"以命为主"等，也没有作详细解释。

（三）虽主张三教一致，但强调儒家之教应占支配地位

中国自汉武帝"罢黜百家，独尊儒术"之后，儒家的正统地位一直未被动摇过。此后兴起的佛、道二教不得不依附于儒家，在适应儒家正统地位的条件下修正、补充和发展自己的教义、修行方法。在儒者之中，不管是否信仰佛、道二教，都认为以儒家学说为正统、为经国治民之道为天经地义。宋儒以继承孔孟以来的道统自任，创立理学，提倡依据儒家纲常伦理修身、齐家、治国、平天下。

圭堂居士是个儒者，对理学相当熟悉。他虽信奉佛教禅宗，主张三教一致，但同时反复强调儒教的正统的支配地位绝不可动摇，反映了当时儒者根深蒂固的观念。他在卷二十《篇终杂记》说：

> 穹然而高者，天也。隤然而下者，地也。混然中处者，人也。厥初人道之始生，而儒教已为之主，既而两教（按：佛、道二教）乃入，将为之伴焉，非主也。故儒教之尊，实为人道之大源。大抵两教本有交参之妙，故论两之合者，自吻然而无迹。儒教本为人道之宗主，故论三之合者，终机阻而不安。是以儒氏斥佛老之学谓之异端。伊川曰："但本领不是，一齐差却。"诚如是也。

> 是故真具正眼者终不妄摘其一二句之相似者强合附会，以

紊儒宗立天地、正人心之大统。所谓不同之同，乃所以深同
之也。

虽然三之不可强合固也，而各有一言可以纲之。何者？道
以尊设教，佛以大设教，儒以正设教。世间只有此三字，而三
家各主之矣。

是说以下三点：

（一）儒教是人类社会的至高指导原则，即"人道之大源""人
道之宗主"；佛、道二教处于它的从属地位，辅助地位，所谓"为
之伴焉，非主也"。

（二）佛、道二教源于原初"性命"之分化，并且二者互相融
摄，故此二教可以吻然合而为一，但儒教与佛、道二教本旨不同，
不可与它们相合，因此反对摘引佛、道典籍中的语句比附儒教的做
法，认为此将紊乱动摇儒教"立天地、正人心之大统"。

（三）道教以天尊设教，佛教以大佛设教，儒教以中正设教，三
者虽主旨不同，但正因为不同，所以为"深同"，同为世间所需。

然而圭堂所说的儒教，正是宋代兴起的新儒学"道学"或"理
学"。理学把《大学》《中庸》《论语》《孟子》"四书"提到与"五
经"同等的地位，注重探究"性与天道"的哲学问题，并涉及政
治、教育、道德等方面的问题，提倡通过修心养性而达到治国、成
圣的道理。圭堂是如何论释当时的儒教呢？卷二十《篇终杂记》说：

儒者之道，一言可以蔽之，曰正也。非穷天以为高，非极
地以为深，本于性分之中，而发见于躬行日用之实，三才以
立，人伦以定，大本正于人心，而功用行于万世者也。

然道原出于天，道统传于圣贤，而道学则大明于圣朝之

盛。昔也泛滥，而人无适从。今也因其名穷其义，而所谓名义者，凡三十焉，曰太极，曰天，曰性，曰命，曰心，曰道，曰德，曰仁，曰义，曰义利，曰大中，曰时中，曰中和，曰诚，曰情，曰才，曰善，曰礼，曰乐，曰忠恕，曰智，曰信，曰孝，曰敬，曰恭，曰志，曰气，曰命分是也。是皆以天理为之本，而发明则不同焉，故又谓之理学。

虽然，大莫大于性命。其说有二，有天命之性（自注：纯粹至善，之初而与天为一者是也。是之谓万殊而一本），有气质之性（自注：智愚、贤不肖，随所禀而分者是也。是之谓一本而万殊）；有天命之命（自注：一理自然之初而流行付与者是也。是之谓分殊而理一），有气赋之命（自注：贵贱、穷达、祸福、寿夭之类是也。是之谓理一而分殊）。故理之自然者谓之天，出于天者谓之命，禀于人者谓之性，而又有气质气赋之不同一焉。儒学之大，盖可见于是矣。

对宋代理学的基本学说作了说明。圭堂讲理学"以正设教"，此"正"当即"中正""中和""中庸"，是符合"理"的道德标准，"止于至善"即为正。依此而正心诚意、齐家、治国、平天下。通过行仁义，"尽人道"而与天、地相并以成"三才"①。认为"道"源于天，经过如唐韩愈《原道》所说的道统传授，孔孟之后失其传，而至宋儒继其绝。朱熹弟子黄榦为其师所写《朱侍讲行状》说："道之正统，待人而后传……由孔子而后，曾子、子思继其微，至孟子而始著。由孟子而后，周、程、张子继其绝，至先生而始

---

① 参张载《易说·说卦》："《易》一物而三才备。阴阳，气也，而谓之天；刚柔，质也，而谓之地；仁义，德也，而谓之人。"《易说·系辞上》："盖尽人道，并立乎天地以成三才，则是与天地参矣。"

著。"此即圭堂所说道学至"圣朝"而兴盛。

圭堂所提出的理学三十个（实二十八个）条目主要是围绕"性"与"天道"而提出来的，从它们的渊源来看，大部分源自《易传》、思孟学派的《中庸》，但在对它们的含义的论释中可以清楚地看到佛、道二教的影响。理学讲的一理摄万理，万理归于一理，或"人人有一太极，物物有一太极"（《朱子语类》卷第九十四），即为"理一分殊"，用以说明理为万有本原和本体，说明天理与万物各具之理的关系。圭堂以"本于性分之中""皆以天理为之本"来概括理学的特点，是抓住了理学的旨要的。他不仅介绍了"天命之性"和"气质之性"，又介绍了现在为人少知的"天命之命"和"气赋之命"，是饶有趣味的。按照理学的观点，人生来都禀有"天理"，此即为"性""天命之性"，是至善的。但由于先天所禀的阴阳五行的气质有清浊不同，故人们具体之性有善有恶，此为"气质之性"。人们通过克制人欲的修身养性的道德实践可以"变化气质"，使本然至善的性复明，此即"存天理，遏人欲"，"存天理，灭人欲"。圭堂所讲的"天命之命"与"气赋之命"，和"天命之性""气质之性"在实质上没有多大差别。可以认为，"天命之命"是由"天命之性"所决定的必然趋势或作用；"气赋之性"是由"气质之性"所决定的趋势或作用。

圭堂认为儒教无论对自然界还是对社会都有极大"扶持"作用，其正统地位是不容动摇的。他称颂说："儒道之大，一日不可无也。天地以之位，万物以之育，而人生得以自安自遂于天地间，皆儒教扶持之力也……儒教特立于天下，扶天立地，不可干其正，而或者妄欲摘释老教中之语以紊之，夫是之谓真无识。"（卷二十《篇终杂记》）

圭堂居士以菩提达摩之后第一个阐明"居士之道"者自许。他所提倡的"居士道"也贯彻着三教一致和兼奉三教，同时尊儒教为正统的精神。卷二十《篇终杂记》说：

> 大哉，居士之道也，三教得以兼之而用不胶。此维摩所以入政治法爱护一切，而未尝枯就其一偏也。韩子曰："宫居而粒食，亲亲而尊尊，生者养而死者藏。故道莫大乎仁义，教莫正乎礼乐刑政。施之于天下，万物得其宜；措之于其躬，体安而气平。"① 苟欲舍此而不处，则将安之乎？
>
> 夫自大乘东播之后，今之七百年矣②，竟未有一人以发明居士之道者。徒以愿弃人间事之举，而欲为法于居家尽人事之中。何尝各相背驰，而两相矛盾。由是学者履世之道，无所师法，一闻祖师厌世之谈，则其心已飞动而不安，谋为绝孝悌，伤仁义之举，而不可行，则又慨叹颠倒而不能以自决。
>
> 噫，不舍道法而现凡夫事，此则大乘中正之师，而亘千万世可以通行而无弊者也。是故居士之道，以三纲五常为大本，以"六经"、《语》、《孟》为渊源，以士农工贾为实务，以孝悌忠信、名分上下、长幼内外为安居；谓道由心悟，玄由密证，事无所畏也。故可以显，可以隐，可以朝市，可以山林。处世间法、出世间法，皆得以圆而妙之，而用不胶。佛者见之谓之佛，道者见之谓之道，儒者见之谓之儒，而不知居士则未尝有焉。此其所以为居士之妙也。

概括起来是说：

---

① 此引韩愈《送浮屠文畅师序》，见《韩昌黎文集》卷四。
② 此指自达摩西来之后七百年，"大乘"特指禅宗。

（一）对三教的态度是不偏执其中任何一教，而应三教兼奉；

（二）居家不脱离士农工商的日常生活，尊奉儒家的纲常名教，安于上下名分，遵循孝悌忠信的伦理规范，不要厌世，也无需出家；

（三）"不舍道法而现凡夫事"（《维摩诘经》中语），在生活日用中修道参玄，达到内心觉悟，不把个人的进退荣辱放在心上。此即为"中正"的居士之道。虽称"佛者见之谓之佛，道者见之谓之道，儒者见之谓之儒"，但把儒教纲常名教置于优先的指导地位是十分明显的。

圭堂所说的居士之道，其实也是宋代居士生活准则的真实写照。

这里顺便指出，圭堂居士的《大明录》传入日本后曾对传播中国禅宗以及传播宋学（理学）起过重大作用。尽管日本临济宗禅僧虎关师炼（1278—1346）在其史书《元亨释书》卷七，文集《济北集》卷十七、卷十八对《大明录》进行严厉批判，谓其"谬妄之甚""乖戾甚矣""言禅不知禅""皆魔说""狂妄臆度，品藻吾宗"等等，但不能抹煞它在历史上所起的作用，也未能完全阻止它在日本佛教界的流行。

主要参考书目

《中国史纲要（修订本）》，翦伯赞主编，人民出版社，1995年

《中国哲学史》第三册，任继愈主编，人民出版社，1964年

《宋明理学史》上册，侯外庐、邱汉生、张岂之主编，人民出版社，1984年

《宋明理学研究》，张立文著，中国人民大学出版社，1985年

《理学的演变》（第二版），蒙培元著，福建人民出版社，1998年

《理学范畴系统》，蒙培元著，人民出版社，1989年

《中国佛教史》卷一至卷三，任继愈主编，中国社会科学出版社，1981年—
　　1988年

《中国道教史（增订本）》，任继愈主编，中国社会科学出版社，2001年

《唐五代禅宗史》，杨曾文著，中国社会科学出版社，1999年

《宋元禅宗史》，杨曾文著，中国社会科学出版社，2006年

《隋唐佛教史》，杨曾文著，中国社会科学出版社，2014年

《敦煌新本六祖坛经》（第三版），杨曾文校写，宗教文化出版社，2014年

《宋代禅宗の研究》，〔日〕石井修道著，大东出版社，1987年

《北宋佛教史论稿》，黄启江著，台湾商务印书馆，1997年

《宋代佛教史の研究》，〔日〕高雄义坚著，百华苑，1975年

《宋儒与佛教》，蒋义斌著，台湾东大图书公司，1997年

《宋元佛教文化史研究》，〔日〕竺沙雅章著，汲古书院，2000年

《高僧传》，〔梁〕慧皎撰，《大正藏》本，日本大正一切经刊行会，日本大正十
　　三年（1934）

《续高僧传》，〔唐〕道宣撰，《大正藏》本，日本大正一切经刊行会，日本大正
　　十三年（1934）

《宋高僧传》，〔宋〕赞宁撰，范祥雍点校，中华书局，1987年

《补续高僧传》，〔明〕明河编，《续藏经》本，日本京都藏经书院，明治三十八

年至大正元年（1905—1912）

《新续高僧传四集》，〔民国〕喻谦编，上海古籍出版社，1991年，见《高僧传合集》（影印本）

《大唐内典录》，〔唐〕道宣撰，《大正藏》本，日本大正一切经刊行会，日本大正十三年（1934）

《祖堂集》（再版），〔南唐〕招庆寺静、筠二禅德编，日本中文出版社，1974年

《祖堂集》，吴福祥、顾之川点校，岳麓书社，1996年

《景德传灯录》，〔宋〕道原编撰，《大正藏》本，日本大正一切经刊行会，日本大正十三年（1934）

《天圣广灯录》，〔宋〕李遵勖撰，《续藏经》本，日本京都藏经书院，明治三十八年至大正元年（1905—1912）

《建中靖国续灯录》，〔宋〕惟白撰，《续藏经》本，日本京都藏经书院，明治三十八年至大正元年（1905—1912）

《联灯会要》，〔宋〕悟明集，《续藏经》本，日本京都藏经书院，明治三十八年至大正元年（1905—1912）

《嘉泰普灯录》，〔宋〕正受撰，《续藏经》本，日本京都藏经书院，明治三十八年至大正元年（1905—1912）

《五灯会元》，〔宋〕普济著，苏渊雷点校，中华书局，1984年

《禅林僧宝传》，〔宋〕惠洪撰，江苏广陵古籍刻印社，1992年，影印本

《僧宝正续传》，〔宋〕祖琇编，《续藏经》本，日本京都藏经书院，明治三十八年至大正元年（1905—1912）

《续传灯录》，〔明〕圆极居顶撰，《大正藏》本，日本大正一切经刊行会，日本大正十三年（1934）

《古尊宿语要》，〔宋〕赜藏主编集，日本中文出版社，1973年

《古尊宿语录》，〔宋〕赜藏主编集，萧萐父、吕有祥、蔡兆华点校，中华书局，1994年

《续古尊宿语要》，〔宋〕晦堂师明编，《续藏经》本，日本京都藏经书院，明治三十八年至大正元年（1905—1912）

《居士分灯录》，〔明〕朱时恩辑，《续藏经》本，日本京都藏经书院，明治三十八年至大正元年（1905—1912）

《石门文字禅》，〔宋〕惠洪撰，见蓝吉富主编《禅宗全书》载录本，台湾文殊文化有限公司，1990年

《善慧大士录》，〔唐〕楼颖录，《续藏经》本，日本京都藏经书院，明治三十八年至大正元年（1905—1912）

《释门正统》，〔宋〕宗鉴撰，《续藏经》本，日本京都藏经书院，明治三十八年

至大正元年（1905—1912）

《释氏通鉴》，〔宋〕本觉撰，《续藏经》本，日本京都藏经书院，明治三十八年
　　至大正元年（1905—1912）

《佛祖统纪》，〔宋〕志磐撰，《大正藏》本，日本大正一切经刊行会，日本大正
　　十三年（1934）

《佛祖历代通载》，〔元〕念常撰，《大正藏》本，日本大正一切经刊行会，日本
　　大正十三年（1934）

《释氏稽古略》，〔元〕觉岸编，《大正藏》本，日本大正一切经刊行会，日本大
　　正十三年（1934）

《历朝释氏资鉴》，〔元〕熙仲集，《续藏经》本，日本京都藏经书院，明治三十
　　八年至大正元年（1905—1912）

《释鉴稽古略续集》，〔明〕幻轮编，《大正藏》本，日本大正一切经刊行会，日
　　本大正十三年（1934）

《建州弘释录》，〔明〕元贤撰，《续藏经》本，日本京都藏经书院，明治三十八
　　年至大正元年（1905—1912）

《宗统编年》，〔清〕纪荫撰，《续藏经》本，日本京都藏经书院，明治三十八年
　　至大正元年（1905—1912）

《出三藏记集》，〔梁〕僧祐撰，《大正藏》本，日本大正一切经刊行会，日本大
　　正十三年（1934）

《开元释教录》，〔唐〕智升撰，《大正藏》本，日本大正一切经刊行会，日本大
　　正十三年（1934）

《宋藏遗珍》，上海影印宋版藏经会，1935 年

《归田录》，〔宋〕欧阳修撰，中华书局，1981 年

《林间录》，〔宋〕惠洪撰，《续藏经》本，日本京都藏经书院，明治三十八年至
　　大正元年（1905—1912）

《林间后录》，〔宋〕惠洪撰，《续藏经》本，日本京都藏经书院，明治三十八年
　　至大正元年（1905—1912）

《湘山野录》，〔宋〕文莹撰，中华书局，1991 年

《罗湖野录》，〔宋〕晓莹撰，《续藏经》本，日本京都藏经书院，明治三十八年
　　至大正元年（1905—1912）

《云卧纪谈》，〔宋〕晓莹撰，《续藏经》本，日本京都藏经书院，明治三十八年
　　至大正元年（1905—1912）

《墨庄漫录》，〔宋〕张邦基撰，中华书局，2002 年

《避暑录话》，〔宋〕叶梦得撰，《文渊阁四库全书》本，台湾商务印书馆，
　　1982—1986 年，影印

《挥麈前录》，〔宋〕王明清撰，上海古籍出版社，1991 年，影印本

《西湖游览志》，〔明〕田汝成撰，陈志明编校，东方出版社，2012 年

《七修类稿》，〔明〕朗瑛撰，上海书店出版社，2001 年

《事物纪原》，〔宋〕高承撰，《文渊阁四库全书》本，台湾商务印书馆，1982—
　　1986 年

《武林梵志（外五种）》，〔明〕吴之鲸撰，上海古籍出版社，1993 年，影印本

《法喜志》，〔明〕夏树芳辑，《文渊阁四库全书》本，台湾商务印书馆，1982—
　　1986 年，影印

《春秋繁露义证》，〔清〕苏舆撰，钟哲点校，中华书局，1992 年

《白虎通德论》，〔汉〕班固撰，见《百子全书》影印本，浙江人民出版社，
　　1984 年

《政论校注　昌言校注》，〔汉〕崔寔撰，孙启治校注，中华书局，2012 年

《武溪集》，〔宋〕余靖撰，《文渊阁四库全书》本，台湾商务印书馆，1982—
　　1986 年，影印

《语林》，〔明〕何良俊撰，《文渊阁四库全书》本，台湾商务印书馆，1982—
　　1986 年，影印

《武夷新集》，〔宋〕杨亿撰，《文渊阁四库全书》本，台湾商务印书馆，1982—
　　1986 年，影印

《西昆酬唱集》，〔宋〕杨亿编，王仲荦注，中华书局，1980 年

《六一诗话》，见《历代诗话》，〔清〕何文焕辑，中华书局，1981 年

《法藏碎金录》，〔宋〕晁迥撰，《文渊阁四库全书》本，台湾商务印书馆，
　　1982—1986 年，影印

《道院集要》，〔宋〕晁迥撰，《文渊阁四库全书》本，台湾商务印书馆，1982—
　　1986 年，影印

《昭德新编》，〔宋〕晁迥撰，《文渊阁四库全书》本，台湾商务印书馆，1982—
　　1986 年，影印

《孙明复小集》，〔宋〕孙复撰，《文渊阁四库全书》本，台湾商务印书馆，
　　1982—1986 年，影印

《徂徕集》，〔宋〕石介撰，《文渊阁四库全书》本，台湾商务印书馆，1982—
　　1986 年，影印

《周敦颐集》，〔宋〕周敦颐撰，陈克明点校，中华书局，2009 年

《苏洵集》，〔宋〕苏洵撰，邱少华点校，中国书店，2000 年

《王安石集》，〔宋〕王安石撰，见余冠英、周振甫、启功、傅璇琮主编《唐宋
　　八大家全集》载录本，国际文化出版公司，1997 年

《欧阳文忠公集》，〔宋〕欧阳修撰，见余冠英、周振甫、启功、傅璇琮主编

《唐宋八大家全集》载录本，国际文化出版公司，1997 年

《王安石〈字说〉辑》，张宗祥辑录，曹锦炎点校，福建人民出版社，2005 年

《苏轼文集》，〔宋〕苏轼撰，孔凡礼点校，中华书局，1986 年

《苏轼诗集》，〔宋〕苏轼撰，孔凡礼点校，中华书局，1982 年

《东坡志林》，〔宋〕苏轼撰，王松龄点校，中华书局，1981 年。

《苏轼年谱》，孔凡礼著，中华书局，1998 年

《东坡七集》后附王宗稷撰《东坡先生年谱》，《四库备要》本，中华书局，
　　1920—1936 年

《黄庭坚全集》，〔宋〕黄庭坚撰，刘琳等人校，四川大学出版社，2001 年

《冷斋夜话》，〔宋〕惠洪撰，《文渊阁四库全书》本，台湾商务印书馆，1982—
　　1986 年，影印

《二程集》，〔宋〕程颢、程颐撰，王孝鱼点校，中华书局，1981 年

《屏山集》，〔宋〕刘子翚撰，《文渊阁四库全书》本，台湾商务印书馆，1982—
　　1986 年，影印

《晦庵集》《续集》《别集》，〔宋〕朱熹撰，《文渊阁四库全书》本，台湾商务印
　　书馆，1982—1986 年，影印

《朱子语类》，〔宋〕黎靖德编，中华书局，1986 年

《朱子语录》，〔宋〕李道传编，徐时仪、潘牧天整理，上海古籍出版社，
　　2016 年

《四书章句集注》，〔宋〕朱熹撰，见《四书五经》（影印本），中国书店，1984 年

《四书或问》，〔宋〕朱熹撰，黄珅校点，上海古籍出版社、安徽教育出版社，
　　2001 年

《宋名臣言行录前集》，〔宋〕朱熹撰，《文渊阁四库全书》本，台湾商务印书
　　馆，1982—1986 年，影印

《宋名臣言行录续集》，〔宋〕李幼武撰，《文渊阁四库全书》本，台湾商务印书
　　馆，1982—1986 年，影印

《伊洛渊源录》，〔宋〕朱熹撰，山东友谊书社，1990 年

《闽中理学渊源考》，〔清〕李清馥撰，《文渊阁四库全书》本，台湾商务印书
　　馆，1982—1986 年，影印

《朱熹年谱》，〔清〕王懋竑撰，何忠礼点校，中华书局，1998 年

《朱熹年谱长编》（第二版），束景南著，华东师范大学出版社，2014 年

《道命录》，〔宋〕李心传辑，《丛书集成初编》载录本，商务印书馆，1937 年

《曲洧旧闻》，〔宋〕朱弁撰，孔凡礼点校，中华书局，2002 年

《大明录》，日本驹泽大学图书馆收藏古活字本复印本

《鹤山集》，〔宋〕魏了翁撰，《文渊阁四库全书》本，台湾商务印书馆，1982—

1986 年，影印

《宋元学案》，〔清〕黄宗羲撰，黄百家、全祖望增修，中华书局，1986 年

《道余录》，〔明〕姚广孝撰，日本中文出版社，影印本

《姚广孝集·道余录》，〔明〕姚广孝撰，栾贵明编，商务印书馆，2016 年

《尚直编》，〔明〕空谷景隆撰，《大藏经补编》本，蓝吉富主编，台湾华宇出版
    公司，1986 年

《归元直指集》，〔明〕宗本辑，《卍新续藏》本

《名臣碑传琬琰之集》，〔宋〕杜大珪编，《文渊阁四库全书》本，台湾商务印书
    馆，1982—1986 年，影印

《十三经注疏》，〔清〕阮元校刻，中华书局，1980 年，影印

《全唐文》，〔清〕董诰等编，中华书局，1983 年，影印

《旧唐书》，〔后晋〕刘昫等撰，中华书局，1975 年

《新唐书》，〔宋〕欧阳修、宋祁等撰，中华书局，1975 年

《旧五代史》，〔宋〕薛居正等撰，中华书局，1976 年

《新五代史》，〔宋〕欧阳修撰，〔宋〕徐无党注，中华书局，1974 年

《宋史》，〔元〕脱脱等撰，中华书局，1977 年

《宋史纪事本末》，〔明〕陈邦瞻撰，中华书局，1977 年

《东都事略》，〔宋〕王偁撰，《文渊阁四库全书》本，台湾商务印书馆，1982—
    1986 年，影印

《宋朝事实类苑》，〔宋〕江少虞辑，上海古籍出版社，1981 年

《宋代郡守通考人名索引》，李之亮著，巴蜀书社，2001 年

《建炎以来系年要录》，〔宋〕李心传撰，《文渊阁四库全书》本，台湾商务印书
    馆，1982—1986 年，影印

《辽史》，〔元〕脱脱等撰，中华书局，1974 年

《金史》，〔元〕脱脱等撰，中华书局，1975 年

《元史》，〔明〕宋濂等撰，中华书局，1976 年

《明史》，〔清〕张廷玉等撰，中华书局，1974 年

《文献通考》，〔宋〕马端临著，中华书局，2011 年

《宋会要辑稿》，〔清〕徐松辑，中华书局，1957 年

《资治通鉴》，〔宋〕司马光编撰，〔元〕胡三省音注，中华书局，1956 年

《续资治通鉴》，〔清〕毕沅编，中华书局，1957 年

《续资治通鉴长编》，〔宋〕李焘撰，中华书局，1979 年

《中华大藏经》（汉文部分）第七二、七三册，《中华大藏经》编辑局编，中华
    书局，1994 年

《大正新修大藏经》（《大正藏》），日本大正一切经刊行会，日本大正十三年

（1934）

《新纂大日本续藏经》，[日本]西义雄、玉城康四郎监修，国书刊行会，昭和六十四年（1989）

《禅宗全书》，蓝吉富主编，台湾文殊文化有限公司，1990 年

《中国佛寺史志汇刊》（一——三辑），杜洁祥主编，台湾明文书局、丹青图书公司，1980—1985 年（第一、二辑由明文书局出版，第三辑改由丹青图书公司出版）

《释氏疑年录》，陈垣著，台北鼎文书局，1977 年，翻印本

《宋人传记资料索引》，昌彼得等编，中华书局，1988 年，影印台湾鼎文书局本

《二十二种大藏经通检》，童玮编，中华书局，1997 年

《望月佛教大辞典》（第八版），[日本]望月信亨等编，日本世界圣典刊行协会，1973 年

《禅学大辞典》，日本驹泽大学禅学大辞典编纂所编，大修馆书店，1978 年

《中华佛教百科全书》，蓝吉富主编，台湾中华佛教百科文献基金会，1994 年

《中国历史大辞典·宋史》，上海辞书出版社，1984 年

《中国历史大辞典·辽夏金元史》，上海辞书出版社，1986 年

《中国历史大辞典·历史地理》，上海辞书出版社，1996 年

《中国历史地名大辞典》，史为乐主编，中国社会科学出版社，2005 年

《CBETA 电子佛典集成（2016 年版）》，台湾中华电子佛典协会，2016 年

《国学电子智能书库》，尹小林策划，北京国学时代文化传播公司，2019 年

《文渊阁四库全书》（电子版），上海人民出版社，1999 年

图书在版编目(CIP)数据

宋代佛教与儒者士大夫/杨曾文著. —上海：复旦大学出版社，2023.7
（国际禅学研究丛书/杨曾文，定明主编）
ISBN 978-7-309-16781-8

Ⅰ.①宋⋯　Ⅱ.①杨⋯　Ⅲ.①佛教文学-文学史-中国-宋代②知识分子-研究-中国-宋代　Ⅳ.①I207.99②D691.71

中国国家版本馆 CIP 数据核字（2023）第 044412 号

宋代佛教与儒者士大夫
杨曾文　著
责任编辑/陈　军

复旦大学出版社有限公司出版发行
上海市国权路 579 号　邮编：200433
网址：fupnet@fudanpress.com　http://www.fudanpress.com
门市零售：86-21-65102580　团体订购：86-21-65104505
出版部电话：86-21-65642845
江阴市机关印刷服务有限公司

开本 890×1240　1/32　印张 19　字数 458 千
2023 年 7 月第 1 版
2023 年 7 月第 1 版第 1 次印刷

ISBN 978-7-309-16781-8/I·1352
定价：118.00 元